O visconde de BRAGELONNE

CLÁSSICOS ZAHAR
em EDIÇÃO COMENTADA E ILUSTRADA

Mulherzinhas*
Louisa May Alcott

Persuasão*
Jane Austen

Jane Eyre*
Charlotte Brontë

O morro dos ventos uivantes*
Emily Brontë

O conde de Monte Cristo*
Os três mosqueteiros*
Vinte anos depois
Alexandre Dumas

O corcunda de Notre Dame*
Victor Hugo

Moby Dick
Herman Melville

Frankenstein*
Mary Shelley

Drácula*
Bram Stoker

Aventuras de Huckleberry Finn*
As aventuras de Tom Sawyer
Mark Twain

A volta ao mundo em 80 dias*
Jules Verne

* Disponível também em edição bolso de luxo
Veja a lista completa da coleção no site zahar.com.br/classicoszahar

O *visconde de* BRAGELONNE

EDIÇÃO COMENTADA

LOUISE *de* LA VALLIÈRE

2

Alexandre DUMAS

Tradução, apresentação e notas:
Jorge Bastos

ZAHAR

Grafia atualizada segundo o Acordo Ortográfico da Língua Portuguesa de 1990, que entrou em vigor no Brasil em 2009.

Título original
Le Vicomte de Bragelonne

Capa e ilustração
Rafael Nobre

Projeto gráfico
Mari Taboada

Preparação
Natalie Lima

Revisão
Luís Eduardo Gonçalves
Bonie Santos

Dados Internacionais de Catalogação na Publicação (CIP)
(Câmara Brasileira do Livro, SP, Brasil)

Dumas, Alexandre, 1802-1870
O visconde de Bragelonne : vol. 2 : Louise de La Vallière / Alexandre Dumas ; tradução, apresentação e notas Jorge Bastos — Ed. comentada. — 1ª ed. — Rio de Janeiro : Clássicos Zahar, 2025.

Título original : Le Vicomte de Bragelonne.
ISBN 978-65-84952-22-5

1. Ficção francesa I. Bastos, Jorge. II. Título.

24-226091 CDD-843

Índice para catálogo sistemático:
1. Ficção : Literatura francesa 843

Cibele Maria Dias — Bibliotecária — CRB-8/9427

EDITORA SCHWARCZ S.A.
Praça Floriano, 19, sala 3001 — Cinelândia
20031-050 — Rio de Janeiro — RJ
Telefone: (21) 3993-7510
www.companhiadasletras.com.br
www.blogdacompanhia.com.br
facebook.com/editorazahar
instagram.com/editorazahar
x.com/editorazahar

Sumário

Apresentação, Jorge Bastos 9

O visconde de Bragelonne, volume 2

91. Monsieur com ciúmes do duque de Buckingham 17
92. *For ever!* 25
93. Quando Sua Majestade Luís XIV não acha a srta. de La Vallière nem rica nem bonita o bastante para um fidalgo como o visconde de Bragelonne 31
94. Muitas estocadas na água 37
95. Sr. Baisemeaux de Montlezun 52
96. O jogo do rei 59
97. As pequenas contas do sr. Baisemeaux de Montlezun 68
98. O almoço do sr. de Baisemeaux 78
99. O segundo Bertaudière 84
100. As duas amigas 92
101. A prataria da sra. de Bellière 99
102. O dote 104
103. O terreno de Deus 111
104. Triplo amor 118
105. O ciúme do sr. de Lorraine 123
106. Monsieur com ciúmes de Guiche 130
107. O mediador 137
108. Os conselheiros 144
109. Fontainebleau 154
110. O banho 159
111. Caça às borboletas 162
112. O que se pega caçando borboletas 166
113. O balé das Estações 174
114. As ninfas do parque de Fontainebleau 180
115. O que se dizia sob o carvalho real 188
116. A preocupação do rei 196

117. O segredo do rei 201
118. Perambulações noturnas 209
119. Madame tem a prova de que ouve o que é dito quem se põe à escuta 216
120. A correspondência de Aramis 222
121. O amanuense da ordem 229
122. Fontainebleau às duas da madrugada 237
123. O labirinto 244
124. Como Malicorne perdeu o seu quarto no hotel do Belo Pavão 251
125. O que na verdade se passou no albergue do Belo Pavão 258
126. Um jesuíta de décimo primeiro ano 268
127. O segredo de Estado 273
128. Missão 283
129. Feliz como um príncipe 290
130. Narrativas de uma náiade e de uma dríade 304
131. Conclusão das narrativas de uma náiade e de uma dríade 314
132. Psicologia real 321
133. O que nem náiade nem dríade haviam previsto 329
134. O novo superior geral dos jesuítas 336
135. A tempestade 344
136. A chuva 351
137. Tobias 360
138. As quatro chances de Madame 367
139. A loteria 373
140. Málaga 380
141. A carta do sr. de Baisemeaux 390
142. Com prazer, o leitor verá que Porthos nada perdeu da sua força 394
143. O rato e o queijo 408
144. A casa de campo de Planchet 414
145. O que se vê da casa de Planchet 419
146. Porthos, Trüchen e Planchet se despedem como bons amigos, graças a d'Artagnan 424
147. A apresentação de Porthos 428
148. Explicações 431
149. Madame e de Guiche 437
150. Montalais e Malicorne 443
151. Como de Wardes foi recebido na corte 450
152. O combate 458
153. A ceia do rei 466
154. Depois da ceia 470
155. Como d'Artagnan cumpriu a missão de que fora encarregado pelo rei 474
156. A caça de tocaia 479

157. O médico 483
158. D'Artagnan reconhece ter se enganado, estando certo Manicamp 487
159. Como é bom dispor de múltiplos recursos 491
160. Malicorne, arquivista do reino da França 499
161. A viagem 503
162. Triunfeminato 509
163. Primeiro confronto 514
164. Desespero 521
165. A fuga 525
166. O que fez Luís entre dez e meia e meia-noite 530
167. Os embaixadores 535
168. Chaillot 542
169. Com Madame 549
170. O lenço da srta. de La Vallière 554
171. Quando se fala de jardineiros, de escadas e de damas de honra 558
172. Quando se fala de marcenaria e são dados alguns detalhes sobre a utilização de escadas 564
173. O passeio à luz dos archotes 571
174. A aparição 579
175. O retrato 585
176. Hampton Court 590
177. O correio de Madame 600

Cronologia: Vida e obra de Alexandre Dumas 609

APRESENTAÇÃO

O ávido leitor certamente tem ainda na lembrança não só a trama principal, mas também os inúmeros e variados personagens e episódios que pudemos acompanhar no eletrizante volume I de *O visconde de Bragelonne*. Mas foram tantos, além dos titulares da saga e do próprio personagem-título da sequência de *Os três mosqueteiros* e *Vinte anos depois*, que nos permitimos recapitular o que se leu ao longo dos primeiros noventa capítulos.

Começamos na histórica cidade francesa de Blois, que se enfeita para uma visita-relâmpago do jovem Luís XIV a caminho da fronteira basca, onde se casará com a infanta espanhola, selando assim um tratado político entre os dois países. Com a pompa da época, isso significava também o deslocamento de centenas de pessoas, cortesãos e criadagem, além de carruagens, carroças, cavalos, bois e burros, tudo isso exigindo logística e comunicação minuciosas. Nessa curta temporada em Blois — com duração, entretanto, de quinze capítulos —, não só conhecemos mais de perto "a verdadeira heroína desta história" (já a tínhamos entrevisto em *Vinte anos depois*, que se passa dez anos antes), Louise de La Vallière, como revemos Raoul de Bragelonne e descobrimos dezenas de personagens que terão destaque ao longo do romance.

Em Blois ocorrem também o fim do caso amoroso juvenil de Luís XIV com a sobrinha do primeiro-ministro Mazarino e uma clandestina entrevista do rei francês com o herdeiro desapossado da Coroa britânica, o futuro Carlos II, tudo isso sustentado por saborosas aulas de história do mestre Dumas. D'Artagnan, ainda tenente dos mosqueteiros, uma espécie de guarda-costas do rei, ao presenciar esses dois episódios, enxerga neles a gota d'água que faz transbordar toda a sua amarga decepção existencial, constatando o quanto o jovem rei segue resignadamente os ditames de Mazarino. Não bastando os dissabores, d'Artagnan atravessa ainda certa crise de meia-idade e, perdendo a paciência, se demite.

Sem conseguir encontrar os antigos parceiros, todos bem de vida em afazeres próprios, ele acaba procurando seu ex-criado, Planchet, agora próspero dono de um armazém de secos e molhados finos no centro de Paris. De fato, não havia ainda qualquer sistema de aposentadoria — que coincidentemente teria sua primeira lei, para marinheiros, estabelecida no reinado de Luís XIV, em 1673 —, de modo que o tenente precisava se preocupar com seu sustento material. Sem muita propensão para a vida sedentária, ele propõe que o merceeiro financie um projeto um tanto duvidoso do outro lado do canal da Mancha, algo que se situaria entre o contrabando e a pirataria: capitaneando um grupo de dez mercenários, ele parte da Holanda para o norte da Grã-Bretanha, onde acaba decisivamente participando do restabelecimento da monarquia britânica sem desembainhar a espada nem dar sequer um tiro, mas vendendo peixes que nem mesmo pescou. Na Escócia, encontra por acaso Athos, também envolvido no mesmo projeto de restauração da Coroa, mas com motivações bem menos mundanas. D'Artagnan volta à França rico, para a grande satisfação do sócio capitalista Planchet, e, pela primeira vez na vida, se preocupa com a melhor forma de investir seu dinheiro, pensando que talvez o mais seguro seja o ramo imobiliário.

Com o sistema monárquico predominante na Europa e os grandes tratados políticos de então se fazendo através de casamentos entre as linhagens reais (como vimos com Luís XIV e a infanta espanhola), o continente inteiro era como uma grande família, que mais brigava e disputava heranças do que se unia. Restaurado o trono britânico, pensou-se então na aliança da irmã de Carlos II com o irmão de Luís XIV, peças então disponíveis naquele xadrez diplomático. Pouco importava, é claro, a orientação sexual dos nubentes — os quais, sendo ambos de linhagem real, tinham obrigações com o Estado. Era secundário, por exemplo, o fato de Filipe da França ser assumidamente gay e travesti, ou Henriqueta da Inglaterra uma coquete distribuindo sedução a tudo que vestisse gibões rendados, casacos e calções, com charmes que enfeitiçaram muitos nobres, inclusive o cunhado Luís.

Enquanto tudo isso segue seu curso, descrevendo muito saborosamente o cotidiano cortesão não só em Paris mas também em Londres, o todo-poderoso cardeal Mazarino morre, aos cinquenta e oito anos, de insuficiência renal crônica, legando ao jovem rei dois conselhos, um político e outro administrativo. O primeiro: nunca mais ter um primeiro-ministro com tamanho poder; o segundo: adotar o seu cão de guarda contábil Jean-Baptiste Colbert. Luís XIV segue à risca as recomendações últimas do mentor, centralizando todo o poder na própria pessoa e permitindo que Colbert dê início à ruína daquele que, depois de Mazarino, era o homem mais importante do reino, o superintendente das finanças Nicolas Fouquet. O marquês Fouquet tinha uma personalidade brilhante, oposta à do burocrata Colbert, e era dono do palácio mais luxuoso que havia, Vaux-le-Vicomte, vivendo como um mecenas cercado de artistas que viriam a ter imenso renome.

Incomodado mais com o sucesso de Fouquet do que com seus eventuais desvios de fundos, Luís XIV convence d'Artagnan a retomar o serviço e ir à Bretanha, no noroeste da França, em busca de provas da infidelidade política do marquês. Com isso, o leitor ganha divertidos capítulos que o levam a conhecer essa região tão particular da terra gaulesa. Já o tenente, prestes a ser promovido capitão dos mosqueteiros — foi o atrativo acenado pelo rei, além de substanciosos proventos —, lá encontra ao acaso (como já havia encontrado Athos) Porthos e Aramis. Este último, o leitor se lembra, tempos antes havia trocado a espada pela batina e devia seu bispado bretão ao superintendente Fouquet.

Os quatro invencíveis outra vez reunidos contra o mal? Não. Athos, conde de La Fère, continua em seu isolado retiro rural, administrado pelo ex-criado Grimaud, e dedicado a estudos intelectuais, provavelmente referentes a seu *Relato concernindo a alguns fatos ocorridos na França no fim do reinado de Luís XIII e início do reinado de Luís XIV*, como insinua Dumas no capítulo 4. Cooptado por Aramis, Porthos, que se entediava em seu rico baronato na companhia do assistente e ex-criado Mousqueton, se faz passar por (e o pior, se crê!) engenheiro militar, responsável pela fortificação clandestina de Belle-Île, estratégica ilha no litoral bretão, propriedade de Fouquet. Já o sempre bem-informado bispo Aramis, pressentindo o que podia haver por trás da presença de d'Artagnan na região, corre para tentar salvar seu poderoso protetor, improvisando planos que o levarão ao mais audacioso e célebre projeto, que só virá à tona bem mais adiante, no terceiro volume de *O visconde de Bragelonne*.

Ou seja, interesses pessoais ameaçam o antigo juramento "Todos por um, um por todos". Já havíamos visto isso em *Vinte anos depois*, quando os quatro amigos se descobriram separados em grupos rivais, estando Athos e Aramis de um lado, Porthos e d'Artagnan de outro. Naquela ocasião quase chegaram às vias de fato, mas se ali eram apenas divergências partidárias, agora estas são mais profundas e morais.

Desde a morte de Mazarino, com Ana da Áustria ainda influente, porém às voltas com a doença que logo a mataria, a disputa que começa a se esboçar em volta do jovem rei é muito bem retratada nas personalidades antagônicas de Fouquet e Colbert. O primeiro encarna a suprema representação da ancestral aristocracia de sangue, com bons modos, fala preciosista, generosidade de sentimentos, fortunas facilmente acumuladas e facilmente despendidas. O talento importa mas não é prioritário, pois a elegância é tudo. O contador Colbert parece o oposto disso, sendo a única qualidade que os dois têm em comum a extrema competência, bem como uma grande dedicação aos números e quantias.

D'Artagnan, nosso guia ao longo do romance, mesmo sem confiar muito, tem clara simpatia pelo superintendente e nenhuma pelo contador. É bem verdade que, apesar de ser obrigado a trabalhar e cumprir expediente, o mosqueteiro tem sangue azul, comprovado pelo *d'* nobiliárquico antes do nome de família, além dos valores fidalgos da sua educação. O personagem romanesco de Fouquet é de fato bem mais sedutor, ainda que historicamente menos importante que o do malfalado futuro ministro das finanças. Galante homem, isto é, mulherengo, mas não cafajeste, além do castelo e da ilha fortificada de que já se falou possui duas casas nas bordas de Paris, no bois de Vincennes. Aliás, a princípio apenas uma, já que a outra é secreta, ligada à construção principal por um subterrâneo bem ao gosto do romantismo literário, cheio de mecanismos incógnitos e servindo como uma espécie de garçonnière. Fouquet oferece jantares requintados e fogos de artifício à elite artística e intelectual parisiense nessa casa principal, onde acompanhamos os primeiros e titubeantes passos no caminho da excelência do fabulista La Fontaine e do dramaturgo Molière.

É na elegância, justamente, que Colbert vê o calcanhar de aquiles do rival e vai forçá-lo a despesas extraordinárias, naquele tempo em que as fortunas pessoais se confundiam tantas vezes com a fortuna do Estado. Lembremos que os cargos públicos não eram assalariados, e sim comissionados: os funcionários compravam seus postos, de forma inclusive hereditária, como patrimônio adquirido, podendo gerar boas ou más rentabilidades. Fouquet será primeiro levado a bancar as despesas para o casamento de Filipe e Henriqueta, depois a dar uma grande festa — e as grandes festas duravam coisa de uma semana —, à qual só chegaremos nas páginas seguintes.

Por agora, apresentando este volume 2, limitemo-nos a refrescar a memória do leitor quanto ao volume 1 enquanto o volume 3 não vem. E naqueles últimos capítulos já lidos voltamos a Louise de La Vallière, que, com a ajuda da colega e confidente Aure de Montalais — e do namorado dela, o aventureiro Malicorne —, deixa de ser dama de honra da velha tia do rei, em Blois, para ser dama de honra da futura cunhada do rei, Henriqueta. Não se trata de trocar seis por meia dúzia, e sim de trocar Blois por Paris, uma velha corte empoeirada e entediante pela brilhante e festiva corte de um fogoso e promissor rei, onde tudo, aliás, se prepara para receber a jovem inglesa que até pode vir a ser rainha da França, uma vez que se casa com o primeiro sucessor em linha direta de Luís XIV. Henriqueta da Inglaterra, como era chamada, é filha de Henriqueta da França, viúva de Carlos I, cuja morte no cadafalso acompanhamos em *Vinte anos depois* mas gera implicações ainda em O *visconde de Bragelonne*, dado que o rei inglês, antes de ter a cabeça cortada, havia segredado a Athos a localização de um polpudo tesouro escondido na Escócia.

A grande recepção tem início em Le Havre, no norte da França, onde desembarcarão, vindas de Londres em três navios, não só a princesa mas também sua corte pessoal londrina, na qual se inclui o duque de Buckingham (filho do duque de Buckingham de *Vinte anos depois*: é um mundo pequeno, esse da alta nobreza europeia), cortejador (amante?) de Henriqueta. A fina flor da jovem aristocracia francesa — na qual se incluem Raoul de Bragelonne, seu inimigo de Wardes e o amigo de Guiche, que se apaixona pela coquete princesa — vai esperá-la na cidade portuária. Le Havre, aliás, por muito pouco não se torna palco de uma batalha entre *gentlemen* e *gentilhommes* que poderia levar ao fim do pacto político-casamenteiro entre a França e a Inglaterra devido a ciumeiras e amores-próprios feridos. Porém, apesar dos inúmeros percalços, o comboio franco-britânico segue rumo a Paris, atravessando a Normandia, e a ele se juntam, já nas proximidades da capital e com seus próprios acompanhantes, o noivo Filipe e seu namorado, de Lorraine.

O casamento se dá na capela do palácio real diante de um seleto número de cortesãos, ou seja, no meio de muito disse me disse e de "observações" de uma cronista muitíssimo bem situada, próxima de Ana da Áustria e uma das principais informantes de Alexandre Dumas em fofocas da corte. Na apresentação das acompanhantes oficiais de Madame (como era chamada a esposa de Monsieur, título dado ao irmão do rei), muito surpreso, nosso visconde descobre sua amada Louise… como dama de honra em Paris! Isso o faz correr até o pai, a trezentos quilômetros de distância, e implorar consentimento para seu próprio casamento com a jovem — uma vez que a função conferia fama comprometedora às jovens solteiras, em geral assediadas por galantes cortesãos. Além de amá-la desde criança, Raoul a estaria salvando de um terrível destino que se esboçava. O conde de La Fère, ex-Athos, vendo seu desespero, apesar de sempre ter se mostrado contra a ideia por achar que a doce vida conjugal amorosa afastaria o filho da intrepidez heroica que idealizara para ele, acaba consentindo e decide ir pessoalmente propor ao rei o casamento de Raoul com a jovem de La Vallière. Podemos adiantar que ela estará mais presente nesta parte central do livro, como firme personagem na consolidação do fabuloso reinado de Luís XIV.

JORGE BASTOS

Jorge Bastos é tradutor, responsável por mais de sessenta traduções publicadas, de obras de autores como Voltaire, Victor Hugo, Raymond Aron, Michel Serres, Elie Wiesel, Marguerite Duras e Amin Maalouf. Foi livreiro e editor, e é autor de *Atrás dos cantos* e *O deserto e as tentações de santo Antão*.

O visconde de BRAGELONNE

LOUISE *de* LA VALLIÈRE

91. Monsieur com ciúmes do duque de Buckingham

Enquanto o conde de La Fère se dirigia a Paris com Raoul, o Palais Royal era teatro de uma cena que Molière[1] teria considerado uma boa comédia.

Tal cena ocorreu quatro dias depois do casamento; Monsieur, tendo almoçado rapidamente, passara a suas antecâmaras, com lábios e sobrancelhas franzidos.

A refeição não tinha sido das mais alegres, e Madame havia preferido ser servida em seus aposentos pessoais.

Monsieur tinha então almoçado em petit comité, na verdade apenas com o cavaleiro de Lorraine e Manicamp. Tudo durou quarenta e cinco minutos, sem que se trocasse uma palavra.

Menos íntimo de Sua Alteza Real que o cavaleiro de Lorraine, em vão Manicamp tentava decifrar nos olhos do príncipe o motivo para cara tão amarrada.

Sem esse tipo de preocupação, pois estava sempre a par de tudo, Lorraine comia com o bom apetite que as misérias alheias lhe proporcionavam, sentindo-se duplamente alegre: pela infelicidade de Monsieur e pelo constrangimento de Manicamp.

Ele não parava então de comer, prendendo à mesa o príncipe, que queria muito se retirar.

Às vezes Monsieur se arrependia de haver deixado o amigo conquistar tanta ascendência, a ponto inclusive de ignorar toda etiqueta.

Via-se num desses momentos, mas temia o cavaleiro quase tanto quanto o amava, limitando-se então apenas a ficar emburrado.

De vez em quando olhava para o teto, depois para as fatias de patê que logo seriam devoradas, num gestual que deixaria Arlequim com inveja.

Perdendo a paciência, quando passaram às frutas Monsieur se levantou bastante irritado, como dissemos, e deixou que o cavaleiro de Lorraine terminasse o almoço como bem entendesse.

---

1. Jean-Baptiste Poquelin (1622-73), conhecido como Molière, desde 1658 estava em Paris com sua trupe e rapidamente se tornou o ator e dramaturgo preferido de Luís XIV.

Vendo Monsieur se pôr de pé, Manicamp se levantou, com o guardanapo na mão.

Mas Sua Alteza mais correu do que andou até a antecâmara e, vendo um criado, passou uma ordem em voz baixa.

Depois, para não voltar ao refeitório, tomou o sentido contrário, mas ignorou seu gabinete de trabalho, decidido a procurar a rainha-mãe no oratório, onde muito frequentemente se encontrava.

Deviam ser por volta de dez da manhã.

Ana da Áustria escrevia quando Monsieur entrou.

Gostava muito daquele filho, que tinha um belo rosto e temperamento meigo.

Monsieur, de fato, era mais carinhoso e, pode-se dizer, mais efeminado que o rei.

Conquistara a mãe com pequenas delicadezas que sempre agradam às mulheres. Ana da Áustria quisera muito ter uma filha, e seu caçula lhe garantia atenções e amenidades que se poderiam esperar de uma criança de doze anos.

Por exemplo, estando nos aposentos da mãe, Monsieur passava o tempo a elogiar seus belos braços e a dar conselhos sobre cremes e essências que muito lhe interessavam. Beijava suas mãos e olhos de forma encantadoramente infantil, além de ter sempre algum agrado a oferecer, algum requinte novo a recomendar.

Ana da Áustria gostava do rei, ou melhor, da realeza encarnada em seu filho mais velho: Luís XIV, para ela, representava a legitimidade divina. Com o rei ela era rainha-mãe, com Filipe somente mãe.

E este último sabia que, de todos os abrigos, o seio materno é o mais suave, o mais seguro.

Desde bem pequeno era onde ia se refugiar quando tempestades se armavam entre o irmão e ele. Frequentemente, após refregas que podiam representar, da sua parte, crimes de lesa-majestade, depois de socos e unhadas trocados entre o rei e aquele súdito rebelde, com os dois de camisola em cima de uma cama contestada e tendo o camarista La Porte como único juiz, mesmo quando vencedor, mas assustado com a vitória, Filipe ia buscar apoio na mãe — ou pelo menos a garantia de um perdão que Luís XIV só concedia com certa dificuldade e mantendo distância.

Graças a esse hábito de intervenção pacífica, Ana havia conseguido conciliar todas as disputas entre os filhos e, ao mesmo tempo, participar dos seus segredos.

Mesmo com algum ciúme daquela solicitude materna que favorecia sobretudo o irmão, o rei se dispunha a maiores submissão e humildade do que, por natureza, se habituara.

Ana da Áustria continuou a praticar esse sistema político quando começou a lidar com a jovem rainha e regia quase despoticamente as relações do casal. Da mesma forma, já posicionava todas as suas baterias para manter o mesmo absolutismo sobre a vida doméstica do segundo filho.

Ficava contente quando vinham procurá-la em seus aposentos com expressão magoada, faces pálidas e olhos vermelhos, compreendendo se tratar de socorrer o mais fraco ou aquele que se sentia ofendido.

Estava escrevendo, como foi dito, quando Monsieur entrou no oratório, não com olhos vermelhos, não com as faces pálidas, mas tenso, infeliz e irritado.

Beijou displicentemente os braços da mãe e se sentou antes que ela o autorizasse.

Dentro das regras de etiqueta estabelecidas pela rainha-mãe, tal esquecimento era sinal de perturbação, sobretudo por parte de Filipe, que gostava de praticar a adulação do respeito.

Um tão claro descumprimento desses princípios mostrava o quanto devia ser grave a motivação.

— O que houve, Filipe? — perguntou Ana, virando-se para o filho.

— Ah, muitas coisas — murmurou o príncipe, macambúzio.

— De fato, parece abalado — disse a rainha, deixando no tinteiro a pena com que escrevia.

Filipe apenas franziu a testa.

— Das tantas coisas que lhe enchem a cabeça, deve haver uma que o incomoda mais, não?

— Uma mais que as outras, é verdade.

— Estou ouvindo.

Filipe abriu a boca para dar passagem a tudo o que o aborrecia e esperava apenas esse incentivo para se exprimir.

Mas de repente parou, e o que pesava em seu coração se resumiu num suspiro.

— Vamos, Filipe, seja firme. Aquilo de que nos queixamos é quase sempre alguém que nos incomoda, não é?

— Eu não disse isso, senhora.

— De quem quer falar? Enfim, decida-se.

— É bastante indiscreto o que tenho a dizer.

— Meu Deus!

— Afinal, uma mulher...

— Ah, está falando de Madame? — perguntou a rainha-mãe, com viva curiosidade.

— De Madame?

— Da sua mulher.

— É, é isso.

— Bom, sendo de Madame que quer falar, meu filho, esteja à vontade. Sou sua mãe e Madame é uma estranha para mim. No entanto, sendo minha nora, esteja certo de que ouço com todo o interesse tudo que disser.

— E me dirá também se tiver notado alguma coisa?

— Alguma coisa, Filipe? Está sendo assustadoramente vago... Alguma coisa, que tipo de coisa?

— Madame é uma mulher bonita.

— Sem dúvida.

— Não chega a ser uma beleza que se destaque.

— Não. Mas com a idade, pode ser que sim. Basta ver a mudança por que passou nos últimos anos. E isso se confirmará cada vez mais, pois tem apenas dezesseis anos. Também eu era muito magra aos quinze. Mas pode-se dizer que Madame é bonita, mesmo hoje.

— E as pessoas notam isso.

— É claro. Nota-se numa mulher comum, e mais ainda numa princesa.

— Foi bem educada, não acha? — perguntou Filipe.

— A mãe, a sra. Henriqueta, é um tanto fria e pretensiosa, mas tem bons sentimentos. A educação da jovem princesa pode ter sido negligenciada, mas os princípios são bons. Pelo menos era essa a minha opinião enquanto ela estava na França. Depois voltou para a Inglaterra e não sei o que aconteceu.

— O que quer dizer?

— Ora… quero dizer que algumas cabeças, um pouco superficiais, podem facilmente se deixar impressionar pela prosperidade.

— Disse a palavra certa! Creio que a princesa tem mesmo uma cabeça um pouco superficial.

— Também não exagere, Filipe. Henriqueta tem vivacidade e certa dose de vaidade que são naturais numa jovem. Mas veja, em pessoas de alta posição esse defeito pode até ser vantajoso. Uma princesa vaidosa geralmente movimenta à sua volta uma corte brilhante. Um sorriso seu faz por todo lugar brotar o luxo, a inteligência e até a coragem. Os nobres lutam melhor por um príncipe cuja mulher é bonita.

— Muito obrigado, mãe — disse Filipe, alarmado. — Está descrevendo um quadro assustador.

— Em que sentido? — perguntou a rainha, com falsa ingenuidade.

— A senhora sabe — ele disse, aflito —, sabe o quanto foi difícil para mim o casamento.

— Ah! Agora está mesmo me deixando preocupada. Tem alguma queixa séria contra Madame?

— Não chega a tanto.

— Então trate de mudar de fisionomia. Se o virem assim na sua ala do palácio, vão achá-lo um marido bem infeliz.

— Como não sou um marido satisfeito, não me importa que vejam.

— Filipe!

— Ora, com a senhora posso falar francamente! Não imaginei esta vida que estou tendo.

— Explique-se.

— Minha mulher, na verdade, não é minha. Escapa o tempo todo. Pela manhã são as visitas, a correspondência, as toaletes; à noite são os bailes e os concertos.

— Está com ciúmes, Filipe!

— Eu? Deus me livre! Não me ponha nesse papel de marido ciumento, mas me sinto contrariado.

— Filipe, são coisas inocentes essas que censura em sua mulher. Se não tiver algo mais considerável…

— Veja, mesmo sem ser culpada, a mulher pode causar desassossego. Há certas frequentações, certas preferências que mulheres jovens mantêm e que bastam para levar ao inferno os maridos menos ciumentos.

— Ah, finalmente! Chegamos ao que interessa. As frequentações, as preferências, bom! Há uma hora procuramos e você, enfim, chega à verdadeira questão.

— Bem… é isso.

— Já parece coisa mais séria. Madame comete deslizes desse tipo?

— Exato.

— Como? Sua mulher, com quatro dias de casada, prefere outra companhia, frequenta outra pessoa? Preste atenção, Filipe, creio que exagera. Forçando provas, acaba-se nada conseguindo provar.

O príncipe, incomodado com o tom sério da mãe, quis responder, mas só conseguiu engrolar palavras indistintas.

— Está recuando — concluiu Ana da Áustria. — Melhor assim, reconhece seu erro.

— Não! Não estou recuando e vou provar o que digo. Falei de preferências, não foi? De frequentações. Pois ouça.

Ana da Áustria se preparou para ouvir, com esse interesse de comadre que as melhores mulheres, as melhores mães, mesmo rainhas, sempre têm pelas pequenas desavenças de casal.

— Para começar, uma coisa — continuou Filipe.

— Que coisa?

— Por que minha mulher manteve uma corte inglesa? Diga!

O recém-casado cruzou os braços, olhando bem a mãe, certo de não haver resposta para a questão.

— É muito simples, porque são seus compatriotas e gastaram muito dinheiro para acompanhá-la. Seria pouco delicado, e até pouco político, mandar embora toda uma nobreza que se sacrificou e não recuou diante do sacrifício.

— Grande sacrifício, de fato, deixar um país horrível para vir ao nosso, muito melhor, no qual se causa maior efeito com três libras do que lá, com doze! Grande sacrifício fazer cem léguas para acompanhar alguém por quem se está apaixonado!

— Apaixonado, Filipe? Vê bem o que está dizendo?

— Vejo perfeitamente.

— E quem é esse apaixonado?

— O belo duque de Buckingham… Não vai agora querer defendê-lo, mãe.

Ana da Áustria corou e, ao mesmo tempo, sorriu. O nome trazia lembranças tão doces, mas também tão tristes.

— O duque de Buckingham?

— Sim, um desses queridinhos de alcova, como dizia meu avô Henrique IV.

— Os Buckingham são leais e bravos — afirmou decidida Ana da Áustria.

— Era só o que faltava! Tenho agora minha mãe a defender o galã da minha mulher! — revoltou-se Filipe, tão exaltado que sua natureza frágil o fez se desmanchar em lágrimas.

— Filho! — exclamou Ana da Áustria. — A expressão não é digna de você. Sua mulher não tem galã nenhum, e se tivesse não seria o sr. de Buckingham. As pessoas dessa linhagem, volto a dizer, são leais e discretas. Para elas, a hospitalidade é algo sagrado.

— O sr. de Buckingham é inglês; e desde quando os ingleses respeitam tão religiosamente a propriedade dos príncipes franceses?

Pela segunda vez, Ana corou e se virou, sob o pretexto de tirar a pena do tinteiro, mas na verdade para que o filho não a visse.

— Devo dizer, Filipe, que está usando palavras estranhas. A raiva que o cega ao mesmo tempo me assusta. Pense melhor.

— Não preciso pensar, eu vejo.

— E o que vê?

— Vejo que o duque de Buckingham não se afasta da minha mulher. Atreve-se a dar presentes, que ela se atreve a aceitar. Ontem ela mencionou sachês de violeta e, a senhora sabe, pois muitas vezes os encomendou sem resultado, que nossos perfumistas franceses jamais conseguiram essa fragrância. Pois o duque tinha um sachê de violeta e era certamente o mesmo de que dispunha Madame.

— Na verdade, filho, está construindo pirâmides sobre agulhas. Tome cuidado. Que mal pode haver em alguém dar, sobretudo sendo um compatriota, a receita de uma nova essência? Ideias assim, juro, me trazem recordações infelizes do seu pai, que muitas vezes me fez injustamente sofrer.

— O pai do sr. de Buckingham era sem dúvida mais reservado, mais respeitoso que o filho — disse Filipe, sem ver que feria o coração da mãe.

A rainha empalideceu, apoiou a mão crispada no peito, mas logo se recuperou e disse:

— Mas afinal, veio para alguma coisa mais precisa?

— Certamente.

— Então explique-se.

— Vim para me queixar e deixar claro que não tolerarei mais coisa alguma da parte do sr. de Buckingham.

— Não tolerará?

— Não.

— E o que vai fazer?

— Queixar-me-ei ao rei.

— E o que espera disso?

— É simples! — continuou Monsieur, com uma expressão de feroz firmeza, em estranho contraste com sua habitual suavidade. — Procurarei minha justa satisfação.

— O que quer dizer com isso? — perguntou Ana da Áustria, um pouco inquieta.

— Quero que o sr. de Buckingham se afaste de Madame. Quero que o sr. de Buckingham deixe a França. E farei com que minha vontade fique clara.

— Não fará isso, Filipe — disse a rainha. — Se fizer, se violar de tal maneira a hospitalidade, apelarei à severidade do rei contra você.

— Está me ameaçando, mãe! — exclamou Filipe, afrontado. — Venho me queixar e a senhora me ameaça!

— Não o ameaço, apenas imponho limites a tanto arrebatamento. Tomar, contra o sr. de Buckingham ou qualquer outro inglês, uma medida mais drástica, ou empregar algum meio pouco cortês, significa levar a França e a Inglaterra a tensões perigosas. Como? Um príncipe, irmão do rei da França, não conseguiria dissimular uma injúria, mesmo que fosse real, diante de uma necessidade política?

Filipe esboçou um gesto.

— Aliás — continuou a rainha —, a injúria não é verdadeira nem possível. Trata-se de um ridículo ciúme.

— Mãe, sei o que digo.

— E eu, saiba ou diga você o que for, insisto que se mantenha paciente.

— Não sou paciente, senhora.

A rainha se levantou com dureza e, glacialmente cerimoniosa, determinou:

— Então explique o que pretende.

— Não se trata do que pretendo, mas do que quero. Se, por conta própria, o sr. de Buckingham não se afastar da minha casa, proibirei a sua presença.

— Isso é uma questão que devemos levar ao rei — disse Ana da Áustria, com o coração pesado e a voz emocionada.

— Senhora, seja mais minha mãe e menos rainha, pois vim como filho. Entre mim e o sr. de Buckingham será uma conversa de quatro minutos.

— E é exatamente de ter essa conversa que o proíbo — retomou, com autoridade, a rainha. — Não é digna da sua posição.

— Está bem, que seja! Não aparecerei, mas intimarei Madame a cumprir minha vontade.

— Ah, meu filho! — suspirou Ana da Áustria, com a melancolia da lembrança. — Nunca tiranize mulher nenhuma e nunca dê ordens imperativas à sua própria. Mulher vencida nem sempre está convencida.

— O que fazer então? Perguntarei no meu entorno.

— A seus conselheiros hipócritas, aquele seu de Lorraine, aquele seu de Wardes… Deixe-me cuidar disso. Quer que o duque de Buckingham se afaste, não é?

— O quanto antes.

— Pois diga ao duque que venha me ver. Sorria para ele, nada comente com sua mulher nem com o rei, com ninguém. Aceite conselhos apenas meus. Infelizmente, sei o que é um casal perturbado por conselheiros.

— Farei o que diz, mãe.

— E ficará satisfeito, Filipe. Procure o duque.

— Não será difícil.

— Onde acredita que esteja?

— Onde mais? À porta de Madame, aguardando seu despertar. É infalível.

— Bom! — disse Ana da Áustria, com calma. — Diga ao duque que peço sua visita.

Filipe beijou a mão da mãe e saiu à procura de Buckingham.

92. *For ever!*[2]

Ao saber do convite da rainha-mãe, milorde de Buckingham se apresentou meia hora depois da saída do duque de Orléans.

Quando seu nome foi anunciado pelo camareiro, a rainha se levantou da escrivaninha em que estava, apoiando a cabeça entre as mãos, e com um sorriso recebeu a graciosa reverência do duque.

Ana da Áustria continuava bonita. Sabe-se que, mesmo numa idade já avançada, seus longos cabelos agrisalhados, belas mãos e lábios vermelhos causavam ainda admiração em todos aqueles que a viam.

Naquele momento, entregue às lembranças que se agitavam em seu coração, parecia tão bela quanto nos dias da juventude, quando o palácio se abria para receber, jovem e impetuoso, o pai desse Buckingham ali presente, aquele infortunado que vivera por ela e morrera pronunciando seu nome.

Ana da Áustria olhou então para o visitante com a simpatia da afeição maternal, mas também com algo da satisfação feminina.

— Sua Majestade me chamou? — perguntou Buckingham, muito respeitoso.

— Sim, duque. Queira se sentar — disse a rainha, em inglês.

Servir-se da língua da qual o duque se sentia órfão desde que chegara à França foi uma delicadeza que tocou profundamente a sua alma. Ele logo percebeu que a rainha tinha algo a pedir.

Passados aqueles primeiros instantes, dominados pela opressão terrível das recordações, Ana voltou a uma atitude alegre e ao francês, perguntando:

— E o que o senhor tem achado da França?

— Um belíssimo país, senhora.

— Já havia estado aqui antes?

— Sim, uma vez.

— Mas como todo bom inglês, prefere a Inglaterra?

— Gosto mais da minha pátria do que da pátria de um francês — ele respondeu. — Mas se Vossa Majestade perguntar se prefiro estar em Paris ou em Londres, direi Paris.

---

2. Em inglês: “Para sempre!”.

Chamou a atenção de Ana da Áustria o calor com que essas palavras foram ditas.

— Pelo que me disseram, milorde possui muitos bens e mora num rico e antigo palácio.

— O palácio de meu pai — replicou Buckingham, baixando os olhos.

— São vantagens e recordações preciosas — continuou a rainha, voltando a lembranças difíceis de serem esquecidas.

— É verdade — concordou o duque, contagiado pela influência melancólica daquele preâmbulo. — Pessoas mais sensíveis sonham tanto pelo passado e pelo futuro quanto pelo presente.

— Concordo — murmurou a rainha. — Por isso, sendo milorde um homem sensível… deixará a França… para voltar às suas riquezas e às suas relíquias.

Buckingham ergueu a cabeça.

— Não creio, senhora.

— Como?

— A bem dizer, tenho planos de deixar a Inglaterra e vir morar na França.

Foi a vez de Ana da Áustria se mostrar surpresa.

— O que diz? Não está nas boas graças do novo rei?

— Pelo contrário, Sua Majestade me honra com infindáveis obséquios.

— Sua fortuna não pode ter diminuído — disse a rainha. — Soube que é considerável.

— Nunca floresceu tanto.

— Haveria então uma causa secreta?

— De forma alguma, senhora — apressou-se em dizer Buckingham —, não há segredo algum na minha motivação. Gosto de estar na França, gosto dessa corte cheia de bom gosto e urbanidade, como também dos prazeres um tanto sérios que não são os mesmos do meu país.

Ana da Áustria sorriu com fineza e perguntou:

— Prazeres sérios? Pensou bem nessa seriedade, sr. de Buckingham?

O duque ficou confuso.

— Não há prazer tão sério — continuou a rainha — que não impeça um homem da sua posi…

— Vossa Majestade insiste muito nesse ponto, tenho a impressão.

— Acha isso, duque?

— É a segunda vez que realça os atrativos da Inglaterra em detrimento do encanto de se viver na França.

Ana da Áustria se aproximou e, pousando sua bela mão no ombro do rapaz, que estremeceu ao sentir o contato, disse:

— Nada se iguala, senhor, a estar em seu país natal. Muitas vezes tive saudades da Espanha. Vivi muito, milorde, bastante tempo para uma mulher, e confesso não ter passado um ano sem sentir falta da Espanha.

— Nem um ano, senhora? — disse com frieza o jovem duque. — Ano nenhum em que era rainha da beleza, como, aliás, continua sendo?

— Sem lisonjas, duque. Tenho idade para ser sua mãe!

Ana disse essas últimas palavras com um carinho que falou alto ao coração de Buckingham.

— Exatamente — ela continuou. — Sua mãe, e por isso dou um bom conselho.

— Voltar a Londres?

— Isso mesmo, milorde.

Assustado, o duque juntou as mãos de uma forma que não podia deixar de causar efeito naquela mulher disposta a ternos sentimentos, vindos de ternas lembranças.

— É preciso — ela acrescentou.

— Não entendo! Estou sendo avisado que devo ir embora, estou sendo exilado, devo fugir?

— Exilado? Milorde fala como se a França fosse o seu país...

— O país de quem ama, senhora, é o país da pessoa amada.

— Nem uma palavra mais, milorde — disse a rainha. — Parece esquecer com quem fala.

Buckingham se pôs de joelhos.

— Senhora, Vossa Majestade é fonte de argúcia, de bondade, de clemência. É não só a primeira deste reino pela posição, mas a primeira do mundo pelas qualidades que a tornam divina. Eu nada disse, senhora. Terei mencionado algo para receber tão cruel advertência? Será que me traí, senhora?

— Milorde se traiu — disse a rainha em voz baixa.

— Eu nada disse, de nada sei.

— Esquece-se de que falou, de que pensou diante de uma mulher. E, aliás...

— E aliás — ele repetiu, interrompendo. — Ninguém sabe que Vossa Majestade me ouve.

— Pelo contrário, duque, muitos sabem. O senhor tem os defeitos e as qualidades da juventude.

— Traíram-me! Denunciaram-me!

— Quem?

— Aqueles que, já em Le Havre, com infernal perspicácia leram no meu coração como num livro aberto.

— Não sei quem são essas pessoas.

— O sr. de Bragelonne, por exemplo.

— Conheço o nome, mas não pessoalmente. O sr. de Bragelonne nada disse.

— Quem então, senhora? Oh, se alguém tiver tido a audácia de ver em mim o que eu próprio não quero ver...

— O que faria, duque?

— Há segredos que matam quem os descobre.

— Quem descobriu o seu segredo, louco que o senhor é, não está morto nem será, pois tem a seu favor todo o direito: foi o marido enciumado, o segundo fidalgo da França, o meu filho, duque de Orléans.

Buckingham perdeu a cor.

— Como está sendo cruel, senhora!

— Veja em que situação se colocou, Buckingham — disse Ana da Áustria, com melancolia. — Passa por todos os excessos, combatendo nuvens, quando é tão fácil se manter em paz.

— Quando entramos em guerra, senhora, dispomo-nos a morrer no campo de batalha — ele respondeu em voz baixa, caindo na mais dolorosa prostração.

Ana pegou sua mão.

— O que está pedindo, Villiers? — ela disse em inglês, com uma veemência à qual ninguém resistiria. — Pede a uma mãe que sacrifique seu filho? A uma rainha que permita a desonra da sua casa? Está sendo infantil, não conte com isso! Para poupá-lo de uma lágrima eu cometeria esses dois crimes? Sugeriu a lembrança de mortos que, no entanto, foram respeitosos e obedientes às regras. Os mortos se inclinavam diante de uma ordem de exílio. Carregavam o desespero como um tesouro no coração, pois tal desespero vinha da mulher amada, e a morte, com essa ilusão, se torna uma dádiva, um favor.

Buckingham se levantou, com as feições alteradas e as duas mãos no coração.

— Concordo com o que diz Vossa Majestade, mas aqueles a quem vos referis receberam a ordem de exílio de quem amavam, não foram expulsos. Pedia-se que se afastassem; não eram ridicularizados.

— Não eram, e a lembrança ficava! — murmurou Ana da Áustria. — Mas quem disse que está sendo expulso ou exilado? Quem disse que a sua dedicação não está sendo lembrada? Não falo em nome de outra pessoa, Villiers, falo em meu próprio nome, parta! Faça por mim esse obséquio, conceda-me essa graça. Que eu deva ainda esse favor a alguém do seu nome.

— Seria então pela senhora?

— Apenas por mim.

— Não haverá às minhas costas quem ria, um príncipe que diga: Foi como eu quis?

— Duque, ouça…

Nesse momento, a augusta figura da velha rainha assumiu uma expressão solene.

— Juro não estar falando a pedido de ninguém. Juro que não só não haverá quem ria ou se vanglorie, mas também que ninguém faltará ao respeito que a sua posição exige. Conte comigo, duque, como conto com o senhor.

— A senhora não vê. Estou arrasado, desesperado. Qualquer consolo, por mais carinhoso e completo que seja, não me parecerá suficiente.

— Amigo, conheceu a sua mãe? — respondeu a rainha, com um terno sorriso.

— Ah, muito pouco, mas me lembro de que a nobre senhora me cobria de beijos e de lágrimas quando eu chorava.

— Villiers! — murmurou a rainha, passando o braço pelo ombro do rapaz. — Sou como uma mãe para você, e, acredite, nunca ninguém fará meu filho chorar.

— Obrigado, senhora, obrigado! — disse o rapaz, comovido e sufocando de emoção. — Descubro haver ainda em meu coração lugar para um sentimento mais suave, mais nobre que o amor.

A rainha-mãe olhou para ele, apertou a sua mão e disse:

— Agora vá.

— Quando devo partir? Basta dizer.

— Leve o tempo que achar conveniente, milorde. Escolha o dia, mas parta... Em vez de hoje mesmo, como provavelmente preferiria; ou amanhã, como seria de esperar, parta depois de amanhã, à tarde. Mas anuncie desde hoje a sua decisão.

— Minha decisão? — murmurou o jovem.

— Sim, duque.

— E... nunca voltarei à França?

Ana da Áustria pensou por um momento, entregue à dolorosa gravidade dessa reflexão.

— Gostaria muito — ela afinal disse — que viesse no dia em que irei dormir na eternidade em Saint-Denis, ao lado do rei, meu esposo.

— Que tanto a fez sofrer.

— Que era rei da França.

— Vossa Majestade tem a vida plena de bondade, entra na prosperidade, imersa na alegria. Muitos anos se abrem à vossa frente.

— Nesse caso, será demorada a sua volta — tentou sorrir a rainha.

— Não voltarei — disse com tristeza Buckingham —, mesmo sendo jovem.

— Oh! Queira Deus...

— A morte é imparcial, não considera os anos. Pode-se morrer moço e viver velho.

— Nada de ideias sombrias, duque. Vou alegrá-lo. Volte dentro de dois anos. As ideias que lhe parecem tão lúgubres hoje estarão ultrapassadas antes de seis meses, posso ver isso em sua encantadora figura. Estarão mortas e esquecidas no prazo que lhe dei.

— Creio que vossa impressão era melhor ainda há pouco, dizendo que o tempo não nos afeta, a nós da casa de Buckingham.

— Silêncio! Por favor, não fale disso! — pediu a rainha, beijando o duque na testa, com um carinho que não pôde conter. — Vá! Não me comova ainda mais, não faça isso. Sou a rainha e o senhor é súdito do rei da Inglaterra. O rei Carlos o espera. Adeus, Villiers! *Farewell*,[3] Villiers!

— *For ever!* — replicou o rapaz, que saiu às pressas, devorando as lágrimas.

Ana apoiou as mãos nas têmporas e, se olhando no espelho, murmurou:

— Podem dizer o que for, mas a mulher é sempre jovem, tem sempre vinte anos em algum lugar do coração.

3. Em inglês, "adeus".

93. Quando Sua Majestade Luís XIV não acha a srta. de La Vallière nem rica nem bonita o bastante para um fidalgo como o visconde de Bragelonne

Raoul e o conde de La Fère chegaram a Paris no fim do dia em que Buckingham teve aquela conversa com Ana da Áustria.

Tão logo se encontravam na cidade, através de Raoul o conde pediu uma audiência ao rei, que havia passado o dia a escolher, com a rainha e as damas da corte, tecidos que daria de presente à cunhada. Houve em seguida o jantar e depois o jogo. Como era seu hábito, Sua Majestade deixou o jogo às oito horas e passou ao gabinete de trabalho, para se reunir com os srs. Colbert e Fouquet.

Raoul estava na antecâmara no momento em que os dois ministros saíram, e o rei o viu pela porta entreaberta.

— O que quer, sr. de Bragelonne? — ele perguntou.

O jovem se aproximou e respondeu:

— Sire, uma audiência para o sr. conde de La Fère, que chega de Blois querendo muito poder falar com Vossa Majestade.

— Tenho uma hora antes do jogo e da minha ceia. O sr. de La Fère está por perto?

— Logo aqui embaixo, à disposição de Vossa Majestade.

— Diga-lhe para vir.

Cinco minutos depois, Athos entrava no gabinete real, sendo recebido com a graciosa simpatia que Luís, com um tato surpreendente para sua pouca idade, reservava a pessoas que queria conquistar e não conseguiria com favores ordinários.

— Deixe-me esperar que o conde vem me pedir alguma coisa.

— Não escondo que, de fato, venho a Vossa Majestade como solicitante.

— Fico feliz!

— Mas o pedido não é para mim, Sire.

— É pena! Mas farei por seu protegido o que o conde não me permite fazer por ele.

— Vossa Majestade me consola... Venho pedir pelo visconde de Bragelonne.

— É como se fosse pelo senhor.

— Não exatamente, Sire... O que espero por ele não se adequaria a mim. O visconde está pensando em se casar.

— É jovem ainda, mas o que importa? Encontrarei uma boa esposa para ele.

— Ele a encontrou, Sire, e pede tão só o consentimento de Vossa Majestade.

— Ah! Trata-se apenas de assinar o contrato de casamento?

Athos se inclinou.

— A noiva é rica e tem uma linhagem que o contenta?

Athos hesitou e disse:

— É de família nobre, mas não rica.

— Um mal que podemos remediar.

— Vossa Majestade me deixa muito agradecido, mas peço que me dê a liberdade de fazer uma observação.

— Faça, conde.

— Vossa Majestade parece demonstrar a intenção de dotar a jovem?

— Sim, claro.

— E minha vinda ao Louvre teria esse resultado? Isso muito me incomodaria, Sire.

— Nada de falsa delicadeza, conde. Como se chama a noiva?

— Srta. de La Vallière de La Baume Le Blanc — respondeu, sem muito entusiasmo, Athos.

— Ah! — exclamou o rei, procurando na memória. — Conheço esse nome. Marquês de La Vallière...

— Sim, Sire. É a filha dele.

— O marquês já morreu?

— Sim.

— E a viúva voltou a se casar, com o sr. de Saint-Rémy, maître d'hôtel de Madame *douairière*?

— Vossa Majestade está bem informada.

— É isso, é isso!... E mais, a moça é dama de honra da jovem Madame.

— Vossa Majestade conhece melhor do que eu a história.

O rei pensou um pouco e, olhando de viés a expressão tensa de Athos, acrescentou:

— Conde, essa jovem nem é tão bonita.

— Não sei muito bem.

— Pois eu a vi e não me impressionou.

— Tem um jeito meigo e modesto, mas pouca beleza, Sire.

— Belos cabelos louros, no entanto.

— Creio que sim.

— E olhos azuis bem bonitos.

— Exato.

— Então, com relação à beleza, a escolha é mediana. Passemos ao dinheiro.

— De quinze a vinte mil libras de dotação no máximo, Sire. Mas os enamorados são desinteressados. Eu próprio faço pouco-caso do dinheiro.

— Do supérfluo, o senhor quer dizer; mas o necessário é urgente. Com quinze mil libras de dote, sem particularidades especiais, uma dama não tem acesso à corte. Podemos solucionar o problema; quero fazer isso por Bragelonne.

Athos se inclinou. O rei notou ainda o seu pouco interesse.

— Passemos do dinheiro à situação — continuou Luís XIV. — Ser filha do marquês de La Vallière a posiciona bem, mas temos esse bom Saint-Rémy que desdoura um pouco a casa... pela linhagem feminina, bem sei, mas desdoura. E o sr. conde, creio, faz muita questão de manter o bom nome da sua casa.

— Pessoalmente, Sire, de nada mais faço questão além da dedicação a Vossa Majestade.

O rei, mais uma vez, parou.

— O senhor me surpreende desde o início da nossa conversa. Veio por causa de um casamento e parece pouco animado com essa união. Muito raramente, apesar de jovem, me engano nesse sentido, me valendo com uns da afeição a serviço da inteligência, enquanto com outros sou desconfiado, o que redobra minha percepção. E repito que não faz esse pedido com muito gosto.

— É verdade, Sire.

— Não compreendo; por que não o recusa?

— Bragelonne tem todo o meu afeto, Sire. Está enamorado da srta. de La Vallière e imagina paraísos futuros. Não sou desses que desmancham as ilusões dos jovens. Tal casamento não me agrada, mas peço que Vossa Majestade o consinta o quanto antes, para a felicidade de Raoul.

— Diga-me, conde. Ela o ama?

— Se Vossa Majestade me pergunta o que penso, não creio no amor da srta. de La Vallière. É muito jovem, quase uma criança, está deslumbrada. O prazer de frequentar a corte, a honra de estar a serviço de Madame abalarão em sua cabeça o que houver de ternura no coração. Será então um desses casamentos que Vossa Majestade frequentemente vê na corte. Mas é o que deseja o visconde, que assim seja.

— O senhor, no entanto, não parece desses pais complacentes que se tornam escravos dos filhos.

— Sire, imponho minha vontade apenas contra aqueles por quem não tenho consideração. Raoul sofre, sente-se infeliz. De temperamento livre, tornou-se pesado e sombrio. Não quero privar Vossa Majestade dos serviços que ele possa prestar.

— Entendo. E, mais ainda, entendo o seu coração.

— Então não preciso dizer que minha intenção é a de não impedir a felicidade dessas crianças, ou melhor, dessa criança.

— Como o senhor, quero a felicidade do sr. de Bragelonne.

— Espero apenas, Sire, a assinatura de Vossa Majestade. Raoul terá a honra de se apresentar e receber vosso consentimento.

— Está enganado, conde. Como disse, quero a felicidade do visconde. De forma que, por agora, me oponho ao casamento.

— Mas Sire, Vossa Majestade prometeu…

— Não isso, conde, não prometi, pois vai de encontro a meus planos.

— Entendo o quanto Vossa Majestade está sendo bem-intencionada e generosa comigo, mas tomo a liberdade de dizer que vim como embaixador.

— Muitas vezes, conde, um embaixador pede e nem sempre obtém.

— Será um terrível golpe para Bragelonne, Sire.

— Virá de mim o golpe. Falarei com o visconde.

— O amor, Sire, é uma força irresistível.

— Resiste-se a essa força, posso garantir.

— Quem tem a alma de um rei, como Vossa Majestade.

— Não se preocupe mais quanto a isso. Tenho planos para Bragelonne. Não estou dizendo que não se casará com a srta. de La Vallière, mas não quero que se case tão jovem. Não quero que se case antes de fazer fortuna, e ele, por sua vez, merece e terá minha atenção. Resumindo, quero que aguardemos.

— Sire, uma vez mais…

— Conde, o senhor veio, como disse, me pedir um favor.

— Sim.

— Pois faça-me o senhor um favor e não falemos mais disso. É possível que em breve tenhamos guerra e preciso de fidalgos livres à minha volta. Não gostaria de enviar sob as balas de mosquetes e canhões um homem casado, pai de família. Não seria também conveniente para Bragelonne que eu dote uma jovem desconhecida sem motivos maiores; isso semearia inveja entre seus pares.

Athos se inclinou e nada respondeu.

— Era tudo o que tinha a pedir? — perguntou ainda Luís XIV.

— Tudo, Sire. Despeço-me então de Vossa Majestade. Devo avisar Raoul?

— Poupe-se dessa contrariedade. Diga ao visconde que falarei com ele amanhã, no meu despertar. Mas esta noite, conde, venha a meu jogo.

— Estou em traje de viagem, Sire.

— Virá o dia, espero, em que o senhor estará sempre perto de mim. Em breve, conde, a monarquia se estabelecerá de forma a oferecer digna hospitalidade a todas as pessoas do seu mérito.

— Sendo o rei grande no coração dos seus súditos, Sire, pouco importa o palácio em que vive, pois é adorado num templo.

Ditas essas palavras, Athos deixou o gabinete e encontrou Bragelonne, que o esperava.

— E então? — perguntou o rapaz.

— O rei é bom conosco, Raoul. Talvez não no sentido da sua expectativa imediata, mas é bom e generoso com nossa casa.

— O senhor tem alguma má notícia a me dar — empalideceu o jovem.

— O rei lhe mostrará amanhã de manhã que não se trata de má notícia.

— Mas o consentimento não foi assinado?

— Sua Majestade quer fazer o contrato pessoalmente, Raoul; e o quer de tal forma que precisará de tempo. Desconfie mais da sua impaciência do que da boa vontade do rei.

Consternado, pois conhecia a franqueza do conde, como também a sua habilidade, Raoul caiu num triste torpor.

— Não me acompanha até em casa? — perguntou Athos.

— Desculpe-me, senhor, estou pronto — ele balbuciou e o seguiu, descendo os degraus.

— Ah, já que estamos aqui — parou de repente Athos —, eu não poderia ir ver d'Artagnan?

— Quer que o leve até seu apartamento?

— Agradeceria.

— Temos então que pegar a outra escada.

Eles tomaram o caminho, mas chegando ao andar da grande galeria Raoul viu um criado com a libré do conde de Guiche, que se aproximou correndo ao ouvir a sua voz.

— O que houve? — perguntou Raoul.

— Esta mensagem. O conde soube que o senhor estava de volta e escreveu imediatamente. Há uma hora o procuro.

Raoul se preparou para romper o lacre da carta e perguntou a Athos:

— Permite?

— Claro.

> Caro Raoul, tenho algo importante a tratar com urgência. Soube que chegou. Venha assim que puder.

Mal acabara de ler a mensagem, Raoul foi visto por um criado que saía da galeria com a libré de Buckingham e que respeitosamente se dirigiu a ele:

— Da parte de milorde.

— Ah! — exclamou Athos. — Vejo que está ocupado como um general do Exército. Pode deixar, encontrarei d'Artagnan sozinho.

— Por favor, me desculpe — disse Raoul.

— Sim, claro, está desculpado. Pode me encontrar em casa amanhã. Em seguida devo voltar a Blois, se não houver impedimento.

— Irei amanhã me despedir.

Athos se foi.

Raoul abriu a carta de Buckingham:

> Sr. de Bragelonne, de todos os franceses que vi, é quem mais aprecio. Vou precisar da sua amizade. Recebi uma mensagem escrita em bom francês. Sou inglês e temo não ter compreendido bem. A carta foi assinada por um nome respeitável, é tudo o que sei. Soube que o senhor chegou de Blois, seria gentil a ponto de vir me ver?
>
> Do seu sincero
>
> VILLIERS, DUQUE DE BUCKINGHAM

— Já estou indo ver o conde — disse Raoul ao primeiro mensageiro, dispensando-o. — E dentro de uma hora irei à casa do sr. de Buckingham — ele acrescentou, fazendo com a mão um gesto para o criado do duque.

94. Muitas estocadas na água

No palacete dos Grammont, Raoul encontrou de Guiche conversando com Manicamp e de Wardes, que, desde o incidente na estrada de Le Havre, tratava Bragelonne tal qual um estranho.

Era como se nada houvesse acontecido, mas os dois se ignoravam.

Ao ver o amigo, de Guiche foi em sua direção, e, enquanto se apertavam as mãos, Raoul tentava descobrir, no rosto dos outros dois, o que estava acontecendo.

De Wardes se mostrava frio e impenetrável.

Manicamp parecia perdido na contemplação de algum detalhe de seu traje, que absorvia toda a sua atenção.

O conde levou Raoul a um escritório e pediu que se sentasse, dizendo:

— Está com ótima aparência!

— Estranho, pois não me sinto tão alegre — respondeu Raoul.

— Como eu, é o amor que não anda bem, não é?

— Sua situação não pode ser mais lamentável que a minha, pois a pior notícia, a que mais me entristeceria, ainda seria uma boa notícia.

— Bem, não se desespere, pois não só me sinto infeliz como também tenho que suportar pessoas felizes à minha volta.

— Não estou entendendo; explique um pouco, meu amigo.

— É simples. Lutei como pude contra o sentimento que você viu nascer e crescer em mim, mas em vão. Busquei conselhos e me esforcei, considerando bem a situação na qual estava me afundando. Sondei o abismo e, ainda assim, sigo em frente.

— Está sendo louco! Qualquer passo que dê causará, primeiro, a sua ruína e depois a sua morte.

— Que aconteça o que tiver que acontecer!

— De Guiche!

— Já pensei o quanto podia. Ouça.

— Acha mesmo que poderá ter algum sucesso, que Madame o amará?

— Não acho coisa alguma, Raoul, apenas espero. A esperança faz parte do ser humano e até o túmulo ele espera.

— Mas admitindo que alcance a felicidade esperada, isso só fará com que se perca ainda mais.

— Por favor, não me interrompa, pois não me convencerá. Na verdade, não quero ser convencido. Avancei muito e não posso mais recuar. Sofri tanto que a morte não me assusta. Não estou apenas loucamente apaixonado, Raoul, o ciúme me leva ao delírio.

Irritado, Raoul bateu as mãos e apenas disse:

— Continue.

— Goste ou não, o que peço a você, meu amigo, meu irmão, é o seguinte. Há três dias Madame está em festa, maravilhada. No primeiro dia, sequer ousei olhar, odiando-a por não se sentir tão infeliz quanto eu. No que se seguiu, não a perdi mais de vista e ela também olhava para mim — com alguma pena, mas com ao menos algum carinho. Entre os nossos olhares, porém, se interpõe uma sombra. Outro sorriso provoca os sorrisos dela, ao lado do cavalo dela galopa eternamente outro que não é o meu, e ao ouvido dela o tempo todo vibra uma voz macia que não é a minha. Há três dias minha cabeça arde, Raoul, o sangue ferve nas minhas veias. Preciso afastar essa sombra, apagar esse sorriso, abafar essa voz.

— Quer matar Monsieur? — assustou-se Raoul.

— Não! Não é dele que se trata; não tenho ciúme do marido, tenho ciúme do amante.

— Do amante?

— Deixou de enxergar, você que era tão clarividente?

— Está com ciúmes do sr. de Buckingham?

— Mortalmente!

— Mais uma vez.

— Mas agora o acerto de contas será mais fácil. Tomei a iniciativa e enviei um bilhete.

— Escreveu a ele? Foi você?

— Como sabe disso?

— Por ele próprio, veja.

E Raoul mostrou a mensagem que havia recebido quase ao mesmo tempo. De Guiche ansiosamente leu e disse:

— É alguém, sem dúvida, muito digno e correto.

— Com certeza. Nem preciso perguntar se escreveu de forma tão digna e correta.

— Ele mostrará minha carta quando você for vê-lo da minha parte.

— Será praticamente impossível.

— O que está dizendo?

— Que eu vá vê-lo como pretende.

— Por quê?

— Os dois me consultaram.

— Imagino que dê preferência a mim. Ouça o que peço… É simples… Diga que hoje, amanhã, depois de amanhã, a escolha é dele: quero encontrá-lo no bosque de Vincennes.

— Pense melhor.

— Como disse, já pensei.

— O duque é estrangeiro. Está em missão e isso o torna inviolável… Vincennes fica muito perto da Bastilha.

— Assumo as consequências.

— Mas por qual motivo? Qual motivo posso apresentar?

— Ele não pedirá, esteja certo… O duque está tão cansado de mim quanto eu dele. Deve me odiar tanto quanto o odeio. Então, por favor, vá até lá e, se for preciso suplicar, suplicarei.

— Não precisa… Ele quer falar comigo. Está no jogo de cartas do rei… Vamos até lá. Pedirei que me encontre na galeria. Espere por ali, será rápido.

— Está bem. Vou levar de Wardes para me fazer companhia.

— Por que não Manicamp? Pode encontrar de Wardes depois.

— Se preferir.

— Ele sabe de alguma coisa?

— De absolutamente nada. Vocês continuam brigados?

— Ele falou algo?

— Nada.

— Não gosto dele. E como nunca gostei, não estou mais brigado do que sempre estive.

— Então vamos.

Os quatro desceram. A carruagem do conde os esperava à porta e os levou ao Palais Royal.

No caminho, Raoul pensava no que fazer. Único a saber dos dois segredos, esperava poder arranjar as coisas entre as duas partes.

Buckingham lhe daria ouvidos e ele tinha boa ascendência sobre de Guiche. As coisas não pareciam desesperadoras…

A galeria resplendia de luz, com as mais belas e ilustres mulheres da corte a transitarem como astros em suas atmosferas incandescentes. Mesmo assim, Raoul não pôde deixar de, por um momento, se esquecer da missão que o fazia estar ali e admirar Louise. Entre as colegas, parecendo uma ave fascinada, ela devorava com os olhos os íntimos da realeza, borbulhantes de diamantes e ouro.

Os homens estavam de pé e apenas o rei se encontrava sentado.

Raoul viu Buckingham a dez passos de Monsieur, num grupo de franceses e ingleses que admiravam seu garbo e sua incomparável elegância.

Alguns velhos cortesãos se lembravam de ter visto o seu pai, e essa lembrança valorizava ainda mais o filho.

Ele conversava com Fouquet. Num tom informal, o superintendente falava de Belle-Île.

— Não posso ir neste momento — disse Raoul a de Guiche.

— Espere a primeira oportunidade, mas não demore. Estou ardendo de impaciência.

— Ah, lá vem o nosso salvador — disse Raoul, percebendo d'Artagnan, que, magnífico em seus novos trajes de capitão dos mosqueteiros, acabava de entrar na galeria, com ares sobranceiros.

Raoul foi na direção dele:

— O conde de La Fère o procurava.

— Estive com ele até agora.

— Achei que fossem passar boa parte da noite juntos.

— Marcamos de nos encontrar logo mais.

Enquanto respondia a Raoul, o mosqueteiro olhava distraidamente ao redor, procurando alguém ou alguma coisa.

De repente fixou a vista, como a águia que localiza sua presa.

Raoul seguiu o olhar e viu d'Artagnan e de Guiche se cumprimentarem, mas não soube direito qual tinha sido o objeto daquele olhar anterior, tão curioso e altaneiro.

— Apenas o senhor, cavaleiro, poderá neste momento me prestar um grande favor.

— É só dizer, caríssimo visconde.

— Trata-se de importunar por um instante o sr. de Buckingham, com quem preciso falar rapidamente. Como está conversando com o sr. Fouquet, não posso interrompê-los.

— Ah! O superintendente está aqui? — interessou-se d'Artagnan.

— Ali. Está vendo?

— É verdade. E acha que tenho maiores direitos?

— O senhor é alguém mais considerável.

— É verdade, sou capitão dos mosqueteiros. Há tanto tempo prometiam isso, e só tão recentemente a promessa se cumpriu, que ainda me esqueço.

— Pode fazer isso por mim, não é?

— Droga! Com o sr. Fouquet?

— Tem alguma coisa contra ele?

— Não. Talvez ele contra mim. Mas como, de qualquer forma, um dia ou outro...

— Veja, acho que ele está olhando para o senhor, ou será...

— Não, não se engana, é mesmo para mim que está olhando.

— É um bom momento, então.

— Acha?

— Com certeza. Por favor.

— Estou indo.

De Guiche não perdia de vista Raoul, que lhe fez sinal dizendo estar tudo se encaminhando.

D'Artagnan foi direto ao grupo e cumprimentou protocolarmente o sr. Fouquet e os demais cavalheiros.

— Boa noite, sr. d'Artagnan. Estávamos falando de Belle-Île-en-Mer — disse o superintendente, com essa ciência dos gestos e do olhar que requer a metade de uma vida para se aprender e, mesmo se esforçando, muita gente nunca consegue.

— Belle-Île-en-Mer? Ah! Uma propriedade do senhor, não é? — respondeu d'Artagnan.

— O sr. superintendente acaba de contar que a entregou ao rei — disse Buckingham, também cumprimentando d'Artagnan.

— Conhece Belle-Île, cavaleiro? — perguntou Fouquet ao mosqueteiro.

— Estive lá apenas uma vez — d'Artagnan respondeu, com elegância.

— Por muito tempo?

— Apenas um dia, monsenhor.

— E o que viu?

— Tudo o que se pode ver em um dia.

— É o bastante, para quem tem um bom olhar como o senhor.

D'Artagnan se inclinou.

Enquanto isso, Raoul acenava para Buckingham.

— Sr. superintendente — disse o inglês —, deixo-o com o capitão que, melhor do que eu, conhece bastiões, fossos e contraescarpas. Vou atender um amigo que me chama. Com licença...

Buckingham de fato se afastou, indo na direção de Raoul, mas parou por um momento junto à mesa em que jogavam Madame, a rainha-mãe, a jovem rainha e o rei.

— Vamos, Raoul — disse de Guiche. — Ele está vindo, seja firme e rápido!

Tendo cumprimentado Madame, Buckingham continuou seu caminho, com Raoul indo a seu encontro, enquanto de Guiche permanecia no mesmo lugar sem perdê-los de vista.

Tudo se combinou de tal maneira que o encontro dos dois jovens se daria no espaço vazio entre a mesa de jogo e a galeria pela qual perambulavam, onde alguns fidalgos paravam de vez em quando para conversar.

No momento, porém, em que iam se unir, as duas linhas foram rompidas por uma terceira.

Era Monsieur, avançando na direção do duque de Buckingham, com seu mais encantador sorriso nos lábios rosados por uma boa camada de pomada.

— Por Deus! — ele disse, com afetuosa polidez. — O que acabo de saber, meu querido duque?

Sem tê-lo visto se aproximar, Buckingham se virou. Apenas ouviu sua voz e estremeceu, sem conseguir evitar a reação. Alguma palidez descorou suas faces.

— O que Vossa Alteza acaba de saber que lhe causa tanto espanto? — ele perguntou.

— Algo que me desespera — disse o príncipe. — Algo que deixará em luto toda a corte.

— Ah! Vossa Alteza está sendo generosa — respondeu Buckingham —, pois creio que se refere à minha partida.

— Exato.

— Hélas!, monsenhor. Estando em Paris há apenas seis dias, minha partida não pode enlutar ninguém além de mim.

De Guiche ouviu a conversa de onde estava e, por sua vez, também estremeceu.

— Sua partida! — ele murmurou. — O que está dizendo?

Filipe continuava, com o mesmo tom cordial:

— Que o rei da Inglaterra o chame, posso entender. Sabe-se que Sua Majestade Carlos II, hábil em discernir os bons fidalgos, não pode abrir mão do senhor, mas que o percamos sem muito lamentar seria inconcebível. Aceite então a expressão dos nossos...

— Monsenhor, acreditai que se deixo a corte da França...

— É por ter sido convocado, entendo. Mas se achar que o meu desejo tem algum peso, posso suplicar à Sua Majestade Carlos II que permita sua permanência conosco por algum tempo mais.

— Tanta solicitude me deixa muito feliz, monsenhor, mas recebi ordens expressas. Minha estadia na França seria limitada e já a prolonguei demais, correndo o risco de desagradar a meu soberano. Só hoje me dei conta de já estar atrasado quatro dias.

— Oh! Como lamento.

— Sinto-me como aquele oriental que, por vários dias, esteve transtornado por um bonito sonho, mas, numa bela manhã, acordou curado —[4] acrescentou Buckingham em voz mais alta, de maneira a ser ouvido na mesa de jogo. — A corte da França oferece encantos que podem parecer um sonho, mas afinal acordamos e vemos ser preciso partir. Não posso então prolongar minha estadia, como Vossa Alteza parece pedir.

— E quando deve partir? — continuou Filipe, cheio de atenções.

— Amanhã, monsenhor... Todo o meu material está preparado há três dias.

---

4. Possível alusão às *Mil e uma noites*, sobretudo à história que ocupa a 24ª noite. Se for o caso, seria um ligeiro anacronismo, pois a primeira tradução francesa, que teve enorme sucesso, de Antoine Galland (1646-1715), é de 1704.

O duque de Orléans meneou a cabeça como quem diz: Sendo uma decisão já tomada, não há o que fazer.

Buckingham se voltou para as rainhas e o seu olhar encontrou o de Ana da Áustria, que lhe agradeceu com um gesto.

Ele respondeu ao aceno, escondendo com um sorriso a pressão que sentia no peito.

Monsieur se afastou por onde tinha vindo.

Pelo outro lado, ao mesmo tempo, aproximou-se de Guiche.

Temendo que o impaciente amigo viesse apresentar em pessoa a proposta, Raoul se colocou à sua frente.

— Não, não, Raoul, tudo se torna desnecessário… — disse de Guiche, estendendo as mãos ao duque e levando-o para trás de uma coluna. — Duque, duque! Perdoe-me pelo que escrevi. Estava enlouquecido! Por favor, devolva-me aquela carta.

— É verdade — replicou o jovem duque com um sorriso melancólico. — Não tem mais por que me querer mal.

— É preciso que me desculpe, duque! Tem minha eterna amizade…

— Por que, de fato, me guardar rancor uma vez que me afasto, uma vez que não mais a verei?

Ouvindo tudo isso, e compreendendo que sua presença se tornava supérflua entre os dois rapazes, que agora só trocavam palavras amigáveis, Raoul recuou alguns passos.

Isso o aproximou do lugar onde se encontrava de Wardes, que comentava, com o cavaleiro de Lorraine, a partida de Buckingham.

— Sábia retirada! — dizia de Wardes.

— Em que sentido?

— Poupa ao querido duque alguns ferimentos.

Os dois se puseram a rir.

Indignado, Raoul se voltou para eles de cara fechada, com as têmporas latejando e um sorriso de desprezo.

O cavaleiro de Lorraine rapidamente se retirou. De Wardes permaneceu onde estava, na expectativa. Raoul não se fez esperar:

— O senhor então não perde o hábito de insultar as pessoas pelas costas? Ontem era o sr. d'Artagnan, hoje o sr. de Buckingham.

— O senhor bem sabe que às vezes insulto também pela frente.

Os dois estavam muito próximos, com os ombros a se tocarem e os rostos inclinados, um na direção do outro, como se reciprocamente se abrasassem com o calor das suas respirações cheias de raiva.

Sentia-se que um estava no auge do ódio e o outro no fim da paciência.

De repente, ouviram uma voz cheia de graça e polidez, atrás deles, que dizia:

— Creio ter ouvido meu nome.

Os dois se voltaram. Era d'Artagnan, que, com olhos brilhantes e sorriso cínico, acabava de pesar a mão sobre o ombro do antagonista de Raoul, que abriu espaço para o mosqueteiro.

Um calafrio percorreu de Wardes de cima a baixo, ele empalideceu, mas nem por isso se moveu.

Sem desfazer o sorriso, d'Artagnan se pôs entre os dois jovens.

— Obrigado, meu caro Raoul — ele disse. — Sr. de Wardes, tenho algo a lhe dizer. Não se afaste, Raoul; todos podem ouvir o que tenho a comunicar ao sr. de Wardes.

O sorriso então se apagou e o olhar do mosqueteiro se tornou frio e agudo como uma lâmina de aço.

— Estou ouvindo — disse de Wardes.

— Há muito eu esperava uma oportunidade para conversar com o senhor e só agora consigo. O lugar não é ótimo, concordo, mas se aceitar vir até o meu alojamento; fica junto à escada que dá na galeria.

— Posso acompanhá-lo — concordou de Wardes.

— Está sozinho? — perguntou ainda d'Artagnan.

— Não, os srs. Manicamp e de Guiche, meus amigos, estão comigo.

— Muito bem. Mas é pouco. Conseguiria algumas pessoas mais, não é?

— Certamente — respondeu o rapaz, sem entender aonde d'Artagnan queria chegar. — Quantas o senhor quiser.

— Amigos seus?

— Sim.

— Bons amigos?

— Com certeza.

— Pois bem, junte-os, por favor. E você, Raoul, venha comigo... Traga também os srs. de Guiche e de Buckingham.

— Por Deus, quanto mistério! — tentou sorrir de Wardes.

O capitão fez um gesto pedindo paciência e acrescentou:

— Será tudo calmo. Aguardo o senhor.

— Não demoro.

— Então até já! — ele se despediu, tomando a direção do seu apartamento.

A sala de d'Artagnan não estava vazia: o conde de La Fère ali aguardava, sentado ao lado de uma janela.

— E então? — ele perguntou, vendo o amigo entrar.

— E então o sr. de Wardes aceitou vir me visitar, na companhia de alguns amigos e dos nossos.

De fato, logo em seguida chegaram de Wardes e Manicamp.

De Guiche e Buckingham os seguiam bastante surpresos e sem saber o que se esperava deles.

Raoul trazia mais dois ou três fidalgos. Seu olhar percorreu a sala logo ao entrar. Percebendo o pai, posicionou-se a seu lado.

D'Artagnan recebeu suas visitas com toda a polidez de que era capaz, mantendo fisionomia descontraída e cortês.

Todos ali presentes eram personagens de distinção, com algum posto na corte.

Depois de se desculpar pelo transtorno que causava, o mosqueteiro se virou para de Wardes, que, apesar do autocontrole, não conseguia impedir que o rosto exprimisse surpresa e inquietude. Ele então disse:

— Cavalheiro, agora que estamos fora dos domínios do rei, podendo falar em voz alta sem causar quebra de decoro, vou dizer por que tomei a liberdade de trazê-lo a meus aposentos, convocando também os demais. Pelo sr. conde de La Fère, meu amigo, soube dos rumores injuriosos que o senhor semeia a meu respeito. Pelo visto, me considera um inimigo mortal, uma vez que, segundo o senhor, fui inimigo do seu pai.

— Não nego — respondeu de Wardes, com uma palidez que se coloria com leve fulgor.

— Então me acusa de um crime, de uma culpa ou de uma covardia. Peço que seja mais preciso quanto à acusação.

— Diante de testemunhas?

— Sim, diante de testemunhas e, como vê, são pessoas capazes de julgar em matéria de honradez.

— O senhor, pelo visto, não aprecia a delicadeza. Acusei-o, é verdade, mas mantive segredo quanto à acusação. Não entrei em detalhes e me limitei a exprimir meu sentimento diante de pessoas para as quais era quase um dever levá-lo a seu conhecimento. Não considera a minha discrição, mesmo sendo do seu interesse o meu silêncio. Isso não combina com a sua habitual prudência, sr. d'Artagnan.

D'Artagnan mordeu a ponta do bigode e apenas disse:

— Cavalheiro, já tive a honra de pedir que especifique as acusações.

— Em voz alta?

— Como não?

— Farei isso.

— Faça — disse d'Artagnan, se inclinando. — Estamos ouvindo.

— Pois bem, trata-se de uma falta cometida não contra mim, mas contra o meu pai.

— Como já mencionou.

— Sim, mas há coisas a que só voltamos com certa hesitação.

— Se tal hesitação de fato existir, peço que a supere.

— Mesmo se tratando de uma ação vergonhosa?

— Qualquer que seja o caso.

Os que ali estavam começaram a se entreolhar com certa apreensão. Mas o rosto de d'Artagnan, sem demonstrar qualquer emoção, os tranquilizava.

De Wardes guardava silêncio.

— Fale, cavalheiro. Como vê, estamos esperando — disse o mosqueteiro.

— Pois bem! Meu pai amava certa mulher, uma nobre dama que, por sua vez, amava meu pai.

D'Artagnan trocou um olhar com Athos.

De Wardes continuou:

— O sr. d'Artagnan teve acesso a cartas que marcavam um encontro. Disfarçado, ele foi a esse encontro e, se aproveitando do escuro, agiu abusivamente.[5]

— É verdade — concordou d'Artagnan.

Um ligeiro murmúrio circulou entre os presentes.

— Confesso ter cometido essa má ação. O cavalheiro deveria ter acrescentado, uma vez que se mostra tão imparcial, que na época em que ocorreu esse ato censurável eu sequer tinha vinte e um anos.

— Nem por isso o feito é menos vergonhoso — rebateu de Wardes —, e a idade da razão já bastaria para que um fidalgo não cometesse semelhante incivilidade.

Um novo murmúrio percorreu a sala, mas de espanto e quase de dúvida.

— Foi de fato um ato vergonhoso — admitiu d'Artagnan — e não esperei a censura do sr. de Wardes para muito amargamente me arrepender. A idade me deu mais juízo, maior probidade sobretudo, e duramente expiei meu erro. Mas devo lembrar que isso se passava em 1626, um tempo do qual os senhores podem se alegrar de só terem conhecido por ouvir falar, um tempo em que o amor era pouco escrupuloso, em que as consciências não destilavam veneno e mirra, como hoje. Éramos jovens soldados, ora vencedores, ora perdedores, sempre com a espada desembainhada — ou pelo menos metade dela —, sempre entre duas mortes. A guerra nos tornava duros, o cardeal tornava nossas reações urgentes. Resumindo, me arrependi e, posso dizer, me arrependo ainda, sr. de Wardes.

— Posso entender, pois foi uma ação desonesta e não deixou de causar a perdição de uma mulher que, esmagada pela vergonha e pelo peso da afronta, preferiu fugir, deixando a França. E dela não se soube mais...

— Ah! — interrompeu o conde de La Fère, estendendo o braço na direção do rapaz, com um sorriso sinistro. — Não foi bem assim, cavalheiro; ela foi frequentemente vista e inclusive estão aqui pessoas que, tendo ouvido falar, a

5. Ver *Os três mosqueteiros*, capítulos 30, 33, 35 e 36.

reconhecerão pela descrição que darei. Tinha vinte e cinco anos, corpo elegante, pálida, loura e fora casada na Inglaterra.

— Era casada? — surpreendeu-se de Wardes.

— Ah, não sabia? Como vê, temos mais informações que o senhor. Sabe que era conhecida como Milady, sem que se juntasse nome nenhum a essa qualificação?

— Sim, disso eu sei.

— Meu Deus! — exclamou Buckingham.

— Continuando, essa mulher, que vinha da Inglaterra, para lá voltou depois de ter por três vezes conspirado para a morte do sr. d'Artagnan. Isso nos faz pensar um pouco mais, não? É verdade, o sr. d'Artagnan a havia insultado. Mas deve-se acrescentar que, na Inglaterra, usando suas seduções, essa mulher conquistou um jovem chamado Felton, que estava a serviço do lorde de Winter.[6] Vejo que o nome abala milorde de Buckingham, cujos olhos se enchem de raiva e de dor. Se preferir, termine o senhor a narrativa e conte ao sr. de Wardes quem era essa mulher que pôs a faca na mão do assassino de seu pai.

Uma exclamação escapou dos que ouviam. O jovem duque passou um lenço pela testa inundada de suor.

— Como vê, sr. de Wardes — retomou d'Artagnan, a quem tudo aquilo havia abalado, mais ainda ao ver suas lembranças serem reavivadas pelas palavras de Athos —, como vê, meu crime não causou a perdição de uma alma que já estava pura e simplesmente perdida. Trata-se, para mim, de um exame de consciência. Dito isso, com muita humildade peço ao senhor que me perdoe aquele ato vergonhoso, como pediria ao sr. seu pai, se vivo ainda estivesse ou se eu o houvesse encontrado na França depois da morte de Carlos I.

— Já é o bastante, sr. d'Artagnan — exclamaram alguns.

— Infelizmente, não — respondeu o capitão —, mas espero, sr. de Wardes, que tudo esteja terminado entre nós e que deixe de falar mal de mim. Estamos resolvidos, não?

O rapaz se inclinou, balbuciando algumas palavras.

— Mas espero também — continuou d'Artagnan, se aproximando dele — que não fale mal de mais ninguém, como parece ter o mau hábito de fazer. Alguém tão consciencioso e tão perfeito, que critica um deslize de juventude de um velho soldado, trinta e cinco anos depois, alguém ostentando tamanha pureza de consciência deve assumir, com relação à própria pessoa, o compromisso tácito de não ofender a consciência e a honradez alheias. Ouça então o

---

6. John Felton (1595-1628), tenente do Exército inglês, conhecido por ter assassinado o 1º duque de Buckingham em 1628. Em *Os três mosqueteiros*, capítulo 50 e seguintes, ele comete o crime induzido por Milady. Lorde de Winter era irmão de Milady e acaba se aliando aos mosqueteiros contra a vilã.

que me resta ainda a dizer, sr. de Wardes: evite que alguma história envolvendo o seu nome chegue a meus ouvidos.

— Parece-me uma ameaça inócua e um tanto desnecessária, capitão.

— Ah! Não havia terminado. O senhor está condenado a me ouvir ainda.

O círculo de pessoas se estreitou, com curiosidade.

— Ainda há pouco mencionou a agressão feita à honra de uma dama e à do seu pai. Foi uma bela coisa, sendo louvável que tais sentimentos de delicadeza e de probidade, aparentemente inexistentes em nossa alma, estejam presentes na alma dos nossos filhos. É bonito ver um jovem, na idade em que os jovens em geral não se preocupam tanto com a honra feminina, é bonito ver esse jovem respeitando-a e defendendo-a.

De Wardes trancava os lábios e os punhos, ansioso para saber como terminaria aquilo, cujo exórdio não se anunciava bem.

— Assim sendo, como se permitiu dizer ao sr. visconde de Bragelonne que ele desconhece o nome da própria mãe? — continuou d'Artagnan.

Os olhos de Raoul faiscaram e ele reagiu:

— Sr. cavaleiro, isso é um caso meu, pessoal.

De Wardes sorriu maldosamente.

D'Artagnan afastou Raoul com o braço:

— Não me interrompa, meu jovem.

Em seguida, fixando os olhos em de Wardes:

— Esta é uma questão que não se resolve pela lâmina. Trato-a diante de pessoas honradas que, mais de uma vez, tiveram que sacar a espada. Foram escolhidas por isso e sabem que todo segredo pelo qual se duela deixa de ser um segredo. Reitero a pergunta ao sr. de Wardes: por qual motivo ofendeu esse jovem, ofendendo, ao mesmo tempo, o seu pai e a sua mãe?

— Parece-me que as palavras são livres quando nos propomos a sustentá-las por todos os meios à disposição de um homem honrado — ele respondeu.

— E que meios são esses, pelos quais um homem honrado pode sustentar palavras desonrosas?

— A espada.

— Respondendo assim, mostra que lhe faltam não apenas lógica, mas também religião e honra. Expõe a vida de vários homens, sem falar da sua própria, que me parece bastante aventurosa. Toda moda passa, e passou a dos duelos, além dos éditos de Sua Majestade, que os proíbem. Então, para ser consequente com suas ideias cavaleirescas, apresente suas desculpas ao sr. Raoul de Bragelonne. Diga que lamenta ter sido leviano, que a nobreza e a pureza da sua raça estão escritas não só no seu coração, como também em todas as ações da sua vida. Faça isso, sr. de Wardes, como eu próprio, um velho capitão, fiz ainda há pouco diante do seu bigode de criança.

— E se eu não fizer?

— Bom! Vai acontecer…

— Justo o que o senhor julga estar impedindo — riu de Wardes. — O que vai acontecer é que a sua lógica de conciliação resultará numa violação das proibições do rei.

— De forma alguma — respondeu tranquilo o capitão. — O senhor está errado.

— E o que acontecerá então?

— Acontecerá que irei falar com o rei, com quem estou em boas graças; o rei, a quem tive a felicidade de prestar alguns favores que vêm de uma época em que o senhor nem era nascido; o rei, enfim, que, a pedido meu, acaba de me dar uma ordem em branco para o sr. Baisemeaux de Montlezun,[7] governador da Bastilha, e lhe direi: "Sire, um homem insultou covardemente o sr. de Bragelonne, falando da sua mãe. Escrevi seu nome na carta de prego[8] que Vossa Majestade me confiou, de forma que o sr. de Wardes estará na Bastilha pelos próximos três anos".

Tirando do bolso a ordem assinada pelo rei, d'Artagnan a mostrou a de Wardes.

Em seguida, vendo que o rapaz não parecia de todo convencido, imaginando ainda alguma ameaça inócua, ele deu de ombros e calmamente se dirigiu a uma escrivaninha, onde se encontravam um tinteiro e uma pena cujo comprimento teria assustado o topógrafo Porthos.

De Wardes entendeu que a ameaça era das mais sérias. A Bastilha, já naquela época, era algo assustador. Deu um passo na direção de Raoul e, com voz quase ininteligível, disse:

— Cavalheiro, vendo-me impelido a isso, peço as desculpas que me foram ditadas ainda há pouco pelo sr. d'Artagnan.

— Um momento, um momento — interrompeu o mosqueteiro, com toda a calma. — Está se enganando nos termos. Em vez de "vendo-me impelido a pedir", prefiro "minha consciência me leva a pedir". Fica melhor, acredite. Sobretudo por exprimir mais exatamente os seus sentimentos.

— Subscrevo então a fórmula, mas os senhores hão de convir que uma estocada perfurando um corpo, como se fazia antigamente, era melhor do que semelhante tirania.

7. François Baisemeaux de Montlezun (1609-97) foi governador (como era chamado o comandante de uma fortaleza) da prisão da Bastilha de 1658 até a sua morte. O cargo não era dos mais prestigiosos, mas era bastante lucrativo.

8. No Antigo Regime francês (até 1789), a carta de prego assinada pelo rei, entre outras coisas, podia trancafiar por tempo indeterminado qualquer pessoa, sem nenhum simulacro de julgamento. Em cárceres chamados *oubliettes*, essas pessoas eram "esquecidas".

— Não, pois tal vitória não significa ter razão, apenas maior habilidade no manejo da arma.

— Cavalheiro! — exclamou de Wardes.

— Hum! Está querendo ainda dizer alguma coisa despropositada — d'Artagnan cortou de Wardes. — Faço-lhe um favor interrompendo-o.

— Isso é tudo?

— Tudo, absolutamente — respondeu d'Artagnan. — Esses senhores e eu estamos satisfeitos.

— Suas conciliações não são das mais felizes — concluiu de Wardes.

— Por que acha isso?

— Posso apostar que o sr. de Bragelonne e eu vamos nos separar mais inimigos do que nunca.

— Engana-se no que se refere a mim — respondeu Raoul. — Não guardo contra o senhor um átomo de fel no coração.

Isso acabou de esmagar de Wardes, que lançou à sua volta olhares alucinados.

D'Artagnan cumprimentou graciosamente os fidalgos que tinham assistido à explicação e todos, ao se retirarem, fizeram questão de apertar a sua mão.

Mão nenhuma se estendeu a de Wardes.

— Maldição! — exclamou o rapaz, sucumbindo à raiva que devorava o seu coração. — Preciso encontrar em quem me vingar!

— Conte comigo — disse a seu ouvido uma voz cheia de ameaça.

Ele se virou e era o duque de Buckingham, que, provavelmente com essa intenção, acabava de se aproximar.

— O senhor?

— Eu mesmo. Não sou súdito do rei da França e não estarei em seu território, pois parto para a Inglaterra. Preciso também me vingar em alguém pois, como o senhor, tenho um acúmulo de desespero e raiva. Concordo plenamente com os princípios do sr. d'Artagnan, mas não me sinto forçado a aplicá-los em relação ao senhor. Sou inglês e proponho ao senhor o que inutilmente propôs a outros.

— Sr. duque!

— Vamos, meu caro de Wardes, já que se sente tão irritado, desconte em mim. Estarei em Calais dentro de trinta e quatro horas. Venha comigo; o caminho nos parecerá menos demorado se o fizermos juntos. Lá chegando, sacaremos nossas espadas num banco de areia que a maré cobre e seis horas por dia é território da França, mas por seis outras é território de Deus.

— Está bem, aceito.

— Ótimo! Caso me mate, estará me fazendo um grande favor, posso garantir.

— Farei todo o possível nesse sentido, duque.

— Então está combinado, levo-o comigo.

— Ponho-me a seu dispor. Droga, para me acalmar eu precisava mesmo de um bom perigo, com risco de morte.

— Pois encontrou o que procura. Conte comigo, sr. de Wardes. Amanhã de manhã meu criado lhe dirá a hora exata da partida. Seguiremos como dois bons amigos. Costumo viajar com pressa. Boa noite!

Buckingham se despediu e voltou ao jogo do rei.

Exasperado, de Wardes deixou o Palais Royal e rapidamente tomou o caminho da casa onde morava.

95. Sr. Baisemeaux de Montlezun

Depois da lição um tanto dura aplicada em de Wardes, Athos e d'Artagnan desceram juntos a escada que levava até o pátio do Palais Royal.

O conde dizia ao amigo:

— Raoul não poderá evitar o duelo contra de Wardes, isso vai acontecer, mais cedo ou mais tarde. Esse rapaz não é só maligno, é também corajoso.

— Conheço o gênero, pois lidei com o pai. Posso garantir, me deu muito trabalho, e lembre que naquele tempo eu tinha bons músculos e era tremendamente seguro de mim. Devia ver como foi duro. Ah, meu amigo! Não se travam mais assaltos assim. Minha mão não ficava um instante parada, parecia feita de mercúrio; mas você sabe, me viu em atividade. Não era uma simples barra de aço, era uma serpente que assumia diferentes formas e extensões para posicionar da melhor maneira a cabeça, ou seja, a picada. Eu me afastava seis pés, depois três, pressionava o adversário no corpo a corpo, voltava a me lançar a dez pés. Não havia força humana que resistisse àquela impulsão feroz. Pois bem, de Wardes pai, com sua bravura de boa raça, sua bravura selvagem, me deu um bocado de trabalho. No fim do combate, meus dedos estavam cansados.[9]

— Isso confirma o que eu disse. O filho vai procurar Raoul e acabará conseguindo, pois não é difícil encontrá-lo.

— Também acho, mas Raoul não perde a cabeça. Inclusive disse não ter raiva do infeliz. Vai esperar ser provocado, e é a melhor coisa. O rei não terá como se zangar. E saberemos, aliás, acalmar Sua Majestade. Por que se preocupa? Não é do seu feitio.

— É verdade, mas outros detalhes me perturbam. Raoul irá amanhã ver o rei, que lhe dirá o que pensa de certo casamento. Vai se sentir frustrado, já que está apaixonado e, nessa situação, se encontrar de Wardes, explodirá.

— Impediremos isso, caro amigo.

— Não eu, que volto para Blois. Essa elegância maquiada da corte e essas intrigas me causam repulsa. Estou velho para pactuar com as mesquinharias de hoje. No grande livro de Deus, li coisas belas e vastas demais para me in-

9. Ver capítulo 20 de *Os três mosqueteiros*.

teressar pelos pequenos acertos que essas pessoas cochicham, querendo enganar. Resumindo, me entedio em Paris quando não estou na sua companhia, meu amigo, e como não posso estar o tempo todo, volto para Blois.

— Engana-se, Athos! Como é capaz de mentir com relação à origem e ao destino da sua alma! Homens da sua têmpera podem contar com a plenitude das suas faculdades até o derradeiro dia. Sabe aquela minha velha espada de La Rochelle, aquela lâmina espanhola? Serviu-me por trinta anos com a mesma perfeição; num dia de inverno, caiu no piso de mármore do Louvre e se quebrou de uma só vez. Um cuteleiro fez dela uma faca de caça para mim, que deve durar mais cem anos. Você, Athos, com a lealdade, a franqueza, a fria coragem e a sólida instrução que tem, é a pessoa necessária para aconselhar e guiar os reis. Fique aqui: o sr. Fouquet não vai durar tanto tempo quanto a minha lâmina espanhola.

— Veja só — sorriu Athos. — Depois de me alçar às nuvens e fazer de mim uma espécie de deus, d'Artagnan me joga do alto do Olimpo e me esborracha no chão. Tenho ambições maiores, meu amigo. Ser ministro, ser escravo, que diabos! Não sou mais do que isso? Nada sou, mas lembro que você às vezes me chamava "o grande Athos", e eu o desafio a confirmar o epíteto, se eu for ministro. Não, não me rendo tão facilmente.

— Então estamos conversados. Abdique de tudo, mesmo da fraternidade!

— Ah, meu amigo, está sendo quase rude no que diz!

D'Artagnan apertou com firmeza a mão de Athos.

— Abdique do que quiser, sem medo. Raoul pode ficar sem você, estou em Paris.

— Pois volto a Blois. No final do dia, venha se despedir. Amanhã, logo ao amanhecer ponho-me em sela.

— Não pode voltar sozinho ao hotel. Por que não trouxe Grimaud?

— Meu amigo, Grimaud dorme cedo. O pobre velho se cansa com facilidade. Veio de Blois e forcei-o a ficar em casa, pois se precisar, sem tomar fôlego, fazer as quarenta léguas que nos separam de La Fère, é capaz de morrer com o esforço, mas não vai se queixar. E quero muito manter vivo o meu Grimaud.

— Vou lhe dar um mosqueteiro para iluminar o caminho. Ei, alguém aí!

Sete ou oito cabeças apareceram.

— Um homem de boa vontade para escoltar o sr. conde de La Fère — gritou d'Artagnan.

— Agradeço, cavalheiros, mas não quero incomodar fidalgos como os senhores — disse Athos.

— De bom grado o escoltaria se não tivesse que falar com o sr. d'Artagnan.

— Quem é? — o capitão tentou identificar a pessoa na penumbra.

— Eu, meu caro sr. d'Artagnan.

— Que o diabo me carregue se não for a voz de Baisemeaux!

— Eu mesmo.

— Meu bom Baisemeaux! O que faz aqui no pátio?

— Aguardo suas ordens, meu caro sr. d'Artagnan.

— Ah, idiota que sou! É verdade que o avisei para uma prisão, mas vir pessoalmente em vez de enviar alguém!

— Vim por precisar também falar com o senhor.

— E não mandou avisar?

— Estava esperando — disse timidamente Baisemeaux.

— Vou indo. Adeus, d'Artagnan — despediu-se Athos.

— Deixe-me antes apresentá-lo ao sr. Baisemeaux de Montlezun, governador do castelo da Bastilha.

Os dois se cumprimentaram.

— Aliás, devem se conhecer — acrescentou d'Artagnan.

— Tenho uma vaga lembrança — disse Athos.

— Sabe? Baisemeaux, da guarda do rei, com quem tivemos boas passagens, sob o cardeal…

— Ah, sim, é verdade — concordou Athos, retirando-se cordialmente.

— O nome de guerra do sr. conde era Athos — segredou d'Artagnan a Baisemeaux.

— Sim, claro. Muito distinto, um dos quatro fabulosos — disse o ex-guarda.

— Ele mesmo. Mas, então, meu caro Baisemeaux, conversemos.

— Por favor.

— Para começar, quanto à ordem de prisão, está liquidada; não teremos prisão. O rei não quis mais prender a pessoa.

— Ah, que pena! — suspirou Baisemeaux.

— Como assim? — sorriu d'Artagnan.

— Pois — respondeu o governador da Bastilha. — Os prisioneiros são a minha renda.

— É verdade. Não via a coisa sob esse ângulo.

— Quer dizer que nada de prisão? — ele mais uma vez suspirou, e prosseguiu: — O senhor é que está com uma bela posição: capitão dos mosqueteiros!

— É mesmo bonita, mas o senhor não tem o que invejar: governador da Bastilha, o primeiro dos castelos da França.

— É, eu sei — concordou Baisemeaux, nada animado.

— Diz isso como um penitente, caramba! Troco meus ganhos pelos seus, se concordar.

— Nem falemos de ganhos, se não quiser me partir o coração.

— Está olhando para os lados como se temesse ser preso, logo o senhor, o principal carcereiro do reino.

— Podemos ser vistos e ouvidos. Prefiro que conversemos com mais discrição, se me conceder esse favor.

— Baisemeaux! Nos conhecemos há trinta e cinco anos! Não me venha com esses ares. Fique à vontade. Não devoro governadores da Bastilha sem nem ao menos cozinhar.

— Graças a Deus!

— Venha, vamos dar uma caminhada pelo pátio, de braços dados. Temos um maravilhoso luar e, na alameda de carvalhos, sob as árvores poderá me contar sua terrível história.

Puxando o acabrunhado governador e pegando o seu braço, com brusca bonomia o capitão o encorajou:

— Em frente, Baisemeaux, solte a língua! O que tem a contar?

— Será meio demorado.

— Prefere ficar se lamuriando? Vai ser mais demorado ainda. Aposto que faz cinquenta mil libras com seus hóspedes da Bastilha.

— Quando acha que isso vai acontecer, meu caro sr. d'Artagnan?

— Não entendo, Baisemeaux. Olhe só para você. Parece alguém que se mortifica, caramba! Vou levá-lo a um espelho e verá que está bem rechonchudo, florescente, redondo como um queijo, tem olhos que parecem carvões em brasa. Sem essas rugas forçadas na testa, nem parece ter cinquenta anos. No entanto, tem sessenta, não tem?

— Tudo isso é verdade…

— E eu não sei? É verdade, como são verdadeiras as cinquenta mil libras de ganho.

O pequeno Baisemeaux bateu o pé.

— Tudo bem — continuou d'Artagnan. — Vou obrigá-lo a fazer umas contas. Era capitão da guarda do sr. de Mazarino: doze mil libras por ano. Ganhou isso por doze anos: cerca de cento e quarenta mil libras.

— Doze mil libras? Está louco? — exclamou Baisemeaux. — O velho unha de fome nunca foi além das seis mil, e os encargos do posto chegavam a seis mil e quinhentas. O sr. Colbert, que me cortou as seis mil libras, aceitava abrir mão de cinquenta pistolas como gratificação. Sem minha pequena propriedade de Montlezun, que rende doze mil libras, não teria como pagar meus gastos.

— Deixemos então de lado o passado e passemos às cinquenta mil libras da Bastilha. Imagino que tenha casa, comida e seis mil libras de remuneração.

— É isso.

— Entra ano e sai ano, cinquenta prisioneiros, em média, rendem mil libras por cabeça.

— Não nego.

— São cinquenta mil libras anuais. Como está lá há três anos, tem cento e cinquenta mil libras.

— Está se esquecendo de um detalhe, caro sr. d'Artagnan.

— Qual?

— É que o senhor recebeu das mãos do rei o posto de capitão.

— Sei disso.

— Enquanto isso, eu recebi o de governador dos srs. Tremblay e Louvière.[10]

— É verdade. E Tremblay não era alguém que deixasse seu lugar de graça.

— Louvière não ficava atrás. Ou seja, paguei setenta e cinco mil libras a Tremblay por sua parte.

— Bela soma! E a Louvière?

— Outro tanto.

— De uma vez só?

— Não, não teria como. O rei, ou melhor, o sr. de Mazarino não queria dar a impressão de estar destituindo esses dois, que vinham das barricadas da Fronda. Então aceitou que estabelecessem condições leoninas para se afastarem.

— Quais condições?

— Vai se assustar... Luvas equivalentes a três anos de remuneração.

— Miséria! De forma que as cento e cinquenta mil libras passaram às mãos deles?

— Inteiras.

— E o que mais?

— Uma soma de quinze mil escudos, ou cinquenta mil pistolas, como preferir, em três prestações.

— É exorbitante.

— E não é tudo.

— Que absurdo!

— Caso eu não cumpra qualquer uma dessas condições, aqueles senhores recuperam o cargo. Fizeram o rei assinar isso.

— É incrível, uma monstruosidade!

— Mas é assim.

— Que situação, meu pobre Baisemeaux! Mas por que, diabos, o sr. de Mazarino lhe fez esse "favor"? Era mais simples recusar.

— Aparentemente, mas teve a influência do meu protetor.

— Seu protetor? Quem?

— Ora! Um amigo seu, o sr. d'Herblay.

— O sr. d'Herblay? Aramis?

— Aramis, exatamente. Foi encantador comigo.

— Encantador? Fazendo-o cair nessa arapuca?

---

10. Charles Le Clerc du Tremblay (1584-1671) foi governador da Bastilha até a tomada de Paris pela Fronda, em 1648. Louvière Broussel (sem datas) o sucedeu e era filho do parlamentar Pierre Broussel, o "pai do povo", que teve importante papel na explosão da Fronda (e em *Vinte anos depois*). Os cargos públicos eram muitas vezes declaradamente comprados e até hereditários, inclusive os de representantes do Parlamento.

— Vou contar o que houve. Eu queria deixar o serviço do cardeal. O sr. d'Herblay falou por mim a Louvière e a Tremblay. Eles resistiram. Eu queria o lugar, pois sabia o quanto é rentável. Fui franco com o sr. d'Herblay a respeito da dificuldade e ele desde então me garante os pagamentos.

— Aramis? Realmente me surpreende muito. Ele fez isso?

— Com toda a elegância. Obteve a assinatura e os governadores antigos se demitiram. Paguei vinte e cinco mil libras por ano a cada um desses senhores. No mês de maio, o sr. d'Herblay vinha pessoalmente à Bastilha trazendo duas mil e quinhentas pistolas para que eu alimentasse meus crocodilos.

— O senhor então deve cento e cinquenta mil libras a Aramis?

— É esse o meu desespero; devo apenas cem mil.

— Não estou entendendo bem.

— Ora, porque ele veio apenas dois anos. Estamos em 31 de maio, ele não veio, e tenho apenas até meio-dia de amanhã. Pelo contrato que assinei, se eu não pagar, aqueles senhores recuperam o posto. Perco tudo, tendo trabalhado três anos e pagado duzentas e cinquenta mil libras por coisa alguma, meu caro sr. d'Artagnan, coisa alguma.

— Isso é bem curioso.

— Compreende agora por que tenho uma ruga na testa?

— Não é para menos.

— Percebe então que, apesar dessa redondeza de queijo e desse frescor de maçã vermelha, apesar desses olhos brilhantes como carvões em brasa, não terei queijo nem maçã para comer e meus olhos servirão apenas para chorar?

— É o fim do mundo.

— Vim então vê-lo, sr. d'Artagnan, pois é o único que pode me tirar dessa aflição.

— De que maneira?

— O sr. conhece o padre d'Herblay?

— É claro!

— Sabe o quanto é misterioso…

— Sempre.

— Poderia me dar o endereço do presbitério? Procurei em Noisy-le-Sec e ele não se encontra mais lá.[11]

— Eu sei, pois é bispo em Vannes.

— Em Vannes? Na Bretanha?

— Sim.

O homenzinho arrancava os próprios cabelos.

— Estou acabado! Como ir a Vannes e voltar até o meio-dia de amanhã? Estou perdido. Vannes! — lamentava-se Baisemeaux.

---

11. Pequena cidade a vinte quilômetros de Paris onde vivia Aramis, em *Vinte anos depois*, num mosteiro jesuíta.

— O seu desespero me parte o coração. Ouça, um bispo nem sempre está em sua paróquia. Monsenhor d'Herblay pode não se encontrar tão longe assim.

— Ah, por favor, tem seu endereço?

— Não, meu amigo.

— Estou mesmo perdido! Vou me jogar aos pés do rei.

— Mas Baisemeaux, com a Bastilha podendo render cinquenta mil libras, por que não forçou as coisas para chegar aos cem mil?

— Por correção, por alimentar dignamente meus prisioneiros.

— E veja no que deu! Consiga uma boa indigestão com suas belas refeições e morra antes do meio-dia de amanhã.

— E o senhor ainda zomba de mim?

— Não, fico muito aflito... Diga, Baisemeaux, me dá sua palavra de honra?

— Certamente, capitão.

— Pois ouça. Mas dê sua palavra de não contar a ninguém o que vou dizer.

— Nunca! Nunca!

— Quer chegar a Aramis?

— A todo custo!

— Então procure o sr. Fouquet.

— O que tem ele a ver...

— Não seja tolo... Onde fica Vannes?

— Puxa!

— Vannes está na diocese de Belle-Île. Ou Belle-Île na de Vannes. Belle-Île pertence ao sr. Fouquet: o sr. Fouquet é o responsável pela nomeação do sr. d'Herblay a esse bispado.

— Está não só me abrindo os olhos, mas me devolvendo a vida.

— Ótimo. Vá então simplesmente dizer ao sr. Fouquet que precisa falar com o sr. d'Herblay.

— É verdade! É verdade! — entusiasmou-se Baisemeaux.

— Um momento! — interrompeu-o d'Artagnan, com olhar grave. — E sua palavra de honra?

— Ah, sagrada! — respondeu o homenzinho, pronto para sair correndo.

— Aonde está indo?

— À casa do sr. Fouquet.

— Vai perder seu tempo, ele está no jogo do rei. Procure-o amanhã cedo, é o melhor que tem a fazer.

— Obrigado, mais uma vez.

— Boa sorte!

— Mil vezes obrigado!

— História esquisita — murmurava d'Artagnan, depois de deixar o governador da Bastilha e subindo devagar sua escada. — Por que, diabos, Aramis quis aliciar Baisemeaux? Bom... mais cedo ou mais tarde vamos saber.

96. O jogo do rei

Como disse d'Artagnan, Fouquet assistia ao jogo do rei.

O anúncio da partida de Buckingham visivelmente tranquilizava muitos corações em conflito no dia anterior.

Radiante, Monsieur fazia mil acenos afetuosos à mãe.

De Guiche não se separava mais de Buckingham e, jogando, conversava com ele sobre a viagem.

Sonhador e afetuoso como alguém firme que já tomou sua decisão, o inglês o ouvia e, vez por outra, lançava a Madame um olhar furtivo, cheio de carinho.

Em seu deslumbramento, ela dividia ainda sua atenção entre o rei, seu parceiro de jogo, que brincava a respeito dos ganhos consideráveis que ela vinha alcançando, e de Guiche, que demonstrava uma alegria extravagante.

A Buckingham, na verdade, a princesa dava pouquíssima atenção. Para ela, aquele fugitivo, aquele banido já se tornara uma lembrança, não mais uma pessoa.

São assim os corações superficiais: inteiros no presente, rompem violentamente com tudo aquilo que possa atrapalhar seus pequenos cálculos de bem-estar egoísta.

Madame apreciava os sorrisos, as gentilezas e os suspiros de Buckingham em pessoa, mas do outro lado do canal da Mancha, para que servem suspiros, sorrisos, devoções?

O vento do largo, capaz de carregar pesados navios, para onde varre os suspiros? Como saber?

O duque não se iludiu com relação à mudança e seu coração ficou mortalmente ferido.

Tendo uma natureza sensível, orgulhosa e capaz de profundos vínculos, amaldiçoou o dia em que a paixão havia tomado seu coração.

Os olhares lançados a Madame pouco a pouco esfriaram, sob o sopro glacial do pensamento. Não conseguia ainda desprezá-la, mas pela razão já era possível impor silêncio aos clamores tumultuosos do coração.

À medida que Madame percebia essa mudança, redobrava sua atividade para recuperar o domínio que escapava. Seu temperamento, antes tímido e indeciso, desabrochou exuberante, fazendo-a querer brilhar, mais até que o rei.

E conseguiu. As rainhas, apesar da dignidade que tinham, e Luís XIV, apesar do respeito exigido pela etiqueta, foram ofuscados.

Rígidas e pomposas, elas se humanizaram e passaram a rir. A sra. Henriqueta, por sua vez, adorou perceber que o encanto da sua linhagem renascia graças à índole da neta de Henrique IV.

O rei, tão orgulhoso da própria juventude, tão ciumento com relação a qualquer superioridade à sua volta, foi obrigado a capitular diante daquela petulância francesa à qual se acrescentava o humor inglês, realçando ainda mais sua energia. Como uma criança, foi tragado pela radiosa beleza assim suscitada.

Os olhos de Madame dardejavam raios. A alegria brotava em seus lábios púrpura como a persuasão nos lábios do velho grego Nestor.[12]

Ao redor das rainhas e do rei, a corte inteira, fascinada por tantos encantos, percebia ser possível rir na presença do maior rei do mundo, como pessoas dignas de serem consideradas as mais polidas e espirituosas desse mesmo mundo.

Desde aquela noite, Madame ganhou uma importância passível de inebriar qualquer pessoa não nascida nessas regiões elevadas que o trono representa, ao abrigo das vertigens, apesar da altura.

A partir dali, Luís XIV passou a ver Madame como um personagem.

Buckingham a via como uma leviana, digna dos mais cruéis suplícios.

De Guiche, como uma divindade.

Os cortesãos, como um astro cuja luz devia se tornar um receptor para favores e poderes.

Alguns anos antes, porém, Luís XIV nem sequer aceitara dar a mão àquela *feiosa* para uma dança.

Buckingham, porém, havia adorado de joelhos aquela leviana.

De Guiche, porém, havia olhado para aquela divindade como se olha para uma mulher.

Os cortesãos, porém, não tinham ousado aplaudir a passagem daquela estrela, temendo desagradar ao rei, que ignorara aquela mesma estrela, anos antes.

Tudo isso acontecia na memorável noite de que falamos, no jogo do rei.

A jovem rainha, apesar de espanhola e sobrinha de Ana da Áustria, amava o seu marido e não sabia ocultar tal sentimento.

Ana da Áustria, observadora como toda mulher, e imperiosa como toda rainha, sentiu a força de Madame e imediatamente se inclinou.

O que levou a jovem rainha a se levantar e se retirar a seus aposentos.

O rei deu pouca atenção a isso, apesar de a esposa se dizer indisposta.

---

12. Na *Ilíada*, rei de Pilos, velho, mas ainda vigoroso; tornou-se a personificação da experiência e da sabedoria.

Apoiando-se nas regras de etiqueta que começava a estabelecer como elemento para qualquer relação, Luís XIV não se alterou. Ofereceu em seguida a mão a Madame, sem olhar para Monsieur, seu irmão, e a acompanhou quando ela própria se retirou.

Memórias registram que Sua Majestade, junto da porta de Madame, deixou escapar um sonoro suspiro — sem que nada, na situação, o justificasse.

As acompanhantes de Madame, que tudo observavam — e entre elas a srta. de Montalais —, não deixaram de comentar umas com as outras:

— O rei suspirou.

— Madame suspirou.

E era verdade.

Madame havia suspirado mais discretamente, mas de maneira ainda mais perigosa para o sossego de Luís.

Pois havia suspirado fechando seus belos olhos negros, para reabri-los em seguida e, carregados que estavam de indizível tristeza, alçá-los até o rei, cujo rosto visivelmente se ruborizou.

Como resultado dessa vermelhidão, dessa troca de suspiros e de toda essa movimentação real, Montalais cometeu uma indiscrição, e essa indiscrição certamente afetou sua colega, pois a srta. de La Vallière, menos perspicaz, empalideceu quando o rei enrubesceu e, levada aos aposentos de Madame para cumprir suas funções, entrou trêmula, sem tirar suas luvas, como ditava o cerimonial.

É verdade que o provincianismo podia explicar sua perturbação com a presença da majestade real. De fato, ao fechar a porta, ela não conseguia despregar os olhos do rei, que caminhava aos recuos.

Sua Majestade voltou à sala de jogo. Procurou conversar com diversas pessoas, mas seu pensamento visivelmente estava longe.

Ele se confundiu em várias jogadas, fazendo com que alguns se aproveitassem, hábito que vinha do tempo do sr. de Mazarino, que tinha fraca memória mas boa aritmética.

Por esse motivo Manicamp, personagem dos mais distraídos — mas que não se engane o leitor, extremamente honesto —, pura e simplesmente embolsou vinte mil libras esquecidas na mesa, sem que legitimamente pertencessem a pessoa alguma.

Por esse motivo de Wardes, com a cabeça um tanto confusa pelos acontecimentos daquela noite, deixou para o sr. de Buckingham sessenta duplos luíses que havia ganhado, mas que o duque, semelhante nisso a seu pai, não sujando as mãos com tais ninharias abandonou esse dinheiro à mesa de jogo — mesmo que um ser vivo logo assumisse esse lugar.

O rei só voltou a recuperar um pouco a atenção quando o sr. Colbert, que esperava a oportunidade havia algum tempo, se aproximou e muito respeitosamente, é claro, mas de forma insistente, deitou um dos seus conselhos ao ouvido ainda em efervescência de Sua Majestade.

Isso fez Luís se concentrar e, de pronto, olhando em volta, perguntou:

— O sr. Fouquet não se encontra mais presente?

— Sim, Majestade, estou aqui — ouviu-se a voz do superintendente, que conversava com Buckingham.

Ele se aproximou e o próprio rei, com um tom simpático e descontraído, deu também um passo em sua direção.

— Queira desculpar se perturbo a sua conversa, sr. superintendente, mas sempre quero vê-lo quando preciso do seu apoio.

— Meus serviços nunca deixam de estar à disposição do rei — respondeu Fouquet.

— E sobretudo o seu caixa — acrescentou o rei, com um sorriso falso.

— Acima de tudo — disse menos calorosamente o ministro.

— Trata-me do seguinte, quero dar uma festa de quinze dias em Fontainebleau. Preciso de…

Ele olhou de viés para Colbert.

Fouquet esperou, sem parecer incomodado:

— De?…

— De quatro milhões — concluiu o rei, respondendo ao atroz sorriso de Colbert.

— Quatro milhões? — repetiu Fouquet, inclinando-se profundamente, enquanto suas unhas traçavam um risco sangrento no peito, sem que a expressão do rosto se alterasse o mínimo.

— Sim — confirmou o rei.

— Quando, Sire?

— Bem… esteja à vontade… isto é… não… o quanto antes.

— É preciso algum tempo.

— Tempo!? — exclamou Colbert, triunfante.

— Tempo para contar os escudos — respondeu o superintendente com majestoso desprezo. — Só podemos separar e pesar um milhão por dia…

— Então quatro dias — observou Colbert.

— Ah! — Fouquet o ignorou e, dirigindo-se ao rei, afirmou: — Meus assessores são capazes de prodígios quando se trata de servir à Sua Majestade. A soma estará disponível em três dias.

Foi a vez de Colbert empalidecer. Luís olhou para ele, surpreso.

Fouquet se retirou sem alarde, sem humildade, sorrindo a seus muitos amigos, em cujos olhares eram visíveis a verdadeira amizade e uma solidariedade que chegava à compaixão.

Não nos deixemos enganar por esse sorriso: Fouquet, na verdade, se sentia mortalmente ferido.

Algumas gotas de sangue, aliás, manchavam o fino tecido que cobria o seu peito sob a veste.

A veste ocultava o sangue, o sorriso ocultava a raiva.

Pela maneira como chegou à carruagem, os criados viram que o patrão não estava alegre. Resultou disso que as ordens foram cumpridas com a precisão que se vê em navios de guerra comandados por um capitão irritado, perante uma tempestade.

A carruagem não partiu, voou.

Durante o trajeto, Fouquet mal teve tempo de pensar.

Ao chegar, foi direto procurar Aramis, que ainda não estava na cama.

Já Porthos havia ceado uma perna de carneiro na brasa, dois faisões assados e uma montanha de caranguejos. Depois mandara que o untassem com óleos aromatizados, à maneira dos lutadores antigos, para em seguida, envolto em flanelas, mergulhar numa cama preaquecida.

Aramis, como dissemos, ainda não se deitara e, à vontade num robe de veludo, escrevia sucessivas cartas com aquela letra miúda e nervosa que ocupa a quarta parte de uma página normal.

A porta foi bruscamente aberta e o superintendente apareceu pálido, agitado, tenso.

O bispo ergueu a cabeça e cumprimentou:

— Boa noite, caro anfitrião!

Com um rápido olhar, porém, ele logo percebeu sua tristeza e apreensão.

— Belo jogo? — ele continuou, procurando dar pretexto à conversa.

Fouquet se sentou e fez um gesto para o lacaio que o havia acompanhado, mostrando a porta, e só respondeu quando ficaram a sós:

— Belíssimo!

Acompanhando-o com os olhos, Aramis o viu, com febril impaciência, se estender em almofadas.

— Perdeu, como sempre? — ele perguntou, ainda com a pena na mão.

— Mais do que o de hábito.

— Em geral suporta bem essas perdas…

— Nem sempre.

— Temos um sr. Fouquet mau perdedor?

— Depende muito do jogo, meu caro d'Herblay.

— E quanto perdeu? — perguntou Aramis, começando a se preocupar.

Fouquet parou por um momento para firmar a voz e, sem qualquer emoção, respondeu:

— A noitada me custou quatro milhões.

Um riso amargo prolongou a última vibração dessas palavras. Aramis não esperava semelhante quantia e deixou cair a pena.

— Quatro milhões! Jogou quatro milhões? Não acredito.

— O sr. Colbert controlava as cartas — respondeu o superintendente, com o mesmo riso sinistro.

— Ah! Entendi. Uma nova solicitação de fundos...

— Nada menos, meu amigo.

— Da parte do rei?

— Bem claramente. Com um belo sorriso ele pode destruir alguém.

— Diabos!

— O que acha?

— Querem arruiná-lo, é evidente.

— Continua sendo a sua opinião?

— Isso não deve surpreendê-lo, pois foi o que previmos.

— Mesmo assim, não esperava quatro milhões.

— É de fato uma soma pesada, mas, enfim, quatro milhões não significam o fim de tudo, sobretudo para alguém como o superintendente Fouquet.

— Se tivesse conhecimento do meu livro-caixa, estaria menos tranquilo.

— Comprometeu-se?

— O que mais podia fazer?

— É verdade.

— No dia em que não conseguir, Colbert conseguirá. Onde, não sei, mas conseguirá e estarei perdido!

— Com certeza. E ficou de entregar quando esses quatro milhões?

— Em três dias. O rei parece ter pressa.

— Em três dias?

— Ah, meu amigo, quando penso que ainda há pouco, quando passava pela rua, as pessoas diziam: "Lá vai o rico sr. Fouquet!". É de enlouquecer, meu caro d'Herblay.

— Alto lá, monsenhor! Nada disso vale a pena — disse com fleuma Aramis, jogando pó na carta que escrevia.[13]

— Então um remédio! Qual remédio para esse mal sem remédio?

— Só um: pague.

— Eu mal tenho essa soma. Tudo está se esgotando. Houve Belle-Île, houve a pensão... o dinheiro fica mais raro desde a pressão sobre os contratos de prestação de serviço. E mesmo que eu pague desta vez, como pagar o que será solicitado depois? Pois com certeza não chegamos ao fim! Quando reis provam o gosto do dinheiro são como tigres quando provam carne: devoram tudo! Um dia terei que dizer: "Não tenho, Sire!". E estarei perdido!

---

13. O papel conhecido como mata-borrão foi criado por acaso no século XV, na Inglaterra. Por sua capacidade de rápida absorção passou a ser usado, tempos depois, para secar a tinta de escrever, mas até então se usava um pó à base de pedra-pomes.

Aramis ergueu de leve os ombros.

— Um homem na sua posição, monsenhor, só está perdido quando quer.

— Em qualquer posição que esteja, um homem não pode lutar contra um rei.

— Quando era moço, lutei contra o cardeal de Richelieu, que era rei, além de cardeal!

— Por acaso tenho exércitos, tropas, tesouros? Nem Belle-Île tenho mais!

— Bah! A necessidade é mãe da invenção. Quando se acha que tudo está perdido…

— O que tem?

— Descobre-se algo inesperado que salva tudo.

— E quem vai descobrir esse maravilhoso algo?

— O senhor.

— Eu? Demito-me da função.

— Então eu.

— Ótimo. Mas então comece, com toda a urgência.

— Não se preocupe, temos tempo.

— Você me mata com essa sua fleuma, d'Herblay — disse o superintendente, passando o lenço na testa.

— Não se lembra do que eu disse um dia?

— O quê?

— Quem tem coragem não deve se preocupar. Tem coragem?

— Creio que sim.

— Então não se preocupe.

— Então estamos combinados. No momento supremo, você virá me ajudar?

— Estarei apenas retribuindo o que devo a monsenhor.

— Faz parte do ofício de um homem das finanças atender às necessidades de pessoas como você, d'Herblay.

— No mesmo sentido, a caridade é a virtude de um homem da Igreja. Mas desta vez ainda, aja, monsenhor. Não está tão embaixo. No último momento, veremos o que fazer.

— Será muito em breve.

— Quem sabe? Mas permita-me dizer que lamento pessoalmente que esteja tão mal de dinheiro.

— Por quê?

— Bem, porque eu ia lhe pedir!

— Para você?

— Para mim ou para os meus, para os meus ou para os nossos.

— Quanto?

— Nada de mais. Uma soma importante, mas pouco exorbitante.

— Diga quanto.

— Cinquenta mil libras.

— Ninharia.

— É mesmo?

— Com certeza, sempre teremos cinquenta mil libras. Ah, por que esse cretino chamado Colbert não se limita também a quantias assim? Seria menos complicado. E para quando precisa desse dinheiro?

— Para amanhã cedo.

— Sem problema. E…

— É claro… Para quê, não é?

— Não, cavaleiro, não preciso de qualquer explicação.

— Mas é simples. Amanhã é 1º de junho.

— E?

— Fim de prazo de uma das nossas obrigações.

— Temos obrigações?

— Com certeza. Pagamos amanhã nosso último um terço.

— Um terço de quê?

— Das cento e cinquenta mil libras de Baisemeaux.

— Baisemeaux? Quem é?

— O governador da Bastilha.

— Ah, é verdade, fez-me dar cento e cinquenta mil libras a ele.

— Não é bem isso!

— Então foi o quê?

— Foi para que comprasse o posto, ou melhor, que o comprássemos de Louvière e Tremblay.

— Tudo isso sempre foi vago para mim.

— Posso imaginar, tem tantos negócios! No entanto, creio que nenhum é mais importante.

— Já que é assim, me diga por que compramos esse posto.

— Para ajudá-lo.

— Ah!

— Em primeiro lugar.

— E depois?

— E depois nós.

— Como assim? Está brincando?

— Há épocas em que um governador da Bastilha é excelente relação.

— Felizmente não entendo o que diz, d'Herblay.

— Monsenhor, temos nossos postos, nosso engenheiro, nosso arquiteto, nossos músicos, nosso impressor, nossos pintores; era preciso ter nosso governador da Bastilha.

— Acha mesmo?

— Não vamos nos iludir, temos boas chances de acabar lá, meu caro sr. Fouquet — acrescentou o prelado, mostrando por trás dos lábios descorados dentes que eram ainda aqueles mesmos elogiados, trinta anos antes, por Marie Michon.

— E não acha cento e cinquenta mil libras muito para isso? Com certeza investe melhor o seu dinheiro em geral.

— Virá o dia em que reconhecerá minha sabedoria.

— Meu caro d'Herblay, quem é preso na Bastilha deixa de estar protegido pelo passado.

— Nem sempre, se documentos estiverem assinados e em ordem. Além disso, nosso excelente Baisemeaux não tem alma de cortesão. Tenho certeza de que se manterá grato por esse dinheiro, sem contar que tenho as promissórias.

— Que negócio infernal! Agiotagem por trás de uma boa ação!

— É melhor que monsenhor não participe muito disso. O que houver de agiotagem fica por minha conta e nos beneficiaremos ambos.

— Há alguma intriga nisso, d'Herblay?

— É possível.

— Tendo Baisemeaux como cúmplice.

— Por que não? Há piores. Posso então contar com as cinco mil pistolas para amanhã?

— Se quiser, pode tê-las agora.

— Melhor ainda, pois quero ir bem cedo. O pobre Baisemeaux, sem ter notícias minhas, deve estar andando em brasas.

— Envio-as então em uma hora. O lucro desses seus cinquenta mil francos nunca pagará meus quatro milhões — disse Fouquet, retirando-se.

— Quem sabe?

— Boa noite. Preciso ainda falar com meus ajudantes antes de ir me deitar.

— Boa noite, monsenhor.

— Está me desejando algo impossível, d'Herblay.

— Terei minhas cinquenta mil libras ainda hoje?

— Sim.

— Maravilha. Trate de dormir bem. Boa noite, monsenhor.

Apesar do tom seguro com que o conselho foi dado, Fouquet saiu balançando a cabeça, hesitante.

97. As pequenas contas do sr. Baisemeaux de Montlezun

Batiam sete horas na igreja de Saint-Paul quando Aramis, a cavalo num traje de burguês em feltro de cor e tendo como único objeto destoante uma espécie de faca de caça ao lado, passou pela rua do Petit-Musc, parando diante da rua de Tournelles, numa das entradas do castelo da Bastilha.[14]

Duas sentinelas guardavam esse portão e em nada dificultaram que Aramis entrasse a cavalo, indicando em seguida uma passagem entre dois prédios.

Esse caminho levava à ponte levadiça, que no final das contas era a verdadeira entrada. A ponte estava baixada e era onde o controle da praça começava a ser feito.

A sentinela do corpo da guarda parou o visitante e, em tom bastante brusco, perguntou o que ele queria.

Com sua delicadeza habitual, Aramis respondeu que desejava falar com o sr. Baisemeaux de Montlezun.

Essa primeira sentinela chamou outra, que estava lá dentro e passou a cabeça pela abertura de um guichê, observando atentamente o desconhecido, que repetiu o pedido.

O homem então chamou um oficial subalterno, que passava por um pátio maior, e ele, ao saber do que se tratava, correu para chamar um oficial do estado-maior do governador. Depois de ouvir o interessado, o oficial pediu que esperasse um pouco, deu alguns passos e voltou para perguntar o seu nome.

— Não posso dizer meu nome — respondeu Aramis. — Mas tenho coisas tão importantes a comunicar ao sr. governador que ele vai adorar me ver, posso garantir. Diga ser a pessoa que ele espera nos dias 1º de junho de cada ano e tenho certeza de que virá correndo.

O oficial não podia conceber que alguém como o sr. governador fosse se incomodar por tão modesto solicitante, como parecia ser aquele burguês a cavalo.

---

14. As ruas ainda existem. Petit-Musc (pequeno almiscareiro) é uma corruptela de Pute-y-Musse [onde a puta se esconde], como se chamava nos séculos anteriores essa pequena via, indicando sua vocação.

— Temos uma boa coincidência. O sr. Baisemeaux está de saída. A carruagem é aquela ali. Não precisará então vir correndo, mas o senhor o verá quando passar.

Com um meneio de cabeça, Aramis concordou, não querendo chamar muita atenção. Com toda a paciência esperou, apoiado nos arções da sela.

Dez minutos depois, a carruagem se moveu e se aproximou da porta. O governador apareceu e subiu no carro, que se preparou para sair.

A mesma operação pela qual passara o visitante suspeito se repetiu com a principal autoridade do castelo: a sentinela do interior se mostrou no guichê e o governador abriu a porta do carro sob a arcada, para que o homem o visse e se assegurasse de que ninguém escapava da Bastilha às escondidas.

A carruagem atravessou a arcada.

No momento em que a grade seria aberta, aproveitando a segunda parada do veículo, o oficial se aproximou e disse alguma coisa ao governador, que imediatamente passou a cabeça para fora e viu Aramis a cavalo, junto da ponte levadiça.

Deu um grito de alegria e saiu, ou melhor, pulou fora da carruagem para ir correndo pegar as mãos de Aramis, pedindo mil desculpas. Por pouco não as beijou.

— Que dificuldade para entrar na Bastilha, sr. governador! Quem é trazido à força precisa esperar tanto quanto quem vem por vontade própria?

— Sinto muito. Ah, monsenhor! Que alegria ver Vossa Grandeza!

— Psiu! Cuidado, o que vão pensar vendo um bispo vestido deste jeito?

— É verdade, tem razão... Levem o cavalo do cavalheiro para o estábulo! — ele gritou.

— Não, não! De jeito nenhum — cortou Aramis.

— Por quê?

— Tem cinco mil pistolas na sacola da sela.

O semblante do governador ficou tão radiante que, se os prisioneiros vissem, iam achar que recebia algum príncipe de sangue a encarcerar.

— Sim, é claro. Para o pátio do Governo, o cavalo! Meu caro sr. d'Herblay, quer subir no carro para voltarmos?

— Para atravessar um pátio? Por acaso sou um inválido? Nada disso, governador, vamos a pé.

Baisemeaux ofereceu então o braço como apoio, mas o prelado dispensou a ajuda. Chegaram andando à ala do Governo, com Baisemeaux esfregando as mãos e vigiando o cavalo com o canto do olho, enquanto Aramis observava as muralhas negras e nuas.

Um vestíbulo grandioso e uma escada reta, de pedras claras, levavam aos apartamentos de Baisemeaux. Ele atravessou a antecâmara, a sala de jantar —

onde já se preparava o almoço —, abriu uma pequena porta semioculta e se trancou com o visitante num grande gabinete, cujas janelas davam para os pátios e os estábulos.

O prelado foi acomodado com essa obsequiosa polidez de que apenas são capazes as boas pessoas ou alguém que se sente muito grato.

Poltrona de braço, almofada para os pés, mesa com rodinhas para apoio da mão; o governador tudo preparou, pessoalmente.

Também pôs sobre essa mesinha, com religioso cuidado, o saco de couro que um soldado acabava de respeitosamente trazer; era como um padre apresentando o santo sacramento.

Depois que o soldado se retirou, Baisemeaux fechou bem a porta, puxou a cortina da janela e olhou o hóspede, para ver se faltava alguma coisa.

— Monsenhor continua tendo a mais fiel palavra — ele disse, sem se sentar.

— Nos negócios, meu amigo, a pontualidade não é uma virtude, é um dever.

— Nos negócios, é claro; mas, no caso, o que monsenhor faz é me prestar um favor.

— Vamos, meu caro Baisemeaux, confesse que não deixou de ficar preocupado.

— Com a saúde de Vossa Grandeza — balbuciou o governador.

— Quis vir ontem, mas não pude. Estava cansado demais.

Baisemeaux logo enfiou outra almofada às costas do convidado.

— Mas prometi a mim mesmo vir vê-lo bem cedo — continuou Aramis.

— Monsenhor é excelente amigo.

— E fiz bem em chegar cedo, ao que parece.

— Como assim?

— O senhor estava de saída.

Baisemeaux ficou sem jeito e disse:

— De fato estava.

— Atrapalho?

Era clara a confusão do governador.

— Acho que sim — prosseguiu Aramis, fixando um olhar incisivo no pobre homem. — Se soubesse, não teria vindo.

— Ah, como monsenhor pode imaginar algo assim? Nunca!

— Confesse que estava indo em busca de dinheiro.

— Não! Juro que não.

— O governador pretende ainda ir à casa do sr. Fouquet? — gritou o major, lá de baixo.

Baisemeaux correu como um louco à janela.

— Não, não — ele berrou, apavorado. — Por que pergunta isso? Está bêbado? Não vê que estou ocupado? Não me incomodem mais!

— Estava indo ver o sr. Fouquet? — perguntou Aramis, franzindo os lábios. — O abade ou o superintendente?

Baisemeaux quis mentir, mas não teve coragem.

— O superintendente.

— Vê-se então que precisava de dinheiro, uma vez que ia à casa de quem o distribui.

— Não é isso, monsenhor.

— Vejo que não confiou em mim.

— Meu querido bispo, minha única dúvida era quanto ao lugar em que se encontrava…

— Teria conseguido dinheiro com o sr. Fouquet, que tem sempre a mão aberta.

— Jamais teria ousado pedir. Queria apenas perguntar o endereço de monsenhor, nada mais.

— A ele? — exclamou Aramis, arregalando os olhos.

— Sim — respondeu Baisemeaux, assustado com a reação do prelado.

— Não há mal nenhum nisso, caro sr. Baisemeaux. Apenas me pergunto por que procurar saber meu endereço com o sr. Fouquet.

— Para enviar uma mensagem.

— Entendo — sorriu Aramis —, não é o eu queria dizer. Não pergunto por que queria meu endereço, mas por que ia perguntar ao sr. Fouquet.

— Bem, como o sr. Fouquet é dono de Belle-Île…

— Continue.

— Belle-Île fica na diocese de Vannes, e como monsenhor é bispo de Vannes…

— Sabendo que sou bispo de Vannes, não precisava pedir meu endereço ao sr. Fouquet.

— Cometi alguma inconsequência? — assustou-se Baisemeaux, sem encontrar mais argumentos. — Se for o caso, peço que me desculpe.

— E por que teria cometido uma inconsequência? — perguntou tranquilamente Aramis.

Acalmando a expressão do rosto e sorrindo para o governador, ele se perguntava como Baisemeaux, que não sabia o seu endereço, sabia que Vannes era a sua sede.

"Esclarecerei isso mais tarde", ele disse a si mesmo e, em voz alta:

— Então, caro governador, vamos fazer nossas contas?

— Às suas ordens, mas antes, uma coisa…

— O quê?

— Não me daria a honra de almoçar comigo, como das outras vezes?

— Com prazer.

— Que ótimo! — e ele deu três pancadas numa campainha.

— O que isso quer dizer? — perguntou Aramis.

— Que tenho um convidado para o almoço e que considerem isso.

— Ai, diabos! E dá três chamadas! Acho que o meu querido governador me trata cerimoniosamente.

— De forma alguma! O mínimo que posso fazer é receber Vossa Grandeza da melhor maneira.

— E por quê?

— Não há príncipe que tenha feito por mim o que faz monsenhor.

— Vamos, não foi nada.

— Sim, sim...

— Falemos de outra coisa. Ou melhor, diga como estão os seus negócios na Bastilha.

— Vão indo.

— Os prisioneiros têm rendido bom lucro?

— Não muito.

— Droga!

— O sr. de Mazarino não era rude o bastante.

— Entendo; não tão desconfiado como o cardeal anterior.

— Certamente, com aquele sim as coisas iam bem. O irmão do sr. Eminência Parda fez fortuna.[15]

— Acredite, governador — disse Aramis, aproximando-se —, um rei jovem vale mais do que um cardeal velho. A juventude tem suas desconfianças, raivas, paixões, como a velhice tem seus ódios, precauções e temores. Pagou os seus três anos de ganhos a Louvière e Tremblay?

— Graças a Deus.

— Restam a pagar, então, apenas essas cinquenta mil libras que eu trouxe.

— Sim.

— Nenhuma economia posta de lado?

— Pagando, eu mesmo, outras cinquenta mil libras, juro que dou a eles tudo o que ganho, como eu dizia ontem à noite ao sr. d'Artagnan.

Os olhos de Aramis soltaram faíscas, mas foram controlados na mesma hora.

— Ah! — ele exclamou. — Esteve com d'Artagnan... E como está o meu dileto amigo?

— Muitíssimo bem.

— E o que mais disse a ele?

— Disse que alimentava corretamente demais meus prisioneiros — continuou o governador, sem perceber a indiscrição que cometia.

15. O ex-governador, sr. du Tremblay, era irmão do capuchinho Joseph (François du Tremblay, 1577-1638), acólito de Richelieu, conhecido como Eminência Parda, e que provavelmente o sucederia, se não tivesse morrido antes.

— Quantos tem, neste momento? — perguntou Aramis, como quem não queria nada.

— Sessenta.

— Hum… bom número.

— Ah, antes havia ano em que chegavam a duzentos.

— Mas, enfim, sessenta já é razoável.

— Sem dúvida, pois para qualquer outro governador cada um estaria rendendo cento e cinquenta pistolas.

— Cento e cinquenta pistolas!

— Veja, basta calcular: por um príncipe de sangue, por exemplo, ganho cinquenta libras ao dia.

— Só que não tem nenhum príncipe de sangue, que eu saiba — respondeu Aramis, com um ligeiro tremor na voz.

— Não, graças a Deus! Quer dizer, infelizmente não.

— Infelizmente?

— É claro, meu posto se avantajaria.

— É verdade.

— Um príncipe de sangue, então, rende cinquenta libras.

— Sim.

— Um marechal da França, trinta e seis libras.

— Neste momento, também nada de marechal da França, não é?

— Infelizmente não. Mas um tenente-general ou um brigadeiro rendem vinte e quatro libras e tenho dois deles.

— Que maravilha!

— Depois disso vêm os parlamentares, que rendem quinze libras.

— E quantos tem?

— Quatro.

— Não imaginei que parlamentares rendessem tanto.

— Mas de quinze, caio imediatamente a dez.

— A dez?

— Isso. É o que rendem um juiz comum, um defensor, um eclesiástico: dez libras.

— E tem sete deles? Isso é bom.

— Não, não é.

— Por quê?

— Como querer que eu não trate essas pobres pessoas, que afinal são alguém, como trato um parlamentar?

— De fato, tem razão; não se justifica uma diferença de cinco libras.

— Veja só. Quando tenho um belo peixe, foi por ter pagado quatro ou cinco libras; quando tenho um belo frango, ele me custou uma libra e meia. Eu os engordo no galinheiro, mas é preciso comprar ração, e não pode imaginar o exército de ratos que temos aqui.

— E por que não arranja meia dúzia de gatos?

— Pensei nisso, os gatos os comem. Mas fui obrigado a desistir deles. Não sabe como tratavam a ração. Fui forçado a importar terriers da Inglaterra para acabar com os ratos. Os cães têm um apetite feroz, comem tanto quanto um prisioneiro de quinta ordem, sem contar que às vezes também atacam meus coelhos e minhas galinhas.

Aramis estava ouvindo ou não? Ninguém saberia dizer: os olhos abaixados indicavam uma pessoa atenta, a mão inquieta indicava uma pessoa absorta.

Aramis meditava.

— Como eu dizia, uma ave razoável me custa uma libra e meia e um bom peixe quatro ou cinco libras — continuava Baisemeaux. — Três refeições são servidas ao dia; sem ter mais o que fazer, os prisioneiros comem. Um homem de dez libras me custa sete libras e meia.

— Mas disse tratar os de dez libras como os de quinze.

— Exato.

— Assim sendo, ganha sete libras e dez soldos nos de quinze.

— Preciso de uma compensação — admitiu Baisemeaux, vendo ter se traído.

— Com certeza, governador, mas não tem prisioneiros abaixo de dez libras?

— Ora, se não! Temos o burguês e o advogado.

— Aleluia. Taxados a quanto?

— A cinco libras.

— E comem?

— Perfeitamente! Mas como pode imaginar, não têm sempre um linguado ou um frango grelhado. Nem vinhos da Espanha a cada refeição. Mas umas três vezes por semana veem um bom prato no jantar.

— Mas isso é filantropia, meu caro governador. E vai arruiná-lo.

— Não, veja só, quando o quinze libras não termina sua ave ou o dez libras deixa uma sobra considerável, eu a envio ao cinco libras e isso representa um banquete para o pobre diabo. Fazer o quê? Temos que ser misericordiosos.

— E quanto lhe resta, mais ou menos, nos cinco libras?

— Trinta soldos.

— Você é mesmo um bom sujeito, Baisemeaux!

— Obrigado!

— Declaro formalmente.

— Obrigado, monsenhor. Acho que nisso tem razão. Sabe os que mais me dão pena?

— Não.

— São os pequeno-burgueses e escriturários de três libras, que não veem com muita frequência carpas do Reno nem esturjões da Mancha.

— Bom! Os cinco libras não deixam resto nenhum?

— Ah, que monsenhor não me ache sovina a esse ponto! Encho de alegria o pequeno-burguês e o escriturário, dando a eles uma asa de perdiz vermelha, um filé de cabrito, uma fatia de patê com trufas, coisas que só conheciam em sonho. São as sobras dos vinte e quatro libras. Eles comem, bebem e, chegando à sobremesa, gritam "Viva o rei!". Abençoam a Bastilha aos domingos, com as duas garrafas de um champanhe razoável que me custam cinco soldos. Esses sim me dizem santo e têm saudade da prisão quando se vão. Sabe o que notei?

— Não, não sei.

— Pois notei... Sabe que isso representa uma felicidade para este castelo? Notei que alguns prisioneiros libertados procuraram ser reencarcerados logo depois. E por que motivo, senão pela minha cozinha? É tiro e queda!

Aramis sorriu, como quem duvida.

— Sorri?

— Sim.

— Garanto que temos presos que voltaram três vezes no espaço de dois anos.

— Precisaria ver para crer.

— Ah, posso mostrar isso, apesar de ser proibido revelar os registros a pessoas de fora.

— Imagino.

— Mas se monsenhor quiser ver a coisa com os próprios olhos...

— Confesso que adoraria.

— Pois verá!

Baisemeaux foi até um armário e pegou um volumoso registro.

Aramis a tudo assistia, com interesse.

Ele voltou, abriu o caderno em cima da mesa, folheou e parou na letra M.

— Veja este, por exemplo.

— O que diz?

— Martinier, janeiro de 1659. Martinier, junho de 1660. Martinier, março de 1661. Panfletos, mazarinadas etc.[16] Era só um pretexto, ninguém é embastilhado por mazarinadas. O fulano denunciava a si mesmo só para ser trazido de volta. E por qual motivo? Pela refeição dos três libras.

— Dos três libras, que infeliz!

— Exato, monsenhor. O poeta está no último patamar, com o pequeno-burguês e o escriturário. Como eu dizia, porém, é justo a eles que reservo surpresas.

Aramis passava automaticamente as páginas do registro, lendo sem parecer se interessar tanto pelos nomes.

— Em 1661, como se pode ver — continuava Baisemeaux —, oitenta registros. Em 1659, oitenta.

---

16. Mazarinadas eram também os versinhos populares contra o ministro.

— Ah, Seldon! Acho que conheço o nome! Não foi o senhor que me falou dele, um rapaz?

— Isso, eu mesmo. Um pobre-diabo, um estudante que compôs… Como é mesmo que se chamam dois versos latinos seguidos?

— Um dístico.

— Exato.

— Coitado! Por um dístico!

— Nem tão inocente. Sabe que o tal dístico era contra os jesuítas?

— Tanto faz, a punição me parece dura.

— Ele não tem do que reclamar, pois no ano passado monsenhor pareceu se interessar por ele.

— Certamente.

— Por isso, como o interesse de monsenhor é muito importante, desde então eu o trato como um quinze libras.

— Então igual a este aqui — disse Aramis, que continuara a folhear e indicava um dos nomes que vinham depois de Martinier.

— Como este.

— Seria um italiano, esse Marchiali? — perguntou Aramis, indicando com o dedo o nome que tinha chamado sua atenção.

— Psiu!

— Por quê? — perguntou ele, retraindo automaticamente sua alva mão.

— Creio já ter falado antes desse Marchiali.

— Não, é a primeira vez que ouço o nome.

— É possível. Posso ter falado sem mencionar o nome.

— Um velho pecador? — tentou sorrir o bispo.

— Pelo contrário, bem jovem.

— O crime então deve ter sido grave.

— Imperdoável!

— Assassinato?

— É pouco.

— Incendiou?

— É pouco.

— Caluniou?

— Nada disso. É alguém que…

Baisemeaux se aproximou da orelha de Aramis, fazendo concha com as duas mãos.

— Alguém que ousa se parecer com…

— Ah, sim, me lembro — disse Aramis. — Já havia falado dele no ano passado, mas o crime me pareceu tão leve…

— Leve?

— Pelo menos tão involuntário…

— Não é involuntariamente que se alcança tal semelhança.

— Bom, eu tinha esquecido. Mas ouça, meu caro anfitrião, creio que nos chamam — disse Aramis, fechando o registro.

Baisemeaux pegou rápido o caderno e o trancou no armário, guardando no bolso a chave.

— Passamos então ao almoço? Pois monsenhor não se engana, estamos sendo chamados.

— Com prazer, meu caro governador.

E passaram à sala de jantar.

98. O almoço do sr. de Baisemeaux

Aramis era em geral bastante sóbrio, mas daquela vez, mesmo sem exagerar demais no vinho, fez jus ao almoço, que, aliás, foi excelente.

O anfitrião se mostrava alegre, às raias do descomedimento. As cinco mil pistolas enchiam o seu coração e ele de vez em quando ternamente as admirava.

Vez por outra, era para Aramis que o mesmo olhar se dirigia, cheio de gratidão.

O ex-mosqueteiro se jogava para trás na cadeira e molhava os lábios na borda do copo, saboreando o vinho como bom conhecedor.

— Que não me falem mal do cotidiano da Bastilha — ele disse, piscando os olhos. — Felizes os prisioneiros que, pelo menos uma vez por dia, dispõem de meia garrafa desse bourgogne!

— Todos os quinze francos o bebem. É um Volnay bem antigo.

— Então nosso pobre estudante, nosso pobre Seldon tem esse excelente Volnay em suas refeições?

— Não, ele não!

— Entendi que é tratado como um quinze libras.

— Ele? Nunca! Alguém que compõe distritos… como é mesmo o nome?

— Dísticos.

— Um quinze libras! Nem pensar! O seu vizinho é um quinze libras.

— Vizinho?

— Sim.

— Qual?

— O outro. O segundo Bertaudière.

— Meu querido governador, me desculpe, mas fala uma língua para a qual é preciso certo aprendizado.

— É verdade, sinto muito. Segundo Bertaudière que dizer "que está no segundo andar da torre Bertaudière".

— Bertaudière é o nome de uma das torres da Bastilha? Tinha mesmo ouvido dizer que cada uma tem um nome. Qual delas é?

— Pode vê-la daqui — disse Baisemeaux, indo à janela. — Aquela à esquerda, a segunda.

— Entendo. E é onde se encontra o prisioneiro quinze libras?

— Sim.

— Há quanto tempo?

— Ah, vai saber! Uns sete ou oito anos, mais ou menos.

— Como assim, mais ou menos? Não tem datas escritas?

— Não era do meu tempo, meu caro sr. d'Herblay.

— Mas Louvière e Tremblay devem ter dado a informação...

— Ah, meu caro senhor... Perdão, monsenhor.

— Não ligue. Então dizia?

— Dizia que os segredos da Bastilha não se transmitem com as chaves do governo.

— Trata-se então de um mistério? Um segredo de Estado?

— Segredo de Estado? Não, não creio. Apenas secreto, como tudo o que se faz na Bastilha.

— Muito bem, mas por que fala mais tranquilamente de Seldon do que do...

— Do segundo Bertaudière?

— Isso.

— Porque, na minha opinião, o crime de um fazedor de dísticos é menor do que o de quem se parece...

— Entendo, entendo, mas os carcereiros...

— O que têm os carcereiros?

— Eles falam com os prisioneiros.

— É claro.

— Que devem então dizer que não são culpados.

— É só o que dizem; é o lema geral, o refrão universal.

— Sei disso, mas e essa semelhança de que falou ainda há pouco?

— O que tem ela?

— Não chama a atenção dos carcereiros?

— Meu bom sr. d'Herblay, só mesmo um homem da corte para se interessar por detalhes assim.

— Tem mil vezes razão. Que tal mais um gole desse Volnay, por favor?

— Nada de gole, um copo.

— Não. O senhor se manteve guarda da cabeça aos pés e eu me tornei bispo. Só um gole para mim e um copo para o senhor.

— Como queira...

Os comensais brindaram.

— Na verdade — voltou Aramis, fixando o brilhante olhar no rubi liquefeito que sua mão havia erguido à altura dos olhos, como se ele quisesse, ao mesmo tempo, desfrutar de todos os sentidos —, na verdade, isso que o senhor diz ser uma semelhança talvez outra pessoa nem chegue a notar.

— Impossível! Qualquer um que conheça... a pessoa com quem ele se parece.

— Pois acho, sr. Baisemeaux, que isso é simplesmente uma fantasia da sua parte.

— De forma alguma, garanto.

— Ouça — continuou Aramis —, já vi muita gente parecer fisicamente com aquele de quem falamos, mas, por respeito, não se comentar.

— Certamente, mas há semelhanças e semelhanças. Essa é muito impressionante. Se pudesse vê-lo…

— O que tem?

— Concordaria comigo.

— Se o visse — observou Aramis, sem parecer tão interessado —, mas provavelmente não o verei.

— Por que não?

— Acho que se pusesse um pé numa daquelas horríveis celas me imaginaria enterrado para sempre.

— Engana-se. Ela é confortável.

— Conversa!

— Como assim, conversa?

— Não acredito, só isso.

— Por favor, não fale mal do segundo Bertaudière. Puxa! É ótima cela, bem mobiliada, com tapete.

— Imagino!

— Acredite. Não deu tanto azar assim, o rapazote. Ganhou a melhor cela da Bastilha. Uma sorte e tanto!

— Não me fará acreditar na existência de boas celas na Bastilha. E esse seu tapete…

— O que tem o meu tapete?

— Só existe na sua imaginação. Sei apenas de aranhas, ratos e até sapos.

— Sapos? Bem, nas masmorras pode até ser.

— Poucos móveis e tapete nenhum.

— É o tipo de pessoa que só se convence vendo… — disse Baisemeaux, afogueado.

— Não, de forma alguma.

— Mesmo que só para confirmar a semelhança, para não falar também do tapete.

— Trata-se de algum espectro, uma sombra, um infeliz prestes a morrer.

— Não, longe disso! Um rapagão sólido como a ponte Neuf.[17]

— Triste, deprimido?

— De forma alguma, esfuziante.

— Não exagere.

---

17. A ponte, terminada no início daquele século, foi a primeira em alvenaria. As até então existentes eram de madeira.

— Não estou exagerando. Foi o que disse e não volto atrás.

— Não pode ser.

— Então venha.

— Aonde?

— Comigo.

— Para quê?

— Dar uma volta pela Bastilha.

— Como?

— Já verá, verá por si mesmo, com seus próprios olhos.

— E o regulamento?

— Não se preocupe. É a tarde de folga do major e o tenente faz a ronda pelos bastiões. Estamos livres.

— Prefiro não. Só de pensar no barulho das trancas sendo destravadas já sinto arrepios.

— Vamos!

— Basta que o senhor se esqueça de mim num terceiro ou quarto Bertaudière… E fim!…

— Está brincando?

— Falo sério.

— Vai perder uma oportunidade única. Sabe que por esse favor que lhe ofereço de graça alguns príncipes de sangue ofereceram até cinquenta mil libras?

— É tão interessante assim?

— O fruto proibido. Sendo da Igreja, monsenhor deve entender disso.

— Se eu tivesse alguma curiosidade pessoal, seria pelo pobre estudante do dístico.

— Pois ele, justamente, se encontra no terceiro Bertaudière.

— Por que justamente?

— Porque se tivesse eu alguma curiosidade, seria pelo belo cômodo atapetado e o seu ocupante.

— Bah! Móveis são uma banalidade e uma pessoa insignificante em nada interessa.

— Um quinze libras, monsenhor, é sempre interessante.

— Foi bom lembrar. Eu queria mesmo perguntar. Por que quinze libras para um e apenas três para o pobre Seldon?

— Ah, veja só. É maravilhosa essa distinção e mostra bem a bondade do rei…

— Do rei, do rei!

— Do cardeal, é verdade. Disse-me o sr. de Mazarino: "Esse infeliz está condenado a permanecer para sempre preso!".

— Por quê?

— Ora! Porque o seu crime é perpétuo e, consequentemente, o castigo também.

— Perpétuo?

— Sim. Se ele não tiver a felicidade de pegar uma varíola, por exemplo... e mesmo essa possibilidade é improvável, pois não temos um ar insalubre na Bastilha.

— Um raciocínio argucioso, meu caro governador.

— Não acha?

— Está dizendo então que o infeliz deve sofrer o tempo todo e para sempre...

— Sofrer? Eu não disse isso. Um quinze libras não sofre.

— No sentido de sofrer a prisão, pelo menos.

— Aí sim. É uma fatalidade, e tornamos menos duro tal sofrimento. Enfim, deve-se reconhecer que o sujeito não veio ao mundo para comer finas iguarias como as que come. Santo Deus! Por exemplo, temos aqui esse patê intacto, esses caranguejos nos quais mal tocamos, caranguejos do Marne, graúdos como lagostas. Pois bem, tudo isso será encaminhado para o Segundo Bertaudière, com uma garrafa desse Volnay que o senhor tanto apreciou. Tendo visto, não duvidará mais, espero.

— Não duvidarei, meu caro governador, mas nisso tudo o senhor pensa apenas nos bem-aventurados quinze libras e esquece o pobre Seldon, meu protegido.

— Está bem! Em sua homenagem, será um dia de festa para ele, que vai ganhar biscoitos e geleias, com esse jarro de vinho do Porto.

— Eu já disse, o senhor é boa pessoa, meu caro Baisemeaux, mas repito ainda.

— Então vamos, vamos — disse o governador, animado tanto pelo vinho quanto pelos elogios.

— Lembre-se de que estou indo só para agradá-lo.

— Vai me agradecer quando voltarmos.

— Então vamos.

— Preciso avisar o guarda-chaves.

Baisemeaux tocou duas vezes e um homem apareceu.

— Vou às torres! — ele disse. — Nada de guardas nem tambores. Ou seja, sem barulho!

— Se não deixasse aqui a minha capa — fingiu Aramis estar com medo —, acharia que estou indo preso por vontade própria.

O homem foi na frente, com Aramis à direita do governador. Alguns soldados que estavam à vontade no pátio se perfilaram como estacas à passagem da autoridade.

Baisemeaux fez o convidado subir alguns degraus que levavam a uma espécie de esplanada, a partir da qual se dirigiram à ponte levadiça, onde as sentinelas reconheceram o governador.

— O senhor tem boa memória, não é? — ele perguntou a Aramis, de maneira que as sentinelas pudessem ouvir.

— Por quê?

— Para os seus mapas e respectivas medidas, pois nem mesmo aos arquitetos é permitido entrar nas celas com papel, penas ou lápis.

"Bom, pelo visto sou arquiteto", pensou Aramis. "Ou será alguma brincadeira de d'Artagnan, que me descobriu engenheiro em Belle-Île?"

Em voz alta, respondeu:

— Não se preocupe, governador. Em nosso ramo, o simples olhar e a memória bastam.

Baisemeaux agiu com naturalidade e os guardas tomaram Aramis pelo que ele dizia ser.

— Bom, vamos começar pela Bertaudière — disse o governador, querendo ainda ser ouvido pelos soldados.

— Vamos.

Em seguida, dirigindo-se ao guarda-chaves, Baisemeaux ordenou:

— Aproveite e leve ao número dois as guloseimas que indiquei.

— O número três, caro sr. de Baisemeaux, o número três, o senhor se esquece sempre — lembrou o falso arquiteto.

— É verdade.

Eles subiram.

A quantidade de trancas, grades e fechaduras existente só naquele pátio já bastaria para a segurança de uma cidade inteira.

Aramis não era um sonhador nem alguém particularmente sensível. Até fizera versos quando jovem, mas tinha o coração ressecado, como qualquer um que amou muito as mulheres, ou melhor, que foi muito amado por elas.

Mesmo assim, ao pisar nos gastos degraus de pedra por onde haviam passado tantos infortúnios, ao sentir a atmosfera daquelas escuras arcadas úmidas de lágrimas, sem dúvida alguma ele se comoveu, pois sua cabeça se inclinou, os olhos se perturbaram e ele seguiu Baisemeaux sem dizer uma palavra.

99. O segundo Bertaudière

No segundo andar, fosse por cansaço ou pela emoção, faltou ar ao visitante. Ele se encostou na parede.

— Quer começar por este? — perguntou Baisemeaux. — Já que iremos aos dois, tanto faz subirmos do segundo para o terceiro ou descermos do terceiro para o segundo. Há inclusive alguns reparos a serem feitos nesta cela — ele acrescentou, aproveitando que o guarda-chaves estava ao alcance da voz.

— Continuemos a subir! — exclamou vivamente Aramis. — Para o andar de cima, por favor. É o mais urgente.

Então continuaram.

— Peça as chaves — disse baixinho Aramis.

— Está bem.

Baisemeaux pegou as chaves e abriu ele mesmo a terceira cela. O guarda entrou e deixou em cima de uma mesa aquilo que o governador generosamente chamava de guloseimas.

Em seguida saiu.

O prisioneiro não se mexera.

Baisemeaux entrou, enquanto Aramis se mantinha à porta.

De onde estava, viu um rapaz, um rapazote de dezoito anos que, erguendo a cabeça por causa daquela movimentação inabitual, saltou da cama ao perceber o governador e, de mãos juntas, choramingou:

— Minha mãe! Minha mãe!

O tom era tão doloroso que Aramis, sem querer, estremeceu.

— Meu jovem — disse Baisemeaux, tentando sorrir —, trago uma diversão e um suplemento. A diversão para a mente e o suplemento para o corpo. Este senhor vai tomar algumas medidas suas, e aqui tem geleias de sobremesa.

— Ah, sr. governador! Deixe-me a pão e água, em isolamento por um ano, se no final desse ano eu puder sair daqui e ver minha mãe.

— Ouvi dizer que é muito pobre, que a sua vida lá era difícil… e aqui, com os diabos!

— Se ela é pobre, ainda mais precisa ter de volta o seu arrimo. Vida difícil? Ah, senhor! A vida é sempre boa para quem é livre.

— Bem, como o senhor mesmo disse só ter feito aquele infeliz dístico…

— Sem qualquer intenção, sem a menor má-fé, juro. Estava lendo Marcial quando tive a ideia.[18] Punam-me, cortem-me a mão com que escrevi, trabalharei com a outra, mas devolvam-me à minha mãe.

— Meu filho, sabe que isso não depende de mim. Tudo o que posso é aumentar a sua ração, juntar um vinho do Porto, fazer com que receba um biscoito entre dois pratos.

— Meu Deus! Meu Deus! — exclamou o jovem, caindo para trás e rolando pelo chão.

Sem poder suportar por mais tempo, Aramis se retirou do quarto.

— Pobre rapaz! — ele murmurou.

— Pois, mas é culpa dos pais.

— Como assim?

— Ora, por que, diabos, o fizeram aprender latim? Ciência demais atrapalha… Não sei ler nem escrever e não estou na prisão.

Aramis olhou para aquele homem que dizia não estar na prisão sendo carcereiro na Bastilha.

Vendo o pouco interesse que haviam despertado seus conselhos e o vinho do Porto, Baisemeaux também se retirou, abalado.

— A porta, a porta! — reclamou o guarda-chaves. — Esqueceu de fechar a porta.

— É verdade — reconheceu Baisemeaux. — Tome, devolvo suas chaves.

— Pedirei a absolvição dessa criança — disse Aramis.

— Se não conseguir — sugeriu Baisemeaux —, peça que o promovam a dez libras, e também eu ganharia com isso.

— Se o outro prisioneiro também chamar a mãe — disse Aramis —, prefiro não entrar. Tomarei as medidas daqui de fora.

— Ah, o sr. arquiteto não corre esse perigo — disse o guarda-chaves. — O outro prisioneiro é quieto como um cordeirinho. Para chamar a mãe, teria que falar, e ele nunca fala.

— Se é assim, vamos — respondeu Aramis, com a voz abafada.

— O senhor não é arquiteto de prisões? — perguntou ainda o homem.

— Sou.

— E não está habituado a esse tipo de coisa? Que estranho!

Aramis percebeu ser preciso todo o seu esforço para não despertar suspeitas.

Baisemeaux tinha as chaves. Abriu a porta e disse ao guarda-chaves:

— Espere por nós na escada.

O homem obedeceu, retirando-se.

O governador se adiantou e abriu a segunda porta.

18. Marco Valério Marcial (38-104), poeta latino, publicou coleções de dísticos destinados a acompanhar presentes oferecidos no mês de dezembro.

Viu-se então, no quadrado iluminado por uma janela gradeada, um bonito jovem de pequena estatura e cabelo curto, com barba que já crescia. Estava sentado num banquinho, com o cotovelo numa poltrona na qual apoiava o tronco.

Sua veste, jogada na cama, era de fino veludo negro e ele aspirava o ar fresco que passava por seu peito, que estava coberto por uma camisa da mais bela batista que se possa encontrar.

À entrada do governador, o jovem virou a cabeça num movimento cheio de indolência e, reconhecendo Baisemeaux, levantou-se para polidamente cumprimentá-lo.

Aramis, que permanecera à sombra, levou um susto quando o jovem olhou para ele. Empalideceu e deixou escapar o chapéu, até então à sua mão, como se todas as forças o abandonassem.

Já habituado com o prisioneiro, Baisemeaux não parecia passar por nenhuma das sensações que atropelavam o visitante. Arranjou sobre a mesa o patê e os caranguejos como faria um servidor cuidadoso e, ocupado que estava, não percebeu a perturbação do bispo.

Em seguida, dirigindo-se ao jovem prisioneiro, começou a conversar:

— Está com ótima aparência. Como tem passado?

— Muito bem, obrigado.

A voz causou novo choque em Aramis que, instintivamente, deu um passo à frente, com os lábios trêmulos.

Tudo isso foi tão visível que não passou despercebido ao governador, por mais ocupado que estivesse.

— O cavalheiro aqui presente é arquiteto — ele disse — e vai examinar a lareira. Ela esfumaça?

— Nunca.

Voltando-se para o visitante, acrescentou, esfregando as mãos:

— O senhor dizia que era impossível ser feliz na prisão, mas este prisioneiro prova o contrário. Não tem do que se queixar, não é? — ele continuou, perguntando ao rapaz.

— Nunca.

— Não se entedia? — perguntou Aramis.

— Nunca.

— Eu não disse? — comentou baixinho Baisemeaux.

— É preciso concordar. Podemos fazer algumas perguntas?

— Quantas quiser.

— Então, por favor, pergunte se ele sabe por que está aqui.

— O cavalheiro pergunta se sabe o motivo da sua detenção.

— Não, não sei — respondeu o preso.

— É absurdo! — exclamou Aramis, se insurgindo. — Se ignorasse o motivo, estaria furioso.

— E estive, nos primeiros dias.

— E por que não está mais?

— Porque pensei.

— É estranho — disse Aramis.

— Não é mesmo espantoso? — juntou-se Baisemeaux.

— Pensou o quê? Pode me dizer? — perguntou Aramis.

— Pensei que, não tendo cometido crime algum, Deus não podia me castigar.

— E o que seria a prisão, senão um castigo?

— Infelizmente, não sei. Só posso dizer que é o oposto daquilo que imaginei há sete anos.

— Ouvindo o que diz e vendo tanta resignação, pode-se achar que gosta de estar aqui.

— Suporto.

— Pela certeza de que será solto um dia?

— Não tenho qualquer certeza, apenas esperança. Mas confesso que tal esperança se perde a cada dia.

— Mas, afinal, por que não o deixariam livre, já tendo sido antes?

— É exatamente o que me impede de esperar a liberdade: por que me teriam prendido, se tivessem a intenção de me soltar mais tarde?

— Que idade tem?

— Não sei.

— Como se chama?

— Esqueci qual nome me davam.

— Seus pais?

— Não os conheci.

— E aqueles que o criaram?

— Não me chamavam de filho.

— Gostava de alguém antes de vir para cá?

— Gostava da minha ama-seca e das minhas flores.

— Só?

— Também do meu criado de quarto.

— Sente falta dessa ama-seca e desse criado?

— Chorei muito quando morreram.

— Morreram depois de ter vindo para cá ou antes?

— Morreram na véspera do dia em que fui trazido.

— Ao mesmo tempo?

— Ao mesmo tempo.

— E como foi trazido?

— Um homem foi me buscar, me pôs numa carruagem trancada e me trouxe.

— Reconheceria esse homem?

— Usava máscara.

— Não é mesmo uma história extraordinária? — perguntou em voz baixa Baisemeaux a Aramis, que mal conseguia respirar e apenas murmurou:

— Sim, extraordinária.

— Mas o que acho ainda mais incrível é que ele nunca me havia contado tanta coisa assim.

— Talvez porque nunca tenha perguntado — respondeu Aramis.

— É possível. Não sou curioso. Mas reparou no quarto? É bonito, não é?

— Muito.

— Com tapete…

— Maravilhoso.

— Aposto que ele não tinha nada assim antes de vir.

— Provavelmente não.

Voltando-se de novo para o rapaz, Aramis perguntou:

— Lembra-se de já ter recebido a visita de algum estranho ou estranha?

— Sim, três vezes. Uma mulher que vinha de carro até a porta e entrava coberta com um véu que erguia apenas quando estávamos só os dois, fechados aqui.

— Lembra-se dela?

— Sim.

— O que ela dizia?

O jovem sorriu, com tristeza.

— Perguntava o mesmo que os senhores: se eu estava bem, se me entediava.

— E ao chegar e ir embora?

— Ela me abraçava forte, me beijava.

— Lembra-se dela?

— Muito bem.

— Guardou na memória os traços do seu rosto?

— Sim.

— Então poderia reconhecê-la, se fosse trazida ou você levado até ela?

— Ah, com certeza!

Uma fugidia satisfação relampejou no olhar de Aramis.

Baisemeaux ouviu o guarda-chaves subir a escada.

— É melhor irmos — ele disse a Aramis, que provavelmente já sabia tudo o que queria saber e respondeu:

— Quando quiser.

O rapaz viu que eles iam embora e com polidez se despediu.

Baisemeaux respondeu apenas inclinando a cabeça.

Aramis, sem dúvida por respeito àquele infortúnio, cumprimentou profundamente o prisioneiro.

Os dois saíram. Baisemeaux trancou a porta.

— E então? — ele perguntou, já na escada. — O que achou de tudo isso?

— Descobri o segredo, meu caro governador.

— Segredo? Qual segredo?

— Cometeu-se um assassinato naquela casa.

— Que ideia!

— Não vê? O criado e a ama-seca, mortos no mesmo dia?

— O que tem isso?

— Veneno.

— Ah!

— O que acha?

— Pode ser verdade… Esse rapaz seria então um assassino?

— Ninguém está dizendo isso! Como querer que esse menino seja um assassino?

— Seria difícil acreditar.

— O crime foi cometido na casa, só isso. Ele talvez tenha visto os assassinos e estes temem que fale.

— Puxa, se eu soubesse!

— O que teria feito?

— Dobrado a vigilância.

— Hum… ele não parece querer fugir.

— Ah, não conhece os prisioneiros.

— Ele tem livros?

— Nunca. Proibição absoluta.

— Absoluta?

— Assinada pelo próprio sr. de Mazarino.

— Tem esse documento?

— Sim, quer ver quando for pegar sua capa?

— Gostaria muito. Tenho interesse por autógrafos.

— Esse não pode ser questionado, tem uma só rasura.

— Uma rasura? Relativa a quê?

— A um número.

— Um número?

— Sim. Primeiro havia escrito: pensão de cinquenta libras.

— Como os príncipes de sangue, então?

— Mas o cardeal notou ter se enganado. Riscou o zero e acrescentou o número um à frente do cinco. Mas, aliás…

— O quê?

— Não comentou a semelhança.

— Por uma razão bem simples, meu amigo: ela não existe.

— Como pode dizer isso?

— Se existir, é só na sua imaginação. Mesmo que existisse na realidade, creio ser melhor não falar do assunto.

— Acha?

— Luís XIV, como pode imaginar, não gostaria de saber que o senhor dissemina o boato de um súdito ter a audácia de se parecer com ele.

— Puxa, é verdade! — assustou-se Baisemeaux. — Mas falei disso apenas com monsenhor, contando com sua discrição.

— Fique tranquilo.

— Ainda quer ver o documento assinado?

— Com certeza.

Conversando, haviam voltado ao gabinete e Baisemeaux tirou do armário outro registro, semelhante ao já mostrado, mas com fechadura.

A chave se encontrava num pequeno molho que o governador levava sempre consigo.

Dispondo o caderno em cima da mesa, aberto na letra M, Aramis pôde ler uma nota presa na coluna "Observações":

> Nunca livros, roupa pessoal de grande esmero, trajes requintados, nada de passeios, nem de trocas de carcereiros, nem de comunicações.
>
> Instrumentos de música; toda licença para o bem-estar; quinze libras de alimentação. O sr. Baisemeaux pode reclamar se as quinze libras não bastarem.

— Aliás, foi bom rever isso. Reclamarei.

Aramis fechou o caderno.

— De fato, é a letra do cardeal, posso reconhecê-la. Mas agora, sr. governador — ele continuou, como se essa constatação esgotasse o seu interesse —, que tal passarmos às nossas contas particulares?

— Muito bem, qual prazo devemos estabelecer? Diga o senhor.

— Não fixemos um prazo. Façamos apenas um reconhecimento de dívida de cento e cinquenta mil francos.

— Que podem ser exigidos…

— Quando eu pedir, mas só pedirei quando estivermos ambos de acordo.

— Sinto-me tranquilo com relação a isso. Mas já lhe dei dois recibos anteriores.

— Exato. E como pode ver, vou rasgá-los.

Aramis mostrou os dois recibos ao governador e os rasgou.

Impressionado com a demonstração de confiança, Baisemeaux escreveu e assinou uma obrigação de cento e cinquenta mil francos a serem pagos mediante a solicitação do prelado.

Depois de acompanhar o traço da pena por cima do ombro do governador, Aramis guardou o documento no bolso, parecendo nem sequer ter lido, o que só aumentou a confiança de Baisemeaux.

— E agora — acrescentou Aramis —, não ficará chateado comigo se eu lhe roubar um prisioneiro?

— Como assim?

— Obtendo clemência, é claro. Não disse que o pobre Seldon me interessa?

— Ah, é verdade!

— O que diz?

— Nada; que monsenhor esteja à vontade. Sei que tem o braço comprido e a mão larga.

Aramis despediu-se, levando as bênçãos do governador.

100. As duas amigas

Enquanto o sr. de Baisemeaux mostrava ao visitante os prisioneiros da Bastilha, uma carruagem parou à porta da sra. de Bellière e, naquele horário ainda matinal, deixou à entrada uma jovem mulher, tendo na cabeça uma touca com véus de seda.

Ao anunciarem a sra. Vanel à dona da casa, ela estava ocupada, ou melhor, absorta na leitura de uma carta, que foi precipitadamente escondida.

Sua toalete da manhã mal terminara e as ajudantes estavam ainda no quarto ao lado.

Ao ouvir o nome e os passos de Marguerite Vanel, a sra. de Bellière foi ao seu encontro e acreditou perceber, nos olhos da amiga, um brilho que não parecia nem saudável nem alegre.

Marguerite a beijou e lhe apertou as mãos, sem praticamente dar tempo para que dissesse qualquer coisa.

— Minha querida, esqueceu-se de mim? Está voltada apenas aos prazeres da corte?

— Nem sequer fui à cerimônia do casamento.

— E o que está fazendo?

— Preparando uma estadia nas minhas terras.

— Em Bellière?

— Sim.

— Uma temporada no campo, então. Gosto de vê-la com essa disposição, mas está pálida.

— Sinto-me ótima.

— Ainda bem, estava preocupada. Sabe o que me disseram?

— Dizem tantas coisas!

— Mas essa é extraordinária.

— Como gosta de deixar na expectativa o seu público, Marguerite.

— Já vou dizer. É que tive medo de zangá-la.

— De forma alguma. Você mesma elogia a constância do meu humor.

— Bom, andam dizendo... Ah, é difícil contar...

— Então não conte — disse a sra. de Bellière, adivinhando alguma maldade por trás do preâmbulo, mas já curiosa.

— Pois bem, querida marquesa, dizem que lamenta menos a falta do sr. de Bellière, de um tempo para cá.[19]

— É um falatório maldoso, Marguerite. Lamento e sempre lamentarei meu marido. Mas já faz dois anos que ele morreu; tenho apenas vinte e oito e a dor dessa perda não deve pesar sobre todas as ações e todos os pensamentos da minha vida. Digo isso, mas você, Marguerite, mulher por excelência, não acredita.

— Por que não? Tem o coração tão carinhoso! — replicou maldosa a sra. Vanel.

— Você também, Marguerite, e nunca a vi se deixar abater, mesmo tendo o coração ferido.

Era uma alusão direta à ruptura da amiga com o superintendente. E também uma censura disfarçada, mas também direta, às maneiras da jovem senhora.

Como se só esperasse esse sinal para disparar sua flecha, Marguerite exclamou:

— Pois saiba, Elise: comentam que está apaixonada — ela disse, observando bem o efeito da frase.

A marquesa não conseguiu impedir um rubor e respondeu, depois de algum silêncio:

— Nunca deixam de caluniar as mulheres.

— Mas não a caluniam, Elise.

— Como não? Dizem que estou apaixonada e não me caluniam?

— Para começar, se for verdade, não se trata de calúnia, mas apenas de mexerico. Além disso, não dizem que você se abandona a esse amor. Pelo contrário, falam de uma enamorada virtuosa, armada com unhas e dentes, trancada em casa como numa fortaleza, uma fortaleza mais impenetrável que a de Dânae, mesmo que a dela fosse uma torre de bronze.[20]

— Tem muito espírito, Marguerite — disse a sra. de Bellière, trêmula.

— Você sempre me elogiou, Elise... Enfim, dizem-na incorruptível e inacessível. Estamos longe de calúnias... Mas em que está pensando enquanto falo?

— Eu?

— Está vermelha e calada.

— Procurava — respondeu a marquesa, erguendo seus belos olhos, nos quais reluzia um início de irritação — a que estaria fazendo alusão, você, tão sábia em mitologia, ao me comparar a Dânae.

---

19. O marechal Jacques de Rougé, marquês de Plessis-Bellière (1602-54), morrera numa batalha perto de Nápoles.

20. Na mitologia grega, jovem princesa que foi trancada sozinha pelo pai, numa torre de bronze, para evitar que tivesse um filho, pois, segundo um oráculo, esse filho o mataria. Tomado de amores, Zeus se transformou em chuva de ouro, entrou por um buraco no teto e engravidou a donzela.

— Ah! É o que procurava? — riu Marguerite.

— Sim. Não se lembra? No pensionato, quando procurávamos soluções aritméticas... Ah, vou relembrar também nossas lições. Não se lembra? Davam-nos um dos termos e devíamos encontrar o outro. Então procure, procure.

— Não entendo o que está querendo dizer.

— No entanto, é simples. Você acha que estou apaixonada, não é?

— Foi o que me disseram.

— Mas não que estou abstratamente apaixonada. Não há um nome como objeto desse boato?

— Sem dúvida que há um nome.

— Pois então, minha amiga, tenho eu mesma que procurar esse nome, já que você não disse.

— Vendo a querida marquesa ficar tão vermelha, não achei que precisasse procurar tanto.

— Foi a sua menção a Dânae que me surpreendeu. Quem diz Dânae diz chuva de ouro, não é?

— Por Dânae, Júpiter se transformou em chuva de ouro.

— Meu amante, então... esse que você me atribui...

— Não eu. Sou sua amiga e não lhe atribuo nada.

— Está bem! Meus inimigos...

— Quer que lhe diga o nome?

— Há meia hora espero por isso.

— Vai ouvir. Não se zangue, é um homem poderoso.

— Sei.

A marquesa enfiava nas mãos suas unhas em ponta, como o paciente que vê se aproximar o ferro em brasa.[21]

— É muito rico, talvez o mais rico...

A marquesa fechou os olhos por um momento.

— O duque de Buckingham — terminou Marguerite, rindo alto.

A perfídia fora incrivelmente bem calculada. Esse nome, vindo no lugar daquele que a marquesa imaginava, causou nela o mesmo efeito que o machado mal afiado que feriu, sem matar de imediato, os srs. Chalais e de Thou no patíbulo.[22]

Ao contrário deles, a marquesa se recuperou e disse:

---

21. A anestesia, tal como entendemos hoje, começou a ser usada apenas no século XIX, por inalação, com éter ou clorofórmio.

22. Henri de Talleyrand-Périgord, conde de Chalais (1599-1626), envolvido numa conspiração visando à morte de Richelieu e à destituição de Luís XIII, a favor de Gastão de Orléans. Uma vez condenado à decapitação, foi parar nas mãos de um carrasco inexperiente encarregado da execução, e o resultado foi um verdadeiro massacre. Isso também aconteceu com François-Auguste de Thou (1604-42), envolvido na chamada Conspiração de Cinq-Mars, com a mesma finalidade e a mesma condenação.

— Não à toa acho-a espirituosa, pois me faz passar um momento agradável. Foi muito boa a brincadeira... Mas nunca vi o duque de Buckingham.

— Nunca? — respondeu Marguerite, controlando o riso.

— Não pus os pés fora de casa desde que o duque chegou a Paris.

— Ah! — exclamou a sra. Vanel, aproximando o pé atrevido de um papel amassado e jogado no tapete, perto da janela. — As pessoas nem sempre se veem, mas se escrevem.

A marquesa estremeceu. Aquele papel era o envelope da carta que estava lendo quando a amiga chegou. Tinha no lacre as armas do superintendente.

Movendo-se no sofá, ela fez o tal papel ir até as dobras do seu amplo vestido de seda e ali desaparecer.

— Mas afinal, Marguerite, foi só para dizer essa bobagem que veio tão cedo?

— Não, vim antes de tudo vê-la e lembrá-la dos nossos antigos hábitos, tão agradáveis e salutares, quando passeávamos por Vincennes e, sob um carvalho à beira de um caminho, falávamos de quem amávamos e nos amava.

— Está propondo um passeio?

— Tenho minha carruagem e três horas livres.

— Não estou vestida para sair, Marguerite... e se quiser conversar sem precisar ir tão longe, temos um belo carvalho no jardim, alamedas, um gramado salpicado de malmequeres e essas violetas cujo perfume chega até aqui.

— É pena que minha querida marquesa recuse... Precisava tanto abrir meu coração.

— Repito, Marguerite, disponha de mim aqui neste quarto ou sob aquela tília do jardim, como fazíamos sob o carvalho do bosque.

— Não é a mesma coisa... Aproximando-me de Vincennes, Elise, aproximaria meus suspiros de quem há alguns dias os provoca.

A marquesa ergueu bruscamente a cabeça.

— Isso a surpreende, não é? Que eu pense ainda em Saint-Mandé?

— Em Saint-Mandé! — exclamou a sra. de Bellière.

Os olhares das duas mulheres se cruzaram como espadas num início de combate.

— Você, que é tão orgulhosa? — zombou a marquesa.

— Eu, tão orgulhosa... É como sou... não perdoo o esquecimento, não suporto a infidelidade. Quando sou eu a abandonar e a pessoa chora, fico tentada a amar ainda, mas quando me abandonam e riem, passo a amar loucamente.

A sra. de Bellière não controlou certa agitação.

"Está com ciúmes", pensou Marguerite.

— Quer dizer — continuou a marquesa — que está amando loucamente... o sr. de Buckingham... Não, me enganei... o sr. Fouquet?

A rival sentiu o golpe e o seu peito se inflou.

— E queria ir a Vincennes… a Saint-Mandé, inclusive!

— Nem sei direito o que queria, talvez você me aconselhasse.

— A respeito de quê?

— Como muitas vezes fez.

— Mas não numa ocasião assim, pois, como você, não perdoo. Talvez ame menos, mas se meu coração se sente maltratado é para sempre.

— Mas o sr. Fouquet não a maltratou — acrescentou com sonsa ingenuidade Marguerite Vanel.

— Sabe perfeitamente o que quero dizer. O sr. Fouquet não me maltratou, nunca me fez favores e nunca me ofendeu; já você tem do que se queixar. Sendo minha amiga, não posso aconselhá-la no sentido que espera.

— Não está se antecipando?

— Os suspiros de que falou valem mais do que simples indícios.

— Está sendo dura — disse de repente a jovem senhora, juntando suas forças como o lutador que se prepara para um último ataque. — Considera apenas minhas paixões negativas e fraquezas, sem se lembrar dos meus sentimentos puros e generosos. Estou me deixando levar na direção do sr. superintendente, confesso inclusive ser provável que dê um passo, porque o mau momento que ele atravessa me toca profundamente. É um dos homens mais infelizes que conheço.

— Houve alguma novidade? — perguntou a marquesa, levando a mão ao coração.

— Não soube?

— De coisa alguma — respondeu a sra. de Bellière, com o palpitar da aflição que suspende o pensamento e a palavra, e até a vida.

— Para começar, minha amiga, o rei retirou todo o apoio que dava a Fouquet, passando-o a Colbert.

— Disso eu ouvi falar.

— Tornou-se fácil, desde a descoberta do complô de Belle-Île.

— Mas, pelo que soube, a descoberta das fortificações acabou favorecendo a honradez do sr. Fouquet.

Marguerite se pôs a rir de forma tão cruel que a sra. de Bellière teria, naquele momento, ficado contente de enterrar no seu coração um punhal.

— Querida, nem se trata mais da honradez do sr. Fouquet, mas da sua salvação. Em menos de três dias, a ruína estará consumada.

— Ah! — foi a vez de a marquesa sorrir. — Está indo um tanto afoitamente.

— Disse três dias por querer me iludir com alguma esperança. Mas é certo que a catástrofe acontecerá em vinte e quatro horas.

— Por quê?

— Pela mais simples das razões: o sr. Fouquet não tem mais dinheiro.

— Em finanças, minha cara Marguerite, alguém que não tem dinheiro hoje pode ter entradas de milhões amanhã.

— Talvez fosse o caso do sr. Fouquet quando tinha dois amigos ricos e habilidosos que recebiam por ele, tirando dinheiro de todo tipo de fundo, mas esses amigos foram enforcados.

— Não o dinheiro, Marguerite. Ele se esconde, é procurado, comprado, encontrado.

— Está vendo tudo em cor-de-rosa, que bom para você. Pena que não seja a egéria[23] do sr. Fouquet; poderia indicar a fonte onde ele conseguirá os milhões que o rei pediu a ele ontem.

— Milhões? — assustou-se a marquesa.

— Quatro... um número par.

— Infame! — murmurou a sra. de Bellière, torturada por aquela feroz alegria. — Mas o sr. Fouquet tem isso, imagino — ela continuou.

— Tendo esses que o rei pede agora, talvez não tenha os que o rei pedirá no mês que vem.

— O rei voltará a pedir dinheiro?

— Com certeza. E foi por isso que eu disse ser inevitável a ruína do nosso pobre sr. Fouquet. Por orgulho, ele fornecerá o dinheiro e, quando não tiver mais, cairá.

— É verdade, o plano é terrível... Diga, o sr. Colbert odeia tanto assim o sr. Fouquet?

— Creio que não gosta muito dele... É um homem poderoso, o sr. Colbert. Cresce quando o olhamos mais de perto. Tem concepções gigantescas, vontade e discrição. Irá longe.

— Será superintendente?

— É provável... Foi por isso, minha boa marquesa, que me senti hesitar a favor desse pobre homem que me amou e até, posso dizer, adorou. Vendo-o tão infeliz, perdoei sua infidelidade... da qual ele se arrepende, tudo me leva a crer. Por isso estive perto de ir dar um consolo, um bom conselho. Ele teria compreendido minha iniciativa e ficaria grato. É bom ser amada. Os homens apreciam o amor quando o poder não os cega.

Abalada, esmagada por aqueles atrozes ataques, calculados com a justeza e a precisão de um tiro de artilharia, a marquesa não sabia o que responder. Nem sequer sabia o que pensar.

A voz da perfídia assumia as entonações mais afetuosas. Era uma voz de mulher, mas escondendo instintos de pantera.

23. Egéria, na mitologia latina, foi uma ninfa das fontes que teve importante papel no estabelecimento do Estado como esposa e conselheira de Numa Pompílio, segundo rei de Roma.

— Sendo assim, por que não procura o sr. Fouquet? — sugeriu a sra. de Bellière, esperando vagamente que Marguerite parasse de fustigar o inimigo vencido.

— Na verdade, você me fez pensar melhor. Não, não seria correto dar o primeiro passo. Fouquet me ama, tenho certeza, mas é orgulhoso demais. Não posso me expor a uma afronta… Aliás, tenho meu marido, a quem devo proteger. Não vai me dizer nada? Então consultarei Colbert.

Ela se levantou sorrindo, preparando-se para ir embora. A marquesa não teve força para fazer o mesmo.

Marguerite deu alguns passos, querendo aproveitar um pouco mais a humilhante dor na qual mergulhara a rival. Depois perguntou:

— Não me acompanha à porta?

A marquesa se levantou, pálida e fria, sem pensar mais no envelope que tanto a preocupara no início da conversa e agora voltava a ficar visível.

Em seguida, abriu a porta do seu oratório, entrou e se fechou lá dentro, sem nem mesmo olhar para Marguerite Vanel.

Esta última disse, ou melhor, balbuciou três ou quatro palavras que não foram ouvidas.

Assim que a dona da casa desapareceu, a invejosa inimiga não resistiu ao desejo de confirmar suas suspeitas e, alongando-se como uma pantera, pegou o envelope.

— Ah! Era mesmo uma carta de Fouquet que ela lia quando cheguei — rangeu os dentes a sra. Vanel que, por sua vez, se retirou.

Enquanto isso a marquesa, protegida pela porta fechada, viu-se sem forças. Por um momento permaneceu inerte, dura e pálida como uma estátua; depois, como uma estátua que um vento tempestuoso sacode em sua base, ela vacilou e caiu inanimada no tapete.

O barulho da queda soou ao mesmo tempo que partia a carruagem de Marguerite, deixando o palacete.

101. A prataria da sra. de Bellière

O golpe havia doído ainda mais por ter sido inesperado, e a marquesa levou algum tempo para se recuperar. Mas tão logo se restabeleceu, começou a pensar nos acontecimentos e no que eles podiam significar.

Retomou, mesmo havendo risco de não dar conta, a linha de ideias que a implacável amiga a havia feito seguir.

Traição e, em seguida, funestas ameaças a pretexto do interesse público eram as manobras de Colbert.

Odiosa alegria diante de uma queda inexorável, contínuos esforços nesse sentido, seduções não menos culposas do que o próprio crime era o que Marguerite representava.

Triunfavam os átomos em gancho de Descartes: ao homem sem vísceras se juntara a mulher sem coração.[24]

Mais triste do que indignada, a marquesa viu que o rei se envolvera num complô que juntava a duplicidade de Luís XIII já velho à avareza de Mazarino ainda não saciado de ouro francês. Mas a reflexão da corajosa mulher logo recuperou seu ânimo e deixou de lado as especulações retrógradas motivadas pela compaixão.

De fato, a marquesa não era de chorar quando é preciso agir, nem de se queixar de infelicidades remediáveis.

Por mais ou menos dez minutos, aplicou à testa as mãos geladas e depois, se aprumando, chamou suas ajudantes, determinada e cheia de energia.

Sua decisão estava tomada.

— Tudo está preparado para a viagem? — ela perguntou.

— Sim, senhora, mas em princípio prevíamos partir apenas daqui a três dias.

— Os objetos de valor já foram encaixotados?

---

24. O filósofo René Descartes (1596-1650) retomou a antiga teoria grega dos átomos para explicar como as partículas finais da matéria se vinculam entre si, por meio de buracos e ganchos. Na linguagem popular, isso passou a justificar as afinidades eletivas entre almas que se atraem e se engancham.

— Sim, mas em geral os deixamos em Paris, pois a senhora não os leva para o campo.

— Mas está tudo separado, não é?

— Sim, no gabinete da senhora.

— A ourivesaria?

— Em arcas.

— A prataria?

— No armário grande de carvalho.

A marquesa se calou e depois, com voz tranquila, pediu:

— Chamem o ourives.

As ajudantes saíram para cumprir a ordem.

Enquanto isso, ela entrou no gabinete e, com todo o cuidado, considerou suas caixas de joias.

Nunca havia prestado muita atenção àquelas riquezas que são o orgulho de tantas mulheres, nunca as tinha olhado a não ser para escolher uma ou outra pelo engaste ou pela cor. Agora admirava o tamanho dos rubis e a limpidez dos diamantes, desolando-se por uma mancha ou algum defeito. Viu em tudo a pouca quantidade de ouro e o pouco valor das pedras.

Quando o ourives chegou, ela ainda se ocupava disso.

— Sr. Faucheux, foi o fornecedor de toda a minha ourivesaria, certo? — ela perguntou.

— Tive essa honra, marquesa.

— Não me lembro mais do montante, em termos de valor.

— Da mais recente ou daquela presenteada pelo sr. de Bellière por ocasião do casamento? Pois forneci ambas.

— Bom, comecemos pela mais recente.

— As jarras, as taças e os pratos com seus estojos, o centro de mesa e os almofarizes para gelo, os tachos para geleias e as talhas custaram à senhora sessenta mil libras.

— Só isso, meu Deus?

— A senhora achou caro na época…

— É verdade, me lembro! Sobretudo o trabalho, não foi?

— Exato: lavragens, cinzeladuras, novas moldagens.

— Qual a parte do trabalho no preço final? Não receie dizer.

— Um terço do valor, senhora. Mas…

— Continuemos. E a ourivesaria antiga, do meu marido?

— Ah, senhora, ela é menos lavrada e vale apenas trinta mil libras; valor intrínseco.

— Setenta! — murmurou a marquesa. — Mas temos ainda a prataria da minha mãe, o senhor se lembra, todo aquele conjunto do qual não quis me desfazer por seu valor sentimental?

— Ah, senhora! Ela representa um ótimo recurso para quem não pode, como a marquesa, guardar tantas peças. Naquele tempo o trabalho não tinha a delicadeza que se consegue hoje, atacavam-se diretamente os lingotes. São peças que não são mais apresentáveis, mas têm muito peso.

— É justamente do que preciso. Quanto ela pesa?

— Cinquenta mil libras, no mínimo. Não estou incluindo os enormes vasos de bufê que, por si sós, já representam cinco mil libras de prata. Ou seja, dez mil libras, os dois.

— Cento e trinta! — murmurou a marquesa. — Tem certeza desses números, sr. Faucheux?

— Absoluta. Aliás, não seria difícil pesar.

— As quantidades estão escritas em meus cadernos.

— A sra. marquesa é uma mulher organizada.

— Passemos a outra coisa.

Ela abriu um estojo.

— Reconheço essas esmeraldas — disse Faucheux. — Eu mesmo preparei sua cravação. São as mais belas da corte, quer dizer, minto, as mais belas são as da sra. de Châtillon, que vieram dos srs. de Guise. Mas as da marquesa ficam em segundo lugar.

— Quanto valem?

— Montadas?

— Não, suponha que para venda.

— Sei quem as compraria! — ele exclamou.

— É exatamente o que queria saber. Temos um comprador?

— Para todas as suas pedras. É a mais bela coleção de Paris. Não há grandes mudanças, mas quando a senhora compra, é sempre uma boa peça e, uma vez adquirida, é conservada.

— Então, por essas esmeraldas, quanto pagariam?

— Cento e trinta mil libras.

A marquesa tomou nota do que disse o ourives.

— E esse colar de rubis?

— São rubis violeta.

— Sim.

— Belíssimos, maravilhosos. Não os conhecia, senhora.

— Apenas estime.

— Duzentas mil libras. Só esse do centro vale cem mil.

— Foi o que imaginei. E os diamantes, os diamantes? Tenho quantidade deles: anéis, correntes, pingentes e feixes, presilhas, agulhetas! Estime, sr. Faucheux, estime.

O ourives pegou a lupa, as balanças, pesou, avaliou e, em voz baixa, foi fazendo as contas.

— São pedras que garantem à sra. marquesa quarenta mil libras de renda.

— Estima então em oitocentas mil libras?

— Aproximadamente.

— Está de acordo com o que pensei. Mas com os engastes fora.

— Como sempre. Se coubesse a mim a compra ou a venda, eu me contentaria com o ouro desses engastes. Seriam ainda umas boas vinte e cinco mil libras.

— Bonita soma!

— Belíssima, com certeza!

— Pagaria à vista por essas pedras?

— Mas a senhora não está querendo vender seus diamantes, imagino! — se assustou o ourives.

— Sem fazer barulho, sr. Faucheux. Não se preocupe com isso, apenas responda. Confio na sua honestidade, fornecendo à minha casa há trinta anos. Conheceu meus pais, a quem os seus próprios já serviam. Falo como a um amigo. Aceita o ouro dos engastes pela soma, à vista?

— Oitocentas mil libras! É uma enormidade!

— Sei disso.

— É impossível conseguir!

— Sabemos que não.

— Mas, senhora, pense no efeito que isso vai causar na sociedade, o boato da venda dessas pedras!

— Ninguém vai saber… O senhor providenciaria a fabricação de um igual número de falsificações. Não tente me convencer do contrário, é o que decidi. Venda no detalhe, apenas as pedras.

— Sendo assim, é mais fácil… Monsieur está em vias de montar o aparato de Madame, apenas pedras nuas. Os colegas se agitam. Posso facilmente direcionar algumas gemas, que já garantiriam seiscentas mil libras, pois as da senhora são as mais bonitas.

— Quando?

— Em três dias.

— Ótimo! O restante poderá vender depois. Por agora, faça-me só um contrato de venda com garantia… e pagamento em quatro dias.

— Senhora, pense um pouco mais, por favor… A pressa a fará perder cem mil libras.

— Perderia duzentas mil, se preciso fosse. Quero que tudo esteja resolvido até o final do dia. Aceita?

— Aceito, sra. marquesa… Não escondo que ganharei com isso quinhentas mil pistolas.

— Melhor assim! Como receberei o dinheiro?

— Em ouro ou em notas do Banco de Lyon, descontáveis com o sr. Colbert.

— Para mim pode ser em notas — respondeu a marquesa. — Traga-me hoje ainda, combinado?

— Perfeito, senhora, mas por favor...

— Estamos combinados, sr. Faucheux. Aliás, estava esquecendo da prataria... Quanto consigo por ela?

— Cinquenta mil libras, senhora.

— Preciso de um milhão — ela disse baixinho. — Fique também com as baixelas de ouro e de prata. Direi às pessoas que vou refundi-las em peças que estejam mais a meu gosto... Mande fundir tudo e me dê o valor em ouro... hoje mesmo.

— Entendi, marquesa.

— Disponha esse ouro numa caixa e mande entregar sem que o meu pessoal veja. Quem o trouxer me esperará na carruagem.

— A da minha esposa?

— Pode ser. Mas é melhor que eu vá buscar em sua casa.

— Pois não, marquesa.

— Pegue três criados meus para levar a prataria.

— Farei isso, senhora.

A marquesa tocou a campainha e ordenou:

— O carro fechado, à disposição do sr. Faucheux.

O ourives a cumprimentou e saiu, passando instruções para que a carga seguisse de perto o seu carro e já dizendo que a marquesa mandava fundir sua baixela para a produção de novas peças.

Três horas depois, ela foi à casa do sr. Faucheux e recebeu oitocentas mil libras em papéis do Banco de Lyon, além de duzentas e cinquenta mil libras em ouro, numa caixa que, com muita dificuldade, um assistente levou até o carro da sra. Faucheux.

Era um coche. Como filha de um presidente de Tribunal das Contas, a noiva trouxera trinta mil escudos de dote ao marido, que era síndico dos ourives. Havia vinte anos esse dinheiro rendia bons frutos. O sr. Faucheux era milionário e modesto. Para seu uso próprio, havia comprado uma venerável carruagem, fabricada em 1648, dez anos depois do nascimento do rei, uma verdadeira casa sobre rodas que causava admiração por onde passava, pintada com temas alegóricos e nuvens com estrelas de prata folheadas a ouro.

Foi nesse veículo um tanto grotesco que a nobre dama embarcou, de frente para o funcionário do ourives, que encolhia os joelhos para não encostar no vestido da marquesa.

Foi ele também quem comandou ao cocheiro, orgulhoso de ter a bordo tão aristocrática passageira:

— Estrada de Saint-Mandé!

102. O dote

Os cavalos do sr. Faucheux eram bons cavalos da região do Perche, de joelhos volumosos e articulações inchadas. Como o carro, datavam da primeira metade do século.

Ou seja, não corriam como os cavalos ingleses do sr. Fouquet.

Levaram então duas horas para chegar a Saint-Mandé.

Pode-se dizer que avançavam majestosamente.

O majestoso exclui o movimento.

A marquesa parou diante de uma porta bem conhecida, apesar de ali ter ido apenas uma vez, como devemos nos lembrar, e em circunstância tão dolorosa quanto essa que agora a trazia.

Tirou do bolso uma chave e a introduziu na fechadura com sua alva e pequena mão. A porta cedeu sem fazer barulho e ela disse ao assistente do ourives que levasse o cofre para o primeiro andar.

O volume era pesado e ele foi obrigado a pedir ajuda ao cocheiro.

Os dois o deixaram afinal naquele pequeno gabinete, antecâmara ou alcova junto à sala em que vimos Fouquet aos pés da marquesa.

Ela deu um luís ao cocheiro, um gracioso sorriso ao assistente e os dispensou.

Fechou a porta em seguida e assim esperou, só e enclausurada. Criado nenhum apareceu.

No entanto, tudo estava arrumado como se um gênio invisível tivesse adivinhado os desejos do visitante, ou melhor, da visitante aguardada.

Lenha preparada na lareira, velas nos candelabros, bebidas refrescantes na prateleira, livros sobre as mesas, flores frescas em vasos japoneses.

Parecia uma casa encantada.

A marquesa acendeu os candelabros, aspirou o perfume das flores, sentou-se e caiu em profundo devaneio.

Por mais melancólico que fosse, era um devaneio cheio de doçura.

Bem à sua frente estava um tesouro: um milhão arrancado da sua fortuna como uma florzinha de aciano que a ceifadora de trigo arranca da própria coroa.

Eram pensamentos serenos, sendo o principal deles descobrir como deixar todo aquele dinheiro sem que o favorecido desconfiasse da sua motivação. O meio encontrado fora o primeiro a se apresentar.

Pensando melhor, parecia difícil, mas nem tão improvável.

Tocaria a campainha chamando o sr. Fouquet e escaparia sem ser vista, feliz como se encontrasse, ela própria, aquele milhão.

Mas desde que chegara ali, vendo a alcova tão preparada, como se uma arrumadeira acabasse de varrer o último átomo de poeira, aquela sala tão bem mantida, como se a sua chegada tivesse feito sair às pressas as fadas que ali viviam, ela se perguntou se não provocara a fuga dos gênios, fadas, duendes ou criaturas humanas que pudessem tê-la reconhecido.

Nesse caso, Fouquet descobriria ou adivinharia a sua identidade e recusaria a doação do que talvez aceitasse como empréstimo.

Para que a iniciativa não falhasse em seus propósitos, era preciso agir com máxima seriedade. Para que o superintendente aceitasse de uma mulher aquele generoso capricho, era preciso que entendesse a gravidade da situação. E para persuadi-lo era preciso, enfim, todo o encanto de uma eloquente amizade e, caso isso não bastasse, toda a embriaguez de um amor ardente, que não perderia de vista o absoluto desejo de persuasão.

Não era o superintendente, de fato, conhecido como um homem cheio de delicadeza e dignidade? Aceitaria o sacrifício de uma mulher? Não. Lutaria e, se uma voz no mundo pudesse derrubar sua resistência, seria a voz da mulher amada.

Com isso surgiu outra dúvida, uma dúvida cruel que atravessou o coração da sra. de Bellière com a dor e a fria fisgada de um punhal:

Fouquet amava?

Um espírito tão leve, um coração tão volátil conseguiria, apesar de toda a sua genialidade, se fixar por um momento, mesmo que fosse para contemplar um anjo?

Não seria ele, apesar de toda a sua inteligência, de toda a sua probidade, como os conquistadores que derramam lágrimas no campo de batalha depois de terem conseguido a vitória?

"Pois é justamente o que preciso esclarecer, é o que devo julgar", pensou a marquesa. "Quem sabe esse coração tão cobiçado não passa de um coração vulgar, carregado de impurezas; quem sabe essa inteligência não revelará sua natureza trivial e inferior quando examinada à pedra de toque?[25] São dúvidas demais, hesitações demais, passemos à prova!"

---

25. Era a pedra (em geral o jaspe negro) usada para avaliar a pureza do ouro. A expressão passou a ser empregada no sentido figurado.

Olhou para o relógio de parede:

"São sete horas, ele deve ter chegado; é o horário das assinaturas!"

Com febril impaciência ela se levantou, foi até o espelho, que refletia seu enérgico sorriso, e acionou o dispositivo da campainha.

Depois, parecendo já exausta com a luta a que acabava de dar início, foi se ajoelhar diante de uma poltrona, na qual apoiou a cabeça entre as mãos trêmulas.

Dez minutos se passaram e ela ouviu ranger a mola da porta, que se abriu em seus gonzos invisíveis.

Fouquet surgiu.

Estava pálido, curvado sob o peso de um pensamento amargo.

Não parecia ter pressa, apenas vinha.

Devia ser grande a preocupação para que aquele homem voltado ao prazer, para quem o prazer era tudo, atendesse tão devagar a semelhante chamado.

A noite, é verdade, rica em sonhos nefastos, havia emaciado suas feições em geral tão dignamente tranquilas, traçando em torno dos olhos órbitas esfumadas.

Continuava um belo e nobre homem. Era raríssima nele aquela expressão melancólica na boca, mas lhe emprestava uma aparência que até o rejuvenescia.

Vestido de preto, com o peito engalanado com rendas dilaceradas por sua mão inquieta, o superintendente abarcou com um olhar perdido aquele cômodo em que tantas vezes viera buscar uma felicidade inesperada.

Essa doce ansiedade, com sua sorridente tristeza no lugar da efusiva exaltação, causou à sra. de Bellière, que o observava de longe, um indizível efeito.

O olho feminino sabe ler o orgulho e o sofrimento nos traços do amado; é como se Deus, para compensar a fraqueza física, tivesse concedido mais a elas do que às demais criaturas.

As mulheres conseguem esconder seus sentimentos do homem; a recíproca não é verdadeira.

A marquesa adivinhou de imediato toda a infelicidade do superintendente.

Adivinhou a noite insone, o dia cheio de decepções.

Ao recuperar sua força, ela percebeu que amava Fouquet para além de todas as coisas.

Pondo-se de pé, ela então se aproximou:

— Pela manhã li sua carta, dizendo que começava a me esquecer e que eu própria certamente passava pelo mesmo processo, já que não me via mais. Vim desmentir isso, e de forma mais segura agora, com a informação que me dão os seus olhos.

— E qual informação, por favor? — surpreendeu-se Fouquet.

— A de que nunca me amou tanto quanto neste momento. E, como pode ver, também de forma alguma o esqueci.

— Ah! A marquesa é um anjo — disse Fouquet, com um relâmpago de alegria a iluminar por um instante suas nobres feições —, e os homens não têm o direito de duvidar dos anjos! Tudo o que podem fazer é se prostrar e esperar a graça.

— Que ela lhe seja concedida!

Fouquet ensaiou se pôr de joelhos.

— Não — ela o interrompeu. — Sente-se aqui a meu lado. Vejo que um mau pensamento passou por sua cabeça!

— Por que acha isso?

— Por um sorriso que acaba de estragar toda a sua expressão. Diga, em que está pensando? Seja franco, nada de segredo entre amigos.

— Nesse caso, por que tanto rigor nos últimos três ou quatro meses?

— Rigor?

— Sim. Não me proibiu de visitá-la?

— Foi necessário, meu amigo — ela disse, com um profundo suspiro —, pois sua visita causou uma grande desgraça. Minha casa é espionada e os mesmos olhos que o viram poderiam voltar a vê-lo. Pareceu-me ainda menos perigoso vir aqui. O seu momento já é difícil demais para que eu aumente ainda essa dificuldade...

Fouquet estremeceu.

Aquelas palavras o devolviam às preocupações da superintendência, e ele, nos últimos minutos, voltara-se apenas às esperanças amorosas.

— Momento difícil? — ele tentou sorrir. — Vendo sua tristeza, marquesa, quase chego a acreditar nisso. Será que esses belos olhos só se fixam em mim para me lamentar? Esperava outro sentimento.

— Não estou triste; olhe-se no espelho, é o senhor que está.

— Talvez um pouco pálido, é verdade, pelo excesso de trabalho. O rei, ontem, me pediu um grande montante de dinheiro.

— Quatro milhões, eu sei.

— Sabe? — surpreendeu-se Fouquet. — E como? Foi no jogo, as rainhas já se tinham retirado; e na presença de uma única pessoa que o rei...

— Como pode ver, isso basta; não? Mas continue, meu amigo, que o rei lhe pediu...

— Pois. E, é claro, foi preciso encontrar esses milhões. Depois contá-los, contabilizá-los... tudo isso é demorado. Desde a morte do sr. de Mazarino, a área das finanças passa por um nível maior de cansaço e de dificuldades. Minha administração está sobrecarregada, donde minhas noites em claro.

— Isso quer dizer que tem a soma? — perguntou a marquesa, preocupada.

— Seria estranho — respondeu Fouquet, com bom humor — que um superintendente das finanças não tivesse quatro míseros milhões em seus cofres.

— É claro, deve tê-los ou os conseguirá.

— Como assim, os conseguirei?

— Ele já havia pedido dois, há não muito tempo.

— Parece-me que faz um século, marquesa. Mas não falemos mais de dinheiro, por favor.

— É exatamente do que devemos falar, meu amigo.

— Ah!

— Vim por isso.

— O que está dizendo? — perguntou o superintendente, com olhos que exprimiam uma curiosidade nada tranquila.

— Por acaso a superintendência é um cargo inamovível?

— Marquesa!

— Foi uma resposta, e até bem franca.

— A marquesa me surpreende, falando como um comanditário.

— É simples: quero investir um dinheiro, pensei em você e, naturalmente, procuro saber se é seguro.

— Na verdade, marquesa, não estou vendo aonde quer chegar.

— Com toda a seriedade, meu caro sr. Fouquet, disponho de certos fundos e estou sem saber o que fazer. Não quero mais comprar terras e gostaria de encarregar um amigo de aplicar o meu dinheiro.

— Mas não há urgência, não é?

— Pelo contrário, é urgente.

— Falaremos disso mais tarde.

— Mais tarde não, pois o dinheiro está aqui — disse a marquesa, apontando para a caixa.

Abrindo-a, mostrou os maços de notas e o ouro.

Fouquet tinha se levantado ao mesmo tempo e parou pensativo. De repente recuou, lívido, desabou numa cadeira e escondeu o rosto atrás das mãos.

— Ah, marquesa, marquesa! — ele murmurou.

— O que foi?

— O que pensa de mim para propor semelhante coisa?

— Do senhor?

— Exato.

— Minha dúvida é quanto ao que o senhor, propriamente, está pensando.

— Trouxe esse dinheiro por saber que estou em dificuldade. Não negue, sinto isso. Por acaso não conheço seu coração?

— Se de fato o conhecesse, saberia ser ele que o oferece.

— Então estou certo! Tenho certeza, porém, de nunca ter dado motivo para tamanho insulto.

— Insulto? — ela reagiu, também empalidecendo. — Como são estranhas as sensibilidades! Não disse me amar? Em nome desse amor não pediu que sacrificasse minha reputação, minha honra? E recusa o meu dinheiro?

— A marquesa fala de reputação e honra, tendo tido a liberdade de guardá-las. Peço então que me dê o mesmo direito. Permita que eu me arruíne, que eu sucumba sob o peso dos ódios que me cercam, sob o peso dos erros que cometi, sob o peso até dos meus remorsos, mas, pelo amor de Deus, marquesa, não me aniquile com mais esse golpe.

— Demonstrou falta de sensibilidade ainda há pouco, sr. Fouquet.

— É possível.

— E agora demonstra falta de coração.

Tenso, Fouquet levou a mão ao peito ofegante.

— Continue, senhora, nada tenho a responder.

— Ofereci minha amizade.

— Agradeço, mas se limitou a isso.

— O que fiz não é uma prova de amizade?

— Sim, com certeza.

— E recusa?

— Recuso.

— Olhe para mim, sr. Fouquet.

Os olhos da marquesa faiscavam.

— Ofereço meu amor — ela disse.

— Senhora!

— Eu o amo, não vê? Há muito tempo. Assim como os homens, as mulheres têm seus falsos pundonores. Há muito o amo, mas não queria dizer.

— Ah! — exclamou Fouquet, juntando as mãos.

— Pois agora digo. Já me pediu de joelhos esse amor e o recusei. Estava cega, como o senhor ainda há pouco. Agora o ofereço.

— O amor, mas o amor apenas.

— O amor e a minha pessoa, a minha vida! Tudo, absolutamente tudo!

— Meu Deus! — exclamou Fouquet.

— Aceita esse amor?

— Esmaga-me agora, mas sob o peso da felicidade!

— Ficará feliz? Diga... se eu for sua, inteiramente sua?

— Será a felicidade suprema.

— Então assim será. Mas se posso sacrificar um preconceito, sacrifique outro.

— Marquesa, não me tente!

— Meu amigo, não me rejeite!

— Preste bem atenção no que está propondo!

— Diga não e me irei por essa porta; o senhor não me verá mais — ela declarou, apontando para a rua. — Se disser sim, eu o seguirei de olhos fechados: sem reticências, sem recusas, sem remorsos.

— Elisa! Elisa! E essa caixa?

— É o meu dote!

— É a sua ruína! — exclamou Fouquet, revirando o ouro e as notas de banco. — Tem aqui um milhão…

— Exato… Eram pedras que não servirão para nada se não me amar, e que não servirão para nada se me amar como o amo!

— Que incrível, é incrível! — exclamava Fouquet. — Concordo, concordo; nem que seja para consagrar tamanha declaração. Aceito o dote…

— E aqui está a mulher — disse a marquesa, lançando-se nos braços de Fouquet.

103. O terreno de Deus

Enquanto isso, Buckingham e de Wardes seguiam para Calais como bons companheiros e em perfeita harmonia.

Com a pressa que tinha o inglês, a melhor parte das despedidas em Paris fora bastante atabalhoada.

Ele visitara coletivamente Monsieur e Madame, a jovem rainha e a rainha *douairière.*

Isso por previdência de Ana da Áustria, para poupar ao duque o constrangimento de ter ainda que falar a sós com Monsieur, assim como o perigo de rever Madame.

Buckingham abraçou de Guiche e Raoul, garantindo a um toda sua consideração e a outro uma permanente amizade, acima de todos os obstáculos, amizade que não se abalaria nem com a distância nem com o tempo.

Os carros de carga já tinham partido na frente e ele tomou a carruagem no final do dia, junto aos seus.

De Wardes, incomodado por ser levado a reboque, por assim dizer, ainda procurou quem lhe servisse de padrinho, mas não encontrou apoio e teve que pagar, então, por sua língua mordaz e maledicente.

Daqueles aos quais poderia apelar, os que tinham mais espírito fariam pouco dele, apontando a superioridade do duque.

Outros, mais prosaicos, porém sensatos, lembrariam as proibições do rei.

E havia ainda os que, por caridade cristã ou orgulho nacional — e eram os mais numerosos — poderiam prestar assistência, apesar das sanções, mas avisariam as autoridades, falando daquela viagem que podia degenerar em pequeno massacre.

Disso tudo resultou que ele preparou sua bagagem, pegou dois cavalos e, acompanhado apenas de um criado, se dirigiu à saída de Paris onde a carruagem de Buckingham o buscaria.

O duque recebeu o adversário como se fosse um amável conhecido, abriu espaço para que se sentasse, ofereceu docinhos e o cobriu com uma capa de marta-zibelina que estava no banco da frente. Em seguida conversaram:

Sobre a corte, sem mencionar Madame;

Sobre Monsieur, sem mencionar o casal;

Sobre o rei, sem mencionar a cunhada;

Sobre a rainha-mãe, sem mencionar a nora;

E dos seus sentimentos próprios, sem mencionar nenhum nome mais perigoso.

Com isso a viagem, feita em pequenas etapas, foi muito agradável.

Verdadeiro francês em delicadeza e em educação, Buckingham congratulou-se por ter escolhido tão acertadamente o companheiro.

Boas refeições rápidas, intervalos para testar cavalos nos belos campos cortados pela estrada, caçadas de lebres — pois Buckingham trouxera seus lebréus —; foi como se passou a viagem.

O duque se comportava um pouco como o belo rio Sena, cuja descida eles acompanhavam e que mil vezes abraça a França em seus amorosos meandros até se lançar no oceano.

Mas ao deixar a terra francesa, era sobretudo aquela nova cidadã que ele próprio havia levado a Paris que Buckingham lamentava. Todos os seus pensamentos se remetiam a lembranças e, consequentemente, a saudades.

De forma que, às vezes, apesar de se esforçar contra isso, ele mergulhava em devaneios que o companheiro de viagem respeitava.

Tal delicadeza o teria tocado e até mudado suas intenções com relação a de Wardes se este, mesmo em silêncio, não tivesse sempre um olhar tão maldoso e um sorriso tão dissimulado.

De qualquer forma, ódios instintivos são inflexíveis e nada os aplaca. Alguma cinza pode vez ou outra abafá-los, mas sob essa cinza eles renascem ainda mais furiosos.

Depois de esgotadas todas as distrações que a estrada podia apresentar, eles afinal chegaram a Calais.

Foi no final do sexto dia.

Já no dia anterior, alguns homens do duque haviam tomado a dianteira e fretado um barco, com a finalidade de alcançar o iate que farreava pelo litoral ou ancorava ao largo, a dois ou três tiros de canhão, quando sentia suas brancas asas cansadas.

Com idas e vindas, esse barco devia fazer o transporte de todo o equipamento do duque.

Os cavalos foram levados a bordo e eram içados ao convés em grandes cestos expressamente fabricados e de tal forma acolchoados que as patas, mesmo nas suas mais violentas crises de terror ou de impaciência, não se afastavam do suporte macio das laterais; nem sequer o pelo se arrepiava.

Lado a lado, oito desses cestos enchiam o porão. Sabe-se que, durante as curtas travessias, assustados, os cavalos nada comem e ignoram alimentos que adorariam em terra firme.

Pouco a pouco, todo o material do duque foi acondicionado e o procuraram então para dizer que tudo estava pronto, podendo ele, assim que quisesse, embarcar com o fidalgo francês.

Pois ninguém imaginava que o tal fidalgo francês tivesse outras contas a acertar com milorde além daquelas da amizade.

Buckingham mandou avisar ao capitão para que tudo se mantivesse pronto, mas que o mar estava tranquilo, o dia prometia um pôr do sol magnífico e que ele pensava ir a bordo apenas depois disso, querendo aproveitar o fim de tarde para um passeio pela praia.

Acrescentou ainda que se encontrava em excelente companhia e não tinha a menor pressa de partir.

Sublinhou o que dizia mostrando o maravilhoso espetáculo do céu purpúreo no horizonte, com um anfiteatro de nuvens flocosas que subiam do disco solar até o zênite, imitando as formas de uma cadeia de montanhas com seus picos que se amontoavam uns nos outros.

Tudo isso se apresentava colorido na base por uma espécie de espuma sangrenta que se ia desfazendo em tons de opala e madrepérola, à medida que o olhar subia da base ao topo. O mar, enquanto isso, se tingia com a mesma coloração e sobre cada cimo de onda azulada dançava um ponto luminoso, como um rubi exposto ao reflexo.

Maresia e morno entardecer, tão apreciados por imaginações sonhadoras, vento do leste em harmoniosas rajadas e, mais ao longe, o iate, silhuetado com sua mastreação contra o fundo arroxeado do céu, além de, num ponto ou noutro do horizonte, velas latinas que se desenhavam no azul como a asa de uma gaivota que mergulha… O espetáculo valia ser admirado. A multidão de curiosos seguiu a criadagem dourada e, vendo no meio dela o intendente e o secretário, tomou-os pelo duque e seu amigo.

Buckingham, entretanto, trajando uma simples veste de cetim cinza e um gibão de veludilho violeta, com o chapéu cobrindo os olhos, sem insígnias nem bordaduras, não chamou maior atenção do que de Wardes, vestido de preto como um procurador.

O pessoal do duque fora instruído a manter um bote preparado no cais e aguardar o seu embarque, até que ele ou o amigo chamasse.

— Independente do que virem — ele havia acrescentado, sublinhando bem essas palavras.

Depois de alguns passos na praia, afinal disse o duque a de Wardes:

— Creio ser hora de nos despedirmos. Como vê, o mar está subindo. Em dez minutos terá impregnado de tal maneira a areia em que pisamos que não teremos mais firmeza.

— Ponho-me à disposição de milorde, mas…

— Estamos ainda em terras do rei, não é?

— Sem dúvida.

— Pois venha comigo! Forma-se logo ali uma espécie de ilha cercada por uma grande poça circular. Essa poça vai aumentando e a ilha é tragada a cada minuto que passa. Ela pertence a Deus, pois se encontra entre dois mares e não figura nos mapas. Pode vê-la?

— Sim, inclusive não chegaremos a ela sem molhar os pés.

— Exato, mas observe que oferece uma plataforma, com o mar subindo por todos os lados, mas sem torná-la submersa. Isso quer dizer que estaremos muito bem nesse pequeno palco. O que acha?

— Estarei bem onde quer que minha espada tiver a honra de encontrar a de milorde.

— Pois então vamos até lá. Sinto muito fazê-lo molhar os pés, mas creio ser necessário que se possa dizer ao rei: "Sire, o duelo não se passou em terras de Vossa Majestade". É um exagero de sutileza, mas desde Port-Royal os franceses estão imersos nisso. Não podemos reclamar, pois é o que lhes dá um refinamento intelectual todo particular. Mas é melhor nos apressarmos, pois o mar cresce e a noite se aproxima.

— Não ando mais rápido apenas para não ir à frente de milorde. Está ainda com os pés em seco, sr. duque?

— Até agora sim. Olhe só ali: o meu pessoal com medo de que nos afoguemos se aproxima num bote. Veja como balançam na crista das ondas... é curioso, mas me dá um enjoo como se estivesse eu a bordo. Permite que eu fique de costas para eles?

— Terá o sol nos olhos, milorde.

— Já está bem fraco e logo desaparecerá, não se preocupe.

— Como queira; minha observação foi por delicadeza.

— Sei disso, de Wardes, obrigado. Quer que tiremos nossos gibões?

— Como milorde preferir.

— É mais cômodo.

— Então façamos isso.

— Se não se sentir à vontade na areia molhada, ou se tiver a impressão de estar ainda em solo francês, não hesite, podemos nos enfrentar na Inglaterra ou no meu iate.

— Estamos muito bem aqui, milorde. Tomo apenas a liberdade de dizer que, com o mar subindo, mal teremos tempo...

Com um gesto Buckingham concordou, tirou o gibão e o jogou na areia.

De Wardes fez o mesmo.

Os dois vultos, brancos como fantasmas para quem os olhasse da praia, se realçavam no escuro vermelho-arroxeado que vinha do céu.

— Mal poderemos romper, duque — disse de Wardes. — Sente como os pés ficam presos na areia?

— Estou atolado até os calcanhares, sem contar que a água já nos alcança.

— A mim já alcançou... Quando quiser, sr. duque.

De Wardes empunhou a espada.

O duque o imitou:

— Cavalheiro, uma última coisa. Chamei-o aqui por não gostar do senhor. Por ter dilacerado meu coração, fazendo pouco de certa paixão minha, pela qual neste momento confesso que até morreria feliz. Esforçar-me-ei para matá-lo, pois o considero nocivo e sinto que, se não fizer isso, o senhor futuramente prejudicará amigos meus. É o que tinha a dizer.

Buckingham então o cumprimentou.

— Só posso responder, milorde, que não o odiava, mas agora sim, e farei tudo que puder para matá-lo.

E de Wardes, por sua vez, cumprimentou o adversário.

As lâminas imediatamente se cruzaram, como dois raios que se chocassem na noite.

As espadas se buscavam, se previam, se tocavam.

Eram ambos hábeis espadachins; as primeiras trocas não apresentaram vantagem para nenhum dos dois.

A noite logo caíra e fazia tal escuridão que os ataques e as defesas eram movidos por puro instinto.

De repente, de Wardes sentiu sua arma encontrar um obstáculo: acabava de ferir o ombro de Buckingham.

A espada do duque desceu, acompanhando o braço, e ele gemeu:

— Ah!

— Touché, não é, milorde? — disse de Wardes, recuando dois passos.

— Sim, mas bem de leve.

— No entanto, deixou a posição de guarda.

— Como reação automática ao frio do aço, mas estou bem. Recomecemos, por favor.

E rompendo com o sinistro atritar de lâminas, o duque rasgou o peito do marquês.

— Touché, igualmente.

— Não — respondeu de Wardes, mantendo-se firme.

— Sua camisa está ficando vermelha… — observou Buckingham.

— Dane-se! — cortou de Wardes, furioso. — Em guarda!

Esticando-se a fundo, ele atravessou o antebraço do inglês. A espada passou entre os dois ossos.

Buckingham sentiu todo o seu lado direito paralisado, passou a espada, prestes a cair da mão inerte, para a esquerda e, antes que de Wardes refizesse a guarda, atravessou o seu peito.

O francês vacilou, os joelhos se dobraram e, deixando ainda a lâmina espetada no braço do duque, desabou na água, que se avermelhou com um reflexo mais real do que os fulgores enviados pelas nuvens.

Não estava inconsciente e sentiu o perigo terrível que o ameaçava, pois o mar subia.

O duque pensou o mesmo e, com um esforço e um grito de dor, arrancou a lâmina que permanecia no seu braço e perguntou a de Wardes:

— Está morto, marquês?

— Não — veio a resposta, com uma voz abafada pelo sangue que subia dos pulmões à garganta —, mas quase.

— O que podemos fazer? Consegue andar?

Buckingham o apoiou num joelho.

— Não — ele respondeu, voltando a cair. — Chame a sua gente ou vou me afogar.

— Ei! Vocês do bote, ei! Venham rápido, venham!

O bote reforçou o ritmo dos remos.

Mas o mar subia ainda mais depressa.

Buckingham viu que de Wardes estava prestes a ser encoberto por uma onda e, com o braço esquerdo, que não estava ferido, o abraçou e suspendeu de leve.

A onda chegou à metade do corpo, mas não o arrastou.

No entanto, mal conseguiram dar dez passos e outra onda — mais alta, mais ameaçadora, mais violenta — os pegou em cheio, os derrubou e cobriu.

Assim que ela passou, o duque e de Wardes estavam estendidos na areia.

O francês havia perdido os sentidos.

Nesse momento, quatro marinheiros do duque, notando o perigo, se jogaram ao mar e, num segundo, chegaram à ilhota.

Foi grande o susto, vendo milorde se cobrir de sangue à medida que a água descia até seus joelhos.

Quiseram tirá-lo dali.

— Não, não! — ele reclamou. — O marquês, para a terra!

— Ele que morra! — gritaram surdamente os ingleses.

— Miseráveis! — exclamou o duque, com um gesto soberbo que os respingou de sangue. — Façam o que estou mandando! O sr. de Wardes em terra firme, a salvo antes de qualquer outra coisa, ou os mandarei enforcar!

Enquanto isso, o bote tinha se aproximado. O secretário e o intendente saltaram também ao mar e foram examinar o marquês, que não dava mais sinal de vida.

— Deixo este homem ao encargo de vocês — disse o duque. — Levem-no para terra firme!

Eles o carregaram até a areia seca.

Alguns curiosos e cinco ou seis pescadores haviam se juntado ali, atraídos pelo singular espetáculo de dois homens se digladiando com água pelos joelhos.

Os pescadores, vendo vir na direção deles um grupo de homens trazendo um ferido, avançaram também, mar adentro, por meio metro. Os ingleses lhes entregaram o ferido, que começava a reabrir os olhos.

A água salgada e a areia fina nos ferimentos causavam terrível sofrimento.

O secretário do duque tirou do bolso uma sacolinha de moedas e entregou àquele que lhe pareceu o mais considerável entre os pescadores, dizendo:

— Da parte de milorde de Buckingham, para que providenciem os cuidados possíveis ao marquês de Wardes.

E voltou, com os que o haviam acompanhado, para o bote em que Buckingham com muita dificuldade conseguira embarcar, depois de se assegurar de que de Wardes não corria mais perigo de se afogar.

A maré ia alta. Trajes bordados e cintas de seda foram molhados. Muitos chapéus se perderam nas ondas.

Já as roupas do duque e do marquês, a correnteza as levou para a praia.

Por engano, de Wardes foi vestido com as de Buckingham e assim transportado, a braço, para a cidade.

104. Triplo amor

Com a partida de Buckingham, de Guiche passou a achar que a terra inteira lhe pertencia.

Sem ter mais o menor motivo de ciúme, Monsieur — que se deixava monopolizar pelo cavaleiro de Lorraine — concedia em seus domínios uma liberdade que satisfaria aos mais exigentes.

Já o rei comprazia-se muito com a companhia de Madame e imaginava mil diversões para alegrar a sua estadia em Paris, de forma que não havia dia sem festa no Palais Royal ou uma recepção na ala de Monsieur.

O rei preparava Fontainebleau para receber a corte e todos queriam ser chamados. Madame vivia ocupadíssima: sua voz e sua pena não paravam um minuto.

As conversas com de Guiche pouco a pouco ganhavam esse tipo de interesse em que se reconhece o prelúdio das grandes paixões.

Quando os olhares languescem numa discussão em torno das cores de tecidos, quando se passa uma hora a analisar os méritos e o perfume de um sachê ou de uma flor, há nesse tipo de conversa palavras que todos ouvem, mas também gestos e suspiros que nem todos veem.

Depois de muitas horas com o sr. de Guiche, Madame igualmente se entretinha com o rei, que todo dia a visitava. Inventavam-se jogos, compunham-se versos, escolhiam-se divisas e emblemas: a primavera não ocorria apenas na natureza, era também o despontar de todo um povo, do qual aquela corte constituía a parte pensante.

O rei era mais bonito, jovem e galante do que qualquer um em seu reino. Amava apaixonadamente todas as mulheres, inclusive a rainha, sua esposa.

Ao mesmo tempo, esse grande rei era tímido e reservado, até haver a si mesmo confessado seus sentimentos.

Tais características o mantinham nos limites da simples polidez, e mulher nenhuma podia se gabar de ter sua preferência.

Era de imaginar que no dia em que se declarasse despontaria uma nova soberania, mas ele não se declarava. E de Guiche aproveitava para ser o rei de toda a corte amorosa.

Correu a notícia de que o conde estava se dando muito bem com a srta. de Montalais. Depois se falou da sua constante presença junto da srta. de

Châtillon… mas ele agora não era mais cortês com nenhuma dama da corte. Tinha olhos e ouvidos apenas para uma.

O conde se tornou assíduo frequentador da casa de Monsieur, que gostava dele e procurava mantê-lo sempre por perto.

Arredio por temperamento, se mantinha um tanto ausente até a chegada de Madame, mas desde então…

Todos notaram a mudança, mas ninguém mais claramente que o gênio maligno da casa, o cavaleiro de Lorraine, com quem Monsieur guardava viva ligação por gostar do seu temperamento alegre, mesmo em suas iniquidades. Além disso, Lorraine tinha sempre ideias de como passar o tempo.

Vendo que corria o risco de ser suplantado pelo conde, como dissemos, o cavaleiro recorreu a meios extremos: desapareceu, criando grande ansiedade em Monsieur.

No primeiro dia, é verdade, o príncipe quase nem se deu conta da sua falta, pois de Guiche estava presente e bravamente lhe fez companhia, dia e noite, exceto quando podia estar com Madame.

No segundo dia, porém, sem encontrar vivalma disponível, Monsieur perguntou onde estava o cavaleiro.

Ninguém soube dizer.

De Guiche foi consolar o príncipe, depois de passar a manhã a escolher bordados e franjas com Madame. Passada a refeição da tarde, e tendo ainda tulipas e ametistas a selecionar com Madame, ele voltou a seu gabinete.

Monsieur ficou sozinho. Era hora de cuidar da toalete e ele se viu como o mais infeliz dos homens. Outra vez perguntou se tinham notícias do cavaleiro.

— Ninguém sabe dele — foi a resposta.

Sem ter para onde dirigir seu tédio, de robe de chambre e com o penteado ainda em preparo, Monsieur foi aos aposentos de Madame.

Havia lá um grande número de pessoas que se divertiam e cochichavam por todos os cantos. Aqui um grupo de mulheres, rindo discretamente ao redor de um homem, ali Manicamp e Malicorne atormentados por Montalais, Tonnay-Charente e duas outras alegres companheiras…

Madame, sentada em almofadas, tinha ao seu lado de Guiche de joelhos, espalhando um punhado de pérolas e outras gemas para que, com seu dedo fino e branco, ela designasse as que mais lhe agradavam.

Num outro canto, um tocador de guitarra cantava seguidilhas espanholas que haviam caído no gosto de Madame desde que ouvira a jovem rainha cantar. Diga-se que as árias cantadas pela espanhola com lágrimas nos olhos eram displicentemente repetidas pela inglesa com um sorriso que deixava à mostra seus dentes de nácar.

Com toda essa gente, aquele cômodo apresentava a mais risonha imagem do prazer.

Ao entrar, Monsieur se espantou por ver todas aquelas pessoas se divertindo sem ele. Ficou tão enciumado que reagiu como criança:

— Mas o que é isso? Divertem-se aqui enquanto me entedio sozinho?

Tal irrupção foi como o trovão que interrompe o chilrear dos passarinhos na folhagem. Fez-se um grande silêncio.

De Guiche logo se pôs de pé.

Malicorne se encolheu atrás das saias de Montalais.

Manicamp se endireitou e assumiu seus grandes ares de cerimônia.

O guitarrista escondeu o instrumento sob a mesa e repuxou a toalha que a cobria para tirá-lo do campo de visão do príncipe.

Apenas Madame se manteve como estava e, sorrindo, perguntou:

— Não é hora da sua toalete?

— Que escolhem para se divertir, pelo que vejo — reclamou Filipe.

Essa frase foi o sinal para a debandada: as senhoritas fugiram como um bando de passarinhos assustados, o músico desapareceu como uma sombra, Malicorne, protegido por Montalais, que ampliava as próprias saias, passou para trás de uma tapeçaria. Já Manicamp se solidarizou com de Guiche, que, naturalmente, se manteve ao lado de Madame, a quem os dois bravamente deram apoio. O conde estava feliz demais para se sentir incomodado com o marido, mas Monsieur não estava nada satisfeito com a esposa.

Queria um motivo para brigar e não foi preciso procurar muito: a fuga precipitada de quase todos, tão alegres antes e tão assustados com a sua presença, serviu de pretexto.

— Por que todos correram assim que apareci? — ele perguntou, sentindo-se nesse direito.

Com frieza, Madame respondeu que, por respeito, os familiares se retiram quando o dono da casa chega.

Mas disse isso de maneira tão ironicamente agradável que de Guiche e Manicamp não puderam deixar de rir. Madame os acompanhou na hilaridade e isso contagiou inclusive Monsieur, que foi obrigado a se sentar, pois rindo perde-se toda a gravidade.

Ele afinal parou, mas a raiva havia aumentado. Estava ainda mais furioso por ter rido do que por ver os outros rirem.

Sem querer ir direto contra de Guiche, lançou um olhar colérico a Manicamp.

Juntou a isso um sinal de impaciência e os dois se retiraram.

Sozinha, Madame começou a tristemente juntar suas pérolas, não riu mais e menos ainda falou.

— É desagradável ver que me tratam como um estranho nos seus aposentos, senhora — ele declarou, também se retirando, irritado.

Na antecâmara, encontrou Montalais e disse:

— É bom vir vê-las, mas da porta.

A jovem fez uma profunda reverência e observou:

— Temo não compreender bem o que Vossa Alteza Real me dá a honra de dizer.

— Estou dizendo, senhorita, que quando riem à vontade no apartamento de Madame, é malvindo quem não permanece do lado de fora.

— Vossa Alteza Real não pensa e não diz isso se referindo a si mesma, não é?

— Pelo contrário, senhorita, é de mim que falo e em mim que penso. Certamente não tenho por que me orgulhar de como sou recebido aqui. Uma vez que vejo pessoas e música nos apartamentos de Madame, na minha ala, e espero também me divertir um pouco, todos se afastam!... É incrível! Minha presença é tão incômoda assim, para que todos fujam?... Fazem coisas condenáveis às minhas costas?

— Fazíamos o que fazemos todos os dias, monsenhor — surpreendeu-se Montalais.

— Como? Riem assim diariamente?

— Com certeza, monsenhor.

— O que acabo de ver se repete a cada dia?

— Exatamente igual, monsenhor.

— Quer dizer que sempre arranham cordas?

— Hoje foi guitarra, mas quando não há guitarra, há violinos e flautas. Mulheres se entediam sem música, monsenhor.

— Veja só! Mas havia também homens!

— Homens?

— De Guiche, de Manicamp e outros.

— Todos da casa de Vossa Alteza Real.

— Entendo. Tem razão, senhorita.

E o príncipe voltou a seus próprios aposentos. Estava pensativo. Jogou-se na mais funda das poltronas, sem nem mesmo se olhar no espelho.

— Por onde anda o cavaleiro? — ele se perguntou.

Um criado ouviu e disse:

— Ninguém sabe, monsenhor.

— A mesma resposta! O primeiro que me disser "Ninguém sabe" será posto para fora.

Ouvindo isso, todo mundo debandou dos apartamentos de Monsieur como tinha antes debandado dos de Madame.

O príncipe teve um indescritível acesso de fúria. Deu um chute num móvel alto, que se espatifou no chão.

Em seguida, com aparente calma, foi às galerias e sucessivamente derrubou um vaso esmaltado, um jarro de pórfiro e um candelabro de bronze. Tudo isso fez uma barulheira infernal. Todos apareceram às portas.

— O que quer Monsieur? — arriscou-se a timidamente perguntar o capitão da guarda.

— Música, estou fazendo música — respondeu monsenhor, rangendo os dentes.

O capitão mandou avisar o médico de Sua Alteza Real.

Mas antes dele chegou Malicorne, que disse ao príncipe:

— O cavaleiro de Lorraine está vindo comigo, monsenhor.

O duque olhou para Malicorne e sorriu.

De fato, de Lorraine logo em seguida entrou.

105. O ciúme do sr. de Lorraine

O duque de Orléans deu um grito de satisfação ao ver o amigo.

— Ah! Até que enfim! Então afinal podemos vê-lo? Não desapareceu, como disseram?

— Desapareci, monsenhor.

— Um capricho?

— Um capricho? Da minha parte? Ter caprichos com Vossa Alteza? O respeito…

— Não me venha com essa, pois falta diariamente com o respeito que me é devido. Mas eu o perdoo. Por que desapareceu?

— Por me sentir perfeitamente inútil a monsenhor.

— Explique-se.

— Monsenhor dispõe de pessoas mais divertidas do que consigo ser. Não tendo como competir, retirei-me.

— Nada disso faz sentido. Que pessoas são essas com as quais não pode competir? Guiche?

— Não citei nomes.

— Que absurdo! Guiche o incomoda?

— Que monsenhor não me faça dizer isso. Guiche é um dos nossos bons amigos.

— Quem, então?

— Por favor, monsenhor, fiquemos por aqui, por favor.

O cavaleiro sabia muito bem que se aguça a curiosidade, como a sede, afastando a água ou a explicação.

— De forma alguma. Quero saber por que desapareceu.

— Pois então vou dizer, mas não veja pelo lado ruim.

— Diga.

— Senti estar atrapalhando.

— A quem?

— A Madame.

— Como assim? — surpreendeu-se o duque.

— É simples: Madame tem ciúme da amizade com que monsenhor me honra.

— Ela demonstrou isso?

— Madame nunca me dirige a palavra, pelo menos desde algum tempo.

— Quanto tempo?

— Desde que passou a apreciar mais o sr. de Guiche. Ela o recebe a qualquer hora.

O duque corou.

— A qualquer hora… O que quer dizer com isso, cavaleiro? — ele perguntou, com um tom mais áspero.

— Eu tinha certeza, monsenhor ficou contra mim.

— Não é isso, mas você diz as coisas de forma um tanto brusca. Em que Madame prefere Guiche?

— Não vou mais falar — amuou-se o cavaleiro, com um cumprimento cerimonioso.

— Pelo contrário, quero que fale. Se desapareceu por esse motivo, não foi por estar enciumado?

— Quem ama tem ciúme. Monsenhor não tem ciúme? Não ficaria incomodado se visse alguém o tempo todo junto de Madame, e tratado com favores? Com o mesmo amor amamos os amigos, e Vossa Alteza algumas vezes me deu a insigne honra de me declarar amizade.

— Não nego, mas outra vez usa uma palavra inapropriada, cavaleiro. Tem uma maneira infeliz de se expressar.

— Qual palavra?

— Disse "favores"… O que entende por isso?

— Algo bem simples, monsenhor — ele respondeu com desenvoltura. — Por exemplo, quando um homem vê sua mulher chamar preferencialmente determinado homem, quando esse homem se encontra sempre à cabeceira da sua cama ou à porta da sua carruagem, quando há sempre um lugarzinho para o pé desse homem na circunferência dos vestidos dela, quando os dois se encontram fora do usual da conversação, quando o buquê dela é da mesma cor que as fitas dele, quando as músicas são tocadas no apartamento particular e as ceias são servidas na alcova, quando tudo silencia no momento em que o marido se aproxima, quando esse marido descobre ter como mais assíduo companheiro o mais gentil dos homens, que, oito dias antes, mal dava o ar da sua graça… então…

— Então? Termine.

— Então, monsenhor, talvez haja razão para ciúme. Mas nenhum desses detalhes conta, não é do que tratamos em nossa conversa.

Com toda a evidência, o duque travava uma luta interior, mas acabou dizendo:

— Não ficou claro o motivo do seu afastamento. Ainda há pouco disse ter sido por temer incomodar, acrescentando inclusive uma suposta inclinação, da parte de Madame, pela companhia de Guiche.

— Eu não disse isso, monsenhor.

— Disse sim.

— Mesmo que tenha dito, nada reparei que não fosse inocente.

— Então reparou em alguma coisa?

— Monsenhor está me deixando constrangido.

— Pouco importa, responda! Se estiver dizendo a verdade, por que se sentir constrangido?

— Digo sempre a verdade, monsenhor, mas hesito quando se trata de repetir o que dizem as pessoas.

— Ah, estava repetindo?... Então falam disso?

— Confesso que ouvi.

— De quem?

O cavaleiro assumiu ares ofendidos.

— Monsenhor me submete a um interrogatório me tratando como acusado, no banco dos réus... e os boatos que passam de raspão pelo ouvido de um fidalgo nele não criam raízes. Está me forçando a instituir um boato como fato.

— Seja como for — exclamou o duque, desconsolado —, fica a impressão de que se retirou por causa desse boato.

— Tenho que dizer a verdade: comentam a constante presença do sr. de Guiche junto a Madame, só isso. Assiduidade inocente, repito, e, além de tudo, lícita. Que monsenhor não seja injusto e não leve as coisas ao extremo. Nada tem a ver com isso.

— Nada tenho a ver com falatórios sobre assiduidades em torno da minha mulher?

— Não, não tem. E o que digo a monsenhor, diria ao próprio de Guiche, pois não vejo mal nenhum na corte que ele faz a Madame. Até a ela eu diria. Só não faço isso com medo de que me achem despeitado, com ciúmes de favores, enquanto sou ciumento apenas das amizades. Sei do ponto fraco de monsenhor, sei que quando ama é exclusivo. E monsenhor ama Madame; aliás, quem não amaria? Então, com meus botões, pensei: Madame distinguiu, entre os amigos de Monsieur, o mais bonito e atraente; ela o influenciará, lançando os demais à sombra. E isso, para mim, seria a morte, pois já sou ignorado por Madame. Tomei então o partido de ceder lugar ao favorito, de quem invejo a felicidade, sem deixar de ter por ele sinceras amizade e admiração. O que pode haver contra semelhante raciocínio? Não é o de um digno fidalgo? Não é o comportamento de um bom amigo? Que monsenhor me responda, depois de me haver tão rudemente interrogado.

O duque se sentara e tinha a cabeça entre as mãos, maltratando a cabeleira. Após um silêncio longo o bastante para que o cavaleiro pudesse devidamente apreciar o efeito da sua oratória, ele se pôs de pé e pediu:

— Diga com toda a franqueza...

— Como sempre.

— Bom! Lembre-se de que já havíamos notado algo estranho naquele extravagante Buckingham.

— Se monsenhor for acusar Madame eu me retiro. Seguir o caminho da suspeita?

— Não, não estou suspeitando de Madame, mas, enfim… vejo… comparo…

— Buckingham era um louco!

— Um louco a respeito de quem você me abriu os olhos.

— Não fui eu, de forma alguma, foi Guiche! Não vamos confundir — e ele começou a rir, um riso estridente que parecia o sibilar de uma serpente.

— Talvez tenha só insinuado alguma coisa, e Guiche foi mais explícito.

— Com certeza — continuou o outro, no mesmo tom. — Combatia pelo altar e pela casa.

— O que disse? — reagiu à perfídia o duque, com altivez.

— É simples. De Guiche não é o primeiro fidalgo da casa?

— Passemos — acalmou-se o duque. — Aquela paixão de Buckingham tinha sido notada?

— Perfeitamente!

— E não se nota a do sr. de Guiche?

— Estamos voltando atrás, monsenhor. Ninguém diz que o sr. de Guiche tem uma paixão.

— Está bem, é verdade!

— Monsenhor há de concordar, era bem melhor, cem vezes melhor me deixar no meu retiro. Não quero, com meu zelo, provocar suspeitas que Madame, coberta de razão, verá como um crime.

— E o que vai fazer?

— O mais razoável.

— O quê?

— Não darei mais atenção a esses novos epicuristas e com isso não ouvirei mais boatos.

— Bom, procurarei saber à minha volta.

— Ah, tem todo o tempo, não é grande o perigo e, aliás, nem se trata de perigo ou de paixão. Tudo isso veio apenas do temor de ver se enfraquecer a amizade de monsenhor por mim. Sentindo-me tão graciosamente assegurado, nada mais me preocupa.

O duque balançou a cabeça, como quem diz: "Se nada mais o preocupa, a mim, sim".

Mas chegava a hora do jantar e o duque mandou que chamassem Madame. Ela respondeu que não viria à mesa principal e jantaria em seus aposentos.

— É minha culpa — disse o duque. — No meio daquelas celebrações musicais da manhã fiz uma cena de ciúme que a aborreceu.

— Jantaremos só nós — respondeu o cavaleiro, lamentando-se. — Sentirei falta do conde.

— Ah, ele logo estará de volta, Guiche não é de guardar rancor.

— Tenho uma boa ideia — disse de repente Lorraine. — Ainda há pouco, em nossa conversa, posso ter indisposto Vossa Alteza contra ele. Serei então o mediador... Irei atrás dele e o trarei.

— Tem mesmo boa alma, cavaleiro!

— Isso parece surpreender monsenhor.

— Bem... você nem sempre é tão solícito.

— Pode ser, mas sei consertar os erros que cometo, monsenhor deve reconhecer.

— Reconheço.

— Vossa Alteza me esperaria por alguns instantes?

— Com prazer... experimentarei, enquanto espero, o traje que levarei a Fontainebleau.

Logo que saiu, com todo o cuidado o cavaleiro chamou o seu pessoal e distribuiu algumas ordens.

Tomaram todos diferentes direções, mas ao criado de quarto, em particular, ele disse:

— Descubra, mas agora mesmo, se o sr. de Guiche está com Madame. Sabe como fazer isso?

— É fácil. Perguntarei a Malicorne, que perguntará à srta. de Montalais. Mas creio que será à toa, pois todo o pessoal do sr. de Guiche se foi e provavelmente também o amo.

— Mesmo assim, procure confirmar.

Nem dez minutos se passaram e o criado de quarto voltou. Cheio de segredos, chamou seu amo à escada de serviço e o fez entrar num pequeno cômodo com uma janela que dava para o jardim.

— O que há, por que tanto mistério? — ele perguntou.

— Veja bem.

— O quê?

— Sob o castanheiro.

— Ah! Por Deus! É Manicamp, esperando. Mas esperando o quê?

— Já vamos saber, se tivermos paciência... Pronto, ali estão!

— Um, dois, quatro músicos com seus instrumentos. Atrás deles, trazendo-os, de Guiche em pessoa. Mas o que está fazendo ali?

— Esperando que abram a porta das damas de honra. Subirão todos por lá até o apartamento de Madame, para uma sessão de música no jantar.

— Isso é ótimo.

— Não é mesmo?

— E foi Malicorne quem contou?

— O próprio.

— Ele então gosta de você.

— Gosta de Monsieur.

— Por quê?

— Quer ser chamado para o seu serviço.

— Pois será! Quanto ele está pagando a você para isso?

— O segredo que estou vendendo ao senhor.

— Pois pago cem pistolas por isso. Pegue.

— Obrigado... Veja, a portinhola está sendo aberta e uma jovem faz os músicos entrarem...

— É Montalais!

— Ela mesma, mas não fale alto. Quem diz Montalais diz Malicorne. Indo contra um, está indo contra o outro.

— Então nada vi.

— E eu nada recebi — disse o criado, guardando a sacolinha de moedas.

Depois de se certificar de que Guiche também havia entrado, o cavaleiro voltou aos aposentos de Monsieur e o encontrou esplendidamente vestido, radiante de alegria e beleza.

— Dizem que o rei toma o sol como divisa, mas é a monsenhor que ela conviria — exclamou de Lorraine.

— E Guiche?

— Inencontrável! Escafedeu-se, evaporou-se. O ataque de monsenhor pela manhã o assustou. Também não está em casa.

— Bah! Não é impossível que esse desmiolado tenha pegado a posta para se refugiar em suas terras. Pobre rapaz! Mandaremos chamá-lo. Mas agora tratemos de jantar.

— É o meu dia de boas ideias, monsenhor, e tenho mais uma.

— Qual?

— Madame está aborrecida e tem por quê. Monsenhor pode reparar a situação indo jantar com ela.

— Seria coisa de um marido fraco.

— De um bom marido. A princesa se entedia. Vai derramar lágrimas no próprio prato e ficar com os olhos vermelhos. É odioso um marido que avermelha os olhos da sua mulher. Vamos jantar com Madame, monsenhor!

— Não, a mesa já está sendo posta aqui.

— Não jantaremos bem. Terei o coração pesado, imaginando Madame sozinha, e monsenhor, por mais feroz que queira parecer, lamenta tudo isso. Vamos jantar com Madame e faremos uma agradável surpresa. Aposto que nos divertiremos, reparando o erro da manhã.

— Talvez.

— Talvez não, é a coisa certa.

— Cavaleiro, cavaleiro! Está me aconselhando mal.

— Pelo contrário. Monsenhor está em vantagem: esse traje formidável, com bordados de ouro, é divino. Madame se sentirá subjugada ainda mais pelo homem do que pela iniciativa propriamente.

— Convenceu-me, vamos.

O duque deixou seu apartamento e se dirigiu ao de Madame.

O cavaleiro cochichou para o criado de quarto:

— Tome conta da portinhola! Que ninguém escape por lá! Rápido.

E, atrás do duque, chegou aos aposentos de Madame.

O camarista se preparou para anunciá-los.

— Não — disse o cavaleiro, se divertindo —; monsenhor quer fazer uma surpresa.

106. Monsieur com ciúmes de Guiche

Como quem tem boa intenção e acha estar agradando, o príncipe entrou com brusquidão. Ou também como quem espera descobrir algum segredo, o que é a triste sina dos ciumentos.

Madame, inebriada sob os primeiros acordes da música, dançava como louca, deixando na mesa o jantar.

Seu par era de Guiche, de braços levantados, olhos semicerrados e um joelho no chão, como os dançarinos espanhóis de olhar voluptuoso e gestos convidativos.

A princesa girava a seu redor com o mesmo sorriso e a mesma sedução provocante.

Montalais admirava; La Vallière, sentada num canto, observava, em devaneio.

É impossível descrever o efeito que causou nessas pessoas a presença de Monsieur, como é também impossível descrever o efeito que nele causou ver aquelas pessoas felizes.

O conde de Guiche nem teve forças para se endireitar. Madame ficou paralisada no meio de um movimento, sem poder articular uma palavra.

Encostado no umbral da porta, o cavaleiro sorria como alguém imerso em inocente admiração.

A palidez do príncipe, o tremor convulsivo das suas mãos e pernas foram os primeiros sintomas a chamar a atenção de todos. Um profundo silêncio substituiu o alvoroço da dança.

De Lorraine aproveitou a quietude para cumprimentar Madame e de Guiche como se fossem os donos da casa, fingindo se confundir.

Monsieur, por fim, com voz abafada disse à princesa:

— Fico muito contente. Vim por achar que estava aborrecida e triste, mas não, vejo que já se entrega a novos prazeres. Posso mesmo me orgulhar: minha casa é a mais alegre do universo.

Dirigindo-se a de Guiche, acrescentou:

— Não o imaginava tão intrépido dançarino, conde.

Em seguida, voltando ainda à mulher, com amargura que maldisfarçava a raiva, pediu:

— Seja mais caridosa. Sempre que festejar, me chame… Sou um príncipe em permanente estado de abandono.

Recuperando a segurança e o orgulho natural que tão bem lhe caíam, de Guiche afinal respondeu:

— Monsenhor sabe perfeitamente que minha vida está a seu serviço; quando for preciso sacrificá-la, estarei pronto, mas hoje se tratava apenas de dançar ao som dos violinos; eu, então, dançava.

— E tem toda a razão — respondeu com frieza Monsieur. — Além disso, Madame — ele continuou —, suas damas roubam de mim meus amigos. O sr. de Guiche está no meu serviço, e não no da senhora. Não querendo jantar comigo, tem a companhia delas, como tenho a dos meus fidalgos quando janto só. Não me retire tudo.

Madame percebeu na crítica uma lição.

Seus olhos se injetaram de vermelho e ela rebateu:

— Vindo à corte da França, não sabia que princesas da minha condição fossem tratadas como as mulheres turcas, não podendo estar com homens, mas me conformarei se for essa a regra. Esteja à vontade para mandar pôr grades nas minhas janelas.

A resposta fez Montalais e de Guiche sorrirem e, com isso, voltar a raiva ao coração do príncipe, raiva que começava a se desfazer com as palavras. Com um tom duro, ele apenas disse:

— Ótimo! Vejo o quanto me respeitam em minha própria casa!

— Monsenhor, monsenhor! — murmurou o cavaleiro, bem ao lado dele, para que todos vissem seu esforço moderador.

— Venha! — foi só o que disse o duque, levando consigo seu acompanhante, num rodopio brusco que quase derrubou Madame.

O cavaleiro o seguiu de volta ao apartamento onde o príncipe, assim que chegou, deu livre curso ao furor.

Lorraine erguia os olhos ao céu, de mãos juntas, sem dizer uma palavra.

— O que acha? — perguntou Monsieur.

— De quê, monsenhor?

— De tudo o que se passa aqui.

— Ah, é grave, monsenhor.

— É odioso! A vida não pode ser assim.

— Uma infelicidade! — lamentou o cavaleiro. — Esperávamos estar tranquilos, uma vez livres daquele louco do Buckingham…

— E é pior!

— Não chego a tanto.

— Mas eu sim. Buckingham nunca se atreveria a fazer a quarta parte daquilo que vimos.

— O quê, por exemplo?

— Esconder-se para dançar, fingir uma indisposição para jantar a sós.

— Não, monsenhor, não!

— Sim, sim — gritou o príncipe, alimentando a própria indignação, como fazem as crianças teimosas. — Mas não vou tolerar isso por muito tempo, é preciso que saibam o que está acontecendo.

— Monsenhor, qualquer explosão…

— Diabos! Devo me importar com quem se importa tão pouco comigo? Espere aqui, cavaleiro, espere aqui!

E o príncipe desapareceu no cômodo ao lado, indo saber com o camarista se a rainha-mãe tinha voltado da capela.

Ana da Áustria estava contente: a paz voltara ao seio da família, o povo estava encantado com a presença de um soberano jovem e disposto a grandes obras, os recursos do Estado aumentavam, a paz externa consolidada, tudo anunciava um futuro feliz.

Às vezes se lembrava daquele pobre jovem que ela havia recebido como mãe e repelido como madrasta.

Um suspiro sempre arrematava essa lembrança. De repente, o duque de Orléans entrou.

— Minha mãe — ele foi dizendo, enquanto vivamente fechava a porta —, as coisas não podem continuar assim.

Ana da Áustria ergueu seus belos olhos e, com inalterável doçura, perguntou:

— E que coisas são essas?

— Estou falando de Madame.

— Sua mulher?

— Ela mesma, minha mãe.

— Aposto que o louco do Buckingham escreveu alguma carta de despedida.

— Não se trata de Buckingham!

— E de quem, então? Foi o que achei, visto que o pobre duque, muito injustamente, era alvo do seu ciúme…

— Minha mãe, Madame já substituiu o sr. de Buckingham.

— Filipe, o que está dizendo? Não seja leviano.

— Não, não estou sendo. Tenho todos os motivos para ainda me sentir enciumado.

— E de quem, por Deus?

— Como? Não notou nada?

— Não.

— Não vê que o sr. de Guiche está sempre em seus apartamentos, sempre com Madame?

A rainha bateu as mãos e começou a rir.

— Filipe, não é uma simples crise pela qual está passando, é verdadeira doença.

— Crise ou doença, estou sofrendo.

— E quer cura para um mal que só existe na imaginação? Quer que aprovem seus ciúmes sem qualquer fundamento?

— Está dizendo, do culpado de agora, o mesmo que disse do outro.

— Isso porque, filho, agiu com aquele outro como está agindo com esse de agora — respondeu secamente a rainha.

O príncipe aceitou, contrariado, e retrucou:

— Se eu citar fatos, acreditará?

— Filho, para tudo que disser, acredito sem necessidade, mas com relação a seus ciúmes nada posso prometer.

— É então como se me calasse a boca, me excluísse da questão.

— De forma alguma. Como filho, tem toda a minha indulgência de mãe.

— Ah! Sei o que está pensando: toda a indulgência que merece um filho louco.

— Não exagere, Filipe, não queira representar sua mulher como uma depravada...

— Há fatos!

— Estou ouvindo.

— Esta manhã, tocava-se música no apartamento de Madame, às dez horas.

— Parece-me algo inocente.

— Ela e o sr. de Guiche conversavam sozinhos... Ah, esqueci de dizer, ele há oito dias se mantém por perto como se fosse a sua sombra.

— Meu amigo, se pretendessem coisa errada, se esconderiam.

— Bom! Já esperava por essa objeção. Que a senhora se lembre do que acaba de dizer. Pela manhã, repito, surpreendi-os e claramente demonstrei meu desagrado.

— Fique certo de que já é o bastante, talvez até passando dos limites. As jovens são caprichosas. Censurá-las por um erro que não cometeram pode eventualmente mostrar que o poderiam ter cometido.

— Isso não é tudo. Sublinho ainda o que ouvi: "A lição da manhã deve ter bastado e, se fizessem algo errado, se esconderiam".

— Foi o que eu disse.

— Bem, ainda há pouco, revendo minha veemência da manhã e sabendo que Guiche, desconcertado, tinha ido para casa, fui ao apartamento de Madame e o que encontrei? Outras músicas, danças e Guiche. Escondiam-se.

Ana da Áustria se preocupou.

— É imprudente. E o que disse Madame?

— Nada.

— E Guiche?

— Tampouco... Na verdade, não... Balbuciou algumas impertinências.

— E o que conclui disso, Filipe?

— Que me enganaram: Buckingham era apenas um pretexto, e o verdadeiro culpado é Guiche.

Ana ergueu os ombros.

— E o que mais?

— Quero que ele saia do palácio, como Buckingham, e farei o pedido ao rei, a menos que…

— A menos que…?

— A senhora interfira como antes, sendo tão hábil e boa.

— Não farei isso.

— Mãe!

— Ouça, Filipe, nem sempre estou disposta a enganar as pessoas. Gozo de alguma autoridade sobre os mais moços, mas não posso abusar disso sem perdê-la. Aliás, nada prova que o sr. de Guiche tenha culpa.

— Desagradou-me.

— Isso é problema seu.

— Se é assim, sei o que fazer — ele disse, impetuosamente.

Ana olhou, inquieta.

— E o que fará? — perguntou.

— Mandarei que o afoguem no tanque se vier à minha ala do palácio.

Com tamanha ferocidade, o príncipe esperava causar um susto, mas a rainha não se abalou e apenas disse:

— Faça isso.

Com seu temperamento exaltado, ele se pôs a esbravejar:

— Ninguém me ama, minha própria mãe passa para o lado inimigo!

— Ela enxerga mais claro e não vai lhe dar conselhos, já que não os ouve.

— Irei ao rei.

— É o que eu ia sugerir, mas estou justamente esperando Sua Majestade, pois é hora da sua visita. Poderá se explicar.

Mal terminara essa frase, ouviu-se a porta da antecâmara ser ruidosamente aberta.

Filipe se assustou. Eram os sapatos do rei que rangiam nos tapetes.

Ele escapuliu por uma portinha secundária.

Surpresa, a rainha-mãe começou a rir, e ria ainda quando o rei entrou.

Muito afetuosamente, Luís vinha pedir notícia da sua saúde já em declínio e também contar que estavam concluídos os preparativos para a viagem a Fontainebleau.

Vendo-a rir, a preocupação diminuiu e ele perguntou o motivo, contagiado pelos risos.

Ana da Áustria pegou sua mão e disse, descontraidamente:

— Sabe, estou orgulhosa de ser espanhola.

— Por quê, minha mãe?

— As espanholas no mínimo valem mais do que as inglesas.
— Posso saber o motivo?
— Desde que se casou, queixa-se da rainha?
— De forma alguma.
— E está casado há algum tempo. Seu irmão, casado há quinze dias…
— O que houve?
— Pela segunda vez se queixa de Madame.
— O quê? Outra vez o Buckingham?
— Não, um outro.
— Quem?
— Guiche.
— Veja só! Trata-se então de uma coquete?
— Temo que sim.
— Meu pobre irmão! — riu Luís.
— Não a censura por isso, pelo que vejo.
— Não. Ela no fundo não é coquete.
— Talvez, mas está fazendo seu irmão perder a cabeça.
— E o que ele quer?
— Mandar afogar Guiche.
— Um tanto violento.
— Não zombe. Está mesmo irritado, pense em alguma coisa.
— Para salvar Guiche, com prazer.
— Se Filipe o ouvisse se poria a conspirar, como seu tio conspirava contra o seu pai.
— Não, ele gosta muito de mim e eu dele, temos bom convívio. E, resumindo, o que ele espera de mim?
— Que impeça Madame de ser coquete e Guiche de ser amável.
— Só isso? Meu irmão espera demais do poder real… corrigir uma mulher! Com um homem pode até ser possível.
— O que vai fazer?
— A Guiche posso convencer com uma só palavra, é alguém razoável.
— E Madame?
— É mais complicado. Uma palavra não basta, precisarei de uma homilia, mas vou pregá-la.
— É urgente.
— Tenho boa oportunidade. Vamos ensaiar para o baile esta tarde.
— Fará a pregação dançando?
— Exato.
— Conseguirá convertê-la?
— A heresia será extirpada pela convicção ou pelo fogo.
— Ufa, que alívio! Mas não me envolva nisso, Madame nunca mais me perdoaria e sogras devem manter boas relações com suas noras.

— O rei assumirá todo o ônus. Pensando bem…

— Sim?

— Não será melhor que eu procure Madame em seus apartamentos?

— É solene demais.

— O solene é uma característica dos predicadores. Além disso, o violino da dança tragaria a metade dos meus argumentos. E é preciso impedir qualquer violência por parte do meu irmão… Vale alguma precipitação… Madame está em seus aposentos?

— Imagino que sim.

— A acusação, por favor.

— Resumindo, é a seguinte: música o tempo todo… assiduidade do conde… suspeita de segredinhos e complôs…

— Provas?

— Nenhuma.

— Bom! Vou procurar Madame.

E o rei se flagrou averiguando nos espelhos seu traje, que era rico, e o rosto, que resplendia como os diamantes que ostentava.

— Não devemos afastar um pouco Monsieur? — ele ainda perguntou.

— Ah, o fogo e a água não se evitam com maior pertinácia.

— Entendo. Beijo-lhe as mãos, minha mãe, as mais belas da França.

— Seja vitorioso, Sire… O pacificador do casal.

— Não me servirei de embaixadores — respondeu Luís. — Isso já me garante a vitória.

Ele se retirou, rindo e arrumando o traje, com todo o cuidado, ao longo do caminho.

107. O mediador

Quando o rei surgiu nos apartamentos de Madame, todos os cortesãos, atraídos para lá pela notícia da cena conjugal, se agitaram.

Armava-se uma tempestade da qual o cavaleiro de Lorraine, infiltrado nos diferentes grupos, com alegria analisava todos os elementos, atiçando os mais tímidos e manobrando, de acordo com suas más intenções, os mais ousados, para que produzissem os maiores danos possíveis.

Como dissera Ana da Áustria, a presença do rei deu um caráter solene ao acontecimento.

Não era pouca coisa, em 1662, um acontecimento como a contrariedade de Monsieur com Madame e a intervenção do rei nos assuntos particulares do irmão.

Aqueles que haviam se aproximado do conde de Guiche logo no início se afastaram com uma espécie de terror, e ele próprio, contagiado pelo pânico geral, se retirou, sozinho, indo para casa.

O rei entrou nos aposentos de Madame cumprimentando a todos, como era seu hábito. As damas de honra se perfilaram à sua passagem na galeria.

Por mais preocupada que estivesse, do alto da sua importância Sua Majestade não deixou de dar uma olhada nas duas fileiras de jovens e encantadoras mulheres que modestamente baixavam os olhos.

Todas enrubesciam ao sentir o olhar do rei. Uma só, com longos cabelos que desciam cacheados pela mais bela pele do mundo, uma só continuou sem corar e mal se sustentando de pé, apesar das cotoveladas da companheira ao lado.

Era La Vallière, a quem Montalais aos cochichos tentava transmitir um pouco do vigor que nela sobrava.

O rebuliço chamou a atenção do rei, e todas as cabeças, que já tinham voltado ao normal, novamente se abaixaram. Aquela mesma loirinha foi a única a continuar imóvel, como se nela toda força e presença de espírito se tivessem esgotado.

Ao entrar, Luís encontrou a cunhada semiestendida em almofadas do gabinete. Ela se ergueu e fez uma reverência profunda, balbuciando algum agradecimento pela honra que lhe era dada.

Depois se sentou, vencida por súbita debilidade — provavelmente simulada, pois um encantador colorido animava suas faces, dando ainda mais calor aos olhos, ainda vermelhos por algumas lágrimas recém-derramadas.

Depois de observar, com a acuidade que o caracterizava, a desordem do cômodo e também do rosto de Madame, o rei igualmente se sentou e disse, num tom descontraído:

— A que horas minha irmã vai querer que ensaiemos hoje para o balé?

Balançando lenta e langorosamente a encantadora cabeça, Madame respondeu:

— Ah, Sire! Terei que me desculpar. Ia mesmo pedir que prevenissem Vossa Majestade, mas não poderei ensaiar hoje.

— Como? — disse o rei, com moderada surpresa. — Minha irmã estaria indisposta?

— Pode-se assim dizer, Sire.

— Mandarei chamar o médico.

— Não, os médicos nada podem com esse tipo de mal.

— Estou ficando assustado!

— Sire, quero pedir a Vossa Majestade permissão para voltar à Inglaterra.

O rei se agitou.

— À Inglaterra? É mesmo o que a senhora está dizendo?

— Muito a contragosto, Sire — respondeu a neta de Henrique IV, sem hesitar e com um brilho nos belos olhos negros. — Sim, lamento fazer a Vossa Majestade confidências desse tipo, mas me sinto muito infeliz e quero voltar à minha família.

— Senhora! Senhora!

O rei se aproximou.

— Por favor, Sire — continuou a jovem, assumindo pouco a pouco a ascendência que lhe davam a beleza e a sua fogosa índole —, estou acostumada a sofrer. Muito jovem passei por humilhações e desdém. Vossa Majestade bem sabe — ela acrescentou, com um sorriso.

O rei ficou vermelho.

— Cheguei então a acreditar que Deus me fizera nascer para isso: filha de um rei poderoso, ao tirar a vida de meu pai ele quis também abater em mim o orgulho. Sofri muito e fiz sofrer minha mãe, mas jurei que se Deus me devolvesse uma situação de independência, mesmo como trabalhadora que ganha seu pão com o suor do rosto, não aceitaria mais qualquer humilhação. E veio esse dia. Recuperei a fortuna devida a minha situação, a meu berço; cheguei às proximidades do trono. Aliando-me a um príncipe francês, acreditei que teria nele um parente, um amigo, um igual, e percebo que consegui somente um senhor. Donde minha recusa, Sire. Nem minha mãe precisa saber, apenas Vossa Majestade, a quem respeito e... amo...

O rei estremeceu. Voz nenhuma havia assim acariciado o seu ouvido. Ela continuou:

— Vossa Majestade, que tudo sabe, pois veio aqui, talvez compreenda. Se não tivesse vindo, eu o teria procurado. Quero apenas a autorização para livremente partir. Confio à delicadeza do rei, o homem por excelência, como me desculpar e me proteger.

— Minha irmã, minha irmã! — balbuciou Luís, curvado sob essa rude ofensiva. — Refletiu bem sobre a enorme dificuldade de tal projeto?

— Não reflito, Sire, apenas sinto. Quando atacada, instintivamente rechaço o ataque, só isso.

— Mas o que, enfim, fizeram à senhora?

A princesa, como se pode ver, usando um artifício tipicamente feminino, evitava a crítica formulando outra, mais grave. De acusada, ela passava a acusadora. É um sinal infalível de culpa, mas dessa culpa evidente as mulheres, mesmo as menos maliciosas, sabem sempre tirar partido.

O rei não percebeu que tinha vindo para perguntar "O que fez a meu irmão?" e estava reduzido àquele "Mas o que, enfim, fizeram à senhora?".

— O que me fizeram? Ah, é preciso ser mulher para compreender, Sire: me fizeram chorar.

E com um dedo ao qual nenhum outro se igualava em fineza e alvura nacarada, ela mostrou seus olhos banhados no fluido, voltando a chorar.

— Minha irmã, por favor — suplicou o rei, avançando para pegar sua mão, que ela entregou, úmida e palpitante.

— Sire, para começar, privaram-me da presença de um amigo de meu irmão. Para mim, milorde de Buckingham era um companheiro agradável, bem-humorado, um compatriota familiarizado com meus hábitos. Poderia quase dizer um cúmplice, por tantos dias que passamos juntos, com outros amigos, nas belas águas de Saint James.

— Mas, minha irmã, Villiers estava apaixonado pela senhora!

— Puro pretexto! Que diferença faz — ela perguntou com toda a seriedade — que estivesse ou não apaixonado por mim? Será perigoso um homem apaixonado? Ah, Sire, estar apaixonado não basta.

E ela sorriu de maneira tão terna, tão fina, que o rei sentiu o coração bater forte e se desmanchar em seu peito.

— Mas o meu irmão estava enciumado — interrompeu o rei.

— Entendo que seja uma razão. E por isso o sr. de Buckingham foi expulso.

— Expulso?... Não.

— Expulso, afastado, mandado embora, como for melhor. Um dos primeiros fidalgos da Europa, forçado a deixar a corte do rei da França, Luís XIV, como um joão-ninguém, por uma olhadela ou um buquê. Parece-me bem pouco digno da mais galante corte... Perdoai-me, Sire, esqueci que, falando assim, atento contra vosso soberano poder.

— De jeito nenhum! Minha irmã se engana, não fui eu quem mandou embora o sr. de Buckingham… Gostava bastante dele.

— Não foi Vossa Majestade? — habilmente se surpreendeu Madame. — Ah, que bom!

E ela acentuou esse "que bom" como se tivesse dito, no lugar, "que pena".

Houve um silêncio de alguns minutos.

Ela retomou:

— Foi-se então o sr. de Buckingham… e sei agora por que e por quem… e achei ter recuperado a tranquilidade… Não… Monsieur encontra outro pretexto; eis que…

— Eis que um outro se apresenta — arrematou o rei, fazendo graça. — É normal, a senhora é bonita, terá sempre admiradores.

— Nesse caso, será o deserto a meu redor — reagiu a princesa. — É o que querem, o que preparam. Por isso prefiro voltar para Londres. Lá as pessoas me conhecem, me apreciam. Terei amigos sem temer que afrontosamente digam que são meus amantes. Não! É uma suspeita indigna da parte de um fidalgo. Para mim, Monsieur caiu muito desde que o vejo como um tirano da mulher.

— Não é assim! Ele é culpado apenas de amá-la.

— Amar-me? Monsieur? Ah, Sire…

Henriqueta deu uma risada e, em seguida, continuou:

— Monsieur nunca amará uma mulher. Monsieur ama apenas a si mesmo. Infelizmente, para mim, meu marido se inclui no pior tipo de ciumento: o ciumento sem amor.

— É preciso, no entanto, reconhecer — disse o rei, que começava a se animar com a conversa ardente e variada — que de Guiche a ama.

— Ah, Sire, não posso afirmar isso.

— Deve saber, quem ama sempre se trai.

— O sr. de Guiche nunca se traiu.

— Minha irmã, minha irmã! Está defendendo o sr. de Guiche.

— De forma alguma! Era só o que faltava à minha aflição, Sire, uma desconfiança de Vossa Majestade.

— Não, por favor — inquietou-se o rei —, não quero que chore! Por misericórdia.

No entanto, a princesa chorava e gotejavam lágrimas em suas mãos, que o rei pegou nas suas e beijou.

Madame olhou para ele de forma tão triste e terna que tocou o seu coração.

— Nada sente por Guiche? — perguntou Luís, mais ansioso do que devia, no seu papel de mediador.

— Nada, absolutamente nada.

— Então posso tranquilizar meu irmão.

— Ora, Sire, nada o tranquilizará! Não são ciúmes. Monsieur está sendo mal aconselhado e tem um temperamento inquieto.

— É compreensível, quando se trata da senhora.

Madame baixou os olhos e se calou. O rei fez o mesmo, sem deixar de segurar sua mão.

Esse silêncio de um minuto durou um século.

Madame pouco a pouco retirou a mão. Já estava certa do triunfo. O campo de batalha era seu.

— Monsieur se queixa — disse timidamente o rei — de que prefere outras companhias e conversas em detrimento dele.

— Sire, Monsieur passa a vida a se olhar no espelho e a imaginar complôs contra as mulheres com o sr. cavaleiro de Lorraine.

— Por favor, não vamos exagerar!

— Digo apenas o que vejo. Se Vossa Majestade prestar atenção, concordará comigo.

— Observarei mais atentamente. Enquanto isso, qual satisfação posso dar a meu irmão?

— Minha partida.

— Outra vez! — exclamou o rei, como se nos últimos dez minutos alguma mudança significativa pudesse ter mudado o desejo de Madame.

— Sire, não posso ser feliz aqui. O sr. de Guiche incomoda Monsieur; será também afastado?

— Se necessário, por que não? — sorriu Luís XIV.

— Sim, mas e depois dele? Cujo afastamento lamentarei, reconheço.

— Lamentará?

— É claro. É muito amável, tem boa amizade por mim e me distrai.

— Ah, se Monsieur ouvisse isso! — observou o rei, ele próprio contrariado. — Eu não me encarregaria nem mesmo de tentar essa conciliação.

— Sire, não se pode, atualmente, impedir que Monsieur tenha ciúmes de quem quer que seja. Não estou dizendo que o sr. de Guiche seja qualquer um.

— Ah! Como bom irmão, devo dizer que passo a detestar o sr. de Guiche.

— Por favor, Sire, as simpatias ou os ódios de Monsieur não devem ser seguidos. Mantendo-se rei, melhor será para todos nós.

— Mesmo ironizando, a senhora é adorável. Entendo por que inclusive suas vítimas a adoram.

— Vejo que Vossa Majestade, a quem eu via como um defensor, se juntará a meus perseguidores.

— Um perseguidor de Madame? Eu? Deus que me proteja!

— Nesse caso — ela languidamente prosseguiu —, lembrai-vos do meu pedido.

— Qual?

— O de voltar para a Inglaterra.

— Não, isso nunca!

— Devo me considerar prisioneira?

— Na França, sim.
— E o que preciso então fazer?
— Eis o que sugiro, minha irmã.
— Ouço como humilde criada de Vossa Majestade.
— Em vez de preferir relações inconsequentes, em vez de nos assustar com tanto isolamento, vivamos mais em família. O sr. de Guiche é amável, concordo, mas mesmo que não tenhamos seus talentos…
— Vossa Majestade sabe que está se fazendo de modesto.
— Juro que não. É possível ser rei e sentir que dispõe de menores chances de agradar do que esse ou aquele fidalgo.
— Vossa Majestade não acredita numa só palavra do que acaba de dizer, posso também jurar.
O rei olhou para Madame com carinho e perguntou:
— Tenho como conseguir da senhora uma promessa?
— Qual?
— Não mais perder, neste gabinete e com estranhos, um tempo que nos pode ser dedicado. Contra o inimigo comum, façamos uma aliança ofensiva e defensiva.
— Uma aliança, Sire?
— Por que não? Como duas potências.
— Mas seria, Vossa Majestade, um aliado confiável?
— A senhora verá.
— E a partir de que dia se instituiria nossa aliança?
— De hoje.
— Posso redigir o tratado?
— Perfeito.
— E Vossa Majestade o assinará?
— Às cegas.
— Então, Sire, prometo maravilhas. O rei é o astro da corte, e quando o astro surge…
— Sim?
— Tudo resplandece.
— Madame sabe que dela vem toda a luz. Tomo o sol como divisa, mas é apenas um emblema.
— Vossa Majestade lisonjeia a aliada; é sinal de que pretende enganá-la — disse a princesa, ameaçando o rei com um dedinho atrevido.
— Como? Pretendo enganar, enquanto asseguro minha afeição?
— Tenho essa impressão.
— Baseada em quê?
— Uma coisa.
— Uma só?
— Sim.

— Qual? Seria bem medíocre da minha parte não triunfar sobre uma mísera coisa.

— Trata-se de algo que não está no poder de Vossa Majestade, Sire, nem mesmo no poder de Deus.

— E que coisa é essa?

— O passado.

— Não compreendo, senhora — disse Luís, justamente por ter compreendido muito bem.

A princesa pegou a mão dele.

— Tive a infelicidade, Sire, de por tanto tempo desinteressar a Vossa Majestade que me vejo agora quase no direito de perguntar como me aceitou na condição de cunhada.

— Desinteressar? Foi o que disse?

— Vamos, nem é preciso negar.

— Mas…

— Não percamos tempo, eu me lembro.

— Nossa aliança data de hoje — exclamou o rei, com sincero ímpeto —; não temos por que lembrar o passado, mas não esqueço o presente. Está à nossa frente, basta olhar.

Ele levou a princesa a um espelho, em que ela aparecia ruborizada e bela, capaz de fazer fraquejar um santo.

— Mesmo assim — ela murmurou —, não me parece uma aliança muito sólida.

— Preciso jurar? — perguntou o rei, tomado pelo curso voluptuoso que a conversa ganhava.

— Hum… Não recusaria um bom juramento. Dá sempre uma aparência mais segura.

O rei se ajoelhou e tomou a mão de Madame, que, com um sorriso que pintor ou poeta algum poderia representar ou imaginar, ofereceu também a outra. Entre as duas graciosas mãos, ele escondeu a fronte febril.

Nem um nem outro encontrou mais palavra a dizer.

O rei sentiu Madame retirar as mãos, que lentamente deslizavam por suas faces.

Ele rapidamente se levantou e saiu do apartamento.

Os cortesãos notaram seu rubor e concluíram que a discussão tinha sido tempestuosa.

O cavaleiro de Lorraine, porém, os acalmou:

— Não se preocupem, senhores. Quando Sua Majestade está com raiva, fica pálida.

108. Os conselheiros

Num estado de agitação difícil de explicar a si próprio, o rei deixou Madame. De fato, é impossível explicar o jogo secreto dessas estranhas simpatias que subitamente se acendem — sem causa nenhuma aparente e após vários anos de calma e indiferença — entre dois corações destinados a se amar.

Por que, antes, Luís havia desprezado e quase detestado Madame? Por que achava agora tão bonita e desejável aquela mesma pessoa e por que não só se ocupava dela, mas se ocupava tanto dela? Por que, enfim, os olhos e os interesses de Madame, dispersos em outras coisas, havia oito dias pareciam emitir sinais que faziam o rei cogitar as mais perfeitas intimidades?

Não vamos imaginar que Luís tivesse em mente algum plano de sedução. O laço que unia Madame a seu irmão era, ou ao menos lhe parecia, uma barreira intransponível, e ele estava tão longe dessa barreira que nem sequer percebia a sua existência. Mas na sequência dessas sensações que tanto alegram o coração e às quais a juventude nos induz, ninguém pode prever aonde as coisas vão parar, nem mesmo quem, de antemão, calcula todas as chances de sucesso ou de queda.

Pelo lado de Madame, é mais fácil explicar sua inclinação pelo rei: Henriqueta era jovem, coquete e adorava inspirar admiração.

Tinha uma dessas naturezas impulsivas capazes de, num palco, atravessar braseiros ardentes só para arrancar gritos e aplausos dos espectadores.

Não causava surpresa então que, tendo sido adorada por Buckingham e de Guiche — que era superior a Buckingham —, nem que fosse apenas por esse grande mérito que é a novidade, tão apreciado pelas mulheres, não surpreendia, como dizíamos, que a princesa quisesse ampliar seu ambicioso projeto e ser também admirada pelo rei, que era não só o primeiro homem do reino, mas um dos mais bonitos e mais finos.

Com relação à repentina paixão de Luís pela cunhada, a fisiologia pode explicar com banalidades e a natureza com algumas das suas misteriosas afinidades. Madame tinha os mais belos olhos negros e Luís os mais belos olhos azuis do mundo. Madame era risonha e expansiva, Luís, melancólico e discreto. Chamados a se encontrarem pela primeira vez no terreno de um interesse e de uma curiosidade comuns, aqueles dois temperamentos opostos se inflamaram pelo contato das suas recíprocas asperidades.

Voltando a seus aposentos, Luís achava Madame a mulher mais atraente da corte. Já Madame, uma vez a sós, comprazia-se por ter produzido no rei uma forte impressão.

Mas tal sentimento nela devia ser passivo, enquanto no rei não poderia deixar de se mostrar com a natural intensidade da constituição inflamável de um jovem e, mais ainda, se a esse jovem bastasse querer para ter suas vontades executadas.

Para começar, o rei anunciou a Monsieur que havia tudo pacificado: Madame tinha pelo marido todo o respeito e a mais sincera afeição, mas era uma personalidade altiva, quando não suspicaz, sendo preciso tomar todo o cuidado para não ferir suas suscetibilidades. Com o tom agridoce que Monsieur muitas vezes empregava falando com o irmão, ele respondeu não entender bem tanta suscetibilidade numa pessoa cujo comportamento dava margem a censuras, e lembrou que se existisse alguém no direito de se sentir ofendido, esse alguém era incontestavelmente ele.

Num tom conclusivo, mostrando o quanto se interessava pela cunhada, o rei apenas declarou:

— Madame está acima de qualquer censura, graças a Deus!

— Dos outros sim, não das minhas, creio.

— Pois também a você, meu irmão, digo que o comportamento de Madame não merece censura. Sem dúvida é uma jovem um tanto distraída e estranha, mas que professa os melhores sentimentos. O temperamento inglês nem sempre é bem compreendido na França, irmão, e a liberdade de comportamento deles pode surpreender, mas é perfeitamente inocente.

— Bom — respondeu Monsieur, cada vez mais irritado —, uma vez que Vossa Majestade absolve minha mulher, a quem acuso, ela deixa de ser culpada e nada mais tenho a dizer.

— Meu irmão — insistiu com vivacidade o rei, que em seu coração sentia a voz da consciência murmurar que Monsieur não estava tão errado assim —, meu irmão, o que estou dizendo, e sobretudo fazendo, é para o seu bem. Soube que se queixou de uma falta de confiança ou de consideração da parte de Madame e não quis que a sua queixa ficasse sem resposta. É meu dever me preocupar com a sua casa, assim como com a do mais humilde dos meus súditos. Foi então com muito prazer que constatei não terem fundamento os seus receios.

Monsieur fixou os olhos no irmão e continuou:

— E o que Vossa Majestade reconheceu com relação a Madame, ao que me inclino diante da sabedoria real, verificou-se também naqueles que estiveram na origem do escândalo de que me queixo?

— Tem razão, Filipe. Farei isso.

Tais palavras significavam uma ordem, ao mesmo tempo que um consolo. Percebendo isso, o príncipe se retirou.

Luís foi então procurar a mãe. Sentia precisar de uma remissão maior do que a extraída do irmão.

O sr. de Guiche não despertava, em Ana da Áustria, a mesma indulgência que o sr. de Buckingham.

Assim que o filho começou a falar, ela percebeu que a sua intenção não era severa. Ela, portanto, foi.

Era esse um dos artifícios da velha rainha para se aproximar da verdade.

Mas Luís não era mais um aprendiz: havia quase um ano governava de fato, e um ano fora suficiente para aprender a dissimular.

Ouviu Ana da Áustria procurando desvendar o que ela pensava e concordando apenas com olhares e gestos. Convenceu-se assim, por certas expressões profundas e certas hábeis insinuações, de que a rainha, perspicaz em matéria de galanteria, pressentia ou ao menos desconfiava de sua fraqueza por Madame.

Para o rei, de todas as suas auxiliares Ana da Áustria era a mais importante e seria, de todas as inimigas, a mais perigosa.

Ele então mudou de estratégia.

Atacou Madame, desculpou Monsieur, ouviu o que sua mãe dizia sobre de Guiche como ouvira o que dissera a respeito de Buckingham.

Depois, vendo que a mãe acreditava ter obtido vitória plena, despediu-se.

A corte inteira, ou seja, todos os favoritos e familiares — e eles eram muitos, pois eram cinco os amos da casa real —,[26] se reuniu à noite para o ensaio da coreografia.

Enquanto isso, para o pobre de Guiche, a tarde tinha se passado com algumas visitas recebidas. Entre elas, uma aguardada e temida quase na mesma proporção: a do cavaleiro de Lorraine, que chegou ao palacete Grammont por volta das três horas.

Seu aspecto era dos mais tranquilizadores. Segundo disse, Monsieur estava de excelente humor e era como se nuvem nenhuma houvesse perturbado o céu conjugal.

Monsieur, aliás, era tão pouco rancoroso!

Com muita experiência na corte, o cavaleiro de Lorraine tinha certeza de que, dos dois filhos de Luís XIII, Monsieur era quem mais havia herdado o temperamento do pai, sua personalidade movediça e irresoluta. Ele era impulsivamente bom, mas tinha um fundo ruim e decerto pouco confiável para os amigos.

---

26. Ou seja, Luís, Maria Teresa, Filipe, Henriqueta e Ana da Áustria, cada qual com sua corte particular.

Lorraine procurou animar Guiche, dizendo que em pouco tempo Madame dominaria o marido, e, consequentemente, teria o príncipe nas mãos quem tivesse nas mãos Madame.

Com muita desconfiança e presença de espírito, de Guiche respondeu:

— Concordo, mas acho Madame perigosa.

— Em que sentido?

— Ela já se deu conta de que Monsieur não se interessa muito por mulheres…

— Ah, isso é verdade — riu de Lorraine.

— E nesse caso…

— O quê?

— Madame vai sempre escolher, como objeto das suas preferências, o primeiro que aparecer, para trazer de volta o marido pelo ciúme.

— É profundo, muito profundo!

— A pura verdade — respondeu de Guiche.

Nenhum dos dois dizia o que de fato pensava.

De Guiche, no instante em que atacava desse modo o caráter de Madame, do fundo do coração pedia desculpas.

O cavaleiro, admirando a profundidade de percepção do conde, queria apenas levá-lo de olhos fechados ao precipício.

O conde perguntou, mais diretamente, quais tinham sido os efeitos das cenas da manhã e, mais a sério ainda, do jantar.

— Como já disse, Monsieur foi o primeiro a rir de tudo isso — garantiu o outro.

— No entanto — arriscou-se Guiche —, soube de uma visita do rei a Madame.

— Justamente, pois Madame foi a única a não achar graça naquilo tudo e o rei foi até ela para melhorar o seu humor.

— Assim sendo?…

— Assim sendo, nada mudou na programação do dia.

— Ensaia-se à noite?

— Nada mais certo.

— Tem certeza?

— Absoluta.

Nesse ponto da conversa, Raoul chegou, com a expressão tensa.

Ao vê-lo, o cavaleiro — que tinha por ele um ódio secreto, como por qualquer pessoa de nobre caráter — se levantou.

— E o que me aconselha, então? — perguntava ainda o dono da casa.

— Que durma tranquilo, meu querido conde.

— Eu aconselharia o contrário, Guiche — Raoul não se conteve.

— E o que aconselharia, amigo?

— Que pegue um cavalo e parta agora mesmo para uma das suas propriedades no campo. Chegando lá, se quiser seguir o conselho do cavaleiro, aí sim, durma tranquilamente o quanto puder.

— Como assim, partir? — fingiu-se surpreso Lorraine. — Por que motivo?

— Porque todo mundo já comenta a cena ocorrida entre Monsieur e de Guiche, como o senhor deve ser o primeiro a saber.

De Guiche ficou branco.

— De forma alguma — respondeu o cavaleiro. — O senhor deve ter sido mal informado, visconde.

— Pelo contrário, fui perfeitamente informado e o conselho que dou é um conselho de amigo.

Durante todo esse debate, bastante assustado, de Guiche alternava o olhar de um para outro dos conselheiros.

Sentia que se passava ali algo com importância para o resto da sua vida.

— A cena não foi assim tão tempestuosa como parece pensar o visconde, que, aliás, não estava lá… não é mesmo, de Guiche? — insistiu o cavaleiro.

— Tempestuosa ou não — continuou Raoul —, não é à cena que me refiro, mas às suas possíveis consequências. Sei que Monsieur fez ameaças, sei que Madame chorou.

— Madame chorou? — imprudentemente se preocupou de Guiche, juntando as mãos.

— Ah, enfim! — zombou o cavaleiro. — Temos aí um detalhe que eu ignorava. Devo reconhecer que está mais bem informado do que eu, sr. de Bragelonne.

— E é por isso mesmo que insisto, de Guiche, para que se afaste da corte.

— Lamento contradizer o visconde mais uma vez, mas seria tolice partir.

— É urgente.

— Mas por quê? Diga.

— O rei…

— O rei? — assustou-se de Guiche.

— Acredite. Estou dizendo, o rei fez questão de assumir esse caso.

— E o que tem isso? O rei gosta do conde e, mais ainda, do marechal, seu pai. Se de Guiche partir, estará reconhecendo ter feito algo repreensível.

— Como assim?

— É claro. Quem foge se acha culpado ou tem medo.

— Ou apenas se sente ofendido, como alguém injustamente acusado — disse Bragelonne. — Partiu por contrariedade. Nada mais fácil, diremos ter ambos insistido para que ficasse. O senhor, pelo menos, não estará mentindo. Vamos, você é inocente e se magoou com a cena de hoje. Saia de Paris, de Guiche.

— Não, de Guiche, fique — contrapôs o cavaleiro. — Justamente por ser inocente, como disse o sr. de Bragelonne. Peço que me perdoe mais uma vez, visconde, mas continuo tendo opinião oposta.

— Esteja à vontade, mas lembro que o exílio voluntário do conde seria de curta duração. Poderá ser interrompido quando ele bem entender e, ao voltar, terá o sorriso de todos. Uma má disposição do rei, pelo contrário, pode gerar uma tempestade cujo fim ninguém tem como prever.

O cavaleiro sorriu e murmurou para si mesmo: "Diabos, é exatamente o que quero".

Ao mesmo tempo, deu de ombros.

Esse último movimento não escapou ao conde, que afinal se decidiu, achando que pareceria ter cedido ao sentimento de medo caso deixasse a corte, e disse:

— Peço que me desculpe, Bragelonne, vou ficar.

— Sinto-me profeta — disse com tristeza Raoul. —[27] Pobre de você, meu amigo.

— Também me sinto profeta, mas não um profeta da desgraça, pelo contrário. E digo: fique, conde.

— Manteve-se mesmo o ensaio de hoje? Tem certeza? — perguntou ainda de Guiche.

— Certeza plena.

— Está vendo, Raoul? — tentou sorrir o conde. — Não pode ser tão sombria e disposta a conflitos internos uma corte onde se dança com tanta frequência. É preciso admitir.

Raoul balançou a cabeça e concluiu:

— Nada mais tenho a dizer.

— Mas, afinal — perguntou o cavaleiro, querendo saber como haviam chegado ao visconde detalhes que ele, para si mesmo, era forçado a reconhecer exatos —, o senhor se diz bem informado; como poderia estar mais do que eu, que sou tão íntimo do príncipe?

— Inclino-me diante de tal declaração — respondeu Raoul. — Reconheço que o senhor deve de fato estar perfeitamente informado; e como pessoa honrada, seria incapaz de dizer mais do que sabe ou do que pensa. Calo-me então; aceito a derrota, abandono o campo de batalha.

E, efetivamente, parecendo querer apenas o descanso, ele se afundou numa ampla poltrona, enquanto o conde chamava seus criados para se vestir.

O cavaleiro se preocupava com o passar das horas e queria ir embora, mas temia que Raoul, sozinho com de Guiche, tornasse à carga.

Serviu-se então de um último recurso:

— Madame estará deslumbrante. Experimentará hoje o seu traje de Pomona.[28]

27. Desde a mitologia grega (com Cassandra, filha do rei Príamo na *Ilíada*), os profetas não conseguem evitar as desgraças que preveem.

28. Na mitologia romana, ninfa das frutas. Segundo as fontes de Dumas, encenou-se de fato, em julho de 1661, em Fontainebleau, o balé *As estações*, com música de Jean-Baptiste Lulli (1632-87) e libreto de Isaac de Benserade (1613-91).

— Ah, é verdade! — exclamou o conde.

— Acaba de dar suas ordens nesse sentido — continuou o cavaleiro. — Sabia, sr. de Bragelonne? O rei representará a Primavera.

— Será formidável! — animou-se de Guiche. — É o melhor motivo, de todos que deu, para eu não partir. Meu personagem, Vertumno, tem uma passagem importante com Madame, não posso ir embora sem uma permissão expressa do rei: estaria prejudicando o balé.

— No meu caso — disse o cavaleiro —, sou um simples fauno, mas é verdade que não danço bem e tenho as pernas malfeitas. Bom, senhores, vou indo. Não se esqueça do cesto de frutas que deve oferecer a Pomona, conde.

— Não tem perigo, não esquecerei — respondeu de Guiche, entusiasmado.

"Agora sim tenho certeza de que não partirá", pensou o cavaleiro de Lorraine, já saindo.

Raoul nem tentou mais dissuadir o amigo. Sentia ser inútil e apenas disse, com sua voz triste e melodiosa:

— Está se entregando a uma paixão infeliz, conde. Sei como é extremado em tudo e sua amada também... Se admitirmos, por um momento, que ela venha a amá-lo...

— Isso nunca! — exclamou de Guiche.

— Por que diz nunca?

— Seria terrível para nós dois.

— Então, meu amigo, deixo de vê-lo como imprudente para apenas considerá-lo louco.

— Por quê?

— Tem certeza, responda com sinceridade, de nada querer daquela a quem ama?

— É claro que tenho.

— Então ame-a de longe.

— Como assim, de longe?

— Exato. Que diferença faz a presença ou a ausência se nada pretende dela? Ame um retrato, uma recordação.

— Raoul!

— Ame uma sombra, uma ilusão, uma quimera. Ame o amor, apenas atribuindo um nome, para maior realidade. Mas vejo que está mais interessado nos criados, que já estão vindo. Não insistirei. Para o melhor ou para o pior, conte comigo.

— Deus sabe que conto!

— Bom, é o que eu tinha a dizer. Vista-se da melhor maneira, ponha-se bem bonito. Estou de saída.

— Não irá ao ensaio da coreografia?

— Não. Tenho uma visita a fazer na cidade. Um abraço, boa sorte!

A reunião seria nos apartamentos do rei.

Primeiro as rainhas, depois Madame, algumas damas de honra escolhidas e um bom número de cortesãos igualmente escolhidos, enquanto não iniciavam os exercícios da dança, os preludiavam com conversações como as que se sabiam fazer naquele tempo.

Nenhuma das convidadas vestia o traje da festa, como havia insinuado o cavaleiro de Lorraine, mas comentavam-se muito os ricos preparativos e os engenhosos desenhos feitos por diferentes pintores para o *Balé dos semideuses*. É como eram chamados os reis e as rainhas para os quais Fontainebleau seria o Panteão.

Monsieur chegou, trazendo à mão o desenho que representava o seu personagem. Tinha o semblante ainda ligeiramente preocupado. Sua saudação à jovem rainha e à mãe foi afável e afetuosa, mas cumprimentou quase grosseiramente Madame e virou-se de costas. O gesto e a frieza foram registrados.

De Guiche compensou a princesa com um olhar cheio de ardor e Madame, diga-se, erguendo as pálpebras, o retribuiu com juros.

É preciso que se diga, nunca de Guiche parecera tão belo, pois o olhar de Madame havia iluminado o rosto do filho do marechal de Grammont. Era óbvio para ela que uma tempestade se armava sobre a sua cabeça, como também que ela havia cometido uma injustiça ao longo daquele dia tão fecundo em acontecimentos futuros — e até mesmo uma grave traição — contra quem a amava com tanto ardor e paixão.

Pareceu-lhe ser o momento de recompensar o grande prejudicado em toda aquela injustiça. Era o coração de Madame que falava, e falava a favor do conde. Ela sinceramente o lamentava, acima de todos.

Não havia mais Monsieur, rei ou milorde de Buckingham: Guiche, naquele momento, reinou sozinho.

Monsieur estava também muito bonito, mas era impossível compará-lo ao conde. Sabe-se — e todas as mulheres confirmam isso —, há uma enorme diferença entre a beleza do amante e a do marido.

E naquela situação, depois das atitudes de Monsieur, depois daquele cumprimento cortês e afetuoso à jovem rainha e à rainha-mãe, seguido de um aceno displicente e grosseiro a Madame, que todos os cortesãos puderam notar, tudo isso — é o que dizíamos — aumentava a vantagem do amante sobre o marido.

Monsieur se via grande demais para notar detalhes desse tipo. Nada melhor para garantir a inferioridade do que a ideia preconcebida da superioridade.

Mas, afinal, o rei chegou. Todos procuraram entender o que acontecia pela maneira de olhar daquele que começava a mobilizar o mundo. Era como, antigamente, o movimento de sobrancelhas de Júpiter trovejante.

Nada em Luís lembrava o azedume do irmão: estava radiante.

Depois de examinar a maioria dos desenhos que lhe mostravam, ele distribuiu conselhos e críticas, tornando com uma só palavra felizes alguns, infelizes outros.

Seu olho, que obliquamente sorria na direção de Madame, de repente notou a muda correspondência estabelecida entre a princesa e o conde.

Os reais lábios se franziram e, assim que voltaram a se abrir para dar passagem a algumas frases banais, ele disse, indo na direção das rainhas:

— Senhoras, fui avisado de que tudo está pronto em Fontainebleau, conforme minhas ordens.

Dos diferentes grupos emanou um murmúrio de satisfação. Em cada rosto se podia ler o ardente desejo de um convite para os festejos.

— Partirei amanhã — ele acrescentou.

Profundo silêncio no público.

— Convoco os presentes a que se preparem para me acompanhar — concluiu o rei.

Um sorriso iluminou todas as fisionomias. Apenas Monsieur se manteve emburrado.

Damas e cavalheiros desfilaram diante de Sua Majestade, agradecendo a honra que lhes era dada.

Quando de Guiche se apresentou, o rei disse:

— Ah, eu não o havia visto.

O conde fez sua reverência; Madame empalideceu.

Quando ele abriu a boca para agradecer, o rei o interrompeu:

— Conde, já é tempo de semeadura. Tenho certeza de que seus arrendatários na Normandia o verão com prazer em suas terras.

Dito isso, o rei manifestamente se virou de costas.

Foi de Guiche que então empalideceu. Deu dois passos na direção de Sua Majestade, esquecendo-se de que jamais se toma a iniciativa de falar com o soberano.

— Talvez eu tenha entendido mal… — ele balbuciou.

O rei moveu de leve a cabeça e, com seu olhar frio e fixo, que mergulhava inflexível como uma espada no coração dos desventurados, repetiu pausadamente as palavras, sublinhando bem:

— Eu disse suas terras.

Um suor frio inundou a testa do conde. O chapéu que ele segurava com dedos trêmulos caiu das suas mãos.

Luís buscou o olhar da mãe como se quisesse aprovação para aquela demonstração de autoridade, e o olhar triunfante do irmão, como se perguntasse o que achava da vingança.

Depois disso, olhou para Madame.

A princesa sorria e conversava com a sra. de Noailles.

Nada havia ouvido, ou melhor, fingia nada ter ouvido.

O cavaleiro de Lorraine também olhava, com uma dessas insistências hostis que parecem dar à visão a força da alavanca que ergue, arranca e lança longe o obstáculo.

De Guiche ficou sozinho no gabinete do rei; todo mundo se evaporara. Diante dos seus olhos infelizes, dançavam sombras.

Mas conseguiu bruscamente quebrar o paralisante desespero que o dominava e correu para casa, onde Raoul ainda estava, preso a seus sombrios pressentimentos.

— E então? — ele perguntou em voz baixa, vendo o amigo chegar de cabeça descoberta, olhar desvairado, andar vacilante.

— É verdade, é verdade…

E nada mais pôde dizer, desabando, exausto, nas almofadas.

— E ela? — perguntou Raoul.

— Ela! — exclamou o infeliz, erguendo aos céus o punho crispado de raiva. — Ela!

— O que ela acha?

— Que o seu vestido lhe caía bem.

— O que fez?

— Riu.

Uma extravagante gargalhada sacudiu todo o corpo do pobre exilado. Logo em seguida, ele caiu para trás: estava aniquilado.

109. Fontainebleau

Durante quatro dias, os encantos reunidos nos magníficos jardins de Fontainebleau fizeram daquele castelo um lugar de delícias.

O sr. Colbert se desdobrava. Pela manhã, levantamento das despesas da noite; à tarde, programas, exames, contratações, pagamentos.

Tudo isso a partir dos quatro milhões obtidos, que ele empregava com balizada economia.

Mas eram assustadores os custos de toda aquela mitologia. Cada silvano, cada dríade[29] custava no mínimo cem libras por dia. Só nos trajes já se haviam gastado trezentas libras.

Na pólvora e no enxofre dos fogos de artifício se queimavam mais cem mil libras por noite, ao que se juntavam outras trinta mil para a iluminação das águas em cujas margens se festejava.

Mas as festas eram esplêndidas. Colbert não cabia em si de tanta alegria.

O tempo todo ele via o rei e Madame saírem para caçadas ou para recepções de personagens fantásticos, solenidades diariamente improvisadas que faziam brilhar as aptidões de Madame e a munificência do rei.

Pois Madame, heroína dos festejos, respondia a arengas de embaixadas de povos desconhecidos, como garamantos, citas, hiperbóreos, caucasianos e patagões,[30] que pareciam brotar da terra para felicitá-la, e o rei presenteava cada representante desses povos ora com um diamante, ora com um móvel de valor.

Os embaixadores então comparavam, em versos mais ou menos grotescos, Luís XIV ao sol e Madame a Febe,[31] sua irmã, sem que ninguém se lembrasse das rainhas ou de Monsieur, parecendo que o rei tinha se casado com Henriqueta da Inglaterra e não com Maria Teresa da Áustria.

De mãos dadas, apertando os dedos sem que as pessoas vissem, o feliz casal se deliciava no doce néctar da adulação, que realça a juventude, a beleza, a força e o amor.

---

29. Na mitologia latina, silvanos e dríades eram divindades masculinas e femininas dos bosques e das matas.

30. Povos fantásticos, ou quase, citados em relatos de diferentes viajantes, desde a Antiguidade.

31. Na mitologia grega, a lua.

Em Fontainebleau, todos se espantavam com a influência que Madame havia tão depressa adquirido sobre o rei.

Aos cochichos diziam ser Madame a verdadeira rainha. E o rei, com efeito, parecia confirmar essa estranha verdade com pensamentos, palavras e gestos.

Seus próprios quereres e inspirações ele buscava nos olhos de Madame, embriagando-se com sua alegria quando ela concedia sorrir.

E Henriqueta, vendo todo mundo a seus pés, embriagava-se com o poder? Nem ela mesma sabia dizer, mas sabia, em todo caso, que nada mais queria, achando-se perfeitamente feliz.

Como resultado de todas essas transposições, com origem na vontade real, Monsieur, em vez de ser o segundo personagem do reino, na prática se tornara o terceiro.

Era pior do que nos dias em que de Guiche orquestrava as guitarras no apartamento de Madame, pois Monsieur, pelo menos ali, tinha a satisfação de poder assustar quem o incomodava.

Mas desde o afastamento do inimigo por seu acordo com o rei, Monsieur sentia nos ombros um jugo bem mais pesado.

À noite, Madame se recolhia, exausta.

As cavalgadas, os banhos no Sena, os espetáculos, os jantares na relva, os bailes à beira do grande canal e os concertos já bastariam para matar não só qualquer mulher descarnada e frágil mas também o mais robusto suíço do castelo.

É verdade que, no tocante às danças, aos concertos e aos passeios a mulher é bem mais resistente do que o mais vigoroso filho dos treze cantões.[32]

Mas por imensas que sejam as forças femininas, elas não são inexauríveis e não poderiam se sustentar indefinidamente sob semelhante regime.

Voltando a Monsieur, ele nem à noite tinha a satisfação de ver a esposa abdicar da realeza, pois Madame se hospedava num pavilhão real, compartilhado com a jovem rainha e a rainha-mãe.

Não é preciso dizer que o cavaleiro de Lorraine não se afastava dele e acrescentava sua gota de fel a cada novo ferimento.

Disso tudo resultou que o príncipe, de início todo contente e rejuvenescido com o afastamento de Guiche, voltou a cair na melancolia três dias após o estabelecimento da corte em Fontainebleau.

Certo dia, então, por volta das duas horas, tendo Monsieur se levantado tarde e cuidado da toalete com maior esmero que o habitual, sem notícia nenhuma do que acontecia no castelo, teve a ideia de reunir sua corte pessoal

---

32. A Confederação Helvética, ou Suíça, era constituída por treze cantões, que são estados autônomos. Hoje são 26.

e levar Madame para cear em Moret,[33] onde dispunha de uma bela casa de campo.

Dirigiu-se pois ao pavilhão das rainhas, surpreendendo-se por não ver ali nenhum homem do serviço real.

Entrou mesmo assim. Uma porta se abria à esquerda para o aposento de Madame e outra à direita, para o da jovem rainha.

Soube, por uma arrumadeira que trabalhava no aposento da esposa, que todos haviam partido às onze horas para um banho no Sena. Tudo se fizera em grande alegria, com inúmeras caleches às portas do parque, e a partida se dera havia mais de uma hora.

Pensou Monsieur: "Até que é boa ideia, está um calor abafado, também me banharia com prazer".

Chamou seu pessoal… Ninguém apareceu.

Apelou para o de Madame: todos estavam fora.

Foi à área de serviço.

Um cavalariço informou não haver mais caleches nem carruagens disponíveis.

Mandou então que selassem dois cavalos, um para ele, outro para seu criado de quarto.

O homem respeitosamente disse não haver mais cavalos.

Tremendo de raiva, Monsieur voltou ao pavilhão das rainhas e foi diretamente ao oratório de Ana da Áustria.

Por uma tapeçaria entreaberta, ele viu sua jovem cunhada ajoelhada ao lado da rainha-mãe, parecendo chorar profusamente.

Não o haviam visto nem ouvido.

Aproximou-se então devagar da abertura e prestou atenção. O espetáculo daquela dor despertou sua curiosidade.

Não só a jovem rainha chorava, mas também se queixava:

— O rei me ignora, pensa apenas em diversões, e diversões das quais não participo.

— Paciência, minha filha, paciência — respondia Ana da Áustria em espanhol.

E acrescentou, ainda em espanhol, conselhos que Monsieur não compreendeu.

A rainha respondia com acusações misturadas a suspiros e lágrimas, entre as quais Monsieur distinguiu, algumas vezes, a palavra *baños*, que Maria Teresa acentuava com tristeza e raiva.

"Os banhos, os banhos, são os banhos o problema", resumiu Monsieur o que ouvia, tentando costurar uns com os outros os trechos que compreendia.

---

33. Moret-sur-Loing, dezoito quilômetros ao sul de Fontainebleau.

De um jeito ou de outro, era fácil ver que a rainha amargamente se queixava e, mesmo sem conseguir, Ana da Áustria tentava oferecer consolo.

Temendo ser flagrado a ouvir sorrateiramente, Monsieur tossiu.

As duas se voltaram na direção do barulho.

Ele entrou.

Ao ver o príncipe, a jovem rainha se levantou às pressas e enxugou os olhos.

Monsieur conhecia bem demais seus familiares, assim como conhecia as regras da polidez. Como não podia ficar calado, cumprimentou as duas.

A rainha-mãe sorriu com carinho e perguntou:

— O que quer, meu filho?

— Eu?… Nada… Estava procurando…

— Procurando quem?

— Madame.

— Madame foi se banhar no rio.

— E o rei? — perguntou Monsieur, com um tom que fez a rainha tremer.

— Também o rei e toda a corte — respondeu Ana da Áustria.

— E a senhora? — ele perguntou à jovem rainha, que respondeu:

— Ah, incomodo os que se divertem.

— Também eu, ao que parece.

Em silêncio, Ana da Áustria fez um sinal a Maria Teresa, que se retirou em lágrimas.

Fechando a cara, Monsieur apenas disse:

— Temos uma casa bem triste. O que acha, mãe?

— Não… de forma alguma… todos querem estar felizes.

— Bom, mas é exatamente o que chateia esses aos quais tal felicidade incomoda.

— Que maneira de dizer, Filipe!

— É apenas o que penso!

— Explique-se melhor. O que está havendo?

— Pergunte à minha cunhada, que há pouco contava suas amarguras.

— Amarguras? Não…

— Foi o que eu disse. Confesso ter ouvido alguma coisa. Por acaso, mas ouvi… O bastante para saber que minha irmã se queixava dos famosos banhos de rio.

— Isso é loucura…

— Não, não é. Nem sempre está louco quem chora… *Baños*, ela dizia; isso não quer dizer banhos?

— Repito, meu filho, sua cunhada sofre de um ciúme pueril.

— Nesse caso, muito humildemente confesso sofrer do mesmo mal.

— Você também, filho?

— Com certeza.

— Também tem ciúme desses banhos?

— Como não?

— Ah!

— Não acha estranho? O rei vai se banhar com minha mulher e não leva a rainha, não acha estranho? Madame vai se banhar com o rei e sequer se digna a me avisar. Quer que minha cunhada esteja contente? Que eu esteja contente?

— Está desvairando, Filipe. Causou a expulsão do sr. de Buckingham, o exílio do sr. de Guiche, quer agora mandar o rei embora de Fontainebleau?

— Não, não tenho essa pretensão — respondeu, irritado, o príncipe. — Mas posso eu mesmo me retirar, e é o que farei.

— Com ciúmes do rei! Do seu irmão!

— Exato, do rei! Isso mesmo, senhora. Com ciúmes, com ciúmes!

— Sinceramente — exclamou Ana da Áustria, fazendo-se de surpresa e indignada —, começo a vê-lo como inimigo da minha tranquilidade e me retiro, não vendo como impedir tanta imaginação.

Dizendo isso, ela se levantou e deixou o filho sozinho, espumando de raiva.

Ele continuou ali por um momento, atordoado, e depois, para recuperar as forças, voltou aos estábulos e outra vez pediu, ao mesmo cavalariço, um carro ou um cavalo. Diante da mesma resposta, sem cavalo nem carro, Monsieur arrancou das mãos de um criado da estrebaria um chicote comprido e partiu assim armado contra o pobre criado pelo pátio de serviço, apesar dos gritos e pedidos de desculpas do homem. Depois, ofegante, sem fôlego, banhado em suor, tremendo dos pés à cabeça, voltou a seu quarto, espatifou as mais bonitas porcelanas que viu, deitou-se na cama sem tirar botas nem esporas e gritou:

— Socorro!

110. O banho

Em Vulaines,[34] sob impenetráveis arcadas de vimeiros em flor e de salgueiros que mergulhavam suas extremidades verdes na correnteza azul, uma barcaça, comprida e chata, com escadinhas cobertas por longas cortinas também azuis, servia de refúgio às Dianas banhistas, acompanhadas de longe, ao saírem da água, por vinte Acteões empenachados que cavalgavam,[35] ardentes e cobiçosos, pela margem relvada e cheirosa do rio.

Mas Diana, mesmo a pudica Diana vestida com sua longa clâmide, era menos casta, menos impenetrável do que Madame, jovem e bela como a deusa. Pois na caçadora, apesar da fina túnica que a cobria, se viam os alvos joelhos redondos e, apesar da aljava importuna, também se viam seus ombros morenos, enquanto Madame, ajudada por suas acompanhantes, levava no corpo um longo véu que dava cem voltas, o que a tornava inabordável aos mais indiscretos e mais penetrantes olhos.

Quando ela subiu a escadinha da barca, os poetas presentes — e todos eram poetas quando se tratava de Madame —, os vinte poetas galopantes pararam e, em coro, declararam não serem gotas de água e sim pérolas que desciam pelo corpo da princesa para depois irem se perder no feliz flumíneo.

O rei, centro de tanta poesia e tanta homenagem, impôs silêncio àqueles amplificadores ambulantes cuja verve, sem isso, não se esgotaria, e puxou para um lado a rédea, temendo ofender, mesmo que protegida pelas cortinas de seda, a modéstia da mulher e a dignidade da princesa.

Fez-se em seguida um grande vazio na cena e um grande silêncio na barca. Pelas movimentações, pelo jogo das dobras, pelas ondulações nas cortinas, adivinhavam-se as idas e vindas das mulheres ocupadas no acompanhamento.

Com um sorriso, o rei escutava o que diziam seus fidalgos, mas bastava vê-lo para saber que sua atenção não estava no que ouvia.

---

34. Município colado a Fontainebleau, à beira do Sena.

35. Na mitologia greco-romana, Acteão foi transformado em veado por ter surpreendido a deusa da caça, Diana, tomando banho nua num rio e, sobretudo, por ter se deleitado com a cena. Foi devorado por seus cães, que não o reconheceram.

De fato, assim que o barulho das argolas correndo na haste anunciou que Madame estava vestida e a deusa iria aparecer, o rei, voltando-se de imediato e percorrendo depressa a margem, deu sinal a todos que, por obrigação de serviço ou por prazer, deviam ir até ela.

Pajens se precipitaram, levando consigo os cavalos a reboque. Caleches que estavam sob o abrigo das árvores se adiantaram até a tenda, assim como uma quantidade de criados, de carregadores e de mulheres. Durante o banho dos amos, eles tinham, de longe, trocado observações, críticas e ideias gerais que comporiam um diário fugidio daquela época, diário do qual ninguém se lembra, nem mesmo as águas do rio, espelho dos acontecimentos, eco dos falatórios; águas que Deus lançou na imensidão do mar, como lançou na Eternidade os personagens.

Toda essa gente amontoada na beira do rio, sem falar dos camponeses, atraídos pelo desejo de ver o rei e a princesa, toda essa gente esteve, por oito ou dez minutos, em plena confusão, na mais simpática balbúrdia que se possa imaginar.

Luís XIV tinha apeado e os cortesãos fizeram o mesmo. Ele ofereceu a mão a Madame, cujo rico traje de montaria realçava seu porte elegante, sob a veste de fina lã, ornada com fios de prata.

Os cabelos, ainda úmidos e mais escuros que o azeviche, molhavam o pescoço tão branco e puro. A alegria e a saúde brilhavam nos seus belos olhos; ela estava descansada, agitada e sorvia o ar com profundas aspirações, sob o guarda-sol bordado com que um pajem a protegia.

Nada mais terno, mais gracioso e mais poético do que os dois vultos mergulhados na rósea sombra do guarda-sol: o rei, com dentes brancos que resplendiam em eterno sorriso, e Madame, com olhos negros a brilhar como dois carvõezinhos sob o reflexo micáceo da seda cambiante.

Quando ela chegou a seu cavalo — um magnífico hacaneia andaluz, branco sem uma mancha, meio pesadão mas com cabeça inteligente e fina, traindo a mistura do sangue árabe, tão favoravelmente misturado ao espanhol, e com um comprido rabo que varria o chão — e como preguiçosamente demorava a se apoiar no estribo, Luís a ergueu com as duas mãos, mas de tal maneira que o braço de Madame mais pareceu um colar abrasador no seu pescoço.

Ao se retirar, ele involuntariamente encostou os lábios naquele braço, que não se afastou. A princesa agradeceu a seu real escudeiro e todos de imediato se puseram em sela.

O rei e Madame se deslocaram à beira da estrada para que passassem as caleches, os batedores, os correios.

Muitos cavaleiros, livres do jugo da etiqueta, soltaram seus cavalos e foram atrás dos carros que levavam as damas de honra, leves como oréades[36] em torno de Diana, formando turbilhões ridentes, falantes e ruidosos.

---

36. Na mitologia grega, ninfas dos bosques.

O rei e Madame mantinham seus animais ao passo.

Atrás de Sua Majestade e da princesa sua cunhada, a respeitosa distância, os cortesãos — graves, mas querendo estar ao alcance e sob o olhar do rei — seguiam, contendo seus cavalos impacientes, adequando seu andar ao dos corcéis que iam à frente, entregando-se então a tudo que se pode apresentar como agradável amenidade à relação de pessoas galantes que cortesmente despendem mil atrozes malignidades a respeito dos seus próximos.

Nos risinhos abafados, nas reticências dessa hilaridade sardônica, Monsieur não foi poupado.

Mas compungidamente se lamentou a sina do pobre de Guiche e, reconheçamos, tal sentimento, ali, não era despropositado.

O rei e Madame, no entanto, cujos cavalos ditavam a cadência de todos os outros, e tendo inúmeras vezes dito o que os cortesãos os imaginavam dizendo, imprimiram um ritmo um pouco mais rápido, e ouviu-se então ressoarem, sob o peso de toda aquela cavalaria, as profundezas da floresta.

Às conversas em voz baixa, aos assuntos em tom confidencial e às palavras trocadas com uma espécie de mistério, sucederam ruidosas exclamações. Dos batedores aos príncipes, espalhou-se a alegria. Todos riam e gritavam. Gralhas e gaios fugiam com seus granares guturais sob as abóbadas ondulantes dos carvalhos, cucos interrompiam suas monótonas lamentações no fundo do bosque, tentilhões e melharucos partiam em revoada, enquanto gamos, cabritos selvagens e corças saltavam assustados mato adentro.

Toda essa gente, deixando por onde passava um rastro de alegria, de alvoroço e de luz, foi anunciada no castelo, digamos, por seu próprio estardalhaço.

O rei e Madame entraram na cidade, festejados por universais aclamações da multidão.

Madame se apressou em procurar Monsieur, compreendendo instintivamente tê-lo deixado tempo demais fora de toda aquela alegria.

O rei buscou as rainhas, sabendo dever-lhes — sobretudo a uma delas — uma satisfação pela demorada ausência.

Madame, porém, não foi recebida por Monsieur, sendo-lhe dito que ele dormia.

O rei, em vez de encontrar Maria Teresa sorridente como sempre, foi interrompido no corredor por Ana da Áustria, que, vigiando sua chegada, tomou a dianteira e o levou pela mão a seus aposentos.

O que se disseram, ou melhor, o que a rainha-mãe disse a Luís XIV, ninguém soube, mas se podia imaginar pela expressão contrariada do rei ao sair.

Nós, contudo, que temos a profissão de interpretar, como também de levar ao leitor as interpretações obtidas, não descumpriremos esse dever e não o deixaremos fora desse encontro.

Assim, ele será suficientemente desenvolvido, ao menos é o que esperamos, no próximo capítulo.

111. Caça às borboletas

Voltando a seus aposentos para algumas ordens e também querendo pôr as ideias no lugar, o rei encontrou em seu toucador um bilhete que parecia escrito com letra disfarçada.

Abriu-o e leu:

Venha rápido, tenho mil coisas a dizer.

Fazia pouquíssimo tempo que o rei e Madame haviam se separado para que essas mil coisas estivessem na continuidade das três mil que eles se tinham dito no caminho de Vulaines a Fontainebleau.

A confusão e a precipitação do bilhete deram muito o que pensar ao rei.

Ele ajeitou um pouco a toalete e foi visitar Madame.

Para não parecer estar à sua espera, ela havia descido aos jardins com todas as suas damas.

Ao saber do passeio de Madame, ele juntou os fidalgos que encontrou por perto, para que o acompanhassem aos jardins.

Sem participar, Madame assistia a uma caça às borboletas num extenso gramado demarcado por heliotrópios e giestas.

Ela acompanhava suas mais intrépidas e jovens damas correrem e, de costas viradas para a alameda, esperava impaciente a chegada do rei.

O barulho dos muitos passos no saibro a fez se voltar. Luís XIV estava de cabeça descoberta e acabava de abater, com uma bengalada, uma pequena borboleta-pavão, que o sr. de Saint-Aignan[37] recolhera estonteada no chão.

— Como vê, também caço para a senhora — disse o rei, se aproximando.

E continuou, dirigindo-se a seus fidalgos:

— Cavalheiros, queiram dar assistência a essas damas.

Com isso, todos se afastaram.

Assistiu-se então ao espetáculo bastante curioso de velhos cortesãos, alguns obesos, correndo atrás de borboletas, perdendo seus chapéus e ata-

37. Paul de Beauvilliers (1648-1714), duque de Saint-Aignan, primeiro fidalgo da câmara do rei. Casou-se em 1671 com a filha do ministro Colbert.

cando, de bengala em riste, murtas e giestas como se fossem o Exército espanhol.[38]

O rei ofereceu a mão a Madame e os dois escolheram, como centro de observação, um banco resguardado sob um teto de vegetação macia, espécie de chalé esboçado pela vocação discreta de algum jardineiro que assim inaugurava o pitoresco e o fantasioso no severo estilo paisagístico da época.

Esse alpendre, feito de capuchinhas e rosas trepadeiras, protegia um banco sem encosto e permitia que, do centro daquele pequeno descampado, o casal pudesse ver e ser visto ao redor, mas não ouvido, e ao abrigo de qualquer indiscrição.

Dali, o rei fez um sinal de incentivo aos diversos caçadores e depois, como se comentasse com Madame a borboleta atravessada por um alfinete de ouro e fixada a seu chapéu, perguntou:

— Não acha que aqui estamos bem para conversar?

— Muito bem, Sire, pois eu precisava ser ouvida por Vossa Majestade apenas, mas que todo mundo nos visse.

— Eu também — respondeu Luís.

— Meu bilhete vos surpreendeu?

— Apavorou! Mas o que tenho a dizer é mais importante.

— Não creio. Monsieur me fechou a sua porta.

— À senhora? E por quê?

— Pelo motivo óbvio.

— Meu Deus! Então tínhamos a mesma coisa a nos dizer?

— O que se passou do vosso lado?

— Começamos por mim?

— Sim, eu mesma não tenho mais o que contar.

— Minha vez, então. Chegando, encontrei minha mãe, que me esperava para uma conversa a sós.

— Ah, a rainha-mãe! — preocupou-se Madame. — Isso é sério.

— Com certeza. Vou contar a conversa… mas antes gostaria de fazer algumas perguntas.

— Por favor, Sire.

— Monsieur alguma vez falou de mim à senhora?

— Muitas.

— Mencionando seus ciúmes?

— Mais frequentemente ainda.

— Com relação a mim?

---

38. Era recente ainda o fim da guerra franco-espanhola, encerrada graças ao tratado dos Pireneus, em 1659, selado com o casamento de Luís XIV com a jovem Maria Teresa.

— Não, com relação a…

— Eu sei, Buckingham, Guiche…

— Exato.

— Pois temos agora Monsieur com ciúmes também de mim.

— Ora, ora! — sorriu maliciosa a princesa.

— Bem… creio que nunca demos margem…

— Nunca! Pelo menos eu… Mas como se declarou o ciúme de Monsieur?

— Furioso, ele procurou minha mãe e fez mil queixas da senhora, contra… perdão…

— Por favor, quero saber.

— Contra o coquetismo da senhora. Monsieur comete também essa injustiça.

— Obrigada, Sire.

— Minha mãe procurou serená-lo, mas o ouviu dizer que já tinham tantas vezes feito isso que ele não aceitaria mais.

— Não seria melhor que apenas deixasse de lado?

— Foi o que eu disse.

— É preciso reconhecer, Sire, que o mundo é cruel. Inacreditável: um irmão e uma irmã não podem conversar, apreciar a companhia um do outro sem dar ensejo a comentários, a desconfianças? Pois afinal, Sire, nada fazemos de mal, não temos a menor vontade de coisa assim.

Dizendo isso, Madame lançou um olhar soberbo e provocador, desses que atiçam a chama do desejo mesmo nos mais frios e ajuizados.

— Não, de forma alguma — suspirou Luís.

— Se isso continuar, Sire, vou acabar explodindo. Basta ver: nosso comportamento não se mantém dentro da conveniência?

— Sim, é claro, dentro da conveniência.

— Frequentemente a sós, pois gostamos das mesmas coisas, poderíamos nos perder fora dela; acaso fizemos isso? Para mim Vossa Majestade é um irmão, nada mais.

O rei ergueu as sobrancelhas. Ela continuou:

— Nossas mãos frequentemente se encontram e isso não causa em mim esses sobressaltos, essa emoção… como acontece com quem ama, por exemplo…

— Basta, por favor, basta! — exclamou o rei em pleno suplício. — Quanta crueldade, está me matando!

— Não entendo.

— Mas afinal… então nada sente por mim?

— Ah, Sire… Não foi o que eu disse… Minha estima…

— Henriqueta… Uma vez mais, basta. Não sou feito de mármore como você.

— Continuo não entendendo.

— Isso quer dizer — suspirou o rei, baixando os olhos — que nossos encontros... nossos toques de mão... nossos olhares... Perdão, mil vezes... a senhora tem razão, sei o que quer dizer.

Ele escondeu a cabeça entre as mãos.

— Cuidado, Sire — disse bruscamente Madame. — O sr. de Saint-Aignan está olhando.

— É verdade! — revoltou-se Luís. — Nem um pingo de liberdade, nunca! Sinceridade alguma nas relações... Achamos ter um amigo e temos apenas um espião; julgamos ter uma amiga e temos apenas... uma irmã.

Madame se calou e baixou os olhos.

— Monsieur está enciumado! — ela murmurou, com um tom do qual nada poderia descrever a doçura e o encanto.

— Entendo. Tem toda a razão.

— Sei o que digo — ela continuou, olhando-o de forma a derreter um coração. — Vossa Majestade tem liberdade, não sofre suspeitas, não vê toda a alegria da sua casa envenenada.

— Não é assim, nada contei ainda: a rainha está com ciúmes.

— Maria Teresa?

— Enlouquecida. Os atuais ciúmes de Monsieur vieram dela, que estava chorando, se queixando à minha mãe dos nossos banhos de rio, que para mim são tão agradáveis.

"Para mim" foi dito à intenção de Madame.

— Sem que elas o vissem — continuou o rei —, Monsieur ouviu a palavra *baños* nas queixas da rainha. Isso o fez pensar. Ele entrou agitado, se meteu na conversa e discutiu com minha mãe, tão nervoso que ela o deixou ali mesmo, sozinho. A senhora reclama de um marido enciumado, mas vejo se erguer à minha frente, perpétuo e inexorável, o espectro do ciúme, com seus olhos inchados, faces emaciadas, boca sinistramente repuxada.

— Pobre rei! — murmurou Madame, deixando sua mão encostar na de Luís.

Ele a segurou e, para apertá-la sem atrair demais a atenção dos espectadores — que não estavam tão atentos às borboletas a ponto de não se interessarem por novidades ou imaginarem algum mistério naquela aparentemente tranquila conversa —, aproximou da cunhada a borboleta que expirava e os dois se inclinaram como se contassem os mil olhinhos das asas ou os grãos da sua poeira dourada.

Nenhum dos dois falava. Os cabelos se tocavam, as respirações se misturavam e as mãos, uma na outra, ardiam.

Cinco minutos se passaram assim.

112. O que se pega caçando borboletas

Os dois jovens ficaram por um momento de cabeça baixa, entregues ao amor nascente, que faz brotar tantas flores nas imaginações dos vinte anos.

Henriqueta olhava Luís de viés. Era uma dessas naturezas que sabem ver o que se passa nos outros, como veem o que se passa em si mesmas. E, no fundo do coração de Luís, ela discernia o amor como um bom mergulhador discerne a pérola no fundo do mar.

Mas compreendeu também que Luís hesitava, que a dúvida ganhava terreno e que era preciso injetar ânimo naquele coração preguiçoso ou tímido.

— Então... — ela insinuou, para romper o silêncio.

— O que quer dizer? — ele perguntou, depois de esperar um pouco.

— Quero dizer que preciso voltar à minha primeira decisão.

— Qual?

— A que já apresentei a Vossa Majestade.

— Quando?

— No dia em que falamos dos ciúmes de Monsieur.

— E o que disse naquele dia? — inquietou-se Luís.

— Vossa Majestade não se lembra?

— Infelizmente sim, a lembrança das infelicidades se mantém sempre presente.

— Será uma infelicidade apenas para mim, Sire, mas necessária.

— Pelo amor de Deus!

— E a enfrentarei.

— Que infelicidade é essa?

— A ausência!

— Outra vez aquela triste decisão?

— Que não foi tomada, Sire, sem uma violenta luta interior... É preciso que eu volte à Inglaterra.

— Nunca! Nunca permitirei que deixe a França!

— No entanto — acrescentou Madame, afetando uma doce e triste firmeza —, no entanto, Sire, é extremamente urgente. E estou também convencida de ser a vontade da rainha-mãe.

— Vontade? É uma estranha palavra a se empregar à minha frente.

— Mesmo assim — continuou Henriqueta, sorrindo —, não seria melhor seguir as vontades de uma boa mãe?

— Basta, por favor. Está despedaçando meu coração.

— Eu?

— Sim, fala dessa alternativa com muita tranquilidade.

— Não nasci para a felicidade, Sire — disse melancólica a princesa —, e muito cedo aprendi a ver meus mais caros desejos serem contrariados.

— É verdade? Partir contraria um tão caro desejo?

— Se eu disser que sim, não é verdade que esse mal já será mais bem-aceito?

— Cruel!

— Cuidado, Sire, alguém se aproxima.

O rei olhou em volta.

— Ninguém. — Em seguida, voltando a Madame: — Pensemos, Henriqueta, em vez de combater o ciúme de Monsieur com um adeus que me mataria...

A jovem ergueu um pouco os ombros, como quem põe em dúvida.

— Sim, me mataria — continuou Luís. — Pensemos, se em vez de insistir nisso, sua imaginação... ou melhor, seu coração não sugere nada mais?

— E o que, pelo amor de Deus, pode meu coração sugerir?

— Bem... Como se demonstra a alguém o equívoco de um ciúme?

— Para começar, não dando motivos, ou seja, amando apenas esse alguém.

— Hum... eu esperava mais.

— O quê, por exemplo?

— Que o ciúme facilmente se tranquiliza quando o seu objeto é disfarçado.

— É bem difícil disfarçá-lo, Sire.

— Pelas dificuldades superadas é que se chega à felicidade. Do meu lado, tenho certeza de poder desmentir as desconfianças que me concernem. Se preciso for, tratando a senhora como outra pessoa.

— Não gosto muito, parece-me fraco — desdenhou a jovem, balançando a cabeça.

— Destrói tudo o que proponho, tudo a desagrada. Pelo menos então sugira alguma coisa. Vamos, procure. Confio muito no talento feminino: é a sua vez de ser criativa.

— Pois serei! Vossa Majestade está ouvindo?

— Nem é preciso perguntar. Trata-se de vida ou morte para mim, como não estaria?

— Pois se fosse de mim que se tratasse, uma coisa, sobretudo, me tranquilizaria quanto às intenções do meu marido com outra mulher.

— Qual?

— Ver que ele não se interessa tanto por ela.

— Mas é justo o que eu disse ainda há pouco.

— Eu sei. Mas eu me sentiria ainda mais sossegada se o visse interessado por outra.

— Ah, entendi — sorriu Luís. — Mas cá entre nós…

— O quê?

— A ideia é boa, mas perversa.

— Por quê?

— O ciumento deixa de pensar naquilo que o fere, concordo, mas o mal continua presente, o que me parece bem pior para ele.

— Pode ser, mas pelo menos ele não surpreende, não desconfia do verdadeiro inimigo, não prejudica o amor, pois tem suas forças concentradas num ponto não prejudicial. Resumindo, minha sugestão, que vejo não vos agradar, de fato maltrata os ciumentos, mas dá apoio a quem ama. Aliás, à exceção de Vossa Majestade, quem no mundo se importa com os ciumentos? São personagens melancólicos e infelizes, tenham eles motivo ou não. Pode-se extinguir o objeto, mas não a aflição do ciumento. É uma doença da imaginação, e por isso mesmo incurável, como todas as doenças imaginárias. A esse respeito, me lembro de um aforismo do meu pobre médico Dawley, culto e inteligente, que eu teria trazido comigo, aliás, se não fosse indispensável a meu irmão: "Se você sofre de dois males, me diga o que o incomoda menos e eu o deixarei agir em paz, pois, acredite, será muito útil para a extinção do outro".

— É uma ótima frase, excelente percepção — aprovou o rei, sorrindo.

— Temos pessoas muito competentes em Londres, Sire.

— E que formam adoráveis alunos. Esse Daley, Darley… como é mesmo o nome?

— Dawley.

— Estabelecerei uma pensão a seu favor, a partir de amanhã, pelo aforismo. Trate então, Henriqueta, de escolher o menor dos seus males. Como não responde e apenas sorri, imagino que o menor deles seja estar na França. Deixo então que mantenha este e, dando início ao tratamento do outro, vou hoje mesmo procurar um desvio para os ciumentos de qualquer gênero que nos perseguem.

— Psiu! Desta vez tem mesmo alguém vindo.

Ela se abaixou para colher uma pervinca na grama alta.

Não era um alarme falso, pois várias jovens surgiram no alto da pequena elevação no gramado, trazendo atrás de si os cavalheiros. A causa de toda essa irrupção era uma magnífica mariposa-elefante, com as asas superiores parecendo a plumagem da coruja parda e as inferiores as folhas de uma roseira.

Essa presa rara tinha caído na rede da srta. de Tonnay-Charente, que orgulhosamente a exibia às rivais menos felizes.

A rainha da caçada se sentou a mais ou menos vinte passos do banco em que estavam Luís e Henriqueta, se encostou num magnífico carvalho coberto de hera e espetou a borboleta no tronco.

A srta. de Tonnay-Charente era muito bonita e os homens abandonaram as demais jovens a pretexto de cumprimentá-la pela habilidade, fazendo uma roda à sua volta.

O rei e a princesa observavam a cena como adultos olham às vezes as brincadeiras de crianças.

— Estão se divertindo muito ali — comentou o rei.

— Bastante. Sempre notei que há diversão onde a juventude e a beleza se reúnem.

— O que me diz da srta. de Tonnay-Charente?

— Digo que é um pouco loura demais — respondeu Madame, indo direto ao único defeito que se pudesse assinalar na beleza quase perfeita da futura sra. de Montespan.

— Um tanto loura, está bem! Mas bonita de todo modo, acho eu.

— Acha?

— Sim.

— Se é assim, eu também.

— E muito cotada, como se vê.

— Ah, isso sem dúvida. Não faltam admiradores. Se caçássemos admiradores e não borboletas, veja que colheita se poderia fazer ao redor dela.

— E o que diriam, Henriqueta, se o rei se juntasse a todos esses admiradores? Ainda teríamos um ciumento?

— Ah, Sire! A srta. de Tonnay-Charente é um remédio bem eficaz — disse Madame, com um suspiro. — Curaria o ciumento, é verdade, mas poderia criar uma ciumenta.

— Henriqueta! Está enchendo meu coração de alegria. Mas tem razão, ela é bonita demais para servir de disfarce.

— Disfarce de rei — sorriu Madame. — E disfarce de rei deve se impor.

— É o que me aconselha? — ele perguntou.

— Com um conselho assim não estaria dando armas contra mim mesma? Não seria loucura ou orgulho demais da minha parte aconselhar como heroína de um amor fictício uma mulher mais bonita do que esta por quem Vossa Majestade diz ter um amor verdadeiro?

Com a mão e os olhos, o rei procurou a mão e os olhos de Madame; depois balbuciou umas poucas palavras muito carinhosas, mas em voz tão baixa que o historiador, mesmo devendo tudo ouvir, não ouviu.

Em seguida, já em voz alta, continuou:

— Pois então escolha a senhora quem nos livrará dos nossos ciumentos e darei a ela toda a minha atenção, todo o tempo que puder subtrair dos negócios. Para a escolhida irão a flor que eu colher para a senhora e os pensamentos de ternura que, pela senhora, brotarão em mim. A ela se dirigirá o olhar que não posso dirigir ao endereço certo e que perturbaria sua impassibilidade. Mas escolha bem para que eu, querendo pensar nela, querendo a ela oferecer a rosa colhida com minha mão, não me perca, e para que meus olhos, dedos e lábios não se virem imediatamente para a senhora, mesmo que o universo inteiro descubra meu segredo.

Enquanto tais palavras escapavam de Luís XIV como um fluxo amoroso, Madame corava e palpitava feliz, contente, inebriada. Não via o que responder, estando com o orgulho e a sede de homenagens satisfeitos.

— Fracassarei — ela afinal disse, erguendo seus belos olhos —, mas não naquilo que me pedis, pois todo esse incenso que será queimado no altar de uma outra deusa, ah, também eu serei ciumenta e vou querer que ele venha a mim, sem perder um só átomo no caminho. Então, Sire, com vossa real permissão, escolherei alguém que me pareça menos capaz de vos distrair, para que minha imagem permaneça intacta.

— Felizmente a senhora dispõe de um coração bem constituído, ou eu estaria tremendo diante da ameaça. Mas, quanto a isso, fomos ambos criteriosos e seria difícil, à nossa volta, encontrar um rosto desagradável.

Enquanto o rei assim falava, Madame se levantara e olhava na extensão do gramado. Depois de um exame minucioso e mudo, ela declarou:

— Ali, Sire, na inclinação da colina, perto daqueles tufos de viburnos, aquela bonita jovem que caminha mais atrás, de cabeça baixa, braços caídos, parecendo procurar algo nas flores do chão como quem não encontra os próprios pensamentos.

— A srta. de La Vallière? — perguntou o rei.

— Sim.

— Ah!

— Não se adequaria?

— É uma pobre moça, magra, quase descarnada!

— E por acaso sou gorda?

— Mas ela é mortalmente triste!

— Fará bom contraste, pois me acusam de ser alegre demais.

— E puxa de uma perna!

— É mesmo?

— Basta ver. Deixou que todos passassem para que chame menos atenção.

— Bom, será menos rápida correndo do que Dafne e não poderá fugir de Apolo.[39]

39. Na mitologia grega, o deus Apolo, apaixonando-se pela ninfa Dafne, a perseguiu correndo num bosque. Apavorada, ela suplicou a seu pai, o rio Peneu, que mudasse a sua forma, e ele a transformou em um loureiro.

— Henriqueta, escolheu a mais defeituosa das suas damas de honra! — reclamou o rei.

— Sim, mas o importante é que seja uma das minhas damas de honra, justamente.

— E por quê?

— Porque para visitar essa nova divindade Vossa Majestade terá que passar por mim. Como a decência proíbe que vossa chama busque diretamente a deusa em questão, tereis que vê-la na minha proximidade, falando comigo ao falar com ela. Resumindo, os ciumentos não acharão ser a mim que o rei visita, mas à srta. de La Vallière.

— Que é manca.

— Muito pouco.

— Que nunca abre a boca.

— Mas, quando abre, revela lindos dentes.

— Que pode servir de modelo para osteologistas.

— O favor de Vossa Majestade a engordará.

— Henriqueta!

— Enfim, não combinamos que eu decidiria tudo?

— Infelizmente sim.

— Pois é a minha escolha; e Vossa Majestade terá que aceitar.

— Aceitaria uma das Fúrias,[40] se me fosse assim imposta.

— La Vallière é delicada como um cordeirinho. Jamais vos contradirá quando souber do vosso amor — riu Madame.

— Ah, não há mesmo perigo que eu vá longe demais, não é?

— Era o meu direito de escolha.

— Entendo.

— Temos então um tratado?

— Assinado.

— Conservareis por mim a amizade de irmão e a galanteria de rei?

— Conservarei um coração que não sabe mais bater senão comandado pela senhora.

— Ótimo. Dessa maneira, temos um futuro assegurado.

— Assim espero.

— A rainha-mãe deixará de me ver como inimiga?

— Com certeza.

— Maria Teresa deixará de falar espanhol diante de Monsieur, que tem horror a conversas em língua estrangeira, achando que sempre falam mal dele?

— E, infelizmente, será que não tem razão? — murmurou o rei, carinhoso.

---

40. Na mitologia latina (correspondendo às Erínias gregas), eram a personificação da vingança: três virgens aladas, com serpentes no lugar dos cabelos.

— Para terminar, será que ainda acusarão o rei de pensar em ligações ilegítimas? Não verão que, na verdade, nada sentimos um pelo outro além de simpatias puras e sem segundas intenções?

— Sim, sim, mas dirão outra coisa.

— E o que dirão, Sire? Será que nunca nos deixarão em paz?

— Dirão que tenho mau gosto. Mas que importância teria o meu amor-próprio em troca de sua tranquilidade?

— Da minha honra, Sire, e a da nossa família, quereis dizer. Aliás, Vossa Majestade não deve se pôr tão rapidamente contra La Vallière. Ela puxa de uma perna, é verdade, mas tem bom senso. Além disso, tudo em que o rei toca se converte em ouro.

— A senhora pode estar certa de minha gratidão. Dispunha-me a pagar bem mais caro para que permanecesse na França.

— Estão vindo, Sire.

— Que venham.

— Uma última coisa.

— O quê?

— Vossa Majestade é prudente e sábia, mas precisará ser prudente e sábia ao extremo.

— Ah! — exclamou, rindo, Luís. — Começo já esta noite a representar meu papel. Vou demonstrar minha vocação para cenas pastoris. Teremos um grande passeio na floresta depois do aperitivo. Em seguida haverá a ceia e o balé, às dez horas.

— Eu sei.

— Pois meu fervor vai eclodir hoje mesmo, mais forte que os fogos de artifício, mais lampejante que os lampiões do nosso amigo Colbert. Tão resplandecente que as rainhas e Monsieur ficarão com os olhos queimados.

— Cuidado, Sire, cuidado.

— Deus do céu, o que foi?

— Terei que retirar meus cumprimentos de ainda há pouco… Prudente e sábio… foi o que eu disse? E ouço loucuras abomináveis! Onde já se viu uma paixão se acender assim, como uma tocha, num segundo? Como um rei, como Vossa Majestade, sem mais nem menos cairia aos pés de alguém como La Vallière?

— Ah, Henriqueta, Henriqueta! Estou vendo… Nem começamos nossa campanha de guerra e já estou sendo saqueado!

— Não, apenas procuro fazer com que tudo se passe de maneira mais saudável. Vossa chama deve se acender pouco a pouco, e não explodir assim bruscamente. Júpiter faz soar e brilhar o trovão antes de incendiar os palácios. Com um exagero desse tipo, ninguém vos imaginará apaixonado, mas apenas louco. Isso se não perceberem o verdadeiro motivo. As pessoas às vezes são menos tolas do que parecem.

O rei foi obrigado a reconhecer que Madame era um anjo de sapiência e um demônio de malícia.

— Está bem, está bem — ele concordou. — Pensarei melhor em meu plano de ataque. Os generais, meu primo de Condé, por exemplo, se extenuam em cima de mapas estratégicos antes de mover a primeira das peças chamadas corpos de exército. Montarei então todo um plano de ataque. Sabe-se que o Tendre[41] se subdivide em várias diferentes circunscrições. Vou me limitar ao vilarejo Pequenas Atenções e à aldeia Amor Visível. O caminho é demarcado e nossa boa srta. de Scudéry jamais me perdoaria por queimar etapas.

— Isso é bem mais razoável, Sire. Mas talvez seja melhor que agora nos separemos.

— É preciso, infelizmente! Aliás, já seríamos mesmo separados.

— É verdade! Estão nos trazendo a mariposa-elefante da srta. de Tonnay-Charente, ao som das trompas dos monteiros-mores.

— Então, combinado: durante o passeio de logo mais na floresta, encontrando a jovem La Vallière sozinha…

— Encarrego-me de afastá-la.

— Ótimo. Falarei com ela ainda acompanhada das colegas e lançarei a primeira flecha.

— Que seja certeira — riu Madame. — No coração.

E a princesa se despediu do rei, indo encontrar o alegre bando de caçadores, que se aproximava com todo um cerimonial e fanfarra em cantoria.

41. Local imaginário, país da Ternura, ou da Delicadeza, cujo mapa foi traçado no século XVII a partir do romance *Clélie* (1654), de Madeleine de Scudéry (1605-1701). Nesse mapa, são representadas topograficamente, como vilarejos e estradas, as diferentes etapas da vida amorosa, segundo o preciosismo reinante na época.

113. O balé das Estações

Depois de um lanche servido por volta das cinco horas, o rei foi para o seu gabinete, onde o esperavam os alfaiates.

Era, enfim, a prova do muito esperado traje de Primavera, que custara tanta imaginação e tanto esforço de concepção aos desenhistas e ornamentistas da corte.

Para o balé, propriamente, todos sabiam suas coreografias e podiam representá-las.

O rei queria causar surpresa. Então, assim que terminou a prova, voltou a seus aposentos e mandou chamar os mestres de cerimônia, Villeroy e Saint-Aignan.

Ambos disseram aguardar apenas ordens de Sua Majestade, tudo estava pronto. Tais ordens, porém, para serem dadas dependiam de um tempo firme e uma noite propícia.

O rei abriu a janela: a poeira dourada do entardecer caía ao longe, pelas rasgaduras abertas entre a folhagem do bosque e, branca como a neve, a lua já se mostrava no céu.

Nada perturbava a lisura das águas verdes e até os cisnes, descansando sob as asas fechadas como navios ancorados, pareciam entregues ao calor da atmosfera, ao frescor da água e ao silêncio de um admirável anoitecer.

Confirmando tantos detalhes desse magnífico quadro, o rei deu a ordem que esperavam os srs. de Villeroy e de Saint-Aignan.

Mas para que fosse executada à maneira de Luís XIV, uma última questão era necessária e ele a pôs aos dois fidalgos:

— Têm o dinheiro?

— Já falamos com o sr. Colbert, Sire — respondeu Saint-Aignan.

— Ah, ótimo!

— E ele nos disse que procuraria Vossa Majestade assim que quiséssemos dar continuidade às festas programadas.

— Que ele venha então falar comigo.

Como se escutasse atrás da porta para se manter ao corrente da conversa, Colbert entrou assim que o rei pronunciou essas palavras.

— Ah, muito bem, sr. Colbert — cumprimentou-o Sua Majestade. — Ao trabalho, senhores! — ele dispensou os dois cortesãos.

O rei se sentou numa poltrona próxima à janela, anunciando:

— Dançarei esta noite meu balé, sr. Colbert.

— Devo então pagar minhas contas amanhã, Sire?

— Como assim?

— Prometi aos fornecedores quitar o que devemos no dia seguinte ao do balé.

— Está bem; se prometeu, pague.

— Perfeito, Sire; mas para pagar, como dizia o sr. de Lesdiguières,[42] é preciso dinheiro.

— Como? Não foram entregues os quatro milhões prometidos pelo sr. Fouquet? Acabei nunca perguntando.

— Foram postos à disposição de Vossa Majestade no prazo certo.

— E então?

— Então, Sire, os vidros coloridos, os fogos de artifício, os violinos e os cozinheiros devoraram os quatro milhões em oito dias.

— Tudo?

— Até o último centavo. A cada vez que Vossa Majestade deu ordem para que se iluminassem as margens do grande canal, queimou-se tanto óleo quanto há de água nos tanques.

— Entendo. Quer dizer que não temos mais dinheiro?

— Eu não, mas o sr. Fouquet sim — disse Colbert, com uma sinistra alegria iluminando o seu rosto.

— O que quer dizer?

— Já fizemos o sr. Fouquet dar seis milhões, Sire, o que ele fez com muita facilidade, mostrando que pode dar mais, se necessário. E a necessidade se apresenta agora; ele terá que supri-la.

O rei não gostou e disse, sublinhando o nome do financista:

— Sr. Colbert, não é como vejo as coisas. Não quero empregar contra um dos meus auxiliares meios de pressão que o atrapalhem e impeçam o seu trabalho. O sr. Fouquet repassou seis milhões em oito dias, é uma soma vultosa.

Colbert ficou branco, mas respondeu:

— Não é como Vossa Majestade se expressava há pouco, quando chegaram as notícias de Belle-Île, por exemplo.

— Tem razão, sr. Colbert.

— E nada mudou desde então, pelo contrário.

---

42. François de Bonne de Lesdiguières (1543-1626), militar, com grande importância nas disputas religiosas francesas. Como Henrique IV, que o dizia esperto como uma raposa, precisou abjurar o protestantismo e se converter ao catolicismo, tornando-se em seguida marechal, duque e condestável.

— Na minha cabeça, tudo mudou.

— Vossa Majestade não acredita mais nas tentativas?

— Isso é assunto meu, sr. subintendente, e eu já disse que os trato à minha maneira.

— Vejo então que, infelizmente — disse Colbert, tremendo de raiva e de medo —, caí em desgraça junto a Vossa Majestade.

— Em absoluto; continuo a vê-lo com muito apreço.

— Bom, Sire — continuou o ministro, com sua brusquidão habilmente forçada quando queria lisonjear o amor-próprio do rei —, de que me serve ter o apreço de Vossa Majestade se não lhe for mais útil?

— Guardo esse serviço para melhor ocasião e tenho certeza de que ganharemos com isso.

— Então, o plano de Vossa Majestade para a presente necessidade…

— De quanto o senhor precisa?

— De setecentas mil libras.

— Pegue-as no meu tesouro particular.

Colbert se inclinou.

— E como me parece difícil que o senhor, mesmo com as economias que faz, consiga satisfazer com soma tão exígua as despesas que pretendo, assinarei uma cédula promissória de três milhões.

O rei pegou uma pena e na mesma hora assinou o documento. Em seguida, entregando-o a Colbert, prosseguiu:

— Mas fique tranquilo, o plano que pretendo seguir é um plano de rei, sr. Colbert.

Isso foi dito com o tom majestoso que o jovem monarca sabia assumir em tais circunstâncias, e ele assim dispensou Colbert para voltar a seus alfaiates.

A ordem do rei já se espalhara por toda a Fontainebleau. Sabia-se que ele experimentava o traje e que o balé seria aquela noite.

Tudo havia corrido com a rapidez do relâmpago, acendendo, de passagem, todos os coquetismos, todos os desejos, todas as loucas ambições.

Na mesma hora e como por passe de mágica, quem quer que fosse capaz de manusear uma agulha e soubesse fazer distinção entre um gibão e calções, como disse Molière,[43] foi convocado por elegantes e senhoras para os últimos retoques nos trajes de cena.

O rei terminou sua toalete às nove e tomou uma carruagem aberta e ornada com folhagens e flores.

As rainhas tinham lugar num magnífico estrado armado à beira do lago, num teatro de esplêndido apuro.

Em cinco horas, os carpinteiros tinham montado todo o cenário, previamente fabricado. Os tapeceiros estenderam suas tapeçarias e dispuseram as pol-

43. A frase é do ato II, cena VIII, da peça *As eruditas* (*Les femmes savantes*).

tronas. Como por toque de varinha mágica, mil braços entreajudavam-se em vez de tumultuarem uns aos outros, construindo um verdadeiro edifício ao som das músicas, enquanto os responsáveis pela iluminação trabalhavam no teatro propriamente e nas beiradas do tanque com um número incalculável de círios.

Era como se até a Natureza tivesse se acomodado à fantasia: o céu se estrelava sem uma nuvem e não se ouvia sequer um sopro de vento nos bosques. Decidiu-se então deixar aberto o fundo do palco. Com isso, por trás dos primeiros planos do cenário, viam-se o belo céu cheio de estrelas, a superfície da água que reluzia as chamas refletidas e os vultos azulados das grandes massas do bosque com seus cimos arredondados.

Quando o rei surgiu, a sala já estava plena e apresentava tanto brilho de pedras preciosas e ouro que, de imediato, não se podia distinguir ninguém.

Pouco a pouco, com a vista se acostumando a tanto fulgor, as mais raras belezas apareciam como no céu aparecem, uma a uma, as estrelas para quem fecha os olhos e os reabre.

A cena representava um arvoredo, com alguns faunos que saltitavam aqui e ali, erguendo suas patas de cascos fendidos. Uma dríade surgiu e todos partiram em perseguição à ninfa. Outras procuraram defender a primeira e todos brigaram, dançando.

De repente, surgiu a Primavera com toda a sua corte, impondo ordem e paz.

Os elementos, as forças subalternas e a mitologia com seus atributos se precipitavam seguindo o gracioso soberano.

As Estações, aliadas da Primavera, se juntavam a ela numa contradança, ao som de uma canção com letra mais ou menos elogiosa, enquanto oboés, flautas e violas descreviam os prazeres campestres.

O rei entrou sob uma trovoada de aplausos.

Trajava uma túnica de flores que realçava sua aparência esbelta e bem constituída, sem travar os movimentos. Sua perna, uma das mais elegantes da corte, era valorizada por uma meia de seda tão fina e transparente que parecia ser a própria pele.

Os mais encantadores sapatos de cetim lilás-claro com pompons de flores e folhas o calçavam.

O busto estava em harmonia com a parte de baixo do corpo. Belos cabelos ondulantes, um ar de frescor realçado pelo brilho dos belos olhos azuis — olhos que podiam lentamente pôr em polvorosa os corações —, e uma boca com lábios apetitosos que aceitavam às vezes ceder um sorriso: esse era o personagem encarnando a principal estação do ano e que poderia, naquela noite, sem exagero, declarar-se rei de todos os Amores.

Havia, na movimentação de Luís, algo da leve majestade de um deus. Ele não dançava, flutuava.

Tal entrada causou sensação. De repente, viu-se o conde de Saint-Aignan buscando se aproximar do rei e de Madame.

A princesa vestia uma túnica longa, diáfana e leve como a rede de cabelos que sabem fazer as malinesas. Um joelho às vezes se realçava sob as dobras do tecido e o seu pezinho, calçado de seda, se movia radiante com seu cortejo de bacantes, chegando já ao ponto do palco em que devia dançar.

Os aplausos duraram tanto que o conde pôde então alcançar o rei, imóvel em meia-ponta.

— O que há, Saint-Aignan? — perguntou Primavera.

— Meu Deus, Sire — replicou o cortesão, pálido. — Vossa Majestade não pensou na cena das frutas.

— Pensei sim, foi cortada.

— Não foi, Sire. Vossa Majestade não avisou e a música foi mantida.

— Isso é péssimo! — murmurou o rei. — E não se pode encená-la, estando ausente de Guiche. É preciso cortar.

— Mas Sire, quinze minutos de música sem dança, isso vai matar o balé.

— Mas, conde, o que…

— O problema, Sire, não é esse, pois afinal, se necessário, a orquestra, de um jeito ou de outro, pode suprimir.

— E o que é, então?

— É que o sr. de Guiche está aqui.

— Aqui? — estranhou o rei. — Tem certeza?

— E vestido para o balé, Sire.

O rei sentiu o sangue afluir ao rosto.

— Deve estar enganado.

— Não estou não, Vossa Majestade pode olhar ali à direita. O conde está esperando.

Luís se virou rápido naquela direção e à sua direita, com efeito, exuberante no traje do seu personagem Vertumno, Guiche esperava que o rei o olhasse para lhe dirigir a palavra.

Descrever a estupefação do rei, assim como a de Monsieur em seu camarote, descrever o zum-zum-zum, a movimentação das cabeças na sala, descrever a estranha sensação de Madame ao deparar com seu companheiro de cena é tarefa que deixaremos para competências maiores que a nossa.

O rei se mantinha boquiaberto, olhando para o conde, que, respeitosamente curvado, se aproximou:

— Sire, o mais humilde serviçal de Vossa Majestade vem aqui apresentar seus préstimos, como antes já os apresentou em batalhas. Deixando de encenar o passo das Frutas, o rei perderia a mais bela cena do balé. Não quis ser a causa de semelhante prejuízo para a beleza, a justeza e o encanto do rei. Deixei meus camponeses e vim socorrer meu príncipe.

Cada uma dessas palavras caía, pausada, harmoniosa e eloquente, no ouvido de Luís XIV. A lisonja lhe agradou tanto quanto a coragem o espantou. Ele se limitou a responder:

— Eu não o liberei para isso, conde.

— Com certeza, mas Vossa Majestade não ordenou o contrário.

O rei via que o tempo passava. Prolongar aquilo podia estragar tudo. A mínima sombra naquele quadro poria tudo a perder.

Aliás, no seu coração transbordavam ideias e ele acabava de captar, nos olhos eloquentes de Madame, uma nova inspiração.

Esse olhar dizia:

— Já que ciúmes pesam sobre nós, dividamos as suspeitas: quem desconfia de dois rivais não desconfia de nenhum.

Com esse hábil estratagema, Madame o convenceu e o rei sorriu para de Guiche.

O conde nada havia compreendido da muda fala de Madame, mas notou que ela procurava não olhar em sua direção. Tendo obtido a graça real, ele a atribuiu ao coração da princesa. Já o rei, ficou contente com todo mundo.

O único a nada compreender foi Monsieur.

O balé começou e foi esplêndido.

Quando os violinos transportaram, com seus arrebatamentos, os ilustres dançarinos, quando a pantomima ingênua daquela época — tornada ainda mais ingênua pela histriônica atuação dos augustos atores — chegou a seu ponto culminante de triunfo, a sala quase desmoronou com os aplausos.

De Guiche brilhou como um sol, mas como um sol cortesão, que se resigna à coadjuvação.

Sem se impressionar com o sucesso, já que Madame não se mostrava nem um pouco agradecida, ele pensava apenas, impávido, em reconquistar a preferência ostensiva da princesa.

Que não lhe dirigiu sequer um olhar.

Toda a sua alegria, todo o seu brilho então pouco a pouco se desfizeram na dor e na inquietude, deixando frouxas as suas pernas, pesados os seus braços, estúpida a sua expressão.

O rei, com isso, voltou a ser o principal dançarino da contradança e olhou de banda o rival derrotado.

De Guiche nem cortesão mais era. Dançava mal, sem encanto. Em pouco tempo, parou até de dançar.

O rei e Madame triunfaram.

114. As ninfas do parque de Fontainebleau

O rei ficou por um momento a saborear o sucesso, que, como dissemos, foi completo.

Ele em seguida se virou para também admirar um pouco Madame.

Os jovens provavelmente amam com mais vivacidade, mais ardor, mais paixão do que as pessoas de idade madura, mas ao mesmo tempo têm todos os demais sentimentos desenvolvidos na mesma proporção das suas juventude e vigor, fazendo com que neles o amor-próprio quase sempre equivalha ao amor e com que esse sentimento, combatido pelas leis da ponderação, nunca chegue à perfeição que alcança em homens e mulheres entre trinta e trinta e cinco anos.

Isso para dizer que Luís pensava em Madame, mas só depois de ter pensado bastante em si mesmo, e Madame pensava muito em si mesma, talvez sem minimamente pensar no rei.

A vítima, contudo, no meio de todos esses amores e amores-próprios principescos, era de Guiche.

E todo mundo pôde notar a agitação e a prostração do pobre fidalgo. Sobretudo a prostração era evidente, pelo fato de não ser comum vê-lo de braços caídos, cabeça baixa e olhos mortos. E em termos de elegância e bom gosto, de Guiche em geral não fazia feio.

De forma que a maioria das pessoas atribuiu tal derrocada à sua pouca habilidade cortesã.

Mas outras — são clarividentes os olhos da corte — notaram também a sua palidez e atonia, palidez e atonia que não podiam ser simuladas nem escondidas, concluindo então, muito acertadamente, que o conde não representava uma comédia da adulação.

Todos esses sofrimentos, esses sucessos e esses comentários foram tragados, confundidos e perdidos na avalanche de aplausos.

As rainhas demonstraram sua satisfação, os espectadores, seu entusiasmo, o rei foi ao camarim trocar de roupa, Monsieur, vestido de mulher como era seu hábito,[44] afinal dançava, e de Guiche, voltando a si, se aproximou de

44. Temendo que o filho caçula disputasse o poder com o mais velho, como fora o caso de Gastão de Orléans com Luís XIII, Ana da Áustria desde cedo o vestiu de menina, hábito ao qual ele voltava com frequência já adulto.

Madame, que, sentada no fundo da cena, esperava o segundo ato, isolada no meio da multidão e concentrada em suas próximas ações coreográficas.

É compreensível que, absorta nessa grave meditação, não tenha visto, ou tenha simplesmente fingido não ver o que se passava em volta.

De Guiche então, notando-a sozinha perto de uma moita pintada, aproximou-se.

Duas damas de honra vestidas de hamadríades, percebendo a intenção do jovem conde, respeitosamente recuaram alguns passos.

Ele então avançou e cumprimentou Sua Alteza Real.

Mas tivesse ou não Sua Alteza Real notado o cumprimento, nem sequer moveu a cabeça.

Um calafrio percorreu as veias do infeliz enamorado, que não esperava tão completa indiferença. É verdade que ele nada havia visto, de nada havia sabido e, portanto, nada podia imaginar.

Vendo que o cumprimento não obtinha resposta, ele deu mais um passo e, tentando inutilmente dominar a voz, disse:

— Tenho a honra de apresentar meus humildes respeitos a Madame.

Dessa vez Sua Alteza Real concedeu um lânguido olhar ao conde.

— Ah, sr. de Guiche — ela se espantou —, é o senhor. Bom dia.

E voltou a se virar para o outro lado.

O conde esteve a ponto de perder a paciência.

— Vossa Alteza Real dançou divinamente — ele disse.

— Achou? — ela perguntou, sem muito interesse.

— Sim. O personagem combina muito com a personalidade de Sua Alteza Real.

Madame se voltou e enfim fixou seu claro olhar no conde.

— Como assim? — ela perguntou.

— É evidente.

— Por quê?

— Trata-se de uma divindade bela, sobranceira e leviana.

— Refere-se a Pomona, sr. conde?

— Refiro-me à deusa que Vossa Alteza Real representa.

Madame permaneceu algum tempo com os lábios franzidos e afinal disse:

— Mas também o senhor não é um perfeito dançarino?

— Ah, sou apenas um desses que não se distinguem e de quem logo esquece quem porventura os distinguiu.

Depois de dizer essas palavras, acompanhadas de suspiros profundos, desses que estremecem até as últimas fibras de um ser, com o coração aflito e batendo forte, a cabeça ardendo, o olho vacilante, ele a cumprimentou e se retirou, ofegante, para trás da moita cenográfica.

À guisa de resposta, Madame discretamente deu de ombros.

Uma vez que suas damas de honra, como dissemos, tinham se afastado um pouco para aquela conversa, com um olhar ela as chamou.

Vendo o sinal, as duas se aproximaram.

— Vocês ouviram? — perguntou a princesa.

— O quê, senhora?

— O que o conde de Guiche disse.

— Não.

— Na verdade, é incrível — ela continuou, num tom de pena — como o exílio afetou a sensibilidade desse pobre sr. de Guiche.

Alteando um pouco a voz, para que o infeliz não perdesse uma palavra, ela acrescentou:

— Para começar dançou mal e, agora, disse apenas tolices.

Ela então se levantou, cantarolando a canção da sua próxima dança.

Guiche havia perfeitamente ouvido. A flecha penetrou fundo e dilacerou o seu coração.

Ele então fugiu e, pondo em risco toda a continuidade da festa, despedaçou seu belo traje de Vertumno, deixando atrás de si um rastro de pâmpanos, amoras, folhas de amendoeira e outros diversos atributos artificiais da sua divindade.

Quinze minutos depois, estava de volta ao teatro. Mas era fácil ver que graças apenas a um forte esforço da razão sobre a loucura. Ou talvez seu coração fosse de tal maneira constituído que o impossibilitasse ficar por mais tempo longe de quem o despedaçava.

Madame terminava o seu número.

Ela o viu, mas seu olhar passou através dele, que, furioso, por sua vez virou as costas quando ela passou, escoltada por suas ninfas e seguida por uma infinidade de bajuladores.

Enquanto isso, no outro extremo do teatro, já perto do lago, uma jovem estava sentada, com os olhos fixos numa das janelas.

Dessa janela vinha uma forte claridade.

Afastando-se do espetáculo, em busca do ar livre de que sentia tanto precisar, de Guiche passou por ali e a cumprimentou.

Como quem é surpreendido no meio de pensamentos que procura esconder até de si mesmo, ela se levantou.

Reconhecendo-a, o rapaz parou e vivamente a cumprimentou:

— Boa noite, senhorita.

— Boa noite, sr. conde!

— Fico contente em vê-la, srta. de La Vallière.

— Também fico feliz com esse acaso, senhor — ela respondeu, fazendo menção de se retirar.

— Não, não, por favor, fique! — ele pediu, estendendo a mão. — Ou estaria desmentindo as boas palavras que acaba de dizer. Peço realmente que não se vá. Temos uma belíssima noite. A senhorita foge do barulho, aprecia estar consigo mesma. Compreendo, é como são as mulheres que têm coração. Não se entediam fora do turbilhão de todos esses prazeres ruidosos. Ah, senhorita, senhorita...

— O que está havendo, sr. conde? — perguntou Louise, apreensiva. — Parece inquieto.

— Eu? De forma alguma, não.

— Então, sr. de Guiche, como há tempos espero uma oportunidade, aproveito e agradeço minha indicação para o posto de dama de honra de Madame.

— Ah, é verdade, nem me lembrava. Fico feliz. A senhorita ama alguém?

— Como?

— Perdão. Nem sei o que digo, peço desculpas. Madame tinha razão, muita razão, esse exílio brutal revirou completamente minha cabeça.

— Mas o sr. conde foi bem recebido pelo rei, tenho a impressão.

— Acha?... Bem recebido... É possível, quem sabe...

— Com certeza, bem recebido. Afinal, veio sem um convite expresso.

— É verdade, creio que tem razão. Mas não viu por aqui o visconde de Bragelonne?

La Vallière estremeceu ao ouvir o nome.

— Por que pergunta?

— Meu Deus, será que outra vez a ofendi? Se for o caso, não estou mesmo nada bem, pobre de mim!

— De fato, é a impressão que dá, pois parece sofrer.

— Ah, senhorita! Por que não tenho uma irmã tão amiga, uma irmã de verdade?

— Tem amigos, sr. de Guiche, e o visconde de Bragelonne, por quem perguntou há pouco, é um deles.

— Sei que sim, um bom amigo. Até breve, senhorita, por favor aceite meus cumprimentos.

E ele se foi como um louco, margeando o lago.

Sua sombra escura ia crescendo junto às cercas vivas luminosas e as amplas ondulações que se formavam na água.

Com pena, por algum tempo La Vallière o observou se afastar.

— Sim, com certeza ele sofre e começo a entender por quê.

Ela mal acabava de dizer isso para si mesma e as srtas. de Montalais e de Tonnay-Charente chegaram.

Já não estavam mais vestidas de ninfas, terminada a cena em que atuavam, e, contentes com a bela noite que fazia e com o sucesso da apresentação, vinham se juntar à colega.

— Já aqui? — elas se surpreenderam. — Achamos que seríamos as primeiras a chegar.

— Vim há quinze minutos — respondeu La Vallière.

— A dança não a divertiu?

— Não.

— E o espetáculo?

— Também não. Prefiro o espetáculo desses bosques escuros. De vez em quando se vê uma luz que passa, como se fosse um olho vermelho, às vezes aberto, às vezes fechado.

— La Vallière é poeta — zombou Tonnay-Charente.

— Você quer dizer insuportável — brincou Montalais. — Sempre que se trata de rir um pouco ou de se divertir, ela chora. Sempre que nós, mulheres, lamentamos roupas que não servem mais, amor-próprio ferido ou enfeites que não dão certo, ela ri.

— Ah, estou longe disso — reconheceu a srta. de Tonnay-Charente. — Nesse sentido, poucas são tão mulheres quanto eu: quem quiser me agradar precisa me lisonjear, e quem me lisonjeia me agrada pela lisonja, e quem me agrada…

— Não vai terminar a frase? — perguntou Montalais.

— É difícil — respondeu a outra, com uma risada. — Termine você, que é tão perspicaz.

— E a você, Louise, alguém agrada? — perguntou Montalais.

— Coisas assim guardo para mim — respondeu a moça, levantando-se do banco em que tinha estado durante todo o balé. — E agora, minhas amigas, já que combinamos de nos divertir sem obrigações nem cortejos esta noite, já que somos três e nos damos bem… Está um tempo ótimo, vejam a lua que sobe lenta no céu e prateia o alto dos castanheiros. Será um belíssimo passeio! Totalmente livres, na boa e fina relva do bosque. Obrigada pela amizade de vocês. Vamos de braços dados até as árvores maiores. Estão todos ainda em volta das mesas ou se preparando para o passeio oficial. Cavalos estão sendo selados, carros atrelados com as mulas da rainha ou as quatro éguas brancas de Madame. Vamos rápido para algum lugar onde ninguém nos encontre, aonde ninguém nos siga. Lembra-se, Montalais, dos bosques de Cheverny e de Chambord, dos álamos intermináveis de Blois? Falávamos, naqueles passeios, das esperanças que tínhamos.

— Trocávamos muitas confidências.

— É verdade.

— Também penso bastante comigo mesma — disse a srta. de Tonnay-Charente —, mas tomem cuidado…

— Ela não conta nada — cortou Montalais, dirigindo-se a Louise —, de forma que, daquilo que pensa a srta. de Tonnay-Charente, apenas Athénaïs[45] sabe.

45. É o nome com que é chamada no romance a srta. de Tonnay-Charente.

— Psiu! — alarmou-se La Vallière. — Vem vindo alguém.

— Rápido, vamos nos esconder nos caniços — disse Montalais. — Abaixe-se, Athénaïs, você é muito grande.

Ela de fato se abaixou.

Dois fidalgos realmente logo apareceram, andando de braços dados no saibro fino do caminho junto ao canal.

As três jovens se encolheram ao máximo e não foram vistas.

— É o sr. de Guiche — disse Montalais ao ouvido de Tonnay-Charente.

— É o sr. de Bragelonne — disse esta última ao ouvido de La Vallière.

Os dois rapazes se aproximavam, conversando animadamente.

— Ela estava aqui ainda há pouco — dizia o conde. — Se tivesse apenas visto, poderia achar que fosse uma aparição, mas falei com ela.

— Tem certeza?

— Absoluta, mas pode ser que a tenha assustado.

— Como assim?

— Bom, ainda estava meio confuso com tudo aquilo que você sabe. Ela não deve ter entendido muito e pode ter se assustado.

— Não se preocupe, meu amigo. Sendo a boa pessoa que é, ela o desculpará, e como é também inteligente, compreenderá.

— E se tiver compreendido mesmo, compreendido tudo?

— O que tem?

— Pode comentar.

— Você não a conhece — disse Raoul —, Louise tem todas as virtudes e defeito nenhum.

Os rapazes seguiram em frente e, com a distância, as suas vozes foram se perdendo.

— O que foi isso? O visconde a chamou de Louise. Como assim? — espantou-se a srta. de Tonnay-Charente.

— Crescemos juntos, nos conhecemos desde crianças — ela explicou.

— E, além disso, são noivos, como todos sabem — completou Montalais.

— Ah, eu não sabia. É verdade?

— Bem — respondeu Louise, corando. — O sr. de Bragelonne de fato pediu minha mão… mas…

— Mas o quê?

— Parece que o rei…

— O que tem o rei?

— Não quer permitir o casamento.

— E o que tem a ver com isso o rei? — exclamou Aure, irritada. — Que direito tem o rei de se meter nessas coisas, santo Deus? "A *pulítica* é a *pulítica, ma l'amor* é *l'amor*", como dizia o sr. de Mazarino. Se você ama o sr. de Bragelonne e ele a ama, casem-se. Se precisam de consentimento, têm o meu.

Athénaïs riu.

— Estou falando sério — continuou Montalais —, e minha opinião, nesse assunto, vale muito bem a do rei. Não acha, Louise?

— Bom, os cavalheiros se afastaram — sugeriu La Vallière. — Vamos aproveitar não haver ninguém à vista para atravessar o descampado e passar para o bosque.

— Ainda mais porque vejo luzes vindo do castelo e do teatro — disse Athénaïs. — Acho que trazendo alguém ilustre.

— Vamos correr — disseram as três.

Erguendo graciosamente as longas dobras dos vestidos de seda, elas atravessaram ligeiras o espaço entre o lago e a parte mais fechada do bosque.

Montalais, leve como uma gazela, e Athénaïs, ardente como uma jovem loba, saltavam na relva seca, e Acteão nenhum, por mais temerário, poderia perceber na penumbra uma perna atrevida e pura se esboçando sob a grossa superposição das anáguas de cetim.

Mais delicada e pudica, La Vallière também deixava esvoaçar o vestido. Ficando para trás, dada a fraqueza do seu pé, ela logo teve que desistir de acompanhar as amigas, que precisaram esperá-la.

Nesse momento, um homem escondido num fosso cheio de mudas de salgueiros subiu apressado pela encosta e correu na direção do castelo.

As três jovens, por sua vez, alcançaram a beirada do parque, do qual conheciam todas as aleias.

Grandes alamedas floridas seguiam ao redor dos fossos, com barreiras fechadas que protegiam dos cavalos e das caleches quem por ali passasse.

De fato, ouviam-se ao longe, no piso duro dos caminhos, as carruagens das rainhas e de Madame. Vários cavaleiros as seguiam, naquela cadência que Virgílio soube tão bem reproduzir em seus versos.[46]

Mais distante, a música dos instrumentos ainda servia de fundo a todo esse barulho. Assim, quando cessaram tais acordes, um rouxinol, esse cantor tão cheio de si, enviou àqueles que, em meio à folhagem, ele percebia os mais complicados, suaves e eruditos cantos.

Não muito distante do cantor, no fundo escuro das árvores maiores, brilhavam os olhos de alguma coruja apreciadora de harmonias.

Aquela festa da corte era também a festa dos hóspedes misteriosos do bosque, pois com certeza a corça ouvia atrás de um arbusto, como o faisão no seu galho e a raposa na sua toca.

Pressentia-se a vida de toda essa população noturna e invisível pelos bruscos movimentos que de repente agitavam as folhas.

---

46. A referência é sobretudo ao verso latino 596 da *Eneida*, VIII, sempre citado pela cadência, reproduzindo o som do tropel.

Nesses momentos, as ninfas dos bosques soltavam um gritinho, mas logo em seguida, tranquilizadas, riam e retomavam a caminhada.

Chegaram assim ao carvalho real, venerável resto de uma árvore que, na juventude, havia assistido aos suspiros de Henrique II por sua bela Diana de Poitiers e,[47] mais tarde, aos de Henrique IV por sua bela Gabriela d'Estrées.[48]

Sob esse carvalho, os jardineiros mantinham um gramado macio, de forma que nunca houve melhor assento circular para o repouso dos membros cansados de um rei.

O tronco da árvore formava um encosto áspero, mas suficientemente largo para quatro pessoas.

Sob a ramagem que se abaulava de volta na direção do tronco, as vozes eram filtradas e iam se perder no céu.

---

47. Henrique II (1519-59), rei a partir de 1547, tinha como favorita Diana de Poitiers, que era dama de companhia de sua mulher, Catarina de Médici, mas não são comprovadas suas relações íntimas.
48. Gabriela d'Estrées (1573-99) foi declarada concubina de Henrique IV de 1591 até sua morte.

115. O que se dizia sob o carvalho real

A suavidade do ar e o silêncio da folhagem caladamente levaram aquelas jovens a logo trocarem a conversa brejeira por assuntos mais sérios.

E foi, inclusive, Montalais a primeira a mudar de atitude, logo ela, que tinha as maneiras mais descontraídas.

Foi um profundo suspiro que deu início à conversa.

— Que alegria estarmos aqui livres e sós — ela disse —, podendo ser francas, sobretudo com nós mesmas!

— Concordo — respondeu Tonnay-Charente. — A corte, por mais brilhante que seja, esconde sempre alguma mentira sob as dobras do veludo ou sob o brilho dos diamantes.

— Eu própria nunca minto — completou La Vallière. — Quando não posso dizer a verdade, me calo.

— Não manterá por muito tempo os favores, minha querida — disse Montalais. — Não estamos mais em Blois, onde podíamos contar à velha Madame todas as nossas frustrações e vontades. Ela ainda podia se lembrar de ter sido jovem e, nesses dias, quem a procurasse encontrava uma amiga sincera. Gostava de falar dos seus amores com Monsieur e nos sentíamos então à vontade para lembrar outros amores seus, ou pelo menos os boatos que corriam sobre suas escapadas. Pobre Madame! Tão inocente! Ela ria e nós também. Onde estará agora?

— Ah, Montalais! A risonha Montalais! — exclamou Louise. — Está suspirando muito. O bosque a inspira, está quase bem-comportada.

— Amigas — aparteou Athénaïs —, não parecem tão saudosas da corte de Blois a ponto de não se sentirem felizes aqui. Uma corte é o lugar onde homens e mulheres falam de coisas que as mães e os tutores, sem contar os confessores, severamente proíbem. Na corte podemos dizer coisas sob a proteção do rei e das rainhas, não é bom?

— Athénaïs! — enrubesceu-se Louise.

— Athénaïs hoje está sendo franca — observou Montalais —, aproveitemos.

— Façam isso, pois podem hoje arrancar os mais íntimos segredos do meu coração.

— Ah, se o sr. de Montespan estivesse aqui! —[49] brincou Montalais.

— Acha mesmo que amo o sr. de Montespan? — murmurou a bela jovenzinha.

— Imagino que seja bonito.

— Sim, isso é uma bela vantagem, a meu ver.

— E está certa.

— E digo mais, de todos os homens que vemos por aqui é o mais bonito e o mais…

— Ouvi alguma coisa — alarmou-se La Vallière, agitando-se na relva onde estavam sentadas.

— Algum cervo fugindo no mato.

— Tenho medo apenas dos homens — disse Athénaïs.

— Quando não se parecem com o sr. de Montespan?

— Parem de zombar… Ele se desmancha em atenções, é verdade, mas isso não cria compromisso algum. Não vemos o sr. de Guiche se desmanchando da mesma forma por Madame?

— Pobre, pobre rapaz! — lamentou La Vallière.

— Por quê? Madame é bonita e de alta posição…

Condoída, La Vallière balançou a cabeça:

— Não se ama pela beleza nem pela posição, minhas amigas; importam apenas o coração e os olhos de quem amamos.

Montalais começou a rir acintosamente:

— Coração, olhos…! Francamente!

— É só o que acho — replicou La Vallière.

— Tem nobres sentimentos — observou Athénaïs, de forma protetora, mas bastante fria.

— Não são também os seus? — perguntou Louise.

— Com certeza. Mas continuo o que dizia: como lamentar um homem tão dedicado a alguém como Madame? Se alguma coisa houver fora do tom, é por parte do conde.

— De forma alguma — contrapôs La Vallière —; é por parte de Madame.

— Explique.

— Acho que Madame nem sequer tem interesse em saber o que é o amor. Brinca com esse sentimento como uma criança com o fogo que pode incendiar um palácio. É algo que brilha, e é só o que lhe interessa. Alegria e amor formam a trama da sua vida. Por mais que o sr. de Guiche ame a ilustre dama, ela não o amará.

Athénaïs riu com desdém e rebateu:

---

49. Louis-Henri de Pardaillan (1640-91), marquês de Montespan, futuro marido de Athénaïs (casaram-se em 1663).

— E por acaso amamos? Onde estão os seus nobres sentimentos de ainda há pouco? A virtude da mulher está na corajosa recusa de qualquer intriga mais consequente. A mente feminina bem organizada, dispondo de um coração generoso, deve saber lidar com os homens; fazer-se amar, até adorar e dizer, ao menos uma vez na vida: "Se eu não fosse o que sou, tenho a impressão de que detestaria esse fulano um pouco menos que os outros".

— É o que promete ao sr. de Montespan? — revoltou-se La Vallière, juntando as mãos.

— Claro! A ele como a qualquer outro. Como eu disse, reconheço nele alguma superioridade, mas isso não basta! Minha querida, quem é mulher é rainha pelo tempo que a Natureza lhe dá para preencher essa realeza, dos quinze aos trinta e cinco anos. Sinta-se à vontade para ter coração depois, pois só lhe restará isso.

— Pelo amor de Deus! — murmurou La Vallière.

— É perfeito! — exclamou Montalais. — Eis uma mulher forte. Athénaïs, você vai longe!

— Não concorda comigo?

— Ah, com os pés e com as mãos! — respondeu a sempre zombeteira Aure.

— Está brincando, não é, Montalais? — preocupou-se Louise.

— De jeito nenhum. Concordo com tudo que Athénaïs acaba de dizer, só que…

— Só que…?

— Bom. Não consigo pôr isso em prática. Tenho os mais completos princípios, tomo decisões perto das quais os projetos do *stathouder* da Holanda e os do rei da Espanha parecem coisas de criança, mas depois, na hora da execução, nada.

— Fraqueja? — perguntou Athénaïs, com menosprezo.

— Completamente.

— Infeliz constituição — concluiu Athénaïs. — Mas ao menos escolhe?

— Bom… não muito. O destino gosta de me contrariar em tudo. Sonho com imperadores e o que encontro são…

— Aure! Aure! — interrompeu-a La Vallière. — Por favor, não sacrifique, só pelo prazer de uma frase, quem a ama com tanto carinho.

— Ah, com relação a isso pouco me preocupo. Quem me ama já se sente bastante feliz em não ser afastado. Azar o meu se fraquejo, mas azar o dele se me vingo um pouco. E é mesmo o que faço.

— Aure!

— Você está certa e talvez também chegue ao mesmo resultado — disse Athénaïs. — Isso se chama ser coquete, minhas queridas. Os homens são tolos em muitas coisas, mas se superam sobretudo nisso, pois confundem na mesma palavra o coquetismo, o orgulho feminino e a variabilidade da mulher. No que me diz respeito, sou orgulhosa, ou seja, ninguém haverá de me conquistar. Maltrato meus pretendentes sem nada conceder para mantê-los. Os homens dizem que sou coquete, mas é por terem a vaidade de achar que os quero. Outras mulheres, Montalais, por exemplo, se deixam levar pelas adulações e estariam perdidas se não tivessem o instinto de bruscamente mudar de humor e castigar aqueles cuja homenagem antes aceitavam.

— Que sábia explanação! — disse Montalais, num tom de gourmet que se delicia.

— Odiosa! — murmurou Louise.

— Graças a esse coquetismo, pois é esse o verdadeiro coquetismo — prosseguiu Tonnay-Charente —, o pretendente, inflado de orgulho uma hora antes, num minuto murcha, perdendo o amor-próprio. Quem já assumia ares de vencedor é obrigado a recuar, quem se imaginava superior volta a se prosternar. O resultado é que, em vez de termos um marido ciumento, incômodo, senhor de si, temos um amante sempre trêmulo, sempre cobiçoso e submisso, diante de uma déspota sempre renovada. É essa a função do coquetismo, senhoritas, acreditem. Graças a isso reinamos entre as mulheres, mesmo sem termos recebido de Deus a tão preciosa faculdade de manter sob controle o coração e a mente.

— Você é muito boa nisso! — extasiou-se Montalais. — E como compreende bem o dever das mulheres!

— Construo uma felicidade particular — disse Athénaïs, com modéstia. — Como qualquer apaixonado fraco, defendo-me da opressão dos mais fortes.

— La Vallière nada diz.

— Será que não concorda conosco?

— Eu apenas não compreendo — ela respondeu. — Vocês falam como seres que não se propõem a viver na terra.

— Que bela terra, esta que temos! — disse Montalais.

— Uma terra em que o homem incensa a mulher apenas para que caia, atordoada, e a insulta quando cai — acrescentou Athénaïs.

— Quem falou em cair? — reagiu Louise.

— Ah, essa é uma teoria nova. E qual outro meio você indica, por favor, para não ser vencido quem se deixa levar pelo amor?

— Ah, se você pudesse saber o que é um coração — exclamou a jovem, erguendo ao firmamento seus belos olhos úmidos —, eu explicaria e a convenceria. Um coração que ama é mais forte do que todo o seu coquetismo e todo o seu orgulho. Creio eu, e Deus me ouve, que nunca a mulher é amada e nunca o homem ama com idolatria se não se sentirem amados. Deixe aos velhos da comédia a fantasia de serem adorados por coquetes. O jovem não cai nesse tipo de ilusão, mesmo quando tem pela coquete um desejo, uma efervescência, um furor… Como vê, deixo à sua tese um amplo campo aberto… Resumindo, a coquete pode enlouquecê-lo, mas nunca o fará se apaixonar. No meu entender, o amor é um sacrifício incessante, absoluto, inteiro, mas não de apenas uma das partes interessadas. É a completa abnegação de duas almas querendo se fundir numa só. Se eu porventura amar, suplicarei a meu amado que me deixe livre e pura. Direi, e ele compreenderá, que minha alma está dilacerada pela recusa que faço, e ele, se me amar, sentindo a dolorosa grandeza do meu sacrifício, igualmente se entregará e me respeitará, sem querer que eu caia para em seguida me insultar, como você disse ainda há pouco, blasfemando contra o amor. É como o compreendo. Como ele me desprezará? Duvido que aja dessa forma, a menos que seja o mais desprezível dos homens, e o meu coração não permitirá que eu escolha alguém assim. Meu olhar o recompensará por seus sacrifícios ou imporá virtudes que ele nem sequer imaginava possuir.

— Você diz isso, mas não é o que faz, Louise! — apontou Montalais.

— O que quer dizer?

— É adorada por Raoul de Bragelonne, amada de joelhos. O pobre rapaz é vítima da sua virtude como seria, ou mesmo mais, do meu coquetismo ou do orgulho de Athénaïs.

— É apenas mais uma subdivisão do coquetismo — acusou Athénaïs —, que você pratica sem se dar conta.

— Não!

— Sim. E isso se chama instinto: perfeita sensibilidade, refinada projeção dos sentimentos, constante demonstração de impulsos apaixonados que nunca chegam a nada. Mas é requintado e também muito eficaz. Pensando com mais cautela, para combater os homens eu teria até preferido essa tática, em vez do meu orgulho, pois oferece a vantagem de fazer com que se acredite na convicção. Desde já, mas sem condenar ainda a minha maneira, declaro a sua superior à de Montalais.

As duas riram e só La Vallière se manteve em silêncio, balançando a cabeça para em seguida murmurar:

— Se diante de um homem dissessem a quarta parte do que acabam de dizer, ou se eu acreditasse ser de fato o que acham, morreria de vergonha e de dor aqui mesmo.

— Pois morra, doce criatura! — respondeu Tonnay-Charente. — Não há homem nenhum aqui, mas duas mulheres, suas amigas, que a declaram uma coquete de instinto e consciente disso, uma coquete inocente, ou seja, da mais perigosa espécie de coquetismo que existe.

— Por favor... — foi só o que conseguiu responder La Vallière, corando e prestes a chorar.

As duas amigas deram renovadas risadas.

— Perguntarei a Bragelonne o que ele tem a dizer...

— Bragelonne? — quis saber Athénaïs.

— Sim. Aquele belo rapaz, corajoso como César, fino e inteligente como o sr. Fouquet, pobre rapaz que a conhece e ama desde os doze anos de idade e, mesmo assim, pelo que você diz, nunca beijou nem a pontinha dos seus dedos.

— Que a mulher de coração nos explique tanta crueldade — exigiu Athénaïs.

— Explico com uma só palavra: virtude. Por acaso negam a virtude?

— O que é isso, Louise? Não minta — falou Aure, pegando a sua mão.

— Mas o que posso dizer? — ela se exasperou.

— O que quiser. Mas mantenho minha opinião: coquete de instinto, coquete ingênua, ou seja, como disse e volto a dizer, a mais perigosa de todas as coquetes.

— Não, por favor, não diga isso!

— Como não? Doze anos de absoluto rigor!

— Há doze anos eu tinha apenas cinco. O impulso de uma criança não pode pesar sobre uma adolescente.

— Pois veja, você tem dezessete anos. Contemos então apenas três, e não doze. Há três anos você se mantém firme e totalmente cruel. Depõem contra você o sombreado das árvores de Blois, os passeios em que se contam estrelas, as caminhadas noturnas sob os plátanos, os vinte anos dele falando aos seus catorze, o calor dos olhos dele falando aos seus.

— Eu sei, mas foi como eu disse!

— Não insista, é impossível!

— Deus do céu, por quê?

— Dê argumentos em que possamos acreditar, querida, e acreditaremos.

— Mas suponham…

— O quê? Diga.

— Diga ou suporemos mais do que imagina.

— Suponham, então; suponham que eu pensava amar, mas não amava.

— Como, não amava?

— Por que se surpreende? Se fui diferente das outras quando amam deve ser por não amar, por não ser ainda a minha hora.

— Louise! Louise! Tome cuidado com o que diz. Raoul não está aqui, não o ataque pelas costas. Se, tendo pensado melhor, achar mesmo que não o ama, diga a ele. Pobre rapaz! — assustou-se Montalais, que depois riu.

— Nossa amiga lamentou o sr. de Guiche pouco antes — lembrou Athénaïs. — Quem sabe essa indiferença por um não vem da solidariedade com o outro?

— Falem, falem à vontade — respondeu, com tristeza, La Vallière —, falem de mim, pois não entendem.

— Que atitude é essa, Louise? — cortou Montalais. — Mau humor, tristeza, lágrimas; estamos só brincando, não somos os monstros que imagina.

Veja a orgulhosa Athénaïs, como a chamamos, não ama o sr. de Montespan, é verdade, mas se desesperaria se o sr. de Montespan não a amasse... E eu mesma? Zombo do sr. Malicorne, mas esse pobre Malicorne de quem zombo sabe muito bem levar minha mão aos lábios, quando quer. Além disso, a mais velha de nós três nem tem vinte anos... há tanto pela frente!

— Loucas! Vocês são loucas — murmurou Louise.

— É verdade — concordou Montalais. — E só você diz coisas certas.

— Isso é claro!

— Concordo — respondeu Athénaïs. — Isso então quer dizer que não ama esse pobre sr. de Bragelonne?

— Ela provavelmente não tem ainda tanta certeza — disse Montalais. — Em todo caso, ouça, Athénaïs, se o sr. de Bragelonne ficar livre, vou lhe dar um conselho de amiga.

— Qual?

— Olhe bem antes de se decidir, pense no sr. de Montespan.

— Ah! Se for pensar assim, minha cara, o sr. de Bragelonne não é o único a quem se possa olhar com prazer. O sr. de Guiche, por exemplo, não é de se jogar fora.

— Não foi brilhante hoje — disse Montalais —, e sei de boa fonte que Madame o achou odioso.

— Mas o sr. de Saint-Aignan brilhou, e estou certa de que algumas das que o viram dançar não o esquecerão logo. Não acha, La Vallière?

— Por que me pergunta? Não o vi nem o conheço.

— Não viu o sr. de Saint-Aignan? Não o conhece?

— Não.

— Vamos, vamos, não finja uma virtude ainda maior do que nossos orgulhos. Você tem olhos, não tem?

— Excelentes.

— Então viu todos os nossos dançarinos esta noite?

— Mais ou menos, sim.

— Isso me pareceu um mais ou menos bem impertinente com relação a eles.

— Nada além do que de fato é.

— Tudo bem, prosseguindo... Entre todos aqueles fidalgos que você mais ou menos viu, qual prefere?

— Sim — animou-se Montalais. — O sr. de Saint-Aignan, o sr. de Guiche, o...

— Nenhum deles, amigas. Acho-os todos igualmente bem.

— Então em toda essa brilhante festa, nessa corte que é a primeira do mundo, ninguém a agradou?

— Não foi o que eu disse.

— Então diga. Conte para nós o seu ideal.

— Não é um ideal.

— Então existe um?

— Francamente, senhoritas — exclamou La Vallière, perdendo a paciência. — Não estou entendendo. Têm, como eu, um coração, e também olhos, mas falam do sr. de Guiche, do sr. de Saint-Aignan, do sr. sei lá quem estando presente o rei.

Essas palavras, afoitamente lançadas, com voz alterada e ardente, fizeram na mesma hora explodirem dois gritos que assustaram Louise.

— O rei! — exclamaram ao mesmo tempo Montalais e Athénaïs.

Ela deixou a cabeça cair entre as mãos e murmurou:

— Sim, o rei! O rei… já viram alguém que chegue perto do rei?

— Estava certa ao dizer que tem olhos excelentes, pois a senhorita enxerga longe, muito longe. Infelizmente, o rei não está entre aqueles nos quais nossos pobres olhos têm o direito de se fixar.

— É verdade, eu sei — exclamou La Vallière. — Nem todos os olhos podem mirar de frente o sol, mas farei isso, mesmo que acabe cega.

Nesse momento, e como se as palavras que La Vallière acabava de deixar escapar o tivessem provocado, um barulho de folhas e um roçar sedoso foi ouvido atrás de uma moita ao lado.

As jovens se levantaram assustadas. Tinham claramente percebido a folhagem se mexer, mas sem ver o que podia ter causado isso.

— Um lobo ou um javali! — exclamou Montalais. — Vamos fugir, rápido!

Tomadas por um terror indescritível, as três correram pela primeira aleia que viram, parando apenas já fora do bosque.

Lá, sem fôlego, apoiando-se umas nas outras, sentindo mutuamente palpitarem seus corações, tentaram se recompor, mas levaram algum tempo para isso. Vendo luzes para os lados do castelo, decidiram então tomar essa direção.

La Vallière estava morta de cansaço.

— Escapamos de uma boa — respirou, aliviada, Montalais.

— Moças, moças! — disse La Vallière. — Meu medo é que fosse algo pior que um lobo. Sinceramente, preferiria ter corrido o risco de ser devorada viva por algum animal feroz a ter sido ouvida. Mas que loucura a minha! Como fui pensar, como pude dizer aquelas coisas?

Sua cabeça pendeu como a ponta de um caniço; ela sentiu as pernas fraquejarem e todas as suas forças irem embora. Dos braços das amigas por fim escorregou, quase inanimada, na relva do caminho.

116. A preocupação do rei

Deixemos de lado a pobre La Vallière desfalecida entre as duas amigas e voltemos ao carvalho real.

As três jovens nem tinham dado vinte passos e o barulho que tanto as assustara na folhagem redobrou.

Um vulto mais distintamente apareceu, afastando a ramagem e, vendo vazio o local, deu uma gargalhada.

Desnecessário dizer que esse vulto era o de um jovem e belo fidalgo que, logo a seguir, fez sinal a outro, que também se mostrou.

— Incrível! — exclamou o segundo vulto, avançando com todo o cuidado. — Vossa Majestade afugentou nossas amorosas jovenzinhas.

— Parece que sim, valha-me Deus — disse o rei. — Pode se aproximar sem se preocupar, Saint-Aignan.

— Vossa Majestade pode ser reconhecida.

— Elas já se foram.

— É o que se pode chamar de um feliz acaso, Sire. E se me for permitida uma sugestão, devemos ir atrás delas.

— Já estão longe.

— Mesmo assim. Logo as alcançaremos, sobretudo se souberem quem as persegue.

— O que quer dizer o sr. presunçoso?

— Ora, uma delas me achou a seu gosto, e outra comparou Vossa Majestade ao sol.

— Uma razão a mais para nos mantermos escondidos, Saint-Aignan. O sol não se mostra à noite.

— Meu Deus, que falta de curiosidade! No lugar de Vossa Majestade, eu bem que gostaria de saber quem são as duas ninfas, as duas dríades, as duas hamadríades com tão boa opinião a nosso respeito.

— Não se preocupe, saberemos quem são, posso garantir.

— E como?

— Ora, pela voz! São da corte, e aquela que falou de mim tem uma linda voz.

— Ah, Vossa Majestade aprecia a lisonja…

— Não é o meio de que você mesmo se serve?

— É verdade, perdão, Sire, que tolice a minha.

— Bom, vamos embora. Façamos como eu disse…

— E a paixão confidenciada há pouco, Sire, já foi esquecida?

— De jeito nenhum. Como esquecer olhos como os da srta. de La Vallière?

— Hum… mas a outra tem uma bela voz!

— Quem?

— Esta última, que ama o sol.

— Sr. de Saint-Aignan!

— Desculpai-me, Sire.

— É verdade que uma bonita voz tem tanto valor quanto belos olhos… Mas sei que o senhor é um incontrolável tagarela e amanhã vou pagar pela confiança que estou concedendo.

— Como assim?

— Amanhã todo mundo vai saber das minhas intenções com a pequena La Vallière. Mas tome cuidado, Saint-Aignan, só contei isso a você, e se ouvir de alguém qualquer comentário, saberei quem traiu o segredo.

— E que importância tem isso?

— Não quero comprometer a pobre moça.

— Vossa Majestade pode então ficar tranquila.

— Promete?

— Dou minha palavra, Sire.

"Bom, amanhã todo mundo saberá que, esta noite, andei atrás da jovem La Vallière", riu por dentro o rei.

Depois, buscando se orientar:

— Era só o que faltava, acho que nos perdemos.

— Oh, nada tão perigoso.

— Aonde vai essa trilha?

— Ao cruzamento, Sire.

— Não é para onde íamos quando ouvimos as vozes?

— Isso mesmo, e aquele final de conversa em que tive a honra de ouvir meu nome ser pronunciado junto ao de Vossa Majestade.

— Está voltando demais a esse assunto, Saint-Aignan.

— Que Vossa Majestade me perdoe, mas fico muito feliz em saber que uma jovem se interessa por mim sem que eu saiba e sem nada ter feito para isso. Vossa Majestade não se dá conta dessa satisfação, pois sua posição e seu mérito já atraem a atenção e o amor.

— Pois acredite se quiser, Saint-Aignan — continuou o rei, apoiando-se familiarmente no braço do fidalgo e tomando a direção que julgava ser a do castelo —, mas aquela inocente confidência, aquela preferência desinteressada de alguém que talvez nunca chame minha atenção… enfim, o mistério desta aventura me instiga e, na verdade, se não estivesse neste momento tão interessado em La Vallière…

— Mas uma coisa não invalida a outra. Vossa Majestade dispõe de certo tempo.

— Como assim?

— Dizem que La Vallière é bem rigorosa.

— Está me animando ainda mais, Saint-Aignan. Quero logo encontrá-la, vamos.

O rei mentia: muito pelo contrário, não tinha a menor pressa, mas devia representar seu papel.

Passou a andar mais depressa, com Saint-Aignan alguns passos atrás.

Então de repente parou, com o cortesão fazendo o mesmo.

— Ouve alguns suspiros?

— Suspiros?

— Sim, preste atenção.

— De fato, e até gritos, tenho a impressão.

— Vieram daquele lado — disse o rei, indicando a direção.

— Acho que lágrimas, um choro de mulher — completou Saint-Aignan.

— Vamos rápido!

Partindo em diagonal, o rei e o favorito correram pela relva.

Os apelos ficavam mais distintos à medida que avançavam.

— Socorro, socorro! — gritavam duas vozes.

Eles apressaram o passo.

Gritos mais fortes substituíam os suspiros:

— Socorro, socorro!

Isso acelerou ainda mais a corrida dos dois homens.

Do outro lado de um fosso, sob salgueiros com galhos embaraçados, uma mulher de joelhos sustentava outra, estirada no chão.

A poucos passos delas, no meio do caminho, uma terceira gritava por socorro.

Vendo os dois fidalgos, mas sem reconhecê-los, ela gritou com ainda mais insistência.

O rei tomou a dianteira e ia atravessando o fosso para prestar ajuda no momento em que, pela alameda que vinha do castelo, acudiam umas doze pessoas, atraídas pelos mesmos apelos.

— O que houve, senhorita? — perguntou Luís.

— O rei! — surpreendeu-se Montalais, deixando cair a cabeça de La Vallière, que ficou então completamente estendida na grama.

— Isso mesmo, o rei. Mas nem por isso deixe assim sua companheira. Quem é ela?

— Srta. de La Vallière, Sire.

— Srta. de La Vallière!

— Ela acaba de desmaiar...

— Meu Deus! — alarmou-se o rei. — Pobre menina, chamem rápido um médico!

Por maior que fosse a agitação com que essas palavras foram ditas, Sua Majestade se esquecia do seu papel e elas pareceram — assim como o gesto que as motivou — um tanto frias ao sr. de Saint-Aignan, que antes ouvira o rei falar daquele seu grande e súbito amor.

— Saint-Aignan — ele continuou —, cuide dessa jovem, por favor, e mande chamar um médico. Vou avisar Madame do ocorrido com sua dama de honra.

De fato, enquanto o fidalgo organizava o transporte da srta. de La Vallière ao castelo, o rei saiu em busca de Madame, feliz por ter um pretexto para isso.

Uma carruagem passava e foi parada. Seus ocupantes, ao saberem do acidente, imediatamente cederam lugar à enferma.

O vento provocado pelo galope dos cavalos bastou para despertá-la.

Chegando ao castelo, apesar de enfraquecida ela pôde descer do carro e, com a ajuda de Montalais e Athénaïs, foi se sentar num cômodo que dava para os salões do andar térreo.

As demais pessoas que haviam acorrido, não sendo o incidente tão interessante, deram continuidade ao passeio noturno.

Enquanto isso, o rei encontrara Madame num quincunce[50] do jardim e, sentando-se a seu lado, tentava encostar o seu pé no da princesa, sob a cadeira.

— Cuidado, não está parecendo indiferente — ela o advertiu, em voz bem baixa.

— Hélas! — respondeu Luís XIV, no mesmo tom. — Temo ter me comprometido com algo acima das minhas forças.

Em seguida, em voz alta, continuou:

— Soube do acidente?

— Qual acidente?

— Santo Deus, foi só vê-la que esqueci ter vindo por isso. No entanto, me sinto dolorosamente concernido, mas uma das suas damas de honra, a pobre La Vallière, desmaiou no parque.

— Pobre menina — disse calmamente a princesa. — E por quê?

Em voz baixa, ela acrescentou:

— Para quem pretende demonstrar uma paixão por essa moça, é estranho que esteja aqui enquanto ela padece logo adiante.

---

50. No caso, área reservada do jardim delimitada por quatro árvores, uma em cada canto, com uma quinta árvore no meio.

— A senhora representa bem melhor do que eu o seu papel. Como pensa em tudo!

Ele então se levantou, dizendo de forma que todos ouvissem:

— Preciso ir, pois grande é minha preocupação. Quero pessoalmente confirmar que a jovem esteja sendo bem assistida.

E ele se foi, enquanto os que haviam assistido à cena comentavam aquele "grande é minha preocupação".

117. O segredo do rei

No caminho, Luís encontrou o conde de Saint-Aignan.

— E então? Como está a doente? — ele perguntou com afetação.

— Sinto muito, Sire — gaguejou o cortesão —, mas devo dizer que não sei.

— Como não sabe? — fingiu o rei estranhar tamanha falta de cuidado com sua futura conquista.

— Perdoai-me, Sire, mas eu acabava de encontrar uma das três moças que conversavam sob o carvalho real, e confesso que me distraí.

— Ah, encontrou? — interessou-se o rei.

— A jovem que tão favoravelmente falou de mim. Mas já seguia em busca da sua colega quando tive a felicidade de me deparar com Vossa Majestade.

— Muito bem. Mas toda a prioridade à srta. de La Vallière — lembrou o rei, fiel a seu papel.

— É uma jovem interessante. Pode-se dizer, aliás, que o seu desmaio foi um luxo a mais, uma vez que Vossa Majestade já se interessava antes por ela.

— E como se chama a sua bela, Saint-Aignan, é segredo?

— Deveria, Sire, e dos mais secretos, mas isso é coisa que não existe diante de Vossa Majestade.

— E qual o seu nome, então?

— Srta. de Tonnay-Charente.

— É bonita?

— Acima de tudo, Sire. Reconheci pela voz que tão afetuosamente pronunciou o meu nome. Então fui até ela, fiz as perguntas que pude diante das pessoas presentes e soube, sem que se desse conta, que pouco antes estava com duas amigas sob o grande carvalho quando foram assustadas por um lobo ou um ladrão e fugiram.

— E o nome das duas amigas? — perguntou animado o rei.

— Vossa Majestade vai me mandar para a Bastilha — lamentou Saint-Aignan.

— Por quê?

— Por eu ser egoísta e tolo. Fiquei tão surpreso com a conquista e tão feliz com a descoberta que nada mais fiz. Achei que Vossa Majestade, de tão preocupado com a srta. de La Vallière, não se importasse mais com o episódio do carvalho real. Além disso, a srta. de Tonnay-Charente me largou de forma um tanto brusca para ir dar atenção à amiga.

— Bom, esperemos que eu tenha a mesma sorte que você. Vamos, Saint--Aignan.

— O rei não quer mesmo que conquista nenhuma lhe escape. Prometo procurar com todo o cuidado. Aliás, eram três graças sob o carvalho; como já conhecemos uma, chegaremos às outras.

— Preciso apenas ouvir a voz para reconhecê-la. Bom, deixemos isso de lado por agora. Leve-me até a pobre La Vallière.

"Trata-se mesmo de uma ideia fixa, e por alguém quase insignificante. Se me contassem eu não acreditaria", pensou Saint-Aignan, enquanto mostrava ao rei a sala em que se encontrava a jovem.

O rei entrou, e ele o seguiu.

Era um cômodo de teto baixo. Perto de uma janela grande, dando para o jardim, La Vallière sorvia profundamente o ar perfumado da noite, sentada numa ampla poltrona.

Tendo a parte superior do vestido já afrouxada, rendas escapuliam em desordem entre os cachos dos seus belos cabelos, espalhados pelos ombros.

Com o olhar esvaecido, carregado de fulgores mal extintos, afogado em espessas lágrimas, ela parecia viver apenas como essas belas visões de sonho que passam, pálidas e poéticas, diante dos nossos olhos ao adormecermos, entreabrindo as asas sem movê-las, e os lábios sem emitir som nenhum.

A palidez nacarada de La Vallière tinha um encanto que nada poderia descrever. O sofrimento da alma e do corpo proporcionara àquele meigo semblante uma nobre e dolorosa harmonia. A absoluta inércia dos braços e do peito a fazia parecer mais morta do que viva e nada indicava que ouvisse os sussurros das companheiras ou os ruídos, mais distantes, que vinham de fora. Falava consigo mesma e suas belas mãos, longas e finas, estremeciam de vez em quando, como se recebessem pressões invisíveis. O rei entrou sem que ela percebesse, tão absorta estava no devaneio.

De longe, Luís viu aquela imagem adorável, realçada pela luz ardente da lua, sua fonte prateada.

— Meu Deus! — ele exclamou, com involuntário pavor. — Está morta!

— Não, Sire, não está — informou Montalais em voz baixa. — Pelo contrário, inclusive já se sente melhor. Não é mesmo, Louise?

Não houve resposta.

— Louise — continuou Montalais —, o rei amavelmente se preocupa com a sua saúde.

— O rei! — repetiu a doente, erguendo-se, como se uma chama de vida a penetrasse pelas extremidades até o coração. — O rei se preocupa com a minha saúde?

— Sim — respondeu Montalais.

— O rei está aqui? — tornou a doente, sem ousar olhar em volta.

— Essa voz! Essa voz! — surpreendeu-se Luís, cochichando ao ouvido de Saint-Aignan.

— É mesmo! Vossa Majestade tem razão, é a apaixonada pelo sol.

— Psiu! — veio a repreensão.

Em seguida, aproximando-se de La Vallière, ele indagou:

— Sente-se melhor, senhorita? Ainda há pouco, no parque, a vi desmaiada. O que aconteceu?

— Sire — balbuciou a pobre menina, trêmula e perdendo de vez toda a cor —, na verdade, não sei dizer.

— Deve ter andado muito e, talvez, o cansaço...

— Não, Sire — respondeu pela amiga Montalais. — Não pode ter sido o cansaço, pois estávamos até então sentadas sob o carvalho real.

— O carvalho real? — repetiu o rei, estremecendo. — Então não me enganei, foi mesmo isso.

Ele dirigiu ao conde um olhar significativo.

— Ah, sim — entrou na conversa este último. — Sob o carvalho real, com a srta. de Tonnay-Charente.

— Como sabe disso?

— É simples, ela me disse.

— Deve então saber a causa do desmaio de nossa amiga?

— Bem, ela mencionou um lobo ou um ladrão, não me lembro.

La Vallière ouvia com os olhos parados e o peito arfante como se, em parte, pressentisse a verdade, graças a um redobramento da intuição. Luís viu em tais atitude e agitação a consequência do susto sofrido.

— Não tema, senhorita — ele disse, com flagrante emoção. — Esse lobo que tanto a fez correr tinha duas pernas.

— Era um ser humano? Um homem? — apavorou-se ainda mais Louise. — Um homem nos ouvia?

— Que mal poderia haver em ser ouvida? Dizia coisas que não deviam ser ouvidas?

La Vallière bateu as mãos e rapidamente as levou ao rosto, tentando esconder o rubor.

— Meu Deus! Quem estava escondido, quem pode ter ouvido? — ela quis saber.

O rei adiantou-se, pegou uma das suas mãos e disse, inclinando-se com respeito:

— Eu, senhorita. Será que sou tão assustador?

A jovem deu um grito e, novamente, suas forças a abandonaram. Fria, gemente, desesperada, ela desabou na poltrona.

O rei teve tempo de estender o braço, de forma que ela caísse menos pesadamente.

A dois passos de ambos, as srtas. de Tonnay-Charente e de Montalais, paralisadas como se fossem de pedra, lembrando-se do que dissera La Vallière, nem pensaram em ajudá-la, impedidas pela presença do rei, que, com um joelho dobrado, praticamente abraçava a jovem para que ela não fosse ao chão.

— Vossa Majestade ouviu? — perguntou, como num murmúrio, Athénaïs.

Mas o rei não respondeu. Tinha os olhos fixos nos semicerrados de La Vallière, segurando a sua mão, que pendia.

— Ora! — exclamou Saint-Aignan, esperando também algum desmaio da srta. de Tonnay-Charente e já de braços abertos para a eventualidade. — Não perdemos uma palavra.

A orgulhosa Athénaïs, porém, não era alguém que desmaiasse por tão pouco. Lançou um olhar terrível ao conde, que se afastou de fininho.

Mais decidida, Montalais foi com firmeza até Louise e a recebeu das mãos do rei, que já perdia a cabeça, sentindo no rosto os cabelos perfumados da enferma.

— Com a breca, que aventura! — comentou Saint-Aignan quando ele e o rei já se retiravam. — Que o diabo me carregue se eu não for o primeiro a contar tudo isso.

Luís XIV se aproximou dele, com a voz trêmula, a mão crispada, e apenas disse:

— Conde, nem uma palavra a ninguém.

O pobre rei esquecia que uma hora antes fizera à mesma pessoa a mesma recomendação, mas com intenção oposta, ou seja, que fosse indiscreta.

De forma que a recomendação foi igualmente desrespeitada.

Meia hora depois, toda Fontainebleau sabia que La Vallière tivera, sob o carvalho real, uma conversa com Montalais e Tonnay-Charente, confessando seu amor pelo rei.

Sabia também que o rei, depois de manifestar muita preocupação com o estado da srta. de La Vallière, havia empalidecido e tremido, recebendo nos braços a bela desacordada. Para todos os cortesãos, ficou claro que acabava de ocorrer o maior acontecimento da época: Sua Majestade amava La Vallière e, assim sendo, Monsieur podia dormir perfeitamente tranquilo.

Foi, aliás, o que a rainha-mãe, tão surpresa quanto todos com a brusca reviravolta, correu para dizer à jovem rainha e a Filipe de Orléans.

Entretanto, fez isso de maneira bastante diferente ao se dirigir aos dois interessados. À nora, disse:

— Viu só, Teresa, como estava errada em acusar o rei? Já falam agora de uma nova amada. E por que essa de hoje seria mais verdadeira que a de ontem, como a de ontem mais do que a de hoje?

E a Monsieur, referindo-se à aventura do carvalho real:

— Viu o absurdo dos seus ciúmes, Filipe? Ficou claro que o rei perde a cabeça pela pequena La Vallière. Não vá falar disso com sua mulher, pois a rainha logo ficaria sabendo.

Essa última confidência teve resultado imediato.

Satisfeito e triunfante, Monsieur foi encontrar a esposa e, como não era ainda meia-noite e a festa devia durar até as duas da manhã, lhe ofereceu a mão para o passeio.

Mal deram alguns passos, a primeira coisa que ele fez foi desobedecer à mãe, dizendo, cheio de mistério:

— Não vá comentar com a rainha o que andam falando do rei.

— E o que falam?

— Que meu irmão foi bruscamente tomado por uma estranha paixão.

— Por quem?

— Pela pequena La Vallière.

Estava escuro e Madame pôde sorrir à vontade.

— Ah! E desde quando? — ela perguntou.

— Faz alguns dias, ao que parece. Mas o que antes era apenas fumaça, nesta noite revelou a chama.

— O rei tem bom gosto, é uma excelente moça.

— Vejo nisso uma ponta de ironia, minha querida.

— Minha? Em que sentido?

— Em todo caso, isso trará felicidade para alguém, nem que seja a La Vallière.

— Monsieur está falando como se soubesse o que se passa na alma da minha dama de honra. Quem garante que ela corresponde à paixão do rei?

— E quem garante que não?

— Ela ama o visconde de Bragelonne.

— Acha mesmo?

— Inclusive é sua noiva.

— Era.

— O que está dizendo?

— Quando foram pedir ao rei permissão para o casamento, ele a recusou.

— Recusou?

— Sim. Na verdade, ao conde de La Fère, a quem o rei muito estima, como a senhora sabe, pelo papel que teve na restauração do seu irmão, e por serviços prestados em tempos passados.

— Bom, os pobres enamorados terão que esperar que o rei mude de opinião. São jovens, têm tempo.

— Ah, minha amiga — disse Filipe, também rindo. — Vejo que não conhece a melhor parte disso tudo.

— De fato.

— O que mais profundamente afetou o rei.

— O rei foi profundamente afetado?
— No coração.
— Mas como? Diga logo.
— Por uma aventura das mais romanescas.
— Bem sabe o quanto gosto de coisas assim, e está me deixando impaciente.
— Pois bem, ouça.
Monsieur fez uma pausa.
— Estou ouvindo.
— Sob o carvalho real… Sabe onde fica o carvalho real?
— Pouco importa. Sob o carvalho real?…
— Pois bem. Acreditando-se sozinha com duas amigas, a srta. de La Vallière fez confidência da paixão que tem pelo rei.
— Ah! — começou a se preocupar Madame. — Paixão pelo rei?
— Exato.
— E isso foi quando?
— Há uma hora.
Madame estremeceu.
— E ninguém sabia disso?
— Ninguém.
— Nem mesmo Sua Majestade?
— Nem mesmo Sua Majestade. A pessoinha em questão guardava para si o segredo, quando de repente ele se tornou pesado demais e escapou.
— E como soube de semelhante absurdo?
— Como todo mundo.
— Bom… e como todo mundo soube?
— Pela própria La Vallière, que confessava tal paixão a suas companheiras Montalais e Tonnay-Charente.
Madame parou. Com um movimento brusco, largou a mão do marido.
— Foi há uma hora essa confissão? — ela perguntou.
— Mais ou menos.
— E o rei tomou conhecimento?
— Mas é justo o que dá o tom romanesco à coisa: o rei estava com Saint-Aignan atrás do carvalho real e ouviu toda a conversa, sem perder uma só palavra.
Madame sentiu o golpe no coração.
— Mas vi o rei depois disso e ele não me contou — ela raciocinou em voz alta, inadvertidamente.
— Ora! — exclamou Monsieur, ingênuo como um marido que triunfa. — E nem haveria de contar, já que pediu que não contassem à senhora.
— Como? — alterou-se Madame.
— Preferiu que não soubesse.

— E por quê?

— Temendo que sua amizade com a jovem rainha a fizesse contar a ela, só isso.

Madame baixou a cabeça. Sentia-se mortalmente ferida.

Não descansaria enquanto não encontrasse o rei.

Como um rei é muito naturalmente o último a saber o que dizem dele, assim como um enamorado é o único a não saber o que dizem da sua amada, quando Sua Majestade percebeu que Madame o procurava foi vê-la, um tanto confuso, mas sempre atencioso e delicado.

Madame esperou que ele falasse de La Vallière.

Como isso não aconteceu, ela perguntou:

— E a jovem?

— Qual jovem?

— La Vallière... Vossa Majestade não disse que ela sofreu um desmaio?

— Continua bastante mal — respondeu o rei, procurando demonstrar indiferença.

— Isso prejudica o boato que devia ser espalhado.

— Qual boato?

— Do interesse de Vossa Majestade por ela.

— Mas espero que se espalhe mesmo assim — ele disse, distraído.

Madame esperou ainda um pouco, quem sabe o rei falaria da aventura no carvalho real...

Mas nada foi dito.

Ela preferiu então não tocar no assunto, e o rei se despediu sem fazer qualquer confidência.

Assim que ela o viu se afastar, foi procurar Saint-Aignan. O conde era como essas embarcações de apoio que acompanham sempre os navios maiores, não sendo difícil encontrá-lo.

E era exatamente de quem Madame precisava, no estado de espírito em que se via.

E ele, por sua vez, queria acima de tudo um ouvido mais nobre para contar o ocorrido em todos os seus detalhes.

De forma que não poupou minúcias e, assim que terminou, Madame agradeceu:

— É um conto encantador.

— Um conto não, fato verídico.

— Pode ter contado fielmente o que ouviu, mas não estava presente.

— Dou minha palavra de honra, estava lá.

— E acha mesmo que tais confissões tenham causado impressão no rei?

— Tanto quanto as da srta. Tonnay-Charente em mim. A srta. de La Vallière comparou o rei ao sol, é muito lisonjeiro!

— Sua Majestade não se deixa levar por coisas assim.

— Antes mesmo de ser sol, o rei é homem, e vi a comprovação disso quando La Vallière caiu em seus braços.

— La Vallière caiu nos braços dele?!

— Foi uma cena linda, com a moça desfalecendo e…

— E o quê? O que viu? Diga, fale!

— Vi o que dez outras pessoas ao mesmo tempo viram: vi que quando ela caiu nos seus braços, ele quase desmaiou também.

Madame deixou escapar um grito, único indício da sua raiva.

— Obrigada — ela encerrou a conversa, rindo convulsivamente. — É um encantador contista, sr. de Saint-Aignan.

E saiu às pressas, esbaforida, tomando a direção do castelo.

118. Perambulações noturnas

Monsieur estava muito bem-humorado ao se despedir da esposa e, tendo sido o dia fatigante, decidiu se recolher a seus aposentos, deixando que cada um encerrasse a noitada como bem entendesse.

Chegando, começou sua toalete com um apuro que levou ao clímax a sua satisfação.

Enquanto os criados de quarto faziam seu trabalho, ele cantarolava os principais trechos de violino do balé dançado pelo rei.

Em seguida, chamou seus alfaiates para que mostrassem os trajes do dia seguinte e, contente com o que apresentaram, distribuiu algumas gratificações.

O cavaleiro de Lorraine o tinha visto passar pelo jardim e foi estar com ele, sendo recebido com toda a amizade.

Depois da troca de cumprimentos, o visitante ficou por um instante em silêncio, como um comandante artilheiro que analisa e enfim escolhe o ponto sobre o qual concentrar o fogo. Parecendo se decidir, ele afinal perguntou:

— Notou alguma coisa mais singular, monsenhor?

— Não. Que coisa?

— O falso descontentamento com que Sua Majestade recebeu o conde de Guiche.

— Falso?

— Sim, pois na verdade o aceitou com todo o prazer.

— Não vi nada disso — respondeu o príncipe.

— Como? Não viu que em vez de mandá-lo de volta ao exílio, como seria natural, o rei ignorou aquela estranha desobediência, permitindo que tomasse parte no balé?

— E considera isso um erro de Sua Majestade, cavaleiro?

— Não é a opinião de monsenhor?

— De forma alguma. Fez bem o rei em não guardar rancor de um infeliz, mais delirante do que mal-intencionado.

— Pode ser. Pessoalmente confesso que tanta magnanimidade me espanta.

— E por quê?

— Por achar que o rei seria mais ciumento — respondeu venenoso o cavaleiro.

Algo no tom do favorito já vinha irritando Monsieur, e aquela última palavra ateou fogo à pólvora.

— Ciumento?! Ciumento? O que quer dizer com isso? Por favor, ciumento de quê? De quem?

O cavaleiro percebeu ter soltado uma farpa fora de hora, como às vezes acontece. Tentou então voltar atrás enquanto era tempo.

— Da sua autoridade — ele respondeu, com fingida ingenuidade. — De que mais um rei pode ter ciúmes?

— Ah! Muito bem.

— Vossa Alteza Real não teria solicitado clemência para o nosso querido conde de Guiche?

— Não chegaria a tanto. Guiche é um rapaz agradável e corajoso, mas foi leviano. Então não lhe quero mal nem bem.

O cavaleiro instilara seu veneno contra de Guiche, como havia tentado contra o rei, mas percebeu ser tempo de indulgência ou até mesmo de completa indiferença. Para que o marido visse alguma coisa, teria que trazer o lampião até debaixo do seu nariz.

Com isso às vezes queimamos os outros, mas nos queimamos também.

De Lorraine então pensou: "Bom, vou esperar de Wardes; em um dia ele conseguirá mais do que eu em um mês, pois é ainda pior do que eu — que Deus me perdoe, ou melhor, o perdoe. Na verdade, nem é dele que preciso, mas de um acontecimento, pois não estou enxergando com clareza. Que de Guiche tenha voltado, apesar de expulso, é grave, mas a gravidade desaparece quando vemos que isso se deu num momento em que Madame não se interessa mais por ele. Está interessada no rei, é evidente. E não tenho garras para arranhar o rei, mas nem preciso, pois Madame não poderá se interessar por muito tempo se, como dizem, ele não se interessar mais por ela. Assim sendo, o melhor é calmamente aguardar um novo capricho, que mude o rumo das coisas".

Resignado, o cavaleiro se estendeu então na poltrona em que Monsieur permitia que se sentasse na sua presença e, precisando se controlar para não dizer coisas más, ele ficava sem ter o que falar.

Felizmente, porém, Monsieur estava bem abastecido de bom humor, como dissemos, tendo um estoque que bastava para dois. Depois de dispensar os criados de quarto e ajudantes, ele passou ao quarto de dormir.

Antes, encarregou o cavaleiro de cumprimentar Madame e lhe dizer que não voltaria mais ao parque aquela noite, temendo que o frescor lunar prejudicasse os seus dentes.

O cavaleiro atravessou a antecâmara da princesa no momento em que ela justamente voltava.

Transmitiu com fidelidade a mensagem e observou sua indiferença, mas seguida de certa perturbação.

Julgou haver algo novo.

Se Madame voltasse a sair com aquela atitude estranha, ele a teria seguido.

Não foi o caso e de Lorraine então deu meia-volta como uma garça-real quando se sente desocupada: sondou o ar, a terra, a água, meneou a cabeça e tomou sem pensar a direção dos jardins.

Nem dera cem passos e encontrou dois rapazes que vinham, de braços dados e cabeças baixas, chutando as pedrinhas do caminho e assim distraindo seus vagos pensamentos. Eram os srs. de Guiche e de Bragelonne.

Como sempre, vê-los causou em Lorraine uma reação de instintiva repulsa. Mesmo assim, saudou-os com efusão, recebendo, duplicado, o mesmo tratamento.

Em seguida, vendo que o parque ia ficando mais deserto, que a iluminação começava a diminuir e a brisa matinal se punha a soprar, ele tomou a esquerda, voltando ao castelo pelo pátio menor. Os dois amigos permaneceram à direita, indo na direção do grande parque.

No momento em que tomava a escadaria menor, levando a uma entrada secundária, ele viu duas mulheres, uma atrás da outra, surgindo sob a arcada que ligava o pátio pequeno ao grande.

As duas aceleravam o passo e eram denunciadas, na noite escura, pelo roçar dos vestidos de seda.

A forma encapuzada, o porte elegante, a atitude misteriosa e altiva que as distinguia, sobretudo a que ia à frente, chamaram a atenção do cavaleiro.

"São duas mulheres que certamente conheço", ele pensou, parando no último degrau da entrada.

Com seu instinto farejador, já se dispunha a segui-las quando um dos seus criados, que corria atrás dele havia algum tempo, o chamou:

— Senhor, o correio chegou.

"Bom, temos tempo; fica para amanhã", ele pensou.

— São cartas que parecem urgentes e por isso vim avisá-lo.

— É? E de onde vêm?

— Uma da Inglaterra e a outra de Calais. Esta última chegou por estafeta, deve ser importante.

— De Calais? Com os diabos, quem me escreveria de Calais?

— Acho ter reconhecido a letra do conde de Wardes.

— Nesse caso, subo ao meu apartamento — exclamou o cavaleiro, abandonando o projeto de espionagem.

E de fato fez isso, enquanto as duas desconhecidas desapareciam no extremo oposto do pátio em que haviam entrado.

A elas é que seguiremos, deixando o cavaleiro entregue à sua correspondência.

Chegando ao quincunce, a primeira parou para respirar e, abaixando um pouco o capuz, quis saber:

— Estamos ainda muito longe da tal árvore?

— Bastante, mais de quinhentos metros. É melhor que Madame pare um pouco, não conseguirá ir muito adiante nesse ritmo.

— Tem razão.

A princesa — pois era ela — se apoiou numa árvore.

— Diga, Athénaïs; não me esconda nada — ela retomou, tendo recuperado o fôlego.

— A senhora está sendo rigorosa — preocupou-se a jovem.

— Fique tranquila, não estou zangada com você. Na verdade, isso nem é da minha conta. Está preocupada com o que disseram sob o carvalho, teme ter magoado o rei e quero tranquilizá-la, verificando se podem ter sido ouvidas.

— Certamente fomos, o rei estava muito perto.

— Mas, enfim, falavam tão alto para que palavra nenhuma se perdesse?

— Achávamos estar longe de tudo.

— E eram três?

— La Vallière, Montalais e eu.

— E você foi a única a falar do rei de forma mais rude?

— Temo que sim. Se for o caso, Madame poderá melhorar minha situação com Sua Majestade, não é?

— Prometo, caso isso se mostre necessário. Mas não vamos nos adiantar; é melhor não tomar a dianteira antes de termos certeza. A noite está escura, e mais escuro ainda no bosque. O rei não deve tê-las reconhecido. Tomando a iniciativa, estaria se denunciando.

— Ah, se reconheceram a srta. de La Vallière, reconheceram a mim também. O sr. de Saint-Aignan, aliás, não deixou dúvida nenhuma nesse sentido.

— Mas, afinal, disse coisas tão desagradáveis assim sobre o rei?

— De jeito nenhum. Mas como uma de nós o elogiava demais, minhas palavras podem ter contrastado.

— Aquela Montalais é mesmo afoita!

— Não, Montalais nada disse, foi La Vallière.

Madame estremeceu, como se já não soubesse.

— O rei não deve ter ouvido. Aliás, foi para ter certeza disso que viemos. Vamos ao carvalho.

E elas retomaram a caminhada.

— Sabe mesmo o local?

— Infelizmente sim.

— Vai conseguir encontrar?

— Até de olhos fechados.

— Ótimo. Vai se sentar onde estavam, você e La Vallière, falando no mesmo tom em que conversavam e as mesmas coisas. Estarei escondida na moita e direi se é possível ouvir.

— Obrigada, senhora.

— Depois, se tiver de fato falado alto o suficiente para o rei ouvir, bom…

Athénaïs esperou com ansiedade o fim da frase.

— Bom — continuou Madame, com a voz abafada, provavelmente pela pressa da caminhada —, eu a defenderei.

E ela apertou ainda mais o passo.

De repente, parou e disse:

— Tive uma ideia.

— Uma boa ideia, tenho certeza — acrescentou a srta. de Tonnay-Charente.

— Montalais deve se sentir igualmente pouco à vontade.

— Menos, pois não se comprometeu tanto.

— Isso não importa. Ela pode ajudá-las com uma mentirinha.

— Ah, sobretudo ao saber que Madame está do nosso lado.

— Creio ter encontrado uma saída.

— Que bom.

— Vocês dirão que sabiam da presença do rei e do sr. de Saint-Aignan atrás da árvore, ou da moita, não me lembro mais.

— Entendo.

— Você própria mencionou, Athénaïs, que Saint-Aignan procura tirar vantagem dos elogios que fez a respeito dele.

— Como a senhora vê, eles puderam ouvir.

Madame se deu conta de ter avançado demais. Mordeu os lábios e tentou consertar:

— Bom, sabemos como ele é. Estar em boas graças com o rei o enlouquece e ele fala a torto e a direito. Muitas vezes inclusive inventa. De qualquer forma, não é essa a questão. O rei ouviu ou não ouviu? É o que nos interessa.

— Pois tenho certeza de que sim — reconheceu Athénaïs, em desespero.

— Então façam o que eu disse: sustentem com firmeza que as três sabiam. É importante que sejam as três, pois se puserem uma em dúvida, duvidarão das outras. Sustentem que sabiam, as três, da presença dos dois enxeridos e quiseram se divertir às custas deles.

— Senhora! Às custas do rei? Nunca poderemos dizer isso.

— De brincadeira. Pura brincadeira. Zombaria inocente e perfeitamente aceita, pois eram apenas homens procurando ouvir uma conversa de mulheres. Dessa maneira, tudo se encaixa. O que Montalais disse de Malicorne: brincadeira; o que você disse de Saint-Aignan: brincadeira; o que La Vallière eventualmente disse…

— Ela bem gostaria de poder voltar atrás.

— Tem certeza?

— Sim, posso garantir.

— É um motivo a mais. Pura zombaria. O sr. de Malicorne não poderá se chatear. O sr. de Saint-Aignan ficará confuso e vão rir dele, não de você.

O próprio rei será punido por uma curiosidade pouco digna da sua posição. Vão poder discretamente rir de Sua Majestade e, nessa circunstância, não haverá ofensa.

— Ah, a senhora é mesmo um anjo de bondade e clarividência.

— Defendo meus interesses.

— Como assim?

— Como não seria do meu interesse poupar minhas damas de honra do achincalhe, do transtorno ou, quem sabe, até da calúnia? A corte não tem a menor indulgência com pecadilhos desse tipo. Mas já andamos um bocado, não vamos nunca chegar?

— Mais cinquenta ou sessenta passos. Ali pela esquerda.

— Tem certeza, então, com relação a Montalais?

— Sim, quanto a ela não há a menor dúvida.

— Fará tudo o que lhe disser?

— Tudo. Feliz da vida.

— E La Vallière?...

— Tudo se complica um pouco. Ela detesta mentir.

— No entanto, sendo do interesse dela...

— Temo que isso não mude muito as coisas.

— Sei, já me haviam dito isso. É dada a preciosismos; dessas presunçosas que põem Deus à frente de tudo e se escondem atrás. Se não quiser mentir, vai se expor à zombaria da corte inteira; e como terá provocado o rei com uma confissão tão ridícula quanto indecente, a srta. de La Baume Le Blanc de La Vallière terá que aceitar, de bom grado, que eu a devolva a seu pombal na Touraine, em Blois, nem sei mais, onde poderá se dedicar aos bons sentimentos e ao pastoreio.

Tais palavras, ditas com veemência e até dureza, assustaram a srta. de Tonnay-Charente.

Para si mesma, ela prometeu mentir o quanto fosse necessário.

Com essas boas disposições, Madame e Athénaïs chegaram às proximidades do carvalho real.

— É aquele — apontou a moça.

— Vamos logo saber se é possível ouvir — respondeu Madame.

— Psiu! — fez a jovem, segurando a princesa com uma brusquidão bem pouco protocolar.

Madame parou.

— Temos a prova de que se ouve — concluiu Athénaïs.

— Como assim?

— Vamos ouvir.

As duas prenderam a respiração e, de fato, as seguintes palavras flutuavam no ar, ao som de uma voz suave e triste:

— Acredite, visconde, amo apaixonadamente. A ponto de morrer disso.

Ouvindo, Madame estremeceu, mas um brilho de alegria iluminou seu rosto, sob o capuz.

Ela conteve a dama de honra e cuidadosamente a fez recuar até que deixassem de ouvir a voz.

— Fique aqui — ela disse —, para não sermos surpreendidas. Acho que falam de você.

— De mim?

— De você ou da aventura por que passaram. Vou ouvir. Se formos duas, seremos descobertas. Vá buscar Montalais e me esperem à entrada do bosque.

Vendo que Athénaïs hesitava, ela insistiu, com um tom que não admitia resposta:

— Vá!

A jovem então prendeu as saias ruidosas e, por uma trilha que cortava o arvoredo, voltou ao jardim.

Madame em seguida se escondeu num arbusto ao lado de um gigantesco castanheiro, do qual um galho tinha sido cortado para servir de banco.

Ali, tensa de ansiedade e medo, ela pensou:

"Já que se pode ouvir daqui, saibamos o que diz de mim ao sr. de Bragelonne esse outro louco apaixonado que é o conde de Guiche."

119. Madame tem a prova de que ouve o que é dito quem se põe à escuta

Houve um instante de silêncio, como se todos os ruídos misteriosos da noite tivessem se calado para, ao mesmo tempo que Madame, ouvir aquela juvenil e apaixonada confidência. Raoul era quem falava. Sossegadamente apoiado no tronco do grande carvalho, com sua voz doce e melodiosa ele dizia:

— Tudo isso é uma grande desgraça, meu querido de Guiche.

— Eu sei, imensa.

— Não está ouvindo, ou melhor, não está entendendo. Digo ser uma grande desgraça não o fato de amar, mas o de não saber esconder esse amor.

— De fato, não entendo.

— Não vê então que não fala só a mim, seu melhor amigo, alguém que morreria para não o trair? Você faz confidências ao primeiro que aparecer.

— Está louco? Ao primeiro que aparecer? Como pode dizer isso?

— É o que está acontecendo.

— Não é verdade! Como e de que maneira posso ter sido tão indiscreto?

— Os seus olhos, os seus gestos, os seus suspiros falam por você. Toda paixão exagerada põe o indivíduo fora de si. E então ele perde todo o controle e, não havendo um ser racional a seu alcance, a loucura o faz contar sua dor às árvores, aos cavalos ou ao vento. E lembre-se que é muito raro não haver por perto quem ouça com interesse coisas que não deveriam ser ouvidas.

De Guiche deu um suspiro profundo.

— Veja — continuou Bragelonne. — Neste momento, você é digno de pena. Desde que chegou, cem vezes e de cem maneiras diferentes expôs o amor que sente. E mesmo que nada dissesse, ter vindo já foi uma terrível indiscrição. Chego então ao seguinte: se não se controlar melhor, um dia ou outro algo vai acontecer e explodir. Quem o salvará? Sabe dizer? E a ela mesma, quem salvará? Por mais inocente que seja com relação ao seu amor, ela tem inimigos e eles saberão aproveitar a situação.

— Meu Deus, é verdade! — murmurou o conde, com mais um suspiro profundo.

— Isso não basta como resposta, de Guiche.

— Basta sim.

— O que quer dizer?

— Quero dizer que nesse dia, meu amigo, estarei tão morto quanto já estou hoje.

— Não compreendi.

— Tantas alternativas me desgastaram. Não sou mais um ser racional, não chego a ser um homem, nem mesmo medíocre. Minhas últimas forças se desfizeram, minhas últimas decisões se apagaram e parei de lutar. Estivemos juntos em campo de batalha ou em escaramuças;[51] pode-se encontrar um grupo de cinco ou seis baderneiros e, mesmo que sozinhos, nos defendemos; chegam outros seis, levamos em consideração e continuamos, mas se depois vêm mais seis, oito ou dez, tratamos de esporear o cavalo ou aceitamos morrer para não fugir. Pois é como me vejo: primeiro lutei contra mim mesmo e depois contra Buckingham. Agora veio o rei e não vou lutar contra o rei nem mesmo que ele se retire, juro. Da mesma forma, não luto contra o comportamento moral da mulher em questão. Não, não me iludo: entregando-me a esse amor, estou me destruindo.

— Não é ela que devemos criticar, e sim você.

— Por quê?

— Sabe perfeitamente que a princesa é superficial. Gosta de novidades, adora um elogio, mesmo que venha de um cego ou de uma criança. E você entra nisso a ponto de se destruir. Apenas olhe e ame. Quem, não tendo o coração já preso a outra pessoa, pode não a amar? Mas amando-a, respeite a posição do marido, para começar; em seguida, respeite-o como homem, e depois, respeite a sua própria segurança.

— Obrigado, Raoul.

— Por quê?

— Por me consolar vendo que sofro; por dizer tudo de bom que pensa a respeito dela e talvez até mesmo o que não pensa.

— Erro seu, Guiche, nem sempre digo o que penso, como posso nada dizer, mas quando digo alguma coisa, não sei fingir nem enganar. Quem me ouve pode acreditar.

Enquanto isso, com o pescoço esticado e ouvidos atentos, olhos bem abertos tentando enxergar no escuro, Madame devorava com avidez o menor sopro que passasse entre as ramagens.

— Eu a conheço melhor que você — exclamou de Guiche. — Não é apenas superficial, é frívola. É pouco dizer que gosta de novidades; ela não tem memória nem fé. Adorar elogios também não basta para descrevê-la, ela é coquete, com requinte e crueldade. Mortalmente coquete! Disso sei bem. Acre-

---

51. Ver *Vinte anos depois*, capítulos 33 e 37.

dite, Bragelonne, sofro todos os martírios do inferno. Destemido e sem me importar com o perigo, descobri um que vai além das minhas forças e coragem. Mas saiba, terei uma vitória que custará boas lágrimas a ela.

Raoul olhou para o amigo, que quase sufocava de tão emocionado, com a cabeça contra o tronco da árvore, e perguntou:

— Vitória?! Que vitória?

— Uma vitória.

— Qual?

— Um dia, direi a ela: Eu era moço, estava louco de amor. No entanto, tinha respeito bastante para cair a seus pés e permanecer na poeira se um gesto seu não me erguesse. Achei perceber esse gesto, me levantei e, sem que nada fizesse a não ser amá-la ainda mais, se possível fosse, a senhora, mulher sem coração, sem fé, sem amor, simplesmente me aniquilou por um capricho! Não é digna, por mais princesa de sangue real que seja, não é digna do amor de um homem de bem, e me puno com a morte por tê-la amado demais, mas morrerei cheio de ódio pela senhora.

— Como falei, Guiche — exclamou Raoul, apavorado com o tom de profunda verdade com que foram ditas aquelas palavras —, você enlouqueceu.

— É o que farei — continuou o outro —, e como não temos mais guerras aqui, irei ao norte e oferecerei meus serviços ao Império.[52] Algum húngaro, croata ou turco me fará a caridade de uma bala.

De Guiche não chegou a terminar a frase, ou melhor, estava terminando quando um barulho o assustou, alertando Raoul ao mesmo tempo.

Absorto em suas próprias palavras e pensamentos, o conde tinha a cabeça entre as mãos.

O mato se abriu e uma mulher surgiu diante dos dois jovens, pálida e descomposta. Com uma das mãos ela afastava a ramagem que lhe arranharia o rosto e, com a outra, abaixou o capuz do manto que cobria os seus ombros.

Pelo olhar úmido e fulgente, pelo caminhar altivo, pela soberba do gesto e, acima de tudo, pelo bater do próprio coração, de Guiche reconheceu Madame. Com um grito, levou aos olhos as mãos que pressionavam as têmporas.

Trêmulo e desconcertado, Raoul rodava o chapéu nas mãos, gaguejando algumas vagas expressões de deferência.

— Sr. de Bragelonne, por favor, queira ver se minhas acompanhantes não se encontram nas alamedas ou num quincunce. Mas que o sr. conde fique e me ofereça o braço, estou cansada.

Se um raio caísse aos pés do infeliz rapaz, isso não o assustaria tanto quanto essa fria e dura frase.

---

52. O Sacro Império Romano-Germânico, que durou de 962 a 1806. O final da Guerra dos Trinta Anos, em 1648, dera início a sua decadência, com vários Estados constituintes se rebelando, além da constante ameaça de invasão muçulmana turca.

Era no entanto um bravo, como ele próprio acabava de dizer, tendo ali mesmo tomado suas decisões. Endireitou-se então e, vendo a hesitação de Bragelonne, olhou para ele tomado de resignação e de supremo agradecimento.

Em vez de imediatamente responder a Madame, deu um passo até o amigo e, estendendo a mão que a princesa havia pedido, apertou a do visconde com um suspiro no qual parecia conferir à amizade tudo aquilo que restava de vida no fundo do seu coração.

A sempre tão orgulhosa Madame, que nunca se dispunha a esperar, aguardou o término daquele mudo colóquio.

Sua mão, sua principesca mão havia permanecido no ar até enfim cair, sem raiva, mas não sem emoção, na de Guiche, depois que Raoul se fora.

Estavam os dois sozinhos no meio da escura e silenciosa floresta, em que só se ouviam os passos de Raoul se afastando depressa pelas trilhas sombrias.

Sobre a cabeça dos dois se estendia a abóbada espessa e odorosa da folhagem, pelos rasgões da qual se viam, num ponto ou noutro, brilharem estrelas.

Madame lentamente conduziu de Guiche a uma centena de passos daquela árvore indiscreta que havia ouvido e deixado que se ouvissem tantas coisas naquela noite e, chegando a uma clareira de onde se podia enxergar ao redor, disse, em seu nervosismo:

— Trouxe-o para cá, pois de onde estávamos se ouve tudo o que se diz.

— Tudo o que se diz? — repetiu o rapaz.

— Tudo.

— O que significa isso? — perguntou de Guiche em voz baixa.

— Significa que ouvi todas as suas palavras.

— Meu Deus! Era só o que faltava para a minha infelicidade! — balbuciou o conde, baixando a cabeça como faz o nadador exausto sob a água que o submerge.

— Então é como me julga?

Ele empalideceu, virou o rosto e não respondeu. Sentia-se prestes a desmaiar.

— Que seja — continuou a princesa, com voz meiga. — Ainda prefiro essa franqueza que pode me ferir a um agrado que me iludiria. Para o senhor, então, sou coquete e vil.

— Vil? — reagiu o rapaz. — Vil, a senhora? Não, não posso ter dito isso, não me referindo ao que há de mais precioso para mim no mundo. Não, não disse isso.

— A mulher que acende uma chama e vê nela definhar um homem, sem extingui-la, a meu ver é vil.

— Mas o que importa o que eu disse? Por Deus, o que sou, comparado à senhora, para que se inquiete minimamente comigo?

— É um homem como sou uma mulher, e conhecendo-o como conheço, de forma alguma quero que se exponha à morte. Mudo de comportamento e serei, não digo franca, pois sempre sou, mas verdadeira. Suplico então ao sr. conde que não me ame mais e se esqueça de eu lhe ter, um dia, dirigido a palavra ou a vista.

De Guiche pousou um olhar apaixonado em Madame.

— A senhora se desculpando, a senhora suplicando, a senhora!...

— Sim, com certeza. Fiz o mal e devo repará-lo. Eis o que combinaremos: o senhor perdoará minha frivolidade, meu coquetismo. Não me interrompa. Eu o perdoo por me dizer frívola e coquete, ou algo pior, talvez. E o senhor desistirá dessa ideia de morte, mantendo para a sua família, para o rei e para as senhoras um cavalheiro que todos estimam e muitas amam.

Madame disse essa última palavra com tanta franqueza e até mesmo ternura que ele achou que o coração ia lhe saltar do peito.

— Ah, senhora, senhora... — foi tudo o que ele conseguiu dizer.

— Ouça ainda — ela pediu. — Abrindo mão dessa loucura, primeiro por necessidade e depois para atender a meu pedido, guardará melhor impressão de mim e, tenho certeza, substituirá esse amor, digo, esse desvario, por uma sincera amizade, que poderá me oferecer e, garanto, será cordialmente retribuída.

Com a testa inundada de suor, o coração aflito, um arrepio nas veias, de Guiche mordia os lábios e batia o pé no chão, engolindo todas as suas dores.

— O que oferece, senhora — ele respondeu —, é impossível, e não atendo a tal negociação.

— O quê? Recusa minha amizade?

— Recuso, senhora. Prefiro morrer de amor do que viver de amizade.

— Sr. conde!

— Cheguei a um ponto, senhora, a um momento supremo em que não há outra consideração ou respeito além daqueles de um homem de bem pela mulher adorada. Afaste-me, amaldiçoe-me, denuncie-me e estará sendo justa. Queixei-me da senhora tão amargamente, mas só porque a amo. Disse que morrerei e morrerei. Vivo, a senhora me esquecerá; morto, serei sempre lembrado, tenho certeza.

Ela, que se mantinha de pé e numa atitude sonhadora, tão agitada quanto o rapaz, virou por um momento a cabeça, como havia ele também feito um pouco antes.

Após um curto silêncio, perguntou:

— Então me ama?

— Loucamente. A ponto de morrer por isso, como disse à senhora. A ponto de morrer, pouco importando que me afaste ou me ouça.

— Trata-se então de um mal sem esperança — ela disse, mais sensata. — Um mal que se deve tratar de forma paliativa. Vamos, deixe-me ver a sua mão... Está gelada!

De Guiche se ajoelhou, colando a boca não numa só, mas nas duas mãos ardentes de Madame.

— Continue então a me amar, já que não pode ser de outro modo — ela disse.

Em seguida, quase imperceptivelmente apertou os seus dedos, erguendo-o como faria uma rainha, mas também como faria uma amante.

De Guiche estremeceu da cabeça aos pés.

Percebendo esse tremor que percorria as veias do jovem conde, Madame teve certeza de que era mesmo amada.

— Dê-me o braço — ela disse —, e voltemos ao castelo.

— Ah, senhora! — ele tremulou, ofuscado por uma bruma de ardor que cobriu os seus olhos. — Encontrou uma terceira maneira de me matar.

— Felizmente é a mais demorada, não é?

E ela o levou de volta ao quincunce.

120. A correspondência de Aramis

Com as dificuldades do amigo assim repentinamente acalmadas, e ganhando uma forma inesperada sem que ele percebesse a causa, como vimos, Raoul se afastara para não perturbar aquela conversa cujo resultado estava longe de prever. Seguindo a sugestão de Madame, ele foi então procurar as damas de honra no jardim.

Enquanto isso, de volta a seu quarto, o cavaleiro de Lorraine lia a carta enviada por de Wardes, na verdade escrita por seu criado, falando do ferimento sofrido em Calais e de outros detalhes da viagem, pedindo que ele transmitisse a de Guiche e a Monsieur as partes que, daquilo tudo, pudessem desagradar a cada um em particular.

De Wardes insistia, sobretudo, na violência do amor de Buckingham por Madame e terminava dizendo que achava ser, tal paixão, correspondida.

Lendo esse último parágrafo, o cavaleiro deu de ombros, constatando o quanto de Wardes ia atrasado com relação aos acontecimentos, como se sabe.

O infeliz estava ainda em Buckingham.

Ele displicentemente jogou o papel numa mesa ao lado e, cheio de desprezo, disse:

— Realmente, é incrível como esse pobre de Wardes, no entanto esperto, continua atolado no provincianismo. Que vá para o inferno esse bobalhão que devia me contar coisas importantes e não ultrapassa as ninharias. Em vez de perder meu tempo com essa cartinha tola, poderia ter seguido no jardim alguma boa intriga que comprometesse alguma mulher, que provocasse um duelo de espada, algo que divertiria Monsieur por três dias.

Olhou para o relógio.

— Agora é tarde. Uma da manhã: todo mundo já deve estar com o rei para o fim da programação de hoje. Perdi uma boa pista e, a não ser por uma sorte extraordinária…

Dizendo isso, frustrado, mas como se esperasse ainda ajuda da sua boa estrela, ele se aproximara da janela que dava para um trecho deserto do jardim.

Talvez algum anjo ruim de fato o ajudasse, pois quase na mesma hora ele viu, vindo na direção do castelo na companhia de um homem, alguém com uma capa de seda escura em quem reconheceu as mesmas atitudes que haviam chamado sua atenção meia hora antes.

"Ora, ora!", ele pensou, esfregando as mãos, "Com a danação de Deus, como gostava de dizer nosso amigo Buckingham! Tenho meu mistério de volta."

Desceu a toda a velocidade os degraus, na esperança de chegar a tempo e saber quem eram a mulher da capa e o seu companheiro.

Alcançando a porta do pátio menor, ele praticamente esbarrou em Madame, que vinha com muito significativa e radiante expressão sob a capa que a protegia sem escondê-la. Infelizmente, porém, estava só.

O cavaleiro raciocinou que, estando acompanhada menos de cinco minutos antes, quem a acompanhava não podia estar longe.

Ele então mal cumprimentou a princesa, apenas dando-lhe passagem, e, assim que ela se afastou alguns passos com a rapidez de quem não quer ser reconhecida, e vendo também que estava preocupada demais consigo mesma para tentar saber o que ele fazia, Lorraine se precipitou ao jardim esquadrinhando todos os lados.

Bem a tempo: o fidalgo que acompanhava Madame estava ainda no campo de visão, mas se dirigia depressa a uma das alas do castelo e logo desapareceria ali.

Não podia perder um minuto e se lançou correndo, pensando em só diminuir o passo ao se aproximar. Ainda assim, o desconhecido dobrou um ângulo do castelo antes disso.

Mas como caminhava lento e pensativo, de cabeça baixa sob o peso da alegria ou da tristeza, ele seria infalivelmente alcançado, a menos que entrasse por alguma porta.

E de fato seria se, no momento em que dobrava aquela mesma esquina, o cavaleiro não colidisse com dois homens que vinham na direção contrária.

Ele já se dispunha a alguma grosseria contra os dois infelizes quando, erguendo a cabeça, reconheceu o sr. superintendente.

Fouquet estava na companhia de um desconhecido.

Era Sua Grandeza, o bispo de Vannes.

A importância do personagem se impunha e o cavaleiro se viu forçado a pedir desculpas, mesmo já preparado para o contrário, e deu um passo para trás. Com efeito, o sr. Fouquet gozava, quando não da amizade, pelo menos do respeito de todos. Até o rei, que o via mais como inimigo do que como amigo, o tratava como alguém considerável. O cavaleiro fez então o que faria o próprio rei e cumprimentou Fouquet, que respondeu com condescendente polidez, vendo que o fidalgo esbarrara nele por acaso, sem segundas intenções.

Logo em seguida, reconhecendo de Lorraine, ele se prolongou em saudações que o cavaleiro foi obrigado a retribuir.

Por mais curto que tenha sido esse preâmbulo, Lorraine viu o desconhecido a quem perseguia pouco a pouco diminuir a distância e finalmente desaparecer na escuridão.

Resignou-se e, uma vez resignado, voltou toda a sua atenção ao sr. Fouquet.

— Ah, o senhor está atrasado. Muito se falou de sua ausência e ouvi Monsieur estranhá-la, uma vez que fora convidado.

— Foi impossível antes, mas assim que pude, vim.

— E está tudo bem em Paris?

— Perfeitamente. A cidade aceitou a última taxação sem reclamar muito.

— É compreensível que tenha querido se certificar antes de comparecer aos festejos.

— Por isso chego só a essa hora. Pergunto então ao senhor se o rei se encontra no castelo ou fora, se posso vê-lo ainda esta noite ou se devo esperar que amanheça.

— Perdemos de vista o rei há coisa de meia hora — respondeu o cavaleiro.

— Talvez esteja com Madame?

— Com Madame não creio, pois acabo de vê-la entrando pela escada secundária. A menos que o fidalgo por quem os senhores agora mesmo passaram fosse o rei…

O intrigueiro achou que saberia assim o nome do desconhecido a quem seguia.

Fouquet, porém, tendo ou não reconhecido de Guiche, apenas respondeu:

— Não, não era o rei.

Desapontado, de Lorraine se despediu, mas, olhando em volta, notou o sr. Colbert no meio de um grupo de pessoas e sugeriu:

— Ali, junto àquelas árvores, temos alguém que talvez possa informar melhor o sr. ministro.

— Quem? — perguntou Fouquet, que enxergava mal, ainda mais no escuro.

— O sr. Colbert.

— Ah, é o sr. Colbert ali, falando com aqueles homens que carregam tochas?

— Ele próprio, dando instruções para a iluminação de amanhã.

— Obrigado — disse Fouquet, com um movimento da cabeça, indicando já saber tudo o que queria saber.

Para o cavaleiro, pelo contrário, o encontro não tivera a menor serventia e ele se retirou, fazendo profunda reverência.

De cara fechada, Fouquet ficou pensativo.

Aramis o censurou com o olhar e disse:

— Pronto, já se mostra abalado só de ouvir o nome. Estava triunfante e alegre ainda há pouco e fica assim por causa desse fantasma medíocre? Vamos, não crê na fortuna?

— Não — respondeu com tristeza Fouquet.

— Por que não?

— Por estar feliz demais neste momento — respondeu o ministro, inseguro. — Ah, meu caro d'Herblay, o senhor que sabe tantas coisas deve conhecer a história do tirano de Samos.[53] O que posso lançar ao mar que desarme a desgraça prestes a chegar? Estou feliz demais neste momento, meu amigo. Tão feliz que nada mais desejo além do que tenho... Cheguei tão alto... Você conhece minha divisa: *Quo non ascendam?*[54] Subi tanto que agora só posso descer. Não tenho então como acreditar no progresso de uma fortuna que já se mostra sobre-humana.

Aramis sorriu, firmando em Fouquet seu olhar tão caloroso e fino.

— Se eu conhecesse a sua felicidade — ele disse —, talvez pudesse temer a sua desgraça. Mas como me considera um verdadeiro amigo, só pensa em mim nos maus momentos. Isso é imenso e precioso, eu sei, mas, a bem dizer, gostaria que de vez em quando me confiasse também as boas coisas, com as quais eu me alegraria, mais até do que se acontecessem comigo, como bem sabe.

— Meu querido prelado — respondeu Fouquet, rindo —, meus segredos são profanos demais para que eu os confie a um bispo, por mais mundano que ele seja.

— Bem, que tal em confissão?

— Eu ficaria envergonhado em tê-lo como confessor.

E Fouquet se pôs a suspirar.

Aramis continuou a olhá-lo, sem outra manifestação além de um mudo sorriso.

— Tem razão — ele afinal comentou. — É uma grande virtude, a discrição.

— Não diga mais nada. Aquele réptil venenoso me viu e vem em nossa direção.

— Colbert?

— Sim. É melhor que se afaste, meu caro d'Herblay. Não quero que esse pulha o veja comigo, ganharia sua inimizade.

Aramis apertou a mão do ministro:

— E para quê precisaria da amizade dele? Já não tenho a sua?

— Sim, mas talvez ela não sirva mais por muito tempo — respondeu Fouquet melancolicamente.

— Nesse dia, se esse dia vier — respondeu com tranquilidade Aramis —, veremos se apenas abrimos mão da amizade do sr. Colbert ou se atacamos a

53. Ilha da Grécia em que, de 538 a.C. a 522 a.C., reinou como tirano Polícrates de Samos. Bem-sucedido em tudo aquilo que empreendia, foi aconselhado a se desfazer de algo que apreciasse acima de tudo e jogou no mar um anel valioso. Dias depois um pescador lhe ofereceu um peixe magnífico, em cuja barriga estava o anel, o que marcou o fim da sua boa fortuna.

54. Em latim: "Para onde mais subir?".

sua inimizade. Mas diga, meu amigo, em vez de falar com esse pulha, como lhe deu a honra de chamar, numa conversa cuja utilidade não vejo, por que não vai direto ao rei ou a Madame?

— Madame? — perguntou o superintendente, distraído em suas lembranças. — É, pode ser, Madame.

— Sim, pois fomos informados da grande ascendência que ela adquiriu nos dois ou três últimos dias — continuou Aramis. — Faz parte da sua política e dos nossos planos agradar plenamente as amigas de Sua Majestade. Poderá assim contrabalancear a força nascente do sr. Colbert. Vá logo procurar Madame e faça dela uma aliada.

— Mas será mesmo nela que os olhos do rei estão presos neste momento?

— Sim, a não ser que o ponteiro tenha girado muito recentemente. Como sabe, conto com minha própria polícia.

— Bom, vou procurá-la. E tenho algo que me garante ser bem recebido: um magnífico par de camafeus antigos engastados em diamantes.

— Eu vi. Nada mais digno de reis.

Os dois foram interrompidos por um lacaio que trazia um correio.

— Para o sr. superintendente — disse em voz alta o correio, apresentando a Fouquet uma carta.

— Para monsenhor, bispo de Vannes — disse baixinho o lacaio, entregando outra carta a Aramis.

Dizendo isso, ele se pôs entre os dois, com um archote, para que pudessem ler suas respectivas cartas ao mesmo tempo.

Ao ver a letra fina e miúda no envelope, Fouquet estremeceu de alegria. Apenas quem ama e foi amado compreenderá sua apreensão, seguida de perto pela felicidade.

Ele rompeu com alegria o lacre do bilhete, que se resumia a poucas palavras:

> Há uma hora nos separamos, há um século não digo: "Eu te amo".

Só isso.

De fato, a sra. de Bellière deixara Fouquet havia uma hora, depois de terem passado dois dias juntos. Temendo que a sua lembrança se afastasse por tempo demais do coração de quem sentia falta, a enviava pelo correio.

Fouquet beijou a carta e pagou um punhado de ouro por ela.

Aramis, por sua vez, com mais frieza lia o seguinte bilhete:

> O rei teve, esta noite, uma estranha notícia: é amado. Soube por acaso, ouvindo a conversa dessa moça com duas companheiras. Ele está totalmente envolvido nesse novo capricho. A pessoa se chama srta. de La Vallière, de medíocre beleza para que tal capricho se torne importante paixão.
>
> Levar em consideração a srta. de La Vallière.

Sem a menor menção a Madame.

Aramis dobrou devagar o bilhete e o guardou no bolso, enquanto Fouquet continuava a saborear os perfumes do seu.

— Monsenhor! — disse Aramis, despertando Fouquet.

— Hã?

— Acabo de ter uma ideia. Conhece uma jovem chamada La Vallière?

— Não tenho a menor ideia de quem seja.

— Pense bem.

— Ah! É uma das damas de honra de Madame.

— Provavelmente.

— E o que tem isso?

— É ela que monsenhor deve visitar agora.

— Bah! Por quê?

— Além disso, é a ela que devem ser dados os camafeus.

— Está brincando!

— Monsenhor sabe que não brinco com essas coisas.

— Mas não estava previsto…

— Cuido eu disso. Rápido, corteje com veemência a pequena La Vallière. Encarrego-me de provar à sra. de Bellière tratar-se de uma corte absolutamente política.

— O que disse? Quem?

— Apenas para mostrar que, bem informado sobre o senhor, posso também estar bem informado sobre os outros. Corteje a pequena La Vallière.

— Farei isso — respondeu Fouquet, sentindo-se no paraíso.

— Hora de voltar à terra, passageiro do sétimo céu.[55] O sr. Colbert está vindo. Hum… enquanto líamos, ele recrutou reforços. Muitos fidalgos à sua volta, que o elogiam e congratulam. É uma potência.

De fato, Colbert se aproximava, escoltado por cortesãos que ainda estavam nos jardins, a parabenizá-lo pela organização da festa. Cumprimentos que o inflavam de orgulho.

— Se La Fontaine estivesse aqui — comentou sorrindo Fouquet —, teria uma boa oportunidade para recitar sua fábula da rã que quer ser grande como um boi.[56]

Colbert chegou com um entourage de ofuscante iluminação, com Fouquet a esperar, impassível e ligeiramente irônico.

Também o intendente sorria e, tendo quinze minutos antes percebido o inimigo, aproximava-se tortuosamente.

---

55. A expressão é antiga: os astros visíveis a partir da Terra — Lua, Mercúrio, Vênus, Sol, Marte, Júpiter e Saturno — tinham seu próprio céu, e Deus estaria numa esfera se superpondo a todos, onde se encontravam as estrelas. Cada céu representava um grau do prazer (por exemplo, estar no terceiro céu correspondia a estar no de Vênus, a deusa do amor).

56. La Fontaine, *Fábulas*, "A rã que queria ser maior do que o boi" (livro I, III).

Seu sorriso pressagiava alguma hostilidade.

— Oh — exclamou Aramis, baixinho. — O miserável vai pedir ainda alguns milhões para pagar seus fogos de artifício e vidros coloridos.

Colbert foi o primeiro a cumprimentar, procurando parecer respeitoso.

Fouquet mal moveu a cabeça.

— O que diz monsenhor? Temos bom gosto? — perguntou Colbert.

— Um gosto perfeito — respondeu Fouquet, sem que se pudesse notar nisso qualquer farpa.

— Ah! — respondeu Colbert, com malícia. — Quanta indulgência... Somos pobres, nós que trabalhamos para o rei, e Fontainebleau não pode se comparar a Vaux.

— É verdade — respondeu com fleuma o ministro, que dominava todos os pontos daquela cena.

— Fazer o quê? — continuou Colbert. — Operamos dentro dos nossos pequenos recursos.

Fouquet fez um gesto, concordando.

— Mas seria digno da magnificência de monsenhor oferecer a Sua Majestade uma festa em seus maravilhosos jardins... que custaram sessenta milhões.

— Setenta e dois — corrigiu Fouquet.

— É um motivo a mais. Seria realmente maravilhoso.

— Acredita que Sua Majestade me daria a honra de aceitar o convite?

— Não tenho a menor dúvida — respondeu animado Colbert —, e teria todo o meu apoio.

— É muito amável da sua parte. Posso então contar com isso?

— Certamente, monsenhor.

— Então vou pensar — disse Fouquet.

— Aceite, aceite — disse baixinho, mas convicto, Aramis.

— Vai pensar? — repetiu Colbert.

— Sim, para saber em qual dia seria mais adequado fazer o convite ao rei.

— Hoje mesmo, monsenhor, hoje mesmo.

— Aceito. Senhores, eu gostaria de estender meu convite a todos, mas como sabem, aonde vai o rei, ele está em casa. Caberá então a Sua Majestade convidá-los.

Houve um murmúrio de alegria no grupo.

Fouquet fez um cumprimento geral e se retirou.

— Maldito orgulhoso! — disse Colbert. — Aceita sabendo que isso lhe custará dez milhões.

— Você acaba de me arruinar — disse baixinho Fouquet a Aramis.

— Eu o salvei — respondeu o bispo, enquanto o ministro subia a escadaria e mandava perguntar se o rei ainda estaria disponível.

121. O amanuense da ordem

O rei, querendo estar a sós para examinar o que se passava no próprio coração, tinha se retirado a seus aposentos, onde o sr. de Saint-Aignan foi encontrá-lo depois da conversa com Madame, conversa que já narramos.

O favorito, orgulhoso de sua dupla importância e sentindo ter se tornado confidente do rei nas duas últimas horas, por mais respeitoso que fosse, começava a ver do alto os demais assuntos da corte e, na posição em que se colocara — ou melhor, em que o acaso o havia colocado —, enxergava apenas, a seu redor, amor e guirlandas.

O amor do rei por Madame, de Madame pelo rei, do conde de Guiche por Madame, de La Vallière pelo rei, de Malicorne por Montalais e da srta. de Tonnay-Charente por ele próprio… não era o bastante para fazer qualquer cortesão perder a cabeça?

E Saint-Aignan era o modelo dos cortesãos passados, presentes e futuros.

Além disso, tinha se mostrado tão bom narrador e tão sutil apreciador que o rei o ouviu com muito interesse, sobretudo quando mencionou o empenho de Madame em procurá-lo para saber do que se passara com a srta. de La Vallière.

Mesmo que nada mais sentisse por Madame Henriqueta em comparação ao que havia sentido pouco antes, aquele ardor da princesa em conseguir informações não podia deixar de muito satisfazer o amor-próprio do rei. Ele teve então essa satisfação, mas só isso, e o seu coração não se preocupou nem um pouco com o que Madame pudesse ou não ter pensado de tudo aquilo.

Quando Saint-Aignan terminou o relato, Luís XIV, que preparava sua toalete para dormir, perguntou:

— Você já sabe então o que a srta. de La Vallière é, não sabe?

— Não só o que é, mas o que será.

— O que quer dizer?

— Que poderá ser tudo o que uma mulher pode querer, isto é, ser amada por Vossa Majestade. Ou seja, será tudo o que Vossa Majestade quiser que ela seja.

— Não foi o que perguntei… Não quero saber o que ela é hoje nem o que será amanhã. Como você mesmo disse, isso depende de mim. Refiro-me ao que era ontem. Conte-me o que dizem dela.

— Que é bem-comportada.

— Ah — sorriu o rei. — Isso no plano do disse me disse.

— É uma opinião bem rara na corte, Sire. Deve ser então levada em consideração.

— Talvez esteja certo... Tem bom berço?

— Ótimo. Filha do marquês de La Vallière e enteada do excelente sr. de Saint-Rémy.

— Ah, sei. O mordomo da minha tia... Estou lembrado agora: eu a vi quando passei por Blois. Foi apresentada às rainhas. Devo inclusive me criticar por não ter dado toda a atenção que merecia.

— Tenho certeza de que Vossa Majestade saberá recuperar o tempo perdido.

— Então, pelo que dizem, a srta. de La Vallière não tem seus apaixonados?

— De qualquer forma, não creio que Vossa Majestade fosse se preocupar com a rivalidade.

— Espere aí — exclamou de repente o rei, ficando sério.

— Como, Sire?

— Lembrei-me.

— Sim?

— Não tem seus apaixonados, mas tem um noivo.

— Um noivo?

— Não sabe disso, conde?

— Não.

— Você? O homem a par de tudo?

— Que eu seja perdoado. E Vossa Majestade sabe quem é esse noivo?

— Como não? O pai dele veio pedir meu aval para o contrato. É...

O rei ia citar o visconde de Bragelonne, mas parou, mudando de ideia.

— É...? — repetiu Saint-Aignan.

— Não me lembro mais — respondeu Luís XIV, tentando, com dificuldade, esconder a emoção.

— Posso ajudar? — ofereceu-se o conde.

— Não, pois nem sei mais de quem queria falar. Lembro-me de que uma das damas de honra devia se casar... mas o nome me escapa.

— Seria a srta. de Tonnay-Charente?

— Talvez — disse o rei.

— Nesse caso, o futuro marido seria o sr. de Montespan. Mas a srta. de Tonnay-Charente não falou disso de maneira a intimidar seus pretendentes.

— Enfim, nada sei, ou quase, sobre a srta. de La Vallière. Encarrego-o de se informar.

— Perfeito, Sire. E quando terei a honra de rever Vossa Majestade para isso?

— Assim que tiver o que contar.

— Será rápido, se as informações vierem tão depressa quanto meu desejo de rever o rei.

— Ótimo. Aliás, Madame disse alguma coisa contra a pobre moça?

— Nada, Sire.

— Não está zangada?

— Não sei. Em todo caso, ela ria.

— Muito bem, mas ouço barulho nas antecâmaras. Vêm provavelmente me trazer algum correio.

— De fato, Sire.

— Informe-se, Saint-Aignan.

O conde foi até a porta e trocou algumas palavras com o camarista.

— Sire — ele disse, voltando —, é o sr. Fouquet quem acaba de chegar, atendendo a um chamado do rei, em suas palavras. Apresenta-se, mas não insiste em ter audiência, considerando o adiantado da hora. Limita-se apenas a marcar sua presença.

— O sr. Fouquet! Escrevi a ele às três horas, convidando-o a vir para nos vermos amanhã de manhã, e ele já está aqui. Fez um grande esforço — alegrou-se o rei, vendo-se tão fielmente obedecido. — Terá então logo sua audiência. Chamei e vou recebê-lo. Que o mandem entrar. E o senhor, conde, às investigações. Até amanhã!

O rei pôs o indicador diante dos lábios e Saint-Aignan se retirou feliz da vida, avisando ao camarista que trouxesse Fouquet.

O ministro entrou e Luís XIV se levantou para recebê-lo, cumprimentando, com amável sorriso:

— Boa noite, sr. Fouquet. Parabéns pela pontualidade. Minha mensagem, no entanto, deve ter chegado tarde.

— Às nove da noite, Sire.

— Tem trabalhado muito. Soube que não saiu do escritório de Saint-Mandé nos últimos três ou quatro dias.

— Procurei, de fato, me isolar por um tempo, Sire — ele respondeu, inclinando-se.

— Tinha muitas coisas a lhe dizer — continuou o rei, da forma mais cordial.

— Vossa Majestade me enche de alegria. E já que está tão receptivo, posso me permitir relembrar uma promessa de audiência para um conhecido meu?

— Ah, sim. Alguém da Igreja querendo me agradecer por alguma coisa, não é?

— Isso mesmo, Sire. Talvez a hora não seja das melhores, mas o tempo dessa pessoa é precioso, e como Fontainebleau fica no caminho da sua diocese…

— Quem é mesmo?

— O atual bispo de Vannes, a quem Vossa Majestade, por recomendação minha, investiu há três meses.

— É possível — disse o rei, que havia assinado a nomeação sem ler. — Ele está aqui?

— Está sim. Vannes é uma diocese importante e o rebanho desse pastor necessita da sua palavra divina. São selvagens precisando sempre do lustre da instrução e ninguém se compara ao sr. d'Herblay para esse tipo de missão.

— Sr. d'Herblay! — repetiu o rei, procurando se lembrar, como se o nome, ouvido há muito tempo, não lhe fosse de todo desconhecido.

— Ah, Vossa Majestade não conhece esse nome obscuro de um dos seus mais fiéis e preciosos servidores? — perguntou com vivacidade Fouquet.

— Confesso que não... E ele está de partida?

— Bem, ele recebeu hoje cartas que o fazem ter que partir, e assim, antes de retomar a estrada para aquela região perdida que é a Bretanha, gostaria de apresentar seus cumprimentos a Vossa Majestade.

— Ele está esperando?

— Aqui ao lado, Sire.

— Mande-o entrar.

Fouquet fez sinal ao camarista, que se encontrava do outro lado da tapeçaria.

A porta se abriu e Aramis entrou.

O rei ouviu sua saudação, examinando bem aquela fisionomia da qual ninguém se esquecia depois de ver.

— Vannes! — ele disse. — O senhor é bispo de Vannes?

— Exato, Sire.

— Na Bretanha?

Aramis se inclinou.

— Perto do mar?

Aramis novamente se inclinou.

— A algumas léguas de Belle-Île?

— Sim, a seis léguas, creio.

— A um passo — disse Luís XIV.

— Não para nós, pobres bretões, Sire — respondeu Aramis. — Seis léguas por terra já representam boa distância, mas por mar são uma imensidão. E são seis léguas de mar, do litoral a Belle-Île.

— Dizem que o sr. Fouquet tem por lá uma bela casa — insinuou o rei.

— Sim, é o que dizem — respondeu Aramis, olhando tranquilamente Fouquet.

— Como assim, dizem? — estranhou o rei.

— Pois, Sire.

— Uma coisa me espanta, sr. Fouquet, confesso.

— Sim?

— O senhor tem à frente de suas paróquias um homem como o sr. d'Herblay e não o levou a Belle-Île?

— Ah, Sire — replicou o bispo, sem dar tempo ao ministro de responder. — Nós, pobres prelados bretões, praticamos residência na sede da diocese.

— Sr. de Vannes — disse o rei —, vou punir o sr. Fouquet por sua desatenção.

— E como Vossa Majestade fará isso?

— Mudando-o de diocese.

Fouquet mordeu o lábio, Aramis sorriu.

— Quanto lhe rende Vannes? — prosseguiu o rei.

— Seis mil libras, Sire — respondeu Aramis.

— Santo Deus, é pouquíssimo! Mas o senhor tem recursos, sr. de Vannes?

— Nada possuo, Sire. Mas o sr. Fouquet já me garante mil e duzentas libras para seu fundo de boas obras.

— Bom, sr. d'Herblay, lhe darei mais do que isso.

— Sire…

— Pensarei no senhor.

Aramis se inclinou.

O rei, por sua vez, o cumprimentou quase respeitosamente, como, aliás, era hábito seu fazer com as mulheres e os homens da Igreja.

Aramis entendeu que sua audiência estava terminada. Despediu-se com alguma frase simples, dessas de pastores interioranos, e se foi.

— É sem dúvida um personagem notável — observou o rei, seguindo-o com os olhos o quanto pôde e mesmo, de certa maneira, depois.

— Sire, se esse bispo tivesse a instrução básica, prelado nenhum desse reino mereceria, mais do que ele, as primeiras distinções — afirmou Fouquet.

— Não tem formação?

— Trocou a espada pela batina, e tardiamente. Se Vossa Majestade me permitir falar do sr. de Vannes em outro momento e outro lugar…

— Com prazer. Mas, antes disso, falemos do senhor.

— De mim?

— Sim, devo-lhe mil cumprimentos.

— Não saberia exprimir a alegria que Vossa Majestade me concede.

— Entendo, sr. Fouquet. Entendo por ter tido prevenções contra o senhor.

— Isso me deixou bastante infeliz, Sire.

— Mas são coisas do passado. Não percebeu?

— Sim, claro, mas esperava, resignado, o dia da verdade. Terá chegado esse dia?

— Ah, sabia estar em desgraça?

— Infelizmente, Sire.

— E sabe o motivo?

— Muito bem. O rei via em mim um perdulário.

— Não!…

— Ou melhor, um administrador medíocre. Vossa Majestade acreditava que, não tendo dinheiro o povo, o rei também não teria.

— É verdade, mas deixei essa ideia para trás.

Fouquet se inclinou.

— Nada de rebeliões nem queixas?

— E com dinheiro — completou Fouquet.

— Fato é que o senhor foi pródigo comigo, no último mês.

— E tenho caixa ainda, não só para as necessidades, mas para os caprichos de Vossa Majestade.

— Deus me livre! — replicou o rei, sério. — Não o porei à prova. Espero, dentro de dois meses, nada mais lhe pedir.

— Aproveitarei para juntar cinco ou seis milhões para o rei, que servirão de fundo inicial em caso de guerra.

— Cinco ou seis milhões?

— Para sua casa, entenda-se.

— Acredita então numa guerra próxima, sr. Fouquet?

— Se Deus muniu a águia com bico e garras, foi para que ela os utilize comprovando sua realeza, é o que acredito.

O rei ficou rubro de prazer.

— Gastamos muito nos últimos dias, sr. Fouquet; não me critica por isso?

— Sire, Vossa Majestade tem ainda vinte anos de juventude pela frente e um bilhão a gastar nesse tempo.

— Um bilhão! É muito, sr. Fouquet.

— Economizarei, Sire… Aliás, Vossa Majestade dispõe de dois auxiliares preciosos. Um fará com que gaste seu dinheiro, e serei eu, se porventura meus serviços continuarem do vosso agrado, e outro fará com que economize, e será o sr. Colbert.

— O sr. Colbert? — espantou-se o rei.

— Perfeitamente, Sire. O sr. Colbert é um perfeito contador.

O elogio do inimigo, feito pelo inimigo, fez com que o rei se sentisse confiante e cheio de admiração.

E isso porque nem na voz nem no olhar de Fouquet havia coisa alguma que desmentisse sequer uma das palavras ditas. Não se tratava de um elogio que abrisse espaço para críticas.

O rei entendeu e, curvando-se a tanta generosidade e inteligência, procurou confirmar:

— Elogia o sr. Colbert?

— Com certeza, Sire. Além de ter méritos, creio ser alguém muito dedicado aos interesses de Vossa Majestade.

— Não será por ter frequentemente ido contra o senhor? — sorriu o rei.

— Precisamente, Sire.

— Pode me explicar?

— É simples. Sou a pessoa ideal para fazer com que o dinheiro entre, e ele para impedir que o dinheiro saia.

— Com mil demônios, sr. superintendente; certamente ainda vai dizer algo que corrija tão boa opinião.

— Do ponto de vista administrativo, Sire?

— Sim.

— Nada a dizer, Sire.

— Verdade?

— Por minha honra, não conheço na França melhor amanuense que o sr. Colbert.

Essa palavra, em 1661, nem significava, como hoje, subalterno, mas, vindo de Fouquet, a quem o rei acabava de chamar sr. superintendente, assumia uma conotação de humildade e pequenez que, admiravelmente, colocava Fouquet em seu lugar e Colbert no dele.

— Veja só! Foi no entanto ele, tão econômico, que deu aval às minhas festas de Fontainebleau. E posso garantir, sr. Fouquet, que não fez esforço nenhum para impedir que o meu dinheiro saísse.

Fouquet se inclinou, mas sem nada responder.

— Não é o que acha?

— Creio, Sire, que o sr. Colbert fez tudo com infinita ordem e merece, nesse sentido, todos os elogios de Vossa Majestade.

A palavra "ordem" remetia à palavra "amanuense".

Intuição nenhuma, mais do que a do rei, tinha essa viva sensibilidade e fineza de tato que percebem e apreendem o conjunto das sensações antes até das próprias sensações.

Luís XIV compreendeu que, para Fouquet, o amanuense se restringira à ordem, ou seja, as festas tão esplêndidas de Fontainebleau poderiam ter sido mais esplêndidas ainda.

Com isso, percebeu ser possível uma crítica às suas diversões, sentindo um pouco da mesma frustração experimentada pelo provinciano que, apesar dos seus mais sublimes trajes, chega a Paris e é ou olhado demais, ou de menos, por alguém.

Essa parte da conversa tão sóbria e, no entanto, tão fina, fez o rei apreciar ainda mais a personalidade do homem e a capacidade do ministro.

Fouquet se retirou às duas da manhã e o rei foi para a cama um tanto inquieto, um tanto confuso com a lição indireta que havia recebido. Uma boa meia hora foi gasta a repassar os bordados, as tapeçarias, o cardápio dos lanches, a arquitetura dos arcos do triunfo, a disposição das iluminações e dos fogos de artifício imaginados pela ordem do amanuense Colbert.

Disso resultou que o rei, revendo tudo o que tinha se passado nos últimos dias, notou alguns desdouros nas suas festas.

Com polidez, graça e generosidade, Fouquet acabava de desferir em Colbert um golpe mais contundente do que havia conseguido o rival, com velhacaria e perseverante ódio.

122. Fontainebleau às duas da madrugada

Como vimos, Saint-Aignan deixou o quarto do rei no momento em que o superintendente entrava.

Fora encarregado de uma missão urgente e pretendia tirar o melhor partido possível do seu tempo.

Era uma personalidade rara esse homem que introduzimos como amigo do rei, um desses cortesãos preciosos, cujas vigilância e clareza de intenções obscureciam, já naquela época, qualquer favorito passado ou futuro e abalavam, por sua exatidão, o servilismo, por exemplo, de um Dangeau.

De qualquer maneira Dangeau não era um favorito, era um adulador do rei.

Saint-Aignan procurou então se orientar.

Achou que de Guiche podia dar as primeiras informações úteis e foi atrás dele.

O conde, que vimos desaparecer numa ala do castelo e parecia ter a intenção de se recolher, não fez isso.

Saint-Aignan se pôs a procurá-lo.

Depois de revirar muitos locais, viu algo que parecia ser uma forma humana contra uma árvore.

Essa forma tinha a imobilidade de uma estátua, paralisada a olhar uma janela, mesmo que as cortinas dessa janela estivessem hermeticamente fechadas. Como essa janela era a de Madame, Saint-Aignan calculou que aquela forma podia ser de Guiche.

Aproximou-se devagar e constatou não ter se enganado.

O conde havia tirado de sua conversa com Madame uma tal carga de felicidade que nem toda a força da sua alma bastava para aguentar.

Saint-Aignan, por sua vez, sabia que ele tivera alguma participação na indicação de La Vallière para o serviço de Madame: um cortesão deve tudo saber e de tudo se lembrar. Só que nunca procurara averiguar por qual motivo nem como tal indicação havia sido feita. Mas como fazendo perguntas é raro não descobrir alguma coisa, ele contava obter, do próprio Guiche, ao menos o mínimo, fazendo uso de toda a delicadeza e insistência de que fosse capaz.

Seu plano era o seguinte:

Se as informações fossem boas, diria efusivamente ao rei que Sua Majestade havia descoberto uma pérola rara e pediria para si o privilégio de engastar essa pérola na coroa real.

Se as informações fossem más — o que, afinal, era possível —, averiguaria até que ponto o rei estava interessado na aventura e adaptaria seu relatório de maneira a provocar a exclusão da jovem, guardando para si esse mérito, valioso diante de todas as mulheres que pudessem pretender o coração do rei, a começar por Madame e a terminar pela rainha.

Caso Sua Majestade persistisse em seu desejo, o que houvesse de ruim seria dissimulado, mas fazendo com que a interessada soubesse que todas aquelas reprovações estavam guardadas numa gaveta secreta da sua memória. Estaria com isso sendo generoso e mantendo a infeliz perpetuamente grata e temerosa: seria uma aliada na corte, interessada, como cúmplice, em colaborar com a fortuna do cúmplice, enquanto montava a sua própria.

No dia em que essa bomba do passado explodisse — supondo-se que um dia explodisse —, Saint-Aignan teria já tomado todas as precauções para manter sua inocência junto ao soberano.

Com relação a La Vallière, mesmo nesse dia ele poderia demonstrar ainda uma formidável generosidade.

Foi com todas essas ideias na cabeça, que haviam brotado em meia hora e no fervor da cobiça, que Saint-Aignan, o melhor filho do mundo, como diria La Fontaine,[57] avançou, no firme propósito de fazer de Guiche falar, ou seja, de lhe perturbar a felicidade que ele, aliás, ignorava.

Era uma da manhã quando Saint-Aignan viu o conde de pé, imóvel, apoiado no tronco de uma árvore e com os olhos pregados naquela janela luminosa.

Uma hora da manhã: a mais doce da noite, aquela que os pintores coroam com murtas e papoulas em broto, a hora dos olhos cansados, do coração palpitante, da cabeça pesada que lança sobre o dia terminado um olhar lastimoso e uma saudação amorosa para o dia que começa.

Para de Guiche, era a aurora de uma inefável felicidade, e ele daria um tesouro ao mendigo que se pusesse no seu caminho para que não o perturbasse em seus sonhos.

E foi justamente nessa hora que Saint-Aignan, mal-aconselhado — o egoísmo é sempre mau conselheiro —, bateu no seu ombro, no momento em que ele murmurava uma palavra, ou melhor, um nome.

— Ah! — exclamou o intruso, de forma nada sutil. — Eu o procurava.

— A mim? — estranhou de Guiche.

---

57. Pequeno lapso de Dumas, a expressão (devendo ser entendida como "um autêntico filho da sociedade") é de Clément Marot (1496-1544) em *Épîtres* [Epístolas], XXIII.

— Isso mesmo. E aqui está o senhor, sonhando ao luar. Por acaso sofre da doença poética e estaria versejando, meu caro conde?

O rapaz se esforçou para sorrir, enquanto mil reações contrárias partiam das profundezas do seu coração.

— É possível. Mas a que devo essa feliz coincidência?

— Ah, pelo visto não me ouviu.

— Como?

— Comecei dizendo que o procurava.

— A mim?

— Exato. E o peguei em cheio.

— É? Fazendo o quê?

— Ora, cantando Fílis.[58]

— É verdade, não nego. Isso mesmo, meu caro conde, estava cantando Fílis — disse, rindo, de Guiche.

— É um direito seu.

— Acha isso?

— Com certeza. É o intrépido protetor das belas e desenvoltas mulheres.

— Hum... o que está querendo dizer?

— Uma verdade trivial, sei disso. Mas, veja, estou apaixonado.

— O senhor?

— Sim.

— Fico feliz em saber, meu caro conde. Venha comigo e fale um pouco disso.

Temendo, meio tardiamente, que Saint-Aignan notasse a janela iluminada, de Guiche pegou-o pelo braço para afastá-lo dali.

— Por favor, nada de me levar para os lados escuros do bosque, que são muito úmidos. Vamos permanecer à luz da lua, concorda?

Depois de resistir um pouco à pressão do braço que procurava conduzi-lo, ele enfim cedeu, mas procurando se manter perto do castelo, nos canteiros ajardinados.

— Está bem — resignou-se de Guiche —, escolha um lugar e pergunte o que quiser.

— É muita gentileza sua.

Depois de certo silêncio, ele continuou:

— Meu querido conde, gostaria que me falasse um pouco de certa protegida sua.

— A quem está amando?

— Não digo sim nem não, meu querido... Não se pode investir a fundo perdido o coração, sem uma garantia que seja.

---

58. Pastora nas *Bucólicas*, de Virgílio; tornou-se, na poesia galante e pastoril, o modelo da amada.

— Tem razão — suspirou de Guiche. — É algo precioso, o coração.

— Sobretudo o meu, que é tão vulnerável. Mas abro-o mesmo assim ao senhor.

— Conhecemos o seu coração, conde, continue.

— É o seguinte: trata-se da srta. de Tonnay-Charente.

— Ah, meu caro Saint-Aignan, imagino que não esteja regulando bem.

— Por quê?

— Nunca protegi a srta. de Tonnay-Charente.

— Não?

— Nunca.

— Não a fez ser aceita como dama de honra de Madame?

— A pessoa em questão, e o senhor deve saber disso melhor do que ninguém, vem de uma linhagem que já lhe garantiria convites para isso.

— Está zombando de mim.

— De jeito nenhum. Não sei o que está querendo dizer.

— Então não teve influência na sua admissão?

— Não.

— Não a conhece?

— Vi pela primeira vez em sua apresentação a Madame. Isso quer dizer que, não sendo minha protegida e como nem sequer a conheço, não tenho como fornecer as informações que desejava, meu caro conde — disse de Guiche, fazendo um movimento para partir.

— Ah, não! — interrompeu-o Saint-Aignan. — Um minutinho, querido conde, não o deixarei ir assim.

— Acho já ser hora de ir para a cama.

— Não estava indo quando o encontrei, depois de tanto procurá-lo.

— Se tiver ainda algo a me dizer, estou à disposição, é claro.

— Ótimo, diabos! Por meia hora a mais ou a menos os seus rendados não estarão nem mais nem menos amarrotados. Jure não ter nada a dizer de ruim a respeito dela e não ser esse o motivo da sua discrição.

— É uma boa moça! Acho que é pura como o cristal.

— Isso me enche de alegria. No entanto, não quero parecer tão desinformado. Sei que indicou damas de honra para a princesa. Fizeram até uma cançoneta sobre o assunto.

— Bah, fazem sobre qualquer assunto.

— Conhece essa?

— Não, mas se cantá-la passarei a conhecer.

— Não sei como começa, mas me lembro do fim.

— Já é alguma coisa.

Das senhoritas de honor,
Guiche foi fornecedor.

— O tema é fraco e a rima pobre.

— Não é Racine nem Molière, é La Feuillade,[59] e um grande senhor não pode rimar como um joão-ninguém.

— É pena que só se lembre do fim.

— Ah, espere um pouco, me lembrei do início da segunda estrofe.

— Estou ouvindo.

Ele se tornou delas o chanceler,
Montalais e...

— E La Vallière! — irritou-se de Guiche, sobretudo por não saber o que pretendia Saint-Aignan.

— Isso, isso! La Vallière. Descobriu a rima, meu caro conde.

— Grande descoberta!

— Montalais e La Vallière, é isso. Suas duas protegidas! — achou graça Saint-Aignan.

— Ou seja, não temos a srta. de Tonnay-Charente na sua cançoneta.

— É verdade, não.

— Estamos conversados, então?

— Com certeza. Vejo Montalais no verso — continuou, rindo, Saint-Aignan.

— Pode vê-la por todo lugar. É bem visível.

— Conhece-a?

— Por terceiros. Foi para agradar a um certo Malicorne, protegido de Manicamp, que me pediu um lugar de dama de honra na casa de Madame e um de assessor na casa de Monsieur, para o próprio Malicorne. Fiz isso pois, como sabe, gosto muito de Manicamp.

— E obteve o que pediu?

— O de Montalais sim. O de Malicorne nem tanto, pois por enquanto é apenas tolerado. É só o que queria saber?

— Temos ainda a rima.

— Que rima?

— A que o senhor mesmo encontrou.

— La Vallière?

— Isso — confirmou Saint-Aignan, com seu arzinho que tanto irritava de Guiche.

— Também para ela fiz o pedido.

— Ah!

---

59. Jean Racine (1639-99), um dos maiores dramaturgos franceses, e Molière eram sucesso na corte de Luís XIV. O duque de La Feuillade, Francisco III de Aubusson (1631-91), foi marechal da França e era conhecido por sua platitude.

— Peço que não brinque com isso, querido conde — continuou de Guiche, num tom bastante frio. — A srta. La Baume Le Blanc de La Vallière é perfeitamente correta.

— Perfeitamente correta?

— Sim.

— Então não sabe do último boato?

— Não sei e peço que o guarde para si e para aqueles que o divulgam.

— Está levando isso a sério demais.

— Estou. A srta. de La Vallière é comprometida com um grande amigo meu.

— Oh! — preocupou-se Saint-Aignan.

— Exato. Deve então entender, sendo ele o homem mais polido da França, que não aceito insinuação nenhuma que venha a ridicularizá-lo.

— Entendo, é claro.

Saint-Aignan se desesperava, constrangido e frustrado em sua curiosidade.

— Está indo embora? — ele continuou, morrendo de vontade de saber quem era o tal amigo.

— Estou... Preciso terminar meus versos a Fílis.

— E esses versos?...

— São uma quadra. O senhor entende, não é? É algo sagrado, uma quadra.

— Com certeza!

— São quatro versos para compor uma quadra, e como faltam ainda três e um hemistíquio, preciso de toda a minha concentração.

— Nada mais compreensível. Então boa noite, conde.

— Boa noite.

— Aliás...

— O quê?

— Tem facilidade nesse tipo de coisa?

— Muita.

— Já terá terminado seus três versos e meio pela manhã?

— Espero que sim.

— Então até lá.

— Até.

Forçado a se retirar, Saint-Aignan desapareceu numa alameda.

A conversa fizera os dois se distanciarem bastante do castelo.

Abstrato, poeta e devaneador em suas distrações, Saint-Aignan viu, ao deixar de Guiche, que se encontrava nos limites do quincunce, no ponto em que começa a área de serviço. Ali, por trás de grandes tufos de acácias e castanheiros cruzando seus cachos sob clematites e vinhas-virgens, havia um muro que separava o bosque e o pátio de serviço.

Foi a direção que tomou Saint-Aignan, indo de Guiche no sentido contrário: este voltando aos canteiros ajardinados, aquele se encaminhando para o muro.

Saint-Aignan seguia sob uma impenetrável abóbada de sorveiras, lilases e espinheiros gigantescos, com os pés mergulhados numa areia mole, à sombra.

Ruminava uma revanche que lhe parecia difícil, vendo-se sem ferraduras, como diria Tallemant des Réaux, por não ter conseguido maiores informações sobre La Vallière, apesar da engenhosa tática empregada.

De repente, um zum-zum-zum de vozes chegou a seus ouvidos. Eram cochichos e protestos, misturados a exclamações mais firmes, mas também risinhos e suspiros. Uma voz feminina era dominante.

Saint-Aignan parou para se orientar e descobriu, com grande surpresa, que as vozes vinham não do rés do chão, mas do alto das árvores.

Ergueu a cabeça e notou, mais adiante, no alto do muro, uma mulher empoleirada numa escada comprida, em intensa comunicação, por gestos e palavras, com um homem trepado num castanheiro, do qual se via apenas a cabeça, estando o resto do corpo à sombra da árvore.

A mulher estava do lado de cá do muro, o homem do lado de lá.

123. O labirinto

Saint-Aignan, que buscava apenas informações, se via diante de uma aventura. Que felicidade!

Querendo saber por que aqueles dois conversavam e, mais ainda, o que diziam tão tarde da noite e em tão estranha situação, ele procurou ao máximo se camuflar e se aproximou bastante dos degraus da escada.

Lá chegando, procurou se acomodar confortavelmente, apoiando-se numa árvore, e ouviu o seguinte diálogo:

— Na verdade, sr. Manicamp — dizia a mulher, que, apesar do tom queixoso, fazia um esforço de sedução —, o senhor é absurdamente indiscreto. Não podemos ficar aqui por mais tempo sem que nos vejam.

— É muito provável — respondeu o homem, um tanto calmo e fleumático.

— Pois então? E o que vão dizer? Se alguém me vir aqui vou morrer de vergonha.

— Seria uma criancice, e não a imagino tão tola.

— Seria até compreensível se houvesse algo entre nós, mas assim, à toa… estou sendo idiota. Vou embora, sr. Manicamp.

"Bom, já sei quem ele é e agora vou vê-la", pensou Saint-Aignan, vigiando os degraus da escada e as duas pernas com meias finas e elegantes sapatos de cetim azul-claro.

— Ah, por favor, minha querida Montalais — pediu Manicamp —, não se vá. Diabos, tenho ainda coisas da mais alta importância a dizer.

"Montalais!", continuou Saint-Aignan. "As três amigas têm cada uma o seu caso. Mas achei que o dessa se chamava Malicorne."

Ouvindo o pedido, Montalais interrompeu a descida.

O desafortunado Manicamp subiu um pouco mais no castanheiro, para melhorar a posição ou apenas evitar uma câimbra.

— Esteja certa de que não tenho má intenção alguma — ele continuou.

— Sei disso… Mas por que enviou essa mensagem lembrando minha dívida de gratidão? Por que este encontro, a esta hora e num lugar assim?

— Recorri à sua gratidão, lembrando ter sido graças a mim que entrou para o serviço de Madame, por precisar muito deste encontro e ser o meio mais seguro de consegui-lo. Por que a esta hora e neste lugar? A hora me pareceu discreta e o lugar isolado. E o que tenho a pedir requer isso.

— Sr. de Manicamp!

— Com todo o respeito, senhorita.

— Creio ser mais correto que eu me retire.

— Ouça ou pulo do meu ninho ao seu. Não me provoque, pois neste momento tenho um galho de castanheiro que me irrita e pode me levar a excessos. Não faça como este galho e ouça.

— Estou ouvindo, mas seja rápido, pois se o senhor tem um galho que o chateia, tenho um degrau afiado que me corta a planta do pé. Meus sapatos já não garantem nada, estou avisando.

— Tenha a bondade de me dar a mão, senhorita.

— Para quê?

— Não discuta.

— Aqui está. Mas o que está fazendo?

— Puxando-a.

— Por quê? Não está querendo que eu vá até essa sua árvore, espero.

— Não. Quero apenas que se sente no muro. Isso, muito bem! Tem espaço e o lugar é confortável; gostaria que me permitisse sentar ao lado.

— Nada disso! Está muito bem aí. E aqui seria visto.

— Acha mesmo? — disse Manicamp, insinuante.

— Tenho certeza.

— Bom! Continuo no meu castanheiro, apesar de estar cada vez pior aqui.

— Sr. Manicamp, estamos nos afastando do assunto.

— É verdade.

— O senhor me escreveu.

— Exato.

— Por quê?

— Imagine que hoje, às duas horas, de Guiche pegou a estrada para cá.

— Sim, e daí?

— Vendo, fui atrás, como sempre faço.

— Imagino, pois está aqui.

— Espere um pouco... Deve saber, imagino, que o pobre de Guiche era persona non grata.

— Infelizmente.

— Foi então uma extrema imprudência vir encontrar em Fontainebleau quem o havia exilado em Paris. E maior imprudência ainda encontrar a pessoa de quem o afastavam.

— Raciocina como o falecido Pitágoras, sr. Manicamp.

— Bom, de Guiche é cabeçudo como qualquer apaixonado e não deu ouvidos a nenhum dos meus argumentos. Pedi, supliquei; nada adiantou... Ah, droga!

— O que foi?

— Peço que me desculpe, foi este maldito galho, do qual já tive a honra de me queixar. Acaba de me rasgar os calções.

— Está escuro — replicou, rindo, Montalais. — Continuemos.

— De Guiche partiu então a galope e o segui ao passo. É compreensível que eu não quisesse me lançar na fogueira tão depressa quanto meu amigo. Seria asneira ou maluquice da minha parte. Deixei-o então tomar a dianteira e me encaminhei com sábia morosidade, convencido de que o infeliz não seria recebido ou, se fosse, regressaria à primeira humilhação. Com isso, eu o veria voltar mais rápido do que partira e estando ainda na metade do caminho. Há de convir que onze milhas de ida e outras tantas de volta já eram muito para mim.

Montalais ergueu os ombros.

— Pode rir à vontade, senhorita. Se em vez de bem sentadinha nesse muro estivesse a cavalo neste galho, estaria louca para descer daqui.

— Um pouco mais de paciência, sr. Manicamp! Isso logo vai passar. Dizia então que já estava no meio do caminho.

— Estava, e continuei em frente, surpreso por não vê-lo voltar. Afinal cheguei, procurei me informar, perguntei por todo lugar e ninguém o vira, ninguém na cidade falara com ele: entrara a toda brida no castelo e desaparecera. Desde as oito da noite, pergunto por de Guiche em Fontainebleau e nada. Estou morrendo de preocupação! É claro que não quis me jogar na boca do lobo e entrar no castelo, como meu imprudente amigo: vim à área de serviço e fiz com que entregassem à senhorita o meu bilhete. Então, pelo amor de Deus, me tire dessa aflição.

— Nada mais fácil, meu caro sr. Manicamp: seu amigo de Guiche foi muitíssimo bem recebido.

— Bah!

— O rei o festejou.

— O mesmo rei que o havia exilado!

— Madame sorriu para ele; Monsieur parecia apreciá-lo ainda mais do que antes.

— Ah! Isso explica por que ficou. Ele falou de mim?

— Nem uma palavra.

— Que pena! E o que está fazendo agora?

— Provavelmente dorme, e se não dorme, sonha.

— O que se fez esta noite?

— Houve dança.

— O famoso balé? Como se saiu de Guiche?

— Maravilhosamente.

— Ah, meu bom amigo! Agora me desculpe, senhorita, devo passar daqui para aí.

— Como assim?

— Entenda, não creio que abram a porta do castelo para mim a esta hora e até dormiria neste galho, mas deve ser impossível para quem não for no mínimo um papagaio.

— Mas como vou ajudar um homem a passar por cima de um muro?

— Dois homens, senhorita — avisou timidamente outra pessoa, compreendendo a inconveniência de semelhante pedido.

— Deus do céu! — exclamou Montalais, tentando mergulhar a vista até a base do castanheiro. — Quem está aí?

— Eu, senhorita.

— Eu quem?

— Malicorne, seu muito humilde servidor.

Dizendo isso, o rapaz passou a cabeça pelos primeiros galhos e, dos primeiros galhos, à altura do muro.

— Sr. Malicorne!... Santo Deus! Mas são dois loucos furiosos, os senhores!

— Como tem passado, senhorita? — perguntou Malicorne, da maneira mais polida.

— Era só o que me faltava! — desesperou-se Montalais.

— Por favor, senhorita, não seja tão brutal — murmurou Malicorne.

— Pense bem, senhorita — interferiu Manicamp —, somos seus amigos e não se deve desejar a morte dos amigos. Deixando-nos passar a noite aqui, estará nos condenando à morte.

— O sr. Malicorne é bastante robusto, não vai morrer se ficar uma noite no sereno.

— Senhorita!

— Será um bom castigo por sua escapada.

— Bom, que Malicorne se entenda como puder com a senhorita, eu estou passando — avisou Manicamp.

Curvando o tal galho do qual tão amargamente se queixara, ele acabou, usando mãos e pés, se sentando ao lado da jovem.

Ela tentou impedir, mas em vão.

O conflito durou alguns segundos e teve o seu lado pitoresco, do qual o sr. de Saint-Aignan nada perdia.

Com a vitória, Manicamp assumiu o controle da escada, pôs um pé no degrau e galantemente ofereceu a mão à inimiga.

Enquanto isso, Malicorne acedia ao lugar que fora de Manicamp no castanheiro, com o plano de chegar àquele ocupado em seguida pelo amigo.

Manicamp e Montalais desceram alguns degraus, com ele insistindo e ela rindo e se defendendo.

Ouviu-se então a voz de Malicorne, que implorava:

— Senhorita, não me abandone, pelo amor de Deus. Minha situação não é boa e não posso, sem correr riscos, chegar sozinho do outro lado do muro.

Que Manicamp rasgue seus calções não é tão grave, pois conseguirá outros com o sr. de Guiche, mas eu sequer terei os dele, que já estão rasgados.

— Creio — disse Manicamp, sem dar a menor bola às lamúrias de Malicorne — ser melhor que eu vá procurar de Guiche desde já. Mais tarde talvez eu não consiga entrar.

— Também acho — concordou Montalais. — É melhor que vá.

— Fico muito agradecido. Até mais, senhorita; não podia ter sido mais amável.

— A seu dispor, sr. de Manicamp. Vou tratar agora de me livrar do sr. Malicorne.

Malicorne suspirou alto.

Manicamp deu alguns passos e voltou.

— Aliás, senhorita, como chego ao sr. de Guiche? — ele perguntou.

— Ah, é verdade... Nada mais simples. Siga o caminho arborizado...

— Sei.

— Vai chegar à encruzilhada verde.

— Ótimo.

— De lá partem quatro caminhos...

— Maravilha.

— Pegue um deles...

— Qual?

— O da direita.

— Da direita?

— Não, da esquerda.

— Ai!

— Não... espere um pouco...

— Não parece ter muita certeza. Tente se lembrar, senhorita.

— O do meio.

— São quatro.

— É verdade. O que sei é que, dos quatro, um leva direto a Madame. Esse eu conheço.

— Mas de Guiche não está lá, não é?

— Espero que não!

— O que leva a Madame então não serve, gostaria de trocá-lo pelo que me serve.

— Sim, é claro, sei também qual é. O que não estou conseguindo é indicá-lo daqui.

— Mas digamos, senhorita, que eu tenha acertado esse bendito caminho.

— Nesse caso já está lá.

— Sim.

— Só precisa atravessar o labirinto.

— Só isso? Acha pouco? Um labirinto?

— É de fato bem complicado. Mesmo de dia a gente às vezes se perde. São voltas e voltas que não acabam. Precisa primeiro virar três vezes à direita, depois duas à esquerda, depois uma… Será uma ou serão duas? Espere um pouco. Enfim, ao sair do labirinto vai ver uma alameda de sicômoros, e essa alameda de sicômoros o levará diretamente ao pavilhão em que está alojado o sr. de Guiche.

— Foi uma indicação admirável, senhorita, e tenho certeza de que me levará diretamente à perdição. Tenho então um pequeno favor a pedir.

— Qual?

— Que me ofereça o braço e me guie em pessoa como outra… outra… Eu no entanto sabia bem mitologia, mas a gravidade dos acontecimentos me deu um branco. Vamos então, por favor.

— Mas, cavalheiro, de jeito nenhum! Imagine o que vão dizer se eu for vista com o senhor a esta hora.

— Terá sua própria consciência a seu favor, senhorita — afirmou sentenciosamente Manicamp.

— De jeito nenhum, impossível!

— Então deixe-me ajudar Malicorne a descer. É um rapaz inteligente e tem muito tato. Poderá me guiar e, se nos perdermos, seremos dois e um ajudará o outro. Se nos encontrarem, vai parecer sei lá o quê, mas sozinho vou parecer um amante fujão ou um ladrão. Venha, Malicorne, pegue a escada.

— Sr. Malicorne — exclamou Montalais —, está proibido de sair dessa árvore, sob pena de ter que enfrentar toda a minha cólera.

Malicorne, que já havia esticado uma perna até o muro, puxou-a de volta com tristeza.

— Psiu! — fez baixinho Manicamp.

— O que foi?

— Ouço passos.

— Meu Deus!

De fato, as passadas se tornaram mais claras, a folhagem foi aberta e surgiu Saint-Aignan, risonho e estendendo a mão, surpreendendo todos na posição em que estavam; isto é, Malicorne na árvore e com o pescoço espichado, Montalais num degrau e agarrada à escada, Manicamp já em terra firme e preparado para partir.

— Olá, Manicamp — disse o conde. — Seja bem-vindo, meu amigo. Sentimos muito a sua falta e nos perguntávamos onde estaria. Srta. de Montalais, seu… muito humilde criado.

Montalais ficou vermelha.

— Senhorita — continuou o recém-chegado. — Sei da sua perfeita inocência e poderei ser testemunha disso. Venha comigo, Manicamp. Alameda arborizada, encruzilhada e labirinto não são problema para mim. Serei sua Ariadne. Hein? Era esse o nome mitológico que procurava.

— É verdade, conde, obrigado!

— Mas já que é assim, conde, leve também o sr. Malicorne — disse Montalais.

— Não, não — atalhou este último, do alto da árvore. — Manicamp pôde conversar o quanto quis, agora é a minha vez, por favor. Tenho também um monte de coisa a dizer sobre o nosso futuro.

— A senhorita ouviu. Não sabe que esta noite é a noite dos segredos? — disse o conde, rindo.

Ele pegou o braço de Manicamp e rapidamente tomou o caminho que Montalais conhecia muito bem, mas sabia muito mal indicar.

A jovem os seguiu com o olhar até perdê-los de vista.

124. Como Malicorne perdeu o seu quarto no hotel do Belo Pavão

Enquanto Montalais seguia com os olhos o conde e Manicamp, Malicorne aproveitou para conquistar uma posição mais tolerável.

Quando a moça se deu conta, essa mudança chamou imediatamente sua atenção.

Ele estava sentado como se sentam os macacos, com o traseiro no muro e os pés no degrau de cima das escada.

Pâmpanos silvestres e madressilvas pareciam coroar sua cabeça como a de um fauno, e as espirais da vinha-virgem, nos pés, os faziam parecer cascos de bode.

Já a Montalais, nada faltava para que fosse confundida com uma perfeita dríade.

— Mas que coisa! — ela exclamou, subindo um degrau. — Faz mesmo tudo para causar minha desgraça e me perseguir? Tirano!

— Eu? — espantou-se o rapaz. — Tirano, eu?

— E quem mais? O tempo todo me compromete; é um monstro de maldade.

— Eu?

— O que veio fazer em Fontainebleau? Diga! Não é em Orléans que tem casa?

— Pergunta o que vim fazer aqui? Vim vê-la.

— Bela resposta.

— Pode não ser importante para você, mas para mim, sim. Quanto à minha casa, sabe muito bem que a abandonei e não terei outra além da sua própria. E como está agora em Fontainebleau, a Fontainebleau vim.

Montalais moveu os ombros:

— Então queria me ver…

— Foi o que eu disse.

— Pois já viu. Deve estar contente e pode ir embora!

— Nada disso.

— Como assim, nada disso?

— Não foi só para vê-la, vim também para conversar.

— Pois conversaremos em outro momento e em outro lugar.

— Outro momento? Deus sabe se ainda a encontrarei em outro momento e em outro lugar! Nunca teremos nada melhor do que aquilo que temos aqui e agora.

— Mas não posso neste momento, não nesta noite.

— E por quê?

— Porque já me aconteceram mil coisas.

— Pois a minha coisa será a milésima primeira.

— A srta. de Tonnay-Charente me espera em nosso quarto para um comunicado da mais alta importância.

— Há muito tempo?

— Há pelo menos uma hora.

— Pois esperará uns minutos mais — ele tranquilamente respondeu.

— Sr. Malicorne, está se excedendo — disse Montalais.

— A senhorita me obriga a isso. Estou me cansando do papel que me faz representar. Droga! Há oito dias rondo à sua volta sem que se tenha dignado a notar minha presença.

— Ronda à minha volta? Há oito dias?

— Como um lobisomem, às vezes chamuscado pelos fogos de artifício, que já me estragaram duas perucas, outras me encharcando nos caniços pela umidade da noite ou pelos jatos d'água, morrendo de fome, caindo aos pedaços, tendo sempre pela frente um muro ou uma árvore a escalar. Diabos! Isso não é vida para quem não for esquilo, lagarto ou lontra. Já que me faz renegar minha condição humana, insisto: sou gente, maldição! E continuarei sendo até ordem em contrário, vinda de instâncias superiores.

— Muito bem. Então o que pretende, o que quer, o que exige o cavalheiro? — fez-se de submissa Montalais.

— Vai dizer que não sabia da minha presença em Fontainebleau?

— Eu…

— Não minta.

— … tinha algumas suspeitas.

— E não podia me ver ao menos uma vez por dia, nesses oito dias?

— Houve sempre algum impedimento.

— Conversa fiada!

— Se não acredita, pergunte às minhas colegas.

— Não vou pedir explicações sobre algo que sei melhor do que qualquer um.

— Acalme-se, não será mais assim.

— Acho bom.

— Sabe, mesmo que não se veja uma pessoa, isso não impede que se pense nela — disse Montalais, com meiguice.

— Ah, pensava em mim…

— Palavra de honra.

— E nada de novo?

— Sobre o quê?

— Sobre minha nomeação para a casa de Monsieur.

— Nesses últimos dias nem se podia chegar perto de Sua Alteza Real, meu caro sr. Malicorne.

— E agora?

— Agora tudo mudou. Desde ontem ele saiu da crise de ciúme.

— Bah! E como isso aconteceu?

— Houve mudança.

— Quero saber.

— Espalhou-se o boato sobre o interesse do rei em outra mulher e Monsieur ficou subitamente calmo.

— E quem espalhou o boato?

Montalais abaixou a voz:

— Cá entre nós, acho que Madame e o rei estão juntos nisso.

— Ah! Só assim. Mas e de Guiche, o pobre pretendente?

— Acho que foi posto de lado.

— Escreveram-se?

— Por Deus, não. Não vi ninguém escrever para ninguém nesses oito dias.

— E sua relação com Madame?

— Muito boa.

— E com o rei?

— Quando passo, ele me cumprimenta com um sorriso.

— Ótimo. E em cima de quem os dois jogaram o peso disso tudo, para servir de escudo?

— La Vallière.

— Pobre moça! É preciso impedir isso, minha amiga.

— Por quê?

— Porque o sr. de Bragelonne a matará ou se matará, se houver suspeita.

— Raoul! O tão correto Raoul!? Acha mesmo?

— As mulheres pretendem tudo saber sobre paixões e sabem apenas o que veem com os próprios olhos e coração. Pois posso garantir que Bragelonne ama La Vallière a tal ponto que, se houver qualquer indício de traição, ele mata a si mesmo ou a ela.

— E o rei estará lá para defendê-la — disse Montalais.

— O rei?

— Certamente.

— Bom, enfurecido, Raoul o matará!

— Misericórdia de Deus! Está em pleno delírio, sr. Malicorne!

— Nada disso. O que estou dizendo é da maior seriedade, minha amiga, e posso garantir uma coisa.

— Que coisa?

— Que vou discretamente prevenir Raoul dessa farsa.

— Psiu, infeliz! — alarmou-se Montalais, subindo de volta um degrau para se aproximar. — Não abra a boca para dizer isso ao pobre Bragelonne.

— Por quê?

— Porque não está sabendo de um detalhe importante.

— Qual?

— É que esta noite… Acha que alguém pode nos ouvir?

— Ninguém.

— Esta noite, no carvalho real, La Vallière ingenuamente disse: "Não acredito que, depois de ver o rei, seja possível amar outro homem".

No alto do muro, Malicorne teve um sobressalto:

— Meu Deus! Disse isso, a infeliz?

— Nessas mesmas palavras.

— E é o que ela pensa?

— La Vallière sempre pensa o que diz.

— Mas isso exige vingança! As mulheres são verdadeiras serpentes!

— Acalme-se, meu querido Malicorne!

— De jeito nenhum! Pelo contrário, é preciso cortar o mal pela raiz. Ainda está em tempo de prevenir Raoul.

— Inocente! Pelo contrário, não há mais tempo.

— Por quê?

— Isso que La Vallière disse…

— Sim?

— Sobre o rei…

— O que tem?

— Bem… chegou ao destinatário.

— O rei? Contaram ao rei?

— Ele mesmo ouviu.

— *Ahimè!*, como diria o sr. cardeal.

— Estava escondido atrás de uma moita próxima do carvalho real.

— Isso quer dizer — concluiu Malicorne — que o plano do rei e de Madame vai agora funcionar às maravilhas, atropelando o pobre Bragelonne.

— Exato.

— É horrível.

— E como é.

— Meu Deus! — voltou Malicorne, após um minuto de silêncio, gasto em meditação. — Entre um velho carvalho e um grande rei não devemos nos meter, minha amiga. Seríamos esmagados.

— É o que eu tentava dizer.

— Pensemos em nós.

— É o que acho.

— Abra bem seus lindos olhos.

— E você suas grandes orelhas.

— Aproxime sua boquinha para um beijão.

— Aqui está — disse Montalais, pagando o tributo sem regatear.

— Resumindo, temos o sr. de Guiche que ama Madame, La Vallière que ama o rei, o rei que ama Madame e La Vallière, e ainda Monsieur que não ama ninguém além de si mesmo. No meio de tantos amores, qualquer imbecil faria fortuna, tanto mais em se tratando de pessoas sensatas como nós.

— Pronto, já voltou você aos seus sonhos.

— Você quer dizer às minhas realidades. Siga o que eu digo, minha amiga; fazendo isso, nada lhe ocorreu de ruim até agora, não é?

— Nada.

— Pois o futuro será como o passado. E como cada um, nisso tudo, só pensa em si, pensemos em nós.

— Nada mais justo.

— Somente em nós.

— Que seja!

— Aliança ofensiva e defensiva!

— Estou pronta para jurar.

— Levante a mão e diga: tudo por Malicorne!

— Tudo por Malicorne!

— Tudo por Montalais! — respondeu ele, repetindo o gesto.

— E agora, o que devemos fazer?

— Manter os olhos abertos o tempo todo, as orelhas abertas, juntar armas contra todos, sem deixar nenhuma que possam usar contra nós.

— Combinado.

— Decretado.

— Jurado. E agora que o pacto está feito, tchau.

— Como assim?

— Isso. Volte para o seu albergue.

— Meu albergue?

— Sim. Não está no Belo Pavão?

— Montalais! Acaba de se trair, sabia então da minha presença em Fontainebleau.

— E daí? Isso mostra que me preocupo com você mais do que merece, seu ingrato!

— Hum…

— Trate então de voltar para o Belo Pavão.

— Pois é esse o problema.

— O quê?

— Não posso.
— Não tinha um quarto?
— Tinha, mas não tenho mais.
— Não? Como não?
— Veja… Há algumas horas cheguei ao hotel cansado, depois de passar o dia tentando falar com você, e vi uma maca em que quatro camponeses carregavam um monge doente.
— Um monge?
— Isso. Um franciscano velho, de barba grisalha. Enquanto eu olhava, eles entraram no albergue. Mandaram que subissem a escada e eu os segui. Eles afinal entraram no meu quarto.
— No seu quarto?
— No meu quarto. Achei se tratar de um engano e falei com o dono do albergue: o quarto por mim alugado há oito dias tinha sido reservado para o franciscano pelo nono.
— Oh!
— Exatamente o que eu disse: Oh! Fui inclusive mais longe e quis me zangar. Voltei a subir para falar com o franciscano, para mostrar o quanto tudo aquilo estava errado, e ele, que parecia moribundo, apoiou-se num cotovelo e, com olhar fulminante e voz que poderia muito bem comandar uma carga de cavalaria, gritou: "Ponham esse idiota para fora". Foi o que fizeram o albergueiro e os quatro carregadores, me obrigando a descer a escada mais rápido do que prescrevem os bons modos. Isso quer dizer, minha amiga, que não tenho mais onde dormir.
— Mas que franciscano era esse? Um general?
— Justamente, creio ter sido como um dos carregadores, a meia-voz, o chamou.
— Resumindo…?
— Resumindo, não tenho mais quarto nem albergue nem cama, e estou tão decidido a não dormir ao ar livre quanto, ainda há pouco, meu amigo Manicamp.
— E o que vai fazer? — assustou-se Montalais.
— Não sei.
— É muito simples — ouviu-se outra voz.
Montalais e Malicorne gritaram ao mesmo tempo, de susto.
Saint-Aignan apareceu, dizendo:
— Meu caro sr. Malicorne, um feliz acaso me trouxe de volta e vou tirá-lo dessa dificuldade. Venha comigo, ofereço um quarto do qual, posso jurar, franciscano nenhum vai desalojá-lo. Quanto à senhorita, não se preocupe, eu já conhecia as confidências de suas amigas La Vallière e Tonnay-Charente. Teve a bondade de agora me relatar também a sua, obrigado. Guardarei as três tão bem quanto se fossem uma só.

Malicorne e Montalais se entreolhavam como crianças pegas em flagrante traquinada, mas como o rapaz afinal via uma grande vantagem na proposta apresentada, fez à amiga um sinal de paciência, ao qual ela assentiu.

Malicorne desceu então a escada, pensando a cada degrau em como arrancar de Saint-Aignan, fiapo a fiapo, tudo o que ele soubesse do famoso segredo.

Montalais já se fora, lépida e fagueira, sem que encruzilhada ou labirinto nenhum pudesse enganá-la.

Já Saint-Aignan, este de fato levou Malicorne consigo, esmerando-se em delicadezas, satisfeito que estava por ter à disposição os dois homens que, se porventura de Guiche nada dissesse, podiam melhor informá-lo sobre as damas de honra.

125. O que na verdade se passou no albergue do Belo Pavão

Para começar, é preciso dar a nossos leitores alguns detalhes sobre o albergue do Belo Pavão. Em seguida passaremos aos viajantes que lá estavam hospedados.

O albergue do Belo Pavão, como todo albergue, devia seu nome à placa externa que ostentava, representando um pavão com a cauda em leque.

Acrescente-se que, à maneira de certos pintores que emprestaram o rosto de uma bonita criança à serpente que tenta Eva,[60] o pintor da placa dera ao belo pavão um rosto de mulher.

O albergue, epigrama vivo contra essa metade do gênero humano responsável pelo encanto da vida, como disse o sr. Legouvé,[61] erguia-se em Fontainebleau, na primeira rua lateral à esquerda da grande artéria que atravessa a cidade — e que praticamente se resume a ela — no prolongamento da estrada que vem de Paris.

Na época, essa via lateral se chamava rua de Lyon, provavelmente por apontar, no mapa, para a segunda capital do reino. Ela se compunha de duas moradias burguesas, separadas entre si por dois grandes jardins delimitados por cercas vivas. No entanto, quem para lá olhava tinha a impressão de haver três casas na rua, mas vamos explicar por que, apesar das aparências, eram somente duas.

O albergue do Belo Pavão tinha sua fachada principal na grande rua, mas nos fundos, dando para a rua de Lyon, duas alas, separadas por um pátio, comportavam espaçosas dependências destinadas a receber todo tipo de viajante a pé, a cavalo ou mesmo em carruagem, propondo não só cama e mesa, mas também passeio e solidão aos cortesãos mais ricos que, na sequência de algum fracasso na corte, quisessem se isolar para digerir a afronta sofrida ou elaborar uma vingança.

---

60. Na iconografia dos séculos XIII-XV a serpente passou muitas vezes a ter feições femininas, acrescentando mais misoginia à imagem bíblica.

61. Ernest Legouvé (1807-1903), homem de letras francês, defensor dos direitos femininos.

Das janelas dessas construções do fundo, os hóspedes viam primeiro a rua, com a relva que crescia entre as pedras do calçamento e pouco a pouco as deslocava. Em seguida avistavam-se as belas cercas de sabugueiro e espinheiro que serviam de divisa às casas burguesas de que falamos, como dois braços verdes e floridos. Mais adiante ainda, no espaço entre as construções, formando o fundo do quadro e impondo-se como obstáculo intransponível, via-se uma linha de bosques densos, exuberantes, primeiras sentinelas da vasta floresta de Fontainebleau.

Podia então, quem dispusesse de um apartamento fazendo ângulo com a grande rua de Paris, participar do espetáculo e do barulho dos transeuntes e das festas, sem perder, pela rua de Lyon, a vista e a calma do campo.

Isso sem mencionar que, em caso de necessidade, quando batiam na grande porta da rua de Paris, era possível escapar pela portinhola da rua de Lyon e, pelos jardins das casas burguesas, alcançar os primeiros arbustos da floresta.

O primeiro a nos falar aqui desse albergue do Belo Pavão, lembremos, foi Malicorne, que, preocupado com problemas pessoais, não contou a Montalais tudo o que tinha a dizer sobre a curiosa hospedaria.

Vamos tentar suprir essa lacuna.

Entre outras coisas, além do franciscano mencionado, ele não deu maiores esclarecimentos sobre os viajantes que ali se hospedavam.

A maneira como haviam sido aceitos e como passavam os dias, a dificuldade para qualquer viajante não privilegiado conseguir hospedagem sem recomendação prévia e lá permanecer sem certas precauções iniciais deviam, no entanto, ousamos dizer, ter chamado a atenção de Malicorne.

Porém, como foi dito, problemas imediatos o impediam de notar muita coisa.

De fato, todos os apartamentos do Belo Pavão tinham sido alugados e estavam ocupados por viajantes que ali não se encontravam só de passagem, com seus modos calmos e aparência tranquila. Malicorne nem de vista conhecia qualquer um deles.

Todos haviam chegado ao hotel depois, cada um com uma espécie de senha que, de início, preocupou Malicorne. Ele procurou se informar, e o albergueiro justificava esse controle por estar a cidade cheia de ricos senhores, o que certamente também atraía contumazes bandidos; e uma casa honesta como o Belo Pavão, para manter sua reputação, não podia deixar que seus hóspedes fossem roubados.

Por isso tudo Malicorne às vezes se perguntava, olhando de perto o seu caso e sondando sua posição no hotel do Belo Pavão, como o haviam admitido e, em seguida, recusado tantos pretendentes.

Perguntava-se sobretudo como Manicamp — para ele alguém que todos veneravam —, querendo dar de comer a seu cavalo na hotelaria, ao chegar, foi recebido com um *nescio vos* dos mais intransigentes.

Tudo isso representava um problema, mas que Malicorne, ocupado como estava com suas intrigas, tanto amorosas quanto profissionais, não se esforçou para esmiuçar. E mesmo que tentasse, apesar da inteligência com que o descrevemos, não é certo que conseguisse.

Umas poucas palavras mostrarão ao leitor que seria preciso pelo menos um Édipo para decifrar aquele enigma.[62]

Nos últimos oito dias, haviam sido aceitos na hotelaria sete estrangeiros, todos no dia seguinte àquele em que o próprio Malicorne deu entrada.

Esses sete personagens, que chegaram com um aparato considerável, eram:

Um oficial superior do Exército alemão com secretário, médico, três criados e sete cavalos. Chamava-se barão de Wostpur.

Um cardeal espanhol com dois sobrinhos, dois secretários, um funcionário da sua casa e doze cavalos. Chamava-se monsenhor Herrebia.

Um rico comerciante de Bremen com criado e dois cavalos. Chamava-se *mein Herr*[63] Bonstett.

Um senador de Veneza com mulher e filha, ambas muito bonitas. Chamava-se *signor*[64] Marini.

Um *laird*[65] escocês com sete montanheses do seu clã, todos a pé. Chamava-se Mac Cummor.

Um austríaco de Viena sem título nem brasão, que chegara de carro. Tinha um pouco de padre e um pouco de soldado. Era chamado de conselheiro.

E, para terminar, uma dama flamenga com um lacaio, uma camareira e uma senhorita de companhia. Grande pompa, grande aparência, grandes cavalos. Era chamada dama flamenga.

Todos esses viajantes tinham chegado no mesmo dia, como já dissemos, sem que, no entanto, isso causasse qualquer confusão no albergue ou na rua, com os respectivos alojamentos previamente reservados por mensageiros ou secretários, um dia antes ou na própria manhã.

Chegando no dia anterior, com um magro cavalo e uma magra valise, Malicorne se apresentara no hotel como amigo de um cavalheiro que, curioso por assistir às festas, deveria aparecer a qualquer momento.

Ouvindo isso, o albergueiro sorriu como se conhecesse bem Malicorne ou seu amigo importante:

— Esteja à vontade para escolher o apartamento que melhor lhe convier, já que foi o primeiro a chegar.

---

62. Na mitologia grega, o herói que, sem saber, matou o pai, se casou com a mãe e, entre essas duas ocorrências trágicas, precisou decifrar um enigma da esfinge que dizimava a cidade de Tebas.

63. Em alemão, "meu senhor".

64. Em italiano, "senhor".

65. Na Escócia, termo derivado de *lord*, proprietário de terras.

Isso foi dito com essa obsequiosidade significativa entre os albergueiros, que quer dizer: "Que o cavalheiro esteja tranquilo, sei com quem estou falando e será adequadamente tratado".

Aquelas palavras e o gesto que as acompanhou pareceram bom sinal, mas pouco claro para o hóspede. Como não queria fazer grande despesa e se pedisse um quarto muito humilde seria dispensado por sua pouca importância, ele tratou de se aproveitar do que dizia o homem, buscando ludibriá-lo com sua própria fineza.

Então, sorrindo como alguém a quem não estão fazendo mais do que têm obrigação de fazer, ele respondeu:

— Meu caro hoteleiro, fico com seu melhor e mais alegre apartamento.

— Com estábulo?

— Com estábulo.

— Para que dia?

— Para agora mesmo, se possível.

— Perfeitamente.

— Só que — tratou de dizer Malicorne — não ocuparei esse grande apartamento.

— Entendo! — o homem mostrou-se quase cúmplice.

— Certas razões, o senhor compreenderá mais tarde, me levam a só assumir por conta própria esse quartinho menor.

— Claro, claro.

— Quando chegar, meu amigo ficará com o apartamento e, naturalmente, pagará por ele.

— Muito bem, muito bem. É o que foi combinado.

— Combinado?

— Ao pé da letra.

— Incrível — murmurou Malicorne. — O senhor então compreende?

— Compreendo.

— Ótimo! Já então que o senhor compreende... pois o senhor compreende, não é?

— Perfeitamente.

— Então vou para o quarto.

O hoteleiro do Belo Pavão foi mostrando o caminho, com o boné na mão.

Malicorne se acomodou e se surpreendia vendo o hoteleiro, cada vez que passava, dar uma piscadela, mostrando tudo estar às maravilhas.

"Tem algum engano nisso, mas o melhor a fazer por enquanto é aproveitar", ele pensava.

Do quartinho ele partia como um cão de caça atrás de notícias e curiosidades da corte, às vezes se tostando, às vezes se encharcando, como contou depois a Montalais.

No dia seguinte ao de sua instalação no hotel, viu chegarem, sucessivamente, os sete viajantes, que ocuparam o lugar inteiro.

Estabelecidos os novos hóspedes, o hoteleiro foi a seu quarto e, com a simpatia de sempre, lembrou:

— O senhor dispõe ainda de um grande apartamento na terceira ala, não é?

— Assim espero.

— É um verdadeiro agrado que lhe faço.

— Obrigado.

— De forma que, quando o seu amigo chegar…

— Sim?

— Ele ficará muito grato. A não ser que seja uma pessoa difícil.

— Por favor, posso dizer uma coisinha sobre o meu amigo?

— Mas é claro! Sinta-se à vontade.

— Ele devia vir, como o senhor sabe…

— E deve vir.

— Mas não é impossível que tenha mudado de ideia.

— Não acredito.

— Tem certeza?

— Tenho.

— É que, caso haja alguma dúvida…

— Sim?

— Não posso garantir que venha.

— Mas ele no entanto lhe disse…

— Disse, é claro, mas como sabe o homem faz planos, mas Deus é quem decide, *verba volant, scripta manent*.

— E isso quer dizer…?

— Que as palavras voam, os escritos ficam; e como ele não me escreveu e se limitou às palavras, eu o autorizo, sem contudo incentivá-lo… enfim, é embaraçoso.

— A que me autoriza?

— Ora! A que alugue o apartamento se algum interessado aparecer.

— Alugar?

— Sim.

— De forma alguma, cavalheiro. Ele pode não ter escrito ao senhor…

— De fato.

— Mas a mim sim.

— Ah!

— Isso mesmo.

— E dizendo o quê? O escrito confirma as palavras?

— Diz mais ou menos o seguinte:

> Ao proprietário do hotel Belo Pavão
> Devem tê-lo informado do encontro fixado por alguns importantes personagens em sua casa e faço parte desse grupo que se reúne em Fontainebleau. Reserve então, além de um pequeno quarto para um amigo que chegará antes ou depois de mim…

— É o senhor esse amigo, não? — interrompeu-se o hoteleiro.
Malicorne modestamente se inclinou.
O homem continuou:

> … e um grande apartamento, que ocuparei. Esse grande apartamento ficará por minha conta, mas peço que o preço do quarto não seja elevado, pois ficará ao encargo de um pobre-diabo.

— Trata-se do senhor, não é? — quis ainda confirmar o hoteleiro.

— Eu mesmo — respondeu Malicorne.

— Então estamos combinados: o seu amigo pagará o apartamento e o senhor o quarto.

"Macacos me mordam se entendo alguma coisa nisso tudo", pensou Malicorne, que em seguida perguntou:

— E ficou bem impressionado com o nome?

— Que nome?

— O que assinou a carta. Ele apresentou garantias?

— É o que eu ia lhe perguntar.

— Como? A carta não estava assinada?

— Não — arregalou os olhos o albergueiro, cheio de curiosidade.

— Então — replicou Malicorne, mantendo um ar de mistério —, se ele não deu o nome…

— Sim?

— Deve ter razões para isso, o senhor há de compreender.

— Claro.

— E não serei eu, amigo e confidente, que trairei o seu incógnito.

— De fato, nada mais justo. Não insistirei.

— Agradeço a delicadeza. No que me concerne, como disse meu amigo, pago à parte o quarto, que fique claro.

— Ficou absolutamente claro.

— Boas contas fazem bons amigos. Façamos então as nossas.

— Não há pressa.

— Mesmo assim. Quarto, alimentação para mim, lugar no estábulo e alimentação do cavalo: quanto por dia?

— Quatro libras.

— Então doze libras pelos três dias que já passei?

— Doze libras.

— Aqui estão.

— Mas por que pagar desde já?

— Porque — voltou Malicorne ao tom misterioso e baixando a voz, já que o artifício tinha dado certo — se for preciso partir de repente, escapar imprevistamente, isso estará acertado.

— Tem razão, obrigado.

— Então estamos quites?

— Estamos.

— Ótimo, fico mais tranquilo. Bom dia.

O dono do hotel se retirou.

Sozinho, Malicorne pensou: "Só o sr. de Guiche ou Manicamp podem ter escrito, o primeiro para ter onde ficar fora da corte, seja ou não bem-sucedido, e o outro por ter sido encarregado dessa missão pelo primeiro.

"De Guiche ou Manicamp podem ter imaginado: o apartamento grande para receber de maneira minimamente adequada certa dama bem disfarçada por espesso véu e podendo dispor, caso necessário, de uma segunda saída por uma rua deserta, dando para a floresta.

"O quarto pode servir momentaneamente a Manicamp, confidente do conde e guardião da porta, ou ao próprio de Guiche, representando, se for preciso, os papéis do amo e do confidente.

"Mas e a tal reunião que deve acontecer ou já aconteceu no hotel?

"São provavelmente pessoas a serem apresentadas ao rei.

"E o pobre-diabo para quem o quarto foi reservado?

"Um truque para melhor disfarçar de Guiche ou Manicamp.

"Se for assim, como é possível, nada é tão grave: de Manicamp a Malicorne, o passo é curto."

Depois de tanto pensar, Malicorne dormiu tranquilo, deixando de lado os sete estrangeiros que se movimentavam pelos quatro cantos das dependências do albergue do Belo Pavão.

Quando nada mais lhe interessava na corte e ele se cansava das perambulações e das indagações, ou de escrever bilhetes que nunca chegavam à destinatária, voltava ao seu bendito quartinho e, debruçado num balcão enfeitado com vasos de capuchinhas e cravos, pensava naqueles estranhos viajantes para os quais Fontainebleau parecia não representar luzes, alegrias e festas.

Isso assim se prolongou até o sétimo dia, aquele mesmo que longamente detalhamos nos capítulos anteriores.

Naquela noite, Malicorne tomava a fresca na janela, por volta de uma da manhã, quando Manicamp apareceu a cavalo, nariz ao vento, parecendo descontente e entediado.

Assim que o viu, Malicorne pensou: "Bom, está vindo para o quarto que reservou, ou seja, este".

Chamou-o e foi também reconhecido.

— Que bom! — disse Manicamp, aliviado. — Ando por Fontainebleau procurando três coisas que não consigo encontrar: de Guiche, um quarto e um estábulo.

— Sobre de Guiche, não posso dar notícias boas nem ruins, pois não o vi, mas quanto ao seu quarto e o estábulo, aí já é outra coisa.

— Ah!

— Não foi feita a reserva aqui?

— Reserva? Quem fez?

— Achei que havia sido você.

— Eu?

— Não reservou um apartamento?

— Não.

O hoteleiro, nesse momento, apareceu à porta.

— Consigo um quarto? — perguntou Manicamp.

— Fez reserva?

— Não.

— Então nada de quarto para o senhor.

— Já que é assim, fiz — consertou Manicamp.

— Quarto ou apartamento?

— O que quiser.

— Por carta?

Da janela, Malicorne fez sinal afirmativo ao amigo.

— Isso mesmo, por carta. Não recebeu?

— Com que data? — insistiu o hoteleiro, desconfiado com tanta hesitação.

Manicamp coçou a orelha e olhou para a janela, mas ela estava vazia, pois Malicorne descia para ajudar o amigo.

Nesse momento, tendo ouvido a conversa, um viajante apareceu à entrada, envolto à espanhola numa capa.

— Estou perguntando em que data escreveu essa carta fazendo a reserva do apartamento — insistia o dono do Belo Pavão.

— Na quarta-feira passada — respondeu com voz suave e educada o misterioso estranho, encostando a mão no ombro do albergueiro.

Manicamp recuou e Malicorne, que acabava de chegar ao térreo, parou e, por sua vez, coçou a orelha. O hoteleiro cumprimentou o recém-chegado como quem reconhece um verdadeiro viajante e polidamente acrescentou:

— O apartamento está à disposição do cavalheiro, assim como o estábulo para…

Ele olhou em volta e continuou:

— Seus cavalos?

— Chegarão mais tarde ou talvez nem cheguem. Isso pouco importa, não é, uma vez que pagarei pelo que reservei.

O hoteleiro fez uma reverência.

— O senhor guardou para mim também um quarto simples, como pedi? — continuou o desconhecido.

— Ai! — gemeu Malicorne, procurando desaparecer.

— O amigo do senhor já o ocupa há oito dias — disse o dono do hotel, apontando para Malicorne, que tentava se esconder.

O viajante, puxando a capa até a altura do nariz, olhou rápido para ele e declarou:

— Não é meu amigo.

O hoteleiro levou um susto.

— Não o conheço — continuou o viajante.

— Como? — voltou-se o albergueiro para Malicorne. — Não é o amigo do cavalheiro?

— O que importa, já que estou pagando? — Malicorne parodiou majestosamente o estrangeiro.

— Importa muito — disse o dono do hotel, que afinal percebia ter sido enganado. — E peço que deixe o quarto que não reservou.

— Mas, afinal — disse Malicorne —, o cavalheiro não precisa de um quarto e um apartamento… Se quiser o quarto, fico com o apartamento, se quiser o apartamento, fico com o quarto.

— Sinto muito — disse o viajante, com sua voz suave —, mas preciso do quarto e do apartamento.

— Mas para quem? — desesperou-se Malicorne.

— O apartamento para mim.

— Entendo. E o quarto?

— Veja — disse o viajante, apontando para uma espécie de cortejo que vinha se aproximando.

Malicorne seguiu com o olhar a direção indicada e viu chegar, numa maca, aquele mesmo franciscano que ele, acrescentando alguns detalhes, descrevera a Montalais como o homem que tomara seu quarto, apesar da tentativa feita para convertê-lo a aspirações mais humildes.

Como resultado da chegada do viajante desconhecido e do franciscano doente, Malicorne foi expulso sem maiores cerimônias do albergue do Belo Pavão pelo dono e mais quatro camponeses que serviam de carregadores para o franciscano.

O leitor já teve conhecimento do que se seguiu a essa expulsão e da conversa de Manicamp e Montalais, tendo ele conseguido, de forma mais eficaz, encontrá-la e ter notícias do amigo de Guiche. Teve conhecimento também da conversa subsequente de Montalais e Malicorne e do duplo convite de hospedagem por parte do conde de Saint-Aignan.

Falta ainda que contemos quem era o viajante de capa, o principal inquilino dos cômodos dos quais Malicorne havia ocupado uma parte. E também o igualmente misterioso franciscano, cuja chegada, coincidente com a do viajante de capa, tanto atrapalhou as combinações dos dois amigos.

126. Um jesuíta de décimo primeiro ano

Para não deixar o leitor em suspense, vamos responder logo à primeira questão.

O viajante de capa puxada até o nariz outro não era senão Aramis, que, depois de deixar Fouquet e tirar de uma valise aberta por seu criado um traje completo de cavaleiro, saiu do castelo e se dirigiu ao hotel do Belo Pavão, tranquilo por ter, sete dias antes, feito a reserva de um apartamento e um quarto, como informara o dono do estabelecimento.

Logo após a expulsão de Malicorne e Manicamp, Aramis se aproximou do franciscano e perguntou se ele preferia o quarto ou o apartamento.

O frade quis saber onde ficavam, e lhe informaram que o quarto se encontrava no primeiro andar e o apartamento, no segundo.

— Então escolho o quarto — declarou.

Aramis não insistiu e apenas confirmou com o hoteleiro:

— O quarto.

Depois disso, e tendo respeitosamente saudado o doente, subiu para o apartamento.

O franciscano foi logo levado aos aposentos.

Não é surpreendente tamanho respeito da parte de um prelado por um simples monge? E um monge de uma ordem mendicante, a quem era concedido um quarto — que nem sequer fora requisitado — num momento em que era grande a procura, por tantos viajantes.

Por outro lado, como explicar essa chegada inesperada de Aramis ao hotel do Belo Pavão, podendo ele ter perfeitamente se hospedado no castelo com o superintendente Fouquet?

O franciscano aguentou o transporte escada acima sem uma queixa, mesmo sendo visível seu sofrimento, agravado a cada pancada da maca contra as paredes ou contra o corrimão, fazendo seu corpo inteiro ser terrivelmente sacudido.

Chegando afinal ao cômodo, ele pediu aos carregadores:

— Ajudem-me a sentar nessa poltrona.

A maca foi pousada no chão e os quatro homens, erguendo da maneira mais delicada possível o enfermo, o puseram na poltrona indicada, à cabeceira.

— Agora — ele pediu, com muita suavidade nos gestos e na maneira de falar —, chamem o hoteleiro.

Cinco minutos depois, o dono do Belo Pavão se apresentou.

— Meu amigo — disse o franciscano —, dispense, por favor, esses bons homens. São vassalos do viscondado de Melun.[66] Encontraram-me desmaiado por causa do calor na estrada e, sem perguntar se seriam remunerados, me levaram até sua casa. Mas sei quanto custa aos pobres cuidar de um doente e preferi vir para o hotel, onde, aliás, estava sendo esperado.

O albergueiro olhou admirado.

Com o polegar, o franciscano fez um sinal da cruz peculiar no peito.

Seu interlocutor fez o mesmo sinal, no ombro esquerdo.

— Estava mesmo sendo esperado, reverendo, mas em melhor estado de saúde.

Para os camponeses, era surpreendente ver o orgulhoso hoteleiro se mostrar tão respeitoso diante de um pobre monge. Sem procurar disfarçar, o franciscano tirou do seu amplo bolso duas ou três moedas de ouro:

— Aceitem um pagamento pelos cuidados que receberei, meus amigos. Fiquem tranquilos e não se preocupem em me deixar aqui. A ordem pela qual viajo não quer que eu mendigue, mas como o trabalho que tiveram comigo merece recompensa, aceitem esses dois luíses e voltem em paz.

Os camponeses não se atreviam a aceitar, mas o albergueiro pegou os dois luíses e os pôs na mão de um deles.

Os quatro homens se retiraram, mais surpresos do que nunca.

Fechada a porta, com o hoteleiro mantendo-se respeitosamente ali, o franciscano se recolheu por um instante.

Depois de passar pela testa amarelada a mão ressecada de febre, com os dedos crispados ele cofiou, trêmulo, a barba grisalha.

Seus grandes olhos, aprofundados pela doença e pela agitação, pareciam seguir no vazio alguma lembrança dolorosa e inflexível.

— Quantos médicos há em Fontainebleau? — ele afinal perguntou.

— Temos três, meu padre.

— Como se chamam?

— Luiniguet é o primeiro.

— Quem é o outro?

— Um irmão carmelita, Irmão Hubert.

— E o terceiro?

— Um leigo chamado Grisart.

— Ah, Grisart! — murmurou o frade. — Chame-o rápido.

O hoteleiro já se movia para isso quando o hóspede perguntou ainda:

---

66. Melun é hoje apenas uma comuna, a 65 quilômetros de Paris, mas à época era um condado, do qual o rei era oficialmente conde, nomeando um visconde (vice-conde) para a administração local.

— Que religiosos temos disponíveis?

— Religiosos?

— Sim, de quais ordens?

— Temos jesuítas, agostinianos e franciscanos. Os jesuítas são os mais próximos. É melhor chamar um confessor jesuíta, não é?

— Sim; por favor faça isso.

Ele saiu.

Como se pode imaginar, pelo sinal da cruz trocado entre o hoteleiro e o doente, os dois haviam se identificado como filiados da temível Companhia de Jesus.[67]

Vendo-se sozinho, o franciscano tirou do bolso uma quantidade de papéis e examinou alguns com toda a atenção. Mas foi vencido pelo mal-estar: os olhos fraquejaram, um suor frio escorreu da raiz dos cabelos e ele parou, quase sem sentidos, com a cabeça caída para trás e os braços pendentes nas laterais da poltrona.

Estava havia cinco minutos assim quando o hoteleiro voltou com o médico, que mal pudera se vestir.

O barulho e a corrente de ar criada com a abertura da porta despertaram o doente. Ele juntou às pressas os papéis que se tinham espalhado e os escondeu sob a almofada da poltrona com a mão comprida e seca.

O albergueiro saiu, deixando médico e paciente.

— Por favor, dr. Grisart, aproxime-se, pois não podemos perder tempo. Apalpe, ausculte, julgue e pronuncie sua sentença — disse o franciscano.

— Nosso hoteleiro disse que tenho a felicidade de atender um filiado — respondeu o médico.

— Um filiado, sim. Diga-me então a verdade. Sinto-me muito mal. Creio que estou morrendo.

O médico pegou a mão do paciente e tomou a pulsação.

— Oh, uma febre perigosa — ele disse.

— O que quer dizer com isso? — perguntou o doente, com um olhar categórico.

— A um filiado de primeiro ou de segundo ano,[68] diria ser uma febre curável — respondeu o médico, olhando interrogativamente o paciente nos olhos.

---

67. Um filiado, no caso, seria um seguidor dos Exercícios Espirituais de santo Inácio de Loyola (1491-1556), não forçosamente da Igreja. A Companhia de Jesus, ordem fundada por Loyola em 1534, dedicada às missões missionária e educacional, se tornara extremamente poderosa, e Dumas sugere no romance que ela encobria uma sociedade secreta, tema muito valorizado pelo romantismo do século XIX. Apoiando ironicamente essa proposição, ele ainda estabelece um franciscano como superior jesuíta.

68. A formação dos jesuítas é longa, com dois anos de noviciado, três de filosofia, quatro de teologia e alguns de magistério, para chegar ao segundo noviciado, que é chamado terceira provação. A denominação utilizada por Dumas, de segundo ano e, mais adiante, de décimo primeiro ano, busca sobretudo manter o mistério do tema da sociedade secreta.

— E a mim? — perguntou o franciscano.

O médico hesitou.

— Veja meus cabelos e barba grisalhos, minha expressão sobrecarregada de apreensões, as rugas que falam das minhas provações — ele continuou. — Sou um jesuíta de décimo primeiro ano, dr. Grisart.

O médico estremeceu.

Um jesuíta de décimo primeiro ano era alguém iniciado em todos os mistérios da ordem, um homem para quem a ciência não tinha mais segredos, a sociedade não apresentava mais barreiras, a obediência temporal não criava mais vínculos.

— Tenho então um mestre à minha frente? — perguntou Grisart, assombrado.

— Sim, leve isso em consideração ao responder.

— O que quer saber?...

— Minha real situação.

— Bom. Trata-se de uma febre cerebral, ou seja, uma meningite aguda que chegou ao ponto máximo de intensidade.

— Então não há esperança, não é? — perguntou o franciscano, com frieza.

— Não digo isso; no entanto, constatando a desordem do cérebro, a brevidade da respiração, a precipitação dos pulsos, o ardor da terrível febre que o devora...

— E que me fez desmaiar três vezes ao longo do dia — disse o frade.

— Por isso a classifiquei de terrível. E como não ficou na estrada?

— Estava sendo esperado aqui, era preciso vir.

— Mesmo que o esforço causasse sua morte?

— Sim.

— Com os sintomas que apresenta, posso dizer que a situação é quase desesperadora.

O franciscano sorriu de maneira estranha.

— O que me disse até agora é o que diria a um filiado, mesmo de décimo primeiro ano, mas é pouco para mim, doutor. Tenho o direito de exigir além. Sejamos ainda mais verdadeiros e francos; como se fôssemos falar com Deus. Aliás, já pedi que chamassem um confessor.

— Mas não perdi as esperanças — balbuciou o médico.

— Responda — ordenou o doente, mostrando, num gesto cheio de dignidade, um anel cuja frente estava até então virada para dentro e mostrava, gravado, o sinal da Companhia de Jesus.

Grisart se assustou:

— O superior-geral![69]

---

69. Em francês, *général*, que pode ser "general" ou "geral"; no caso, superior-geral, como é chamado o dirigente máximo dos jesuítas. Isso explica uma confusão anterior, quando os

— Fale baixo! — disse o franciscano. — Compreende então que deve dizer a verdade.

— Senhor, chame o confessor — murmurou Grisart. — Em duas horas, ou assim que vier a primeira crise, entrará em delírio e será o fim.

— É boa notícia — disse o doente, em quem as sobrancelhas se haviam franzido por um momento. — Tenho então duas horas?

— Sim, sobretudo se tomar a poção que lhe enviarei.

— Isso me garantirá duas horas?

— Duas horas.

— Vou tomá-la, mesmo que seja um veneno, mas essas duas horas são primordiais, não só a mim como à glória da ordem.

— Meu Deus, que perda! — gemeu o médico. — Que catástrofe para nós!

— É a perda de um homem, só isso. Deus providenciará um digno sucessor ao pobre frade que os deixa. Adeus, dr. Grisart. Foi já uma dádiva de Deus tê-lo encontrado. Um médico que não fosse filiado à nossa santa congregação me deixaria ignorar meu estado e, contando ainda com dias de existência, eu não tomaria as precauções necessárias. O senhor é um homem de ciência e isso nos dignifica; seria horrível ver um dos nossos representando mediocremente a sua profissão. Adeus, dr. Grisart, e não deixe de me enviar a poção.

— Pelo menos me abençoe, monsenhor.

— Espiritualmente, sim... claro, *Animo* dr. Grisart... *viribus impossibile.*[70]

---

carregadores da maca se referiram ao doente como "general". À época, era superior-geral da Companhia o alemão Goswin Nickel (1584-1664), que de fato morreu de um acidente vascular cerebral depois de três anos de crises e sofrimento.

70. Em latim: "Pelo espírito... é impossível fisicamente".

127. O segredo de Estado

Pouco depois da saída do médico, o confessor chegou.

Assim que passou pela porta, o franciscano o examinou com seu olhar profundo e em seguida, meneando a cabeça, murmurou:

— Espírito medíocre; espero que Deus me perdoe por morrer sem o socorro dessa enfermidade ambulante.

O confessor, por sua vez, olhava espantado o moribundo, quase aterrorizado. Nunca havia visto olhos tão ardentes prestes a se fecharem, expressão tão forte prestes a se extinguir.

Com a mão, o franciscano fez um gesto rápido e imperativo, dizendo:

— Sente-se ali, padre, e preste atenção.

O confessor jesuíta, bom e simples clérigo com ingênua iniciação, que dos mistérios da ordem apreendera apenas o básico, obedeceu à superioridade do penitente.

— Há neste hotel diversos hóspedes — continuou o monge.

— Como? Achei ter vindo para uma confissão; isso já faz parte? — estranhou o jesuíta.

— Por que pergunta?

— Para saber se devo manter em segredo o que dirá.

— Confio tudo o que eu disser a seus deveres de confessor.

— Entendo — respondeu o padre, sentando-se na poltrona que o penitente, com muita dificuldade, acabava de deixar para se estender na cama.

Já deitado, continuou:

— Como disse, há diversas pessoas neste hotel.

— Eu soube.

— Devem ser oito.

Com a cabeça, o jesuíta concordou.

— A primeira com quem quero falar é um alemão de Viena, chamado barão de Wostpur. Por favor, avise a ele que a pessoa a quem veio encontrar o espera aqui.

Espantado, o padre olhou para o penitente. A confissão parecia incomum.

— Faça isso — disse o franciscano, com irresistível autoridade.

O bom jesuíta, perfeitamente resignado, levantou-se e deixou o quarto.

Assim que ele saiu, o franciscano voltou aos papéis que a crise febril o havia, pouco antes, forçado a deixar de lado.

— O barão de Wostpur? — ele disse a si mesmo. — Pelo visto ambicioso, tolo, estreito.

Dobrou o papel e o pôs sob o travesseiro.

Passadas rápidas ressoavam no corredor.

O jesuíta entrou, seguido pelo barão de Wostpur, que caminhava rígido como se quisesse furar o teto com seu penacho à cabeça.

Deparando-se apenas com um franciscano de olhar sombrio, num quarto humilde, ele perguntou:

— Quem me chamou?

— Eu — disse o homem deitado, que, virando-se para o confessor, continuou: — Por favor, deixe-nos por um momento e volte assim que o cavalheiro sair.

O jesuíta se retirou e sem dúvida aproveitou aquele instante longe do moribundo para se informar com o hoteleiro sobre o estranho penitente que tratava seu confessor como se trata um criado de quarto.

O barão se aproximou da cama e quis falar, mas com a mão o franciscano impôs silêncio e disse, como quem tem pressa:

— Os minutos são preciosos. Foi para o concurso que veio, não é?

— Sim, meu reverendo.

— Espera ser eleito superior-geral?

— Espero.

— Conhece a condição a ser cumprida por quem quiser chegar a essa alta distinção que põe o seu titular acima dos reis, em igualdade com os papas?

— Quem é o senhor para me interrogar assim?

— Sou quem é aqui esperado.

— O eleitor-geral?

— O eleito.

— É…

O franciscano não deu tempo para que terminasse; apenas estendeu a mão descarnada, na qual brilhava o anel.

Surpreso, o barão recuou e, logo depois, curvou-se com profundo respeito.

— Como? Monsenhor neste pobre quarto, nessa miserável cama, vindo nos procurar para escolher seu sucessor, nosso próximo superior?

— Não percamos tempo com isso, cavalheiro. Apenas preencha a condição principal, fornecendo à ordem um segredo de importância tal que torne vassala da Companhia uma das maiores cortes da Europa. Tem esse segredo, como prometeu em seu requerimento ao Grande Conselho?

— Monsenhor…

— Mas guardemos alguma formalidade… O senhor é de fato o barão de Wostpur?

— Sim, monsenhor.

— E essa carta é sua?

Dos seus papéis, o superior dos jesuítas tirou uma folha e a mostrou ao barão, que, com uma rápida olhada, confirmou:

— Sim, é minha.

— E pode me mostrar a resposta enviada pelo secretário do Grande Conselho?

O barão estendeu uma carta com o destinatário:

Sua Excelência, o barão de Wostpur

No interior, apenas esta frase:

De 15 a 22 de maio, Fontainebleau, hotel do Belo Pavão.

AMDG[71]

— Bom, estamos então na presença um do outro. Fale — disse o franciscano.

— Disponho de uma tropa de cinquenta mil homens, comandados por oficiais fiéis a mim. Estão à margem do Danúbio. Posso em quatro dias derrubar o imperador, que é um obstáculo ao progresso da nossa ordem, e substituí-lo por algum príncipe da família, designado pela Companhia.

O franciscano ouvia sem dar sinal de vida.

— É essa a sua proposta? — ele afinal perguntou.

— Há uma revolução europeia no meu plano — sublinhou o barão.

— Muito bem, sr. de Wostpur, terá nossa resposta. Volte para a sua região e deixe Fontainebleau em quinze minutos.

O barão se retirou aos recuos, obsequioso como se estivesse diante daquele mesmo imperador a quem se dispunha trair.[72]

"Não é um segredo", pensou o franciscano, "é um complô… E na verdade", ele acrescentou, após um momento de reflexão, "o futuro da Europa não está mais nas mãos da casa da Áustria."

Com um lápis vermelho ele riscou da lista o nome do barão de Wostpur.

— Vamos ao cardeal. Devemos ter algo mais consistente na Espanha — ele murmurou e, erguendo os olhos, percebeu que o confessor já aguardava ordens, como um bom menino.

— Ah, falou com o dono do hotel? — ele perguntou, notando a submissão.

— E com o médico, monsenhor.

— Grisart?

71. *Ad majorem Dei gloriam*. Em latim, "Pela grande glória de Deus"; é a divisa da ordem jesuíta.

72. No caso, Leopoldo I (1640-1705), do Sacro Império Romano-Germânico.

— Sim.

— Ele então voltou?

— Está esperando, com a poção prometida.

— Ótimo! Se precisar, chamarei. Compreende agora a importância da minha confissão, não é?

— Perfeitamente, monsenhor.

— Chame então o cardeal espanhol, Herrebia. Rápido. Mas desta vez, como já sabe do que se trata, fique por perto, pois às vezes perco as forças.

— Não é melhor chamar o médico?

— Ainda não, ainda não... O cardeal espanhol, só isso... Rápido.

Cinco minutos depois, o cardeal entrou, pálido e preocupado.

— Soube agora, monsenhor... — balbuciou o espanhol.

— Vamos ao que interessa — cortou o monge, com voz fraca e mostrando a carta que fora enviada ao Grande Conselho.

— É sua letra? — ele perguntou.

— Sim, mas...

— E sua convocação?

O espanhol hesitou. Sua púrpura cardinalícia se revoltava contra o burel do pobre franciscano, que então estendeu a mão e mostrou o anel... que cumpria sua função de acordo com o grau de importância do personagem a quem era mostrado.

— O segredo, rápido! — pediu o doente, apoiando-se no confessor.

— *Coram isti?* —[73] perguntou o cardeal.

— Fale espanhol — disse o franciscano, prestando toda a atenção.

— Monsenhor sabe — continuou em castelhano o cardeal — que a condição para o casamento da infanta com o rei da França era a desistência absoluta de direitos do casal à coroa da Espanha?

O franciscano fez um sinal afirmativo.

— Disso resulta que a paz e a aliança entre os dois reinos dependem da observação dessa cláusula do contrato.

Mesma aquiescência do franciscano.

— Não só a França e a Espanha, mas toda a Europa seria abalada pela infidelidade de uma das partes.

O mesmo sinal do doente.

— Por isso, quem puder prever os acontecimentos e dar como certo o que é apenas incerteza no entendimento do homem, isto é, a ideia do bem e do mal futuros, preservaria o mundo de imensa catástrofe. É possível direcionar a favor da ordem o acontecimento que está em vias de se formar no cérebro de quem o prepara.

---

73. Em latim: "Na presença dele?".

— *Pronto! Pronto!* —[74] murmurou o franciscano, que empalideceu e se debruçou na direção do espanhol.

Este último se aproximou bem do moribundo:

— Pois sei que o rei da França, assim que tiver um pretexto, uma morte, por exemplo, seja do rei da Espanha, seja de um irmão da infanta, pretende reivindicar a herança pela força das armas. E tenho o plano político que Luís XIV constrói para essa ocasião.

— E esse plano? — perguntou o franciscano.

— Aqui está.

— Foi traçado por quem?

— Por mim.

— Tem algo mais a dizer?

— Creio ter dito muito, monsenhor.

— É verdade, prestou um grande serviço à ordem. Mas como conseguiu os detalhes a partir dos quais estabeleceu esse plano?

— Pago criados subalternos do rei da França e consigo papéis que escapam do fogo da lareira.

— Muito engenhoso — murmurou o franciscano, tentando sorrir. — Sr. cardeal, deixe o hotel em quinze minutos. Receberá nossa resposta. Agora vá!

— Chame Grisart e o veneziano Marini — pediu o doente ao confessor.

Enquanto esperava, em vez de riscar o nome do cardeal, como havia feito com o do barão, ele marcou ao lado uma cruz.

Depois, exausto com o esforço, murmurando o nome do dr. Grisart ele se estendeu na cama.

Ao recuperar os sentidos, havia já bebido boa parte de uma poção da qual restava ainda um copo, pela metade. O médico estava a seu lado, enquanto o veneziano e o confessor permaneciam junto à porta.

Marini passou pelas mesmas formalidades que os dois concorrentes anteriores, hesitou com a presença dos estranhos e, tranquilizado pelo superior, contou que o papa, preocupado com o crescente poder da ordem, tramava um plano de expulsão dos jesuítas, sondando as diferentes cortes da Europa nesse sentido. Indicou os auxiliares do pontífice e seus respectivos meios de ação, mostrando onde, através de um golpe, dois cardeais de décimo primeiro ano, chefes superiores, seriam deportados com trinta e dois dos principais filiados de Roma.

O franciscano agradeceu. Era um grande serviço que o *signor* Marini prestava à Companhia, denunciando aquele projeto pontifical.

Em seguida, o veneziano recebeu a mesma ordem de partir em quinze minutos e saiu radiante, como se já fosse dono do anel-símbolo do comando da Companhia.

---

74. Em latim: "Agora, agora!", significando, no caso, "Basta, basta!".

Enquanto ele se afastava, o franciscano murmurava em sua cama:

— Esses homens todos não passam de espiões ou esbirros, nenhum tem o perfil de superior-geral. Descobriram complôs e não segredos, mas o que se deve ter para dirigir a Companhia de Jesus não é talento para causar danos, para a guerra ou para o uso da força, e sim a influência misteriosa que vem da superioridade moral. Não, não encontrei a pessoa certa e, para o cúmulo da infelicidade, Deus me chama e estou morrendo. Acabará comigo a Companhia por falta de um alicerce? Minha morte levará com ela o futuro da ordem? Dispusesse eu de mais dez anos, esse futuro se eternizaria, pois desponta agora, radioso e esplêndido, com o novo rei.

Essas palavras, entre pensadas e articuladas, puderam ser ouvidas pelo bom jesuíta e o assustaram como divagações da febre, enquanto Grisart, que era um espírito mais elevado, as devorava como revelações de um mundo desconhecido, em que o seu olhar mergulhava sem que a mão pudesse tocar.

De repente, o franciscano se ergueu e disse:

— Terminemos; a morte ganha terreno. Ainda há pouco eu teria morrido tranquilo, esperando... Agora me desespero, a menos que entre aqueles que restam... Grisart! Grisart, faça-me viver ainda uma hora!

Grisart se aproximou do moribundo e o fez beber algumas gotas, não da poção que estava no copo, mas do conteúdo de um frasco que guardava.

— Chamem o escocês! — exclamou o franciscano. — Chamem o comerciante de Bremen! Chamem! Chamem! Meu Deus, estou morrendo! Falta-me ar!

O confessor saiu às pressas para buscar socorro, como se alguma força humana pudesse afastar o desígnio da morte que pressionava o enfermo, mas logo à porta encontrou Aramis, que, com um dedo nos lábios como a estátua de Harpócrates,[75] só com o olhar o fez voltar ao fundo do quarto.

O médico e o confessor reagiram querendo que o intruso se retirasse, mas este, com dois sinais da cruz, cada qual feito de forma diferente, os devolveu a seus lugares.

— Um chefe! — murmuraram ambos.

Aramis entrou lentamente no quarto em que o moribundo lutava contra os primeiros ataques da agonia.

O franciscano, fosse por efeito do elixir, fosse por recuperar forças com a aparição de Aramis, se agitou e, com olhos ardentes, boca entreaberta, cabelos molhados de suor, se ergueu na cama.

Era sufocante o ar do quarto, pois todas as janelas estavam fechadas e, além da lareira acesa, duas velas de cera amarela derretiam em castiçais de cobre, aquecendo ainda mais a atmosfera com um espesso vapor.

---

75. Na mitologia grega, o deus do silêncio e do segredo, representado como um menino fazendo o sinal atravessado com o dedo diante dos lábios.

Aramis abriu a janela e, fixando no moribundo um olhar cúmplice e respeitoso, disse:

— Peço que monsenhor me desculpe por vir sem ser chamado, mas o seu estado me preocupa e achei que não nos veríamos, pois sou o sexto da lista.

O moribundo estremeceu e consultou o papel.

— O senhor então é aquele que já foi conhecido como Aramis, como cavaleiro d'Herblay e agora é bispo de Vannes?

— Sim, monsenhor.

— Eu o conheço, já nos vimos.

— No último jubileu, estivemos juntos na Santa Sé.

— Sim, eu me lembro. E apresentou candidatura?

— Ouvi dizer, monsenhor, que a ordem busca a posse de um grande segredo de Estado. Sabendo que, por modéstia, monsenhor faz o repasse das suas funções a quem trouxer um segredo assim, escrevi me dispondo a competir, pois tenho conhecimento exclusivo de um segredo que creio importante.

— Fale. Posso ouvi-lo e avaliar sua importância.

— Um segredo com o valor deste que terei a honra de confiar a monsenhor não pode ser dito com palavras. Toda ideia que sai dos limbos do pensamento e, de uma forma qualquer, se manifesta, deixa de pertencer até mesmo a seu criador. A palavra pode ser colhida por um ouvido atento e inimigo. Um segredo assim semeado deixa de ser um segredo.

— E como então transmiti-lo?

Com a mão Aramis fez sinal para que o médico e o confessor se afastassem um pouco e, com a outra, entregou ao franciscano um papel, protegido por envelope duplo.

— O texto escrito não é ainda mais perigoso que a palavra falada? — perguntou o franciscano.

— Não neste caso, pois foi gravado com caracteres que apenas nós dois podemos compreender.

O monge olhava para Aramis cada vez mais espantado e ele continuou:

— Trata-se do código de que monsenhor se servia em 1655 e que o seu secretário, Juan Jujan, já falecido, seria o único a poder decifrar, se voltasse ao mundo.

— E o senhor conhecia esse código?

— Fui eu que o dei a ele — respondeu Aramis, inclinando-se graciosa e respeitosamente, já se dirigindo à porta para sair.

Um gesto do franciscano, acompanhado de um chamado, o fez parar.

— Jesus! *Ecce homo!*[76]

Em seguida, relendo ainda o papel, acrescentou:

— Venha rápido, venha!

76. Em latim: "Eis o homem!".

Aramis se aproximou, com a mesma expressão calma e a mesma atitude respeitosa, enquanto o franciscano, esticando o braço, queimava à chama da vela o papel que havia lido.

Puxando o visitante pela mão para aproximá-lo ainda mais, perguntou:

— Como e por intermédio de quem soube de semelhante segredo?

— Pela sra. de Chevreuse,[77] amiga íntima e confidente da rainha.

— E a sra. de Chevreuse?

— Está morta.

— Outras pessoas sabem ou souberam disso?

— Apenas um homem e uma mulher, de origem humilde.

— Onde estão?

— Também mortos… É um segredo que queima como o fogo.

— E o senhor sobreviveu?

— Ninguém sabe que eu sei.

— E há quanto tempo sabe?

— Há quinze anos.

— E manteve isso em segredo?

— Quis continuar vivo.

— E o revela à ordem sem ambições, sem esperar retorno?

— Revelo-o com ambições e esperando retorno, pois se monsenhor sobreviver me tornará, agora que me conhece e sabe do que sou capaz, o que devo ser.

— Mas como estou morrendo — exclamou o franciscano —, eu o torno meu sucessor… Tome!

Ele tirou do dedo o anel e o pôs no de Aramis.

Em seguida, voltando-se para os dois que haviam assistido à cena, declarou:

— Sejam testemunhas e quando necessário atestem que, com o corpo doente, mas a mente sã, livremente e por vontade própria repassei este anel, símbolo da onipotência, a monsenhor d'Herblay, bispo de Vannes, que nomeio meu sucessor, e diante de quem eu, humilde pecador prestes a se apresentar a Deus, sou o primeiro a me inclinar, dando exemplo a todos.

O franciscano de fato se inclinou, enquanto o médico e o jesuíta se punham de joelhos.

Aramis, ficando mais pálido do que o moribundo, abraçou com o olhar todos ali presentes. Uma vez sua ambição satisfeita, o sangue voltava a fluir em seu coração.

---

77. Marie Aimée de Rohan, duquesa de Chevreuse (1600-79), célebre por sua beleza. Foi muito amiga da rainha e participou de todos os complôs contra Richelieu, sendo exilada. Voltou a Paris no início da regência de Ana da Áustria, fez parte do complô Cabala dos Importantes, contra Mazarino, e foi novamente exilada. Voltou a Paris no início de 1649 e teve ativa participação na Fronda.

— Não há tempo a perder — retomou o franciscano. — O que tinha ainda a fazer urge, me devora. Nunca vou conseguir.

— Conseguirei eu — disse Aramis.

— Obrigado.

Voltando-se para o jesuíta e o médico, o franciscano pediu:

— Por favor, deixem-nos a sós.

Os dois obedeceram e ele continuou:

— Com este sinal, o senhor é aquele que pode sacudir o mundo; com este sinal derrubará; com este sinal construirá: *In hoc signo vinces*![78] Tranque a porta.

Aramis passou o ferrolho e voltou à cabeceira.

— O papa conspirou contra a ordem — disse o ex-superior. — O papa deve morrer.

— O papa morrerá — disse tranquilamente Aramis.[79]

— Devemos setecentas mil libras a um comerciante de Bremen, chamado Bonstett, que veio aqui para ter minha assinatura, que o garantirá.

— Ele será pago — disse Aramis.

— Seis cavaleiros de Malta,[80] cujos nomes estão nesta lista, por indiscrição de um filiado de décimo primeiro ano descobriram os terceiros mistérios.[81] É preciso saber o que esses homens fizeram desse segredo, impedir sua divulgação e liquidar o assunto.

— Isso será feito.

— Três filiados perigosos devem ser enviados ao Tibete para lá morrerem.[82] Foram condenados, estes são os seus nomes.

— A sentença será executada.

— Para terminar, há uma senhora de Antuérpia, sobrinha-neta de Ravaillac,[83] que tem em seu poder papéis que comprometem a ordem. Há cinquenta e um anos a família recebe uma pensão de cinquenta mil libras. É uma

---

78. Em latim: "Com este sinal vencerás", frase que o imperador romano Constantino (306-37) teria visto, em sonho, na véspera de uma importante batalha, escrita numa cruz. Tornou-se, em seguida, o primeiro imperador romano a se batizar cristão.

79. Era o papa Alexandre VII (1599-1667), que em diversas ocasiões se mostrou favorável aos jesuítas, por exemplo em suas disputas com os jansenistas franceses, e morreu de uma crise hepática. O cardeal Mazarino sempre se opôs a ele e as hostilidades não diminuíram com a ascensão de Luís XIV ao pleno poder. Na verdade, apenas no século seguinte, em 1773, o papa Clemente XIV aboliu a ordem, que foi restabelecida em 1814.

80. A Ordem de Malta, inicialmente criada para socorrer cruzados em viagem à Palestina, logo se tornou uma ordem militar muito ativa (existe ainda, com fins humanitários).

81. São muitos os mistérios cristãos incluídos no rosário. O terceiro diz respeito à descida do Espírito Santo sobre os apóstolos.

82. Uma missão jesuíta fora enviada ao Tibete em 1624. Em 1661, dois missionários, um alemão e um belga, foram os primeiros ocidentais a visitar Lhasa.

83. François Ravaillac (1577-1610), com prováveis distúrbios mentais, foi o assassino de Henrique IV. Em sua formação tentou ser jesuíta, mas não foi aceito.

obrigação pesada, pois a ordem não é rica... Comprar os papéis por uma soma razoável ou, em caso de recusa, suprimir a pensão... sem riscos.

— Tratarei disso — concordou Aramis.

— Um navio vindo de Lima deve ter aportado, na semana passada, em Lisboa. Traz uma carga aparente de chocolate, mas na verdade são lingotes de ouro cobertos por uma camada de chocolate. É um navio da ordem, com um valor de dezessete milhões de libras. Faça-o chegar, aqui estão os despachos.

— Para qual porto devo mandar vir?

— Bayonne.

— Se não tiver ventos contrários, em três semanas estará lá. Isso é tudo?

O franciscano fez com a cabeça um sinal afirmativo, pois não conseguia mais falar. O sangue invadiu a garganta e a cabeça, saindo pela boca, narinas e olhos. O infeliz teve tempo apenas para apertar a mão de Aramis e, convulsionado, caiu da cama ao chão.

Aramis encostou a mão em seu peito. O coração não batia mais.

Abaixando-se, ele notou que um fragmento do papel entregue ao franciscano havia escapado das chamas.

Ele o pegou e queimou até o fim.

Depois chamou o confessor e o médico. Ao primeiro, ele disse:

— O seu penitente está com Deus. Precisa agora apenas de orações e da sepultura dos mortos. Providencie um enterro simples, compatível com um pobre monge... Pode ir.

O jesuíta se foi.

Então, voltando-se para o médico e vendo o seu rosto pálido e ansioso, disse baixinho:

— Sr. Grisart, esvazie e lave esse copo. Ainda há nele muito da poção que o Grande Conselho mandou que administrasse ao doente.

Nervoso, aterrorizado, Grisart quase caiu para trás.

Aramis deu de ombros com piedade, pegou o copo e jogou o conteúdo restante nas cinzas da lareira.

Depois saiu, levando os papéis do morto.

128. Missão

No dia seguinte — ou no mesmo, pois o que acabamos de contar terminou já às três horas da manhã —, antes do almoço, enquanto o rei ia à missa com as duas rainhas, Monsieur, o cavaleiro de Lorraine e mais alguns próximos montavam a cavalo para ir ao rio a fim de desfrutar de um daqueles famosos banhos que as mulheres tanto apreciavam. Ficou no castelo apenas Madame, que não saiu sob o pretexto de estar indisposta. Vimos então — ou melhor, não vimos — Montalais escapar de fininho do quarto das damas de honra, levando consigo La Vallière, que procurava se disfarçar o quanto podia. As duas discretamente ganharam os jardins, olhando em volta, e chegaram aos quincunces.

O tempo estava nublado e um vento escaldante curvava flores e arbustos. Uma poeira quente, levantada do chão batido, subia em turbilhão até as árvores.

Montalais, que durante toda a caminhada assumira as funções de boa batedora, deu mais uns passos e, olhando para confirmar não serem ouvidas nem seguidas, declarou:

— Estamos tranquilas, graças a Deus ninguém por perto. Desde ontem todo mundo por aqui nos espiona e forma um cordão de isolamento, como se tivéssemos alguma doença contagiosa.

La Vallière baixou a cabeça e suspirou.

— É mesmo incrível — continuou Montalais —, de Malicorne a Saint-Aignan, todos imaginam coisas e querem nosso segredo. Recapitulemos, Louise, para que eu entenda melhor.

Com seus belos olhos puros e profundos como o azul de um céu primaveril, La Vallière olhou para a amiga e respondeu:

— Pois eu gostaria de saber por que fomos chamadas ao apartamento de Madame e não pudemos dormir no nosso alojamento de sempre. Gostaria também de saber o que você esteve fazendo até tarde da noite e a troco de quê fomos tão vigiadas esta manhã.

— Querida Louise, você responde à minha questão com outra, com dez outras, e isso não é resposta. Voltaremos a tudo isso mais tarde; são coisas secundárias, que podem esperar. O que pergunto, pois tudo depende disso, é se há ou não um segredo.

— Não sei, tudo o que posso dizer é que fui imprudente com a minha frase idiota de ontem e com meu ainda mais idiota desmaio pouco depois. Todos agora estão falando de nós.

— De você, querida — riu Montalais. — De você e de Tonnay-Charente, por soltarem declarações ao léu que, infelizmente, foram interceptadas.

La Vallière baixou a cabeça.

— Só está piorando as coisas — ela disse.

— Eu?

— Sim, essas brincadeiras me deixam muito mal.

— Ouça, Louise, ouça. Não são brincadeiras. Pelo contrário, tudo isso é muito sério. Não a fiz sair do castelo, deixei de ir à missa, fingi uma enxaqueca como Madame, enxaqueca tão inexistente quanto a dela, enfim, não gastei dez vezes mais diplomacia do que o sr. Colbert herdou do sr. de Mazarino contra o sr. Fouquet para conseguir falar a sós com você, sem que ninguém nos escute, e você vir agora se fazer de vítima. Acredite, se faço perguntas não é por curiosidade, é porque a situação é crítica. As pessoas sabem o que disse ontem e fabulam em torno disso. Cada um floreia como pode, segundo suas próprias fantasias. Você esteve na berlinda na noite passada e ainda está nesta manhã, para a corte inteira. As coisinhas meigas e espirituosas que dizem a seu respeito fariam morrerem de inveja a srta. de Scudéry e o irmão se as transmitissem fielmente a eles.

— Minha boa amiga sabe melhor do que qualquer um o que eu disse, pois foi na frente dela que foi dito.

— Claro que sei, mas não é essa a questão. Não esqueci a menor palavra, mas você pensava mesmo no que dizia?

Louise ficou tensa e se exasperou:

— Mais perguntas? Meu Deus! E eu que daria tudo para esquecer… por que todos se esforçam em me lembrar? É horrível.

— O que é horrível?

— Ter uma amiga que deveria estar comigo, me aconselhar, me ajudar, e me mata, me assassina!

— Ai, ai, ai; você, que pouco falava, agora fala demais! Ninguém aqui está pensando em matar e nem mesmo em roubar o seu segredo. O que peço é que fale disso por vontade própria e não de outra forma, pois não se trata apenas de você, mas também de nós. Tonnay-Charente, se estivesse aqui, diria absolutamente o mesmo. Ela ontem pediu que conversássemos em nosso quarto quando eu terminasse meus colóquios manicampianos e malicornianos e só depois eu soube, é verdade que com certo atraso, do nosso sequestro por Madame, para que não pudéssemos afinar nossa versão. E esta manhã ela se trancou com Tonnay-Charente, também para tratar disso. Diga então, querida amiga, até que ponto Athénaïs e eu podemos contar com você, e diremos também até onde você pode contar conosco.

— Não estou entendendo — disse Louise, agitada.

— Hum, parece, pelo contrário, entender muito bem. Mas vou ser mais precisa, para que não saia pela tangente. Então ouça: ama o sr. de Bragelonne? Estou sendo bem clara, não estou?

A essa pergunta, que caiu como o primeiro projétil de um exército contra uma fortificação sitiada, Louise reagiu:

— Se amo Raoul? Meu amigo de infância, meu irmão?!

— Nada disso! Está de novo tentando escapar. A pergunta não é se gosta de Raoul, amigo de infância e irmão, é se ama o sr. de Bragelonne, seu noivo.

— Meu Deus, quanta dureza nas suas palavras!

— E não me desculpo, não estou sendo mais ou menos dura do que sempre. Fiz uma pergunta, responda.

— Não está perguntando como amiga, tenho certeza — disse Louise, com dificuldade —, mas responderei como tal.

— Faça isso.

— Creio ter um coração cheio de entraves particulares e de ridículos orgulhos, relativos a muita coisa que a mulher deve manter em segredo. Sob esse aspecto, ninguém nunca leu o fundo da minha alma.

— Sei disso. Se tivesse lido, eu não perguntaria, mas simplesmente diria: Minha boa Louise, você tem a felicidade de conhecer o sr. de Bragelonne, que é bom rapaz e bom partido para uma moça sem fortuna. O conde de La Fère deixará algo como quinze mil libras de renda para o filho. Você terá então, um dia, quinze mil libras de renda como mulher desse filho e isso é ótima coisa. Não vá de um lado para outro, vá diretamente ao sr. de Bragelonne, isto é, ao altar a que ele quer conduzi-la. E depois? Bom, depois, dependendo da personalidade dele, você será mulher emancipada ou escravizada, ou seja, terá direito de fazer todas as loucuras que fazem as pessoas livres ou subjugadas demais. É o que eu, para começar, diria, minha amiga, se tivesse lido no fundo do seu coração.

— E eu agradeceria — balbuciou Louise —, mesmo não achando tão bom assim o conselho.

— Espere um pouco… pois logo depois eu acrescentaria: Louise, é perigoso passar dias inteiros olhando para baixo, mãos inertes, olhar perdido; é perigoso buscar sempre alamedas sombrias e deixar de sorrir com o que diverte as jovens; é perigoso, Louise, escrever na areia com a ponta do pé, como você faz, letras que logo são apagadas mas que aparecem um pouco, sobretudo se essas letras parecerem mais um L do que um B; é perigoso, enfim, pôr em mente mil imaginações estranhas, resultado da solidão e do mal-estar, pois essas imaginações escavam as faces de uma pobre jovem, ao mesmo tempo que escavam também o seu raciocínio. Por isso tudo, não é raro que se veja a pessoa mais agradável do mundo se tornar enfadonha, a mais espirituosa se tornar sonsa.

— Obrigada, Aure querida — respondeu com meiguice La Vallière. — É essa a sua maneira de falar comigo, e agradeço.

— É como falo com quem vive no mundo da lua, considere então apenas o que acha que deve considerar. Veja, isso me faz vagamente lembrar de não sei qual conto, sobre uma moça aérea ou melancólica, não sei mais, pois o sr. Dangeau me dizia outro dia que a palavra melancolia devia, gramaticalmente, se escrever *melancholia*, com H, pois é formada por duas outras letras, gregas, significando *negra* e *bílis*.[84] Havia, em todo caso, essa moça que morreu de *bílis negra* por ter imaginado que o príncipe, o rei ou o imperador… bom, pouco importa!, a adorava, enquanto o tal príncipe, rei ou imperador… o que preferir, tinha visivelmente outro amor e a usava para camuflar esse amor. O extraordinário é que ela não percebia, mas todo mundo à sua volta sim. Como eu, você ri dessa pobre louca, não é, La Vallière?

— Sim, claro que sim — balbuciou Louise, pálida como um cadáver.

— E tem razão, a coisa é divertida. A história, ou o conto, como preferir, me interessou e por isso me lembrei e quis contar agora. Você imagina, minha amiga, o estrago que faria na sua cabeça, por exemplo, uma *melancholia* desse tipo, com H? Resolvi contar isso porque, se algo assim acontecesse a uma de nós, seria preciso que você ou eu soubéssemos dessa verdade: isso hoje é um engodo, amanhã será alvo de zombaria, depois de amanhã será a morte.

La Vallière estremeceu e empalideceu ainda mais, como se isso fosse possível.

— Quando um rei se interessa por nós — continuou Montalais —, ele deixa isso claro e, se formos de fato o que ele cobiça, saberá como conseguir. Assim sendo, Louise, expostas a tal perigo, é preciso nos abrirmos às confidências, para que os corações não melancólicos cuidem daqueles mais vulneráveis.

— Pare, pare! — exclamou La Vallière. — Alguém se aproxima.

— É verdade. Mas quem pode ser? Todos foram à missa com o rei ou ao rio com Monsieur.

No final do caminho arborizado, as duas viram então, sob a arcada verdejante, o andar gracioso e a rica estampa de um jovem que, com a espada sob o braço e a capa por cima, botas altas e esporas, as cumprimentava de longe com um doce sorriso.

— Raoul! — exclamou Montalais.

— O sr. de Bragelonne! — murmurou Louise.

— Será o perfeito juiz para nossa questão — observou uma.

— Por favor, Montalais, por favor! — alarmou-se a outra. — Não seja inexorável, tendo já se mostrado tão cruel.

---

84. Em francês, *mélancolie* e *mélancholie*. Etimologicamente a palavra vem de fato do grego *melagkholía*, literalmente "condição de ter bílis negra".

Tais palavras, ditas com o ardor de uma súplica, apagaram no rosto, ou mesmo no coração de Montalais, toda e qualquer ironia.

— Ah, sr. de Bragelonne, belo como Amadis! —[85] ela gritou para Raoul, que vinha armado e calçado como o herói.

— Meus respeitos, senhoritas — ele cumprimentou, inclinando-se.

— Mas, afinal, por que essas botas? — insistiu Montalais, enquanto La Vallière, apesar de olhar para ele com o mesmo espanto, se mantinha em silêncio.

— Querem mesmo saber?

— Por favor — pediu La Vallière.

— Por estar de partida — ele anunciou, olhando para Louise.

A jovem se sentiu abalada por um supersticioso medo e estremeceu.

— De partida? — ela exclamou. — E para onde?

— Vou à Inglaterra — foi a resposta, com a habitual placidez.

— Por quê?

— Por ordem do rei.

— Do rei?! — exclamaram as jovens, trocando instantaneamente um olhar, por se lembrarem da conversa interrompida.

Raoul percebeu a troca de olhares, sem contudo compreender, atribuindo-a ao amigável interesse das duas.

— Sua Majestade se lembrou do quanto o sr. conde de La Fère é querido pelo rei Carlos II e esta manhã, de saída para a missa, ao me ver me chamou e disse: "Sr. de Bragelonne, passe pelo sr. Fouquet, que recebeu cartas minhas para o rei da Grã-Bretanha. Leve o senhor mesmo essas cartas". Eu me inclinei e ele acrescentou: "Ah, veja antes se Madame quer enviar alguma mensagem ao irmão".

— Meu Deus — murmurou Louise, nervosa e, ao mesmo tempo, pensativa.

— E é preciso que parta tão bruscamente assim? — surpreendeu-se Montalais, paralisada com a estranheza da notícia.

— É com pronta obediência que devemos responder a quem respeitamos — observou Raoul. — Dez minutos depois de receber a ordem, eu estava preparado. Avisada, Madame está escrevendo a carta que devo levar comigo. Como soube pela srta. de Tonnay-Charente que deviam estar por perto dos quincunces, vim procurá-las enquanto espero.

— E nos encontra indispostas, como pode ver — disse Montalais, para justificar o visível abatimento de Louise.

— Indispostas? — repetiu Raoul, pressionando com terna curiosidade a mão da noiva. — É verdade, sua mão está gelada.

---

85. Personagem do clássico romance de cavalaria *Amadis de Gaula*, cuja versão original é provavelmente portuguesa, do século XV.

— Não é nada.

— Um frio que não afeta o coração, não é, Louise? — ele perguntou, com um doce sorriso.

Ela ergueu vivamente a cabeça, como se a pergunta fosse por alguma desconfiança, o que causaria remorso.

— Ah! — ela se esforçou em dizer. — Meu coração nunca estará frio para um amigo como o sr. de Bragelonne.

— Obrigado, Louise. Conheço o seu coração assim como a sua alma, e não é pelo contato da mão que poderia julgar um sentimento como o seu. Bem sabe o quanto a amo, como sabe com que confiança e abandono dedico a você minha vida. Creio que então me perdoará por me exprimir de forma tão infantil.

— Fale, por favor, estou ouvindo — ela disse, trêmula.

— Não posso ir levando comigo uma aflição, absurda, bem sei, mas que ainda assim me dilacera.

— Estará ausente por muito tempo? — perguntou La Vallière, enquanto Montalais se afastava um passo.

— Não. Provavelmente nem mesmo por quinze dias.

La Vallière levou a mão ao coração, que se despedaçava.

— É estranho — continuou Raoul, olhando melancólico para a jovem —, tantas vezes a deixei por compromissos bem mais perigosos, e partia feliz, com o coração leve e a alma embriagada de felicidades e futuras esperanças. No entanto, partia para enfrentar as balas espanholas e as duras alabardas dos flamengos. Agora tomo a estrada sem perigo nenhum à frente, em busca de uma bela recompensa, pelo mais fácil caminho do mundo. Talvez tal recompensa seja conquistá-la, pois qual outra recompensa o rei poderia me conceder? No entanto, não sei como, mas toda essa felicidade, todo esse futuro escapa à minha frente como inócua névoa, como um sonho quimérico, e sinto, no fundo do coração, uma grande tristeza, um inefável abatimento, algo tépido, incerto e morto como um cadáver. E isso certamente, Louise, por nunca tê-la amado tanto quanto neste momento. Meu Deus, meu Deus!

Ouvindo essa última exclamação, vinda de um coração atormentado, Louise se desmanchou em lágrimas e buscou apoio nos braços de Montalais que, apesar de não ser das mais sentimentais, sentiu que seus olhos umedeciam e o coração se estreitava sob férrea pressão.

Raoul viu as lágrimas da noiva, mas seu olhar não buscou ir mais além. Ele dobrou um joelho e ternamente beijou a sua mão.

Via-se que, naquele beijo, ele punha todo o seu coração.

— Levante-se, levante-se — disse Montalais, prestes a também chorar. — Athénaïs está vindo.

Raoul limpou o joelho com a ponta da manga, sorriu ainda para Louise, que conseguia sustentar o olhar e, depois de efusivamente apertar a mão de

Montalais, se virou para cumprimentar a srta. de Tonnay-Charente, de quem já se ouvia o barulho sedoso do vestido varrendo o saibro da aleia.

— Madame terminou a carta? — ele perguntou, assim que a jovem chegou perto o bastante.

— Terminou sim, sr. visconde, e o envelope já está lacrado. Sua Alteza Real o aguarda.

Ouvindo, Raoul mal cumprimentou Athénaïs, olhou uma vez mais para Louise, fez um último aceno a Montalais e tomou a direção do castelo.

Enquanto se afastava, ainda se voltava para olhar, mas chegando enfim ao entroncamento da alameda principal, não pôde mais vê-las.

As jovens, por sua vez, com sentimentos bem diversos o tinham acompanhado até perdê-lo de vista. Athénaïs foi a primeira a romper o silêncio:

— Finalmente estamos apenas as três para falar do que aconteceu ontem e combinarmos como agir. Bom, se puderem me ouvir — ela continuou, olhando para todos os lados —, explicarei o mais brevemente possível, primeiro o que acho ser o nosso dever e, se não me entenderem por meias-palavras, direi ser essa a vontade de Madame.

Ela reforçou essa última parte para não deixar dúvidas quanto ao caráter oficial do que diria.

— A vontade de Madame!? — exclamaram ao mesmo tempo Montalais e Louise.

— Ultimato! — respondeu categórica a srta. de Tonnay-Charente.

— Meu Deus! — assustou-se La Vallière. — Madame está sabendo?

— Sabe mais do que contamos — declarou Athénaïs. — Então, minhas caras, precisamos conversar.

— Sim, sim — concordou Montalais. — Ouço com toda a atenção, fale.

— Meu Deus, meu Deus! — murmurava Louise, trêmula. — Sobreviverei a essa terrível noite?

— Não se preocupe — disse Athénaïs —, temos o remédio.

Sentando-se entre as duas companheiras e pegando a mão de cada uma para juntá-las nas suas, ela começou.

Por cima do que dizia em voz bem baixa, pôde-se ouvir o galope de um cavalo na pavimentação da estrada principal, já fora das grades do castelo.

129. Feliz como um príncipe

No momento em que ia entrar no castelo, Bragelonne encontrou de Guiche. Antes disso, porém, de Guiche havia encontrado Manicamp, que encontrara Malicorne.

Como Malicorne encontrou Manicamp? Muito simples: esperando que ele voltasse da missa, a que tinha ido na companhia do sr. de Saint-Aignan.

Juntos, felicitaram-se pelo acaso e Manicamp aproveitou para perguntar ao amigo se não lhe restavam alguns escudos no fundo do bolso.

O amigo, sem se surpreender com a pergunta, talvez por já esperá-la, respondeu que todo bolso do qual se tira sempre, sem lá nada pôr, é como o poço que ainda fornece água durante o inverno, mas que os jardineiros acabam esgotando no verão, e o seu bolso, havia concluído Malicorne, era de fato profundo, sendo um prazer compartilhar seu conteúdo em tempos de abundância, mas que, infelizmente, o abuso vinha causando sua esterilidade.

Ao que Manicamp, perdido em devaneios, replicou:

— Muito justo.

— Trata-se então de abastecê-lo — observou Malicorne.

— Com certeza. Mas como?

— É muito simples, meu caro Manicamp.

— Ótimo! Diga como.

— Com minha nomeação à casa de Monsieur.

— E isso já foi feito?

— Tenho a promessa.

— E então?

— Bem, a promessa sem a oficialização é bolso sem dinheiro.

— Muito justo — observou mais uma vez Manicamp.

— Prossigamos então com a oficialização.

— Meu caro, caríssimo — suspirou Manicamp —, por depender de Monsieur, essa é uma das graves dificuldades a se apresentarem.

— Oh!

— Pois então, nada podemos pedir a Monsieur neste momento.

— Por quê?

— Por nossas relações estarem bastante frias.

— Mas que absurdo! — revoltou-se Malicorne.

— Será que fazendo agrados a Madame não estaremos agradando Monsieur?

— Com certeza, se formos competentes em agradar Madame, Monsieur vai nos adorar.

— Hum…

— Caso contrário, é por sermos uns tolos! Rápido, Manicamp, você que tem senso político, é preciso restaurar as boas relações do sr. de Guiche com Sua Alteza Real.

— O que lhe contou em particular o sr. de Saint-Aignan? — quis saber Manicamp.

— A mim, nada. Só fez perguntas.

— Pois comigo foi menos discreto.

— E o que contou?

— Que o rei está apaixonado pela srta. de La Vallière.

— Disso já sabíamos, ora! Todos comentam abertamente, não há mais como ignorar. Enquanto isso, fale com o sr. de Guiche e trate de fazê-lo tomar a iniciativa de se reaproximar de Monsieur. É obrigação dele, droga!

— É preciso então encontrar de Guiche.

— Não parece tão difícil. Faça como fiz para encontrá-lo, é só procurar. Sabemos que ele gosta de passear.

— Sabemos, mas onde?

— Mas que pergunta! Ele está apaixonado por Madame, não está?

— É o que dizem.

— Então passeia por perto dos apartamentos de Madame.

— Ei, você tem razão, meu caro Malicorne, ali está ele.

— E por que não estaria? É hábito meu me enganar? Veja. Basta que nos entendamos. Não precisa de dinheiro?

— Ah! — apenas exclamou Manicamp.

— Pois eu preciso da minha nomeação. Malicorne nomeado, Malicorne com dinheiro. É bem simples.

— Se é assim, fique tranquilo. Farei o que puder.

— Avante.

De Guiche se aproximava; Malicorne se afastou e Manicamp fisgou de Guiche, que vinha pensativo e sombrio.

— Diga qual rima está procurando, meu querido conde — puxou conversa Manicamp. — Tenho uma excelente para completar a sua, sobretudo se terminar em *ame*.

— Meu caro amigo. Não é uma rima que procuro.

— E é o quê?

— Você vai poder me ajudar, já que é um preguiçoso, isto é, uma inteligência cheia de criatividade.

— Às ordens, conde.

— O caso é o seguinte: quero me aproximar de uma casa em que tenho interesse.

— Deve ir na direção dessa casa — respondeu Manicamp.

— Sei. Mas nessa casa mora um marido ciumento.

— Pior do que Cérbero?[86]

— Nem tanto, mas quase.

— Teria três bocarras, como o terrível porteiro do Inferno? Não assuma essa expressão, querido conde, a pergunta é perfeitamente apropriada, pois dizem os poetas ser possível enganar Cérbero pela gulodice.[87] Como vejo as coisas mais pelo lado da prosa, quer dizer, da realidade, digo: Uma só guloseima é pouco para três bocarras. Se o ciumento em questão for desse tipo, conde, pense em três guloseimas.

— Manicamp, para conselhos desse tipo eu procuraria o sr. Beautru.[88]

— Se quiser melhor, sr. conde — respondeu Manicamp, com cômica seriedade —, terá que ser mais claro no que diz.

— Ah, se Raoul estivesse aqui entenderia.

— Imagino que sim, sobretudo se dissesse a ele: Gostaria de ver Madame mais de perto, mas temo Monsieur, que é ciumento.

— Manicamp! — esbravejou o conde, tentando esmagar com o olhar o debochado amigo.

Este último não pareceu minimamente impressionado e perguntou:

— O que houve, querido conde?

— O que houve? Está blasfemando com os nomes mais sagrados!

— Que nomes?

— Monsieur, Madame! Os primeiros nomes do reino.

— Meu querido conde se engana de forma bem estranha. Não falei deles. Respondi me referindo a um marido ciumento, cujo nome não me disse, mas que forçosamente tem uma esposa. E apenas respondi: "Para ver madame, aproxime-se de monsieur".[89]

— Péssima brincadeira — sorriu o conde. — Foi o que disse?

— Literalmente.

— Continuemos então.

---

86. Na mitologia grega, era o cão feroz e com três cabeças que guardava a entrada do Inferno.

87. No livro VI da *Eneida*, para ajudar o herói Eneias a penetrar no Inferno, a sibila que o guia deixa o cão fora de combate com uma droga que o faz dormir, disfarçada num bolo, devorado pelas três bocarras.

88. Ou Bautru, poeta satírico.

89. Em francês, "senhora" e "senhor", ou seja, quaisquer marido e esposa.

— Se preferir que digamos sra. duquesa… e sr. duque… nada tenho contra e diria: Aproxime-se dessa casa, qualquer que seja; é um caminho que, em hipótese alguma, pode ser desfavorável a seu amor.

— Ah, encontre-me um bom pretexto.

— Um pretexto, caramba?! Tem cem pretextos, mil. Se Malicorne estivesse aqui, já teria dado cinquenta mil pretextos excelentes.

— De onde tirou esse Malicorne? — piscou os olhos de Guiche, como quem procura. — Já ouvi esse nome.

— E ouviu muito! Deve trinta mil escudos ao pai dele.

— Ah, sei. Aquele digno rapaz de Orléans…

— A quem você prometeu uma nomeação na casa de Monsieur; não o marido ciumento, o outro.

— Pois já que é tão esperto esse seu amigo, que descubra como posso voltar às boas graças de Monsieur, que encontre um pretexto para que eu me reaproxime.

— Vou falar com ele.

— Mas quem é que está vindo ali?

— O visconde de Bragelonne.

— Raoul! É ele mesmo.

E de Guiche se adiantou para encontrar o amigo.

— É você, meu caro Raoul?

— Eu mesmo. E o procurava para me despedir — respondeu Raoul, apertando a mão do conde. — Olá, sr. Manicamp.

— Como? Está de partida?

— Sim… Em missão para o rei.

— Aonde vai?

— A Londres. Mas estou indo agora ver Madame, que deve me entregar uma carta para Sua Majestade, o rei Carlos II.

— Vai encontrá-la sozinha, pois Monsieur não está.

— É mesmo?

— Foi se banhar no rio.

— Então, meu amigo, sendo um dos seus fidalgos, por favor me desculpe com ele. Teria esperado para oferecer meus préstimos, mas o sr. Fouquet e Sua Majestade me pediram toda a urgência.

Com o cotovelo, Manicamp chamou a atenção do conde e disse baixinho:

— É o pretexto.

— Que pretexto?

— As desculpas do sr. de Bragelonne.

— Não é dos melhores — respondeu de Guiche.

— É excelente se Monsieur não estiver de má vontade; e vale tanto quanto qualquer outro se estiver.

— Tem razão. Só o que preciso é de um pretexto, qualquer que seja. Então, boa viagem, Raoul.

Os dois se abraçaram.

Cinco minutos depois, Raoul estava nos aposentos de Madame, que continuava à mesa em que havia escrito a carta. Bem à sua frente, queimava a vela de cera rosada que servira para o lacre. Preocupada que estava — pois Madame parecia preocupada —, a vela fora esquecida acesa.

Como era esperado, logo após ter sido anunciado Bragelonne entrou.

O visconde era a elegância em pessoa, sendo impossível vê-lo uma vez sem dele se lembrar para sempre. E Madame não só já o tinha visto como também, todos se lembram, Raoul fora um dos primeiros a estar com ela em sua volta à França, acompanhando a viagem de Le Havre a Paris.

A lembrança que guardara de Bragelonne era excelente.

— Ah, o senhor vai estar com meu irmão, que ficará feliz em quitar com o filho um pouco da dívida de gratidão que tem com o pai.

— O conde de La Fère se sente amplamente recompensado pelo pouco que teve a felicidade de fazer pelo rei. Apenas terei a oportunidade de confirmar o respeito, a dedicação e o reconhecimento, tanto do pai quanto do filho.

— Conhece meu irmão, sr. visconde?

— Não, Vossa Alteza. Terei pela primeira vez a felicidade de ver Sua Majestade.

— Não precisa de recomendação, mas se porventura achar necessário, use meu nome como garantia. Não o desmentirei.

— Vossa Alteza é muito generosa.

— De forma alguma, sr. de Bragelonne. Lembro-me de que fizemos uma longa estrada juntos e notei sua sabedoria no meio das supremas loucuras que nos prodigavam, por todos os lados, os srs. de Guiche e de Buckingham. Mas não falemos deles, falemos do senhor. Está indo à Inglaterra para lá se estabelecer? Desculpe perguntar, não é por curiosidade, mas apenas pela vontade de lhe prestar algum serviço, se puder.

— Não, senhora, estou indo à Inglaterra cumprir uma missão de que me encarregou Sua Majestade, só isso.

— E pensa em voltar para a França?

— Assim que houver cumprido a missão, a menos que Sua Majestade, o rei Carlos II, me dê outras ordens.

— Ele no mínimo pedirá que fique com ele pelo maior período de tempo que puder.

— Nesse caso, como não poderei recusar, peço de antemão a Vossa Alteza Real que lembre ao rei da França que ele tem longe de si um dos seus mais fiéis servidores.

— Mas é possível que, quando for chamado de volta, o senhor veja essa ordem como um abuso de poder.

— Não compreendo, senhora.

— A corte da França é incomparável, bem sei, mas temos também belas mulheres na Inglaterra.

Raoul sorriu.

— Vejo um sorriso que me deixa preocupada com minhas compatriotas — continuou Madame. — É como se o senhor dissesse: Vim, mas deixei meu coração do outro lado do canal. Não foi o significado do sorriso?

— Vossa Alteza tem o dom de ler no mais profundo das almas e compreenderá, então, por que uma estadia demorada na corte da Inglaterra seria um suplício para mim.

— E tão bravo cavaleiro é retribuído à altura?

— Cresci e fui criado perto de quem amo. Creio então poder dizer que ela tem por mim os mesmos sentimentos que lhe dirijo.

— Se é assim, vá e volte rápido, sr. de Bragelonne. Veremos então dois seres felizes, pois, imagino, não há obstáculo para tal felicidade, não é?

— Há sim, um obstáculo grande.

— É mesmo?… Qual?

— A vontade do rei.

— A vontade do rei? O rei se opõe a esse casamento?

— Em todo caso o retarda. Pedi o consentimento, por intermédio do conde de La Fère, e, sem recusá-lo, o rei positivamente disse que o faria demorar.

— A pessoa a quem ama seria indigna do senhor?

— É digna do amor de um rei, senhora.

— Mas talvez não tenha nobreza equivalente à do senhor?

— Vem de excelente família.

— Jovem? Bonita?

— Dezessete anos e, para mim, deslumbrantemente bela.

— Está no interior ou em Paris?

— Em Fontainebleau, senhora.

— Na corte?

— Sim.

— Eu a conheço?

— Ela tem a honra de fazer parte da casa de Vossa Alteza Real.

— Como se chama? — perguntou, ansiosa, a princesa. — Se isso não for um segredo — ela logo acrescentou.

— Não é segredo, senhora. Meu amor é puro o bastante para não precisar se ocultar de pessoa alguma e menos ainda de Vossa Alteza, tão perfeitamente generosa. É a srta. Louise de La Vallière.

Madame não pôde impedir um grito, no qual havia mais do que espanto.

— Ah! La Vallière… que ontem…

Ela parou.

— Que ontem esteve indisposta, creio — ela continuou.

— Sim, só esta manhã soube do acontecido.

— E esteve com ela antes de vir aqui?

— Pude me despedir, felizmente.

— E o senhor disse — ela retomou, fazendo um esforço — que o rei… está adiando esse casamento?

— Sim, adiando.

— E deu alguma razão para isso?

— Nenhuma.

— Há muito tempo o conde de La Fère fez o pedido?

— Mais de um mês, senhora.

— Que estranho…

Algo como uma névoa passou por seus olhos.

— Um mês? — ela repetiu.

— Aproximadamente.

— O sr. visconde tem razão — sorriu a princesa, de tal forma que Bragelonne notou nela alguma irritação. — O meu irmão não pode retê-lo por muito tempo. Vá depressa, e já na próxima vez que eu escrever a ele pedirei sua volta, em nome do rei.

Madame se levantou para entregar a carta nas mãos de Raoul, que compreendeu estar encerrada a audiência. Pegou o envelope, se inclinou diante da princesa e saiu.

— Um mês! — ela murmurou. — Terei sido cega por tanto tempo e ele a ama há um mês?

E sem ter mais o que fazer, começou logo a carta para o irmão, em cujo postscriptum chamaria de volta Bragelonne.

O conde de Guiche, como vimos, havia cedido às instâncias de Manicamp e se deixara levar até os estábulos, onde mandaram selar seus cavalos. Depois, pela pequena aleia que já descrevemos, eles se foram ao encontro de Monsieur, que, voltando do banho, tinha no rosto um véu como o que usam as mulheres, para que o sol, já bastante quente, não lhe bronzeasse a pele.

Estava num daqueles acessos de bom humor em que, às vezes, a admiração da própria beleza o deixava. Na água, pudera comparar a brancura do seu corpo com a dos cortesãos e, graças aos cuidados que tomava, ninguém — nem mesmo o cavaleiro de Lorraine — o pôde ameaçar.

Além disso, Monsieur tinha nadado bastante e todos os seus músculos, exercitados na sadia imersão em água fresca, punham seu corpo e mente em bom equilíbrio.

Então, ao ver de Guiche, que vinha em sua direção no galope refreado de um magnífico cavalo branco, o príncipe não conteve uma alegre exclamação.

— Creio que temos sorte — observou Manicamp, vendo com otimismo a atitude de Sua Alteza Real.

— Ah, bom dia, Guiche, bom dia, meu pobre Guiche — exclamou o príncipe.

— Olá, monsenhor! — respondeu o conde, animado com o tom de voz de Filipe. — Saúde, alegria e prosperidade a Vossa Alteza!

— Seja bem-vindo, Guiche. Fique à minha direita, mas contenha seu cavalo, pois quero voltar ao passo sob essas arcadas de frescor.

— Pois não, monsenhor — disse de Guiche, pondo-se à direita do príncipe, como convidado.

— Vamos, meu caro de Guiche, dê-me notícia daquele de Guiche de antigamente, que cortejava minha mulher.

O conde corou até não mais poder, enquanto Monsieur caía na risada como se tivesse dito a coisa mais engraçada do mundo.

Não eram tantos os privilegiados no séquito de Monsieur, e, mesmo sem ouvir o que ele dissera, todos se acharam no dever de imitá-lo com uma ruidosa gargalhada, do primeiro ao último homem.

Sem poder conter o rubor, de Guiche procurou se controlar, pois Manicamp o vigiava.

— Ah — ele respondeu —, que monsenhor seja clemente com este infeliz e não o imole na presença do cavaleiro de Lorraine!

— O que quer dizer?

— Que se ele o ouvir zombar de mim se aproveitará para agravar a coisa.

— Fala do seu amor pela princesa?

— Piedade, monsenhor.

— Vamos, conde, confesse que esteve de flertes com Madame.

— Jamais confessarei semelhante coisa, monsenhor.

— Por respeito a mim? Sinta-se liberado. Faça como se falássemos da sra. de Chalais[90] ou da srta. de La Vallière.

Ele se interrompeu e então continuou, voltando a rir:

— Bom, estou brincando com uma espada de dois gumes. Com Chalais e La Vallière atinjo você com sua queridinha atual, e meu irmão, com sua futura.

— De fato monsenhor se encontra em excelente humor.

— Pois, me sinto muito bem. E muito contente de vê-lo.

— Obrigado, monsenhor.

— Estava então chateado comigo?

— Eu, monsenhor?

— Você.

— E por quê, meu Deus?

— Por ter interrompido suas sarabandas e espanholices.

---

90. Viúva do conde de Chalais.

— Monsenhor!

— Vamos, não negue. Saiu naquele dia furibundo dos apartamentos da princesa. Não lhe deu muita sorte, tudo aquilo; e você se saiu pessimamente no balé de ontem. Não fique com essa cara, esses ares de urso só o prejudicam. Se a princesa o tiver observado ontem, tenho certeza de uma coisa...

— De quê, monsenhor? Vossa Alteza me assusta.

— Ela o terá deixado de lado por completo.

E o príncipe riu mais alto ainda.

"Realmente, ser de sangue real não muda grande coisa, são todos iguais", pensou Manicamp.

O príncipe continuou:

— Mas aqui está você. Tenho esperança, então, de que o cavaleiro volte a ser amável.

— Por que monsenhor diz isso, e por qual milagre eu teria alguma influência sobre o sr. de Lorraine?

— É muito simples, ele tem ciúmes de você.

— Imagine! Sério?

— Garanto que sim.

— Sinto-me muito honrado.

— Veja, quando você está presente ele procura me agradar, quando não está, me martiriza. Meu reinado vai no ritmo de um pêndulo. Sabe o que pensei?

— Não faço ideia, monsenhor.

— Veja! Quando esteve em exílio... pois você foi exilado, meu pobre de Guiche...

— Ora, monsenhor! E por culpa de quem? — retrucou o conde, fingindo-se magoado.

— Não minha, tenho certeza. Não pedi ao rei que o exilasse, palavra de príncipe!

— Não monsenhor, bem sei, mas...

— Madame? Pode até ser. Mas o que, diabos, você fez que a desagradou?

— Na verdade, monsenhor...

— As mulheres têm seus rancores, eu sei, e a minha não está livre disso. Pode ter provocado seu exílio, mas pessoalmente nada tenho contra você.

— Sinto-me então infeliz apenas pela metade, monsenhor.

Manicamp, que vinha logo atrás do amigo e não perdia uma palavra do que era dito, se debruçou sobre o pescoço do cavalo para esconder o riso que não conseguia conter.

— O seu exílio, aliás, me levou a armar na cabeça um projeto.

— Sim?

— Com o cavaleiro me fazendo malcriações, sem você por perto e certo de reinar sozinho, vi que, ao contrário daquele mau indivíduo, minha mulher estava sendo boa e amável comigo, e que a negligencio. Então pensei em me tornar um marido exemplar, uma raridade, uma curiosidade na corte: pensei em amar minha mulher.

De Guiche olhou para o príncipe com uma estupefação que nada tinha de fingida.

— Ah! — ele balbuciou, tremendo. — Monsenhor não pensou seriamente…

— Acredite que sim! Tenho uma propriedade que meu irmão me deu quando me casei, Madame tem dinheiro; muito até, pois recebe do irmão e do cunhado, da Inglaterra e da França. Deixaríamos então a corte, eu me retiraria em meu castelo de Villers-Cotterets,[91] no meio de uma floresta, onde viveríamos em perfeito amor, no mesmo lugar e seguindo o exemplo do meu avô Henrique IV com a bela Gabriela… O que acha da ideia, de Guiche?

— Acho-a estarrecedora — respondeu o conde, de fato estarrecido.

— Estou vendo que não suportaria novo exílio.

— Eu, monsenhor?

— Não o levarei então conosco, como de início pensei.

— Como assim, monsenhor?

— Se eu por acaso voltar a me enjoar da corte.

— Não se preocupe, seguirei Vossa Alteza ao fim do mundo.

— Mas que maluco! — resmungou Manicamp, fazendo seu cavalo encostar no do amigo a ponto de quase derrubá-lo.

Fingindo ter perdido o controle da montaria, ele disse baixinho:

— Pense bem no que promete.

— Nesse caso, está resolvido — declarou o príncipe. — Já que é tão dedicado, vou levá-lo.

— Para qualquer lugar, monsenhor, qualquer lugar — respondeu de Guiche, todo alegre. — Qualquer lugar, agora mesmo. Vamos?

E ele soltou a rédea do seu cavalo, que deu dois saltos para a frente.

— Ei, espere! — disse o príncipe. — Temos que passar pelo castelo.

— Para quê?

— Para buscar minha mulher, ora!

— Como?

— Claro, pois eu disse se tratar de um projeto de amor conjugal. Preciso levar minha mulher.

— Nesse caso, é terrível, mas não haverá de Guiche.

— Bah!

— Por que levar Madame?

— Ora! Descobri que a amo.

---

91. Oitenta e cinco quilômetros a nordeste de Paris, na floresta de Sylvanectes. Em volta do castelo começou a se desenvolver, nessa época, um vilarejo que cresceu e onde, aliás, Dumas foi criado (a cidade tem uma estátua em sua homenagem, na praça principal).

De Guiche empalideceu um pouco, mas tentando ainda manter um aparente bom humor.

— Se monsenhor ama Madame, isso deve bastar. Não precisa mais dos amigos.

— Isso foi bom — murmurou Manicamp.

— É o seu medo de Madame que está voltando — acusou o príncipe.

— Apenas me ouça, monsenhor, afinal sou pago para isso; é alguém que me fez ser exilado.

— Deus do céu! Que gênio ruim o seu! É muito rancoroso, meu amigo.

— Gostaria de ver monsenhor no meu lugar.

— Então foi por isso que ontem dançou tão mal. Quis se vingar, fazendo com que Madame errasse alguns passos. Ah, de Guiche, isso foi mesquinho! Contarei a Madame.

— Monsenhor pode contar o que quiser e nem por isso Sua Alteza me odiará mais do que já odeia.

— Ah, está exagerando... Por causa de quinze míseros dias.

— Quinze dias são quinze dias, mas quando passados a se chatear, quinze dias são uma eternidade.

— Então não a perdoará?

— Nunca.

— Vamos, de Guiche, seja razoável, quero que fiquem em bons termos. Mais de perto, vai ver que ela não é má e tem muita vivacidade.

— Monsenhor...

— É uma verdadeira princesa recebendo convidados, mas é também capaz de rir como uma burguesa. Estando bem-disposta, faz as horas passarem como se fossem minutos. De Guiche, meu amigo, precisa voltar atrás nessa sua opinião.

"É mesmo um marido para quem a mulher vai trazer desgraça", continuou Manicamp. "O falecido rei Candaulo[92] era um verdadeiro tigre, em comparação."

— Posso garantir que mudará de opinião, de Guiche. Vou ter que lhe mostrar o caminho. Ela não é banal e não chega a seu coração quem não a ama.

— Monsenhor...

— Não teime, de Guiche, ou vou acabar me zangando.

— Se é o que ele quer, que seja — murmurou Manicamp ao ouvido do amigo.

— Obedecerei, monsenhor — concluiu o conde.

---

92. Heródoto (480 a.C.-425 a.C.), em *História* (I, 4-14), conta que o rei, deslumbrado com a beleza da esposa, convidou o chefe da sua guarda para que se escondesse e a visse nua para uma confirmação estética. Evidentemente tudo deu muito errado para Candaulo. La Fontaine escreveu um conto e Théophile Gautier uma novela que têm o rei como título.

— E para começar, Madame esta noite recebe. Jante comigo e depois o levarei lá.

— Monsenhor deve me permitir que resista com relação a isso.

— Ainda?! Trata-se de uma verdadeira rebelião!

— Madame me recebeu muito mal ontem, diante de todos.

— Não diga! — riu o príncipe.

— A ponto de sequer me responder quando falei com ela. Pode até ser bom não ter amor-próprio demais, mas não se pode exagerar.

— Conde, terminando o jantar, vá se vestir e volte para me buscar, estarei esperando.

— Se for mesmo uma ordem de Vossa Alteza...

— E é.

— Ele não vai largar de mão — continuou para si mesmo Manicamp —, e é nesse tipo de coisa que os maridos mais teimam. Ah, pena que o sr. Molière não esteja ouvindo, poria tudo em versos.

Conversando assim descontraidamente, o príncipe e seu séquito chegaram aos apartamentos mais frescos do castelo.

— Aliás — lembrou-se de Guiche já à entrada —, tenho uma mensagem a transmitir.

— Pois transmita.

— O sr. de Bragelonne partiu para Londres a mando do rei e me incumbiu de transmitir a Vossa Alteza Real os seus respeitos.

— Desejo boa viagem ao visconde, a quem muito aprecio. Pronto, vá se vestir, de Guiche, e volte. Se não voltar...

— O que será de mim, monsenhor?

— Vou fazer com que seja mandado à Bastilha.

— Ora — riu de Guiche —, Sua Alteza Real Monsieur é a contrapartida exata de Sua Alteza Real Madame. Madame faz com que eu seja exilado porque não gosta o bastante de mim, Monsieur faz com que eu seja preso porque gosta demais. Obrigado, Monsieur! Obrigado, Madame!

— Vamos, vamos; você é um amigo adorável e bem sabe que não posso perdê-lo. Volte rápido.

— Está bem. Mas gostaria também de sugerir uma cláusula em nosso acordo, monsenhor.

— Ah!?

— Volto para Vossa Alteza sob uma condição.

— Qual?

— Tenho o amigo de um amigo a quem peço um favor.

— Como se chama?

— Malicorne.

— O nome não é dos melhores.

— Mas a pessoa sim, monsenhor.

— Se está dizendo… E então?

— Devo ao sr. Malicorne um posto na casa de monsenhor.

— Um posto de quê?

— Qualquer um. Na vigilância, por exemplo.

— Veja só, isso cai bem! Dispensei ontem o responsável pelos apartamentos.

— Ótimo, monsenhor. O que ele terá que fazer?

— Nada, a não ser olhar e transmitir o que vê.

— Polícia interna?

— Exato.

— Ah, isso vai combinar muito bem com Malicorne — não se conteve Manicamp.

— O senhor conhece a pessoa de quem falamos? — perguntou a ele o príncipe.

— Bastante, monsenhor. É amigo meu.

— E o que acha disso?

— Acho que monsenhor nunca terá outro responsável pelos apartamentos como ele.

— Quanto se paga para a função? — perguntou o conde.

— Não sei, mas sempre me disseram ser um cargo mal pago quando bem ocupado.

— O que quer dizer com "bem ocupado", príncipe?

— Parece-me claro: quando o funcionário é fino e inteligente.

— Sendo assim, creio que monsenhor ficará satisfeito, pois Malicorne preenche esse quesito como um diabo.

— O posto então me custará caro — riu o príncipe. — Mas que presente, conde!

— Acredito que sim, monsenhor.

— Pois pode ir anunciar a esse seu Mélicorne…

— Malicorne, monsenhor.

— Nunca vou me acostumar com um nome desse.

— No entanto diz Manicamp sem errar, monsenhor.

— Não erraria se fosse Manicorne. Já estaria mais habituado.

— Pois chame-o assim, garanto que o novo inspetor dos apartamentos não ficará aborrecido, é alguém do mais fácil convívio.

— Pois anuncie a ele a nomeação, meu caro de Guiche… Mas um momento…

— O que houve, monsenhor?

— Quero vê-lo antes. Se for tão feio quanto o nome, volto atrás na nomeação.

— Monsenhor o conhece.

— Conheço?

— Com certeza. Monsenhor já o viu no Palais Royal. Sei disso porque eu mesmo fiz a apresentação.

— Ah, estou lembrado… Isso, é um rapaz encantador!

— Tinha certeza de que monsenhor o teria notado.

— Sim, claro! Sabe, de Guiche, não quero que minha esposa e eu tenhamos gente feia à nossa volta. Ela terá como damas de honra formosas moças, e eu fidalgos bem feitos. Com isso, se procriarmos, teremos boas inspirações e belos modelos.

— Formidavelmente bem pensado, monsenhor — aprovou Manicamp, apoiando com o olhar essas palavras.

Já de Guiche é possível que não tenha achado o raciocínio tão bom, pois concordou apenas com um gesto, e um gesto um tanto dúbio. Manicamp saiu para ir dar a Malicorne a boa notícia.

E de Guiche, se fazendo de contrariado, foi se preparar.

Cantarolando, rindo e mirando a si mesmo, Monsieur chegou à hora do jantar num humor que justificaria a expressão "Feliz como um príncipe".

130. Narrativas de uma náiade e de uma dríade

Todos fizeram uma refeição ligeira no castelo, pois era preciso depois se vestir para a noite.

A colação acontecia em geral às cinco horas.

A previsão era gastar uma hora nessa refeição e mais duas na toalete. Com isso, todos estariam prontos às oito da noite.

No horário marcado, então, os cortesãos começaram a se apresentar nos apartamentos de Madame, que, como foi dito, era quem recebia.

E as noitadas de Madame, essas ninguém queria perder. Ela sabia imprimir um charme que a rainha, piedosa e excelente princesa, não conseguia dar às suas. A pura bondade, infelizmente, diverte menos do que as propensões duvidosas.

Mas, apressemo-nos a dizer, não se deve aplicar tais termos a Madame, que tinha uma natureza de elite, com bastante e real generosidade, nobres impulsos e requintadas observações, não cabendo então insistirmos em propensões duvidosas.

Madame, porém, tinha o dom da rebeldia, que muitas vezes é fatal para quem o possui, pois cria oposição onde a maioria se curva. Nela, os reveses não eram absorvidos como por consciências mais adaptáveis, a exemplo da jovem rainha Maria Teresa.

Sua natureza reagia aos ataques e, como os bonecos de treino nos jogos medievais de cavalaria,[93] Madame, se não fosse atacada de maneira a deixá-la fora de combate, devolvia cada golpe, quem quer que fosse o imprudente a atrevidamente com ela rivalizar.

Propensão maldosa ou apenas malícia? Da nossa parte, acreditamos que as naturezas ricas e poderosas, à imagem da árvore da ciência, produzem o bem e o mal, em ramagens distintas mas sempre florescentes, sempre fecundas. E sabe distinguir o bom fruto quem dele tem fome, morrendo por come-

93. No original, *quintaines* e *jeux de bague*. Exercícios militares distintos, sendo a *quintaine* um boneco móvel que reagia (girando e podendo aplicar uma pancada no agressor) à lança do cavaleiro. No jogo de anel o cavaleiro devia, com a ponta da lança, acertar o interior de um anel, arrancando-o de onde estava preso.

rem em demasia o fruto ruim as naturezas inúteis e parasitárias, o que acaba sendo boa coisa.

Madame, que havia bem definido seu projeto de ser segunda rainha — ou mesmo primeira —, mantinha seu salão agradavelmente aberto às boas conversas e aos bons encontros, graças à perfeita liberdade que tinham seus convidados para dizer o que quisessem, desde que o fizessem de forma elegante ou proveitosa. Por estranho que pareça, disso resultava que se falava menos no salão de Madame do que em outros.

Ela detestava os tagarelas e cruelmente se vingava: deixava-os falar.

Detestava também a pretensão, sem aceitar esse defeito nem mesmo no rei.

E a pretensão, justamente, era a doença de Monsieur, tendo a princesa se dado como missão a tarefa imensa de curá-lo disso.

No mais, Madame recepcionava poetas, homens elegantes e mulheres lindíssimas como uma entidade superior que recebe seus servos. Bastante sonhadora em meio às traquinices, a ponto de fazer sonharem os poetas; bastante segura de seus encantos, a ponto de brilhar entre as mais belas; bastante espirituosa, a ponto de mesmo os mais finos a ouvirem com prazer.

Pode-se imaginar o quanto reuniões assim atraíam a juventude. Quando o rei é jovem, tudo na corte é jovem.

Faziam cara feia as velhas senhoras, aquelas que ditavam as leis à época da Regência ou do reinado anterior. Mas suas ranhetices eram respondidas com risos e zombarias. Eram veneráveis pessoas que chegaram a sustentar soldados durante a Fronda para, segundo Madame, não perderem o controle que tinham sobre os homens.

Sua Alteza Real entrou na sala principal às oito em ponto, com suas damas de honra. Vários cortesãos já se encontravam por ali havia mais de dez minutos.

Entre esses mais apressados, ela procurou um em particular, por achar que seria o primeiro a chegar, mas não o encontrou.

Enquanto terminava essa apuração, Monsieur foi anunciado.

O duque estava esplêndido. Todas as pedras preciosas do cardeal Mazarino — apenas as que o ministro foi obrigado a deixar, é claro —, todas as pedras preciosas da rainha-mãe e até mesmo algumas da esposa eram exibidas por ele naquela noite. Monsieur brilhava como o sol.

Atrás dele, a passos lentos e ar de compunção perfeitamente representado, vinha de Guiche, num traje de veludo cinza-pérola, ornado com fios de prata e fitas azuis.

Além disso, faziam parte do seu figurino malinas tão belas, entre as rendas, quanto as pedras preciosas de Monsieur eram entre as joias.

A pluma do chapéu era vermelha.

Madame apreciava cores.

Gostava do vermelho nas tapeçarias, do cinza nas roupas, do azul nas flores.

Vestido daquela maneira, o sr. de Guiche chamava a atenção de qualquer um, de tão bonito que estava. Podemos citar a interessante palidez, a languidez do olhar, as mãos de fosca brancura sob as rendas, a boca melancólica... bastava ver o sr. de Guiche para se convencer de que poucos, na corte da França, podiam se comparar a ele.

Disso resultou que Monsieur, que pretendia poder eclipsar uma estrela, se alguma estrela se atrevesse a com ele competir, foi completamente eclipsado em todas as imaginações; imaginações essas que julgam — é verdade que em silêncio — e são bem orgulhosas em seu julgamento.

Madame olhou brevemente para de Guiche e, por mais rápida que tenha sido essa olhada, um delicado rubor subiu às suas faces. De fato, achou-o tão bonito e elegante que quase deixou de se preocupar com a conquista real que sentia estar em vias de perder.

Sem que pudesse controlar, seu coração fez afluir sangue ao rosto.

Afetando indolência, Monsieur se aproximou. Não havia notado o rubor da princesa, ou, se o notou, estava longe de atribuí-lo à sua verdadeira causa.

— Madame — ele disse, beijando sua mão —, temos aqui um desventurado, um pobre exilado a quem gostaria de recomendar. Lembro que é um dos meus melhores amigos, e se o receber favoravelmente me deixará muito feliz.

— Qual exilado? Qual desventurado? — ela perguntou, olhando em volta, sem se fixar no conde ou em qualquer outra pessoa.

Era o momento de chamar toda a atenção para o seu protegido. Ele se pôs de lado, fazendo com que de Guiche se mostrasse. Visivelmente contrafeito, o conde se aproximou de Madame e fez uma reverência.

— Mas o quê? — ela perguntou, com espanto. — É o sr. conde de Guiche o desventurado, o exilado?

— E quem mais? — brincou o duque.

— Mas é quem mais vemos por aqui.

— Ah, está sendo injusta — continuou Monsieur.

— Eu?

— A senhora. Vamos, perdoe esse pobre rapaz.

— Pelo quê? O que devo perdoar com relação ao sr. de Guiche?

— É verdade, explique-se, de Guiche. Pelo que deve ser perdoado? — perguntou o príncipe.

— Hélas! Sua Alteza Real sabe bastante bem — tentou escapulir o conde.

— Vamos, dê a ele a sua mão, Madame — disse Filipe.

— Se é o que quer.

Com um indescritível movimento dos olhos e dos ombros, a princesa estendeu sua bela e perfumada mão ao rapaz, que nela encostou os lábios.

Tudo indica que isso levou certo tempo e que Madame não retirou logo a mão, pois o duque acrescentou:

— De Guiche não é mau, senhora, e não a morderá.

A frase não era tão engraçada, mas serviu de pretexto, no salão, para que todos rissem.

De fato, tratava-se de uma situação incomum e algumas boas almas haviam notado.

Monsieur se orgulhava ainda do efeito provocado por sua tirada quando anunciaram a chegada do rei.

Vamos tentar descrever a disposição das pessoas nesse momento.

No centro, diante da lareira toda enfeitada com flores, estavam Madame com suas damas de honra em duas fileiras, junto das quais borboleteavam seus admiradores.

Outros grupos se mantinham perto das janelas e trocavam de lugar como soldados de um quartel que se revezam na guarda, acompanhando o que se dizia no grupo principal.

Num desses grupos, o mais próximo da lareira, estava Malicorne, recém-promovido por Manicamp e de Guiche ao cargo de responsável pelos apartamentos. Com o traje da função, pronto havia quase dois meses, ele brilhava em suas douraduras, lançando seus raios — com toda a chama dos seus olhos e todo o reflexo do seu veludo — a Montalais, à extrema esquerda de Madame.

Esta última conversava com as sras. de Châtillon e de Créqui, suas duas vizinhas, e devolvia algumas frases a Monsieur, que se encolheu assim que este anúncio foi feito:

— O rei!

A srta. de La Vallière estava, como Montalais, à esquerda de Madame, sendo a penúltima da linha, com a srta. de Tonnay-Charente posicionada à sua direita. Encontrava-se então na situação desses batalhões, dentro de uma tropa, cuja força não inspira muita confiança e são posicionados entre dois outros, mais experientes.

Assim protegida pelas duas companheiras de aventura, La Vallière, talvez por se sentir triste com a partida de Raoul, ou talvez ainda abalada pelos recentes acontecimentos que haviam popularizado o seu nome no mundo dos cortesãos, La Vallière, como dizíamos, escondia por trás do leque os olhos um tanto vermelhos e parecia prestar muita atenção às palavras que Montalais e Athénaïs sucessivamente cochichavam a cada uma de suas orelhas.

Ao soar o nome do rei, houve um grande rebuliço no salão.

Madame, no papel de anfitriã, levantou-se a fim de receber o convidado real. Ao fazer isso, lançou um olhar à sua direita, e esse olhar, que o presunçoso de Guiche interpretou como sendo para ele, foi parar, depois de todo um giro pelo salão, em La Vallière, em quem se pôde notar um forte rubor e uma inquieta expectativa.

O rei entrou no meio do grupo, que espontaneamente se estreitara, indo da circunferência ao centro.

Todas as frontes se abaixavam diante de Sua Majestade e as mulheres se curvavam como frágeis e magníficos lírios diante do rei Aquilon.[94]

Naquela noite, Sua Majestade nada tinha que chamasse a atenção; poderíamos até dizer que nada tinha de majestoso, além da juventude e da beleza.

Um ar de viva alegria e animação agitou todos os presentes, cada qual se predispondo a passar uma agradável noitada ao ver a vontade de Sua Majestade de se divertir na recepção de Madame.

Se alguém ali podia, pela alegria e pelo bom humor, competir com o rei era Saint-Aignan: rosado em suas roupas, no rosto e nas fitas que o enfeitavam, rosado sobretudo em suas ideias, que eram sempre abundantes e mais ainda naquela noite.

O que concedera essa florescência às ideias que germinavam em seu risonho espírito era que ele acabava de ver que, assim como ele, a srta. de Tonnay-Charente vestia rosa. Isso não quer dizer que o experiente cortesão não soubesse que a bela Athénaïs fosse usar essa cor: ele muito bem manipulava a arte de fazer um costureiro ou uma criada de quarto tagarelar sobre as intenções da sua patroa.

Cúmplices olhares assassinos foram então enviados por ele à srta. Athénaïs, tantos quantos eram os nós das fitas em seus calções e gibão, ou seja, uma quantidade absurda. Depois de cumprimentar Madame, o rei a convidou a se sentar e com isso o círculo voltou a se fechar.

Luís perguntou a Monsieur como fora o banho de rio e, olhando para as senhoras, contou que poetas estavam compondo versos sobre as galantes diversões de Vulaines e que sobretudo um deles, o sr. Loret,[95] parecia ter recebido confidências de uma ninfa das águas, pois eram muitas as verdades em suas rimas.

Para demonstrar pudor, algumas damas se esforçaram em corar.

O rei aproveitou a oportunidade para olhar e apenas Montalais não ruborizava a ponto de não observar o rei, podendo então notar que ele devorava Louise com os olhos.

A atrevida dama de honra fez Sua Majestade se sentir constrangida, salvando assim a colega da cordial intensidade daquele assédio! Além disso, Luís precisava responder às perguntas de Madame, e ninguém no mundo sabia fazer perguntas como ela.

Mas o rei procurava manter a conversa mais genérica e, para isso, redobrou os esforços de graça e de galanteria.

---

94. Vento do norte, frio e violento, mais conhecido como Bóreas.

95. Os versos em questão seriam de *La muze historique*, espécie de crônicas rimadas que o poeta publicava regularmente em jornais.

Madame queria elogios e, estando decidida a tudo para obtê-los, dirigindo-se ao rei, pediu:

— Vossa Majestade, informada de todo tipo de coisa que se passa em seu reino, deve saber os versos que contou ao sr. Loret aquela ninfa. Não poderia dizê-los?

— Senhora — começou o rei, com perfeita graciosidade —, não me atrevo a tanto... Creio que para a senhora, em particular, podem causar efeito certos detalhes... Mas Saint-Aignan os narra bem e guarda perfeitamente os versos. Quando os esquece, improvisa outros no lugar. Posso garanti-lo como poeta.

Chamado à cena, Saint-Aignan quis se apresentar da forma menos desvantajosa possível. Infelizmente para Madame, ele pensava apenas nos próprios interesses e, em vez de ir aos elogios que a celebrariam, visou sobretudo a sua boa fortuna pessoal.

Lançou então um centésimo olhar à bela Athénaïs, que vinha pondo em prática sua teoria da véspera, sem devolver ao admirador olhar nenhum, e disse:

— Sire, Vossa Majestade precisará me desculpar por ter pouco guardado dos versos que a ninfa ditou a Loret. De fato, daquilo que o rei nada reteve, o que poderia eu, na minha pequenez, ter guardado?

Madame ouviu com certa contrariedade tal malogro do cortesão.

— Ah, senhora — ele então acrescentou. — É que não se trata mais agora do que dizem as ninfas de água doce. Na verdade, podemos até achar que nada mais ocorre de interessante nos reinos líquidos. É em terra firme que os grandes acontecimentos se passam. Em terra firme, senhora, que narrativas cheias de...

— Entendi — cortou a princesa. — E o que então se passa?

— É às dríades que devemos perguntar, e as dríades vivem nos bosques, como bem sabe Vossa Alteza Real.

— Sei inclusive que são tagarelas por natureza, sr. de Saint-Aignan.

— É verdade, senhora, mas como nos trazem apenas belas coisas, sequer podemos acusá-las de tagarelice.

— Trazem-nos belas coisas? — perguntou com algum descaso a princesa. — Está atiçando minha curiosidade, sr. de Saint-Aignan. Se eu fosse o rei, o intimaria a nos contar agora mesmo essas belas coisas que as sras. dríades nos trazem, uma vez que o senhor parece ser o único aqui a conhecer a língua delas.

— Ah, quanto a isso, senhora, fico feliz em atender a tal intimação — respondeu entusiasmado o conde.

— Ele compreende a língua das dríades? — perguntou Monsieur. — Que danado, esse Saint-Aignan!

— Tão bem quanto a nossa, monsenhor.

— Conte-nos então — pediu Madame.

O rei não se sentia à vontade; seu confidente ia com certeza embarcar em algo espinhoso.

Podia se dar conta disso pela atenção geral que o preâmbulo de Saint-Aignan havia gerado, aumentada pela reação de Madame. Mesmo os mais discretos pareciam ávidos a cada palavra que pronunciasse o conde.

Ouviram-se tosses, todos procuravam se aproximar, olhavam com o canto dos olhos as damas de honra e elas, para sustentar mais decentemente ou com maior firmeza os pesados olhares inquisidores, abriam seus leques, na atitude do duelista que vai se expor ao fogo do adversário.

Naquele tempo, era tamanho o hábito das conversas elaboradas e das histórias intrincadas que nos momentos nos quais, num salão moderno, poderíamos prever escândalo, embate e tragédia que fariam fugirem assustadas as pessoas, no salão de Madame elas se acomodaram em seus lugares para não perder uma palavra, um gesto da comédia composta para o seu deleite, cuja conclusão, quaisquer que fossem o estilo e a intriga, se passaria em perfeita calma e circunspeção.

O conde era conhecido pela polidez e habilidade em contar histórias. Começou então bravamente, sob o profundo silêncio dos ouvintes, o que intimidaria muitos, mas não ele.

— Madame, o rei permite que eu me dirija primeiro a Vossa Alteza Real, que se proclama a mais curiosa do nosso círculo. Tenho então a honra de dizer que a dríade citada mora mais particularmente no oco dos carvalhos. Como as dríades são belas criaturas mitológicas, elas procuram as mais belas árvores, quer dizer, as maiores que possam encontrar.

Esse exórdio, que com um véu transparente se remetia à famosa história do carvalho real que tivera tão importante papel na noite anterior, fez tantos corações baterem de alegria ou de inquietude que se Saint-Aignan não tivesse a palavra possante e vibrante tais batidas teriam abafado a sua voz.

— Deve então haver dríades em Fontainebleau — aparteou Madame, num tom perfeitamente calmo —, pois nunca na vida encontrei carvalhos mais bonitos do que os do parque real.

Ao dizer isso, ela enviou diretamente a de Guiche um olhar do qual ele não podia reclamar, ao contrário do anterior, que, como dissemos, tinha ainda uma dubiedade bastante incômoda para um coração tão apaixonado.

— E é justamente de Fontainebleau, senhora, que vou falar, pois a dríade de que trata nossa narrativa vive no parque do castelo de Sua Majestade.

Os dados estavam lançados, a ação começava: ouvintes e narrador não tinham mais como recuar.

— Ouçamos — disse Madame —, pois a história me parece ter não só o charme de uma narrativa nacional, mas também o de uma crônica bem contemporânea.

— Vamos começar do começo — explicou o conde. — Então, em Fontainebleau, numa choça de bela aparência, viviam pastores.

"Um deles é o pastor Tircis,[96] dono das mais belas terras, herdadas dos pais.

"Tircis é jovem e vistoso, dispondo de qualidades que fazem dele o primeiro pastor da região. Pode-se dizer que Tircis é o rei dos pastores."

Um vago murmúrio de aprovação incentivou o narrador, que prosseguiu:

— Nele, a força é igual à coragem. Ninguém é melhor na caça aos animais selvagens, ninguém é mais ajuizado nos conselhos. Em manobras a cavalo pelas belas planícies herdadas ou em competições de habilidade e vigor, nas quais se impunha, para os pastores Tircis era como o deus Marte agitando a lança nas planícies de Troia ou, mais ainda, Apolo, deus da luz, dardejando na terra seus raios inflamados.[97]

Todos perceberam se tratar de um belo exórdio aquele retrato alegórico do rei. O preâmbulo então não deixou de causar efeito, tanto nos ouvintes — que por dever e por prazer aplaudiram — quanto no próprio rei, que apreciava muito o elogio sutil e não se mostrava contrariado, mesmo quando esse elogio se apresentava de forma menos apurada. Saint-Aignan continuou:

— E não foi apenas, minhas senhoras, nos jogos de glória que o pastor Tircis ganhou esse renome que fazia dele o rei dos pastores.

— Dos pastores de Fontainebleau — disse o rei, sorrindo para Madame.

— Oh! — ela exclamou. — Fontainebleau foi arbitrariamente escolhida pelo poeta; quanto a mim, eu diria dos pastores, mundo afora.

O rei deixou de lado seu papel de ouvinte passivo e se inclinou.

Saint-Aignan retomou:

— É sobretudo junto às belas que o mérito do rei dos pastores se mostra mais manifestamente. Trata-se de um pastor cuja inteligência é tão fina quanto puro o seu coração. Concede cumprimentos com uma graça que irresistivelmente encanta, ama com uma discrição que promete às suas dignas e felizes conquistas soluções invejáveis. Jamais rompantes, jamais negligências. Quem quer que veja ou ouça Tircis o aprecia; e quem o aprecia e por ele é apreciado encontra a felicidade.

Saint-Aignan fez uma pausa. Saboreava o prazer da aprovação. O retrato, por mais empolado que fosse, agradara a pessoas para as quais os méritos do pastor não tinham sido exagerados; o orador foi incentivado a continuar.

---

96. Os personagens da narrativa do conde têm nomes que se tornaram clássicos na poesia pastoril e vêm das *Bucólicas*, de Virgílio.

97. A Trácia era a região que tinha como cidade mais importante Troia, cuja conquista foi contada por Homero na *Ilíada*. Os próprios deuses acabaram participando ativamente das batalhas, divididos entre os dois lados. Marte apoiou os troianos e inclusive foi ferido (ver canto v). Apolo, que também se pôs do lado troiano, é aqui citado como a representação mitológica do sol.

— Tircis — continuou o conde — tem um fiel companheiro, ou melhor, um dedicado servidor chamado… Amintas.

— Ah, queremos o retrato de Amintas! — pediu maliciosamente Madame. — O senhor descreve seus personagens como um pintor.

— Senhora…

— Por favor, conde, não vá sacrificar esse pobre Amintas! Eu jamais o perdoaria.

— Amintas é de condição muito inferior, sobretudo se comparado a Tircis, para que se possa traçar um paralelo. Há amigos que são como aqueles servidores da Antiguidade que pediam para ser enterrados vivos aos pés do seu amo. E aos pés de Tircis é o lugar de Amintas, que não busca outro local para estar. Se eventualmente o ilustre herói…

— Ilustre pastor, não é o que quer dizer? — fingiu corrigir Madame.

— Vossa Alteza Real está certa, eu já ia me enganando. É verdade, o pastor Tircis tem a bondade, às vezes, de dizer Amintas seu amigo e com ele abrir o coração. É um favor extraordinário, que este último vê como a mais insigne felicidade.

— Tudo isso — interrompeu Madame — apenas estabelece a absoluta dedicação de Amintas a Tircis, mas não o retrata. Pode não favorecê-lo demais, conde, mas descreva-o para nós. Quero muito um retrato de Amintas.

Saint-Aignan tratou de fazer isso, depois de profunda reverência à cunhada de Sua Majestade:

— Amintas é um pouco mais velho que Tircis. A Natureza não o maltratou; dizem até que, quando nasceu, as musas o receberam com um sorriso, como Hebe sorrindo à juventude.[98] Não tem ambição de brilhar, mas de ser amado, e é provavelmente merecedor disso, caso o conheçam melhor.

Essa última observação foi reforçada por um olhar matador à srta. de Tonnay-Charente, que o recebeu sem maiores reações.

Mas a modéstia e a habilidade da alusão produziram bom efeito e Amintas colheu os frutos em aplausos. Até mesmo Tircis, com um cordial sinal de cabeça, o aprovou.

— Bom — continuou Saint-Aignan —, Tircis e Amintas certa noite caminhavam pela floresta, conversando sobre mágoas sentimentais. Notem ser isso já a narrativa da dríade, minhas senhoras, senão como saberíamos o que diziam Tircis e Amintas, os dois mais discretos pastores da terra? Seguiam então até a parte mais densa da floresta, buscando o isolamento para mais livremente falarem das suas aflições quando, de repente, ouviram o som de vozes.

— Ah! — houve um murmúrio em volta do narrador. — As coisas ficam mais interessantes.

---

98. Na mitologia grega, deusa da juventude, consagrada aos trabalhos domésticos.

Nesse momento, como um general vigilante que inspeciona sua tropa, Madame procurou com um olhar reanimar Montalais e Tonnay-Charente, que pareciam se abater diante da ameaça.

— Aquelas vozes harmoniosas — continuou o narrador — eram de pastoras que também procuravam o frescor da mata e, sabendo ser aquele lugar um ermo quase inabordável, tinham ali se reunido para discutir alguns do pastoreio.

A tirada gerou uma imensa gargalhada e também um discreto olhar do rei para Tonnay-Charente.

— Elas eram três — continuou Saint-Aignan — e, afirmou a dríade, muito jovens e bonitas.

— Como se chamavam? — perguntou tranquilamente Madame.

— Como se chamavam!? — revoltou-se o narrador contra a indiscrição.

— É evidente. Deu nome aos pastores Tircis e Amintas, faça o mesmo com as pastoras.

— Ah, senhora, não sou um inventor, um trovador, como se dizia antigamente, apenas transmito o que ditou a dríade.

— E como essa sua dríade chamava as pastoras? O senhor parece ter uma memória bem peculiar. Estaria essa dríade em conflito com a deusa Mnemósine?[99]

— Senhora... Devemos lembrar ser um crime revelar nomes femininos!

— Crime do qual uma mulher o absolve, conde, à condição de que diga os das pastoras.

— Chamavam-se Fílis, Amarílis e Galateia.

— Até que enfim! Valeu a pena insistir, são belos nomes. Agora, os seus retratos.

Saint-Aignan esboçou ainda uma reação.

— Por favor, seja coerente, conde — tornou Madame. — Vossa Majestade não concorda ser necessária a descrição das pastoras?

O rei, que já previa a insistência, se preocupava, mas achou não dever contrariar tão perigosa interrogadora. E imaginou que Saint-Aignan insinuaria em seus retratos alguns traços delicados que pudessem agradar os ouvidos que lhe interessavam em particular. Foi então com esperança e temor que Luís autorizou Saint-Aignan a traçar os perfis de Fílis, Amarílis e Galateia.

— Pois, que seja! — resignou-se o cortesão, como quem finalmente se decide.

E começou.

---

99. Na mitologia grega, a personificação da memória. Era também um dos rios que banhavam o Inferno.

131. Conclusão das narrativas de uma náiade e de uma dríade

— Fílis — disse Saint-Aignan, lançando um olhar provocador a Montalais, mais ou menos como um mestre de armas que desafia um adversário de bom nível a se pôr em guarda —, Fílis não é morena nem loura, nem alta nem baixa, nem fria nem expansiva. Mesmo sendo pastora, tem um espírito de princesa, além de ser coquete como um demônio.

"Sua percepção é excelente e deseja tudo o que vê. É como um passarinho que, sem nunca parar de trinar, dá rasantes no gramado, voa perseguindo borboletas ou se empoleira no alto de uma árvore, provocando seus caçadores a virem buscá-lo ou pegá-lo em suas redes."

A descrição era tão exata que todos os olhares se voltaram para Montalais. Atenta e de nariz empinado, ela ouvia Saint-Aignan como se fosse um completo desconhecido.

— O senhor terminou? — perguntou a princesa.

— Pude apenas traçar um esboço, mas haveria tanto a dizer. Temo, no entanto, abusar da paciência de Vossa Alteza ou ferir a modéstia da pastora. De forma que passo a sua companheira Amarílis.

— Ótimo. Passe a Amarílis, sr. de Saint-Aignan, e nós o seguiremos — concordou Madame.

— Amarílis é a mais velha das três e, no entanto — apressou-se a dizer o narrador —, não tem mais do que vinte anos.

A expressão da srta. de Tonnay-Charente, que se franzira com aquele início, logo se aliviou com um ligeiro sorriso.

— Ela é vistosa, exibindo cabelos volumosos e sempre presos à maneira das estátuas gregas. Tem o andar majestoso, gestos altivos, parecendo mais uma deusa do que uma simples mortal. Se procurarmos entre as deusas, aquela a quem mais se assemelha é Diana, a caçadora. A diferença é que a cruel pastora, tendo um dia se apoderado da aljava do amor enquanto o pobre Cupido[100] dormia numa moita de rosas, em vez de dirigir suas flechas contra

100. Na mitologia romana, filho da deusa do amor, Vênus, e do deus da guerra, Marte, sempre retratado com seu arco, pronto para disparar setas no coração de homens e deuses.

os habitantes da floresta, impiedosamente passou a remetê-las contra os pobres pastores que passam ao alcance do seu arco e dos seus olhos.

— Que terrível pastora! — exclamou Madame. — Ela própria poderá um dia se ferir com essas setas tão maldosamente disparadas para todo lado.

— É essa, de fato, a esperança dos pastores — confirmou Saint-Aignan.

— Do pastor Amintas sobretudo, não é? — insistiu Madame.

— O pastor Amintas é tão tímido — ele respondeu, com o ar mais modesto que conseguiu — que caso tenha essa esperança jamais alguém haverá de saber, pois fica escondida na dobra mais profunda do seu coração.

A declaração desencadeou um murmúrio dos mais encorajadores entre os ouvintes.

— E Galateia? — perguntou Madame. — Estou impaciente para ver alguém tão hábil retomar o retrato no ponto em que Virgílio o deixou e terminá-lo para nós.[101]

— Senhora, comparado ao grande Virgilius Maro,[102] este vosso humilde servidor é um pífio poeta, mas diante de tal ordem farei o meu melhor.

— Estamos ouvindo — disse Madame.

Saint-Aignan estendeu o pé, a mão e os lábios.

— Branca como o leite, dourada como as espigas de trigo, ela balança no ar os perfumes da sua loura cabeleira. Podemos nos perguntar se não seria a bela Europa, que enfeitiçou Júpiter enquanto brincava com as companheiras nos prados floridos.[103]

"Nos seus olhos, azuis como o céu nos mais belos dias de verão, brilha uma doce chama. O devaneio a alimenta, o amor a conduz. Quando franze as sobrancelhas ou inclina a fronte para baixo, o sol se nubla em sinal de luto.

"Mas quando sorri, pelo contrário, a Natureza inteira recupera a alegria, e os passarinhos, por um momento mudos, retomam seus cantos entre as árvores.

"Mais do que qualquer um, ela merece a adoração geral e, se jamais seu coração um dia se entregar, feliz o mortal a quem esse amor virginal tornará deus!"

Madame, ouvindo esse retrato que todos igualmente ouviam, se limitou a concordar com alguns acenos da cabeça, nos pontos mais poéticos, mas era impossível dizer se tais acenos homenageavam o talento do narrador ou a semelhança do retrato.

Disso resultou que, pelo fato de Madame não aplaudir abertamente, ninguém ousou fazê-lo, nem mesmo Monsieur, que, no fundo do coração, acha-

---

101. No canto I das *Bucólicas*, o retrato de Galateia não é dos mais lisonjeiros: ela já havia abandonado o infeliz pastor, que a descreve como alguém que gastava todo o seu dinheiro em coisas fúteis.

102. É o nome do poeta em latim: Publius Virgilius Maro.

103. Na mitologia grega, filha do rei da Fenícia; foi raptada por Zeus (Júpiter), disfarçado de touro, sendo levada às carreiras para a ilha de Creta.

va que Saint-Aignan perdia tempo a retratar pastoras depois de passar rápido demais pelos pastores.

O público, então, mostrou-se glacial.

Tendo esgotado a retórica e os pincéis de que dispunha a nuançar o retrato de Galateia, e uma vez que suas investidas anteriores haviam sido tão bem recebidas, Saint-Aignan se assustou com aquela recepção, ficando ainda mais gelado que o rei e o público.

Houve um instante de silêncio, que afinal Madame rompeu:

— E então, o que diz Vossa Majestade desses três retratos?

Sem querer se comprometer, o rei procurou não deixar de apoiar Saint-Aignan:

— Amarílis é bonita…

— Pessoalmente, prefiro Fílis — acrescentou Monsieur. — É boa moça, ou melhor, tão boa ninfa que até parece um ninfo.

Todos riram.

Os olhares se tornaram tão diretos que Montalais sentiu o rubor subir às suas faces em chamas arroxeadas.

— Continuando, essas pastoras então diziam… — retomou Madame.

Atingido em seu amor-próprio de contador de histórias, Saint-Aignan não se sentia capaz de enfrentar um ataque de tropas renovadas e descansadas.

— Senhora, aquelas pastoras comentavam entre si suas breves inclinações pessoais — ele tentou recuar.

— Vamos, vamos, conde, o senhor é um rio de poesia pastoral — disse Madame, com um sorriso que até reconfortou um pouco o narrador.

— Diziam que o amor representa um perigo, mas que a falta de amor é a morte do coração.

— E o que concluíram disso? — insistiu Madame.

— Concluíram que se deve amar.

— Isso é bom! E impunham condições?

— A condição de poderem escolher. Devo inclusive acrescentar que, segundo a dríade, uma das pastoras, Amarílis, creio, se opunha completamente a que se ame, sem no entanto negar ter deixado adentrar seu coração a imagem de certo pastor.

— Amintas ou Tircis?

— Amintas, senhora — confessou com modéstia Saint-Aignan. — Mas imediatamente Galateia, a doce Galateia dos olhos puros, acrescentou que nem Amintas, nem Alfesibeu, nem Títiro ou qualquer um dos mais belos pastores da região podiam se comparar a Tircis, pois Tircis a todos ofuscava, como o carvalho ofusca em grandeza todas as árvores e o lírio, em majestade, todas as flores. Ela inclusive falou de Tircis de tal maneira que ele, que tudo ouvia, deve ter mesmo se sentido lisonjeado, apesar da sua grandeza. Tircis e Amintas foram vistos por Amarílis e Galateia. A confidência desses dois corações se revelou à sombra da noite, no segredo da mata.

"Foi o que a dríade me contou, senhora, e ela sabe tudo o que se passa no oco dos carvalhos e nos arbustos, conhece os amores dos pássaros, o significado dos seus cantos, além de compreender a linguagem do vento entre os galhos e o zumbido dos insetos de ouro ou esmeralda na corola das flores silvestres. Contou-me e eu apenas repito."

— Agora o senhor acabou, não é? — quis confirmar Madame, com um sorriso que fez o rei tremer.

— Acabei, senhora. Fico feliz por ter distraído Vossa Alteza por alguns instantes.

— Curtos demais — respondeu a princesa —, pois o senhor contou muito bem o que sabia. Mas o nosso querido conde infelizmente se informou com uma só dríade, não é?

— Sim, confesso que uma só.

— Isso quer dizer que passou perto de uma pequena náiade que não parecia grande coisa, mas que sabia bem mais do que a sua dríade, meu querido conde.

— Uma náiade? — repetiram vários dos presentes, começando a desconfiar de que a história teria um novo capítulo.

— Exato. Ao lado daquele carvalho mencionado, que se chama carvalho real, creio. Não é isso, sr. de Saint-Aignan?

Saint-Aignan e o rei se entreolharam.

— Sim — ele concordou.

— Pois bem! Ali perto há uma bonita fontezinha que borbulha em cima de umas pedras, cercada de miosótis e margaridas.

— Creio que Madame tem razão — disse o rei, ainda preocupado e atento ao que dizia a cunhada.

— Posso garantir que sim — continuou Madame. — E a prova disso é que a náiade que reina nessa fonte me chamou num momento em que passei por lá. Chamou a mim, em pessoa.

— Bah! — exclamou Saint-Aignan.

— Sim — manteve-se firme Madame. — Chamou-me para contar uma série de coisas que o sr. de Saint-Aignan não relatou em sua narrativa.

— Ah, então compartilhe — alegrou-se Monsieur. — Tem uma maneira encantadora de contar.

A princesa se inclinou, agradecendo o cumprimento conjugal.

— Não terei a poesia do conde nem seu talento para realçar os detalhes.

— Mas será ouvida com igual interesse — observou o rei, que previa algo hostil no que diria a cunhada.

— Seja como for, falo em nome daquela pobre pequena náiade, sem dúvida a mais encantadora semideusa que já vi. E ela ria tanto, contando a história, que apelo para o axioma médico "O riso é contagioso" procurando justificar meu próprio riso ao recordar suas palavras.

O rei e Saint-Aignan trocaram olhares, vendo em muitas fisionomias um início de hilaridade semelhante à que Madame anunciava e se perguntando se não estavam diante de uma conspiração.

Mas Madame parecia decidida a revirar a faca na ferida e retomou o que dizia com ares de ingênua candura, ou seja, o mais perigoso de todos os seus ares:

— Então, ia eu por ali e, como sob meus passos muitas flores ainda se mostravam recentemente abertas, com certeza Fílis, Amarílis, Galateia e todas aquelas suas pastoras não haviam passado por aquele caminho antes de mim.

O rei mordeu o lábio. Aquilo se tornava cada vez mais ameaçador.

— Minha pequena náiade — continuou Madame — cantarolava no frescor da sua fonte. Vi que veio na minha direção e puxou de leve a bainha do meu vestido. Não procurei evitá-la e ainda bem; afinal, uma divindade, mesmo que de segunda categoria, ainda vale mais do que uma princesa mortal. Cumprimentei então a náiade e ela, estourando de rir, me disse: "Imagine, princesa…". Vossa Majestade deve considerar que é a náiade quem fala.

O rei balançou a cabeça, assentindo.

— "Imagine, princesa, que as margens do meu riacho acabam de presenciar uma cena das mais divertidas. Dois pastores, com uma curiosidade às raias da indiscrição, foram enganados de maneira muito engraçada por três ninfas ou pastoras…" Peço que me desculpem, mas não me lembro mais se ela disse ninfas ou pastoras. Mas isso pouco importa, não é? Continuemos.

Esse preâmbulo fez o rei corar intensamente, e Saint-Aignan, perdendo as estribeiras, arregalava os olhos de ansiedade.

— "Os dois pastores", continuou minha pequena náiade, sem parar de rir, "seguiam os passos das três jovenzinhas…" Quero dizer, das três ninfas… perdão, das três pastoras. Não é coisa que se faça, o assédio é muito desagradável. Posso pedir o testemunho das mulheres aqui presentes e nenhuma me desmentirá, tenho certeza.

O rei, cada vez menos tranquilo com relação ao que viria, concordou com um gesto.

— "As pastoras, no entanto, haviam visto Tircis e Amintas virem atrás delas no bosque e, com a claridade da lua, os reconheceram nos quincunces…", continuava a náiade. Ah, já estão rindo! — interrompeu-se Madame. — Esperem, esperem, ainda não viram nada.

O rei estava lívido; Saint-Aignan enxugou o suor da testa.

Ouviam-se risinhos abafados e cochichos disfarçados nos grupos de mulheres.

— As pastoras, como eu dizia, percebendo a indiscrição dos dois, foram se sentar sob o carvalho real e, vendo que os abelhudos estavam perto o bastante e ouviriam tudo o que dissessem, da maneira mais inocente deram declarações bombásticas que o amor-próprio dos homens, falo dos homens em geral, inclusive dos pastores mais sentimentais, fez parecerem doces como favos de mel.

Ouvindo essas palavras, o público não pôde deixar de rir, o que fez faiscarem os olhos de Sua Majestade.

Saint-Aignan, enquanto isso, afundava o queixo no peito e disfarçava, sob um riso amargo, sua profunda frustração.

— Ah! — obtemperou o rei, aprumando o corpo inteiro. — Temos aí uma belíssima anedota, juro que encantadora e contada de forma não menos encantadora; mas será que a senhora realmente compreende a linguagem das náiades?

— Se o conde pretende compreender a das dríades… — rebateu Madame.

— É verdade. Mas como se sabe o conde tem a fraqueza de alimentar expectativas com relação à Academia,[104] e por isso aprendeu um monte de matérias que a senhora felizmente ignora. É possível que a língua da ninfa das águas esteja entre as coisas que a senhora não estudou.

— Vossa Majestade pode imaginar que para situações tão importantes não devemos confiar apenas em nós mesmas — respondeu Madame. — O ouvido da mulher não é infalível, disse Santo Agostinho,[105] então procurei outras opiniões além da minha. Como a minha náiade, enquanto deusa, é poliglota… não é como se diz, sr. de Saint-Aignan?

— Perfeitamente, senhora — respondeu Saint-Aignan, já perdidas as ferraduras.

— Como então a minha náiade poliglota havia falado comigo em inglês, temi ter compreendido mal, como disse Vossa Majestade, e chamei as srtas. de Montalais, de Tonnay-Charente e de La Vallière, pedindo à minha náiade que repetisse em francês o que me dissera em inglês.

— E ela fez isso? — perguntou o rei.

— Ah, é a mais amável das divindades… Sim, Sire, ela fez isso. Não restou qualquer dúvida. Não concordam, senhoritas? — buscou apoio a princesa, voltando-se para a esquerda de sua tropa. — Não concordam que a náiade disse exatamente o que contei e que de forma alguma me afastei da verdade?… Fílis?… Desculpe, engano meu… srta. Aure de Montalais, não é verdade?

— Totalmente, senhora — confirmou a dama de honra.

— Não é verdade, srta. de Tonnay-Charente?

— A pura verdade — respondeu Athénaïs, com voz não menos firme, mas nem tão inteligível.

— La Vallière?

A pobre criança sentia o olhar ansioso do rei. Não ousava negar, não ousava mentir e apenas abaixou a cabeça em sinal de assentimento.

---

104. A Academia Francesa de Letras, fundada em 1635.

105. Santo Agostinho (354-430), um dos mais importantes teólogos do cristianismo, muito valorizou o amor, inclusive sexual, mas estabeleceu que a mulher não foi feita à imagem de Deus, como o homem, tendo portanto muitas imperfeições.

Só que sua cabeça não se ergueu mais, semicongelada por um frio mais doloroso que o da morte.

A tripla confirmação deixou o rei arrasado. Saint-Aignan, por sua vez, nem sequer tentou disfarçar o desespero. Sem saber o que dizer, gaguejou:

— Excelente pilhéria! Grande atuação das pastoras!

— Uma justa punição para a curiosidade — disse o rei, num tom abafado. — Quem irá ainda pensar, depois desse castigo a Tircis e Amintas, em surpreender o que se passa no coração das pastoras? Não eu, em todo caso. E os senhores?

— Nem eu! Nem eu! — repetiu em coro o grupo de cortesãos.

Madame triunfava com aquela derrota do rei. Deleitava-se, achando que sua versão tinha sido, ou deveria ser, a conclusão de tudo aquilo.

Já Monsieur, que se divertira muito com o duplo desfecho sem nada entender, se virou para de Guiche e perguntou:

— Não vai comentar, conde? Por acaso está com pena dos srs. Tircis e Amintas?

— Sim, do fundo da alma — ele respondeu. — O amor é uma doce quimera e perdê-lo, por mais quimérico que seja, significa perder mais do que a própria vida. Se os dois pastores se imaginaram amados, se ficaram felizes com isso e, em vez dessa felicidade, terminaram não só no vazio que se equipara à morte mas num escárnio do amor que vale por cem mil mortes… sim, afirmo que Tircis e Amintas são os homens mais infelizes que conheço.

— E tem toda a razão, sr. de Guiche — disse o rei. — Pagar com a morte por um pouco de curiosidade é, afinal, muito duro.

— Isso quer dizer que a história da minha náiade desagradou o rei? — perguntou ingenuamente Madame.

— De forma alguma, senhora — respondeu Luís, tomando a mão da princesa. — A náiade muito me agradou, sobretudo por ter sido mais verdadeira e, devo reconhecer, apoiada em irrecusáveis testemunhas.

Tais palavras chegaram a La Vallière com um olhar que, de Sócrates a Montaigne, nunca alguém conseguiu definir perfeitamente.

Olhar e palavras acabaram de abater a infeliz jovem que, encostada no ombro de Montalais, parecia ter perdido os sentidos.

O rei se levantou sem notar esse detalhe, como, aliás, as demais pessoas. Ele, que em geral permanecia até tarde nas recepções de Madame, indo contra esse hábito se despediu e se retirou.

Saint-Aignan o seguiu, tão desesperado na saída quanto estivera animado na entrada.

A srta. de Tonnay-Charente, menos sensível que La Vallière perante as emoções, não se assustou nem desmaiou.

No entanto, a olhada derradeira de Saint-Aignan fora majestosa, bem mais que a do rei.

132. Psicologia real

O rei entrou em seus apartamentos com passadas ligeiras. Talvez andasse tão rápido apenas para não cambalear. Deixava para trás algo como um misterioso luto.

O bom humor que se registrara em sua atitude ao chegar, e que a todos havia alegrado, talvez não se tenha realmente esclarecido, mas todos compreenderam, ou acharam compreender, aquela saída tempestuosa e tensa.

A leviandade de Madame, suas zombarias um tanto rudes para alguém mais suscetível — sobretudo sendo rei esse alguém —, sua excessiva familiaridade em assimilá-lo a um homem do povo… Foram esses os motivos atribuídos à saída precipitada e inesperada de Luís XIV.

Em geral mais clarividente, Madame de início também não viu mais do que isso. Queria apenas ferir um pouco o amor-próprio de quem, esquecendo tão rápido seus compromissos, parecia deixar de lado, sem razão alguma, uma conquista mais nobre e mais ilustre.

Na situação em que estavam as coisas, não deixava de ter certa importância fazer o rei se dar conta da diferença que há entre amar em altas esferas e correr atrás de um namorico qualquer, como um filho caçula da província.

Com amores mais nobres, mais próximos, de certa forma, da igualdade no concernente aos títulos e à representação, um rei não só deixa de ab-rogar como também ganha maiores tranquilidade, segurança, mistério e respeito.

Descendo ao nível dos amores vulgares, pelo contrário, ele vai ao encontro da intriga e do sarcasmo, perdendo seus atributos de infalibilidade e inviolabilidade. Ao se aventurar na região das pequenas misérias humanas, ele se expõe às suas pobres mazelas.

Para resumir, confundir o rei-deus com um simples mortal, atingi-lo no coração — quando não no rosto — como ao último dos seus súditos, era desferir um golpe tremendo no orgulho daquele temperamento superior: era mais fácil conquistar Luís pelo amor-próprio do que pelo simples amor. Madame havia muito bem calculado sua vingança e, como vimos, se vingou.

Mas estamos longe de uma daquelas paixões terríveis de heroínas da Idade Média, e não pensem que Madame visse as coisas por um ângulo sombrio. Pelo contrário, a princesa era jovem, graciosa, coquete, espirituosa e amorosa mais na fantasia, na imaginação e na ambição do que no coração. Henriqueta, na verdade, inaugurava uma época de prazeres fáceis e passageiros que marcou os cento e vinte anos transcorridos entre a metade do século XVII e os três quartos do século XVIII.[106]

Madame via — ou acreditava ver — as coisas sob seu verdadeiro aspecto. Sabia que seu augusto cunhado, o rei, fora o primeiro a rir da modesta La Vallière e, conhecendo-o, era improvável que se dispusesse tanto a amar alguém de quem havia zombado mesmo que por um só instante.

Mas tal visão não viria do amor-próprio, esse demônio tentador que tem papel tão importante na comédia dramática que é a vida de uma mulher? Não era o amor-próprio que falava, não exatamente aos brados, mas baixinho e a meia-voz, em todos os tons possíveis, que ela, sendo princesa, jovem, bonita e rica, não podia ser comparada à pobre La Vallière, tão jovem quanto, é verdade, mas bem menos bonita e absolutamente pobre? Mas que isso, da parte de Madame, não se surpreenda: como se sabe, os mais altos personagens são os que mais se iludem na comparação que fazem entre si mesmos e os outros, entre os outros e si mesmos.

Talvez nos perguntemos o que queria Madame com aquele ataque armado com tamanha competência. Por que tanto esforço, se não fosse para afastar o rei de um novo amor ao qual ele pretendia se dedicar? Deveria dar tanta importância a La Vallière, caso não a temesse?

Não, do ponto de vista de um historiador, que a partir do presente enxerga o futuro, ou melhor, o passado, Madame não temia La Vallière; Madame não era profeta nem sibila. Como qualquer pessoa, Madame não podia ler nesse terrível e fatal livro do destino, que guarda em suas mais secretas páginas os mais sérios acontecimentos.

Não, Madame queria pura e simplesmente punir o rei, que, de forma tão feminina, procurara lhe esconder alguma coisa. Queria deixar claro que, caso ele se servisse de armas ofensivas, ela, dotada de inteligência e raça, facilmente encontraria, no arsenal da sua imaginação, armas defensivas capazes de fazer frente a qualquer ataque, inclusive de um rei.

Aliás, queria provar que nesse tipo de guerra não há reis — ou que, combatendo por conta própria como homens comuns, os reis podem ver sua coroa tombar ao primeiro choque. E se Luís, por tudo aquilo que representava, esperasse ser de pronto adorado às cegas por todas as mulheres da sua corte, tal pretensão, humana e temerária, era um insulto para as mais bem-nascidas. A lição, caindo justo sobre uma cabeça coroada, altiva e orgulhosa demais, seria muito eficaz.

Eram provavelmente essas as reflexões de Madame com relação ao rei.

O acontecimento em si ficava de fora.

---

106. Isto é, entre os anos pós-Mazarino e a Revolução Francesa.

Vemos então como havia preparado suas damas de honra e como, em cada detalhe, montara a comédia que acabava de se apresentar.

O rei ficara abalado. Desde que tinha se livrado do sr. de Mazarino, era a primeira vez que o tratavam como ser humano.

Tal atitude, por parte de um homem, lhe daria munição para resistir, pois os poderes crescem na luta.

Mas atacar mulheres e ser por elas atacado, ter sido um joguete para pequenas provincianas vindas de Blois com essa finalidade, era o cúmulo do opróbrio para um jovem rei, transbordando da vaidade que tanto suas qualidades pessoais quanto seu poder real lhe inspiravam.

Ele nada podia fazer: nem condenar, nem exilar e nem mesmo se zangar.

Zangando-se, mostraria ter sido ferido, como Hamlet,[107] por um florete sem o botão protetor à ponta, o florete do ridículo.

Zangar-se com mulheres, que humilhação! Ainda mais quando usam o riso para a vingança.

Ah, se algum cortesão estivesse envolvido naquela intriga, em vez de haver mulheres como exclusivas responsáveis, com que alegria Luís XIV aproveitaria a ocasião para se servir da Bastilha!

Mas também aí a ira real se detinha diante do raciocínio.

Ter um exército, prisões, um poder quase divino e usar essa onipotência para satisfazer um miserável rancor era indigno não só de um rei, mas mesmo de qualquer homem.

Ele devia, então, pura e simplesmente digerir em silêncio a afronta e estampar no rosto a mansuetude, a urbanidade de sempre.

Devia tratar Madame como amiga. Amiga!... Por que não?

Madame fora instigadora do acontecido ou, ao menos, se mantivera passiva diante do acontecido.

Caso fosse a instigadora, demonstrara muita ousadia, mas, afinal, não era esse o seu papel natural?

Quem a procurara no mais tranquilo momento da relação conjugal para lhe falar uma linguagem amorosa? Quem se atrevera a calcular as possibilidades do adultério, para não dizer do incesto? Quem, protegido por sua autoridade real, disse à jovem: "Com nada se preocupe, ame o rei da França, ele está acima de tudo e qualquer gesto do seu braço armado com o cetro a protegerá de todos e até mesmo do remorso"?

Ela ouvira a palavra real, cedera à voz corruptora e agora, cometido o sacrifício moral da sua honra, via como pagamento para tal sacrifício uma

107. Em *Hamlet*, de Shakespeare, no ato V, cena II, Laertes traiçoeiramente usa um florete sem o botão de proteção e com veneno na ponta, ferindo o príncipe. Dumas, aliás, traduziu e adaptou a peça para o teatro francês.

infidelidade ainda mais humilhante, já que punha em cena uma mulher tão inferior àquela que, de início, julgou ser amada.

Assim sendo, caso Madame fosse a instigadora da vingança, dispunha de razões de sobra.

Se apenas se tivesse mantido passiva, em que o rei podia censurá-la?

Madame deveria, ou teria como, impedir o fluxo natural de certas línguas provincianas? Deveria, por inábil preocupação, reprimir a impertinência daquelas três mocinhas, correndo o risco de até piorar as coisas?

Tais reflexões representaram verdadeiras fisgadas no orgulho do rei, mas depois de rever bem as coisas e analisar o ferimento causado, pensando melhor Luís XIV se espantou por descobrir outras dores surdas, insuportáveis e desconhecidas.

Mas não ousava para si mesmo admitir que a origem dos lancinantes ataques estava no coração.

E, de fato, é preciso que o historiador confesse aos leitores, como o rei confessava a si mesmo: seu coração se deixara impressionar pela pueril declaração de La Vallière, ele acreditara no amor puro, no amor por sua pessoa, no amor despido de qualquer interesse. Sua alma, mais jovem e, sobretudo, mais ingênua do que ele imaginava, saltara na direção daquela outra alma que acabava de se revelar por meio de suas aspirações.

A coisa menos trivial na tão complexa história do amor é a dupla inoculação desse sentimento em dois corações, sem qualquer simultaneidade nem igualdade. Quase sempre um ama antes do outro, como quase sempre um acaba amando depois do outro. A corrente elétrica se estabelece em razão da intensidade da primeira paixão a se acender. Quanto mais a srta. de La Vallière havia manifestado amor, mais o rei o havia sentido.

E era justamente o que o espantava.

Pois para ele estava bem demonstrado que nenhuma corrente simpática poderia ter arrastado seu coração, pois tal confissão não era amor, tal confissão não passava de um insulto feito ao indivíduo e ao rei, pois afinal se tratava — e a palavra queimava como ferro em brasa —, pois afinal se tratava de uma mistificação.

Na verdade, naquela jovenzinha se podia tudo negar: beleza, berço, refinamento mental, e essa pobre moça, que Madame inclusive havia escolhido pela humildade, tinha não só provocado o rei como também o desdenhava. A ele, um homem a quem bastava, como um sultão da Ásia, buscar com os olhos, estender a mão, deixar cair o lenço.

E desde a véspera aquela pessoa não saía da sua cabeça, a ponto de ele só pensar nela e com ela sonhar. Desde a véspera ele passava o tempo a enfeitar sua imagem com encantos inexistentes. Ele, com tanto para resolver e cuja companhia tantas mulheres gostariam de ter, desde a véspera dedicava todos os seus minutos, todas as batidas do coração àquele único devaneio.

Realmente, isso era muito, ou coisa alguma.

A indignação do rei o fazia se esquecer de tudo o mais, como da presença de Saint-Aignan ali, e a sua indignação se demonstrava por violentas imprecações.

O cortesão se enfiara num canto, e desse canto esperava a tempestade passar.

Seu desapontamento pessoal parecia miserável diante da cólera real.

Ele comparava a seu pequeno amor-próprio o imenso orgulho daquele rei ofendido e, conhecendo o coração dos reis em geral, e o dos mais poderosos em particular, se perguntava se em breve o peso de tanto furor, até então suspenso no vazio, não acabaria caindo sobre a sua cabeça, inclusive pelo fato de outros serem culpados e ele inocente.

E, é verdade, de repente o rei interrompeu sua deambulação imoderada e, fixando no fidalgo um olhar irritado, perguntou:

— E você, Saint-Aignan?

Ele fez um gesto e apenas perguntou:

— Eu, Sire?

— Sim. Foi tão tolo quanto eu, não é?

— Sire — ele balbuciou.

— Caiu naquela esparrela de mau gosto.

— Sire — começou Saint-Aignan, com um ligeiro tremor que já percorria todo o seu corpo. — Que Vossa Majestade não se irrite. Como sabe, as mulheres são criaturas imperfeitas, criadas para o mal... esperar delas o bem é esperar algo impossível.

O rei, que tinha profundo respeito por si mesmo e começava a imprimir sobre suas paixões o poder que demonstraria ao longo de toda a sua vida, sentiu estar se apequenando ao dar tanta importância a causa tão insignificante e imediatamente respondeu:

— Engana-se, Saint-Aignan. Não estou irritado, apenas acho estranho termos sido enganados de forma tão competente e arrojada por duas jovenzinhas. Estranho sobretudo o fato de, podendo buscar melhores informações, tenhamos cometido a loucura de deixar que o coração nos levasse.

— Ah, Sire! O coração é um órgão que se deve reduzir às suas funções físicas, eliminando toda função moral. Mas confesso que, vendo o coração de Vossa Majestade tão interessado naquela...

— Interessado, eu? Meu coração, interessado? Minha cabeça, talvez, mas meu coração... estava...

Mais uma vez, Luís percebeu que para cobrir um buraco ia abrir outro e completou:

— Aliás, nada tenho a dizer contra aquela criança. Sei que ama outra pessoa.

— Exato, o visconde de Bragelonne. Eu disse a Vossa Majestade.

— Estou lembrado, mas não foi o primeiro. O conde de La Fère me havia pedido a mão da srta. de La Vallière para o filho. Assim que ele voltar da Inglaterra eu os casarei, já que se amam.

— Vejo nisso toda a generosidade do rei.

— Pronto, não falemos mais desse tipo de coisa, Saint-Aignan!

— É verdade, tratemos de digerir a afronta, Sire — resignou-se o cortesão.

— O que, aliás, não será difícil — concordou o rei, modulando um suspiro.

— E, para começar…

— O que tem?

— Comporei um bom epigrama. Vai se chamar *Náiade e dríade*. Madame vai gostar.

— Faça isso, Saint-Aignan, faça — concordou baixinho o rei. — Depois o leia para mim, isso me distrairá. Ah, pouco importa, pouco importa, Saint-Aignan — acrescentou, como se tivesse dificuldade para respirar. — Tudo isso exige força sobre-humana para ser dignamente contornado.

Enquanto o rei, a essas palavras, assumia ares da mais angélica paciência, um dos criados de serviço bateu de leve à porta da sala.

Respeitosamente, Saint-Aignan voltou ao seu canto.

— Entre — disse Luís.

O criado entreabriu a porta.

— O que é? — ele perguntou.

Apresentando uma carta dobrada em forma de triângulo, o homem explicou:

— Para Sua Majestade.

— Da parte de quem?

— Não sei dizer. Foi entregue por um dos oficiais de serviço.

O rei fez um sinal e o criado lhe entregou o papel.

Aproximando-se das velas, ele abriu o bilhete, leu a assinatura e não conteve um grito de surpresa.

Saint-Aignan era respeitoso o bastante para não olhar, mas, mesmo sem olhar, via e ouvia.

Só então se aproximou.

Com um gesto, o rei dispensou o criado.

— Meu Deus! — surpreendeu-se Luís.

— Vossa Majestade está bem? — perguntou o conde, estendendo os braços.

— É incrível, Saint-Aignan, leia!

Ele pegou o bilhete e foi imediatamente à assinatura.

— La Vallière! Ah, Sire!

— Leia, leia!

E Saint-Aignan leu:

Sire, perdoai minha importunidade, perdoai sobretudo a falta de formalidade desta mensagem, mas um bilhete me parece mais emergencial e urgente do que uma carta. Permito-me então escrever a Vossa Majestade.

Volto a meu alojamento arrasada de dor e de cansaço, implorando o favor de uma audiência para poder dizer a verdade a meu rei.

LOUISE DE LA VALLIÈRE

— O que acha disso? — perguntou Luís, tirando a carta das mãos de Saint-Aignan, que estava perplexo com o que acabava de ler.

— O que posso achar?

— Diga.

— Não sei bem.

— Mesmo assim.

— Sire, a jovem ouviu explodir a trovoada e está com medo.

— Medo de quê? — perguntou o rei, com toda a nobreza.

— Ora! Medo de quê? Vossa Majestade tem mil motivos para estar contrariada com o autor, ou os autores, de tão cruel embuste. Nesse sentido, a memória de Vossa Majestade pode ser uma eterna ameaça para o imprudente.

— Não é como vejo as coisas, Saint-Aignan.

— O rei certamente vê melhor do que eu.

— Pois vejo nestas linhas dor, coerção. Ainda mais relembrando agora certos detalhes do que se passou esta noite na recepção de Madame... Enfim...

O rei parou, deixando o que ia dizer em suspenso.

— Enfim — deu continuidade Saint-Aignan —, Vossa Majestade concederá audiência, é o que parece mais claro.

— Mais do que isso, Saint-Aignan.

— O que mais, Sire?

— Pegue a sua capa.

— Mas Sire...

— Sabe onde fica o alojamento das senhoritas de Madame?

— Sim, claro.

— Sabe como entrar?

— Já isso... não.

— Mas deve conhecer alguém por lá...

— Vossa Majestade, de fato, tem todas as boas ideias.

— Conhece alguém?

— Conheço.

— Quem? Diga.

— Alguém que tem as melhores relações com uma das senhoritas.

— De honra?

— Sim, de honra, Sire.

— Tonnay-Charente? — perguntou Luís, rindo.

— Infelizmente não. Montalais.

— E ele se chama?

— Malicorne.

— Bom! E pode contar com ele?

— Creio que sim. Deve ter alguma chave… E se tiver, como prestei a ele um favor… ele o pagará.

— Ótimo. Vamos lá!

— Estou às ordens de Vossa Majestade.

O rei colocou sua capa nos ombros de Saint-Aignan e pediu a dele. Em seguida, dirigiram-se ao vestíbulo.

133. O que nem náiade nem dríade haviam previsto

Saint-Aignan parou junto ao primeiro degrau da escada que levava ao entrepiso no qual ficavam as damas de honra, logo abaixo de Madame. Vendo um criado que passava, ele pediu que chamassem Malicorne, que continuava ainda com Monsieur.

Dez minutos depois o rapaz chegou, satisfeito e curioso.

O rei se ocultou na parte mais escura do vestíbulo e Saint-Aignan, pelo contrário, tomou a dianteira.

Mas assim que mencionou sua intenção, Malicorne claramente recuou:

— Oh! Está pedindo para entrar nos aposentos das damas de honra?

— Isso.

— Há de entender que não posso fazer isso sem saber por quê.

— Infelizmente, meu querido Malicorne, não é possível dar qualquer explicação. Será preciso confiar no amigo que o tirou de uma má situação ontem e agora pede que faça o mesmo por ele.

— Só que eu dizia o meu motivo, que era apenas o de não querer dormir à luz das estrelas, digno anseio para qualquer pessoa de bem. Já o senhor não dá explicação nenhuma.

— Acredite, meu querido Malicorne, se fosse possível dar uma explicação, eu faria isso.

— Nesse caso, meu caro conde, não posso permitir que entre nos aposentos da srta. de Montalais.

— Por quê?

— O senhor sabe melhor do que qualquer um, pois me pegou em cima de um muro, a cortejá-la. Seria então estranho, o senhor há de admitir, que eu abra para o senhor o seu quarto.

— E quem disse ser por causa da srta. de Montalais que estou pedindo a chave?

— E por quem mais seria?

— Ela não está ali sozinha, não é?

— Não, de fato.

— Divide os aposentos com a srta. de La Vallière.

— Exato. Mas também com ela o senhor não tem o que tratar. A apenas dois homens eu daria essa chave: o sr. de Bragelonne, se ele a pedisse, e o rei, se ele mandasse.

— Pois dê então essa chave, cavalheiro, estou mandando — disse o rei, saindo da sombra e entreabrindo a capa. — A srta. de Montalais descerá com o senhor e nós subiremos para falar com a srta. de La Vallière. De fato, é apenas com ela que queremos falar.

— Majestade! — exclamou Malicorne, curvando-se até os joelhos do rei.

— Exatamente — continuou Luís, sorrindo. — E apreciei a sua resistência tanto quanto, agora, a sua capitulação. Vamos, cavalheiro, faça o que pedimos.

— Agora mesmo, Sire — falou Malicorne, subindo os degraus.

— Diga à srta. de Montalais que desça — completou o rei —, sem mencionar minha presença.

Malicorne se inclinou, mostrando ter compreendido, e continuou a subir.

O rei, porém, pensando melhor, o seguiu, estando o rapaz já na metade do caminho. E fez isso tão depressa que chegou ao quarto ao mesmo tempo que ele.

Viu então, pela porta entreaberta, La Vallière numa poltrona e, num outro canto, Montalais, que, de penhoar, se penteava de pé diante de um espelho grande, falando com Malicorne.

O rei abriu a porta e entrou.

Montalais soltou um grito ao ouvir o barulho e, reconhecendo o rei, se calou.

La Vallière, enquanto isso, deu um salto como uma morta galvanizada[108] e voltou a cair na poltrona.

O rei foi lentamente até ela e disse, com frieza:

— A senhorita pediu uma audiência e vim ouvi-la. Fale.

Fiel a seu papel de surdo, cego e mudo, Saint-Aignan ficou do lado de fora, junto à porta, num banquinho encontrado por um feliz acaso.

Protegido pela tapeçaria que o encobria, encostado direto na parede, ouviu sem ser visto, limitando-se à tarefa de bom cão de guarda que vigia sem nunca incomodar o dono. La Vallière, aterrorizada, percebendo a irritação do rei, se levantou de novo e, numa postura humilde e súplice, pediu:

— Perdoai-me, Sire.

— Pelo quê, exatamente, senhorita?

— Cometi um grande engano, Sire. Mais do que um engano, um crime.

— A senhorita?

— Sire, ofendi Vossa Majestade.

---

108. Estimulação artificial por meio de corrente elétrica aplicada num músculo ou num nervo, a partir das experiências do físico italiano Luigi Galvani (1737-98).

— Não vejo em quê.

— Suplico que não guardeis comigo essa terrível gravidade que bem demonstra o legítimo aborrecimento do rei. Sinto vos ter ofendido, Sire, mas preciso explicar não haver sido por vontade própria.

— Para começar, senhorita, em que me teria ofendido? Seria por aquela brincadeira juvenil, perfeitamente inocente? Apenas zombou de um rapaz crédulo demais. Nada mais natural, qualquer mulher no seu lugar teria feito o mesmo.

— Oh! Vossa Majestade me aniquila com essas palavras.

— Como assim?

— Se a brincadeira viesse de mim, Sire, ela não seria inocente.

— Mas afinal, senhorita, isso é tudo que tinha a me dizer ao pedir uma audiência? — continuou o rei, quase dando um passo atrás.

Com voz breve e entrecortada, olhos ressecados pelo calor das lágrimas, foi a vez de La Vallière dar um passo na direção do rei.

— Vossa Majestade pôde ouvir tudo?

— Tudo o quê?

— Tudo o que eu disse sob o carvalho real?

— Sem perder uma só palavra, senhorita.

— E, ao ouvir, Vossa Majestade pôde pensar que eu abusava de sua credulidade.

— Sim, credulidade é a palavra exata.

— Vossa Majestade não imaginou que uma pobre dama de honra como eu pode às vezes ser forçada a se curvar à vontade alheia?

— Queira perdoar, mas não compreendo como a vontade de alguém que se exprimia de forma tão livre sob o carvalho real se deixaria influenciar a tal ponto por uma vontade alheia.

— Ah, mas a ameaça, Sire!

— Ameaça? Quem a ameaçava? Quem ousava ameaçá-la?

— Quem tem esse direito, Sire.

— Ninguém, no meu reino, tem tal direito.

— Que Vossa Majestade me perdoe, mas há pessoas bem situadas o bastante para ter, ou assim pensar, o direito de perder uma jovem sem futuro, sem fortuna e que conta apenas com sua reputação.

— Perdê-la como?

— Fazendo-a perder essa reputação com uma vergonhosa expulsão.

— Senhorita! — atalhou o rei, lamentando profundamente. — Aprecio muito as pessoas que se desculpam sem culpar outras.

— Sire!

— Sim, e é triste ver que uma justificativa fácil, como poderia ser a da senhorita, se complica numa sequência de recriminações e imputações.

— Nas quais, então, Vossa Majestade não crê.

O rei ficou em silêncio.

— Ah, por favor confirmai! — insistiu La Vallière, com veemência.

— Lamento, mas de fato não creio — disse o rei, se inclinando com distanciamento.

A jovem soltou uma profunda exclamação e, batendo as mãos, suspirou:

— Então não acreditais?

O rei se manteve em silêncio.

Os traços de La Vallière se transformaram e ela continuou:

— Vossa Majestade então supõe que eu, eu própria, tramei aquele ridículo e infame complô para zombar tão imprudentemente do rei?

— Ora, não foi ridículo nem infame — respondeu Luís. — Nem sequer se pode falar em complô. Foi uma brincadeira mais ou menos engraçada, só isso.

— Ah! — murmurou a jovem, desesperada. — O rei não acredita no que digo, não quer acreditar.

— Não, não acredito.

— Meu Deus, meu Deus!

— Veja, com efeito, nada mais natural: o rei me segue, se esconde para escutar, talvez queira se divertir às minhas custas, vou me divertir às custas dele. E já que o rei é um homem de coração, vou pegá-lo pelo coração.

La Vallière escondeu o rosto nas mãos, abafando o choro. Luís, impiedosamente, continuou. Vingava-se da pobre vítima por tudo o que havia sofrido.

— Continuemos então essa fábula (que, insisto, aprecio e aplaudi): o rei é tão ingênuo e orgulhoso que acreditará. Daí mostraremos a ingenuidade do rei e riremos disso.

— Meu Deus! Pensar algo assim é horrível!

Luís prosseguiu:

— E isso não é tudo: se aquele príncipe presunçoso levar a sério a brincadeira, se for imprudente a ponto de publicamente se vangloriar, será humilhado diante de toda a corte. É algo que poderei um dia contar a meu pretendente, será parte do dote de casamento, essa aventura de um rei enganado por uma jovenzinha maliciosa.

— Sire! — exclamou La Vallière fora de si. — Imploro, nem uma palavra mais, está me torturando!

— Um ótimo golpe! — murmurou o rei, que, no entanto, se comovia.

La Vallière caiu de joelhos, e de forma tão violenta que provocou um barulho surdo no assoalho.

Em seguida declarou, juntando as mãos:

— Sire, aceitaria a vergonha, nunca a traição.

— O que está fazendo? — preocupou-se o rei, sem contudo esboçar qualquer movimento para ajudar a jovem.

— Se eu sacrificar honra e razão, talvez Vossa Majestade acredite em minha lealdade. É mentira tudo o que foi dito por Madame na recepção. O que eu falei sob o grande carvalho…

— Continue.

— Apenas aquilo é verdade.

— Senhorita! — exclamou o rei.

— Sire — continuou La Vallière, arrastada pela violência das emoções —, Sire, posso morrer neste lugar em que se enraizaram meus joelhos, mas continuarei repetindo até me faltar voz: disse que vos amava… porque vos amo!

— Senhorita!

— E amo, Sire, desde o dia em que vos vi, desde Blois, onde eu vegetava e vosso real olhar me distinguiu, luminoso e vivificante. Amo, Sire! É crime de lesa-majestade, bem sei, uma pobre moça como eu amar o seu rei e declará-lo. Posso ser punida pela audácia, desprezada pela imprudência, mas de forma alguma podeis dizer ou crer que zombei, que vos traí. Sou de uma linhagem fiel à realeza, Sire, e amo… amo meu rei! Sinto que morro!

Sem ter mais forças, esgotadas a voz e a respiração, ela caiu dobrada ao meio, igual à flor de que fala Virgílio, tocada pela foice do camponês.

Diante de tais palavras e da veemente súplica, todo o rancor e toda a dúvida se dissiparam no rei. Seu coração inteiro se abriu ao sopro ardente de um amor que se exprimia de tão nobre e corajosa maneira.

Ele estremeceu ao ouvir a apaixonada confissão daquele sentimento e escondeu o rosto, envergonhado.

Sentindo, porém, as mãos da jovem na direção das suas, com uma morna palpitação a lhe invadir as artérias, também ele se inflamou e a ajudou a se levantar, apertando-a contra o peito.

Desfalecendo, ela deixou pender a cabeça nos ombros, sem mais viver.

Assustado, o rei chamou Saint-Aignan, que, tendo levado a discrição ao ponto de permanecer imóvel no seu canto, fingindo enxugar uma lágrima atendeu ao chamado, ajudou Luís a sentar a moça numa poltrona e esfregou suas mãos com essência de alecrim, repetindo:

— Vamos, volte a si, o rei acredita na senhorita, ele a perdoa. Preste atenção, pode estar comovendo demais o rei. Sua Majestade tem um coração sensível. Por favor, senhorita, o rei está muito pálido.

É verdade, Luís visivelmente empalidecia.

Mas La Vallière não se movia.

— Senhorita, senhorita! — continuou Saint-Aignan. — Recupere-se, por favor, peço encarecidamente, é preciso. Pense que se o rei se sentir mal serei obrigado a chamar o seu médico. Que coisa extrema, meu Deus! Senhorita, querida senhorita, recupere-se, faça um esforço, depressa, por favor!

Era difícil ser mais eloquente na persuasão, mas algo ainda mais enérgico e ativo foi o que despertou La Vallière.

Ajoelhado diante dela, o rei ardentemente beijava a palma de uma das suas mãos, causando efeito igual ao dos lábios na pele do rosto. Ela enfim despertou, languidamente reabriu os olhos e, com expressão moribunda, murmurou:

— Ah, Sire… Vossa Majestade então me perdoa?

O rei não respondeu, estava ainda emocionado demais.

Saint-Aignan achou que devia outra vez se afastar, percebendo o fulgor que partia do olhar de Luís XIV.

La Vallière se pôs de pé e corajosamente disse:

— Mirando os olhos de Vossa Majestade, agora creio ter podido me justificar e espero poder me retirar a um convento. Abençoarei meu rei pelo restante da vida e lá morrerei adorando a Deus, que me deu esse dia de felicidade.

— Não, de jeito nenhum — respondeu o rei. — A senhorita viverá aqui na bênção de Deus, mas amando Luís, que lhe proporcionará uma existência de felicidade, pois ele a ama, posso jurar!

— Ah, Sire, Sire!

Diante da hesitação de La Vallière, os beijos do rei se tornaram tão excessivos que Saint-Aignan viu ser seu dever voltar para o outro lado da tapeçaria.

Os beijos que, de início, a jovem não tivera forças para recusar começaram no entanto a perturbá-la.

— Por favor, Sire — ela pediu —, que eu não me arrependa de ter sido tão leal, pois constataria que Vossa Majestade me despreza ainda.

O rei recuou de forma brusca e disse, com toda a deferência:

— Nada mais amo e respeito no mundo do que a senhorita, e nada na minha corte será, juro por Deus, tão estimado. Peço então que perdoe meu arrebatamento, que veio de um excesso de amor. Mas posso provar que a amarei ainda mais, respeitando-a tanto quanto desejar.

Inclinando-se diante de Louise e tomando sua mão, ele continuou:

— Senhorita, dar-me-ia a honra de aceitar que eu beije a sua mão?

E os lábios do rei encostaram respeitosa e levemente na trêmula mão da jovem.

— A partir de agora — ele acrescentou, erguendo-se e cobrindo La Vallière com seu olhar —, a partir de agora a senhorita está sob minha proteção. Não fale a ninguém do mal que eventualmente lhe fiz, perdoe aos outros o mal que eventualmente lhe fizeram. No futuro estará tão acima dessas pessoas que, em vez de medo, sequer inspirarão pena.

E ele a cumprimentou com devoção, como se estivesse num templo.

Depois, chamando Saint-Aignan, que humildemente se aproximou, Luís XIV disse:

— Conde, espero que a senhorita lhe conceda um pouco da sua amizade em troca da que a ela dedico para sempre.

Saint-Aignan se ajoelhou.

— Que alegria será para mim — ele murmurou — se a senhorita me conceder tal honra.

— Vou dizer à sua companheira que ela já pode voltar — disse o rei. — Adeus, senhorita, ou melhor, até breve. Por favor, não se esqueça de mim em suas orações.

— Que Vossa Majestade esteja tranquila, pois está com Deus em meu coração.

Esta última frase inebriou o rei, que, todo contente, arrastou Saint-Aignan degraus abaixo.

Madame não previra tal desfecho: nem náiade nem dríade lhe haviam contado.

134. O novo superior geral dos jesuítas

Enquanto, na primeira confissão do amor, La Vallière e o rei confundiam todas as tristezas do passado, toda a felicidade do presente, todas as esperanças do futuro, Fouquet, de volta a seus aposentos, isto é, ao apartamento que lhe fora reservado no castelo, conversava com Aramis justamente sobre as coisas de que o rei vinha descuidando naquele momento.

Tendo oferecido ao convidado uma poltrona e se sentando em outra a seu lado, ele começara:

— Diga-me, amigo d'Herblay, em que pé estamos agora no caso de Belle--Île? Alguma notícia?

— Tudo segue corretamente, meu caro superintendente. Dívidas pagas e nada transpirou dos nossos projetos.

— E as tropas que o rei queria enviar?

— Soube esta manhã que chegaram há quinze dias.

— E como estão sendo tratadas?

— Muitíssimo bem.

— E com a antiga guarnição, como se passaram as coisas?

— Desembarcou em Sarzeau e foi imediatamente dirigida para Quimper.

— E a nova?

— Já é nossa, pode-se dizer.

— Tem certeza?

— Absoluta. A explicação é simples.

— Você sabe que servir em Belle-Île não é o ideal para guarnição nenhuma.

— Sei disso: pouco espaço, pouca comunicação, nada de mulheres, nada de jogatina... Então ajo de acordo. É lamentável, hoje em dia — e Aramis acrescentou, com um daqueles sorrisos que eram só seus —, ver o quanto os jovens querem se divertir. Por isso seguem quem fornece diversões.

— E eles se divertem em Belle-Île?

— Se for graças ao rei, serão favoráveis ao rei, mas caso se entediem com o rei e se divirtam com o sr. Fouquet, serão favoráveis ao sr. Fouquet.

— Então avisou ao meu intendente para que, tão logo chegassem...

— Não. Puderam se aborrecer à vontade. Ao fim de oito dias começaram a reclamar, dizendo que os oficiais anteriores tinham com que se distrair.

Souberam então que os anteriores gozavam da amizade do sr. Fouquet, que não gosta que seus amigos se aborreçam em suas terras. O intendente porém acrescentou conhecer seu patrão o bastante para saber que ele se preocupa com qualquer fidalgo a serviço do rei. Assim sendo, mesmo sem ordens expressas e apesar de não conhecer os recém-chegados, faria por eles o que fazia pelos outros.

— Perfeito! E as promessas foram cumpridas? Não gosto que prometam em meu nome algo que não se sustente.

— A partir daí, dois corsários e cavalos, assim como as chaves da casa principal, foram deixados à disposição dos oficiais. Com isso eles passaram a organizar caçadas e passeios com as acompanhantes que porventura encontram em Belle-Île ou pelas redondezas que não enjoem no mar.

— Creio haver muitas assim em Sarzeau e em Vannes... Sua Grandeza não concorda?

— Por todo o litoral — respondeu Aramis.

— E para os soldados?

— Tudo é relativo. Para os soldados vinho, comida de boa qualidade e bom ordenado.

— Formidável. E então...?

— Então podemos contar com essa guarnição, que já se mostra melhor que a outra.

— Ótimo.

— O resultado é que se Deus permitir uma renovação das guarnições a cada dois meses, em três anos o Exército inteiro terá passado por lá e, em vez de dispormos de um regimento, teremos cinquenta mil homens.

— Eu já sabia que amigo nenhum seria tão precioso e indispensável, d'Herblay, mas nisso tudo — acrescentou Fouquet, rindo — por onde anda nosso amigo du Vallon? Confesso ter me esquecido completamente dele nos três últimos dias que passei em Saint-Mandé.

— Mas eu não, fique tranquilo. Porthos continua em Saint-Mandé, com todas as juntas bem azeitadas, boa alimentação, ótimos vinhos. Dei permissão para que se sirva do parque, numa área exclusivamente sua. Pode ali dar caminhadas e exercitar a força dobrando pequenos olmos ou arrebentando carvalhos velhos, como fazia Mílon de Crotone.[109] Como não há leões no parque, é possível que o encontremos inteiro. É um bravo, o nosso Porthos, de verdade.

— Com certeza, mas vai também se entediar.

---

109. Atleta grego nascido em 550 a.C. que teria ganhado, em luta, seis vezes os Jogos Olímpicos e outras seis os Jogos Píticos. Reza a lenda que, vendo um carvalho e querendo parti-lo com um soco, sua mão ficou presa e ele foi devorado à noite por lobos (ou por um leão, segundo uma escultura famosa de Pierre Puget [1620-94]).

— Não, nunca!
— Vai fazer perguntas.
— Não vê ninguém.
— Mas, afinal, o que ele espera?
— Algo que podemos cumprir numa manhã, só isso.
— O quê?
— Ser apresentado ao rei.
— Ah! E sob qual pretexto?
— Ora! Como o engenheiro de Belle-Île.
— É mesmo?
— Sim.
— Não é difícil, mas não seria importante que ele voltasse a Belle-Île?
— Indispensável. Quero mandá-lo logo de volta, Porthos tem uma presença enorme. Apenas d'Artagnan, Athos e eu conhecemos seu ponto fraco, que ele, cheio de dignidade, nunca revela. Parecerá um paladino do tempo das cruzadas junto aos oficiais. Pode embriagar o estado-maior inteiro sem se afetar e é sempre objeto de unânimes admiração e simpatia. Além disso, havendo uma ordem a ser cumprida, ninguém melhor que ele.
— Então mande-o de volta.
— É minha intenção, mas só dentro de alguns dias, pois devo contar uma coisa.
— O quê?
— É que me preocupo com o que faz d'Artagnan. Não está em Fontainebleau, como deve ter notado, e d'Artagnan nunca está ausente ou à toa por nada. Agora que meus negócios pessoais estão resolvidos, vou procurar saber o que anda fazendo.
— Seus negócios estão resolvidos, foi o que disse?
— Foi.
— Que bom para você. Gostaria de poder dizer o mesmo.
— Continua preocupado?
— Bem…
— O rei o recebe da forma mais cordial.
— Pois.
— E Colbert o tem deixado em paz.
— Mais ou menos.
— Nesse caso — deu prosseguimento Aramis, com a forma de raciocínio que era a sua força —, nesse caso, podemos pensar naquilo que eu dizia ontem sobre aquela jovem.
— Qual jovem?
— Já esqueceu?
— Já.
— La Vallière.

— Ah, é verdade.

— Não quer se aproximar dela?

— Há um problema.

— Qual?

— Seu coração está voltado para outro lugar e, aliás, nada sinto por ela.

— Oh! O coração, foi o que disse?

— Foi.

— Diabos! Preciso levar isso em consideração.

— Por quê?

— Por não ser bom se preocupar com o coração num momento em que a cabeça importa tanto.

— Tem razão. De qualquer forma, como viu, assim que me chamou, deixei tudo de lado. Mas voltemos à moça. Por que devo me ocupar dela?

— Pelo fato de ser o atual capricho do rei, ao que todos dizem.

— E como você sempre sabe de tudo, deve saber de alguma coisa mais...

— Sei que o rei mudou estranhamente rápido. Anteontem ainda estava muito interessado em Madame, tanto que Monsieur foi se queixar com a rainha-mãe. Houve brigas conjugais, repreensões maternas...

— Como sabe de tudo isso?

— Apenas sei.

— E então?

— E então, a partir dessas brigas e repreensões o rei não voltou a se dirigir a Sua Alteza Real nem lhe deu atenção.

— E o que mais?

— Passou a se ocupar da jovem La Vallière, que é dama de honra de Madame. Sabe o que é segurar vela num namoro?

— Certamente.

— Pois bem, a srta. de La Vallière dará esse tipo cobertura para Madame. Aproveite a situação. Não que você precise, mas o amor-próprio ferido tornará a conquista mais fácil. A moça vai estar a par do segredo entre o rei e Madame. Não imagina o que um homem inteligente pode fazer com algo assim.

— Mas como chegar a ela?

— Está mesmo perguntando isso?

— Com certeza. Não terei muito tempo.

— Ela é pobre e simples; crie facilidades. Pode ser que ela conquiste o rei como amante, ou apenas fique próxima como confidente; de um jeito ou de outro, poderá ser boa informante.

— Entendo. E o que devo fazer?

— O que faz quando deseja uma mulher, sr. superintendente?

— Escrevo cartas, faço juras de amor, ofereço meus préstimos e assino Fouquet.

— E nenhuma resistiu?

— Uma só. Mas há quatro dias por fim cedeu.

— Pois então escreva — disse Aramis, apontando para uma mesa onde havia tinta e papel.

Fouquet se preparou e pediu:

— Dite, por favor. Estou com a cabeça tão presa em outra coisa que me sinto incapaz de traçar duas linhas.

— Está bem, escreva:

> Senhorita, creio que não se espantará que eu a tenha achado tão bela ao vê-la.
>
> Mas sem uma posição à sua altura, as pessoas apenas vegetam na corte.
>
> A dedicação de um homem de bem, caso tenha alguma ambição, poderá ser um apoio à sua graça e aos seus encantos.
>
> Ofereço então meu amor; contudo, por mais humilde e discreto que seja tal sentimento, ele pode comprometer o objeto do seu culto, e não é de esperar que uma pessoa com tanto mérito corra riscos sem boas perspectivas à sua frente.
>
> Caso aceite corresponder a meu afeto, posso torná-la livre e independente.

Fouquet olhou para Aramis.

— Assine — ele disse.

— Acha mesmo necessário?

— Sua assinatura aposta a essa carta vale um milhão. Está esquecendo desse detalhe, meu caro superintendente.

Fouquet assinou.

— E agora, como enviará? — perguntou Aramis.

— Tenho um excelente empregado.

— Confia plenamente nele?

— É o meu correio de sempre.

— Ótimo.

— Aliás, não corremos tanto risco no referente às promessas.

— Por quê?

— Se for verdade o que disse sobre a conivência da jovem com o tal caso amoroso, o rei lhe dará todo o dinheiro que ela quiser.

— E ele tem dinheiro? — perguntou Aramis.

— Tudo indica que sim. Não voltou mais a me pedir.

— Pedirá, não se preocupe.

— Mas isso não é tudo. Achei que falaria de uma festa em Vaux.

— E não falou?

— Não.

— Ainda falará.

— Considera o rei bastante perverso, meu caro d'Herblay.

— Não ele.

— Luís XIV é jovem, e os jovens são bons.

— É jovem, e os jovens são fracos ou apaixonados. E temos o sr. Colbert, que controla, com suas garras, as eventuais fraquezas ou paixões.

— Isso quer dizer que o teme.

— Não nego.

— Então estou perdido.

— Por quê?

— Minha força junto ao rei vinha apenas do dinheiro.

— E daí?

— Estou arruinado.

— Não está.

— Como não? Conhece minhas contas melhor do que eu?

— É possível.

— E se ele pedir a festa?

— Você a dará.

— E o dinheiro?

— Por acaso alguma vez faltou?

— Se soubesse o quanto me custou a última remessa…

— A próxima não custará nada.

— E de onde virá?

— De mim.

— Seis milhões?

— Sim.

— Seis milhões?

— Dez, se for preciso.

— Para dizer a verdade, meu caro d'Herblay, sua confiança me assusta mais que o furor do rei.

— Bah!

— Quem é você?

— Você me conhece, creio.

— Perguntei errado; o que quer?

— Quero no trono da França um rei que plenamente confie no sr. Fouquet e quero que o sr. Fouquet confie plenamente em mim.

— Ah! — exclamou Fouquet, apertando a mão de Aramis. — Essa última parte você já tem, mas, acredite, está se iludindo.

— Com o quê?

— O rei nunca confiará em mim.

— Eu não disse que o rei confiará em você.

— Disse, acabou de dizer.

— Eu não disse o rei, disse um rei.

— Não é a mesma coisa?

— De forma alguma, é bem diferente.

— Não entendi.

— Entenderá. Imagine que esse rei seja outra pessoa e não Luís XIV.

— Outra pessoa?

— Sim, e que deva tudo a você.

— Não tem como!

— Inclusive o trono.

— Você está louco. Só Luís XIV pode se sentar no trono da França, não há outra pessoa, não vejo quem.

— Pois eu vejo.

— A menos que esteja pensando em Monsieur — disse Fouquet, olhando Aramis, preocupado. — Mas Monsieur...

— Não se trata de Monsieur.

— Mas como querer que um príncipe que não seja da linhagem, um príncipe sem qualquer direito...

— Meu rei, ou melhor, o seu, terá a seu favor tudo o que precisar ter, esteja tranquilo.

— Cuidado, cuidado, sr. d'Herblay, está me dando calafrios, está me dando vertigem.

Aramis sorriu.

— Tem calafrios e vertigem por muito pouco.

— Está me assustando cada vez mais.

Aramis sorriu.

— Acha graça? — perguntou Fouquet.

— Quando chegar o dia, também achará, mas por enquanto sou obrigado a sorrir sozinho.

— Explique-se melhor.

— Quando chegar o dia, explicarei. Não parecemos nem um pouco com são Pedro e Jesus, mas posso dizer: "Homem de pouca fé, por que duvidas?".[110]

— Ora... Duvido por nada ver.

— Nesse caso é cego. Não vou mais tratá-lo como são Pedro, mas como são Paulo, e direi: "Dia virá em que os seus olhos se abrirão".[111]

— Como gostaria de acreditar! — continuou Fouquet.

— E não acredita. Logo você, a quem dez vezes salvei do abismo no qual, sem mim, estaria mergulhando. Você, que de procurador-geral passou a intendente, de intendente a primeiro-ministro e de primeiro-ministro passará a administrador-geral da Casa Real. No entanto, não — ele continuou com seu eterno sorriso —, não consegue ver e, por isso mesmo, não pode acreditar.

Aramis se levantou para ir embora.

---

110. Em Mateus 14,31, frase de Jesus, caminhando sobre a água, para o discípulo, que afundava.

111. Em Atos dos Apóstolos 9, por ocasião da conversão de são Paulo.

— Uma última coisa — pediu Fouquet. — Nunca o vi falar assim, de forma tão confiante, ou melhor, temerária.

— Porque é preciso ter a voz livre para falar alto.

— Isso quer dizer que tem?

— Sim.

— Há pouco tempo, então.

— Desde ontem.

— Meu amigo d'Herblay está levando a autoconfiança às raias da audácia, pense nisso.

— Pode ser audacioso quem tem poder.

— Tem tanto poder assim?

— Ofereci dez milhões e confirmo a oferta.

Fouquet também se pôs de pé, confuso.

— Recapitulando, falou em derrubar reis, substituí-los por outros. Que Deus me perdoe, mas foi o que disse ainda há pouco, não estou louco.

— Não está louco, foi mesmo o que eu disse.

— E por quê?

— Por poder falar assim, de tronos derrubados e reis fabricados, quem está acima dos reis e dos tronos... deste mundo.

— Então é todo-poderoso? — inquietou-se Fouquet.

— Foi o que disse e posso repetir — respondeu Aramis, com brilho nos olhos e tremor nos lábios.

O superintendente tornou a se sentar na poltrona, deixando a cabeça cair entre as mãos.

Aramis o observou por um instante, como faria o anjo dos destinos humanos em relação a um simples mortal. Afinal disse:

— Estou indo. Durma bem e envie a carta a La Vallière. Vemo-nos amanhã, não é?

— Sim, amanhã — respondeu Fouquet, sacudindo a cabeça como alguém que volta a si. — Mas onde vamos nos encontrar?

— No passeio do rei, se quiser.

— Está ótimo.

Os dois se separaram.

135. A tempestade

O dia seguinte amanheceu sombrio e brumoso. Como o passeio real fora amplamente anunciado, a primeira coisa que todos fizeram ao abrir os olhos foi consultar o céu.

No alto das árvores estagnava um vapor cerrado e quente que mal conseguira se erguer a trinta pés da terra, sob os raios do sol — que só se percebia por trás do véu de uma pesada e densa nebulosidade.

Não havia orvalho nenhum, os gramados se mantinham secos e as flores sedentas. Os passarinhos cantavam sobriamente, numa folhagem que, de tão imóvel, era como se estivesse morta. Os estranhos, confusos e vivificantes murmúrios que parecem só nascer e durar graças ao sol, essa respiração da Natureza que sem cessar pulsa entre os demais barulhos, não eram ouvidos: nunca o silêncio fora tão impositivo.

Tal tristeza do céu chocou o rei, que também se pôs à janela ao se levantar.

Mas como tudo estava organizado, os preparativos feitos e sendo, antes de mais nada, peremptória aquela diversão para a satisfação das suas fantasiosas expectativas — podemos até, desde já, dizer: necessidades do seu coração —, ele sem hesitar decidiu que o aspecto do céu não tinha a menor importância, o passeio estava previsto e não seria adiado, apesar do mau tempo.

Aliás, em alguns reinos terrestres privilegiados pelo céu há momentos em que se poderia acreditar que a vontade real tem alguma influência na vontade divina. Augusto, por exemplo, tinha Virgílio, que lhe dizia: *Nocte pluit tota redeunt spectacula mane.*[112] Luís XIV tinha Boileau,[113] que dizia outras coisas, mas Deus se mostrava quase tão camarada com ele quanto Júpiter com Augusto.

Luís assistiu à missa como de costume, mas, deve-se dizer, um tanto disperso com relação ao Criador, preso à lembrança da criatura. Durante todo o

---

112. Em latim, "Choveu a noite toda, os espetáculos retomam seu curso pela manhã", dístico que Virgílio teria colocado à porta do palácio de Augusto. O segundo verso concluía: "César compartilha o império com Júpiter".

113. Boileau, além de grande teórico da literatura clássica, era quase um cronista da sua época e escreveu, entre outras coisas, um *Discurso ao rei*, em 1665, cantando loas a Luís XIV.

ofício, esteve a calcular os minutos e depois os segundos que o separavam do feliz momento de ter início o passeio, quando Madame se poria a caminho com suas damas de honra.

Ninguém no castelo, é claro, sabia do encontro entre La Vallière e o rei na véspera. Talvez Montalais, com a tagarelice de sempre, pudesse ter espalhado a notícia, mas estava sendo controlada por Malicorne, que trancara seus lábios com o cadeado do interesse comum.

Já Luís XIV andava tão feliz que, de certa forma, perdoara Madame pela pequena maldade do dia anterior. De fato, tinha mais é que agradecê-la, pois sem isso não teria recebido a carta de La Vallière, sem a qual não haveria o encontro, e sem o encontro se manteria a indecisão. A felicidade ocupava, naquele momento, espaço demais no seu coração para que o rancor pudesse ali encontrar abrigo.

Assim sendo, em vez de olhar feio para a cunhada, demonstraria ainda maior amizade e cordialidade quando a encontrasse.

Isso, é claro, se ela não causasse atrasos.

Era em que pensava Luís durante a missa e o fazia, deve-se reconhecer, esquecer tudo o mais de que deveria se lembrar, enquanto mui cristão soberano e filho primogênito da Igreja.

Deus, no entanto, é tão compreensivo com os jovens corações que tudo que se refere ao amor, mesmo o amor culpado, facilmente encontra graça perante Seu olhar paternal. Por isso, ao sair da missa e erguer os olhos na direção do céu, Luís vislumbrou, entre os rasgões de uma nuvem, um pedacinho do tapete azul que se estende aos pés do Senhor.

Voltou ao castelo. Como a saída estava marcada para meio-dia e eram apenas dez horas, trabalhou ferrenhamente com Colbert e Lyonne.

Mesmo assim, ia de vez em quando da mesa à janela que dava para o pavilhão de Madame. Com isso, pôde ver no pátio o superintendente. Mais do que nunca, Fouquet era saudado pelos cortesãos, uma vez que fora tão bem recebido no dia anterior. Sorridente e feliz, ele próprio vinha fazer sua corte a Sua Majestade.

Ao vê-lo, o rei instintivamente olhou para Colbert, que também sorria, cordial e jubiloso, pelo menos desde que um dos seus secretários tinha entrado e lhe entregado uma pasta. Sem sequer abri-la, o intendente a guardara no amplo bolso dos seus calções.

Como sempre havia algo de sinistro por trás da satisfação de Colbert, a escolher entre os dois sorrisos, Luís optou pelo de Fouquet.

Fez então sinal ao superintendente para que subisse e, voltando-se para Lyonne e Colbert, falou:

— Terminem esse trabalho e deixem na minha mesa; lerei quando estiver com a cabeça descansada.

Em seguida, saiu.

Assim que notou o aceno do rei, Fouquet logo subiu. Aramis, que o acompanhava, se retirou ao primeiro grupo de cortesãos que viu e nele desapareceu, antes que sua presença chamasse a atenção do monarca.

Sua Majestade e Fouquet se encontraram no alto da escada.

— Sire — exclamou o superintendente, percebendo a simpática disposição do monarca. — Há dias Vossa Majestade me impressiona. Não temos mais um jovem rei, mas um jovem deus a reinar na França, o deus do prazer, da felicidade e do amor.

Luís sentiu que enrubescia. Por mais agradável que fosse o cumprimento, era um tanto direto.

Fouquet foi levado a uma saleta entre o escritório particular do rei e seu quarto de dormir.

— Sabe por que o chamei? — perguntou Luís, sentando-se no parapeito da janela, de forma a não perder o que pudesse acontecer na área em que ficava o pavilhão de Madame.

— Não, Sire... mas para algo alvissareiro, tenho certeza, considerando vosso gracioso sorriso.

— Ah, parte de uma ideia preconcebida?

— Não, Sire. Apenas olho e vejo.

— E se engana.

— Verdade, Sire?

— Chamei-o, pelo contrário, para um protesto.

— Contra mim, Sire?

— Contra o senhor. Um protesto bem grave.

— Vossa Majestade me apavora... mas não me desespero, confiante em sua justiça e bondade.

— Ouvi dizer que é preparada uma grande festa em Vaux.

O superintendente sorriu como sorri o doente ao sentir o primeiro tremor de uma febre já esquecida e que volta a se anunciar.

— Não serei convidado? — continuou o rei.

— Sire, não estava em meus planos tal festa. Ontem à noite foi que *um amigo* (ele sublinhou a palavra) me fez pensar na ideia.

— Mas ontem à noite nos vimos e o senhor não mencionou nada.

— Sire, como imaginar que Vossa Majestade descesse das regiões em que vive a ponto de dar a honra da sua real presença em minhas terras?

— Que o senhor me desculpe, mas de forma alguma falou dessa festa.

— Não falei, repito, primeiro porque nada com relação a isso estava previsto, e depois por temer uma recusa.

— E por que temia uma recusa, sr. Fouquet? Tome cuidado, estou disposto a pressioná-lo para saber.

— Sobretudo pelo profundo desejo que teria de ver o rei aceitar meu convite.

— Pois então nada será mais fácil. O senhor quer me convidar e eu quero ir. Convide-me e irei.

— Como? Vossa Majestade seria generosa a tal ponto?

— Na verdade, acho que fiz mais do que aceitar, simplesmente me convidei — riu Luís.

— Vossa Majestade me enche de orgulho e alegria! — exclamou Fouquet. — Mas vejo-me forçado a repetir o que o sr. de La Vieuville dizia a vosso avô Henrique IV: *Domine, non sum dignus.*[114]

— Minha resposta, sr. Fouquet, é que se der uma festa, convidado ou não, irei.

— Obrigado, obrigado, Majestade! — respondeu o superintendente, erguendo a cabeça perante tão insigne favor que, no seu entender, significava a sua ruína. — Mas como Vossa Majestade soube dessa festa?

— Pelo falatório da corte, sr. Fouquet, que propala maravilhas a seu respeito e milagres sobre a sua propriedade. Ficaria orgulhoso em saber que o rei está inclusive com inveja?

— Faria de mim o mais feliz dos homens, Sire, pois no dia em que o rei cobiçar Vaux, terei algo digno dele a oferecer.

— Pois então prepare a festa, sr. Fouquet, e abra as portas da sua casa.

— Que Vossa Majestade marque o dia.

— Daqui a um mês, a contar de hoje.

— Vossa Majestade deseja algo mais?

— Nada, a não ser tê-lo perto de mim o quanto possível.

— Terei, para começar, a honra de estar no passeio de Vossa Majestade.

— Ótimo, e estou de fato de saída. As senhoras já se encaminham para o lugar marcado.

Dizendo isso, com o ímpeto não só de um jovem, mas de um jovem apaixonado, o rei se afastou da janela e pegou suas luvas e bengala, entregues pelo camarista.

Ouvia-se lá fora o andar dos cavalos e o rolar das carruagens no saibro do pátio.

Luís XIV desceu. No momento em que surgiu no alto da escadaria, todos pararam e ele foi direto até onde estava a jovem rainha. A rainha-mãe, sofrendo cada vez mais da doença que a torturava, havia preferido não sair.

Maria Teresa tomou a carruagem com Madame e perguntou ao rei para que lado ele preferia que o passeio se dirigisse.

---

114. Robert de La Vieuville (?-1612), entre muitos outros títulos, falcoeiro-mor de Henrique IV. A frase, em latim, "Senhor, eu não sou digno (de que entre na minha morada, mas...)", é dita na missa católica, antes da comunhão, repetindo a de um oficial romano a Jesus (Mateus 8,5-17).

Ele acabava de perceber La Vallière subir numa caleche com três colegas, muito pálida ainda em consequência do acontecido na véspera, e respondeu não ter preferência, pois estaria bem onde a rainha estivesse.

Ela deu ordem então aos batedores para que tomassem a direção do Apremont.[115]

Eles partiram para abrir caminho.

O rei montou a cavalo e por alguns minutos acompanhou, mantendo-se à portinhola, o carro em que iam a esposa e a cunhada.

O tempo aos poucos havia clareado, mas uma espécie de véu poeirento cobria como se fosse uma gaze suja toda a superfície do céu, com o sol fazendo brilharem átomos micáceos no périplo dos seus raios.

O calor era sufocante.

Nada disso parecia preocupar o rei, então ninguém se preocupava. Seguindo a indicação da rainha, o passeio tranquilamente se encaminhou a Apremont.

O alegre e ruidoso grupo de cortesãos procurava esquecer e fazer com que todos esquecessem as ásperas cenas da véspera.

Madame se mantinha encantadora.

De fato, vendo o rei junto à portinhola e sem imaginar que pudesse estar ali pela rainha, achou ter de volta o seu príncipe.

Porém, percorrido mais ou menos um quarto de légua, com um gracioso sorriso o rei cumprimentou as duas passageiras da carruagem e puxou para a beira da estrada o seu cavalo, deixando que passassem também o carro das primeiras damas de honra e outros mais.

Os cocheiros, vendo-o parar, quiseram fazer o mesmo, mas o rei, com sinais da mão, indicava que deviam continuar em frente.

Ao passar a caleche em que estava La Vallière, ele se aproximou.

Cumprimentou as jovens damas de honra e já se dispunha a acompanhar o carro, como fizera antes com a carruagem da rainha, quando a fila inteira de repente parou.

Certamente por ordem da rainha, preocupada com o afastamento do rei.

Lembramos ter sido dada a ela a direção do passeio.

O rei perguntou qual era a sua intenção ao conter os carros.

— Que andemos a pé — ela respondeu.

Provavelmente imaginava que o rei, a pé, não se atreveria a continuar fazendo companhia às jovens.

Estavam todos em plena floresta.

Num ponto, é verdade, bastante propício para uma bela caminhada, sobretudo para sonhadores e enamorados.

115. Riacho com belas gargantas na floresta de Fontainebleau, a cinco quilômetros do castelo.

Da pequena encruzilhada em que haviam parado, partiam três agradáveis e longas trilhas, acidentadas e com muitas árvores.

No geral, o que se via eram caminhos verdejantes, entrecortados pela folhagem, tendo, cada qual, mínimas aberturas para o céu, entrevisto no entrelaçamento das árvores.

No fundo de cada um iam e vinham, com manifestos sinais de precaução, cabritos selvagens que, depois de uma rápida parada para olhar, fugiam com um salto ligeiro, desaparecendo no abrigo do bosque. Outras vezes, era um filósofo coelho que, empertigado, coçava com as patas dianteiras o focinho, se perguntando se toda aquela gente que perturbava sua meditação, seu almoço e seus amores não trazia também algum cão de perna torta e espingarda debaixo do braço.

Todo mundo, aliás, havia descido dos carros, acompanhando a iniciativa da rainha.

Maria Teresa tomou o braço de uma das damas de companhia e, depois de uma olhada de través para o rei — que de forma alguma pareceu se dar conta disso —, partiu floresta adentro pela primeira trilha que viu.

Com bastões, dois batedores abriam caminho para Sua Majestade, afastando o mato ou erguendo galhos que pudessem atrapalhar.

Ao descer da carruagem, Madame já encontrou de Guiche à portinhola, com respeitoso cumprimento.

Monsieur, felicíssimo com o banho de rio da antevéspera, havia declarado preferir repetir o programa, tendo então liberado de Guiche e permanecido no castelo com de Lorraine e Manicamp.

Não sentia mais o menor ciúme de pessoa alguma.

Sua ausência fora notada no cortejo, mas sendo Monsieur um príncipe tão peculiar, que em geral participava pouco dos prazeres comuns, isso causou mais satisfação do que aborrecimento.

Todos seguiram os exemplos da rainha e de Madame, tomando direções ao acaso ou ao gosto de cada um.

O rei, como dissemos, se mantivera junto à caleche das damas de honra e ofereceu a mão a La Vallière, ao ser aberta a portinhola.

Montalais e Tonnay-Charente se afastaram, a primeira por cálculo, a segunda por discrição.

A diferença era que uma se afastava querendo agradar ao rei, e a outra querendo desagradar.

Na última meia hora, também o tempo havia definido suas intenções: toda aquela bruma, empurrada por um vento abafado, se juntara a oeste, mas depois, trazida de volta por uma força contrária, se aproximava lenta e pesada.

Era evidente a aproximação da tempestade, mas como o rei não a via ninguém se achava no direito de ver.

O passeio então prosseguiu, mas algumas almas mais inquietas de vez em quando perscrutavam o céu.

Outras, mais temerosas, passeavam sem se afastar demais dos carros, onde poderiam se abrigar caso necessário.

Mas a maioria, vendo o rei bravamente entrar no bosque com La Vallière, essa maioria, dizíamos, seguiu o rei.

Dando-se conta disso, Luís tomou a mão da jovem e a levou por uma trilha lateral, onde ninguém mais ousou segui-lo.

136. A chuva

Naquele momento, andando pelo bosque sem seguir a trilha, mas na mesma direção tomada pelo rei e La Vallière, dois homens avançavam, pouco preocupados com o céu.

Olhavam para baixo, como pessoas que pensam em graves assuntos.

Não haviam visto nem de Guiche, nem Madame, nem o rei, nem La Vallière.

De repente, uma descarga elétrica atravessou o ar, seguida por um estrondear surdo e distante.

— Ah! — disse um dos dois, erguendo a cabeça. — É a tempestade que chega. Vamos voltar para as carruagens, meu caro d'Herblay.

Aramis ergueu os olhos, investigando as nuvens, e respondeu:

— Temos tempo.

Em seguida, retomou a conversa onde provavelmente a tinham deixado:

— Então a carta que escrevemos ontem já chegou ao destino?

— Sem dúvida.

— E como foi entregue?

— Por meu correio pessoal, como eu disse.

— Ele trouxe resposta?

— Não voltei a vê-lo. La Vallière provavelmente já estava com Madame ou se vestia e o fez demorar. Como já era hora de sair para o passeio, não pude esperar.

— Esteve com o rei ainda há pouco?

— Estive.

— Como o achou?

— Ótimo ou infame, pois não sei se foi sincero ou hipócrita.

— E a festa?

— Dentro de um mês.

— Ele se convidou?

— Com uma insistência em que se via o dedo de Colbert.

— Era de se prever.

— A noite não desfez suas ilusões?

— Sobre o quê?

— Sobre a ajuda que pode me dar nessa circunstância.

— Não. Passei a noite escrevendo e dei todas as ordens necessárias.

— A festa custará vários milhões, não se esqueça disso.

— Garanto seis... mas pense em conseguir mais dois ou três, nunca se sabe.

— É miraculoso, meu caro d'Herblay.

Aramis sorriu.

— Mas já que dispõe de milhões — perguntou Fouquet, com um resto de preocupação —, por que não deu do seu bolso, há poucos dias, os cinquenta mil francos de Baisemeaux?

— Porque há poucos dias eu ainda estava pobre como Jó.

— E hoje?

— Estou mais rico que o rei.

— Conheço bem as pessoas e sei que seria incapaz de faltar com a palavra. Não quero arrancar de você o segredo; não falemos mais disso.

Nesse momento, ouviu-se a explosão surda e repentina de uma violenta trovoada.

— Eu bem que disse — lembrou Fouquet.

— Vamos logo para onde estão as carruagens.

— Não temos tempo, já começa a chover.

De fato, como se o céu abrisse suas comportas, pingos pesados já faziam barulho na abóbada da floresta.

— Até que toda essa folhagem fique inundada, podemos chegar aos carros — sugeriu Aramis.

— É melhor que nos protejamos em alguma gruta.

— Sim, mas onde?

— Sei de uma a dez passos daqui — sorriu Fouquet.

Ele parou, se orientou e disse:

— Isso, por ali.

— É uma felicidade que tenha tão boa memória! — reconheceu Aramis. — Mas o cocheiro, não nos vendo, pode achar que fomos embora e acabar indo-se com os carros da corte.

— Não há perigo, quando digo que espere em determinado lugar, só mesmo uma ordem expressa do rei pode fazê-lo não esperar; e mesmo assim... Mas não somos os únicos que nos afastamos tanto, ouço passos e também vozes.

Dizendo isso, ele se virou e abriu com a bengala o mato que os separava da trilha.

O olhar de Aramis acompanhou o seu pela abertura.

— Uma mulher! — disse um.

— E um homem! — disse o outro.

— La Vallière!

— O rei!

— Hum! Será que o rei também conhece a caverna? — preocupou-se Aramis. — Não me surpreenderia, ele parece se relacionar bem com as ninfas de Fontainebleau.

— Pouco importa, vamos para lá. Se não a conhecer, logo veremos, e se conhecer, como ela tem duas aberturas, quando entrarem por um lado sairemos pelo outro.

— Estamos longe? — perguntou Aramis. — A chuva começa a atravessar a folhagem.

— Chegamos.

Fouquet afastou alguns galhos e eles depararam com uma escavação da rocha bem escondida atrás de um embrenhado de urze e hera.

Fouquet abriu caminho, Aramis o seguiu.

No momento em que entrava na gruta, Aramis olhou para trás e se alarmou:

— Oh! Tomaram o bosque e estão vindo nesta direção.

— Bom, cedamos lugar — resignou-se Fouquet, puxando o amigo pela capa. — Mas não creio que o rei conheça esta gruta.

— Acho que apenas procuram uma árvore mais fechada para se abrigar.

De fato, o rei olhava para o alto e não ao redor.

Mantinha o braço de La Vallière sob o seu, segurando a sua mão.

Ela escorregava na relva úmida.

Luís procurou melhor e viu um carvalho enorme, com folhagem densa. Os dois se encaminharam até lá.

A pobre criança olhava tudo ao redor, parecendo ao mesmo tempo querer e temer que alguém aparecesse.

O rei a colou contra o tronco da árvore, cuja larga circunferência, protegida por uma densa copa, continuava seca, como se a chuva não caísse a cântaros. Ele próprio se manteve à frente dela, de cabeça descoberta.

Algum tempo depois algumas gotas começaram a atravessar a folhagem e pingaram na testa do rei, que as ignorou.

— Meu Deus, Sire! — murmurou La Vallière, querendo cobri-lo com o chapéu.

Ele se inclinou e se recusou terminantemente a colocá-lo na cabeça.

— É o melhor momento para cedermos nosso lugar — disse Fouquet ao ouvido de Aramis.

— É o melhor momento para ouvirmos o que dirão sem perder uma palavra — respondeu Aramis ao ouvido de Fouquet.

Os dois se calaram e a voz do rei de fato chegou até eles:

— Ah, senhorita, posso ver, ou melhor, imaginar sua intranquilidade. Lamento muito tê-la isolado do restante do grupo, e para fazê-la enfrentar essa chuva. Está molhada, com frio?

— Não, Sire.

— Mas está tremendo.

— Temo que interpretem mal minha ausência, pois todos já devem ter voltado.

— Posso propor que voltemos também aos carros, mas olhe e diga se é possível tentar algo assim neste momento.

Era verdade, as trovoadas não paravam e a chuva criava corredeiras pelo chão.

— E não tema qualquer interpretação desfavorável — continuou o rei. — Está com o rei da França, que é o primeiro cavalheiro do reino.

— Certamente, Sire, e é uma grande honra. Mas não é por mim que temo as interpretações.

— E por quem mais seria?

— Por Vossa Majestade, Sire.

— Por mim, senhorita? Não estou entendendo.

— Vossa Majestade se esquece do ocorrido ontem à noite, na recepção de Sua Alteza Real?

— Ah, esqueçamos aquilo, por favor. Ou melhor, permita-me lembrar apenas para agradecer uma vez mais aquela carta da senhorita e…

— Sire — interrompeu La Vallière —, a chuva cai forte e Vossa Majestade continua com a cabeça descoberta.

— Por favor, preocupemo-nos apenas com a senhorita.

— Ah! — sorriu La Vallière. — Comigo não é preciso, sou uma interiorana acostumada a correr pelos campos ao redor do Loire e pelos jardins de Blois sob qualquer tempo. Já as minhas roupas — ela acrescentou, olhando seu traje simples de musselina —, como Vossa Majestade vê, não têm muito a perder.

— É verdade, mais de uma vez notei que a senhorita deve tudo a si mesma e nada à toalete. Não é absolutamente coquete, o que é uma grande qualidade.

— Vossa Majestade me descreve melhor do que sou. Não seria errado dizer que não posso ser coquete.

— Por que não?

— Ora — sorriu La Vallière —, não sou rica.

— Então reconhece que aprecia as belas coisas — exclamou impetuosamente Luís.

— Só aprecio aquilo que posso alcançar. Tudo o que me parece alto demais…

— Deixa-a indiferente?

— É alheio a mim.

— Creio que não ocupa na minha corte a posição que deveria. Provavelmente não me falaram o bastante dos serviços prestados por sua família. A fortuna da sua casa foi cruelmente negligenciada por meu tio.

— De forma alguma, Sire. Sua Alteza Real, monsenhor duque de Orléans, foi perfeitamente correto com o sr. de Saint-Remy, meu padrasto. Seus serviços tinham pouco destaque e pode-se dizer que foram pagos na medida certa. Nem todos têm a felicidade de poder servir com brilho a seu rei. É claro, se tais ocasiões houvessem surgido, minha família se dedicaria de coração, mas não tivemos tal felicidade.

— Pois bem, senhorita, cabe aos reis corrigir o acaso e me encarregarei, com toda a satisfação, de reparar o mais depressa as falhas da fortuna.

— Por favor, Sire — exclamou a jovem. — Deixai as coisas como estão.

— O quê?! Recusa o que devo, o que quero fazer pela senhorita?

— Já fizeram por mim tudo o que eu podia desejar, Sire, quando tive a honra de ser aceita na casa de Madame.

— Mesmo que recuse para si, aceite pelos seus.

— Vossa generosa intenção me deslumbra e me assusta, pois fazendo por minha casa o que vossa generosidade vos leva a fazer, ganharemos invejosos e Vossa Majestade inimigos. Deixai-me na minha mediocridade, Sire, deixai a meus sentimentos a feliz delicadeza do desinteresse.

— São palavras admiráveis — disse o rei.

— É verdade — murmurou Aramis ao ouvido de Fouquet. — E ele não deve estar acostumado a isso.

— E se ela responder afirmativamente ao meu bilhete? — sugeriu Fouquet.

— Bom, não vamos fazer conjecturas. Aguardemos o final.

— Além disso, meu caro d'Herblay — acrescentou o superintendente, pouco convencido ainda dos bons sentimentos de La Vallière —, é muitas vezes lucrativo se mostrar desinteressado com os reis.

— Foi justo o que pensei. Ouçamos mais.

O rei se aproximou da jovem e a protegeu com o chapéu, uma vez que a água atravessava cada vez mais a folhagem do carvalho.

Erguendo seus belos olhos azuis até a real cobertura, La Vallière balançou a cabeça com um suspiro.

— Meu Deus! — exclamou o rei. — Qual triste pensamento pode ainda chegar ao coração da senhorita, se o protejo com o meu próprio?

— Vou dizer, Sire. Tentei antes tocar nesse ponto, tão difícil para alguém da minha idade, mas Vossa Majestade me impediu. Vossa Majestade não é livre, e qualquer sentimento que o leve a se interessar por mim o estaria afastando e causando profundo desgosto à rainha.

Luís tentou interrompê-la, mas Louise continuou, com um gesto súplice:

— A rainha ama Vossa Majestade com todo o carinho, o que é compreensível. Com os olhos, ela o segue a cada passo. Certa da felicidade de ter encontrado tal esposo, com lágrimas pede ao céu para mantê-lo e teme qualquer movimento do vosso coração.

O rei quis mais uma vez dizer alguma coisa e La Vallière novamente ousou impedi-lo:

— Não seria algo culpado, diante de tão nobre e evidente ternura, dar à rainha motivos para ciúme? Ah, perdoai, Sire, perdoai essa palavra. Por Deus, bem sei, é impossível, ou deveria ser, que a mais importante rainha do mundo tenha ciúmes de uma pobre moça como eu. Mas é mulher, mesmo que rainha, e o seu coração, como o de qualquer mulher, pode se abrir a dúvidas que pessoas mal-intencionadas envenenariam. Pelo amor de Deus, Sire, não pensai em mim, não mereço isso.

— Ah, senhorita! Não vê que falando assim transforma minha estima em admiração?

— Vossa Majestade ouve em minhas palavras coisas que elas não dizem. Vê-me melhor do que sou, e não na pequenez em que Deus me criou. Misericórdia, Sire! Se não tivesse certeza de ser o rei a mais generosa pessoa do reino, acharia que zomba de mim.

— Ah, por favor! Sei que não pode pensar algo assim, tenho certeza! — exclamou Luís.

— Serei forçada a acreditar, se o rei insistir nisso.

— Sou um príncipe bastante infeliz — rebateu Luís, com uma tristeza que nada tinha de afetada —, o último da cristandade, pois não tenho como fazer acreditar no que digo a pessoa que mais amo no mundo, e que parte meu coração se negando a crer no meu amor.

— Ah, Sire — disse La Vallière, afastando com delicadeza o rei, que havia se aproximado cada vez mais. — Pronto, creio que a tempestade se acalma e parou de chover.

No momento em que, dizendo essas palavras, a pobre criança tentava convencer seu próprio coração — já que este último provavelmente concordava com o rei em demasia —, a tempestade tratou de desmenti-la: um relâmpago azulado iluminou a floresta com um reflexo fantástico, e uma trovoada igual a uma explosão de artilharia estrondeou acima dos jovens, como se a altura do carvalho que os protegia houvesse atraído a descarga elétrica.

Louise não pôde conter um grito de pavor.

Com uma das mãos o rei a aproximou do peito, estendendo a outra por cima da cabeça, como se assim pudesse protegê-la do raio.

Houve um momento de silêncio em que o casal, gracioso como todo jovem casal enamorado, permaneceu sem mais se mover, enquanto Fouquet e Aramis o contemplavam, não menos imóveis.

— Sire, Sire! — murmurou La Vallière. — Podeis ouvir?

Ela deixou cair a cabeça no ombro do rei.

— Sim. A tempestade não cessa.

— Sire, é um aviso.

O rei sorriu.

— É a voz de Deus que ameaça — ela continuou.

— Pois então aceitarei que a trovoada tenha sido um aviso e até uma ameaça se, em cinco minutos, ela se repetir com a mesma força e violência. Se isso não acontecer, vou apenas achar que toda essa tempestade não passa de uma simples tempestade.

Ao mesmo tempo que disse isso, o rei ergueu a cabeça, interrogando o firmamento.

Como se demonstrasse cumplicidade, o céu se manteve em silêncio nos cinco minutos que seguiram a explosão que tanto os havia assustado. Tudo permaneceu calmo e, quando outra vez se ouviram trovoadas, elas claramente se afastavam, como se naqueles cinco minutos a intempérie tivesse percorrido dez léguas, chicoteada pela asa do vento.

— E então, Louise? — disse baixinho o rei. — Estamos ainda sob a ameaça da cólera celeste? Mas já que tornou o raio um presságio, não vê que era um presságio benigno?

A jovem ergueu a cabeça. A água havia penetrado na abóbada de folhagem e escorria pelo rosto de Luís.

— Ah, Sire! — ela gemeu, com uma nota irresistível de temor que muito comoveu o rei. — E é por mim que Vossa Majestade permanece descoberta e exposta à chuva? O que sou?

— É nada menos que a divindade que afastou a tempestade, a deusa a trazer de volta o bom tempo.

De fato, um raio de sol atravessou a copa das árvores e fez brilharem como diamantes as gotas de água que deslizavam pelas folhas e caíam pelos espaços abertos.

— Sire — insistiu La Vallière, quase vencida, mas num supremo esforço —, pensai ainda nas dores que enfrentareis por minha causa. Neste momento, todos vos procuram, vos chamam. A rainha deve estar inquieta. E Madame, ah, Madame... — disse a dama de honra, com um sentimento próximo do terror.

A palavra causou algum efeito no rei. Ele estremeceu e soltou La Vallière, a quem até então abraçava.

Seguiu então para os lados do caminho, procurando ver ao longe, e voltou, quase preocupado.

— Madame, foi o que disse?

— Sim, Madame, que também está enciumada — ela respondeu, com convicção.

Seus olhos tão tímidos, tão castamente fugidios ousaram, por um momento, interrogar os olhos do rei.

— Madame, no entanto — retomou Luís, fazendo um esforço —, no entanto, não tem por que ter ciúmes de mim, nenhum direito.

— Bem... — murmurou La Vallière.

— Ah, senhorita... — disse o rei, quase como se a censurasse — teria a irmã direito de ter ciúmes do irmão? Inclui-se entre aqueles que pensam assim?

— Sire, não cabe a mim considerar segredos de Vossa Majestade.

— Ah, pensa como eles!

— Sim, acredito que Madame tem ciúmes, Sire — respondeu com firmeza La Vallière.

— Meu Deus! — exclamou o rei, preocupado. — Sente isso na maneira como ela a trata? Demonstrou, com relação à senhorita, alguma hostilidade que se possa atribuir a esse ciúme?

— De forma alguma, Sire. Sou pouca coisa.

— Bom, porque se fosse o caso… — ele disse, com singular intensidade.

— Sire — interrompeu a jovem. — A chuva parou. Estão vindo pessoas, creio.

Esquecendo toda a etiqueta, ela pegou o braço do rei.

— Pois que venham! Quem se atreverá a criticar que eu tenha feito companhia à senhorita?

— Piedade, Sire. Será estranho que o rei se tenha molhado assim, que se tenha sacrificado por mim.

— Apenas cumpri meu dever de cavalheiro, e pobre de quem não cumprir o seu, criticando o comportamento do rei!

Alguns homens de fato apareciam no caminho, andando apressados e olhando em volta. Ao avistarem afinal o rei e La Vallière, pareceram ter encontrado o que procuravam.

A rainha e Madame os tinham enviado e eles imediatamente tiraram seus chapéus, sinal de terem visto Sua Majestade.

Luís, porém, apesar da confusão que seu gesto causava em La Vallière, não mudou sua atitude respeitosa e terna.

Depois, estando já os cortesãos bem perto e podendo ver a deferência com que ele tratava a jovem, mantendo-se de pé a seu lado e com a cabeça descoberta durante a tempestade, ele lhe ofereceu o braço, levando-a até o grupo e respondendo com um movimento de cabeça aos cumprimentos. Em seguida, ainda com o chapéu na mão, acompanhou-a até a caleche das damas de honra.

A tempestade se despedia, mas ainda chuviscava. O respeito impedia que as senhoras subissem às carruagens antes do rei e, sem capa nem mantilha, elas se molhavam, enquanto Sua Majestade, com seu chapéu, protegia a mais humilde delas.

A rainha e Madame assistiram, como todos, àquela exagerada cortesia de Luís XIV. Madame se descontrolou a ponto de, com o cotovelo, chamar a atenção de Maria Teresa:

— Veja só, veja só isso!

A rainha fechou os olhos, como se estivesse prestes a desfalecer. Levou a mão ao rosto e subiu na carruagem.

Madame subiu logo depois.

O rei montou a cavalo, sem dar preferência a acompanhar nenhuma portinhola de viatura. Voltou a Fontainebleau deixando soltas as rédeas da montaria, pensativo e absorto.

Depois que todos se afastaram e tendo ouvido se afastar também o barulho dos cavalos e dos carros, certos de que ninguém os via, Aramis e Fouquet deixaram a gruta e, em silêncio, retomaram o caminho por onde tinham vindo.

Aramis perscrutou toda a extensão não só da estrada que se estendia à frente e atrás, mas também o bosque e, convencido de estarem ali apenas ele e o superintendente, disse:

— Sr. Fouquet, é preciso recuperar a qualquer preço a sua carta para La Vallière.

— Não será difícil, se não tiver sido entregue.

— É absolutamente necessário, entende?

— Entendo. O rei a ama.

— Muito. E o pior é que essa moça o ama apaixonadamente.

— Isso significa que devemos mudar de tática, não é?

— Com certeza. Não há tempo a perder. É preciso que vá vê-la e, sem pensar mais em se tornar seu amante, o que seria impossível, o senhor se declare seu mais fiel e humilde servidor.

— Farei isso com prazer — respondeu Fouquet. — Ela me parece alguém com muito coração.

— Ou muita habilidade — disse Aramis. — O que seria um motivo a mais.

Em seguida acrescentou, após um silêncio:

— Posso estar enganado, mas essa jovem será a grande paixão do rei. Tomemos o carro e voltemos a galope ao castelo.

137. Tobias

Seguindo a indicação de Aramis, o carro do superintendente voltou a Fontainebleau na velocidade com que as nuvens corriam no céu, empurradas pelo último sopro da tempestade. Duas horas depois, La Vallière fazia uma refeição ligeira numa mesinha de mármore, em seu alojamento, vestindo um simples penhoar de musselina.

A porta foi de repente aberta e um criado de quarto a avisou que o sr. Fouquet pedia permissão para cumprimentá-la.

Ele precisou repetir, pois a pobre moça só conhecia o sr. Fouquet de nome e não entendia então o porquê da visita.

Mas como o superintendente das finanças podia vir da parte do rei, o que não era impossível, tendo em vista a conversa antes narrada, ela deu uma olhada no espelho, ajeitou as louras madeixas e disse que o mandassem entrar.

Não podia, mesmo assim, deixar de se sentir intranquila. A visita do superintendente não era algo trivial na vida de uma jovem da corte. Fouquet, tão célebre por sua generosidade, galanteria e delicadeza, recebia mais convites, por parte das mulheres, do que pedia audiências.

Em muitas casas, a sua presença havia significado fortuna. Em muitos corações, amor.

Ele entrou respeitosamente, apresentando-se com a graça característica distintiva dos homens eminentes daquele século e que hoje não se compreende mais, mesmo nos retratos em que os pintores daquela época tentaram representá-la.

La Vallière respondeu à cerimoniosa saudação com uma reverência um tanto infantil e indicou uma poltrona para que o visitante se sentasse.

Ele, porém, se inclinando disse:

— Não me sentarei, senhorita, até ter sido perdoado.

— Por mim?

— Pela senhorita.

— Meu Deus, e perdoado de quê?

Fouquet fixou na jovem seu olhar mais perquiridor, sem ver naquele rosto nada além da mais ingênua surpresa.

— Vejo, senhorita, que tem tanta generosidade quanto fineza de espírito, e leio em seus olhos o perdão solicitado. Mas não me basta o perdão que se expressa pelos lábios; preciso me sentir do fundo da alma perdoado.

— Juro, senhor, juro que não entendo.

— É mais uma delicadeza que me encanta, a senhorita não quer me fazer enrubescer à sua frente.

— Enrubescer? À minha frente? Mas por que enrubesceria?

— Será que tenho a felicidade de me haver enganado? Posso achar que meu tolo procedimento não a ofendeu?

La Vallière encolheu os ombros, espantada.

— De fato, o senhor tem uma fala enigmática e creio ser ignorante demais para compreendê-la.

— Obrigado, não insistirei. Apenas me confirme, por favor, poder contar com pleno e completo perdão.

— Senhor — respondeu La Vallière, já com certa impaciência —, só posso dizer uma coisa, que espero ser suficiente. Se eu soubesse qual culpa sente com relação a mim, eu o perdoaria. Compreenda então que, nem sabendo qual seja...

Fouquet franziu os lábios, como teria feito Aramis.

— Assim sendo, apesar do que aconteceu, posso esperar que guardemos bom entendimento, concedendo-me a senhorita a honra de acreditar em minha respeitosa amizade?

La Vallière achou afinal começar a compreender e pensou:

"Não teria imaginado o sr. Fouquet tão ansioso em buscar as origens de minhas recentes boas graças."

E depois, em voz alta:

— A amizade do senhor? Está me oferecendo sua amizade? A honra é toda minha e isso me deixa muito orgulhosa.

— Bem sei que a amizade de quem está acima de mim pode parecer mais brilhante e desejável à senhorita do que a deste seu servidor — respondeu Fouquet —, mas posso garantir que esta última será igualmente dedicada, fiel e desinteressada.

La Vallière fez um gesto, agradecendo. De fato, havia grande convicção e real sinceridade na voz do superintendente.

Ela então estendeu a mão e apenas disse:

— Acredito.

Fouquet tomou com avidez a mão oferecida.

— Posso então ter de volta minha infeliz carta?

— Carta? — ela perguntou.

Fouquet a interrogou, como havia feito antes, com toda a força do seu olhar.

Mesma ingenuidade na fisionomia, mesma candura na expressão. O que o levou a dizer:

— Reconheço que o seu procedimento não poderia ser mais delicado e, da minha parte, não me consideraria um homem de bem se temesse algo da parte de pessoa tão generosa.

— Sr. Fouquet, lamento ter que tornar a dizer, mas nada compreendo do que diz.

— Que estranho. Mas, por favor, não recebeu nenhuma carta minha? Pode me dar sua palavra?

— Tem minha palavra — ela respondeu, firme.

— Isso me basta, senhorita. Permita-me insistir ainda na minha estima, com todo o meu respeito.

Inclinando-se, ele saiu, deixando a jovem a se perguntar se o superintendente não era meio maluco.

Fouquet voltou a seu apartamento, onde Aramis o esperava impaciente.

— E então? Satisfeito com a favorita? — ele perguntou.

— Encantado. Tem muito espírito e coração.

— Não estava zangada?

— Longe disso. Pareceu nada entender.

— Entender o quê?

— Que eu lhe tivesse escrito.

— No entanto, precisou entender para devolver a carta... pois imagino que a tenha devolvido.

— De forma alguma.

— Pelo menos está certo de que a queimou?

— Meu caro d'Herblay, há uma hora participo de um frases interrompidas[116] e começo a detestar esse jogo, por mais divertido que seja. Ouça: ela fingiu não entender o que eu dizia. Negou ter recebido qualquer carta e, com isso, não podia devolvê-la nem queimar.

— Oh! — assustou-se Aramis. — O que está dizendo?

— Que ela jurou por todos os santos não ter recebido correspondência alguma.

— É incrível! E você não insistiu?

— Pelo contrário, cheguei à impertinência.

— E ela continuou negando?

— Continuou.

— Sem se desmentir em nenhum momento?

— Nenhum.

— Então deixou com ela a nossa carta?

---

116. Jogo de salão que consistia em se fazerem perguntas, com cada um respondendo à pergunta que não lhe foi feita, gerando assim disparates entre as perguntas e as respostas.

— Nada pude fazer.

— Foi um grande erro.

— Mas que diabo teria feito no meu lugar?

— É claro, não poderia forçá-la. Mas é preocupante, essa carta não pode ser usada contra nós.

— No meu entender, a srta. de La Vallière é boa pessoa.

— Se fosse mesmo, teria devolvido a carta.

— Acredito nela. Vi seus olhos, não me engano nessas coisas.

— Acha então que está de boa-fé?

— Sim, do fundo do coração.

— Pode ser. Nesse caso, pegamos o caminho errado.

— Como assim?

— Ela de fato não recebeu a carta.

— Como não recebeu a carta?

— Não recebeu.

— Acredita…

— Acredito que, por algum motivo, o seu encarregado não a entregou.

Fouquet tocou uma sineta.

Um criado apareceu.

— Chame Tobias — ele disse.

Pouco depois entrou um homem de olhos inquietos, lábios finos, braços curtos, costas arqueadas.

Aramis o olhou com atenção.

— Permite que eu faça as perguntas? — ele perguntou.

— Esteja à vontade.

Aramis fez menção de se dirigir ao homem, mas mudou de ideia.

— Não, ele veria que damos importância demais. Faça as perguntas e fingirei estar escrevendo.

Disse isso e de fato se pôs à mesa, de costas para o criado, mas examinando seus gestos e olhares por um espelho.

— Aproxime-se, Tobias — disse Fouquet.

O indivíduo se aproximou, com passadas seguras.

— Como se deu o que lhe pedi?

— Da maneira de sempre, monsenhor.

— Mesmo assim, diga.

— Entrei na saleta da srta. de La Vallière, que estava na missa, e deixei o envelope na penteadeira. Não foi o que me mandou fazer?

— Foi. Só isso?

— Só, monsenhor.

— Não havia ninguém lá?

— Ninguém.

— E se escondeu, então, como ordenei?

— Sim.

— E ela voltou?

— Dez minutos depois.

— E ninguém pode ter pegado a carta?

— Ninguém, pois ninguém entrou.

— De fora, mas e de dentro?

— De onde eu estava escondido podia ver todo o cômodo.

— Ouça — disse Fouquet, olhando fixo o lacaio. — Se essa carta tiver chegado a outro destinatário, diga, pois pagará com a cabeça caso esteja omitindo algo.

Tobias estremeceu, mas se recuperou depressa.

— Monsenhor, deixei a carta onde disse e peço apenas meia hora para provar que ela está com a srta. de La Vallière ou para trazê-la de volta.

Aramis observava curiosamente o homem.

Fouquet estava confiante; há vinte anos o conhecia, sem ter do que se queixar.

— Se é assim, vá, mas traga então essa prova.

Tobias saiu.

— O que acha? — perguntou Fouquet.

— Precisamos saber a verdade, por qualquer meio. Não sei se a carta chegou às mãos da destinatária. Caso tenha chegado, é preciso que a devolva ou queime à sua frente. Caso contrário, temos que reavê-la, mesmo que isso custe um milhão. Concorda?

— Sim, mas creio que exagera a gravidade da situação.

— Cego! — murmurou Aramis.

— Estamos tratando essa jovem como se fosse alguém da alta política. É apenas uma coquete esperando que eu a corteje, já que comecei. Mas agora, depois de confirmado o amor de Sua Majestade, ela acha poder me manter preso pela carta. Nada mais normal.

Aramis balançou a cabeça.

— Não é a sua opinião? — perguntou Fouquet.

— Ela não é coquete.

— Deixe-me dizer…

— Conheço mulheres coquetes — completou Aramis.

— Meu amigo, meu amigo!

— Meu conhecimento está defasado, é o que quer dizer? Saiba que as mulheres não mudam.

— Mas os homens sim, e você hoje está mais desconfiado do que antigamente.

Fouquet riu e continuou:

— Veja, se La Vallière pudesse me amar por determinada quantia e ao rei por duas vezes isso, você entenderia melhor?

Com impaciência, Aramis se levantou, afirmando:

— La Vallière nunca amou nem amará ninguém além do rei.
— De qualquer forma, o que você faria?
— A essa altura, a pergunta certa é o que eu teria feito.
— Bom, e o que teria feito?
— Para começar, não deixaria aquele homem sair.
— Tobias?
— Sim, Tobias. É traidor!
— Não creio.
— Tenho certeza. Não o deixaria sair até que confessasse a verdade.
— Ainda está em tempo.
— Acha mesmo?
— Vou chamá-lo novamente e poderá interrogá-lo.
— Ótimo.
— Nada conseguirá. Ele está comigo há vinte anos e nunca criou o menor caso. E olha que os problemas foram muitos — acrescentou Fouquet, rindo.
— Chame-o, mesmo assim. Tenho a impressão de tê-lo visto pela manhã falando com um dos comparsas do sr. Colbert.
— Onde?
— Na porta das estrebarias.
— Todos que trabalham comigo estão em guerra com os que trabalham para aquele pulha.
— Estou certo do que digo! Achei nunca tê-lo visto antes, mas assim que entrou me causou uma impressão desagradável.
— E por que não disse enquanto ele estava aqui?
— Só agora a lembrança ficou clara.
— Bem, está me assustando — disse Fouquet, tocando de novo a campainha.
— Espero que não seja tarde demais.
Ele insistiu com a campainha.
O camarista apareceu.
— Tobias! Diga que tragam Tobias.
A porta se fechou.
— Tenho carta branca? — quis confirmar Aramis.
— Total.
— Posso empregar todos os meios para chegar à verdade?
— Todos.
— Inclusive a intimidação?
— Declaro-o meu procurador.
Esperaram dez minutos e nada.
Impaciente, Fouquet tocou de novo a sineta.
— Tobias! — ele insistiu.
— Está sendo procurado, monsenhor — disse o camarista.
— Não pode estar tão longe, não o encarreguei de mensagem nenhuma.

— Vou procurar saber, senhor.

Aramis andava de um lado para outro no gabinete. Tenso, mas sem dizer palavra.

Esperaram mais dez minutos.

Fouquet tocou a sineta como se quisesse acordar todo um cemitério.

O camarista voltou trêmulo, provavelmente por ter má notícia.

— É possível que monsenhor tenha se enganado — ele começou, antes que Fouquet fizesse qualquer pergunta. — Deve ter mandado Tobias cumprir alguma ordem, pois ele pegou o cavalo mais rápido e pessoalmente o selou.

— E depois?

— Partiu a galope.

— Partiu? — assustou-se Fouquet. — Que o sigam, tragam-no de volta!

— Bobagem — disse Aramis, pegando-o pela mão. — Vamos nos acalmar, o mal está feito.

— O mal está feito?

— Com certeza. É melhor não chamarmos atenção. Calculemos o resultado de tudo isso e aparemos o golpe, se for possível.

— O prejuízo não é tão grande — disse Fouquet.

— Acha mesmo?

— Bom, não há mal nenhum no fato de um homem escrever uma carta de amor a uma mulher.

— Concordaria se fosse um homem qualquer e não um súdito, ainda mais se a mulher em questão for aquela a quem o rei ama.

— Não a amava há oito dias. Talvez nem a amasse ontem, de quando é a carta. Eu não podia adivinhar algo que ainda não existia.

— É verdade, mas infelizmente a carta não foi datada. É o que mais me assusta. Se ao menos tivesse a data de ontem, nada seria tão preocupante.

Fouquet ergueu os ombros.

— E por acaso estou sob tutela? O rei é rei também do que penso e do que sinto?

— Tem razão, não vamos dar às coisas maior importância do que têm. Além disso… bom, se estivermos ameaçados, temos defesas.

— Ameaçados… Não está incluindo essa picada de formiga entre as ameaças que podem comprometer minha fortuna e minha vida, não é?

— Uma picada de formiga pode matar um gigante se a formiga for venenosa, lembre-se disso.

— E a tal onipotência de que falava há pouco, onde está?

— Sou onipotente, repito, mas não imortal.

— Bom, encontrar Tobias é o mais urgente. Concorda?

— Seria, mas não vai encontrá-lo. Trate de arranjar um substituto, caso vá sentir sua falta.

— Ele tem que estar em algum lugar…

— Claro. Deixe que cuido disso — concluiu Aramis.

138. As quatro chances de Madame

A rainha Ana pedira que a jovem rainha fosse visitá-la.

Doente há algum tempo e perdendo sua antiga beleza com a rapidez que marca o declínio das mulheres que muito lutaram, Ana da Áustria via se juntar ao mal físico a dor de não ser mais do que uma lembrança viva entre as jovens beldades, as jovens mentalidades e os jovens poderes da corte.

O que diziam tanto o médico quanto o seu espelho a desconsolavam ainda menos do que os inexoráveis sinais da sociedade cortesã que, como ratos de navio, abandonam o porão ao pressentirem que a água se infiltrará pelas avarias da vetustez.

Ana da Áustria não estava satisfeita com a atenção que recebia do seu primogênito.

O rei, bom filho mais por afetação do que por afeição, antes passava com a mãe uma hora pela manhã e outra à tardinha. Mas desde que passara a se ocupar dos negócios de Estado, suas visitas haviam encurtado em meia hora. Em seguida, a visita matinal foi pouco a pouco suprimida.

Eles se viam na missa. A visita da tarde acabou sendo também substituída por um encontro em assembleia nos aposentos do próprio rei, ou nos de Madame, aonde a rainha ia de bom grado, em consideração aos dois filhos.

Madame assim havia conquistado uma grande importância na corte, tendo feito da sua casa o verdadeiro ponto de união da família real.

Ana da Áustria se ressentia disso.

Sentindo-se mal e condenada a frequentes abandonos, assustava-a a perspectiva de dias e noites cada vez mais solitários, inúteis e desesperados.

Com terror ela recordava o isolamento em que outrora a deixara o cardeal de Richelieu. Eram noites fatais e insuportáveis, mas a juventude e a beleza naquela época a consolavam, pois vêm sempre acompanhadas de esperança.

Ana procurou então como trazer a corte de volta, atraindo Madame e seu brilhante entourage à sombria e já triste morada em que a viúva de um rei da França e mãe de outro rei da França estava reduzida a consolar, da sua viuvez antecipada, aquela sempre chorosa também esposa de um rei da França.

Ela pensou.

Havia participado de muitas intrigas ao longo da vida. Nos bons tempos, quando sua jovem cabeça elaborava projetos sempre bem-sucedidos, ela tinha por perto, estimulando sua ambição e seu amor, uma amiga ainda mais ardente e ambiciosa do que ela própria, uma amiga que a amava — coisa rara na corte — e que mesquinhas considerações haviam afastado.[117]

Mas desde então, à exceção da sra. de Motteville, à exceção da Molena,[118] a ama de leite espanhola, confidente tanto como compatriota quanto como mulher, quem mais podia se gabar de ter dado um bom conselho à rainha?

Quem, entre aquelas jovens cabeças, podia recordar o passado, pelo qual apenas ela vivia?

Ana da Áustria se lembrou da sra. de Chevreuse, primeiro exilada — mais por iniciativa própria do que por vontade do rei —, e depois morta no exílio, casada com um fidalgo obscuro.

Perguntou-se o que ela, companheira de tantas intrigas, teria aconselhado naquela situação e, após séria meditação, a clarividente amiga, cheia de experiência e sagacidade, pareceu responder, com seu tom irônico:

— Todos esses jovenzinhos são pobres e ávidos por dinheiro. Precisam de ouro e de rendas que alimentem os seus prazeres; atraia-os pelo interesse.

Foi o plano que Ana da Áustria decidiu seguir.

Sua bolsa particular era considerável, graças à boa soma juntada em seu nome por Mazarino e deixada em local seguro.

Era dona das mais belas pedras preciosas da França e, sobretudo, de pérolas tão grandes que o rei suspirava sempre que as via, pois as da sua coroa não passavam de grãos de milhete em comparação.

Ela não dispunha mais da beleza e dos encantos de antigamente. Proporia como isca bons escudos de ouro a serem ganhos no jogo por quem viesse a suas recepções, ou generosos dotes, em dias de bom humor, ou ainda rendimentos que conseguisse arrancar do rei, o que parecia boa alternativa para não desfalcar tanto seu patrimônio.

Começaria aplicando essa tática junto a Madame, cuja conquista se mostrava a mais preciosa de todas.

Henriqueta, apesar da intrépida confiança que tinha em sua própria perspicácia e juventude, mergulhou fundo na oportunidade que se abria. Enriquecendo-se pouco a pouco com doações e cessões de direitos, ela tomava gosto por tais heranças antecipadas.

---

117. A sra. de Chevreuse.

118. Maria Molina, com data de nascimento desconhecida e morta depois de 1676, na verdade primeira camareira e confidente da rainha Ana Teresa. Ganhou grande influência na corte (onde era chamada La Molina) graças a toda uma rede de espionagem e troca de favores.

Ana da Áustria aplicou em seguida a mesma estratégia contra Monsieur e o próprio rei.

Instituiu também loterias em suas recepções.

No dia que vamos narrar, estava programado um *medianoche*[119] na rainha-mãe, que punha em sorteio dois braceletes muito valiosos por seus brilhantes, em fina ourivesaria.

Os medalhões incrustados eram camafeus antigos de alto valor. Os diamantes nem representariam um rendimento tão importante, mas o caráter original e raro dos medalhões era tal que, na corte, todos queriam ainda vê-los nos braços da rainha ao mesmo tempo que desejavam possuí-los. Nos dias em que ela os usava, era um orgulho poder admirá-los, beijando-lhe as mãos.

Os cortesãos inclusive haviam adotado a esse respeito variantes de uma galanteria, dizendo que os braceletes perderiam todo o valor se tivessem a infelicidade de estar em braços que não fossem comparáveis aos dela.

Tal homenagem foi elegantemente traduzida em todas as línguas da Europa e mais de mil dísticos em latim e em francês a repetiam.

Ana da Áustria tinha se decidido por essa loteria num momento importante: há dois dias o rei não vinha vê-la. Madame se mantinha ostensivamente distante desde a grande cena das dríades e náiades.

Não era o caso do rei, mas alguma distração mais forte parecia deixá-lo alheio às borrascas e aos prazeres da corte.

Ana anunciou então a loteria para a noite seguinte, em seu salão.

Foi quando pediu, como dissemos, à jovem rainha que fosse vê-la.

Ela a recebeu, dizendo:

— Tenho uma boa notícia, minha filha. O rei se referiu da forma mais carinhosa a você. Ele é moço e as distrações facilmente o atraem, mas enquanto você se mantiver comigo ele não se atreverá a se afastar, até por querê-la muito bem. Organizei uma loteria para esta noite, você virá?

— Ouvi dizer que serão sorteados aqueles belos e tão raros braceletes — disse a jovem rainha, com um tom de tímida censura na voz. — Acho pena que deixem o tesouro da coroa, até pelo fato de vos terem pertencido.

— Minha filha — explicou então Ana da Áustria, percebendo o fundo do pensamento da jovem rainha e querendo consolá-la —, eu precisava atrair Madame de forma mais definitiva.

— Madame? — surpreendeu-se Maria Teresa, corando.

— Claro. Não é melhor ter perto de si uma rival, sob vigilância e controle, em vez de estar o rei nos seus salões, disposto a cortejar e ser cortejado? Essa loteria é uma isca que lanço nesse intuito, isso a desagrada?

---

119. A partir do espanhol "meia-noite", jantar servido por volta dessa hora.

— Meu Deus, de jeito nenhum! — reagiu a jovem, batendo as mãos, numa infantil alegria, bem espanhola.

— Então não lamenta que eu não tenha simplesmente dado a você os braceletes, como era minha intenção?

— Não, de forma alguma, minha mãe!

— Pois então trate de estar bem bonita, minha filha, e que nossa *medianoche* seja brilhante: quanto mais alegre estiver, mais encantadora vai parecer. Todas as mulheres desvanescerão, ofuscadas por seu brilho e sua posição.

Maria Teresa se foi, entusiasmada.

Uma hora depois, Ana da Áustria recebia Madame, cobrindo-a de atenções:

— Boa notícia! — ela disse. — O rei adorou minha loteria.

— Pois eu nem tanto. Ver aqueles braceletes nos braços de outra mulher e não da minha rainha, ou nos meus, é algo com que não poderei me habituar.

— Ah! — exclamou Ana, disfarçando com um sorriso a violenta pontada que acabava de sentir no peito. — Nada de revoltas, mocinha... não comece vendo as coisas por seu pior ângulo.

— Sorteios são cegos, senhora... e, pelo que me disseram, há duzentos cupons.

— Exato. Mas deve saber que um deles será ganhador.

— Claro. Mas quem o terá? Sabe dizer? — desesperou-se Madame.

— Isso me faz lembrar que essa noite tive um sonho... Como gosto dos sonhos... durmo tão pouco.

— Que sonho? Não se sente bem?

— Nada grave — disse a rainha, sufocando com admirável coragem a tortura de uma nova pontada. — Sonhei que o rei ganhava os braceletes.

— O rei?

— Vai me perguntar em que os braceletes poderiam interessá-lo, não é?

— Justamente.

— No entanto, seria bom que o rei ganhasse, pois se veria forçado a dá-los.

— Ou a devolvê-los a Vossa Majestade, por exemplo.

— Se isso acontecesse eu imediatamente os cederia a alguém. Pois evidentemente não é por necessidade que ponho os braceletes em loteria, como imagino que saiba. É apenas para presenteá-los sem causar ciúmes. Mas se o acaso não quiser facilitar as coisas, bem, terei que corrigir o acaso... e sei a quem daria os braceletes.

Um sorriso dos mais expressivos acompanhou essas palavras e Madame se viu forçada a dar um beijo de agradecimento.

— Mas você sabe tanto quanto eu que o rei não os devolveria a mim, uma vez que, se eu quisesse dá-los à rainha, não precisaria dele para isso.

Madame deu uma olhada de viés para os braceletes, que, em seu estojo, cintilavam num console ao lado.

— Como são bonitos! — ela suspirou. — Aliás, já estávamos esquecendo, mas o sonho de Vossa Majestade é apenas um sonho…

— Muito me surpreenderia que não seja exato, meus sonhos raramente erram.

— Poderia então ser profetisa.

— Como disse, filha, quase nunca sonho, mas é uma coincidência bem estranha a desse sonho com meus planos. Adequa-se perfeitamente!

— Quais planos?

— O de que os braceletes sejam seus, para começar.

— O sorteado então não será o rei.

— Bem, não há tanta distância assim entre o coração de Sua Majestade e o seu… que é sua irmã querida… A distância não é grande o bastante para que o sonho esteja errado. Veja as chances que tem a seu favor, conte-as.

— Vou contá-las.

— Primeiro a do sonho, propriamente. Se o rei ganhar, ele lhe dará os braceletes.

— Admito como sendo uma.

— Se você mesma ganhar, é ainda mais simples.

— Certo. Também é possível.

— E Monsieur pode ganhar!

— Ah! — deu uma gargalhada Madame. — Ele os daria ao cavaleiro de Lorraine.

Ana da Áustria riu tanto quanto a nora, ou seja, com tamanha força que a dor voltou e a fez empalidecer em pleno acesso de hilaridade.

— O que houve? — afligiu-se Henriqueta.

— Nada, nada, só uma pontada de lado… Ri demais. Estávamos indo para a quarta chance.

— Ah, essa não imagino qual seja.

— Bem, também posso ganhar. E se eu ganhar, conte comigo.

— Obrigada! Obrigada!

— Espero que seja favorecida. O sonho já tem sólidas bases de realidade.

— Vossa Majestade me dá muita esperança e alegria. Se eu de fato ganhar, os braceletes com isso serão cem vezes mais preciosos para mim.

— Até a noite, então!

— Até!

As duas princesas se separaram.

Voltando a estar só e examinando os braceletes, Ana da Áustria disse a si mesma:

"São de fato preciosos, pois com eles conquistarei um coração esta noite e, ao mesmo tempo, descobrirei um segredo."

Em seguida, voltando à sua alcova deserta:

— É o que teria feito, minha pobre Chevreuse? Com certeza, não é? — perguntou ao vazio.

E como um perfume daquela época, toda a sua juventude e louca imaginação pareceram voltar, respondendo à evocação.

139. A loteria

Todos estavam no salão da rainha-mãe às oito da noite.

A anfitriã, em imponente traje de gala, bela com seus vestígios de beleza e todos os recursos de que a vaidade pode dispor se servindo de mãos habilidosas, dissimulava, ou tentava dissimular daquela quantidade de jovens cortesãos à sua volta — e que ainda a admirava, graças às combinações que ressaltamos no capítulo anterior —, os estragos já visíveis causados pelo mal que a mataria alguns anos depois.

Madame, quase tão vaidosa, e a rainha, simples e natural como sempre, estavam sentadas ao seu lado e disputavam as atenções da sogra.

As damas de honra, agrupadas como uma tropa armada para resistir com mais força e, consequentemente, maior sucesso às maliciosas provocações dos jovens fidalgos, tal qual um quadrado de infantaria se dispunham ao socorro mútuo, tanto defensivo quanto de revide.

Montalais, perita nesse tipo de batalha, protegia seu campo com um fogo constante contra o inimigo.

Saint-Aignan, em desespero diante do rigor da srta. de Tonnay-Charente, já insolente de tão obstinada, ensaiava lhe virar as costas. Derrotado porém pelo irresistível brilho dos grandes olhos da bela, ele reconhecia o fracasso com nova submissão, recebendo de volta apenas novas impertinências.

Não sabia mais para qual santo rezar.

La Vallière, por sua vez, tinha já uma corte iniciante a seu redor.

Esperando atrair o olhar de Athénaïs, Saint-Aignan fora, inclusive, cumprimentá-la com um respeito que, para certos entendedores um tanto desatualizados, pareceu ser a intenção de trocar uma por outra.

Tais pessoas, contudo, estavam entre aquelas que não haviam visto nem ouvido falar da cena sob a chuva. Mas como a maioria estava informada, e bem informada, a explícita iniciativa do conde interessou apenas aos mais perspicazes e aos mais ingênuos.

Os primeiros, por se perguntarem, como Montaigne: "O que sei?".[120]

120. Divisa de Michel de Montaigne (1533-92), que a mandou gravar (em latim) num medalhão, sublinhando a modéstia do saber humano diante da infinita extensão dos seus ob-

Os demais, por se perguntarem, como Rabelais: "Talvez?".[121]

Muitos então os seguiam, tal como na caça acontece quando cinco ou seis bons farejadores seguem de fato o traço deixado pela presa, enquanto o restante da matilha se limita a seguir o rastro dos bons farejadores.

Ana, Maria Teresa e Henriqueta examinavam os trajes das suas senhoritas e damas de honra, assim como os das demais senhoras, esquecendo-se até de que eram princesas, lembrando-se apenas de serem mulheres.

Ou seja, examinavam sem compaixão tudo o que usasse saias, como diria Molière.[122]

O olhar das duas princesas se dirigiu ao mesmo tempo a La Vallière que, como dissemos, era muito assediada. Voltando-se para a rainha-mãe, Madame foi implacável:

— Na verdade, se o sorteio fosse justo, favoreceria essa pobre La Vallière.

— Não terá como — sorriu Ana da Áustria.

— Por quê?

— São apenas duzentos cupons, de forma que nem todos os nomes puderam entrar na lista.

— Ela não foi incluída?

— Não.

— É pena! Poderia ganhar e vender os braceletes.

— Vendê-los? — chocou-se a rainha-mãe.

— Sim, o dinheiro serviria de dote e para que não se case sem ter um enxoval, como provavelmente será o caso.

— É mesmo? Pobre menina! Não tem vestidos?

O espanto era o de alguém que nunca soube o que é a mediania.

— Que Deus me perdoe, mas acho inclusive que está com a mesma saia desta manhã. E isso graças ao cuidado que o rei teve em protegê-la da chuva.

No preciso momento em que Madame fazia a observação, Luís XIV entrava no salão.

As duas princesas talvez nem percebessem a chegada, de tão interessadas que estavam nos mexericos, mas Madame percebeu La Vallière, de pé e bem diante do corredor, ficar mais tensa e dizer alguma coisa aos cortesãos à sua

---

jetos. A frase seria do filósofo e médico do século II Sextus Empiricus, sobre o qual, aliás, pouco se sabe.

121. Em francês, *peut-être*, "talvez", "quem sabe?", da suposta frase de François Rabelais ao morrer: "*Je m'en vais chercher le grand peut-être*" [Parto ao encontro do grande talvez], mostrando incerteza quanto ao que viria depois da morte (e ele era padre!).

122. O verso seria "*Et rien n'est si trompeur qu'animal porte-jupe*" [E nada é mais enganador que o animal que veste saia], mas não é de Molière, e sim de Jean-François Regnard (1655--1709), considerado o maior poeta cômico francês depois de Molière.

volta, que logo se afastaram. Foi o que levou Henriqueta a olhar na direção da porta, no momento em que o capitão da guarda anunciava o rei.

La Vallière, que até então tinha os olhos pregados no corredor, imediatamente os dirigiu ao chão.

O rei entrou.

Estava vestido com magnificente bom gosto e conversava com Monsieur e o duque de Roquelaure, um à sua direita e outro à esquerda.

Sua Majestade foi primeiro às rainhas, cumprimentando-as com respeitosa graça. Tomou a mão da sua mãe, beijou-a, elogiou Madame pela elegância do traje e começou sua perambulação entre os convidados.

La Vallière foi cumprimentada como todo mundo, nem mais nem menos.

Em seguida, Sua Majestade voltou para onde estavam a mãe e a esposa.

Ao verem que o rei havia cumprimentado de forma banal aquela jovem tão requisitada pela manhã, os cortesãos se puseram a interpretar o fato.

Tudo não passara de um capricho, e esse capricho já se desfizera.

Deviam, porém, ter observado que perto de La Vallière, entre os cortesãos, se encontrava também o sr. Fouquet, que com sua respeitosa cortesia procurava dar algum apoio à jovem, tomada por emoções que visivelmente a abalavam.

Ele inclusive se preparava para algo mais pessoal quando o sr. Colbert se aproximou e, depois de cumprimentar o superintendente dentro da mais estrita polidez, procurou se manter perto da dama de honra. Fouquet preferiu se afastar. Tudo isso era acompanhado atentamente por Montalais e Malicorne, que trocavam observações.

Perto de uma janela, de Guiche nada mais via além de Madame, mas como ela frequentemente olhava para La Vallière, o rapaz, guiado pelos olhos de uma, também olhava às vezes para a outra.

Louise por instinto sentia o peso desses diversos olhares, carregados uns de interesse, outros de cobiça, e, durante todo esse tempo, nenhuma palavra amiga por parte das companheiras, nenhum olhar amoroso do rei, nada que consolasse tamanho sofrimento.

De forma que ninguém podia dizer o quanto exatamente sofria a jovem. A rainha-mãe mandou que aproximassem a mesinha em cima da qual estavam os duzentos cupons da loteria, pedindo à sra. de Motteville que lesse a lista dos participantes.

Nem é preciso dizer que a lista seguia as regras da etiqueta: primeiro o rei, depois a rainha-mãe, a rainha, Monsieur, Madame e assim em diante.

Os corações batiam forte enquanto se fazia a leitura. Cerca de trezentos convidados estavam ali, perguntando-se se o seu nome se incluía entre os privilegiados.

O rei seguia com tanta atenção quanto os outros.

Pronunciado o último nome, ele constatou que La Vallière não estava na lista.

Todos, aliás, notaram isso.

Luís ficou vermelho, como sempre acontecia quando era contrariado.

Tranquila e resignada, a jovem nada demonstrou.

Durante a leitura, Luís não havia parado de olhar para ela, e isso a confortara. Sentia-se feliz e pura demais para que qualquer pensamento além do amor se aventurasse em seu espírito ou seu coração.

O rei, com sua atenção, compensava aquela tocante abnegação, mostrando compreendê-la em sua delicadeza.

Finda a lista, não esconderam o desapontamento as damas que tinham sido omitidas ou esquecidas.

Entre os homens, Malicorne tampouco fora citado, e a careta que ele fez claramente dizia a Montalais, também deixada de fora:

"Droga, seremos sempre esquecidos pela fortuna?"

"Não se preocupe", respondeu o sorriso inteligente da srta. Aure.

Os cupons foram distribuídos, cada qual com um número.

O rei recebeu o seu, depois a rainha-mãe, Monsieur, a rainha, Madame e assim em diante.

Ana da Áustria abriu então um fino saco de couro espanhol, contendo duzentas bolinhas numeradas de madrepérola, e o apresentou à mais jovem das suas damas de honra para que ela pegasse uma.

Era grande a expectativa ao longo de todos esses lentos preparativos, gerada mais pela avidez do que pela curiosidade.

Saint-Aignan se debruçou ao ouvido da srta. de Tonnay-Charente e propôs:

— Já que temos dois números, unamos nossas chances. Os braceletes serão seus se eu ganhar; para mim, caso a senhorita ganhe, haveria alguma atenção desses belos olhos?

— Nada feito — respondeu Athénaïs. — Guarde os braceletes, se os tiver. É cada um por si.

— Que impiedosa! — lamentou Saint-Aignan. — Ganhará então uma quadrinha:

Bela Íris, a meus desejos…
Sois rebelde…

— Pare com isso! Deixe-me ouvir o número sorteado.

— Número um — gritou a jovem que tirara a bolinha de madrepérola do saquinho espanhol de couro macio.

— O rei! — exclamou a rainha-mãe.

— O rei ganhou — repetiu a rainha, toda contente.

— Como no sonho, o rei! — disse Madame ao ouvido de Ana da Áustria, sem conter a alegria.

Já o ganhador não demonstrou maiores reações. Apenas agradeceu à fortuna por tê-lo indicado, dirigindo uma pequena saudação à jovem que fora escolhida como mandatária da divindade.

Em seguida, ao receber de Ana da Áustria o estojo com os braceletes, em meio a murmúrios gerais de cobiça, ele perguntou:

— São mesmo tão bonitos assim?

— Que Vossa Majestade olhe e julgue — respondeu a rainha-mãe.

O rei fez isso.

— De fato, o medalhão é admirável. Que acabamento!

A rainha Maria Teresa imediatamente percebeu que não ganharia os braceletes, mas como o marido não parecia querer oferecê-los a Madame se deu por satisfeita, ou quase.

O rei se sentou.

Os mais íntimos entre os cortesãos vieram aos poucos admirar de perto a maravilha, que em seguida, com a permissão do seu novo proprietário, passou de mão em mão.

Conhecedores ou não, todos reagiam com exclamações de surpresa e felicitavam o rei.

Não faltava o que admirar; para uns os brilhantes, para outros a incrustação.

As mulheres manifestavam clara impaciência, vendo tal tesouro monopolizado pelos homens.

— Cavalheiros — interrompeu-os o rei, a quem nada escapava —, por favor, até parece que usam braceletes, como os sabinos:[123] passem-nos às senhoras, que me parecem, a justo título, melhores conhecedoras.

Para Madame, tais palavras soaram como se dessem início à esperada decisão, e ela buscou confirmação nos olhos da rainha-mãe.

O cortesão com quem estavam naquele momento os braceletes, no meio da agitação geral, se apressou a colocá-los entre as mãos da rainha Maria Teresa, que — coitada! —, sabendo que não seria escolhida, mal os olhou e quase de imediato os passou a Madame.

Henriqueta, e mais ainda que ela Monsieur, admiraram os braceletes com um comprido olhar de cobiça.

Ela em seguida os passou às mulheres que se encontravam mais próximas, com uma só exclamação, mas com um tom que valia por toda uma frase:

— Magníficos!

123. Antigo povo da Itália central, a nordeste de Roma.

As senhoras que receberam de Madame as joias as admiraram sem pressa e as passaram adiante, seguindo pela direita.

O rei, enquanto isso, conversava tranquilamente com Guiche e Fouquet. Deixava-os falar mais do que ouvia.

Habituado àquele tipo de conversação, seu ouvido, como o de todos que têm incontestável superioridade sobre seus semelhantes, pegava das frases ditas apenas a parte indispensável que exige resposta.

Sua atenção estava em outro lugar.

Perambulava, como seus olhos.

A srta. de Tonnay-Charente fora a última dama inscrita no sorteio, o que de certa forma elevava sua posição. Depois dela vinham apenas Montalais e La Vallière.

Quando os braceletes chegaram àquelas últimas, ninguém mais se interessava por eles.

A humildade das mãos que os podiam tão de perto examinar diminuía muito sua importância.

Mas isso não impediu que Montalais vibrasse de alegria, mesclada de desejo e cupidez, mais pelas belas pedras do que pela ourivesaria.

A escolher entre o valor pecuniário e a beleza artística, era evidente que sem hesitação ela preferia os diamantes e não os camafeus.

Foi com muita dificuldade então que o estojo foi passado a La Vallière, que mal disfarçou a indiferença.

— Ah, que riqueza, esses braceletes! São magníficos! — exclamava ainda Montalais. — Não a deixam extasiada, Louise? Será que não é mulher?

— Sou — respondeu a moça, com um adorável tom de melancolia. — Mas para quê desejar algo que não posso ter?

Com a cabeça inclinada para a frente, o rei ouvia.

Assim que a frase chegou a seu ouvido, ele pomposamente se levantou, atravessou todo o círculo de pessoas para chegar até La Vallière e declarou:

— Sua colega se engana; a senhorita é mulher e toda mulher tem direito a joias de mulher.

— Ah, Vossa Majestade não acredita mesmo em minha modéstia?

— Acredito que tenha todas as virtudes, entre as quais a franqueza. Peço então que diga francamente o que acha desses braceletes.

— São lindos, Sire, e só podem ser oferecidos a uma rainha.

— Fico encantado com sua opinião. Esses braceletes são da senhorita, e o rei pede que os aceite.

Com um gesto que parecia de terror, La Vallière estendeu com brusquidão o estojo ao rei, que delicadamente o empurrou de volta.

Um silêncio de espanto, mais fúnebre do que um silêncio de morte, pesou sobre o salão inteiro. De onde estavam as rainhas, no entanto, não se ouviu o que foi dito nem se entendeu o que foi feito.

Uma caridosa amiga se encarregou de transmitir o acontecido. Foi Tonnay-Charente, a quem Madame fizera sinal para que se aproximasse, que exclamou:

— Meu Deus, que felicidade a dessa La Vallière! O rei acaba de dar a ela os braceletes.

Madame mordeu o lábio com tanta força que o sangue brotou na pele.

A jovem rainha olhou alternadamente para La Vallière e para Madame, sem poder deixar de rir.

Ana da Áustria apoiou o queixo em sua bela e alva mão, absorta por uma suspeita que invadia sua mente e uma dor atroz que mordia seu coração.

De Guiche, vendo a palidez de Madame — e adivinhando o que a fazia empalidecer —, deixou precipitadamente o salão e desapareceu. Malicorne pôde então se aproximar de Montalais e, graças ao falatório que se generalizava, disse:

— Aure, você tem a seu lado nossa fortuna e nosso futuro.

— Eu sei — ela respondeu e com carinho beijou La Vallière, a quem, na verdade, tinha vontade de estrangular.

140. Málaga

Durante todo esse longo e violento embate entre ambições cortesãs e amores de coração, um dos nossos personagens, talvez aquele do qual menos se devesse descuidar, estava sendo deixado de lado, esquecido e infeliz.

E, é verdade, d'Artagnan — pois devemos sempre chamá-lo pelo nome, para lembrar que ele de fato existiu —, d'Artagnan não tinha o que fazer naquele mundo brilhante e superficial. Depois de seguir o rei por dois dias em Fontainebleau e ter assistido a todos aqueles pastoreios e fantasias heroico-cômicas do soberano, estava claro para o mosqueteiro que nada daquilo podia preencher a sua vida.

As pessoas lhe perguntavam o tempo todo: "O que acha desse meu traje, sr. d'Artagnan?". E ele, plácida e ironicamente, respondia: "Está tão apresentável quanto o mais bonito macaco da feira Saint-Laurent".[124]

Era o tipo de cumprimento de que d'Artagnan era capaz em tais situações, e, gostando ou não, devia-se aceitar.

E quando lhe perguntavam "Como vai se vestir esta noite?", vinha a resposta: "Vou me despir".

Até velhas senhoras achavam graça.

Mas passados dois dias assim, e vendo que nada mais sério aconteceria, tendo o rei escanteado completamente — ou ao menos era essa a impressão que se tinha — Paris, Saint-Mandé e Belle-Île;

E que Colbert pensava apenas em lampiões e fogos de artifício;

E que por pelo menos um mês homens e mulheres se preocupariam exclusivamente com trocas de olhares a serem dados e recebidos;

Tudo isso fez d'Artagnan pedir uma licença para tratar de assuntos de família.

O pedido veio num momento em que o rei se retirava para dormir, exausto por ter dançado a noite inteira.

— Quer me deixar, sr. d'Artagnan? — estranhou Sua Majestade.

Luís XIV não compreendia que alguém, tendo a insigne honra de estar a seu lado, pudesse querer se afastar.

---

124. Feira de animais exóticos que existia em Paris desde o século XIII e era montada nas proximidades da igreja Saint-Laurent, de 1º de julho a 29 de setembro.

— Sire, se peço essa licença — explicou o mosqueteiro — é por não estar servindo para coisa alguma. Se eu pudesse, por exemplo, dar apoio à maromba enquanto Vossa Majestade dança,[125] já seria outra coisa.

Com toda a gravidade, o rei respondeu:

— Ora, sr. d'Artagnan, não dançamos com marombas.

— Não? — continuou a ironizar o mosqueteiro. — Quanta ignorância a minha!

— Então não me viu nenhuma vez dançar?

— Sim, claro, mas achei que a coisa seguisse num crescendo. Engano meu. É um motivo a mais para que me retire. Repito, Sire, Vossa Majestade não precisa de mim. Aliás, caso precise, sabe onde me encontrar.

— Está bem.

E a licença foi concedida.

Que não se procure então d'Artagnan em Fontainebleau, seria perda de tempo, mas, pedindo permissão aos leitores, vamos encontrá-lo na rua dos Lombardos, no Pilon-d'Or do nosso venerável amigo Planchet.

São oito horas de uma noite quente e uma única janela está aberta, a de um quarto da sobreloja.

Uma fragrância de especiarias, misturada àquela, menos exótica, porém mais penetrante, da lama da rua, toma as narinas do mosqueteiro.

Estirado numa imensa cadeira de encosto reto, com as pernas não estendidas, mas apoiadas num banquinho, d'Artagnan formava o ângulo mais obtuso que se possa imaginar.

Os dois braços estavam cruzados acima da cabeça, que se inclinava sobre o ombro esquerdo, como a de Alexandre, o Grande.[126]

O olho, sempre tão esperto e curioso, estava parado, quase opaco e tendo como alvo inabalável um pedacinho de céu ainda azul que se via por trás do desenho das chaminés. É um pedacinho de azul que mal serviria de remendo para qualquer um dos sacos de lentilhas ou de feijões que constituíam o principal mobiliário da mercearia no térreo.

Estendido e abestalhado em sua observação transfenestral, d'Artagnan ali não era mais um homem de guerra nem um oficial palaciano, era um burguês largado entre o jantar e a ceia, entre a ceia e a cama; um desses bons cérebros ossificados nos quais não cabe mais ideia alguma, de tanto que o terra a terra ferozmente policia a porta de acesso da inteligência, impedindo qualquer contrabando possível que introduza na massa cinzenta um vestígio de pensamento.

---

125. Maromba era a vara com que os dançarinos na corda bamba, como eram chamados os funâmbulos, faziam suas exibições.

126. Segundo Plutarco (*c.* 46-*c.* 125), em *As vidas dos homens ilustres*, no que se referia à inclinação do pescoço para o lado esquerdo.

Dissemos já ser noite. As lojas acendiam luzes, enquanto as janelas dos andares superiores eram fechadas. Uma patrulha da vigilância fazia ouvir a batida regular da sua marcha.

D'Artagnan continuava a nada escutar e a nada ver além do seu pedacinho azul de céu.

A dois passos, num canto à sombra, deitado de barriga para baixo num saco de milho, Planchet, com o queixo apoiado nos dois braços, olhava d'Artagnan, que pensava, sonhava ou dormia de olhos abertos.

Tal contemplação já durava um bom tempo.

Ele então limpou a garganta:

— Hum! Hum!

D'Artagnan não se mexeu.

Planchet viu ser preciso algo mais forte. Depois de pensar um pouco, o que ele encontrou de melhor foi cair do saco em que estava deitado, rolar no chão e exclamar contra si mesmo:

— Mas que imbecil!

Ao longo da vida, d'Artagnan já tinha ouvido muito barulho e não deu a menor atenção àquele.

Além disso, uma enorme carroça cheia de pedras acabava de virar a esquina, vindo da rua Saint-Médéric, e suas rodas encobriram o barulho da queda de Planchet.

Mas o merceeiro julgou perceber um tênue sorriso de tácita aprovação ao seu "imbecil!".

E isso o encorajou a perguntar:

— Está dormindo, sr. d'Artagnan?

— Não, Planchet, *sequer* isso — ele respondeu.

— É horrível esse *sequer*.

— Qual o problema? Por acaso não está gramaticalmente correto?

— Está, sem dúvida.

— E então?

— É o que me aflige.

— Desenvolva essa sua aflição, Planchet.

— Dizendo que sequer dorme é como se dissesse sequer ter esse consolo. Ou seja, é como se dissesse estar morrendo de tédio.

— Você sabe que nunca me entedio.

— À exceção de hoje e de anteontem.

— Bah!

— Há oito dias veio de Fontainebleau, são oito dias sem ter ordens a dar, regimento a comandar… Sente falta do tilintar dos mosquetes, do rufar dos tambores, de toda a realeza. Eu, que carreguei o mosquete, entendo.

— Posso garantir, Planchet, que não me entedio minimamente.

— Nesse caso, o que faz aí, deitado como um morto?

— Meu amigo, no cerco de La Rochelle, quando estávamos lá, havia um árabe famoso pela destreza em direcionar os canhões, sobretudo aqueles de tubo comprido e fino. Era um sujeito esperto, que tinha a cor dessas suas azeitonas da mercearia. Pois aquele árabe, depois de comer ou de trabalhar, se deitava como estou deitado agora e fumava não sei que folhas mágicas num canudo com a ponta de âmbar. Se algum superior passasse por perto e o censurasse por isso, ele tranquilamente respondia: "É melhor estar sentado do que de pé, deitado do que sentado, morto do que deitado".

— Era bem lúgubre, esse árabe, tanto pela cor quanto pelo que dizia, pois me lembro muito bem dele, cortava a cabeça dos protestantes com muita satisfação.

— E as embalsamava, quando valiam a pena.

— Preparava o embalsamento com um monte de ervas e plantas, parecia um cesteiro trabalhando.

— Exato, Planchet, muito bem lembrado.

— Como não? Tenho boa memória.

— Nunca duvidei disso. E o raciocínio?

— É perfeito numas coisas e estúpido em outras.

— Prossiga, prossiga.

— Veja, concordo ser melhor estar sentado do que em pé, sobretudo se estivermos cansados. Em certas circunstâncias — e Planchet sorriu com um arzinho cafajeste —, é melhor estar deitado do que sentado, mas quanto à última parte, melhor morto do que deitado, acho absurda. Minha preferência absoluta é pela cama, e se não concordar comigo é por estar, como tive a honra de dizer, morrendo de tédio.

— Planchet, conhece o sr. La Fontaine?

— O farmacêutico da esquina da rua Saint-Médéric?

— Não, o escritor das *Fábulas*.

— Ah, o do corvo?

— Ele mesmo. Pois me sinto como a lebre.

— Tem também uma lebre?

— Tem todo tipo de animal.

— Bom, e o que faz a lebre?

— Lucubra.[127]

— Ah!

— Vejo-me então como a lebre do sr. La Fontaine; lucubro.

— Lucubra? — preocupou-se Planchet.

— Isso. Este quarto, meu amigo, é triste o bastante para encorajar a meditação, espero que concorde.

— Tem vista para a rua…

127. Em "A lebre e as rãs", *Fábulas*, livro II, XIV. A mesma imagem foi usada pelo próprio d'Artagnan, conversando com Planchet, em *Vinte anos depois*.

— Que divertido, não?

— Com certeza, se estivesse num quarto dando para os fundos se entediaria... quer dizer, lucubraria ainda mais.

— Vai saber! Não estou bem certo disso, Planchet.

— E se essas suas lucubrações fossem ainda do tipo daquelas que o levaram à restauração do rei Carlos II... — devaneou o merceeiro, dando uma risadinha cheia de significado.

— O amigo Planchet está ficando ambicioso — observou d'Artagnan.

— Não temos nenhum outro rei a restaurar, nenhum outro Monck a encaixotar?

— Não, meu caro, todos os reis estão nos seus respectivos tronos... talvez não tão confortavelmente quanto eu nessa cadeira, mas estão.

E d'Artagnan deu um suspiro.

— Está me causando pena, sr. d'Artagnan.

— Bondade sua, Planchet.

— Que Deus me perdoe, mas desconfio de uma coisa.

— De quê?

— Está emagrecendo.

— Ah! — exclamou o mosqueteiro, batendo no peito, que soou como uma caixa vazia. — Não creio, Planchet.

— Acho bom, pois se emagrecer morando na minha casa...

— O que tem?

— Farei um escarcéu.

— Vamos, acalme-se.

— Garanto.

— E o que faria?

— Encontraria o que está causando essa tristeza.

— Resolveu agora que estou triste.

— Sim, é isso.

— Acho que não, Planchet.

— Pois acho que sim, algo o entristece e está emagrecendo.

— Emagrecendo? Tem certeza?

— A olhos vistos... Málaga! Se continuar emagrecendo, pego meu espadagão e vou direto cortar a garganta do sr. d'Herblay.

— O quê?! — pulou da cadeira d'Artagnan. — O que está dizendo? O que vem fazer nessa sua mercearia o nome do sr. d'Herblay?

— Bom! Está bem! Pode se zangar se quiser, mas, diabos, sei do que estou falando.

Durante essa última frase de Planchet, D'Artagnan se pusera de maneira a não perder nenhum dos seus olhares, ou seja, tinha se sentado, com as duas mãos apoiadas nos joelhos e o pescoço esticado na direção do digno merceeiro. Por fim disse:

— Bem, explique-se. Diga como pôde proferir semelhante blasfêmia. O sr. d'Herblay, seu ex-chefe, meu amigo, um homem da Igreja, um mosqueteiro que se tornou bispo e ergueria a espada contra ele?

— Ergueria a espada contra o meu pai, vendo o senhor nesse estado.

— O sr. d'Herblay, um fidalgo!

— Não ligo a mínima para isso. Está causando sonhos ruins, sei disso. E sonhos ruins emagrecem. Málaga! Não quero que saia da minha casa mais magro do que entrou.

— E que sonhos ruins são esses? Vamos, explique.

— Há três noites o senhor tem pesadelos.

— Eu?

— Exato. E neles repete: "Aramis! O sonso do Aramis!".

— Eu disse isso? — preocupou-se d'Artagnan.

— Disse. Dou minha palavra.

— E daí? Sonhos não querem dizer coisa alguma, meu amigo.

— Mesmo assim, toda vez que saiu nos últimos três dias não deixou de perguntar, assim que voltava: "Viu o sr. d'Herblay?", ou: "Chegou carta para mim do sr. d'Herblay?".

— E não é normal que eu me interesse pelo querido amigo?

— Concordo, mas não a ponto de perder peso.

— Vou recuperá-lo, Planchet, dou minha palavra.

— Ótimo, combinado! Sei que sua palavra é sagrada…

— E não sonharei mais com Aramis.

— Melhor ainda!

— Nem perguntarei se chegou carta do sr. d'Herblay.

— Perfeito.

— Mas me explique uma coisa.

— Pode dizer.

— Sou observador…

— Sei disso.

— Ainda há pouco você praguejou de forma estranha…

— Sim.

— Não é hábito seu.

— Refere-se ao "Málaga!"?

— Exato.

— Digo desde que me tornei merceeiro.

— Entendo, é um nome de uva-passa.

— É a minha senha para a ferocidade; quando digo "Málaga!" deixo de ser um homem civilizado.

— Em todo caso, antes não dizia isso.

— É verdade, veio de alguém.

Planchet piscou o olho com uma sutileza que chamou a atenção de d'Artagnan, e ele apenas fez:

— Eh, eh!
E Planchet repetiu:
— Eh, eh!
— Ora, ora, sr. Planchet.
— Droga, não sou como o senhor, não passo a vida lucubrando.
— Deveria.
— Quero dizer, me entediando. A vida é curta, por que não aproveitá-la?
— É um filósofo epicurista, Planchet?
— Por que não? Se a mão é boa, a gente escreve e pesa o açúcar; se o pé é seguro, a gente dança ou passeia; se o estômago tem dentes, a gente devora e digere; se o coração não se entravou demais… O quê…?
— O que o quê, Planchet?
— Ah! Só isso… — concluiu o merceeiro, esfregando as mãos.
D'Artagnan cruzou as pernas e declarou:
— Planchet, meu amigo, você me deixa abestado de surpresa.
— Por quê?
— Porque o vejo sob um ângulo absolutamente novo.
Todo satisfeito, Planchet continuou a esfregar as mãos parecendo que ia acabar arrancando a pele:
— Bem, só por ser um animal, seria um animal imbecil?
— Temos aí um raciocínio.
— Então me acompanhe. Eu pensei: sem prazer, não há felicidade na terra.
— É pura verdade! — concordou d'Artagnan.
— Assim sendo, vamos falar não do prazer, pois não é coisa tão comum, mas dos seus consolos.
— E você se consola?
— Com certeza.
— Explique como.
— Tenho um sistema para combater o tédio. Calculo o prazo da minha tolerância e, na véspera do dia em que me sinto prestes a cair no tédio, procuro me divertir.
— Simples assim?
— É.
— E descobriu isso sozinho?
— Sozinho.
— Acho milagroso.
— O que me diz?
— Digo que a essa sua filosofia não tem outra no mundo que se compare.
— Pois siga então o meu exemplo.
— Fico muito tentado.
— Faça como eu.
— Adoraria, mas nem todas as almas têm a mesma energia. É possível que eu, se precisasse me divertir como você, me entediasse ainda mais…

— Tente, para início de conversa.
— Bom, vejamos. O que você faz?
— Não notou que eu às vezes desapareço?
— Sim.
— Como?
— De tempos em tempos.
— É isso mesmo! Não notou?
— Meu caro Planchet, entre pessoas que se veem quase todo dia, quando uma delas se ausenta a outra costuma sentir sua falta. Não sente a minha quando parto em campanha?
— Imensamente! Fico como um corpo sem alma.
— Já que concordamos nesse ponto, continue.
— Quando me ausento?
— Nos dias 15 e 30 de cada mês.
— E fico fora...?
— Às vezes dois, três ou até quatro dias.
— E o que imagina que eu esteja fazendo?
— Negócios.
— Ao voltar, qual impressão tem de mim?
— De que está bem satisfeito.
— Como disse, sempre satisfeito. E a que atribui tanta satisfação?
— Ao fato de que seu comércio vai bem, e de que as compras de arroz, de ameixas secas, de rapadura, de peras batidas[128] se passaram maravilhosamente. Você sempre teve propensão ao pitoresco, por isso não me surpreendi ao descobri-lo com uma mercearia, que é um dos comércios mais variados e adequados às pessoas de caráter sensível, já que lida com todo tipo de artigos naturais e perfumados.
— Está certíssimo nisso tudo, mas comete um erro enorme!
— Como assim? Que erro?
— O de achar que a cada quinze dias vou às compras. Como foi achar uma coisa dessa? Ah, ah, ah!
E Planchet começou a rir, de maneira a fazer d'Artagnan duvidar da própria inteligência e reconhecer:
— Confesso não estar à sua altura.
— Concordo, não está mesmo.
— Como, não estou?
— Deve ser verdade, pois foi o que disse. Mas isso, para mim, em nada o diminui.
— Veja só, fico feliz!

128. Especialidade que se podia degustar como fruta seca ou reidratada ao vinho e servindo como acompanhamento para algumas carnes.

— É sem dúvida um gênio, sobretudo quando se trata de guerra, de surpreender, de táticas e de ações inesperadas, caramba! Os reis desaparecem, em comparação ao senhor! Mas quando se trata de repouso da alma, de cuidados com o corpo, que são as doçuras da vida, se posso assim dizer, ah!, deixemos de lado os gênios, eles são os seus próprios carrascos.

— Bom, Planchet — disse o mosqueteiro, borbulhando de curiosidade —, tudo isso está me interessando ao extremo.

— Já está menos entediado do que ainda há pouco, não é?

— Não estava entediado, mas agora estou me divertindo.

— Ótimo, já é um bom começo! Vou curá-lo.

— É só o que peço.

— Quer que eu tente?

— Agora mesmo.

— Vamos lá! Tem cavalos à disposição?

— Dez, vinte, trinta.

— Não precisa tanto, dois já bastam.

— Estão à sua disposição.

— Perfeito. Vou levá-lo a um lugar.

— Quando?

— Amanhã.

— Onde?

— Ah, já está perguntando demais.

— Reconheça que é importante saber aonde vamos.

— Gosta do campo?

— Bem pouco, Planchet.

— Então gosta da cidade?

— Depende.

— Pois vou levá-lo a um lugar meio cidade, meio campo.

— Bom.

— Um lugar em que vai se divertir, tenho certeza.

— Maravilha!

— E o melhor: um lugar de onde veio por ter se entediado.

— Eu?

— Mortalmente entediado.

— É a Fontainebleau que você vai?

— Fontainebleau, exato!

— Vai sempre a Fontainebleau?

— Exato.

— E o que, diabos, vai fazer em Fontainebleau?

Planchet respondeu com piscadas de olho cheias de malícia.

— Tem um terreno lá, que bandido!

— Oh!, uma besteira, um barraco.

— Apanhei-te.

— Mas é muito simpático, juro.

— Vou conhecer a casa de campo de Planchet!

— Quando quiser.

— Não ficou combinado amanhã?

— Amanhã, pode ser. Aliás, é dia 14, ou seja, véspera do dia em que temo me entediar. Então, combinadíssimo.

— Combinadíssimo.

— Empresta-me um dos seus cavalos?

— O melhor deles.

— Não, prefiro o mais manso. Como sabe, nunca fui ótimo cavaleiro, e com a mercearia fiquei ainda mais enferrujado. Além disso...

— O quê?

— Além disso — ele continuou, dando mais uma piscada —, não posso me cansar.

— Por que não? — se arriscou d'Artagnan.

— Porque cansado não me divertiria tanto.

Dito isso, ele se levantou do saco de milho, se espreguiçou e fez todos os ossos estalarem, formando uma espécie de harmonia.

— Planchet, meu querido Planchet. Declaro não haver na terra um sibarita igual a você. Vê-se que ainda não comemos juntos um tonel de sal.

— O que isso quer dizer?

— Que não o conheço ainda e, de fato, volto mesmo a acreditar naquilo que uma vez percebi, em Boulogne, quando por pouco não estrangulou o criado do sr. de Wardes, que se chamava Lubin:[129] você é alguém com muitos recursos.

Planchet riu, vaidoso, deu boa-noite ao mosqueteiro e desceu para os fundos da loja, onde tinha o seu quarto.

D'Artagnan voltou à sua posição anterior na cadeira. A testa, que por um momento se desenrugara, parecia mais pensativa do que nunca.

Já haviam ficado para trás as maluquices e os sonhos de Planchet.

Tentou retomar o fio dos pensamentos, interrompido pela agradável conversa que acabamos de compartilhar com os leitores.

"Tudo está nisso", ele disse a si mesmo.

"Primeiro: saber o que Baisemeaux queria com Aramis;

"Segundo: saber por que Aramis não me dá notícias;

"Terceiro: saber por onde anda Porthos.

"Sobre esses três pontos paira um mistério.

"E já que nossos amigos nada dizem, temos que recorrer à nossa pobre inteligência. Cada um faz o que pode, droga! Ou Málaga!, como diz Planchet."

---

129. Ver *Os três mosqueteiros*, capítulo 20.

141. A carta do sr. de Baisemeaux

Seguindo seu plano, d'Artagnan foi já na manhã seguinte visitar Baisemeaux. Era dia de faxina na Bastilha: os canhões sendo limpos e polidos, as escadas esfregadas. Até os guarda-chaves pareciam ocupados em lustrar suas chaves.

Já os soldados da guarnição perambulavam pelos respectivos pátios, a pretexto de já estarem, eles próprios, bem limpos.

O comandante Baisemeaux recebeu d'Artagnan de maneira mais do que cordial, mas se manteve tão na defensiva que o mosqueteiro, com toda a sua fineza, não conseguiu tirar dele uma sílaba que pudesse interessar.

Quanto mais o homem se continha, mais aumentava a desconfiança de d'Artagnan, que começou inclusive a notar que aquilo vinha de alguma recomendação recente.

O Baisemeaux que estivera com ele no Palais Royal não era o mesmo Baisemeaux, frio e impenetrável, da Bastilha.

Quando d'Artagnan quis fazê-lo falar dos assuntos financeiros urgentes que o fizeram procurar Aramis e o tinham deixado tão falante naquela noite, Baisemeaux, alegando ter ordens a dar a seu pessoal, deixou o visitante mofando por tanto tempo que ele, já perdendo a esperança de conseguir maiores informações, foi embora sem que o comandante tivesse voltado.

Mas tudo isso criou uma desconfiança e, uma vez estabelecida a desconfiança, sua cabeça não descansava mais.

D'Artagnan era, entre os homens, o que o gato é entre os quadrúpedes: o emblema da inquietude e, ao mesmo tempo, da impaciência.

Um gato inquieto é como o floco de seda que balança a qualquer sopro do ar. Um gato de tocaia fica como morto num posto de observação, sem que fome ou sede possam interromper sua meditação.

D'Artagnan, que ardia de impaciência, sacudiu de uma só vez esse sentimento como se fosse uma coberta pesada demais. O que dele escondiam se tornava justo o que ele precisava saber.

Pensou então que Baisemeaux não deixaria de avisar Aramis, caso Aramis lhe tivesse recomendado isso. E foi o que aconteceu.

Quando o governador voltou, d'Artagnan já estava emboscado junto à rua do Petit-Musc, de onde podia ver qualquer pessoa que saísse da fortaleza.

Ficou uma hora sob a marquise do albergue Herse-d'Or, bem à sombra, e afinal viu um soldado da guarda sair.

Não se podia esperar melhor indício. Todo guarda ou carcereiro da Bastilha tinha seus dias de folga, ou mesmo algumas horas, pois não podiam ter mulher nem alojamento no castelo. Saíam então sem levantar qualquer estranheza.

Mas um soldado fica de serviço por vinte e quatro horas, como se sabe — e d'Artagnan melhor do que ninguém. Aquele soldado em uniforme de serviço só podia então estar saindo por ordem expressa e urgente.

O homem, como dizíamos, deixou então a fortaleza caminhando devagar, como faria um feliz mortal que, em vez da rotina num insípido corpo de guarda ou num bastião igualmente desenxabido, tinha a sorte de desfrutar de alguma liberdade e um passeio; tudo isso contando como hora de trabalho. Ele tomou a direção do subúrbio Saint-Antoine, aproveitando o sol e olhando as passantes.

D'Artagnan o seguiu de longe, sem saber exatamente o que queria.

"Preciso antes de tudo ver o rosto do sujeito. Vendo, a gente já pode ter uma ideia", ele pensou.

Por isso apertou o passo e ultrapassou o soldado, o que não era tão difícil.

Não só viu o rosto, que lhe pareceu inteligente e decidido, mas também o nariz, bastante avermelhado.

"O sujeito é dado à bebida", concluiu.

Viu o nariz avermelhado, mas também um envelope branco na cinta do uniforme, e deduziu:

"Está servindo de correio. E um soldado, feliz por ter sido escolhido para levar uma carta, dificilmente vai vendê-la."

Enquanto constatava tudo isso, o homem continuava pelo subúrbio Saint-Antoine.

"Na certa está indo a Saint-Mandé e vou acabar sem saber o que diz a carta..."

Era desesperador.

"Se estivesse de uniforme, mandaria o primeiro corpo de guarda que encontrasse pará-lo e tomaria a carta. Não, não seria bom dizer meu nome. Se o chamar para beber, ele vai desconfiar e vou acabar bêbado antes dele... Caramba! Nem sou mais capaz de ter uma ideia boa. Estou mesmo acabado. Atacar o infeliz, fazê-lo sacar a espada, matá-lo por causa dessa carta... Bom, se fosse de uma rainha a um lorde, ou de um cardeal a uma rainha... Mas francamente, são intrigas bem miseráveis essas entre Aramis/Fouquet e Colbert! Não valem a vida de um homem. Não valem nem uns trocados."

Filosofando, roendo as unhas e o bigode, ele de repente deparou com um pequeno grupo de arqueiros e um comissário.

Levavam preso um homem de boa aparência, que não parava de protestar. Estava sendo arrastado e a roupa fora rasgada. Pedia que agissem com mais respeito, dizendo-se fidalgo e militar.

Vendo nosso soldado na rua, ele gritou:

— Soldado, me ajude!

Ouvindo o pedido, o assim interpelado foi na sua direção, com várias pessoas já a acompanhá-lo.

D'Artagnan finalmente teve uma ideia.

Era a primeira e veremos não ter sido de todo ruim.

O fidalgo contou que fora preso numa casa como ladrão, mas estava ali como amante. O soldado lamentou o equívoco, ofereceu consolo e alguns conselhos, com essa gravidade que o soldado francês põe a serviço do orgulho e do espírito corporativo. Aproveitando-se da aglomeração que se formara, e se colocando bem perto do envelope que o interessava, d'Artagnan rapidamente o surrupiou.

Como naquele momento o fidalgo puxava o soldado, e o comissário puxava o fidalgo, a operação foi bastante facilitada.

Afastando-se uma dezena de passos, atrás da pilastra de uma casa, d'Artagnan leu:

> Para o sr. du Vallon, na casa do sr. Fouquet, em Saint-Mandé.

— Bom — ele se animou.

Conseguiu romper o lacre sem rasgar o envelope e tirou de dentro um papel dobrado em quatro, em que constava apenas:

> Caro sr. du Vallon, queira avisar ao sr. d'Herblay que ele veio à Bastilha e fez perguntas.
>
> Atenciosamente,
>
> DE BAISEMEAUX

— Veja só! — exclamou d'Artagnan. — A coisa fica mais clara, Porthos está nisso.

Já sabendo o que queria, pensou: "Droga! Esse pobre-diabo vai pagar caro se não entregar a carta... O que vai o sonso do Baisemeaux fazer com ele? E eu nem preciso mais dela: comido o ovo, para quê guardar a casca?".

O comissário e os arqueiros já iam embora com o prisioneiro, depois de terem convencido o soldado, que, ainda cercado de pessoas, discutia o acontecido.

D'Artagnan se aproximou, deixou a carta cair no chão sem ser visto e logo se afastou. O soldado retomou seu caminho para Saint-Mandé, pensando no fidalgo que havia implorado por sua proteção.

De repente se lembrou da carta e, olhando para a cinta, viu que ela havia desaparecido. D'Artagnan ficou aliviado ao ouvir seu grito de aflição.

O infeliz olhou assustado ao redor e afinal descobriu, vinte passos atrás, o bendito envelope, partindo em sua direção como um gavião que descobre uma presa.

O envelope parecia um tanto empoeirado, um tanto amassado, mas estava ali.

O homem visivelmente se preocupou com o lacre rompido, mas acabou aceitando a fatalidade e guardou de volta a carta na cinta.

"Agora tenho tempo. Pelo visto, Aramis não está em Paris, já que Baisemeaux escreveu para Porthos. Que alegria voltar a vê-lo... e conversar um pouco!", disse a si mesmo o gascão.

Regulando seu passo pelo do soldado, o plano era chegar quinze minutos depois dele à casa do sr. Fouquet.

142. Com prazer, o leitor verá que Porthos nada perdeu da sua força

D'Artagnan havia calculado que cada hora tem sessenta minutos e cada minuto sessenta segundos, como de hábito.

Graças a esse cálculo perfeitamente exato dos minutos e segundos, ele chegou ao portão do superintendente no momento em que o soldado saía, já sem a carta.

Apresentou-se então à entrada, sendo recebido por um porteiro que não lhe deu passagem e manteve a porta entreaberta.

O capitão dos mosqueteiros gostaria de entrar sem anunciar quem era, mas viu que não seria possível, então se apresentou.

O título deveria liquidar qualquer dificuldade, mas o porteiro continuou hesitante. Foi preciso insistir e afinal o homem, ainda sem abrir completamente, deixou de barrar com tanta firmeza a porta.

Era claro que ele havia recebido ordens expressas.

Era melhor, então, mentir, o que não era difícil para d'Artagnan se houvesse, além da mentira, uma razão de Estado ou mesmo, tão só, o seu interesse pessoal.

Assim sendo, acrescentou que a carta trazida um pouco antes para o sr. du Vallon viera a mando seu, justamente para anunciar a sua visita.

Isso dirimiu toda dúvida e d'Artagnan pôde entrar.

Ao criado que o devia acompanhar, ele disse não ser preciso se dar ao trabalho, pois sabia muito bem onde encontrar o sr. du Vallon.

Não havia o que dizer a alguém tão bem informado.

Ele ficou livre.

Escadaria, salas, jardins… o mosqueteiro passou tudo em revista. Perambulou por mais de quinze minutos na luxuosíssima casa, com seus móveis maravilhosos e criadagem em mesmo número que o somatório das colunas e das portas.

"Sem dúvida, os limites desta casa são os da terra. Será que Porthos teve a fantasia de ir a Pierrefonds sem deixar a casa do sr. Fouquet?", conjeturou d'Artagnan.

Ele afinal chegou a uma parte mais recuada da mansão, cercada por um muro de pedras talhadas pelas quais subia uma profusão de trepadeiras com flores grandes e firmes que mais pareciam frutas.

A distâncias regulares, no alto do muro, erguiam-se estátuas em poses tímidas ou misteriosas. Eram vestais cobertas por túnicas com muitas dobras, ágeis sentinelas presas em véus de mármore, vigiando o palácio com seus furtivos olhares.

Um Hermes com o dedo na boca, uma Íris de asas abertas e uma Noite coberta de dormideiras dominavam os jardins e as edificações entrevistas por trás das árvores. As esculturas se perfilavam em branco sobre o fundo de altos ciprestes, que lançavam seus cimos negros ao céu.

Em volta deles, a cada brotadura dos galhos roseiras antiquíssimas se agarravam com seus anéis floridos, semeando sobre os ramos inferiores e as estátuas uma chuva de flores perfumadas.

Tais encantos pareceram ao mosqueteiro o esforço supremo da sensibilidade humana e o imbuíram de uma disposição poética. A ideia de Porthos estar morando em semelhante éden o fez ter do amigo melhor impressão, pois é verdade que espíritos mais elevados são vulneráveis à influência daquilo que os envolve.

D'Artagnan encontrou uma porta e a abriu, acionando uma espécie de mola.

Passou por ela e a fechou de volta, deparando-se então com um pavilhão em forma de rotunda, dentro do qual nada se ouvia além de cascatas e cantos de pássaros.

À porta do pavilhão estava um criado a quem ele perguntou, sem hesitação:

— É aqui que está o sr. barão du Vallon, não é?

— Sim, senhor.

— Avise-o de que o cavaleiro d'Artagnan, capitão dos mosqueteiros de Sua Majestade, veio vê-lo.

Ele foi levado a uma sala.

Não esperou muito tempo. Passadas conhecidas sacudiram o piso da sala ao lado, uma porta foi aberta, ou melhor, quase derrubada, e Porthos se jogou nos braços do amigo, mas com uma espécie de constrangimento que não lhe caía mal.

— Você, aqui? — ele perguntou.

— E você? — devolveu d'Artagnan. — Ah, seu sonso!

— Pois é — respondeu Porthos, sorrindo meio sem graça —, pois é, me pegou na casa do sr. Fouquet. Isso o surpreende, não é?

— De jeito nenhum. Por que não seria amigo do sr. Fouquet? Ele tem muitos amigos, sobretudo entre as pessoas mais interessantes.

Porthos teve a modéstia de não reagir tão rápido ao elogio.

— Além disso, me viu em Belle-Île.

— É um motivo a mais para que o imaginasse amigo do sr. Fouquet.

— Fato é que o conheço — explicou-se ainda o barão.

— Puxa, meu amigo! Deve se sentir culpado com relação a mim!

— Como assim?

— Como? Executou aquela admirável obra de fortificação em Belle-Île e não me falou nada.

Porthos ficou vermelho.

— E tem mais — continuou d'Artagnan. — Viu-me lá, sabe o quanto sou próximo do rei e não percebeu que Sua Majestade, querendo descobrir o especialista que conseguira semelhante feito, do qual recebia as mais magníficas descrições, me enviara para esclarecê-lo?

— O quê? O rei o enviou para...

— Ora, com certeza! Mas não falemos mais disso.

— Chifre de boi! Pelo contrário, falemos sim. Então o rei sabia que Belle-Île estava sendo fortificada?

— E o rei não sabe de tudo?

— Mas não sabia quem era o responsável?

— Isso não, mas imaginava, por tudo que lhe tinham falado das obras, se tratar de algum ilustre homem de guerra.

— Diabos! Se eu soubesse...

— Não teria escapado daquela maneira de Vannes, não é?

— Não. E o que fez quando não me viu mais?

— Refleti, meu amigo.

— Disso sei eu, você reflete... E essa reflexão o levou a quê?

— A descobrir a verdade.

— Ah, descobriu a verdade?

— Descobri.

— E o que descobriu? Conte — disse Porthos, acomodando-se numa poltrona e assumindo ares de esfinge.

— Para começar, que você fortificava Belle-Île.

— Bom, não era tão difícil, tinha me visto com a mão na massa.

— Espere, tem mais. Descobri que fortificava Belle-Île por ordem do sr. Fouquet.

— Verdade.

— Mas não fiquei nisso. Quando começo a descobrir, não paro mais.

— Nosso querido d'Artagnan!

— Descobri que o sr. Fouquet queria manter essas fortificações sob absoluto sigilo.

— Acho que era mesmo a sua vontade — reconheceu Porthos.

— Com certeza. Mas sabe por quê?

— Ora, para que não se tomasse conhecimento da coisa.

— Antes de tudo. Mas isso por uma intenção de galanteria…

— Ouvi mesmo dizer que o sr. Fouquet é muito galante.

— Uma galanteria com relação ao rei.

— Oh!

— Isso o surpreende?

— Sim.

— Não sabia disso?

— Não.

— Pois eu sim.

— É então um feiticeiro.

— De forma alguma.

— E como soube?

— Ah, de maneira bem simples. Ouvi o próprio Fouquet contar ao rei.

— Contar o quê?

— Que mandara fortificar Belle-Île com a intenção de presentear o rei.

— Ouviu o sr. Fouquet dizer isso?

— Cada palavra. Inclusive acrescentou: "Belle-Île foi fortificada por um excelente engenheiro amigo meu, que eu gostaria de apresentar a Vossa Majestade". "Como ele se chama?", perguntou o rei. "Barão du Vallon", respondeu Fouquet. "Ótimo, apresente-o a mim", respondeu o rei.

— O rei falou isso?

— Palavra de honra!

— Ai! E por que então não fui apresentado?

— Não lhe contaram?

— Sim, mas ainda estou esperando.

— Fique tranquilo, vai acontecer.

— Hum… — resmungou Porthos.

D'Artagnan fingiu não ouvir o muxoxo e mudou de conversa:

— Está vivendo num lugar isolado, meu amigo. É a impressão que me dá.

— Sempre gostei do isolamento, sou um melancólico — respondeu Porthos, com um suspiro.

— Que estranho! Eu nunca havia notado.

— Foi desde que me dediquei aos estudos — ele explicou, com ar preocupado.

— Mas os trabalhos intelectuais não prejudicam a saúde do corpo, espero.

— Não, de forma alguma.

— A força continua firme?

— Até demais, meu amigo.

— Pergunto por ter ouvido dizer que nos primeiros dias aqui…

— Eu estava entrevado, não é?

— Como? — sorriu d'Artagnan. — Estava entrevado?

Percebendo ter dito besteira, Porthos quis consertar.

— Pois então, vim de Belle-Île até aqui em péssimos cavalos e isso me deixou cansado.

— O que não chega a me surpreender, já que vinha atrás de você e vi sete ou oito animais mortos na estrada.

— Sou muito pesado, entende?

— Então chegou moído?

— Muita gordura se derreteu e isso me deixou doente.

— Meu pobre Porthos!... E Aramis, como agiu com você nisso tudo?

— Muito bem... Fez com que o médico do sr. Fouquet cuidasse de mim. Mas imagine que oito dias depois eu não conseguia mais respirar.

— Como assim?

— O quarto era pequeno: eu absorvia ar demais.

— É mesmo?

— Pelo menos foi o que me disseram... E me levaram para outro cômodo.

— Onde já podia respirar?

— Mais livremente, com certeza. No entanto, proibido de fazer qualquer exercício. O médico disse que eu não devia me mover. Mas eu me sentia mais forte do que nunca e isso gerou um grave acidente.

— Acidente?

— Imagine que acabei me revoltando com as prescrições daquele imbecil e resolvi sair, gostasse ele ou não. Disse então ao criado posto à minha disposição que trouxesse minhas roupas.

— Haviam-no deixado nu, meu pobre amigo?

— Não, pelo contrário, usava um magnífico robe. O criado trouxe as roupas, que tinham ficado grandes demais para mim. Mas o estranho é que meus pés estavam maiores.

— Entendo.

— Ou as botas menores.

— Seus pés continuavam inchados.

— Isso! Acertou!

— Bom... e foi esse o acidente?

— Bem... de certa maneira, pois não pensei a mesma coisa que você, mas "Meus pés já entraram dez vezes nessas botas, não tem por que não entrarem a décima primeira".

— Nesse ponto, amigo Porthos, permita-me dizer que lhe faltou lógica.

— Continuo: eu estava sentado diante de uma divisória, tentando calçar a bota do pé direito. Puxei com as mãos, fiz um esforço danado com a batata da perna e, de repente, as dobras do cano ficaram nas minhas mãos e meu pé partiu como se tivesse sido catapultado.

— Catapultado! Como ficou bom nisso de fortificação, Porthos!

— Meu pé partiu então catapultado contra a divisória, que caiu. Meu amigo, achei que havia derrubado o templo, como Sansão.[130] Foi incrível a quantidade de quadros, porcelanas, vasos, tapeçarias e varas de cortina que caiu.

— Imagino.

— Só que do outro lado havia também uma prateleira cheia de louça.

— Que Vossa Senhoria derrubou.

— Foi parar do outro lado da sala.

Porthos desandou a rir.

— Realmente, como você disse, é incrível.

E d'Artagnan se pôs a rir como Porthos.

Com isso, Porthos passou a rir ainda mais alto.

— Quebrei — com a crise de riso, ele quase não conseguia falar — mais de três mil francos em porcelana, ha, ha, ha...

— Maravilha! — comemorou d'Artagnan.

— Mais de quatro mil francos em espelhos, ha, ha, ha...

— Formidável!

— Sem falar de um lustre que caiu bem na minha cabeça e se espatifou em mil pedaços, ha, ha, ha...

— Na cabeça? — d'Artagnan se dobrava de rir.

— Na mosca!

— E não se machucou?

— Não, foi o lustre que levou a pior, pois era de cristal.

— Ah, de cristal?

— De Veneza. Uma coisa extraordinária, pesava cem quilos.

— E caiu na sua cabeça?

— Pimba, em cheio!... Imagine só, um globo de cristal todo dourado, com a parte de baixo toda incrustada de perfumes que eram queimados no alto, bicos que projetavam as chamas depois de acesos.

— Posso imaginar, mas estavam apagados.

— Felizmente, ou eu teria sido incendiado.

— E não foi esmagado?

— Não.

— Como assim, não?

— Não, pois o lustre caiu bem na cabeça e, pelo que disseram, temos no alto do crânio uma camada bem dura.

— Quem disse isso?

— O médico. Uma espécie de cúpula que poderia aguentar a catedral de Notre-Dame.

---

130. Segundo o Antigo Testamento, Livro dos Juízes, 16, o nazareno Sansão, famoso pela força física, derrubou uma coluna do templo, matando os filisteus que o mantinham preso, mas também morrendo.

— Bah!

— É verdade, parece que o crânio é assim.

— Pode ser que o seu, meu caro. O seu, não o das pessoas comuns.

— É possível — aceitou Porthos, com orgulho. — Tanto que, no momento da pancada nessa cúpula que temos no alto do crânio, houve um barulho como o de um tiro de canhão. O cristal se espatifou e eu caí, alagado.

— De sangue, pobre Porthos.

— Não, de perfume. Tinha cheiro de creme, muito bom, mas forte demais e me deixou meio zonzo. Já sentiu isso?

— Já, com o cheiro do junquilho. Mas quer dizer então que a pancada o derrubou e o cheiro o estonteou?

— O que há de estranho é que o médico afirmou, dando palavra de honra, nunca ter visto nada assim.

— Ficou pelo menos um galo?

— Cinco.

— Por que cinco?

— Simples. O lustre tinha cinco enfeites dourados muito pontudos na parte de baixo.

— Ai!

— Esses cinco enfeites atravessaram meus cabelos, que são bem grossos, como pode ver.

— Ainda bem.

— E ficaram marcados na pele. Mas veja o mais estranho, são coisas que só acontecem comigo. Em vez de buracos, fizeram calombos. O médico não conseguiu explicar isso de maneira satisfatória.

— Pois explicarei eu!

— Será um grande favor — pediu Porthos, piscando os olhos, o que nele significava uma extrema atenção.

— Sua cabeça ganhou muito, desde que o cérebro passou a se dedicar a altos estudos e a importantes cálculos. Você tem agora uma cabeça cheia de ciência.

— Acha isso?

— Tenho certeza. E o resultado é que, sem deixar que coisas estranhas penetrem seu interior, a caixa craniana, já cheia demais, aproveita as aberturas que se produzem para se livrar do excesso.

— Ah! — exclamou Porthos, achando a explicação melhor que a do médico.

— As cinco protuberâncias causadas pelos cinco enfeites do lustre foram certamente acúmulos científicos trazidos de fora pela força das coisas.

— É verdade. E prova disso é que doía mais do lado de fora do que de dentro. Confesso inclusive que quando punha o chapéu na cabeça, dando um soco para enfiá-lo bem, com essa energia graciosa de que nós, fidalgos das armas, dispomos, se não medisse perfeitamente essa força, sentia muitas dores.

— Acredito plenamente no que diz.

— Por tudo isso, meu bom amigo — concluiu o gigante —, o sr. Fouquet resolveu, percebendo a fragilidade da sua casa, me hospedar aqui.

— É o parque privativo dele, não é?

— É.

— O dos encontros? Aquele tão famoso pelas histórias misteriosas do superintendente?

— Não sei. Não tenho encontros nem histórias misteriosas aqui. Mas posso exercitar os músculos e aproveito essa permissão desenraizando algumas árvores.

— Por quê?

— Para manter as mãos e também para pegar ninhos de pássaros. É mais prático do que subir nas árvores.

— Tem a alma pastoral de um Tircis, meu querido Porthos.

— É verdade, gosto dos ovinhos. Muito mais do que dos grandes. Não tem ideia da delicadeza de uma omelete com quatrocentos ou quinhentos ovos de verdilhão, de tentilhão, de estorninho, de melro ou de tordo.

— Quinhentos ovos? É monstruoso!

— Cabe numa saladeira — justificou-se Porthos.

D'Artagnan ficou cinco minutos admirando o amigo, como se o visse pela primeira vez.

E Porthos se mostrava feliz da vida ao ser admirado pelo amigo.

Permaneceram então um tempo assim, d'Artagnan olhando, Porthos feliz da vida.

O primeiro procurava, evidentemente, uma forma de dar outro rumo à conversa.

— Tem se divertido aqui, Porthos? — ele afinal perguntou, tendo encontrado o caminho que procurava.

— Nem sempre.

— Entendo. E quando achar que aqui está aborrecido demais, o que fará?

— Ah, não vou ficar tanto tempo. Aramis espera que o meu último calombo desapareça para me apresentar ao rei, que não suporta calombos, pelo que me disse.

— Aramis continua então em Paris?

— Não.

— E onde está?

— Em Fontainebleau.

— Sozinho?

— Com o sr. Fouquet.

— Ótimo. Mas sabe de uma coisa?

— Não. Conte e passarei a saber.

— Acho que Aramis o esqueceu aqui.

— Acha?

— Lá em Fontainebleau todo mundo ri, dança, festeja, os vinhos do sr. de Mazarino correm à solta. Sabia que há balé toda noite?

— Miséria! Droga!

— Garanto então que o querido Aramis se esqueceu de você.

— Não é impossível, às vezes também acho.

— Isso se não o trair, o sonso.

— Não!...

— Você sabe, é uma raposa velha.

— Sim, mas daí a me trair?

— Veja: para começar o sequestrou.

— Como, me sequestrou? Por acaso fui sequestrado?

— Como não?

— Quero muito que me prove isso.

— Nada mais fácil. Você sai?

— Nunca.

— Permitem que seus amigos venham vê-lo?

— Nunca.

— Pois então, caro amigo, nunca sair, nunca andar a cavalo, nunca ver os amigos, isso é sequestro.

— E a troco de quê Aramis me sequestraria?

— Veja — disse d'Artagnan —, seja franco.

— Como o ouro.

— Foi Aramis quem fez o projeto de fortificação de Belle-Île, não foi?

Porthos ficou vermelho.

— Foi. Mas só isso.

— Justamente. E minha opinião é que isso não representa muito.

— É também o que eu acho.

— Ótimo, achamos a mesma coisa.

— Ele inclusive nunca foi a Belle-Île — acrescentou Porthos.

— Está vendo?

— Eu é que ia a Vannes, como você pôde ver.

— E como vi! Pois bem, é esse o caso, meu caro Porthos. Aramis, responsável apenas pelo projeto, quer se passar por engenheiro, enquanto você, que levantou cada pedra da muralha, da cidadela e dos bastiões, vai ficar como construtor.

— Construtor... como um pedreiro?

— Um pedreiro, é isso.

— Um misturador de argamassa?

— Por aí.

— Um servente de obra?

— Nada mais.

— Eh! pelo visto o velho Aramis acha que tem vinte e cinco anos.

— E não só: acha que você tem cinquenta.

— Só queria ver ele dando duro.

— Ele?

— Um cara que sofre de gota.

— É.

— De pedra nos rins.

— É.

— Que já perdeu três dentes.

— Quatro.

— Enquanto eu, veja só!

Afastando bem os beiços, ele exibiu duas fileiras de dentes não tão brancos quanto a neve, mas tão firmes, duros e saudáveis como o marfim.

— E você não imagina, Porthos, o quanto dentes impressionam o rei. Os seus acabam de me decidir: vou eu mesmo apresentá-lo.

— Você?

— Por que não? Acha que tenho menos acesso à corte do que Aramis?

— De jeito nenhum.

— Acha que guardo qualquer pretensão quanto às fortificações de Belle-Île?

— Com certeza não.

— Faço isso apenas por você.

— Não tenho a menor dúvida.

— E então? Sou amigo íntimo do rei. Prova disso é que, quando há alguma coisa desagradável a dizer a ele, eu é que sou encarregado disso.

— Mas, meu amigo, se você me apresentar…

— O que tem?

— Aramis vai ficar chateado.

— Comigo?

— Não, comigo.

— Bah! Seja por ele, seja por mim, o importante é que seja apresentado, dá no mesmo.

— Preciso de um traje novo.

— O seu é esplêndido.

— Mas tenho um já encomendado, bem mais bonito.

— Cuidado, o rei aprecia a simplicidade.

— Então serei simples. Mas o que vai dizer o sr. Fouquet quando souber que fui embora?

— Está preso por juramento?

— Não exatamente, mas prometi não me afastar sem avisar.

— Espere, já voltaremos a isso. Tem algo a fazer aqui?

— Eu? Nada importante, em todo caso.

— Quem sabe está encarregado de avisar Aramis se algo mais grave acontecer.

— Não, nada assim.

— O que estou dizendo é apenas por me preocupar com você. Imagino, por exemplo, que deva encaminhar a Aramis mensagens, cartas…

— Ah, cartas, sim. Encaminho algumas cartas.

— Para onde?

— Fontainebleau.

— Está com essas cartas?

— Mas…

— Deixe comigo. Está com algumas delas?

— Acabo justamente de receber uma.

— Interessante?

— Imagino que sim.

— Não as lê?

— Não sou curioso.

Porthos tirou do bolso a carta recém-entregue que ele não tinha lido, mas d'Artagnan sim.

— Sabe o que deve fazer? — perguntou d'Artagnan.

— Ora! O que faço sempre: enviá-la.

— Não.

— Como assim? Ficar com ela?

— Também não. Não disseram que a carta é importante?

— Muito importante.

— Pois bem, leve-a pessoalmente a Fontainebleau.

— Para Aramis.

— Sim.

— É uma ideia.

— E já que o rei está lá…

— Você aproveitaria a ocasião?

— Aproveitaria para apresentá-lo ao rei.

— Ah, chifre de boi! Não tem igual a você para desencavar expedientes.

— Então, em vez de enviar a nosso amigo mensagens mais ou menos fiéis, nós mesmos levaremos a carta.

— E eu que não tinha pensado nisso, e no entanto é simples.

— Por isso urge, querido Porthos, que partamos logo.

— De fato, quanto antes formos, menos se atrasará a carta de Aramis.

— Seu raciocínio é poderoso, Porthos. Em você a lógica sempre dá apoio à imaginação.

— Acha mesmo?

— É resultado dos seus sólidos estudos. Então vamos.

— Mas e minha promessa ao sr. Fouquet?

— Qual?
— De não sair de Saint-Mandé sem avisá-lo.
— Ora, meu querido amigo, quanta inocência!
— O que quer dizer?
— Você vai a Fontainebleau, correto?
— Sim.
— Onde está o sr. Fouquet?
— Sim.
— Provavelmente com o rei?
— Com o rei — repetiu majestosamente Porthos.
— Você irá até ele e dirá: "Sr. Fouquet, tenho a honra de avisá-lo que acabo de deixar Saint-Mandé".
— E me vendo em Fontainebleau também com o rei — concluiu Porthos, no mesmo tom majestoso —, ele não poderá dizer que estou mentindo.
— Era o que eu estava prestes a dizer. Você se adianta em tudo. Que feliz natureza a sua, Porthos! A idade não fez o menor estrago.
— Muito pouco.
— Então estamos combinados.
— Creio que sim.
— E já não se sente pouco à vontade por vir comigo?
— Creio que não.
— Então vamos.
— Perfeito. Mando selar meus cavalos.
— Você tem cavalos aqui?
— Cinco.
— Mandou vir de Pierrefonds?
— O sr. Fouquet me deu.
— Meu caro Porthos, somos dois, não precisamos de cinco cavalos. Aliás, tenho três aqui em Paris e com isso seriam oito. É cavalo demais.
— Seriam necessários se eu tivesse meu pessoal, mas, infelizmente, não tenho.
— Sente falta?
— Sobretudo de Mousqueton; tenho saudade dele.
— Um coração de ouro. Mas, acredite, deixe seus cavalos aqui, assim como deixou Mousqueton lá.
— Por quê?
— Porque, mais tarde…
— Sim?
— Bom, mais tarde… talvez descubra que o sr. Fouquet não lhe deu coisa alguma.
— Não entendi.
— Nem é necessário.

— Mas…

— Explicarei depois.

— Coisa de política, aposto.

— Das mais sutis.

Porthos abaixou a cabeça, esmagado pelo peso da palavra, e depois de pensar um pouco acrescentou:

— Devo confessar, d'Artagnan, que não sou político.

— Sei muito bem disso!

— Não, ninguém sabe; você mesmo me disse, você, o bravo entre os bravos.

— Disse o quê?

— Que todos temos dias sim, dias não. Você disse e senti isso na carne. Tem dias em que se gosta menos de receber ferimentos de mosquete ou de espada.

— É o que penso.

— Eu também, apesar de não acreditar em ferimentos que matam.

— Diabo! Você no entanto já matou!

— Sim, mas nunca me mataram.

— É um bom argumento.

— Assim sendo, não acredito que morrerei pela espada ou por uma bala de fuzil.

— Então não tem medo de coisa alguma?… Ah, da água, quem sabe?

— Não. Nado como uma lontra.

— De febre terçã?

— Nunca tive e acho que nunca terei, mas confesso uma coisa…

Porthos baixou o tom da voz.

— O quê? — perguntou d'Artagnan, no mesmo tom.

— Confesso ter um medo horrível da política.

— Não!!!…

— Isso mesmo — confirmou Porthos com voz profunda. — Conheci Suas Eminências, os cardeais de Richelieu e de Mazarino. Um tinha a política vermelha, outro a política negra, e não gostei de nenhuma delas: a primeira cortou os pescoços dos srs. de Marcillac, de Thou, de Cinq-Mars, de Chalais, de Bouteville, de Montmorency;[131] a segunda tosquiou um monte de frondistas, inclusive nós.

— Nós não, Porthos, lembre-se.[132]

— Na verdade, sim. Eu sacava a espada pelo cardeal, mas feria pelo rei.

---

131. Todos decapitados por participação em sucessivas conspirações contra Luís XIII e Richelieu.

132. Em *Vinte anos depois*, d'Artagnan e Porthos são, a princípio, contra a Fronda (a favor da qual estavam Athos e Aramis).

— Querido Porthos!

— Termino. Meu medo da política é então tamanho que, se houver política nisso de agora, prefiro voltar para Pierrefonds.

— E teria razão, Porthos, mas comigo nunca haverá política; isso é certo. Você trabalhou na fortificação de Belle-Île; o rei quis saber o nome do competente engenheiro responsável pelos trabalhos; você é tímido, como todos aqueles que têm verdadeiro mérito; talvez Aramis queira deixá-lo à sombra, enquanto eu, Porthos, me proponho a levá-lo e apresentá-lo, mostrando o que fez. O rei o recompensará; eis toda a minha política.

— E a minha, caramba! — exclamou Porthos, estendendo a mão a d'Artagnan.

Mas o mosqueteiro conhecia aquela mão e sabia que, uma vez presa entre aqueles cinco dedos, mão normal nenhuma saía ilesa. Assim sendo, ele estendeu não a mão, mas o punho. Porthos nem se deu conta. Em seguida saíram juntos de Saint-Mandé.

Os guardas bem que cochicharam alguma coisa, vendo o que faziam. D'Artagnan compreendeu, mas evitou comentar com Porthos, apenas pensando:

"Nosso amigo era mesmo prisioneiro de Aramis. Vejamos o resultado da libertação desse conspirador."

143. O rato e o queijo

Porthos e d'Artagnan se foram a pé, como este tinha vindo.

Quando o mosqueteiro, que foi o primeiro a entrar no Pilon-d'Or, anunciou a Planchet que o sr. du Vallon participaria da privilegiada viagem, e quando Porthos, ao entrar, com o penacho do chapéu fez balançarem os porta-velas de madeira suspensos na placa da loja, algo como um pressentimento doloroso perturbou a alegria em que estava Planchet desde o dia anterior.

Mas tinha um coração de ouro o nosso merceeiro, relíquia preciosa dos bons tempos, que são e sempre foram, para os que envelhecem, os tempos da juventude como, para os que ainda são jovens, os tempos da velhice dos seus pais.

Apesar então do sentimento — logo reprimido —, Planchet recebeu Porthos com um respeito cheio de carinhosa cordialidade.

Um tanto frio de início, dada a distância social existente, naquela época, entre um barão e um merceeiro, Porthos acabou se humanizando ao constatar em Planchet tanta boa vontade e consideração.

Mas gostou sobretudo da liberdade que lhe foi dada para enfiar suas mãos imensas nas caixas de frutas secas ou confeitadas, nos sacos de amêndoas e avelãs, nas gavetas repletas de doces.

Com isso, apesar dos convites de Planchet para que conversassem na sobreloja, ele preferiu continuar no térreo, onde os seus dedos facilmente encontrariam o que o nariz indicasse.

Os bons figos da Provença, as nozes de Forest, as ameixas da Turaine se tornaram para Porthos uma distração saboreada ao longo de cinco horas sem interrupção.

Como mós de moinho, seus dentes trituravam os caroços, que se espalhavam pelo chão e rangiam sob as solas de quem ia e vinha. Na boca de Porthos, ricos cachos de moscatel seco, de coloração avioletada, passavam por uma rápida triagem e meia libra da uva prosseguia de uma só vez pelo caminho do estômago.

Encolhidos e assustados num canto da loja, os funcionários se entreolhavam, sem se atreverem a qualquer brincadeira.

Nunca haviam visto Porthos e desconheciam a existência daquela raça de titãs que se servira das últimas armaduras de Hugo Capeto, de Filipe Augusto e de Francisco I.[133] Entre eles, então, se perguntavam se não seria ele o tal ogro dos contos de fadas, que faria desaparecer em seu insaciável estômago a loja inteira de Planchet sem tirar do lugar qualquer tonel ou caixa.

Mastigando, roendo, quebrando, chupando e devorando, Porthos de vez em quando dizia ao merceeiro:

— Que belo comércio esse seu, amigo Planchet.

— Se isso continuar, logo não restará grande coisa — resmungou o principal dos funcionários, que se considerava sucessor imediato do patrão.

Em desespero, foi à passagem que levava aos fundos da loja e que era ocupada por Porthos. Esperava com isso fazer o glutão se levantar e, quem sabe, se distrair daquelas ideias devoradoras.

— O que quer, meu amigo? — perguntou Porthos, todo afável.

— Gostaria de passar, se não o incomodar muito.

— Nada mais justo — reconheceu Porthos —, e de forma alguma me incomoda.

Dizendo isso, ele pegou o rapaz pela cintura, ergueu-o e o aterrissou com toda a segurança do outro lado.

Sem nada perder do cordial sorriso.

As pernas do apavorado rapaz falharam no momento em que voltaram à terra firme e ele caiu sentado em cima de um saco de rolhas.

Mas vendo que o gigante não havia feito aquilo por maldade, sugeriu:

— O senhor deve tomar cuidado.

— Com o quê, meu amigo? — perguntou Porthos.

— São alimentos calóricos demais, todos esses.

— Quais?

— As passas, as avelãs, as amêndoas.

— É verdade, mas se as amêndoas, as avelãs e as passas aquecem…

— Isso é certo.

— O mel refresca.

E ele estendeu a mão na direção de um pequeno barril aberto de mel no qual estava mergulhada a espátula medidora para o serviço da clientela, engolindo uma boa meia libra daquela doçura. Em seguida disse:

— Meu amigo, eu agora lhe pediria água.

— Num balde? — perguntou ingenuamente o rapaz.

— Não, numa garrafa. Uma garrafa basta — respondeu Porthos, satisfeito.

Virando a garrafa na boca como se fosse uma trompa, ele a esvaziou de uma só vez.

Tanto por ser o dono da mercearia quanto por ter brio, Planchet estremeceu de cima a baixo.

---

133. Reis franceses da época medieval (respectivamente 941-96, 1165-1223, 1494-1547), quando as armaduras de combate eram pesadíssimas.

Mesmo assim, anfitrião digno da hospitalidade antiga, continuou a fingir que conversava com d'Artagnan, apenas repetindo:

— Ah, que alegria!… Quanta honra!

— A que horas será a ceia, Planchet? — perguntou Porthos. — Estou ficando com fome.

O funcionário que por ali continuava juntou as mãos, incrédulo.

Os outros dois desapareceram atrás do balcão, temendo que Porthos sentisse cheiro de carne fresca.

— Faremos apenas um lanche — disse d'Artagnan. — Cearemos quando chegarmos à casa de campo de Planchet.

— Ah, é à sua casa que iremos, Planchet? Que ótimo — animou-se Porthos.

— Vou me sentir muito honrado com a presença do sr. barão.

O título causou forte impressão nos rapazes da loja, que descobriram se tratar de alguém da mais alta qualidade o dono de todo aquele apetite.

O título, além disso, os tranquilizou, pois nunca tinham ouvido um ogro ser tratado por "sr. barão".

— Vou pegar uns biscoitinhos para a viagem — Porthos fez a observação como quem não quer nada, virando todo um vidro de biscoitos de anis no imenso bolso do gibão.

— Minha loja está salva — murmurou Planchet.

— Mais ou menos como o queijo — lembrou aquele mesmo funcionário.

— Queijo?

— O queijo holandês em que um rato entrou, deixando somente a casca.[134]

Planchet olhou em volta, e como bastante coisa sobrevivera ao apetite de Porthos achou a comparação exagerada.

Percebendo o que se passava na cabeça do patrão, o rapaz acrescentou:

— Ainda tem a volta.

— Há frutas na sua casa? — perguntou Porthos, subindo à sobreloja, onde o lanche fora servido.

"Infelizmente sim", pensou o merceeiro, dirigindo a d'Artagnan um olhar suplicante, que o mosqueteiro entendeu como quis.

Terminado o lanche, tomaram a estrada.

Já era tarde quando os três cavaleiros, que tinham deixado Paris por volta das seis da tarde, chegaram a Fontainebleau.

O percurso se passara da melhor forma. Porthos apreciou muito a companhia de Planchet, que não só demonstrava respeito mas falava muito carinhosamente dos seus campos, bosques e coelhos silvestres.

O barão entendia bem desses prazeres e do orgulho de ser proprietário.

---

134. Alusão a "O rato que se isolou do mundo", de La Fontaine, *Fábulas*, livro VII, III.

Vendo os dois em bom entendimento, d'Artagnan os acompanhava pela lateral da estrada e, deixando a rédea solta no pescoço da montaria, se esqueceu de tudo, inclusive dos companheiros de viagem.

A lua suavemente seguia seu curso através da folhagem azulada da floresta. Os cheiros perfumados da planície subiam às narinas dos cavalos, que os aspiravam com demonstrações de alegria.

Porthos e Planchet falavam dos prazeres rurais.

O merceeiro confessou que, na idade madura, havia de fato preferido o comércio em detrimento da agricultura, mas que passara a infância na Picardia, em belas áreas com alfafa à altura dos joelhos e sob macieiras verdes ou vermelhas. Havia então prometido a si mesmo voltar à natureza depois de fazer fortuna, para terminar seus dias como os havia começado, o mais perto possível da terra, na qual, aliás, todos terminamos.

— Quer dizer então, meu querido sr. Planchet, que sua aposentadoria não demora? — observou Porthos.

— Por que diz isso?

— Bom, tenho a impressão de que está fazendo seu pé de meia.

— É verdade, vou levando uma vida tranquila.

— Mas diga, qual é a sua meta? Com qual quantia poderá se aposentar?

— Senhor — Planchet retrucou sem responder à pergunta, por mais interessante que fosse —, uma coisa me causa certa dificuldade.

— Que coisa? — perguntou Porthos, olhando em volta como se procurasse essa coisa para livrar Planchet do problema.

— Antes eu era simplesmente Planchet e o barão teria apenas perguntado "E quanto precisa ter juntado, Planchet, para se aposentar?".

— É claro, é claro, é como eu teria falado — respondeu o sempre sincero Porthos, com um constrangimento cheio de delicadeza —, mas antes…

— Eu era empregado do sr. d'Artagnan, não é o que quer dizer?

— Sim.

— Pois posso não ser mais, mas continuo seu servidor. Além disso, de lá para cá…

— O quê, Planchet?

— De lá para cá tive a honra de ser seu sócio.

— Como? D'Artagnan entrou para o ramo da mercearia?

— Não exatamente — explicou d'Artagnan, a quem aquelas últimas palavras tinham tirado do devaneio, fazendo-o entrar na conversa com a habilidade e a rapidez características de tudo o que se passava em sua mente e seu corpo. — D'Artagnan não se lançou na mercearia, Planchet é que se lançou na política, foi isso.

— Exato — concordou Planchet, com orgulho e satisfação. — Fizemos juntos uma pequena operação que a mim rendeu cem mil libras e ao sr. d'Artagnan duzentas mil.

— Puxa! — encheu-se de admiração Porthos.

— Assim sendo, sr. barão — continuou o merceeiro —, peço que volte a me tratar como no passado, sem cerimônia. Não imagina a alegria que isso me dá.

— Combinado, se é o que prefere, meu caro Planchet.

E como os dois estavam bem próximos, ele ergueu a mão para uma batida no ombro, como demonstração de cordial amizade.

Um providencial movimento do cavalo atrapalhou o gesto, fazendo sua manzorra cair no lombo do outro animal, que quase envergou com o peso da pancada.

D'Artagnan riu e disse:

— Cuidado, Planchet. Se Porthos começar a gostar muito de você, dará demonstrações que vão deixá-lo moído. Ele continua forte demais, leve isso em consideração.

— Bom, Mousqueton sobreviveu e o sr. barão gosta muito dele — respondeu Planchet.

— Com certeza — suspirou Porthos, fazendo os três animais corcovearem ao mesmo tempo —, e ainda hoje de manhã eu dizia a d'Artagnan quanto sinto a sua falta. Mas conte, Planchet…

— Pois não, sr. barão.

— Que boa pessoa! Quantos alqueires de parque você tem?

— De parque?

— Sim. Depois falaremos de prados e bosques.

— Onde, sr. barão?

— No seu castelo.

— Mas, sr. barão, não tenho castelo, nem parque, nem bosque.

— Mas que diabo então você tem e por que diz se tratar de uma propriedade?

— Em momento nenhum falei assim — replicou com humildade Planchet —, é uma simples casa com quintal.

— Ah, entendi! Está querendo causar surpresa — concluiu Porthos.

— De forma alguma, sr. barão, é a pura verdade. Tenho dois quartos de hóspede, só isso.

— E onde esses hóspedes irão passear?

— Para começar, na floresta do rei, que é muito bonita.

— É verdade, é mesmo lindíssima — concordou Porthos. — Quase tanto quanto a minha no Berri.

Planchet arregalou os olhos.

— Tem uma floresta como a de Fontainebleau, sr. barão?

— Tenho. Na verdade duas, mas a do Berri é a minha favorita.

— Por quê? — interessou-se Planchet.

— Primeiro porque nunca pude atravessá-la inteira. Depois porque está cheia de caçadores clandestinos.

— E por que essa caça clandestina a torna superior?

— Porque os clandestinos perseguem a minha caça e eu a eles. Em tempos de paz, é uma espécie de guerra em miniatura.

A conversa seguia nesse pé quando Planchet, erguendo os olhos, percebeu as primeiras casas de Fontainebleau se destacarem contra o céu, enquanto acima dessa massa compacta e informe despontava o alto telhado do castelo, com suas ardósias brilhando à luz da lua, como as escamas de um imenso peixe.

— Senhores — disse Planchet —, tenho a honra de lhes anunciar que chegamos a Fontainebleau.

144. A casa de campo de Planchet

Os cavaleiros ergueram a cabeça e viram que, de fato, Planchet dizia a pura verdade.

Dez minutos depois, estavam na rua de Lyon, do outro lado do albergue do Belo Pavão. Uma longa sebe de espessos sabugueiros, espinheiros e lúpulos formava uma cerca impenetrável e negra, atrás da qual se erguia uma casa branca, com ampla cobertura de telhas.

Duas janelas dessa casa davam para a rua.

Ambas estavam às escuras.

Entre as duas, uma pequena porta, protegida por um alpendre sustentado por pilastras, servia de entrada.

Chegava-se a essa porta por um calçamento mais alto.

Planchet apeou como se fosse bater à porta, mas mudou de ideia e andou mais uns trinta passos, puxando o cavalo pela rédea.

Seus dois companheiros o seguiram.

Chegaram assim a um portão gradeado e, erguendo uma trava de madeira que era a única tranca, ele abriu um dos batentes.

Entrou na frente, ainda puxando o cavalo, até um pequeno pátio cercado de estrume, cujo bom odor indicava a proximidade de um estábulo.

— Que cheiro bom — disse Porthos em voz alta, também desmontando. — É como se estivesse nos meus currais de vacas em Pierrefonds.

— Tenho só uma vaca — quis logo avisar Planchet, com modéstia.

— Pois tenho trinta — disse Porthos. — Na verdade, nem sei quantas são.

Como os dois cavaleiros haviam entrado, Planchet voltou a fechar o portão.

Enquanto isso, com sua agilidade habitual, d'Artagnan apeara, cheirava o ar e, feliz como um parisiense que se vê no mato, com uma das mãos arrancou um raminho de madressilva e com a outra uma rosa silvestre.

Porthos descobrira ervilhas que subiam ao longo de varas e comia, ou melhor, ruminava vagens inteiras.

Planchet tratou de acordar, numa área coberta, um velho e alquebrado sujeito, parecendo um camponês, que dormia a sono solto em cima de um pano jogado na grama.

Vendo Planchet, o homem o chamou de "nosso patrão", para grande satisfação do merceeiro.

— Ponha os cavalos na manjedoura, meu velho, com boa ração — ele disse.

— Hum, que belos bichos! — observou o camponês. — Vão estourar de comer!

— Ei, mais devagar, amigo! — assustou-se d'Artagnan. — Diabos, nem tanto; aveia e um pouco de palha, só isso.

— E água limpa para o meu — acrescentou Porthos. — Acho que está precisando.

— Não se preocupem — Planchet os tranquilizou. — O velho Célestin é um antigo agente público de Ivry e sabe cuidar dos animais. Venham até a casa, venham.

Os amigos foram levados por um caminho bem coberto, atravessaram uma horta, depois uma área com alfafa e afinal chegaram a um jardinzinho, atrás do qual se erguia a casa, cuja fachada já havíamos visto da rua.

À medida que se aproximavam, podiam entrever, pelas janelas abertas do térreo, que davam acesso à sala, o interior, o santuário de Planchet.

O cômodo, suavemente iluminado por um lampião sobre a mesa, se mostrava no fundo do jardim como uma sorridente imagem da tranquilidade, do bem-estar e da felicidade.

Por todo lugar onde um raio de luz, lançado por aquele centro luminoso, tocasse uma faiança antiga, um móvel brilhando de limpeza ou uma arma pendurada na tapeçaria da parede, a pura luminosidade encontrava o puro reflexo e aquele raio de fogo ia repousar, oferecendo algo agradável à vista.

O lampião que iluminava a peça, enquanto a folhagem dos jasmins e das aristolóquias caía do enquadramento das janelas, realçava esplendidamente uma toalha de mesa adamascada, branca como um quadrado de neve.

Sobre ela, tudo estava arrumado para duas pessoas. Um vinho amarelo[135] deitava seus rubis pelo cristal facetado de uma comprida garrafa, e num grande vaso de faiança azul com tampa de prata via-se uma sidra espumosa.

Ao lado da mesa, numa poltrona com amplo encosto, cochilava uma mulher de trinta anos, com um rosto em que transpareciam saúde e frescor.

Nos joelhos da tranquila criatura, um gato grande e afetuoso, enrolado em suas patas dobradas e de olhos semicerrados, com seu ronronar característico parecia dizer, na maneira felina de se exprimir, "Estou perfeitamente feliz".

Os dois amigos pararam diante da janela, boquiabertos de surpresa.

Vendo-os, Planchet se alegrou, em doce comoção.

— Ah, o danado do Planchet! — disse por fim d'Artagnan. — Entendi aqueles sumiços.

---

135. Trata-se de um vinho claro, muito particular e raro, produzido em poucas regiões da França, mas sempre bem envelhecido.

— Hum, tudo muito bem cuidado — complementou Porthos, com sua voz de trovoada.

O barulho fez o gato fugir, e a dona da casa acordou assustada. Com graciosas maneiras, Planchet fez os dois companheiros entrarem na sala onde a mesa estava posta.

— Permita-me, querida, apresentar o sr. cavaleiro d'Artagnan, meu protetor.

Como homem da corte, o mosqueteiro cumpriu à risca o mesmo cerimonial cavalheiresco com que tomaria a mão de Madame.

— E o sr. barão du Vallon de Bracieux de Pierrefonds — continuou Planchet.

Porthos fez uma saudação que satisfaria até Ana da Áustria nos dias em que ela não procurasse se mostrar exigente demais.

Foi então a vez de Planchet.

Ele beijou francamente a mulher, depois de um gesto com que parecia pedir permissão aos convidados.

Permissão que foi evidentemente concedida.

Referindo-se a Planchet, d'Artagnan comentou:

— Aqui temos um homem que sabe administrar sua vida.

— A vida — respondeu o merceeiro, rindo — é um capital que a gente deve investir da maneira mais criativa possível...

— E são ótimos dividendos, os seus — concluiu Porthos, com uma risada de trovão.

Planchet continuou, voltando-se de novo para a senhora:

— Querida amiga, esses dois cavalheiros tiveram grande influência na minha vida. Muitas vezes já falei deles.

— E de dois outros — lembrou a mulher, com forte sotaque flamengo.

— A senhora é holandesa? — perguntou d'Artagnan.

Porthos enrolou uma ponta do bigode, gesto que d'Artagnan, que tudo observava, notou.

— Sou de Antuérpia — ela respondeu.

— E se chama sra. Gechter — acrescentou Planchet.

— Mas não é como você a chama — disse d'Artagnan.

— Como sabe? — perguntou Planchet.

— Porque a estaria envelhecendo a cada vez que fala com ela.

— É verdade, seu nome é Trüchen.

— Lindo nome.

— Trüchen — explicou Planchet — veio de Flandres com sua virtude e dois mil florins. Procurava escapar de um cruel e violento marido. Sendo eu da Picardia, sempre apreciei as artesianas.[136] De Artésia a Flandres é um pulo. Ela foi a Paris procurar ajuda do padrinho, meu antecessor na rua dos Lom-

136. Da Artésia, antigo condado do norte da França.

bardos. Investiu comigo seus dois mil florins, que valorizaram e rendem hoje, para ela, dez mil.

— Muito bem, Planchet!

— É livre e rica. Tem uma vaca, uma empregada e o velho Célestin. Tece todas as minhas camisas, tricota as minhas meias de inverno, me vê apenas a cada quinze dias e se declara feliz.

— Feliz xou, de fato —[137] declarou Trüchen.

Com a ponta do polegar e do indicador, Porthos enrolou o outro hemisfério do bigode.

"Diabos! Era só o que faltava", alarmou-se d'Artagnan. "Será que o barão está com ideias na cabeça?"

Enquanto isso, vendo ser necessário tomar providências, Trüchen atiçou a lenha do fogão, acrescentou talheres à mesa e trouxe iguarias que transformam qualquer ceia em uma refeição de festa.

Manteiga fresca, carne seca, anchovas e atum; toda a mercearia de Planchet.

Frangos, legumes, alfaces, peixe de pântano, peixe de rio, caça de floresta; todos os recursos do campo.

Além disso, Planchet voltava da despensa com dez garrafas cobertas por uma boa camada de poeira cinzenta.

Ver tudo isso alegrou muito o coração de Porthos.

— Que fome! — ele exclamou, sentando-se ao lado da boa Trüchen com um olhar assassino.

D'Artagnan se sentou do outro lado.

Planchet, discreta e alegremente, se pôs à frente e em seguida avisou:

— Não estranhem se Trüchen, durante a ceia, precisar algumas vezes deixar a mesa, pois estará cuidando dos quartos de hóspedes.

De fato, a dona da casa diversas vezes se ausentou e podia-se ouvir, no andar de cima, gemerem as camas e carrinhos rangerem.

Os três homens, enquanto isso, comiam e bebiam. Sobretudo Porthos.

Era maravilhoso vê-los.

As dez garrafas eram dez sombras quando Trüchen trouxe os queijos.

D'Artagnan conservava toda a sua dignidade.

Porthos, pelo contrário, havia perdido parte da sua.

Cantavam-se batalhas, falavam-se canções.

D'Artagnan sugeriu uma nova ida à adega, e como Planchet não caminhava com o aprumo de um soldado de infantaria, o capitão dos mosqueteiros achou por bem acompanhá-lo.

Os dois se foram, cantarolando cantigas de dar medo em qualquer demônio flamengo.

Trüchen ficou à mesa com Porthos.

---

137. Dumas ironiza, mais uma vez, o sotaque estrangeiro falando francês.

Enquanto os dois peritos escolhiam na cave, ouviu-se aquele ruído seco e vibrante que produzem, ao fazer o vácuo, dois lábios numa bochecha.

"Porthos está se imaginando em La Rochelle", pensou d'Artagnan.

Eles voltaram carregados de garrafas.

Planchet nada via, de tanto que soltava a voz.

D'Artagnan continuava vendo e notou o quanto a bochecha esquerda de Trüchen estava mais vermelha que a outra.

À esquerda de Trüchen, justamente, Porthos sorria e com as duas mãos enrolava ao mesmo tempo as duas pontas do bigode.

Trüchen também sorria para o magnífico senhor.

O vinho frisante do Anjou fez dos três homens primeiro três diabos e, em seguida, três farrapos.

D'Artagnan mal teve forças para pegar um castiçal e iluminar a escada para Planchet.

Planchet arrastava Porthos, que empurrava Trüchen, também um tanto alegre.

Foi d'Artagnan quem encontrou os quartos e desfez as camas. Porthos mergulhou na sua, despido pelo amigo mosqueteiro, que depois se jogou nos próprios lençóis, dizendo a si mesmo:

— Caramba! E eu que tinha jurado nem chegar mais perto desse vinho amarelo com gosto de sílex. Nossa! Se meus mosqueteiros vissem o seu capitão nesse estado…

E puxando as cortinas da cama, acrescentou:

— Felizmente não verão.

Planchet foi sequestrado pelos braços de Trüchen, que o despiu e fechou cortinas e portas.

— É bem divertida a vida no campo — comentou Porthos, estirando as pernas, que atravessaram a cama, com enorme estardalhaço, ao qual ninguém prestou atenção, tamanha foi a diversão na casa de campo de Planchet.

Passadas duas horas após a meia-noite, todos roncavam.

145. O que se vê da casa de Planchet

A manhã seguinte encontrou os três heróis dormindo a sono solto. Sabendo que os olhos temem a primeira visita do sol nascente, Trüchen havia fechado as folhas das janelas.

A noite então ainda se prolongava por trás das cortinas de Porthos e sob o baldaquino de Planchet quando d'Artagnan — o primeiro a acordar, graças a um indiscreto raio de luz que vinha da janela — pulou da cama como se quisesse chegar antes de todo mundo a um assalto.

E atacou o quarto de Porthos, colado ao seu.

O digno barão dormia como um trovão que troa. Exibia orgulhosamente o torso gigantesco, e seu punho inchado pendia fora da cama, no tapetinho do piso.

D'Artagnan o acordou e Porthos esfregou os olhos, sem resmungar.

Enquanto isso, Planchet se vestia e foi encontrar, no andar de cima, os hóspedes ainda estonteados da noitada.

Mesmo sendo cedo, a casa inteira já estava de pé. A cozinheira fazia verdadeiro massacre no galinheiro e o pai Célestin colhia cerejas no pomar.

Todo alegre, Porthos estendeu a mão a Planchet e d'Artagnan pediu permissão para beijar a sra. Trüchen.

A boa mulher não guardava rancor contra os insucessos e se aproximou de Porthos, a quem o mesmo favor foi concedido. Com um profundo suspiro, ele beijou a dona da casa.

Planchet pegou os dois amigos pela mão:

— Vou lhes mostrar o lugar. Ontem à noite chegamos no escuro e nada puderam ver. Com dia claro, tudo muda de aparência, vocês vão gostar.

— Comecemos pela vista — pediu d'Artagnan. — É o que me impressiona, antes de tudo. Sempre morei em casas de reis, e eles sabem escolher bem seus panoramas.

— Também sempre fiz questão disso — acrescentou Porthos. — No meu castelo de Pierrefonds mandei abrir quatro alamedas que dão para uma bela perspectiva.

— Pois então venham ver a minha — convidou Planchet, levando-os até uma janela.

— Ah, é a rua de Lyon... — não pareceu se entusiasmar d'Artagnan.

— Sim. São duas janelas para este lado, uma vista um tanto insignificante. Vê-se aquele albergue, sempre cheio e movimentado. Não é vizinhança das mais interessantes. Antes eram quatro janelas e só conservei essas duas.

— Sigamos — sugeriu d'Artagnan.

Tomaram um corredor levando aos quartos e Planchet abriu outras janelas.

— Veja só — exclamou Porthos. — O que é aquilo ali?

— A floresta — respondeu o anfitrião. — Tenho sempre essa espessa mata fechando o horizonte: amarela na primavera, verde no verão, vermelha no outono e branca no inverno.

— Ótimo, mas impede que se veja ao longe.

— É verdade. Mas até chegar a ela, temos...

— Ah, um campo espaçoso... E o que é aquilo? Cruzes, pedras...

— Ora, é o cemitério! — exclamou d'Artagnan.

— Exato — emendou Planchet. — E é bastante curioso. Não se passa um dia sem que se enterre alguém. Fontainebleau é boa nisso. Às vezes jovens vestidas de branco e levadas em procissão, magistrados municipais ou ainda burgueses ricos com cantores e o conselho da paróquia, inclusive altos integrantes da casa real...

— Eu é que não gosto disso — concluiu Porthos.

— De fato, não chega a ser divertido — concordou d'Artagnan.

— Proporciona santos pensamentos, posso afirmar — replicou Planchet.

— Bem, não digo o contrário.

— Todos temos que morrer um dia — continuou o dono da casa —, e me lembro de uma máxima que dizia: "Pensar na morte é um saudável pensamento".

— Não digo o contrário — repetiu Porthos.

— E é também saudável pensar no verde, nas flores, nos rios, em horizontes azuis, em vastas planícies intermináveis... — contrapôs d'Artagnan.

— Se eu tivesse isso à disposição — voltou Planchet —, não recusaria, mas como só disponho desse pequeno cemitério, também florido, com bela relva, sombreado e calmo, isso me basta. Sobretudo quando penso em pessoas da cidade que moram na rua dos Lombardos, por exemplo, e ouvem todo dia passarem duas mil carroças e andarem na lama cento e cinquenta mil pessoas.

— Só que vivas — observou Porthos —, vivas!

— Por isso, justamente, acho repousante ver também os mortos — completou Planchet, tímido.

— Esse danado do Planchet nasceu para ser poeta, tanto como para ser merceeiro — disse d'Artagnan.

— Fui feito com uma daquelas boas argilas de que Deus dispõe para quando quer se animar um pouco com a humanidade, criando gente que acha boas todas as coisas que acompanham sua passagem pelo mundo.

D'Artagnan se sentou então ao lado da janela, considerando um bocado sólida essa filosofia, e ali ficou sonhando.

— Caramba! — interrompeu Porthos. — Vamos justamente ter espetáculo. Não estou ouvindo uma cantoria?

— É verdade, estão cantando — concordou d'Artagnan.

— Ora, é um enterrinho de nada — desdenhou Planchet. — Veem-se apenas o sacerdote, o bedel e o menino do coro. O defunto ou a defunta não é nenhum príncipe.

— É, ninguém mais se deu ao trabalho de acompanhar o caixão.

— Não, ali! Estou vendo um homem.

— É verdade, envolto numa capa — acrescentou d'Artagnan.

— Nem vale a pena olhar — decidiu Planchet.

— Pois a mim interessa — rebateu o mosqueteiro, apoiando-se na janela.

— Veja só, já está começando a tomar gosto — alegrou-se Planchet. — Nos primeiros dias eu achava aborrecido ficar fazendo sinais da cruz o dia inteiro, esses cantos pareciam cravos entrando na minha cabeça. Agora me relaxam, e nunca vi pássaros tão bonitos quanto esses do cemitério.

— Pois nada disso está me divertindo, prefiro voltar lá para baixo — declarou Porthos.

Planchet deu um pulo, oferecendo o braço para levá-lo ao jardim.

— Como? Vai continuar aqui? — perguntou Porthos a d'Artagnan, virando-se para trás.

— Só mais um pouco, não vou demorar.

— He, he! Não está errado o sr. d'Artagnan — disse Planchet. — Já começaram a enterrar?

— Ainda não.

— É verdade, o coveiro espera que as cordas estejam passadas no caixão... Veja! Há uma mulher vindo pelo outro lado do cemitério.

— Tem toda a razão, caro Planchet. Mas deixem-me só, começo a entrar nas tais saudáveis meditações, não as perturbem.

Os dois se foram e d'Artagnan, por trás das folhas da janela, semicerradas, passou a acompanhar com toda a atenção o enterro.

Os carregadores já haviam soltado as amarras da maca e fizeram o cadáver descer ao fosso.

A poucos passos dali, o homem de capa, que era o único espectador da lúgubre cena, se encostou num sólido cipreste, mantendo o rosto escondido todo o tempo. Em cinco minutos o defunto estava enterrado.

Fechada a tumba, o padre e seus acompanhantes começaram a ir embora. O coveiro falou alguma coisa e seguiu logo atrás.

O homem de capa os cumprimentou e deu uma moeda ao coveiro.

— Caramba! — murmurou d'Artagnan. — É Aramis!

Era de fato ele, que lá permaneceu sozinho. Não por muito tempo, pois os passos e o barulho de um vestido de mulher soaram no caminho, já bem perto.

Aramis se virou e tirou o chapéu, com grande respeito de cortesão. Levou a recém-chegada até uma área com castanheiros e tílias que sombreavam uma tumba luxuosa.

— Era só o que faltava! O bispo de Vannes tendo encontros! Continua o mesmo padre namoradeiro de Noisy-le-Sec. Sim, mas num cemitério deve ser um encontro sagrado.

Ele próprio riu.

A conversa durou uma boa meia hora.

D'Artagnan não via o rosto da mulher, que estava de costas para ele, mas perfeitamente percebia, pela rigidez dos dois, pela simetria dos gestos, pela maneira ritmada e cuidadosa da troca de olhares de ataque e defesa, que não era absolutamente de amor que eles falavam.

No final da entrevista, a mulher se ergueu e profundamente se inclinou diante de Aramis.

— Oh! — disse d'Artagnan. — Assim acaba até parecendo um encontro amoroso... O cavalheiro de início se ajoelha, a senhorita em seguida é trazida à razão, e afinal suplica... Quem será? Daria a unha de um dedo para vê-la.

Mas não foi possível. Aramis foi o primeiro a se retirar. A senhora se protegeu em seus véus e se foi em seguida.

D'Artagnan não se conteve e correu para a janela da rua de Lyon.

Aramis acabava de entrar no albergue. A mulher seguia na direção contrária. Provavelmente tomaria uma carruagem que a esperava à beira do bosque, com dois cavalos de reserva presos à traseira.

Ela caminhava de cabeça baixa, devagar, absorta em profundos pensamentos.

— Caramba, caramba! Preciso muito saber quem é essa mulher — disse o mosqueteiro.

Sem pensar duas vezes, correu atrás dela. No caminho, já se perguntava o que fazer para que a desconhecida erguesse o véu.

— Não é jovem, deve ter alta posição — ele dizia a si mesmo. — Que o diabo me carregue se não conheço essas maneiras.

Como d'Artagnan corria, o tilintar das esporas no chão de terra batida da rua chamava a atenção e um golpe de sorte inesperado aconteceu.

O barulho preocupou a mulher, que achou estar sendo seguida — o que era verdade —, e então ela se virou.

D'Artagnan deu um pulo, como se tivesse recebido uma descarga de chumbinho nas panturrilhas. Parou e simplesmente voltou andando para a casa de Planchet.

— A sra. de Chevreuse! — murmurou.

Mas não queria ir embora sem saber mais.

Pediu ao pai Célestin que se informasse com o coveiro sobre quem era o morto enterrado naquela manhã.

Contou o velho, quando voltou:

— Um pobre franciscano mendicante, sem ter neste mundo nem mesmo um cachorro que gostasse dele e o acompanhasse à última morada.

"Se fosse assim, Aramis não estaria ali. Em termos de fidelidade, não é um cachorro o sr. bispo de Vannes, mas tem bom faro", pensou d'Artagnan.

146. Porthos, Trüchen e Planchet se despedem como bons amigos, graças a d'Artagnan

Comeu-se muito na casa de Planchet.

Porthos arrebentou uma escada de pedreiro e duas cerejeiras, assaltou os pés de framboesa, mas não atacou os morangos, alegando que o cinturão o atrapalhava. Trüchen, já familiarizada com o gigante, foi implacável:

— Não é o cinturão, é a cintura.

Encantado, Porthos a beijou e ela, que justamente colhia morangos, os ofereceu na própria mão. Foi quando d'Artagnan chegou, reclamou da preguiça de Porthos e, discreto, chamou a atenção de Planchet.

O barão almoçou bem e, já no fim, olhando para Trüchen, declarou:

— Bem que eu ficaria mais por aqui.

Trüchen sorriu. Planchet também, mas um tanto sem graça.

D'Artagnan então disse:

— Não deixe, meu amigo, que as delícias de Cápua[138] o façam esquecer a finalidade desta viagem a Fontainebleau.

— Minha apresentação ao rei?

— Exato. Aliás, preciso ir ao castelo para preparar a coisa. Não saia daqui.

— Não sairei! — exclamou Porthos.

Planchet olhou para d'Artagnan, preocupado.

— Vai demorar? — ele perguntou.

— Não, meu amigo. E até o fim do dia estará livre desses dois hóspedes tão pesados para você.

— Como pode dizer isso?

— O seu coração é excelente, Planchet, mas a casa é pequena. Com apenas dois alqueires é possível receber um rei e deixá-lo feliz, mas você não nasceu grande senhor.

— Nem o sr. Porthos — murmurou Planchet.

---

138. A cidade italiana de Cápua recebeu, em 215 a.C., as tropas invasoras do cartaginês Aníbal, que lá permaneceram por longo período, perdendo o ritmo do combate e sendo batidas pelos romanos. "As delícias de Cápua" se tornou uma expressão para a indolência causada pelos prazeres.

— Mas ele se tornou, meu caro. Reina sustentado em cem mil libras de renda há vinte anos e, há cinquenta, em dois punhos e uma lombar que não têm rivais em nosso belo reino da França. Comparado a você, Porthos é um grande senhor, e… Não preciso continuar, você é inteligente o bastante.

— Não, não, por favor, explique.

— Veja o seu pomar destruído, a despensa exaurida, a cama quebrada, sua adega saqueada, veja… a sra. Trüchen…

— Meu Deus!

— Porthos é dono de trinta vilarejos, com trezentas vassalas tolerantes… e é um belo espécime, o nosso Porthos!

— Meu Deus! — repetiu Planchet.

— A sra. Trüchen é excelente pessoa — continuou d'Artagnan, dando uma batidinha no ombro de Planchet —; guarde-a para você.

Nesse momento, o merceeiro viu Trüchen e Porthos sob um caramanchão mais afastado. Com uma graça flamenga, ela fazia brincos com cachinhos de cereja numa orelha do hóspede, que ria como um Sansão se derretendo para Dalila.[139]

Planchet apertou a mão do ex-patrão e correu até onde estava o casal. Justiça seja feita a Porthos, ele não se incomodou nem um pouco… Não sabia estar agindo errado.

Trüchen também não e isso contrariou o marido, mas o merceeiro estava acostumado o bastante a lidar com sua clientela para saber controlar irritações súbitas.

Pegou então o braço de Porthos e propôs irem ver os cavalos.

O sr. du Vallon disse estar cansado.

Convidou-o então a provar uma aguardente perfumada com caroços de damasco que ele pessoalmente preparava e não havia igual.

Para isso, o barão não estava cansado.

Foi como Planchet soube manter ocupado o inimigo, sacrificando suas provisões em nome do amor-próprio.

D'Artagnan voltou duas horas depois.

— Está tudo acertado — ele comunicou. — Estive com Sua Majestade, que saía para uma caçada: somos esperados no final do dia.

— Sou esperado pelo rei! — exclamou Porthos, se aprumando todo.

Devemos reconhecer, o coração do homem é como as ondas do mar, pois a partir desse momento Porthos não olhou mais para a sra. Trüchen com aquela tocante graça que havia sensibilizado o coração da antuerpense.

Planchet encorajou da melhor maneira tais disposições ambiciosas. Contou, ou melhor, repetiu os esplendores do reino anterior, com suas batalhas, cercos e cerimônias. Falou do luxo dos ingleses, das conquistas alcançadas pe-

---

139. Livro dos Juízes, 16.

los três bravos companheiros de d'Artagnan, que, de mais humilde do grupo, se tornara o líder.

Entusiasmou Porthos ao recordar sua juventude dissipada, realçando da melhor forma a castidade daquele grande senhor e seu sagrado respeito pela amizade. Foi eloquente e hábil. Encantou o barão, fez Trüchen tremer e d'Artagnan sonhar.

Às seis horas, o mosqueteiro mandou que se preparassem os cavalos e que Porthos se vestisse. Agradeceu Planchet pela hospitalidade e vagamente acenou com algum emprego que se poderia conseguir para ele na corte, o que de pronto dourou o marido aos olhos de Trüchen, pois o pobre merceeiro, tão bom, generoso e leal, se havia um tanto embaciado em comparação aos dois grandes senhores.

Pois assim são as mulheres: ambicionam o que não têm e desdenham do que ambicionavam assim que o obtêm.

Depois de prestar esse serviço a Planchet, d'Artagnan disse a Porthos, baixinho:

— É muito bonito o anel que você tem no dedo.

— Trezentas pistolas — respondeu Porthos.

— A sra. Trüchen guardará melhor lembrança sua se lhe der esse anel.

Porthos hesitou.

— Acha que não é tão bonita assim? Posso entender. De qualquer forma, um grande senhor não dorme e come na casa de um antigo criado sem muito bem recompensar a hospedagem. No entanto, Planchet é bom amigo e nem vai se lembrar de que o barão tem uma renda de cem mil libras.

Tocado em seus brios, Porthos retrucou:

— Na verdade até pensei em oferecer uma fazendola em Bracieux, para que ela lá se estabeleça em sistema de meias. É tão bonito quanto um anel no dedo… são doze alqueires…

— É demais, meu bom amigo, por ora é demais… Deixe para mais tarde.

Ele praticamente arrancou o diamante do dedo de Porthos e, indo até Trüchen, disse:

— O barão não sabe como pedir que aceite este pequeno anel como lembrança. O sr. du Vallon é um dos homens mais generosos e discretos do mundo. Queria oferecer uma pequena fazenda em Bracieux, mas pude dissuadi-lo.

— Oh! — surpreendeu-se Trüchen, devorando o diamante com os olhos.

— Sr. barão! — exclamou Planchet, emocionado.

— Meu bom amigo! — balbuciou Porthos, encantado com a situação criada.

Tantas recíprocas exclamações conferiram um desfecho patético àquele dia que poderia ter terminado de maneira grotesca. Mas d'Artagnan estava ali e, sempre que d'Artagnan pôde ter o controle, as coisas se passaram à sua maneira.

Todos se beijaram. Voltando a si pela magnificência do barão, Trüchen recuperou seu lugar, oferecendo, tímida e ruborizada, apenas a testa ao grande senhor com quem tanto se familiarizava antes. Inclusive Planchet estava imbuído de humildade.

Num arrebatamento de generosidade, o barão Porthos já queria esvaziar os bolsos nas mãos da cozinheira e de Célestin. D'Artagnan o impediu, dizendo:

— É a minha vez.

E deu uma pistola à mulher e duas ao velho.

Seguiram-se bênçãos que comoveriam um Harpagão[140] e até o levariam a prodigalidades.

---

140. Personagem central da peça *O avarento*, de Molière.

147. A apresentação de Porthos

Às sete da noite, naquele mesmo dia, o rei concedia audiência a um embaixador das Províncias Unidas no salão principal.

Durou quinze minutos.

Em seguida, passou-se à apresentação de algumas pessoas, começando pelas senhoras.

Num canto do salão, atrás de uma coluna, Porthos e d'Artagnan conversavam, esperando a vez.

— Quer saber de uma novidade? — perguntou o mosqueteiro ao amigo.

— Qual?

— Olhe ali adiante.

Porthos se esticou na ponta dos pés e avistou o sr. Fouquet em traje de gala, levando Aramis ao rei.

— Aramis! — ele exclamou.

— Sendo apresentado ao rei pelo sr. Fouquet.

— Ah!

— Por ter fortificado Belle-Île — prosseguiu d'Artagnan.

— E eu?

— Você? Você, como eu já disse, você é Porthos, a bondade em pessoa. Tanto que o fizeram ficar esperando em Saint-Mandé.

— Ah! — ele repetiu.

— Mas felizmente estou aqui e logo será a minha vez.

Naquele momento, Fouquet dizia ao rei:

— Sire, tenho algo a pedir a Vossa Majestade. O sr. d'Herblay não é ambicioso, mas sabe que pode ser útil. Vossa Majestade precisa de alguém em Roma, alguém que tenha força. Podemos arranjar um gorro para o sr. d'Herblay.[141]

O rei apenas movimentou a cabeça.

— É raro que eu faça pedidos a Vossa Majestade — continuou Fouquet.

— É o caso — respondeu Luís XIV, em sua maneira de mostrar que não se declararia.

Era algo a que ninguém ousava responder. Fouquet e Aramis se entreolharam.

141. Ou seja, o gorro vermelho do cardinalato.

Mas o rei prosseguiu:

— O sr. d'Herblay pode também nos servir aqui na França: um arcebispado, por exemplo.

— Sire — contrapôs o superintendente, com a elegância de sempre —, Vossa Majestade está sendo generosa: o arcebispado para o sr. d'Herblay pode ser, nas boas graças do rei, um complemento ao gorro, pois um não exclui o outro.

O rei admirou a presença de espírito, sorriu e disse:

— Nem o capitão d'Artagnan teria sido tão rápido.

Foi só seu nome ser pronunciado que o próprio se apresentou:

— Vossa Majestade me chamou?

Aramis e Fouquet deram um passo para ceder lugar.

— Permiti-me, Sire — disse de pronto d'Artagnan, mostrando Porthos —, vos apresentar o sr. barão du Vallon, um dos mais bravos fidalgos da França.

Aramis ficou lívido. Fouquet fechou os punhos sob as mangas do casaco.

D'Artagnan sorriu para os dois, enquanto Porthos se inclinava, visivelmente emocionado diante da majestade real.

— Porthos aqui! — murmurou Fouquet ao ouvido de Aramis.

— Psss! Temos uma traição — respondeu o bispo.

— Sire — continuou d'Artagnan —, há seis anos eu deveria vos apresentar o sr. du Vallon, mas certos homens são como as estrelas e não se mostram sem um cortejo de amigos. A plêiade não se dispersa e por isso escolhi vos apresentar o sr. du Vallon no momento em que estivesse em vossa presença o sr. d'Herblay.

Aramis por pouco não se descontrolou. Inchando-se de soberba, olhou para o mosqueteiro como quem diz aceitar o desafio lançado.

— Ah, esses senhores são amigos? — perguntou o rei.

— Excelentes amigos, Sire, e um responde pelo outro. Perguntai ao sr. de Vannes como foi fortificada Belle-Île...

Fouquet recuou um passo.

— Belle-Île foi fortificada pelo sr. du Vallon — declarou com frieza Aramis, indicando Porthos, que fez novo cumprimento.

Luís estava admirado e dubitativo.

— Sim — continuou d'Artagnan —, mas perguntai ao sr. barão quem o ajudou nesses trabalhos.

— Aramis — adiantou-se Porthos, com toda a franqueza, indicando o amigo.

"Diabos! O que significa tudo isso e para quê essa comédia?", se perguntava d'Herblay.

— Como? — espantou-se o rei. — O sr. cardeal... digo, bispo... se chama Aramis?

— Nome de guerra — explicou d'Artagnan.

— Nome de amizade — corrigiu Aramis.

— Deixe de lado a modéstia — exclamou d'Artagnan. — Por trás dessa batina, Sire, se esconde o mais brilhante oficial, o mais intrépido fidalgo, o mais sábio teólogo do vosso reino.

Luís prestou mais atenção e acrescentou, admirando a fisionomia, de fato admirável, de Aramis:

— Além de engenheiro!

— Engenheiro improvisado, Sire! — ele observou.

— Meu colega nos mosqueteiros, Sire — continuou calorosamente d'Artagnan. — Alguém cujos conselhos mais de cem vezes ajudaram os planos de ministros do vosso pai... Para resumir, o sr. d'Herblay, o sr. du Vallon, eu mesmo e o sr. conde de La Fère, que Vossa Majestade conhece, formávamos o quarteto do qual muitos falaram no reinado anterior e durante a vossa minoridade.

— E fortificou Belle-Île — repetiu o rei, com um tom de voz profundo.

Aramis se aproximou e declarou:

— Para servir ao filho, como servi ao pai.

D'Artagnan olhava para ele enquanto essas palavras eram ditas. Havia tão sincero respeito, tão calorosa dedicação, tão incontestável convicção que ele próprio, o infalível d'Artagnan, o eterno desconfiado, acreditou.

"Nunca a mentira consegue semelhante entonação", pensou.

Luís estava impressionado e disse a Fouquet, que aguardava ansioso o fim de tudo aquilo:

— Nesse caso, o gorro está reservado. Sr. d'Herblay, dou minha palavra de que o terá à primeira oportunidade. Agradeça ao sr. Fouquet.

Isso foi ouvido também por Colbert, que ficou arrasado e saiu precipitadamente do salão.

— E, sr. du Vallon... — continuou o rei — pode pedir. Gosto de recompensar quem serviu a meu pai.

— Sire... — gaguejou Porthos, sem conseguir ir adiante.

— Sire — tomou a palavra d'Artagnan —, esse digno fidalgo está paralisado pela majestade de vossa pessoa, ele que orgulhosamente sustentou o olhar e o fogo de mil inimigos. Mas sei o que ele pensa e, mais habituado a ter à minha frente o sol... posso responder no seu lugar: ele nada quer e deseja senão a felicidade de contemplar Vossa Majestade por quinze minutos.

— Ceie comigo esta noite — convidou o rei, cumprimentando Porthos com um gracioso sorriso.

O barão ficou escarlate de alegria e orgulho.

O rei o dispensou e d'Artagnan o tirou dali.

— Fique a meu lado na mesa — pediu Porthos, baixinho.

— Claro, meu amigo.

— Aramis está chateado comigo, não é?

— Aramis nunca gostou tanto de você. Acabo de conseguir para ele o gorro de cardeal.

— É verdade. Mas diga, o rei aprecia que se coma muito à sua mesa?

— Ficará encantado, pois tem um apetite de rei, literalmente.

— Ótimo.

148. Explicações

Aramis habilmente achou uma forma de encontrar d'Artagnan e Porthos. Dirigiu-se diretamente a este último atrás de uma coluna e, apertando a sua mão, em tom de brincadeira perguntou:

— Escapou da minha prisão?

— Não se zangue, querido Aramis, eu é que fui abrir a porta — disse d'Artagnan.

— Ah, meu amigo! — continuou Aramis, ainda se dirigindo a Porthos. — Como esperar que tivesse mais paciência?

Procurando dar apoio ao companheiro, que já se via em dificuldade, d'Artagnan voltou a intervir:

— Vocês, homens da Igreja, privilegiam muito a política, mas nós, das armas, somos mais diretos. Conto o que aconteceu. Fui visitar o nosso caro Baisemeaux.

Aramis ficou de orelha em pé.

— Ah! Tenho uma carta dele para você — lembrou-se Porthos.

E entregou a carta que conhecemos.

O destinatário pediu licença, afastou-se um passo e leu, sem que d'Artagnan parecesse incomodado com a lembrança de Porthos, como era de esperar.

O bispo se mostrou tão contido enquanto lia que o mosqueteiro o admirou mais do que nunca.

Perfeitamente calmo, ele guardou a carta no bolso e continuou:

— Dizia então o nosso querido capitão…?

— Que fui visitar Baisemeaux por assuntos de serviço.

— Assuntos de serviço?

— Sim. E naturalmente falamos de você, dos amigos. Devo dizer que fui recebido de forma um tanto fria e logo me despedi. Já indo embora, um soldado veio falar comigo (deve ter me reconhecido, mesmo que eu estivesse à paisana) e pediu: "Capitão, poderia ler para mim o nome escrito neste envelope?". E li: *Para o sr. du Vallon, em Saint-Mandé, na casa do sr. Fouquet.* "Nossa!", eu pensei, "Porthos não voltou, como era de imaginar, para Pierrefonds ou Belle-Île. Está em Saint-Mandé, na casa do sr. Fouquet. Como o sr.

Fouquet não está em Saint-Mandé, Porthos está sozinho ou com Aramis. Vou então até lá." E fui.

— Que boa coisa! — comentou Aramis, pensativo.

— Não me contou isso — disse Porthos.

— Não houve tempo, meu amigo.

— E trouxe Porthos a Fontainebleau?

— À casa de Planchet.

— Planchet mora em Fontainebleau?

— Mora, perto do cemitério! — exclamou Porthos, todo contente.

— Como assim, perto do cemitério?

"Bom, aproveitemos a briga, já que há briga", pensou o mosqueteiro.

— Perto do cemitério — confirmou Porthos. — É excelente pessoa, Planchet, e faz excelentes geleias, mas suas janelas dão para o cemitério. É de dar pena. Esta manhã mesmo...

— Esta manhã? — agitou-se Aramis.

D'Artagnan virou de costas e tamborilou uma marcha militar num vidro da janela.

— Esta manhã mesmo vimos um cristão ser enterrado — concluiu o que dizia Porthos.

— Ah, entendo.

— É bem triste! Não viveria eu numa casa de onde se veem mortos o tempo todo. Já d'Artagnan parece gostar.

— Ah! D'Artagnan também viu?

— Não só viu como ficou interessadíssimo.

Aramis estremeceu e olhou para onde estava o mosqueteiro, que começara uma animada conversa com Saint-Aignan.

Continuou fazendo perguntas a Porthos e, depois de extrair todo o sumo daquela enorme laranja, cuspiu o bagaço.

Foi então até o amigo d'Artagnan, esperou que Saint-Aignan se retirasse, pois a ceia do rei havia sido anunciada, e, batendo no seu ombro, disse:

— Meu amigo.

— Meu caríssimo amigo — respondeu d'Artagnan.

— Não ceamos com o rei.

— Na verdade, eu sim.

— Poderia falar comigo dez minutos?

— Vinte. É o tempo necessário para que Sua Majestade se ponha à mesa.

— Onde quer que conversemos?

— Aqui mesmo, nesses bancos. Sem o rei presente, podemos nos sentar, e a sala está vazia.

— Então façamos isso.

Eles se sentaram. Aramis tomou uma das mãos de d'Artagnan.

— Confesse, meu amigo, que tenta colocar Porthos contra mim.

— Confesso, mas não como imagina. Vi Porthos morrendo de tédio e quis, apresentando-o ao rei, fazer por ele e por você o que vocês próprios não teriam feito.

— O quê?

— Elogiá-los.

— Fez isso da forma mais nobre, obrigado.

— E aproximei de você o gorro que parecia se distanciar.

— Concordo — disse Aramis, com um sorriso particular. — Você, na verdade, é um sujeito único quando se trata de construir a fortuna dos amigos.

— Na verdade, estava querendo fazer apenas a de Porthos.

— Oh! Trabalharei também no que puder, mas, de todos nós, é você que tem o braço mais comprido.

Foi a vez de d'Artagnan dar um sorriso.

— Veja — continuou Aramis —, devemos ser sinceros um com o outro: ainda gosta de mim, meu caro d'Artagnan?

— Como antes — respondeu o mosqueteiro, sem se comprometer demais.

— Obrigado e, mantendo a franqueza, foi a Belle-Île a mando do rei?

— De quem mais seria?

— Quis então nos tirar o prazer de oferecer ao rei Belle-Île fortificada?

— Ora, meu amigo, para lhes tirar esse prazer seria preciso que eu soubesse dessa intenção.

— Foi a Belle-Île sem nada saber?

— Com relação a você, sim. Como o poderia imaginar engenheiro, capaz de fortificar como Políbio ou Arquimedes?[142]

— É verdade. Mas me imaginou lá?

— Isso sim.

— E Porthos também?

— Meu caro, só pude imaginar Aramis engenheiro, Porthos não. Um latino qualquer disse: "Um homem pode se tornar orador, mas poeta é preciso ser de nascença".[143] E ninguém nunca disse: "Você pode nascer Porthos e se tornar engenheiro".

— Você sempre teve um espírito encantador, mas prossigo — disse friamente Aramis.

— Por favor.

---

142. Políbio (*c.* 208 a.C.-126 a.C.), conhecido sobretudo como historiador grego (*História*), foi chamado pelo general romano Cipião Emiliano (185 a.C.-129 a.C.) para ajudá-lo como teórico em fortificações no cerco de Cartago. O matemático grego Arquimedes (*c.* 287 a.C.-212 a.C.), um dos principais cientistas da Antiguidade Clássica, entre outras especializações, se dedicou à engenharia militar.

143. A máxima é atribuída ao orador romano Cícero (106 a.C.-43 a.C.).

— Assim que descobriu, correu para contar ao rei?

— Corri sim, meu bom amigo, por tê-lo visto correr mais ainda. Vendo um homem de cento e vinte e nove quilos, como Porthos, ir mais rápido que a posta, e um prelado sofrendo de gota (desculpe, mas foi você que disse) disparar estrada afora, supus que os dois amigos, que não quiseram falar abertamente comigo, tinham coisas importantes a esconder e, bom, também corri... tão rápido quanto a minha pouca corpulência e falta de gota permitiram.

— E o caro amigo não pensou que podia estar prestando, a Porthos e a mim, um desserviço?

— Pensei sim, mas tinham, Porthos e você, sido bastante duros comigo em Belle-Île.

— Queira me desculpar — disse Aramis.

— E você a mim — disse d'Artagnan.

— Quer dizer que agora sabe de tudo? — continuou Aramis.

— Nem tanto.

— Sabe que precisei avisar imediatamente o sr. Fouquet para que ele tomasse a dianteira junto ao rei.

— É um ponto obscuro.

— Não é. O sr. Fouquet tem inimigos, não reconhece isso?

— Facilmente.

— Sobretudo um.

— Perigoso?

— Mortal. Pois para combater a influência desse inimigo, o sr. Fouquet precisou demonstrar grande dedicação ao rei, sendo capaz de grandes sacrifícios. Surpreendeu Sua Majestade com a oferta de Belle-Île. Se você chegasse antes a Paris, destruiria a surpresa. Pareceríamos estar cedendo ao medo.

— Entendo.

— É só esse o mistério — concluiu Aramis, contente por ter convencido o mosqueteiro, que no entanto observou:

— Teria sido mais simples ter me chamado num canto, em Belle-Île, e dizer: "Caro amigo, fortificamos Belle-Île-en-Mer para oferecer ao rei. Faça-nos o favor de dizer de que lado está: do sr. Colbert ou do sr. Fouquet?". Talvez eu nada respondesse, mas você poderia acrescentar a pergunta: "É meu amigo?". E eu teria dito: "Sou".

Aramis inclinou a cabeça.

— Se assim fosse — continuou d'Artagnan —, eu teria vindo dizer ao rei: "Sire, o sr. Fouquet fortifica Belle-Île, e está fazendo isso muito bem, mas tenho uma mensagem do governador da fortificação para Vossa Majestade". Ou então: "Vossa Majestade receberá a visita do sr. Fouquet para falar das suas intenções". Dessa maneira, eu não faria papel de bobo, vocês manteriam a surpresa e não precisaríamos estar nos olhando de viés.

— E você hoje agiu como bom amigo do sr. Colbert. É amigo dele?

— Era só o que faltava! O sr. Colbert é um pulha a quem detesto tanto quanto detestava Mazarino, só que sem temê-lo.

— Pois eu sou amigo do sr. Fouquet e estou com ele. Você conhece minha situação... Não tenho bens... O sr. Fouquet me ofereceu apoio, um bispado... Sinto-me devedor e o considero um homem elegante. Lembro-me bastante bem da vida no mundo para apreciar devidamente as boas maneiras. O sr. Fouquet tem meu coração e coloco-me a serviço dele.

— Nada melhor. Tem um bom chefe.

Aramis franziu os lábios.

— O melhor, acredito, que se possa ter.

Ele fez uma pausa.

D'Artagnan de forma alguma quis interrompê-lo.

— Você provavelmente sabe, pelo próprio Porthos, como ele acabou sendo trazido a tudo isso?

— Não, não sei — respondeu o capitão. — Sou curioso, é verdade, mas nunca interrogo um amigo com relação a um segredo que ele prefere guardar.

— Pois vou lhe contar.

— Não é preciso, se a confidência me comprometer.

— Oh, não há perigo. Porthos é a pessoa de quem mais gostei, porque é simples e bom. É um espírito reto. Desde que me tornei bispo, procuro as naturezas simples, que me fazem apreciar a verdade e detestar a intriga.

D'Artagnan alisou o bigode.

— Assim que pude, procurei Porthos. Ele estava à toa, sua presença me trazia a lembrança daquela boa época de antes, sem me levar a nada duvidoso no presente. Pedi que fosse me encontrar em Vannes. Por gostar de mim, o sr. Fouquet, ao saber que Porthos igualmente gostava de mim, prometeu a ele uma comenda à primeira oportunidade. É esse o segredo.

— Não me aproveitarei disso — prometeu d'Artagnan.

— Tenho certeza, caro amigo. Ninguém, mais do que você, tem o senso da real honradez.

— Orgulho-me disso, Aramis.

— E agora...

O prelado atravessou o amigo com o olhar, até o fundo da alma.

— Conversemos entre nós. Quer se tornar um aliado do sr. Fouquet? Não me interrompa até saber o que isso quer dizer.

— Estou ouvindo.

— Quer ser marechal, par, duque, dono de um ducado de um milhão?

— Mas, meu amigo, para tudo isso o que seria preciso fazer?

— Estar do lado de Fouquet.

— Estou do lado do rei, meu amigo.

— Não exclusivamente, espero?

— Ah, d'Artagnan é apenas um.

— Mas imagino, com esse seu grande coração, que tenha uma ambição.

— Sim, claro.

— Qual?

— Quero mesmo ser marechal, mas o rei me tornará marechal, duque, par. O rei me dará tudo isso.

Aramis fixou seu límpido olhar em d'Artagnan.

— Não é o rei quem decide essas coisas? — perguntou d'Artagnan.

— Ninguém diz o contrário, mas Luís XIII também era quem decidia.

— Ora, meu caro amigo. Entre Richelieu e Luís XIII não havia um d'Artagnan — disse tranquilo o mosqueteiro.

— Em torno do rei — observou Aramis — há muitos entraves.

— Não para o rei?

— Certamente, mas...

— Veja, Aramis, todos pensam em si mesmos e muito pouco nesse príncipe. No que me diz respeito, é a mim mesmo que apoio, mas dando a ele meu apoio.

— E a ingratidão?

— É o temor dos fracos.

— Sente-se bastante seguro de si.

— Creio que sim.

— Mas o rei pode vir a não precisar mais de você.

— Pelo contrário. Acho que precisará mais do que nunca. E veja, meu caro, se for preciso prender um novo Condé, como se fará isso? Dessa maneira — ele mesmo respondeu, batendo no cabo da espada. — Só assim se fazem as coisas na França.

— Tem razão — concordou Aramis, empalidecendo.

Ele se levantou e apertou a mão de d'Artagnan.

— É a última chamada para a ceia — falou o capitão dos mosqueteiros. — Se me permite...

Aramis passou o braço pelo pescoço do amigo e disse:

— Alguém como você é a mais bela joia da coroa real.

Eles se separaram.

"Bem que eu achava haver alguma coisa", pensou d'Artagnan.

"É preciso imediatamente pôr fogo à pólvora. D'Artagnan acendeu a mecha", disse para si mesmo Aramis.

149. Madame e de Guiche

Vimos que o conde de Guiche havia se retirado do salão no dia em que Luís XIV, com tamanha galanteria, ofereceu a La Vallière os maravilhosos braceletes sorteados.

O conde andou por algum tempo do lado de fora do palácio, devorado por mil suspeitas e mil inquietudes. Em seguida, pôde ser visto no terraço diante dos quincunces, vigiando a saída de Madame.

Boa meia hora se passou. Sozinho todo esse tempo, suas ideias não deviam ser das mais divertidas. Ele tirou do bolso um pequeno estojo e, depois de mil hesitações, escreveu:

> Senhora, imploro que me conceda um momento. Não se preocupe com meu pedido, que em nada contraria o profundo respeito… etc.

Já assinava o estranho bilhete com toda a aparência de súplica amorosa quando viu saírem do castelo várias mulheres. Em seguida homens; o círculo quase completo da rainha.

Viu passarem La Vallière e Montalais, conversando com Malicorne.

Viu até o último dos convidados que pouco antes enchiam o salão da rainha-mãe.

Mas não Madame. E era preciso que ela atravessasse aquele pátio para voltar a seus aposentos. De onde estava, de Guiche tinha pleno domínio visual da área.

Finalmente ela surgiu, acompanhada por dois pajens que carregavam archotes. Caminhava rápido e, chegando à porta, disse a eles, em voz alta:

— Procurem o sr. conde de Guiche, que ficou de me informar sobre algo que pedi. Se o encontrarem, peçam que venha me ver.

Ele continuou parado no escuro, mas desceu do terraço assim que a princesa entrou e, com ares distraídos, se pôs no caminho do seu alojamento, por onde os pajens seguiam.

"Madame me procura!", ele pensava, agitado.

E apertou na mão o bilhete, que se tornara desnecessário.

— Conde — disse um dos pajens ao vê-lo —, que bom, nós o procurávamos!

— Por que motivo, meus amigos?

— Por ordem de Madame.

— Ordem de Madame? — repetiu de Guiche, fingindo surpresa.

— Sim, conde. Sua Alteza Real quer vê-lo para uma informação. É possível?

— Perfeitamente.

— Então, por favor, nos acompanhe.

Ao chegar, de Guiche encontrou Henriqueta tensa e pálida.

Bem perto dela, Montalais parecia se preocupar com o estado de espírito da princesa, que exclamou, tão logo de Guiche entrou:

— Ah, sr. conde! Entre, por favor... Srta. de Montalais, pode se retirar por hoje.

Ainda mais intrigada, a jovem fez um cumprimento e saiu.

O casal ficou a sós.

Ele estava em vantagem: Madame é quem o havia chamado. Mas como manter isso a seu favor? Era tão imprevisível, a princesa! Um temperamento de fato muito instável!

E parecendo confirmar essa característica, ela iniciou a conversa:

— E então, o que tem a dizer?

Ele achou que seus pensamentos haviam se evidenciado. Pois assim são os que amam: crédulos e cegos como poetas ou profetas. O desejo de vê-la, assim como sua motivação, eram patentes demais.

— Bom, senhora, acho tudo isso muito estranho.

— O caso dos braceletes, não é? — ela exclamou, precipitada.

— Isso mesmo.

— Acha que o rei está apaixonado? Diga.

De Guiche a olhou de tal forma que ela desviou os olhos, de tanto que aquilo parecia ir até o seu coração.

— Talvez o rei tenha querido atormentar alguém — ele por fim disse. — Ou não teria sido tão contundente e não se disporia a comprometer a tranquilidade de uma jovem até então inatacável.

— Quem? Aquela descarada? — revoltou-se a princesa, cheia de orgulho.

— Posso garantir — respondeu o conde, de maneira respeitosa, mas firme — que a srta. de La Vallière é amada por um homem que se deve respeitar, pois se trata de alguém muito correto.

— Sim, Bragelonne, não é isso?

— Meu amigo, senhora.

— Que seja, mas que importância isso teria para o rei?

— Sua Majestade sabe que Bragelonne é noivo da srta. de La Vallière e evitaria provocar um mal irreparável, pois Raoul está a seu serviço e é um bravo.

Madame se pôs a rir, causando uma dolorosa impressão no rapaz.

— Repito, senhora, não acreditar que o rei esteja interessado em La Vallière. Insistindo nessa direção, me pergunto a quem Sua Majestade quis assim provocar. Conhecendo Madame tão bem a corte, poderá me ajudar a descobrir, ainda mais por todos a dizerem bastante próxima do rei.

Henriqueta mordeu os lábios e, sem ter resposta, mudou o foco da conversa, dizendo, com um desses olhares em que a alma parece se expressar inteira:

— Mas fui eu quem o chamou. Não parecia interessado em falar comigo.

Com toda a gravidade, de Guiche tirou do bolso o bilhete escrito pouco antes e o mostrou.

— Coincidências afins — comentou Madame.

— Decerto — ele respondeu, sem esconder sua imensa ternura. — Afins, mas explicitei como e por que a procurava, e a senhora não.

— É verdade.

Ela hesitou e, de repente, disse de uma só vez:

— Esses braceletes vão me fazer perder a cabeça.

— Esperava que o rei os oferecesse à senhora?

— Por que não?

— Mas antes da cunhada não havia a rainha?

— E antes de La Vallière — explodiu Madame — não estava eu? E toda a corte?

— Com todo o respeito posso dizer, senhora, que se a ouvissem falar assim, se vissem os seus olhos vermelhos e, que Deus me perdoe, essa lágrima que desponta; sim, estou certo de que todos imaginariam Madame com ciúmes.

— Ciúmes? Eu, com ciúmes de La Vallière?

Com aquela atitude altiva e o tom soberbo, ela esperava dobrar de Guiche, mas ele bravamente respondeu:

— Exato, senhora, com ciúmes de La Vallière.

— Está querendo me insultar?

— De forma alguma, senhora — respondeu o conde, um tanto nervoso, mas decidido a controlar uma súbita raiva.

— Saia! — ordenou a princesa, no auge da exasperação, de tanto que o sangue-frio e a muda deferência do rapaz a deixavam sem argumentos.

Ele deu um passo para trás, fez com toda a lentidão uma reverência, se endireitou, branco como os punhos da camisa e, com a voz ligeiramente alterada, disse:

— Para receber tão injusto tratamento, eu não devia ter me apressado tanto.

Ainda sem precipitação, ele se virou para sair.

Nem sequer dera cinco passos e Henriqueta se lançou como uma tigresa, agarrou sua veste pela manga e o fez se voltar.

— Todo esse respeito fingido é mais insultante do que o próprio insulto — ela disse, trêmula e enfurecida. — Insulte, mas fale!

— E a senhora — respondeu o conde, puxando tranquilamente a espada — atravesse com essa lâmina meu coração, mas não me mate a fogo brando.

A expressão com que isso foi dito, cheia de amor, de decisão e até de desespero, a fez entender que de Guiche, aparentando estar tão calmo, mergulharia a espada no próprio peito à primeira palavra impensada que dissesse.

Ela tirou a espada das suas mãos e, num delírio que poderia parecer motivado pela ternura, apertou seu braço, pedindo:

— Conde, por favor. Está vendo que sofro e não demonstra a menor piedade.

As lágrimas, última etapa daquele colapso, abafavam sua voz. Vendo-a chorar, ele a abraçou e a fez se sentar numa poltrona. Henriqueta mal conseguia respirar.

— Por que não conta o que a faz sofrer? — ele murmurou, ajoelhado diante dela. — Ama alguém? Pode dizer, é possível que eu morra por isso, mas só depois de consolá-la e mesmo ajudá-la.

— Ama-me tanto assim? — ela replicou, vencida.

— Sim, a esse ponto.

Ela estendeu as duas mãos.

— Amo, é verdade — ela confessou, mas tão baixinho que ninguém poderia ouvir.

De Guiche ouviu.

— O rei?

Ela balançou suavemente a cabeça e o seu sorriso foi como uma dessas aberturas no céu através das quais, depois da tempestade, pode-se entrever o paraíso.

— Há muitas paixões num coração bem-nascido — ela continuou. — O amor é a sua poesia, mas o que o faz viver é a autoestima. Nasci num trono, conde, tenho orgulho disso e cuido, com todo o zelo, da minha posição. Por que o rei deixa chegarem a ele pessoas indignas?

— Insiste nisso! — lamentou o jovem. — Fala mal da futura mulher do meu amigo.

— É tão ingênuo? Acredita mesmo nisso?

— Não fosse assim, se achasse que essa pobre moça se esqueceu das promessas que fez, preveniria Bragelonne amanhã mesmo — ele afirmou, pálido. — Mas seria uma covardia trair um segredo de mulher e um crime perturbar a tranquilidade de um amigo.

— Talvez, então, a ignorância seja uma felicidade? — ela perguntou, com uma estranha risada.

— É possível.

— Pois prove! Prove isso! — ela retrucou, com intensidade.

— Não é difícil. A corte inteira, por exemplo, diz que o rei ama a senhora, que, por sua vez, ama o rei.

— E daí? — ela perguntou, com a respiração suspensa.

— Imagine então que meu amigo Raoul viesse me dizer: "O rei ama Madame, o rei tem o coração de Madame". Eu talvez o matasse!

— Para falar assim, seria preciso que tivesse provas — insistiu a princesa, com essa obstinação das mulheres que se sentem intocáveis.

— O importante é que ele não fez isso e eu não aprofundei a questão — respondeu de Guiche, com um suspiro —, de modo que tal ignorância me salvou a vida.

— Chegará ao egoísmo e à frieza de deixar seu infeliz amigo continuar amando La Vallière?

— Enquanto não tiver certeza da sua culpa.

— E os braceletes?

— Bom, como a senhora, na verdade, esperava recebê-los do rei, o que posso dizer?

O argumento era forte. A princesa se sentiu esmagada e não recuperou mais a postura que vinha mantendo. Mas como tinha alma nobre e viva inteligência, compreendeu a delicadeza do conde.

Percebeu que, no fundo, ele acreditava no amor do rei por La Vallière, mas não se servia do vulgar expediente de atacar um rival apontando seu interesse por outra mulher.

Notou também que ele próprio tinha dúvidas com relação a La Vallière, porém aguardava que ela se recuperasse e não se perdesse para sempre. Evitava então qualquer atitude ou observações mais diretas.

Ficaram evidentes as genuínas grandeza e generosidade que havia no seu coração, e isso a tocou profundamente. Permanecendo consequente e fiel, mesmo correndo o risco de desagradar, de Guiche ganhava estatura de herói, e isso a fez se sentir mesquinha com seus ciúmes.

Não podia deixar de carinhosamente demonstrar o que sentia e então disse, pegando a mão do amigo:

— Foram muitas palavras que lançamos ao léu: suspeitas, inquietudes, desconfianças, dores; acho que pronunciamos todas.

— Infelizmente, senhora.

— Apague-as do seu coração e as expulsarei do meu. Que essa La Vallière ame ou não o rei, que o rei ame ou não La Vallière, farei, a partir de agora, uma distinção entre os meus diferentes papéis. Parece surpreso, aposto que não está compreendendo.

— A senhora é sempre tão viva que o tempo todo tenho medo de desagradar.

— Pobrezinho, como treme! — ela brincou. — Explico: tenho dois papéis a representar. Sou a irmãzinha do rei, cunhada da sua mulher. Sendo assim, não acha que devo me ocupar das intrigas envolvendo o casal?

— O mínimo possível, senhora.

— Concordo, seria uma questão de dignidade. Além disso, sou casada com Monsieur.

De Guiche suspirou.

— Detalhe que obriga o senhor a falar comigo com o mais soberano respeito — ela ironizou.

— Oh! — Caindo aos pés da princesa, ele os beijou como se fossem os de uma divindade.

— Mas acabo de lembrar — ela murmurou. — Tenho ainda outro papel.

— Qual? Qual?

— Sou mulher — ela continuou, mais baixo ainda —, e amo.

Ele se ergueu. Henriqueta abriu os braços e os lábios de ambos se tocaram.

Passadas se aproximavam do outro lado do reposteiro. Montalais bateu.

— O que há, senhorita?

— Procuram o sr. de Guiche — ela respondeu, não sem antes notar a confusão dos personagens daqueles tantos papéis, já que de Guiche fora também levado a heroicamente representar o seu.

150. Montalais e Malicorne

Montalais estava certa. Aliás, sendo de Guiche procurado por todo lugar, começava a chamar atenção o fato de não ser encontrado em lugar nenhum.

Assim se comprova a força dos fracos, pois Madame, apesar do orgulho ferido e da raiva interior, ao menos de imediato não pôde censurar sua dama de honra, que tão audaciosamente violara a ordem quase imperativa para que se recolhesse.

Também de Guiche perdeu a cabeça, ou melhor, ele já a havia perdido antes da chegada de Montalais, pois mal ouviu o recado da jovem, sem nem mesmo se despedir de Madame — como exige a mais simples polidez, mesmo entre iguais — saiu às pressas com o coração aos saltos, a mente alucinada, deixando a princesa de mão erguida num gesto de adeus. Mas, é verdade, ele poderia, como Cherubino[144] cem anos depois, dizer que levava nos lábios felicidade suficiente para toda a eternidade.

A situação então encontrada por Montalais era das mais tumultuosas: tumulto de quem partiu às pressas e tumulto de quem ficou.

Ela então concluiu, lançando um olhar inquiridor em volta: "Acho que desta vez sei tudo o que uma pessoa, por mais curiosa que seja, poderia querer saber".

Como se tivesse ouvido tal pensamento, Madame, de tão confusa que ficou com aquele olhar, nada disse e, baixando os olhos, retirou-se ao quarto de dormir.

Montalais ficou à escuta e ouviu a tranca ser passada.

Entendeu que teria a noite livre e, fazendo à porta do quarto um gesto bastante desrespeitoso, significando "Durma bem, princesa!", desceu para encontrar Malicorne que, de longe, vigiava os aposentos do conde de Guiche, de onde um mensageiro todo empoeirado acabava de sair.

Montalais entendeu ser algo importante e o deixou ver o quanto pudesse com o pescoço esticado. Só quando o rapaz voltou à posição normal ela bateu no seu ombro e perguntou:

---

144. Personagem da ópera-bufa *As bodas de Fígaro*, de Amadeus Mozart (1756-91). No ato IV, cena VII, o pajem Cherubino, depois de receber um beijo furtivo da Condessa, diz: "Levo no rosto felicidade para mais de cem anos de prisão".

— E então? Qual a novidade?

— O sr. de Guiche ama Madame.

— Que descoberta! Sei de coisa mais recente.

— O quê?

— Madame ama o sr. de Guiche.

— Isso é consequência daquilo.

— Nem sempre, meu caro.

— Está se referindo a mim?

— As pessoas presentes formam sempre exceção.

— Obrigado. E do outro lado? — ele perguntou.

— Esta noite, depois da loteria, o rei quis ver a srta. de La Vallière.

— E viu?

— Não.

— Como assim?

— A porta estava fechada.

— De forma que...

— De forma que Sua Majestade voltou macambúzia, como um ladrão que se esquece das ferramentas.

— Bom.

— E do terceiro lado? — perguntou Montalais.

— O correio que chegou para o sr. de Guiche veio da parte do sr. de Bragelonne.

— Ótimo! — exclamou Montalais, batendo palmas.

— Por quê?

— Temos com que nos ocupar. Sem a menor possibilidade de tédio.

— Precisamos dividir as tarefas para não haver confusão — sugeriu Malicorne.

— É simples: três intrigas bem armadas e razoavelmente bem conduzidas devem gerar uma troca de, no mínimo, três bilhetes por dia.

Malicorne corrigiu:

— Isso se lidássemos com sentimentos burgueses, querida. Um mosqueteiro de serviço ou uma adolescente de internato trocam bilhetes cotidianos do alto de uma escada ou por um buraco aberto no muro. É nos bilhetes que se concentra toda a poesia desses coraçõezinhos. Aqui na corte... Ainda conhece muito pouco os sentimentos da alta nobreza, minha cara.

— Que seja, conclua — impacientou-se Montalais. — Pode vir alguém.

— Concluir? Estou apenas na elocução. Tenho ainda três pontos.

— Ai, você me irrita com essa sua fleuma de holandês! — ela reclamou.

— E você me faz perder a cabeça com essas agitações de italiana. O que eu dizia é que nossos enamorados vão trocar muitas e muitas cartas. Mas e você, o que estava querendo dizer?

— Que nenhuma das senhoras em questão poderá guardar as cartas que receber.

— Isso é certo.

— Nem o sr. de Guiche vai se arriscar a guardar as dele.

— É bem possível.

— Pois eu é que guardarei tudo isso.

— Não vejo como.

— Por que não?

— Você não está em casa, divide um apartamento com La Vallière e não são raras as perquirições. Podem vir da rainha, ciumenta como uma espanhola, da rainha-mãe, ciumenta como duas espanholas, ou de Madame, ciumenta como dez espanholas.

— Esqueceu-se de alguém.

— De quem?

— De Monsieur.

— Porque estava ainda nas mulheres. Vamos enumerar. Monsieur, número um.

— Número dois, de Guiche.

— Número três, o visconde de Bragelonne.

— Número quatro, o rei.

— O rei?

— O próprio. É não só o pior como também o mais poderoso. Ah, querida!

— O quê?

— Em que vespeiro se meteu!

— Nem tanto, se estiver comigo.

— Claro que estou, mas…

— Mas?…

— Ainda é tempo de recuar um pouco; seria mais prudente.

— Pois acho que o mais prudente, pelo contrário, é avançarmos nessas intrigas todas.

— Você não vai dar conta.

— Com sua ajuda, posso levar dez delas adiante. Descobri ser esse o meu elemento, entende? Fui feita para viver na corte como a salamandra para viver nas chamas.[145]

— A comparação não me tranquiliza nem um pouco. Ouvi sábios dos mais sábios dizerem que, para início de conversa, salamandras nem existem. E caso existissem, seriam assadas, esturricadas no fogo.

---

145. Na mitologia grega, a salamandra representava o elemento fogo por se acreditar que podia viver nas chamas, servindo inclusive para apagar incêndios. O próprio nome vem do grego antigo, significando "réptil de fogo".

— Esses seus sábios podem entender de salamandras, mas não sabem o que sei: em menos de um mês, Aure de Montalais será a diplomata número um da corte francesa!

— Ótimo. Mas só se eu for o número dois.

— Combinado: aliança ofensiva e defensiva.

— Mas cuidado com as cartas.

— Eu as passarei a você à medida que chegarem a mim.

— E o que diremos ao rei sobre Madame?

— Que Madame ama o rei.

— E a Madame sobre o rei?

— Que seria um grande erro não se manter nas boas graças dele.

— E para La Vallière sobre Madame?

— O que quisermos; ela está conosco.

— Está?

— Duplamente.

— Como assim?

— Para começar, pelo visconde de Bragelonne.

— Explique.

— Lembre-se de que o sr. de Bragelonne escreveu muitas cartas à srta. de La Vallière.

— Estou lembrado.

— Eu é que as recebia, eu que as escondia.

— Isso quer dizer que as tem?

— Tenho.

— Onde? Aqui?

— Não, de jeito algum. Em Blois, naquele quartinho que você conhece.

— Querido quartinho, quartinho do amor, antecâmara do palácio em que moraremos um dia. Desculpe, disse então que aquelas cartas estão no quartinho de Blois?

— Sim.

— Não as colocava numa caixa?

— Claro, na mesma em que estão as suas que eu recebia, e também as minhas, quando seus negócios ou diversões o impediam de vir ao encontro marcado.

— Ótimo! — exclamou Malicorne.

— Por que tamanha satisfação?

— Por não precisar ir correndo a Blois. Tenho tudo aqui.

— Trouxe a caixa?

— Gostava dela, já que era sua.

— Pois tome cuidado: contém documentos que virão a valer muito.

— Tenho certeza, diabos! E por isso estou rindo, feliz da vida.

— Uma última coisa.

— Por que última?

— Precisamos de auxiliares?

— Nenhum.

— Criados, criadas?

— Péssima ideia; horrível! Você mesma entrega e recebe as cartas. Nada de orgulhos. Se o sr. Malicorne e a srta. Aure não tratarem em pessoa dos seus negócios, esses negócios acabarão sendo tratados por outros.

— Tem razão. Mas o que está acontecendo no alojamento do sr. de Guiche?

— Nada de extraordinário. Está apenas abrindo a janela.

— É melhor não sermos vistos.

E não foram. A conjuração estava armada.

A janela que acabava de ser aberta era de fato a do conde de Guiche. E ele ficou olhando o vazio, mas não na direção das cortinas de Madame, tentando ver-lhe a sombra, como poderiam pensar os incautos; sua preocupação nada tinha de amorosa.

Como foi dito, ele acabava de receber um correio, um correio enviado por Bragelonne.

De Guiche já havia lido e relido a carta, tendo ficado muito impressionado.

— É estranho, realmente estranho! — murmurava. — São poderosos os meios de que se serve o destino para dirigir as pessoas.

Deixando a janela para se reaproximar da luz, ele releu a mensagem, cujas linhas faziam arder sua cabeça tanto quanto os olhos:

Calais

Meu querido conde, encontrei aqui o sr. de Wardes, que foi gravemente ferido num combate contra o sr. de Buckingham.

Ele é destemido, como você sabe, mas também rancoroso e maligno.

Falou de você, de quem diz gostar muito, e de Madame, que acha bonita e amável. Ele intui seu amor pela pessoa que sabemos.

Falou também daquela a quem amo, se dizendo solidário a mim em minha desilusão. Tudo isso dentro de ambiguidades que primeiro me assustaram, mas que depois vi fazerem parte dos seus hábitos de mistério.

Trata-se do seguinte: ele diz ter recebido notícias da corte, evidentemente do sr. de Lorraine. Segundo essas notícias, fala-se de uma mudança ocorrida na afeição do rei.

Não preciso dizer o que isso subentende. Mas mencionavam também certa dama de honra que estaria motivando novas maledicências.

Por mais vagas que fossem, tais frases não me deixaram dormir. Desde ontem lamento que meu caráter reto e fraco, apesar de certa obstinação, me tenha feito não responder de imediato àquelas insinuações.

Resumindo, o sr. de Wardes estava partindo de volta a Paris e não o atrasei pedindo explicações. E confesso que me pareceu duro questionar um homem cujos ferimentos mal cicatrizaram.

Ele então partiu querendo assistir, disse ele, ao curioso espetáculo que a corte vai oferecer nos próximos dias, mas devendo fazer a viagem em muitas e pequenas etapas.

Antes de nos separarmos, ele acrescentou ainda algumas felicitações e condolências, das quais nada compreendi, confuso em meus pensamentos e também devido à desconfiança que tenho com relação ao personagem, desconfiança que não consigo superar, você sabe melhor do que ninguém.

Depois que ele se foi, as coisas se esclareceram mais.

É impossível que alguém como de Wardes não tenha infiltrado um pouco da sua malignidade nisso tudo. É então impossível que naquelas palavras misteriosas não houvesse um sentido oculto a se aplicar a mim ou à pessoa que você sabe.

A serviço do rei, sou forçado a partir imediatamente para Londres, sem poder ir atrás do sr. de Wardes e exigir explicações claras. Por isso lhe escrevo, expondo minhas dúvidas, pois nos considero um só e você agirá dentro do que penso.

De Wardes em breve estará aí: saiba o que ele quis dizer, se é que já não sabe.

No mais, ele comentou que Buckingham deixou Paris tendo muito obtido de Madame. Aprofundar isso já me faria imediatamente sacar a espada, mesmo deixando em segundo plano o serviço do rei.

Olivain[146] é quem lhe entregará esta carta. Queime-a depois de ler.

É alguém da minha total confiança.

Queira, por favor, meu querido amigo, dar lembranças minhas à srta. de La Vallière, de quem beijo respeitosamente as mãos.

Um abraço,

VISCONDE DE BRAGELONNE

P.S. Se algo grave acontecer — tudo é possível, meu caro —, mande-me um correio com apenas esta palavra: "Venha". E estarei em Paris trinta e seis horas após lê-la.

De Guiche suspirou, dobrou pela terceira vez a carta e a enfiou no bolso, em vez de queimá-la como Raoul pedira. Precisava lê-la e relê-la ainda.

— Como está perturbado! E que confiança tem em mim — murmurou. — A alma inteira de Raoul está nesta carta. Sequer menciona o conde de La Fère e insiste em seu respeito por Louise! Põe-me de sobreaviso contra um perigo e pede, ao mesmo tempo, que responda por ele diante de outro. Ah! — ele brandiu o punho. — Está querendo se meter nas minhas coisas, sr. de Wardes? Pois me meterei nas suas. Meu pobre Raoul, sua instância é sagrada: cuidarei de tudo isso, não se preocupe.

---

146. Já era o criado de Raoul em *Vinte anos depois*, homem da confiança de Athos.

Feita a promessa, de Guiche pediu que procurassem Malicorne para que viesse vê-lo assim que possível.

Não foi difícil encontrá-lo e, tendo em vista a recente conversa com Montalais, ele muito depressa atendeu ao chamado.

Quanto mais o conde fazia perguntas, imaginando não levantar suspeitas, mais Malicorne adivinhava suas verdadeiras intenções.

Disso resultou que, passados quinze minutos, o primeiro achava ter descoberto toda a verdade sobre La Vallière e o rei sem nada saber além do que havia visto com os próprios olhos, enquanto o outro havia descoberto ou deduzido, como preferirem, que Raoul, mesmo de longe, já suspeitava disso e que o conde de Guiche se sentia incumbido de velar pelo tesouro das Hespérides.[147]

Malicorne aceitou ser o dragão.

De Guiche achou ter feito o que lhe pedira o amigo e passou a pensar no que diretamente lhe concernia.

Já se comentava na corte que de Wardes se apresentaria ao rei no dia seguinte.

Depois, o convalescente iria ver Monsieur.

Antes da hora prevista, de Guiche já marcava presença nos aposentos do príncipe.

---

147. As Hespérides, na mitologia grega, eram três ninfas que viviam num éden protegido por um dragão com várias cabeças, onde frutificava, entre outras árvores maravilhosas, uma macieira, da qual Héracles (Hércules) fora incumbido de colher uma fruta num de seus doze trabalhos.

151. Como de Wardes foi recebido na corte

De Wardes pediu audiência a Monsieur, que o atendeu com a alegria que têm os levianos por toda novidade.

O recém-chegado de fato não era visto havia um mês, surgindo então como uma notícia fresca. Tratá-lo bem constituía, além de tudo, uma provocação dirigida aos que se mantinham ao redor — e uma provocação tem sempre seus encantos. Mas era também um reparo que lhe era devido, de modo que Monsieur o recebeu muito favoravelmente.

O cavaleiro de Lorraine temia e respeitava o rival, reconhecendo nele uma natureza semelhante à sua, mas dotada de coragem. Ele então cumprimentou de Wardes com demonstrações ainda maiores que as de Monsieur.

De Guiche estava presente, como dissemos, mas um pouco à parte, esperando paciente o fim de todos aqueles beijos e abraços. De Wardes não o perdia de vista, mesmo enquanto falava com Monsieur, pois instintivamente sabia ser por ele que o conde estava ali.

Assim sendo, tão logo pôde, tomou a sua direção.

Trocaram cumprimentos cordiais e em seguida de Wardes voltou a Monsieur e aos demais fidalgos.

No meio de tudo isso, Madame foi anunciada.

Soubera da presença do marquês e, estando informada de muitos detalhes da viagem e do duelo com Buckingham, queria estar presente quando fosse falar quem ela sabia ser um inimigo.

Duas ou três damas de honra a acompanhavam.

De Wardes cumprimentou a princesa da forma mais polida e, para dar início às hostilidades, contou que, justamente, ia falar do sr. de Buckingham aos amigos.

Era uma resposta direta à frieza com que ela o tratara.

O ataque era explícito, Madame sentiu o golpe, mas sem querer demonstrar logo olhou na direção de Monsieur e de Guiche.

Monsieur ficou vermelho, de Guiche, branco.

Ela própria não mudou de expressão, mas sabendo o quanto o inimigo podia prejudicá-la ali, aproximou-se com um sorriso.

Ele já falava de outra coisa.

Madame era destemida, podendo ir às raias da imprudência: todo recuo a empurrava adiante. Controlado o primeiro impacto, ela voltou ao confronto:

— Sofreu muito por causa dos ferimentos, sr. de Wardes? Pois soubemos que teve a infelicidade de ser duramente atingido.

Foi a vez de o visitante estremecer. Ele franziu os lábios.

— Não, senhora, quase nada.

— No entanto, com esse calor terrível...

— O ar marinho é fresco, e eu tinha um consolo.

— Que bom... Qual?

— Saber que o sofrimento do meu adversário era maior.

— Ele foi ainda mais gravemente ferido? Não sabia — ela respondeu, demonstrando completa indiferença.

— Não, não é isso, mas talvez a senhora procure apenas transmitir a impressão de não entender. O corpo do duque foi menos atingido que o meu; o mais grave para ele era o coração.

De Guiche percebeu ao que isso levaria. Tentou fazer sinal a Madame, suplicando que abandonasse a disputa.

Sem responder ao gesto, como se não o visse, ainda sorrindo, ela continuou:

— Mas como? O sr. de Buckingham foi atingido no coração? E eu que não sabia ser possível sobreviver a um ferimento assim.

— É o que as mulheres sempre acham — respondeu amável o marquês —, donde a superior autoconfiança que manifestam.

— Não está entendendo, minha amiga — impacientou-se o príncipe. — O sr. de Wardes quer dizer que o duque de Buckingham foi ferido no coração não pela espada, mas por outra coisa.

— Ah, veja só! Era então uma ironia do sr. de Wardes... ótimo. Não sei se o sr. de Buckingham a apreciaria. É pena que ele não esteja presente, sr. de Wardes.

Um relâmpago brilhou nos olhos dele, que, com os dentes cerrados, respondeu:

— Também eu gostaria.

De Guiche não se mexeu.

Madame parecia esperar ter no conde um aliado.

Monsieur hesitava.

Foi afinal o cavaleiro de Lorraine quem tomou a palavra:

— Senhora, de Wardes sabe não ser novidade, para um Buckingham, um ferimento no coração. Já se viu isso antes.

“Nenhum aliado e dois inimigos; dois inimigos ferozes, coligados”, ela pensou, e mudou o rumo da conversa. Como se sabe, mudar o rumo da conversa é um direito dos príncipes, e direitos devem ser respeitados.

O restante do encontro foi então moderado. Os atores principais haviam terminado seus papéis.

Madame se retirou pouco depois e Monsieur, querendo falar com ela em particular, deu-lhe a mão.

Temendo que o casal entrasse em bom entendimento, de Lorraine não podia deixá-los em paz. Correu então ao apartamento de Monsieur, querendo lá estar quando ele voltasse. Julgava poder, com poucas palavras, destruir qualquer boa impressão que Madame conseguisse ter semeado. De Guiche, enquanto isso, se manteve por perto do cortejado de Wardes, cercado ainda por alguns curiosos.

Fez sinais demonstrando que gostaria de falar em particular e recebeu de volta outros, também com a cabeça e os olhos, indicando a recepção da mensagem.

O sinal, para quem o percebeu, não parecia dos mais amistosos.

De Guiche então se afastou e esperou. Não por muito tempo, pois de Wardes, afinal livre, foi até ele. Os dois novamente se cumprimentaram e saíram caminhando.

— Fez boa viagem? — perguntou polidamente o conde.

— Excelente, como pode ver.

— E mantém o bom humor de sempre?

— Mais do que nunca.

— Que felicidade!

— Fazer o quê? Tudo é tão ridículo neste mundo, tão grotesco ao nosso redor.

— Tem razão.

— Ah, concorda comigo?

— Por que não? E traz alguma novidade de lá?

— Nenhuma. Vim em busca delas aqui.

— No entanto, esteve com um amigo nosso em Boulogne há nem tanto tempo assim.

— Um amigo... um amigo nosso?

— Tem memória curta.

— Ah, sim, Bragelonne!

— Ele mesmo.

— Em missão, indo ver o rei Carlos.

— Isso mesmo. Pois bem... ele não disse, ou não disse você a ele...

— Não sei bem o que disse, confesso, mas o que não disse eu sei.

De Wardes não era bobo nesse tipo de coisa. Sentia, pela atitude fria e digna do conde, que a conversa desandava. Deixou que continuasse, mantendo-se em guarda.

— E o que foi que não disse? — perguntou de Guiche.

— Bom, aquilo a respeito de La Vallière.

— La Vallière... O que quer dizer? Aquilo? Algo que você soube estando longe e Bragelonne não, estando aqui?

— É mesmo a sério que faz essa pergunta?

— Não poderia ser mais sério.

— Mas como? Você? Um homem da corte, sempre ao lado de Madame, sempre à mesa de Monsieur, favorito da nossa bela princesa?

De Guiche ficou vermelho de raiva.

— De qual princesa está falando? — ele perguntou.

— Conheço só uma, meu caro. Estou falando de Madame. Será que tem alguma outra princesa no coração?

De Guiche ia reagir, mas percebeu o truque.

Era iminente um confronto, que de Wardes queria manter em torno de Madame, enquanto o conde o pretendia em torno de La Vallière. Teve início então uma disputa de estratégias, que duraria até que um deles fosse derrotado.

O conde recuperou o sangue-frio:

— Não se trata aqui de Madame, meu caro, mas do que você dizia ainda há pouco.

— E o que era?

— Que escondeu de Bragelonne certas coisas.

— Que você conhece tanto quanto eu — replicou de Wardes.

— Dou minha palavra de que não.

— Vamos!

— Se me disser do que se trata, saberei; mas não sei.

— Como é possível? Não saiu daqui e eu estava a sessenta léguas. A notícia de algo que você pôde ver com os próprios olhos viajou toda essa distância para chegar a mim e quer que acredite em tamanha inocência? Francamente, conde!

— Acredite ou não, repito não saber.

— Prefere manter essa posição. É bem prudente da sua parte.

— O que não disse então a Bragelonne não dirá também a mim?

— Está se fazendo de surdo. Duvido que Madame tenha a mesma frieza.

"Mas que hipócrita, procurando voltar a seu terreno", pensou de Guiche. E o marquês de fato sugeriu:

— Bem, já que parece tão difícil nos entendermos com relação a La Vallière e Bragelonne, falemos do seu próprio caso.

— Não vejo qual. Pelo que sei, não falou de mim a Bragelonne. Nada, ao menos, que não possa repetir.

— Tem razão. Mas veja, posso ignorar certos fatos, outros não. Se quiser que falemos, por exemplo, das relações do sr. de Buckingham em Paris, posso contar coisas interessantes, já que fiz a viagem com ele. Não quer saber?

De Guiche passou a mão pela testa molhada de suor.

— Não tenho a menor curiosidade com relação ao que não é da minha conta. O sr. de Buckingham é apenas um conhecido meu, Raoul é meu amigo. Não tenho a menor curiosidade com relação a um, e todo o empenho quanto ao que possa interessar ao outro.

— Em Paris?

— Em Paris ou em Boulogne. Saiba que se algo nesse sentido se passar, cabe a mim tomar providências, pois enquanto ele estiver fora sou o primeiro a representá-lo. Ou seja, tratemos de Raoul antes de tratarmos de mim.

— Mas Raoul vai voltar.

— Sim, quando terminar sua missão. Até lá, não posso deixar que boatos circulem sem investigá-los.

— É verdade que ele vai permanecer por algum tempo em Londres — disse maldosamente de Wardes.

— Acha mesmo? — perguntou de Guiche, sem perceber a malícia.

— Ora! Será que foi enviado a Londres para apenas ir e voltar? Não, foi enviado para lá ficar.

De Guiche segurou firme a mão do oponente e disse:

— É uma insinuação bem desagradável para Bragelonne, que perfeitamente justifica a carta que me enviou de Boulogne.

De Wardes parou. O gosto pela provocação o havia feito ir longe demais e imprudentemente deixara o outro tomar a dianteira.

— Ah! E o que ele contou?

— Que você instilou perfídias contra La Vallière e pareceu zombar da plena confiança que ele tem na noiva.

— É verdade, fiz isso. E achei que ouviria, da parte do visconde de Bragelonne, o que um homem responde a quem o afronta. Por exemplo, se fosse a você que eu quisesse indignar, diria que Madame, depois de encorajar o belo sr. de Buckingham, parece agora ter colocado você no lugar dele.

— Mas isso em nada me indignaria, meu caro — sorriu de Guiche, apesar da onda de calor que percorria suas veias. — Ia me sentir inclusive lisonjeado.

— Entendo. Mas se eu quisesse mesmo indigná-lo, esperaria que me desmentisse para falar de certo encontro no bosque com a ilustre princesa. E mencionaria genuflexões, beija-mãos... Sendo você alguém tão reservado, suscetível e exigente...

— Pois se engana! — interrompeu de Guiche, conseguindo sorrir, mesmo que prestes a morrer. — Não me afetaria nem um pouco e garanto que não o desmentiria. Fazer o quê, meu caro? Sou feito de gelo diante das coisas que me concernem. Mas quando se trata de um amigo ausente, tudo muda. Sobretudo se esse amigo, ao partir, me encarregou de cuidar dos seus interesses. Nesse caso, de Wardes, sou puro fogo!

— Entendo o que quer, de Guiche, mas não é hora de tratarmos de Bragelonne ou dessa La Vallière, que em nada importa...

Nesse momento, passavam pelo salão alguns jovens cortesãos que, tendo ouvido o que acabava de ser dito, esperavam a continuação.

Percebendo, de Wardes aumentou o tom:

— Veja, se La Vallière fosse uma coquete como Madame, cujas seduções, concordo que inocentes, mandaram de volta à Inglaterra o sr. de Buckingham e também causaram o seu exílio... Pois há de concordar que se deixou levar por tais seduções, não?

Os curiosos se aproximaram. Saint-Aignan à frente, Manicamp logo atrás.

— Bem, meu caro, é verdade, sou um bobo, fazer o quê? — riu de Guiche. — Todos sabem, levei a sério algo que não era sério e fui exilado. Reconheci meu erro, me curvei diante de quem era preciso me curvar e obtive perdão, tornando público meu arrependimento e prometendo a mim mesmo me curar desse defeito. Como vê, fiz isso tão bem que agora posso rir daquilo que, há quatro dias, me partia o coração. Já Raoul é amado. E não ri de rumores que podem perturbar sua felicidade, rumores que você quer propagar mesmo sabendo, tanto quanto eu, esses senhores e todo mundo, que são simples calúnias.

— Calúnias? — irritou-se de Wardes, vendo ter caído na armadilha do adversário.

— Exato, calúnias! Tenho aqui a carta em que ele o acusa de ter falado mal da srta. de La Vallière e me pergunta se o confirmo. Que tal pedir que os cavalheiros aqui presentes deem sua opinião, de Wardes?

Com toda a calma, de Guiche leu em voz alta o trecho mencionando La Vallière.

— Para mim — ele continuou —, fica muito claro que você, com insinuações maldosas, quis ferir a paz de espírito do nosso querido Bragelonne.

O marquês olhou em volta para ver se teria algum apoio, mas ninguém iria se comprometer com algo que, direta ou indiretamente, pudesse ofender a estrela em ascensão naquele dia.

Percebendo a atenção geral, de Guiche continuou:

— O assunto em discussão com o sr. de Wardes é extremamente delicado, sendo importante que ninguém ouça além do que os senhores já ouviram. Peço então que fiquem à porta e nos permitam terminar em particular, como devem fazer dois fidalgos, quando um apresenta a outro um desmentido.

— Cavalheiros, por favor! — exclamaram os que passavam por ali.

— Acham que estou errado em defender a srta. de La Vallière? — perguntou ainda de Guiche. — Se for o caso, aceito a crítica e retiro as palavras ofensivas que disse ao sr. de Wardes.

— De jeito nenhum! — respondeu Saint-Aignan. — Em absoluto! A srta. de La Vallière é um anjo.

— A virtude, a pureza em pessoa! — acrescentou Manicamp.

— Como vê, sr. de Wardes, não sou o único a tomar a defesa da pobre moça — voltou de Guiche. — Senhores, mais uma vez peço que nos deixem. Como podem constatar, estamos perfeitamente calmos.

E aquilo era tudo que o pequeno grupo queria. Foram-se todos pelas duas portas que havia na sala, deixando os dois antagonistas a sós.

— Arranjou-se bem — disse de Wardes.

— Não é mesmo?

— Pois, perdi o jeito fora da capital; e você, é incrível o autocontrole que administrou. O convívio com as mulheres ajuda muito nesse tipo de coisa. Aceite então meus parabéns.

— Estão aceitos.

— Estendo-os a Madame.

— Agora, meu caro de Wardes, pode dizer isso tão alto quanto quiser.

— Não me provoque.

— Pelo contrário, provoco! Você é conhecido como um sujeito nocivo. Faça o que diz e passará por covarde. Monsieur o mandará enforcar na tranca da janela esta noite mesmo. Diga, meu caro de Wardes, vá em frente.

— Reconheço a derrota.

— Só isso não me basta.

— Quer uma vitória completa.

— Mais.

— Diabos! O momento não é ideal, meu caro. Não posso muito, por enquanto. Perdi sangue demais em Boulogne e ao menor esforço os ferimentos vão reabrir. Seria fácil para você.

— Não nego. No entanto, ao chegar se gabou de estar bem, com bons braços.

— Os braços sim, de fato, mas as pernas ainda fracas. Além disso, não cheguei nem perto de um florete desde aquele infeliz duelo. Já você provavelmente pratica todos os dias, pensando nessa pequena armadilha que montou.

— Há seis meses não me exercito, dou minha palavra.

— Não, pensando bem, não será com você que duelarei. Vou esperar Bragelonne, que é inclusive o primeiro interessado, pelo que entendi.

— De jeito nenhum. Nada de esperar Bragelonne — gritou de Guiche, fora de si. — Ele pode demorar, você mesmo disse. Enquanto isso, vai continuar sua obra nefasta.

— Note que tenho boa desculpa!

— Dou oito dias para que acabe de se recuperar.

— Já é alguma coisa. Dentro de oito dias, veremos.

— Entendi. Pode-se escapar de um inimigo em oito dias. Então, nem um dia.

— Está louco — assustou-se de Wardes, recuando um passo.

— E você… é um miserável. Se não aceitar por bem…

— O que tem?

— Vou denunciá-lo ao rei por insultar La Vallière e não responder por isso.

— Ah! Vejo que é perigosamente pérfido esse que banca o homem de bem.

— É perigosa a perfídia de quem sempre se comporta com lealdade.

— Então consiga-me pernas. Ou faça sangraduras para que tenhamos chances iguais.

— Pensei em coisa melhor.

— Diga.

— Trocaremos três tiros de pistola, montados a cavalo. Você é bom atirador. Já o vi abater andorinhas à bala em pleno galope. Não negue, eu vi.

— Creio que está certo. De fato, é possível que o mate.

— Estará me fazendo um favor.

— Vou me esforçar, então.

— Estamos acertados?

— Sua mão.

— Aqui está... Mas sob uma condição.

— Qual?

— Que jure nada dizer ou fazer para que isso chegue aos ouvidos do rei.

— Juro.

— Vou pegar o meu cavalo.

— E eu o meu.

— Aonde iremos?

— Precisamos de um terreno plano. Sei de um excelente.

— Vamos juntos?

— Por que não?

Dirigindo-se aos estábulos, passaram sob as janelas de Madame, levemente iluminadas. Uma sombra se avolumava por trás das cortinas de renda.

— E ali está alguém — comentou de Wardes, com um sorriso — que não suspeita de que estamos indo à morte por ela.

152. O combate

De Wardes escolheu seu cavalo, de Guiche o dele.

Eles próprios os prepararam, preferindo selas equipadas com coldres.

De Wardes não tinha pistolas. De Guiche tinha dois pares e foi buscá-los. Carregou as armas e deixou a escolha ao adversário.

De Wardes pegou aquelas das quais já havia se servido vinte vezes, as mesmas com que matara andorinhas em pleno voo.

— É normal que eu tome minhas precauções — ele explicou. — Como as armas são suas, você as conhece. Escolhendo essas de que já me servi, apenas igualo nossas chances.

— Não precisava se justificar, está no seu direito.

— Peço que me ajude a montar, tenho ainda certa dificuldade.

— Talvez prefira que estejamos a pé?

— Não. Em sela estarei bem.

— Ótimo. Não falemos mais nisso — disse de Guiche, ajudando de Wardes a montar.

— Mais uma coisa, no afã de nos exterminarmos um ao outro nos esquecemos de um detalhe.

— Qual?

— Já está escuro, teremos que nos matar tateando.

— O resultado será o mesmo.

— Outro ponto a ser considerado é que pessoas honestas não se enfrentam sem testemunhas.

— Você está tão preocupado quanto eu em fazer as coisas direito — exclamou de Guiche.

— Concordo, mas não quero que possam acusá-lo de ter me assassinado, como também não gostaria de ser acusado caso venha a matá-lo.

— Por acaso disseram isso do seu duelo com o sr. de Buckingham? As condições, no entanto, eram as mesmas.

— Bem, havia ainda alguma claridade e tínhamos água até o meio das pernas. Um bom número de curiosos, aliás, nos observava do litoral.

De Guiche pensou um pouco e isso confirmou a ideia de que o marquês queria ter testemunhas apenas para, diante delas, trazer à baila Madame como motivo do combate.

Preferiu então não responder, mas como de Wardes aguardava, com um gesto de cabeça indicou ser melhor que continuassem como haviam combinado.

Os dois se puseram então a caminho e deixaram o castelo por aquela mesma porta junto à qual havíamos visto Montalais e Malicorne.

A noite, parecendo querer dissipar o calor, juntara todas as nuvens e as empurrava silenciosa e pesadamente de oeste para leste. A abóbada celeste, sem claridades nem relâmpagos aparentes, pesava sobre a terra e começava já a ser perfurada pelos esforços do vento, como uma imensa tela que se soltasse do forro de um teto.

Gotas de água caíam mornas e densas, aglomerando poeira no chão e rolando, arredondadas. Ao mesmo tempo, aguardando a tempestade, das sebes, das flores refrescadas e das árvores agitadas subiam mil perfumes que levavam ao cérebro doces lembranças, ideias juvenis de vida eterna, de felicidade e de amor.

— A terra está cheirosa — comentou de Wardes. — É um charme da sua parte, para nos atrair a ela.

— Por falar nisso, pensei em algumas coisas e gostaria de saber se concorda.

— Sobre...?

— Sobre o nosso combate.

— Tem razão; acho ser hora de falarmos nisso.

— Um combate normal, dentro das regras de costume?

— Vejamos esse "de costume".

— Apeamos num terreno espaçoso e plano, amarramos os cavalos no primeiro ponto que virmos, nos aproximamos desarmados e voltamos a nos afastar cerca de cento e cinquenta passos, para então partirmos um contra o outro.

— Bom, foi como matei o coitado do Follivent há três semanas, nos festejos de são Dênis.[148]

— Está se esquecendo de uma coisa.

— Qual?

— Naquele duelo, os dois foram um contra o outro a pé, espada entre os dentes e pistola em punho.

— É verdade.

— Como disse não poder andar, voltaremos a montar e só aí partiremos para o choque, podendo atirar primeiro quem quiser.

— É certamente a melhor forma, mas já está escuro. Desperdiçaremos mais tiros.

— Concordo. Cada um então poderá fazer três disparos, tendo direito de recarregar uma vez uma das pistolas.

— Perfeito! Onde faremos isso?

---

148. São Dênis, que é o santo padroeiro de Paris, é festejado em 9 de outubro.

— Tem alguma preferência?

— Não.

— Está vendo aquelas árvores ali adiante?

— O bosque dos Rochedos? Sim.

— Conhece o lugar?

— Muito bem.

— Então sabe de uma clareira lá dentro?

— Sei.

— Vamos até lá.

— Ótimo.

— É quase uma arena natural, na qual desemboca todo tipo de caminho, trilha, picada, fosso, aleia. Acho que servirá.

— Por mim, tudo bem. Creio que já chegamos, não?

— Sim. Veja de que bom espaço dispomos. A pequena claridade que vem das estrelas, como diz Corneille,[149] se concentra nele. Seus limites naturais são o próprio bosque em volta com suas barreiras.

— Vamos em frente.

— Terminemos as condições, então.

— As minhas são as seguintes... Se for contra alguma, basta dizer.

— Estou ouvindo.

— Cavalo morto força o cavaleiro a continuar a pé.

— Sem dúvida, já que não temos cavalo de reserva.

— Mas isso não obriga o adversário a desmontar do seu.

— Poderá continuar como quiser.

— Caso se aproximem muito, podem não recuar e inclusive atirar à queima-roupa.

— Aceito.

— Três cargas apenas, não é?

— Acho suficiente. Aqui tem pólvora e balas para as suas pistolas. Calcule três porções e pegue três balas. Farei o mesmo e jogaremos fora o restante da pólvora e dos projéteis.

— E juramos por Cristo não ter munições conosco, não é? — acrescentou de Wardes.

— É evidente. Juro.

De Guiche ergueu a mão ao céu. De Wardes fez o mesmo e disse:

— Mas agora, meu caro conde, quero deixar claro que sei o que há por trás disso tudo. Você é, ou será, amante de Madame. Descobri o segredo e você teme que o espalhe. Matar-me é o mais simples. No seu lugar, faria o mesmo.

De Guiche baixou a cabeça.

---

149. Pierre Corneille em *O Cid*, ato IV, cena III.

— Nesse caso — continuou de Wardes, triunfante —, precisava ainda jogar em cima de mim essa história com o Bragelonne? Mas cuidado, sabe muito bem que o javali encurralado se enfurece e até a raposa, quando pressionada, ganha a ferocidade do jaguar. Quero dizer que, forçado, me defenderei até a morte.

— É um direito seu.

— Com certeza, mas fique atento ao que pode vir depois. Para começar, não fiz a besteira de trancar a sete chaves meu segredo, quer dizer, o seu. Tenho um amigo, isto é, alguém com as mesmas afinidades, você o conhece, com quem compartilhei o que sei. Saiba então que, me matando, não vai ganhar grandes coisas, e caso eu o mate, veja só, muito pode acontecer.

De Guiche estremeceu.

— Se eu matá-lo — continuou de Wardes —, Madame ganhará dois inimigos que farão de tudo para arruiná-la.

— Não conte tanto com a minha morte — exclamou de Guiche, furioso. — Um desses dois inimigos espero matar já, e o outro à primeira oportunidade.

De Wardes apenas riu, mas um riso tão diabólico que alguém supersticioso teria se impressionado.

Não de Guiche, que apenas respondeu:

— Creio estar tudo acertado, sr. de Wardes. Por favor, tome o seu lugar na arena, a menos que prefira ficar e sigo eu até o outro lado.

— Pode deixar, vou poupá-lo do trabalho.

Pondo o cavalo a galope, ele atravessou a extensão da clareira e parou no ponto oposto àquele em que se encontrava de Guiche, imóvel.

A uma distância de cem passos nada mais se via. Tudo se perdia na sombra dos olmos e dos castanheiros.

Por um minuto, manteve-se um profundo silêncio.

Então se ouviu, perdido na escuridão, o duplo estalido do engatilhar das pistolas.

Seguindo a tática mais comum, de Guiche pôs seu cavalo a galope, convencido de ter dupla garantia de segurança na ondulação do movimento e na velocidade.

Partiu em linha reta ao ponto onde supunha estar o adversário.

Esperava encontrar de Wardes no meio do caminho. Enganou-se.

Continuou a galope, imaginando ter o adversário preferido esperá-lo sem se mover.

Percorridos dois terços da clareira, na sua lateral de repente uma área se iluminou e uma bala, assobiando, cortou o penacho — já deitado pela velocidade — do seu chapéu.

Quase ao mesmo tempo, como se o primeiro disparo tivesse servido apenas para iluminar, outro ecoou e a bala se alojou um pouco abaixo de uma orelha do seu cavalo.

O animal tombou.

Os dois tiros surpreenderam de Guiche por virem de um lugar inesperado. Apesar disso, ele se manteve frio, procurando calcular a queda. Não foi tão exato, pois a ponta da sua bota ficou presa sob a sela.

Em sua agonia, o cavalo felizmente ainda se mexeu e ele conseguiu soltar a perna.

Pôs-se de pé e, apalpando a si mesmo, viu não estar ferido.

Ao sentir que o cavalo fora atingido, de Guiche guardara as duas pistolas em seus coldres, temendo que a queda causasse o disparo de uma delas, ou mesmo das duas, fazendo-o desperdiçar seus tiros.

Uma vez de pé, pegou as duas pistolas e tomou a direção de onde haviam partido os clarões e de onde percebera, de relance, o inimigo. Logo ao primeiro tiro, a manobra, na verdade simples, se evidenciara: em vez de partir contra o adversário ou permanecer no lugar à espera, de Wardes se aproveitara da falta de luz para avançar pela borda da clareira por cerca de quinze passos, sem ser visto, disparando no momento em que ele passava e podendo apontar com toda a calma, guiado pelo barulho do galope.

Vimos que, apesar do escuro, a primeira bala havia sibilado a uma polegada da cabeça de de Guiche.

O marquês estava tão certo do disparo que achou ter visto o adversário cair. Descobri-lo ainda montado foi uma grande surpresa. Apressou-se então para o segundo disparo, mas apenas matou o cavalo.

Tudo estaria bem para ele se de Guiche se demorasse mais debaixo do animal. Teria tempo para recarregar uma das pistolas, estando o adversário à sua mercê até poder se levantar.

Mas não: o adversário se pusera de pé e dispunha ainda de três disparos.

De Guiche entendeu o momento. Tratava-se de ser mais rápido e se aproximar ao máximo antes que o outro tivesse tempo de recarregar a arma.

De Wardes o via chegar como uma tempestade. A bala entrava com dificuldade e, se não socasse corretamente a pólvora, poderia estar desperdiçando seu último tiro. Preparar bem exigia tempo, e perder tempo era perder a vida.

Assustado, o cavalo se moveu de lado.

De Guiche se aprumou e, no momento em que o animal se estabilizou, disparou. Arrancou fora o chapéu do cavaleiro.

De Wardes tinha um instante livre para municiar a arma.

Não o vendo cair, de Guiche jogou no chão a primeira pistola, agora inútil, e continuou avançando, com a segunda já na mão erguida.

Mal dera três passos, de Wardes o percebeu e disparou.

Ouviu um rugido de raiva. O braço do conde se crispou e caiu ao longo do corpo, soltando a pistola. De Wardes o viu se abaixar, pegá-la com a mão esquerda e dar mais um passo à frente.

O momento era definitivo.

"Estou perdido", pensou de Wardes. "Não o feri mortalmente."

Mas no instante em que a pistola voltou a ser erguida, a cabeça, os ombros e as pernas do conde fraquejaram, tudo ao mesmo tempo. Ouviu-se um doloroso suspiro e ele rolou às patas do cavalo.

— Santo Deus! — murmurou o marquês.

Juntando as rédeas, ele cravou as duas esporas na barriga da montaria.

O corpo inerte foi deixado para trás e ele partiu a toda na direção do castelo.

Só chegando lá parou para pensar por quinze minutos. Assustado e querendo deixar o campo de batalha, ele nem sequer confirmara a morte do adversário.

Na confusão em que se via, eram duas as possibilidades: de Guiche podia ter morrido ou apenas estar ferido.

Mesmo diante da primeira, fora correto deixar o corpo aos lobos? Era uma crueldade desnecessária. De qualquer forma, morto de Guiche não falaria.

Estivesse apenas ferido, por que passar por um selvagem incapaz de generosidade, não prestando socorro?

Essa última consideração pesou mais forte. Resolveu pedir ajuda a Manicamp.

Soube que o rapaz estivera justamente à procura do amigo e, nada conseguindo, fora se deitar.

De Wardes o acordou e contou o que havia acontecido. Manicamp ouviu sem nada dizer, mas com uma expressão que lhe era inabitual.

Terminada a narrativa, ele apenas disse:

— Vamos até lá!

Enquanto andavam, Manicamp pensava e, à medida que o outro reconstituía a cena, mais sombrio se mostrava.

— Você acha então que o matou — ele disse, lá pelas tantas.

— Infelizmente sim.

— E duelaram sem testemunhas?

— Foi como ele quis.

— É estranho.

— Como assim, estranho?

— Não combina muito com ele.

— Não está pondo em dúvida minha palavra, espero.

— Bom...

— Está duvidando?

— Bastante... E mais ainda, vou logo avisando, se vir o pobre amigo morto...

— Sr. Manicamp!

— Sr. de Wardes!

— Está me insultando!

— Entenda como quiser. Veja só, não gosto de quem diz: "Matei o sr. Fulano num canto escuro, mas o matei lealmente". A noite está um tanto sombria para esse advérbio, sr. de Wardes!

— Façamos silêncio. É aqui.

De fato, já se percebia a pequena clareira e, no espaço vazio, a massa imóvel do cavalo morto.

Mais à direita do cavalo, na relva escura, jazia o pobre conde banhado no próprio sangue, com o rosto voltado para o chão. Estava no mesmo lugar e não parecia ter feito movimento algum.

Manicamp se ajoelhou, ergueu o amigo e viu que estava gelado e encharcado de sangue.

Deitou-o de novo.

Depois tateou em volta e encontrou a pistola que havia caído.

— Miserável! — ele exclamou, levantando-se, branco como um espectro e com a pistola em punho. — Miserável! Está mesmo morto!

— Morto? — repetiu de Wardes.

— Morto. E a pistola está carregada — ele acrescentou, passando o dedo na caçoleta da arma.

— E eu não disse que ele apontava contra mim quando atirei?

— Tem mesmo certeza de ter sido um duelo, sr. de Wardes? Confesso mais parecer assassinato. Não se surpreenda tanto! Deu seus três tiros e a pistola dele está carregada! Matou seu cavalo e ele, que é um dos melhores atiradores da França, nem mesmo atingiu o seu. Veja, fez mal em me trazer aqui; todo esse sangue me subiu à cabeça, me deixando tonto. Creio, juro! A ocasião é boa, acho que vou estourar os seus miolos, sr. de Wardes; recomende sua alma a Deus.

— Sr. Manicamp, veja bem...

— Justamente, estou vendo até demais.

— Vai me assassinar?

— Sem remorso nenhum, ao menos de imediato.

— Não é fidalgo?

— Fui pajem;[150] cumpri o necessário.

— Deixe-me então defender minha vida.

— Para que faça comigo o que fez ao pobre de Guiche?

Com o braço tenso, a testa franzida, Manicamp ergueu a pistola. De Wardes nem sequer tentou escapar, de tão aterrorizado que estava.

No terrível silêncio em que aquele instante pareceu durar um século, ouviu-se um gemido.

---

150. O pajem era um adolescente de família nobre, empregado junto a um senhor de nobreza superior, para fazer seu aprendizado de fidalguia.

— Ele está vivo! Está vivo! — gritou de Wardes. — Socorro, Guiche, estão querendo me assassinar!

O conde, entre os dois, com dificuldade tentava se erguer, apoiando-se numa das mãos.

Manicamp jogou longe a pistola e correu até o amigo com um grito de alegria.

— Ufa, bem a tempo! — de Wardes murmurou, enxugando a testa molhada por um suor gelado.

— O que houve? — perguntava Manicamp ao ferido. — Como isso aconteceu?

De Guiche mostrou a mão mutilada e o peito ensanguentado.

— Estou sendo acusado de tê-lo assassinado, conde! Por favor, fale, diga que foi um combate leal — desesperava-se de Wardes.

— É verdade. O sr. de Wardes combateu lealmente e quem disser o contrário terá em mim um inimigo.

— Bom, antes de tudo me ajude a transportar meu amigo e depois lhe darei as satisfações que quiser. Mas se estiver muito apressado, podemos improvisar um curativo com o seu lenço e o meu, para em seguida atirarmos um no outro, já que sobraram duas balas.

— Obrigado — respondeu de Wardes. — Em uma hora vi duas vezes a morte bem de perto e não gostei. Prefiro suas desculpas.

Manicamp riu e de Guiche também, apesar da dor.

Os dois quiseram carregá-lo, mas ele achou estar forte o bastante para caminhar sozinho. A bala havia quebrado os dedos anular e mindinho, passando depois por uma costela sem penetrar no peito. A dor, mais do que a gravidade do ferimento, é que havia fulminado de Guiche.

Manicamp deu apoio de um lado, de Wardes de outro, e eles assim chegaram a Fontainebleau e ao médico que havia assistido, em seu leito de morte, ao franciscano antecessor de Aramis.

153. A ceia do rei

Enquanto tudo isso acontecia, o rei se pusera à mesa e os poucos convidados daquela noite tomaram seus lugares após o gesto habitual indicando ser permitido que se sentassem.

Já àquela época, mesmo sem que a etiqueta estivesse tão consolidada quanto se tornaria mais tarde, a corte francesa abandonara as tradições de camaradagem e de patriarcal afabilidade ainda existentes sob Henrique IV e que o desconfiado Luís XIII havia pouco a pouco liquidado, pondo-lhes no lugar hábitos faustuosos de grandeza — ainda frustrantes para ele, que não conseguia tanto.

O rei jantava então numa pequena mesa em separado que dominava e claramente presidia as mesas vizinhas. Pequena mesa é modo de dizer, já que essa pequena mesa era a maior de todas. Além disso, nela se acumulava a mais prodigiosa quantidade de pratos variados, com peixes, caças, carnes de rebanho, frutas, legumes e conservas.

O jovem e vigoroso rei, grande caçador, dado a exercícios violentos, tinha de nascença o calor sanguíneo comum a todos os Bourbon, característica que faz com que a digestão seja rápida e os apetites logo se renovem.

Luís XIV era um comensal exigente: gostava de criticar os cozinheiros, mas quando os distinguia, essa distinção era gigantesca.

Ele comia rápido, com avidez.

Porthos, que desde o início por respeito aguardava um sinal de d'Artagnan com o cotovelo, vendo o rei partir com tamanho ímpeto, disse a meia-voz ao amigo:

— Acho que já podemos começar; é o que Sua Majestade visivelmente deseja.

— O rei come e ao mesmo tempo fala, então tome cuidado para não ser pego de boca cheia se ele porventura lhe dirigir a palavra. Não seria nada bom.

— Portanto nem deveria comer, mas confesso estar com fome e tudo isso cheira muito bem. Seria uma tortura para o nariz e para o estômago.

— Não comer contrariaria muito Sua Majestade, que frequentemente diz comer bem quem trabalha bem e consideraria suspeito alguém que se mantivesse cheio de dedos à sua mesa.

— Mas como comer sem ficar de boca cheia?

— É preciso engolir rápido se o rei lhe der a honra de falar com você.

— Entendi.

A partir daí, Porthos se pôs a comer com polido entusiasmo.

O rei de vez em quando erguia os olhos e, como bom conhecedor, apreciava as boas disposições do conviva.

— Sr. du Vallon! — ele disse.

Porthos estava no meio de um guisado de lebre e devorava um lombo inteiro. Ouvindo seu nome, ele estremeceu e, num esforço, fez de uma vez só descer pela garganta tudo o que ainda mastigava.

— Sire — ele respondeu, com voz abafada, mas inteligível.

— Passem ao sr. du Vallon essas fatias de cordeiro — ordenou o rei. — Aprecia esse tipo de carne, sr. du Vallon?

— Aprecio tudo, Sire — replicou Porthos.

D'Artagnan disse baixinho, a seu ouvido:

— Tudo o que Vossa Majestade me oferecer.

Porthos repetiu:

— Tudo o que Vossa Majestade me oferecer.

O rei meneou a cabeça, satisfeito.

— Come bem quem trabalha bem — ele declarou, encantado em ter à sua frente alguém com aquela capacidade de devoração.

Levaram a Porthos a travessa de cordeiro, da qual ele passou uma boa parte para o seu prato.

— O que me diz? — perguntou o rei, logo em seguida.

— Maravilhoso! — comentou com tranquilidade o barão.

— Há carneiros tão bons na sua província, sr. du Vallon? — continuou o rei.

— Sire, em minha província, como creio que em todas, o que há de melhor é enviado ao rei — ele respondeu. — Mas, afora isso, lá não como carneiros da mesma maneira que Vossa Majestade.

— Ah! E como os come?

— Em geral, mando preparar o cordeiro inteiro.

— Inteiro?

— Inteiro.

— E de que maneira?

— Vou dizer: o diabo do meu cozinheiro é alemão, Sire. Ele recheia o bicho com salsichinhas que recebe de Estrasburgo, chouricinhos de vitela de Troyes, cotovias que, não sei como, ele recebe da região de Pithiviers. Para rechear, o alemão desossa o cordeiro como se fosse um frango, mas deixando a pele, que cria ao redor uma crosta tostada. E depois, para servir, ele o fatia como se fosse um salame, só que dali sai um caldo rosado, agradável à vista e, ao mesmo tempo, finíssimo ao paladar.

Porthos fez a língua estalar na boca.

O rei arregalou os olhos, maravilhado. E atacando um faisão ensopado que lhe serviam, continuou:

— É algo que eu gostaria de experimentar, sr. du Vallon... Puxa! Um carneiro inteiro?

— Inteiro, Sire.

— Passem esses faisões ao sr. du Vallon; vejo que ele entende do assunto.

A ordem foi executada.

Depois, voltando ao carneiro:

— Mas não fica gorduroso demais?

— De forma alguma, Sire. A gordura cai junto com o caldo e fica no prato. O auxiliar de cozinha que faz o corte a retira com uma colher de prata que mandei fazer só para isso.

— E onde o senhor mora? — interessou-se o rei.

— Em Pierrefonds, Sire.

— Pierrefonds. Onde fica, sr. du Vallon? Para os lados de Belle-Île?

— Oh, não, Sire. Fica na região de Soissons.

— Achei que falasse desses carneiros por causa das áreas salgadas.

— Não, Sire, meus prados não são salgados, mas são comparáveis.

O rei passou aos acompanhamentos, mas sem perder de vista Porthos, que continuava em sua melhor forma.

— Tem um belo apetite, sr. du Vallon — observou o rei. — É um ótimo companheiro de mesa.

— Por Deus! Sou mesmo. Se por acaso Vossa Majestade for um dia a Pierrefonds, só os dois já daríamos cabo de um desses carneiros, pois apetite é o que também não vos falta.

D'Artagnan deu um pontapé nele por baixo da mesa. Porthos ficou vermelho.

— Na feliz idade de Vossa Majestade — tentou emendar Porthos —, eu servia nos mosqueteiros e nada podia me saciar. Vossa Majestade demonstra um belo apetite, como tive a honra de dizer, mas um apetite distante da glutoneria, pois tudo é escolhido com muita fineza.

O rei pareceu encantado com tamanha polidez.

— Experimentará esses cremes? — ele perguntou a Porthos.

— Vossa Majestade me trata bem demais para que eu não diga toda a verdade.

— Por favor, sr. du Vallon, diga.

— Pois bem! Em matéria de doces, deixo-me tentar apenas pelos que têm massa, e só se estiverem bem consistentes. Todas essas mousses me incham a barriga e tomam um lugar que me parece precioso demais para ocupá-lo tão mal.

— Ah, meus amigos! — exclamou o rei, apontando para Porthos. — Eis um verdadeiro modelo de gastronomia. É como comiam os nossos pais, que sabiam comer bem, enquanto nós apenas beliscamos.

Dizendo isso, atacou uma travessa de peito de ave com presunto.

Porthos, por sua vez, partiu para uma terrina de perdiz e galinhola.

O servente do vinho encheu festivamente o copo de Sua Majestade, que disse:

— Sirva do meu vinho ao sr. du Vallon.

Era um dos grandes favores que se faziam na mesa real.

D'Artagnan pressionou o joelho do amigo e disse:

— Se conseguir comer ainda pelo menos a metade dessa cabeça de javali que está ali, acho que em um ano será duque e par.

— Daqui a pouco chego nela — respondeu fleumaticamente Porthos.

E de fato não demorou, pois o rei estava gostando muito de testar o seu belo conviva e só mandava servir a Porthos pratos que ele mesmo provava. E ele provou a cabeça. Porthos mostrou estar à vontade e em vez de comer metade, como sugerira d'Artagnan, deu conta de três quartos.

— É impossível — disse o rei a meia-voz — que um fidalgo comendo diariamente dessa maneira e tendo dentes tão bons não seja o mais correto homem de bem do meu reino.

— Ouviu isso? — cochichou d'Artagnan ao ouvido do amigo.

— Ouvi. Acho que estou causando boa impressão — disse Porthos, balançando na cadeira.

— Está mesmo com tudo, acredite.

O rei e Porthos continuaram comendo naquele ritmo, para grande satisfação de todos. Alguns até tentaram acompanhá-los, mas tiveram que desistir.

O rei ia ficando vermelho; essa reação sanguínea no rosto anunciava a saturação. A partir daí, em vez de alegre, como quem bebe, Luís XIV se fechava e ficava taciturno.

Porthos, ao contrário, se tornava confiante e extrovertido.

Mais de uma vez o pé de d'Artagnan precisou lembrá-lo disso.

Veio a sobremesa. O rei nem pensava mais em Porthos. Olhava para a porta de entrada e, de vez em quando, se perguntava por que Saint-Aignan estava demorando tanto.

No momento em que Sua Majestade, com um grande suspiro, terminava enfim um pote de geleia de ameixa, o cortesão apareceu.

Os olhos do rei, que tinham pouco a pouco se embaciado, voltaram a brilhar.

O conde se dirigiu à mesa de Luís XIV; o rei se levantou.

Todos fizeram o mesmo, inclusive Porthos, que se via às voltas com um nugá, puxa-puxa capaz de fazer grudarem as mandíbulas de um crocodilo. A ceia estava encerrada.

154. Depois da ceia

O rei tomou o braço de Saint-Aignan e passou para a sala ao lado.

— Como demorou, conde! — ele reclamou.

— Aguardava a resposta, Sire.

— Foi demorado assim responder ao que escrevi?

— Vossa Majestade quis se exprimir em versos. A srta. de La Vallière decidiu não fazer por menos e pagar na mesma moeda, isto é, em ouro.

— Versos, Saint-Aignan? Deixe-me logo vê-los! — animou-se o rei.

Ele rompeu o lacre de uma cartinha, de fato em versos, que a história conservou, importante mais pela intenção do que pela arte.[151]

Tudo isso alegrou muito o rei, que de forma inequívoca demonstrou essa alegria, mas o silêncio na sala de jantar o lembrou — sendo ele sempre tão exigente com as regras — que tal manifestação podia dar margem a interpretações.

Ele então guardou o bilhete no bolso e voltou à sala de jantar, onde disse em voz alta:

— Sr. du Vallon, tive muito prazer em vê-lo, espero poder ainda renovar esse prazer.

Porthos se inclinou como certamente teria feito o Colosso de Rodes[152] e se retirou aos recuos.

— Capitão d'Artagnan — continuou o rei —, espere minhas ordens na galeria. Agradeço por ter-me feito conhecer o sr. du Vallon. Senhores, volto amanhã a Paris, para a despedida dos embaixadores da Espanha e da Holanda. Até amanhã, então.

A sala imediatamente se esvaziou.

O rei pegou Saint-Aignan pelo braço e o fez reler os versos de La Vallière.

— O que acha deles? — ele perguntou.

— Muito graciosos, Sire…

---

151. O próprio Dumas a transcreveu, em *Luís XIV e o seu século*.

152. Estátua de 33 metros de altura na ilha grega de Rodes, uma das sete maravilhas do mundo antigo, homenageando o deus grego Hélio. Foi construída em 280 a.C. e destruída por um terremoto 54 anos depois.

— Também acho. Se pudessem ser divulgados...

— Ah, os poetas morreriam de inveja. Mas não será o caso.

— E como ela recebeu os meus?

— Ah, Sire! Ela os devorou.

— Temo que não fossem ótimos.

— Não foi o que achou a srta. de La Vallière.

— Acredita que os apreciou?

— Tenho certeza, Sire...

— Preciso responder, então.

— Ah, majestade... assim de imediato... depois da ceia... será muito cansativo.

— Acho que tem razão, faz mal se concentrar tanto durante a digestão.

— Sobretudo no trabalho poético, Sire. E há também, por lá, toda essa nova preocupação.

— Qual preocupação?

— A ala feminina está deveras preocupada.

— Com quê?

— Ora, com o acidente do pobre de Guiche.

— Meu Deus! Aconteceu alguma coisa?

— Sim. Ele está morrendo. A mão ficou destroçada e ele tem um furo no peito.

— Santo Deus! E como soube disso?

— Manicamp o levou ainda há pouco a um médico em Fontainebleau e a notícia se espalhou.

— Precisou ser levado? Pobre de Guiche! E como isso aconteceu?

— Como, Sire? Como isso pode ter acontecido?

— Está falando de forma estranha, Saint-Aignan. Quero detalhes... O que ele contou?

— Ele mesmo nada, Sire, mas outras pessoas sim.

— Quem?

— Não sei dizer, mas o sr. Manicamp sabe. É amigo do conde.

— Como todo mundo.

— Ah, nem tanto. Vossa Majestade se engana, nem todos apreciam o sr. de Guiche.

— Como sabe?

— O rei quer que eu explique?

— Sim, claro.

— Pois bem, Sire, creio ter sabido de uma discussão entre dois fidalgos.

— Quando?

— Esta noite mesmo, antes da ceia de Vossa Majestade.

— Isso nada prova. Estipulei proibições tão severas com relação aos duelos que ninguém se atreveria a desobedecer.

— Deus me livre de estar acusando alguém! — exclamou Saint-Aignan. — Vossa Majestade ordenou que eu falasse, estou falando.

— Diga então como se feriu o conde de Guiche.

— Dizem que numa caça de tocaia, Sire.

— Esta noite?

— Esta noite.

— A mão destroçada! Um ferimento no peito! Quem estava nisso com de Guiche?

— Não sei, Sire… Mas o sr. de Manicamp sabe, ou deve saber.

— Está me escondendo alguma coisa, Saint-Aignan.

— Nada, Sire, nada.

— Explique então esse acidente. Um mosquete que explodiu?

— Pode ser. Mas, pensando bem, não, pois encontraram a pistola do conde a seu lado, carregada.

— Pistola? Ninguém vai a uma caçada desse tipo com pistola!

— Pelo que dizem, Sire, o cavalo dele foi morto e o cadáver ainda se encontra no local.

— Cavalo? De Guiche fazia caça de tocaia a cavalo? Saint-Aignan, não compreendo coisa alguma do que diz. Onde ocorreu o acidente?

— No bosque dos Rochedos, Sire, na clareira.

— Bom. Chame o capitão d'Artagnan.

Saint-Aignan saiu, d'Artagnan entrou pouco depois.

— Capitão, o senhor sairá pela pequena porta particular.

— Sim.

— A cavalo.

— Sim.

— Irá à clareira do bosque dos Rochedos. Conhece?

— Duelei lá duas vezes.

— O quê? — surpreendeu-se o rei.

— Sob as proibições do cardeal de Richelieu — explicou d'Artagnan, com sua fleuma habitual.

— Ah, bom! Vá então até lá e examine o lugar. Um homem foi ferido e o senhor verá um cavalo morto. Venha em seguida me dizer o que acha que aconteceu.

— Entendido, Sire.

— É a sua opinião que quero, e não a de qualquer outra pessoa.

— Voltarei com ela em uma hora, Sire.

— Não quero que se comunique com ninguém.

— Exceto com quem me der uma lanterna — disse d'Artagnan.

— Sim, claro — riu Luís XIV do atrevimento, só tolerado no capitão dos mosqueteiros.

D'Artagnan saiu pela porta indicada.

— Chamem meu médico — pediu Luís.

Dez minutos depois, o médico do rei se apresentava, resfolegante, e ouviu a seguinte ordem:

— O senhor acompanhará o conde de Saint-Aignan a uma casa, examinará um enfermo e virá em seguida me confirmar o seu estado.

Desde aquela época, as ordens de Luís XIV já eram obedecidas sem discussão. O médico apenas aquiesceu e saiu à frente de Saint-Aignan.

— Você, Saint-Aignan, mande vir Manicamp, antes que o médico possa falar com ele.

E Saint-Aignan saiu.

155. Como d'Artagnan cumpriu a missão de que fora encarregado pelo rei

Enquanto o rei tomava essas últimas providências para chegar à verdade, sem perder um segundo d'Artagnan foi ao estábulo, conseguiu uma lanterna, selou ele próprio seu cavalo e se dirigiu ao local indicado por Sua Majestade.

Conforme prometeu, não esteve com ninguém e, como dissemos, fez tudo o que precisava fazer sem pedir ajuda ao pessoal do estábulo. D'Artagnan era dessas pessoas que procuram, nos momentos complicados, duplicar seu próprio valor.

Com cinco minutos de galope, ele chegou ao bosque, prendeu o cavalo na primeira árvore e foi a pé até a clareira.

De lanterna na mão, percorreu toda a área, indo, vindo, medindo, examinando, e, após meia hora de exploração, voltou calmamente a seu cavalo e, ao passo, retornou meditativo ao castelo.

Luís o aguardava no gabinete. Estava só e rabiscava num papel linhas que, num relance, d'Artagnan notou terem comprimento desigual, com muitas rasuras. Concluiu serem versos.

O rei ergueu a cabeça e perguntou:

— E então? Conseguiu alguma coisa?

— Consegui, Sire.

— O quê?

— Foi provavelmente o seguinte, Sire.

— Quero certezas.

— Chegarei o mais perto disso que puder. O tempo estava bom para o tipo de investigação que fiz: choveu um pouco e os caminhos estavam molhados...

— Vamos ao que interessa, sr. d'Artagnan.

— Vossa Majestade havia mencionado um cavalo morto na clareira do bosque. Comecei então a estudar os caminhos. Digo caminhos porque quatro desembocam na clareira. O que eu próprio segui era o único a apresentar marcas recentes. Dois cavalos passaram por ali, lado a lado: suas oito patas estavam bem claramente impressas na argila. Um dos cavaleiros tinha mais pressa. As passadas do seu cavalo estão sempre meio corpo à frente do outro.

— Tem certeza então de que eram dois? — quis saber o rei.

— Tenho. Os dois cavalos eram de porte igual, grandes e habituados à manobra, pois contornaram num perfeito oblíquo a borda da clareira.

— E o que mais?

— Ali os cavaleiros permaneceram por um momento, na certa combinando as condições do combate. Os cavalos se impacientaram. Um dos cavaleiros falava e o outro se limitava a responder. Seu cavalo batia com a pata no chão, o que prova que, preocupado em ouvir, ele largou as rédeas.

— Então houve combate?

— Com certeza.

— Continue; é um bom observador.

— Um dos cavaleiros, o que apenas ouvia, permaneceu parado e o outro atravessou a clareira, postando-se, de início, à frente do adversário. O primeiro partiu a galope por dois terços do caminho, achando que se veria frente a frente com o inimigo, mas este seguira contornando o terreno.

— Ignora os seus nomes, não é?

— Completamente, Sire. Mas o que não partiu em linha reta tinha um cavalo preto.

— Como sabe?

— Alguns pelos do rabo ficaram presos nos espinhos da beirada.

— Continue.

— O outro cavalo não foi difícil identificar, já que permaneceu morto no campo de batalha.

— E como morreu?

— Uma bala perfurou sua têmpora.

— Uma bala de pistola ou de espingarda?

— De pistola, Sire. O ferimento, aliás, esclareceu a tática utilizada por quem o matou. Ele seguiu a circunferência da clareira para ter o adversário de lado. Eu inclusive segui seus passos na relva.

— Do cavalo preto?

— Isso mesmo, Sire.

— Continue, sr. d'Artagnan.

— Como Vossa Majestade já visualiza a posição dos adversários, passo ao cavaleiro que partiu a galope.

— Estou ouvindo.

— O cavalo que fazia carga morreu de imediato.

— Como sabe?

— O cavaleiro não teve tempo de desmontar e foi levado junto. Vi a marca da perna, que ficou presa sob o animal e foi puxada com dificuldade. A espora, com todo aquele peso em cima, riscou a terra.

— E o que ele fez depois de se levantar?

— Seguiu reto na direção do adversário.

— Que continuava na beira do bosque?

— Sim. O homem a pé se aproximou até uma boa distância para atirar, parou e firmou bem os calcanhares, que deixaram marcas na terra, um ao lado do outro. Atirou e errou.

— Como sabe que errou?

— Achei o chapéu furado à bala.

— Ah, temos uma prova! — exclamou o rei.

— Insuficiente, Sire — disse friamente d'Artagnan. — Um chapéu sem iniciais nem brasão. Apenas um penacho vermelho, bastante comum, sem que nem a fita apresente qualquer particularidade.

— E o homem do chapéu furado disparou seu segundo tiro?

— Já havia desperdiçado seus dois tiros, Sire.

— Como sabe?

— Encontrei as buchas da pistola.

— E a outra bala, além daquela que matou o cavalo, onde se perdeu?

— Errou por pouco o alvo: apenas cortou a pluma do chapéu e decepou uma pequena bétula do outro lado da clareira.

— Então o homem do cavalo preto estava desarmado e o adversário ainda dispunha de um tiro.

— Enquanto o cavaleiro desmontado se levantava, Sire, o outro recarregava a arma. Mas estava nervoso e sua mão tremia.

— Como sabe disso?

— Metade da carga caiu no chão e ele jogou fora a vareta sem repô-la na pistola.

— É maravilhoso tudo isso que está dizendo, sr. d'Artagnan!

— Apenas observação, Sire; qualquer batedor de terreno chegaria ao mesmo resultado.

— Vê-se toda a cena só de ouvir.

— Eu de fato a reconstruí mentalmente, sem ter muito o que alterar.

— Voltemos ao cavaleiro desmontado. Disse que ele então foi andando na direção do adversário, que recarregava a pistola…

— Sim. Mas no momento em que ele próprio apontava, o outro atirou.

— Ai! E o tiro?

— Terrível, Sire. O cavaleiro desmontado ainda avançou, vacilante, três passos e caiu de cara no chão.

— Onde foi atingido?

— Em dois pontos. Primeiro na mão direita; a mesma bala prosseguiu até o peito.

— Mas como chegou a essa conclusão? — perguntou o rei, admirado.

— É simples. A coronha da pistola estava bastante ensanguentada e via-se nela a risca da bala, com fragmentos de um anel arrebentado. Muito provavelmente o anular e o dedinho foram arrancados.

— Isso explica a mão. E o peito?

— Havia duas poças de sangue a pouco mais de setenta centímetros uma da outra, Sire. Numa delas, a relva tinha sido arrancada por uma mão crispada; na outra, estava amassada apenas pelo peso do corpo.

— Pobre de Guiche! — lamentou o rei.

— Ah, era o sr. de Guiche? — perguntou o mosqueteiro. Pensei ser ele, mas não quis me aventurar.

— E por que pensou isso?

— Vi as armas dos Grammont nos coldres do cavalo morto.

— E acha que foi gravemente ferido?

— Muito gravemente, pois caiu na hora e ficou sem se mexer por um bom tempo. Mas conseguiu andar e saiu de lá com a ajuda de dois amigos.

— Então os viu quando voltava?

— Não, mas vi as pegadas de três homens. O da direita e o da esquerda andavam com facilidade, mas o do meio tinha os passos pesados. E marcas de sangue acompanhavam esses passos.

— Agora que forneceu tantos detalhes do combate, fale um pouco do adversário do conde de Guiche.

— Não sei de quem se trata, Sire.

— No entanto, vê tudo com tanta facilidade…

— Vejo, mas não digo tudo o que vejo. Já que o pobre-diabo escapou, não serei eu a denunciá-lo.

— Mas proibi duelos, capitão, e ele é culpado.

— Não para mim — retrucou de pronto d'Artagnan.

— Percebe o que está dizendo?

— Percebo, Sire, mas alguém que se bate lealmente é um bravo, na minha opinião. Contudo, entendo que Vossa Majestade possa ter outra, e é quem decide.

— Capitão, eu mandei…

Com um gesto respeitoso, d'Artagnan o interrompeu e continuou:

— Que eu procurasse me informar sobre um combate, Sire. Foi o que fiz. Se for mandado prender quem duelou contra o sr. de Guiche, obedecerei. Mas, por favor, não me ordeneis que o denuncie, pois não obedecerei.

— Pois então prenda-o!

— Basta me dizer o seu nome, Sire.

Luís bateu com o pé, irritado, mas depois de pensar um pouco concordou:

— O senhor está certo. Dez, vinte, cem vezes certo.

— É o que acho, Sire. Fico feliz que seja também o que acha Vossa Majestade.

— Uma última coisa… Quem prestou socorro a de Guiche?

— Não sei.

— Mas falou de dois homens… Havia então uma testemunha?

— Não havia testemunha. E há um agravante… Depois de ferir o sr. de Guiche, seu adversário fugiu sem prestar socorro.

— Desgraçado!

— Bem… É consequência de vossas proibições. É normal que alguém que duelou corretamente e escapou da morte queira também escapar da execução. Todos se lembram do sr. de Bouteville,[153] caramba!

— E esse alguém adota a covardia.

— Não, a prudência.

— Ele então fugiu?

— Fugiu. E o mais depressa que seu cavalo pôde.

— Em qual direção?

— Veio para o castelo.

— E depois?

— Depois, como tive a honra de dizer a Vossa Majestade, dois homens a pé foram até lá e levaram o sr. de Guiche.

— Que prova tem de que esses homens só chegaram depois do combate?

— Ah, uma ótima prova! No momento do combate, a chuva tinha parado, mas o terreno não a havia absorvido ainda e estava úmido, fazendo com que as pegadas fossem fundas. Depois, enquanto o sr. de Guiche esteve desacordado, a terra secou e as novas pegadas deixaram marcas menos profundas.

— O senhor, devo dizer, é o homem mais habilidoso do meu reino.

— É o que achava o sr. de Richelieu e o que dizia o sr. de Mazarino, Sire.

— Precisamos agora ver se a sua sagacidade não falhou.

— É verdade, Sire, o homem se engana: *Errare humanum est* —[154] disse filosoficamente o mosqueteiro.

— O senhor, então, não se inclui entre os humanos, pois creio que nunca se engana.

— Vossa Majestade dizia que logo saberíamos…

— Disse.

— E como isso se fará, por favor?

— Mandei buscar o sr. de Manicamp, que deve estar a caminho.

— E ele sabe o que se passou?

— De Guiche não tem segredos com o sr. de Manicamp.

— Como eu disse, ninguém assistia ao combate, e a menos que o sr. de Manicamp seja um dos homens que o carregaram…

— Psss! — fez o rei. — Ele está vindo. Fique aqui e preste atenção.

— Farei isso, Sire.

Nesse mesmo instante, Manicamp e Saint-Aignan apareceram à porta.

---

153. François de Montmorency-Bouteville (1600-27), vitorioso em 22 duelos, foi condenado e decapitado em praça pública.

154. Em latim, "errar é humano".

156. A caça de tocaia

O rei fez um sinal ao mosqueteiro e outro a Saint-Aignan. Ambos imperativamente significavam: "Se têm amor à vida, fiquem calados".

Como soldado, d'Artagnan se retirou a um canto do gabinete. Como favorito, Saint-Aignan se apoiou no encosto da poltrona de Sua Majestade.

Com a perna direita à frente, sorriso nos lábios, mãos brancas e graciosas, Manicamp se adiantou para sua reverência, que o rei respondeu com um simples gesto da cabeça:

— Boa noite, sr. de Manicamp.

— Vossa Majestade mandou me chamar, me sinto muito honrado — respondeu o rapaz.

— Mandei. Para obter do senhor detalhes sobre o infeliz acidente ocorrido com o conde de Guiche.

— É muito doloroso, Sire.

— Estava lá?

— Não exatamente, Sire.

— Mas chegou ao local do acidente pouco depois?

— Exato, Sire. Cerca de meia hora depois.

— E onde foi isso?

— Creio, Sire, que o lugar se chama clareira do bosque dos Rochedos.

— É conhecido como ponto de encontro de caçadores.

— Isso mesmo, Sire.

— Pois bem! Conte-nos quais detalhes relativos ao acidente o senhor conhece.

— Vossa Majestade aparentemente já sabe de algo, temo cansá-lo com repetições.

— Não se preocupe com isso.

Manicamp olhou em volta e viu apenas d'Artagnan encostado nos lambris da parede, calmo e cordial, além de Saint-Aignan, com quem viera e estava junto à poltrona do rei, mas também com expressão amigável. Então começou:

— Vossa Majestade não ignora que são comuns os acidentes de caça.

— De caça?

— Sim. Refiro-me à caça de tocaia.

— Ah, foi como o acidente aconteceu?

— Exato. Vossa Majestade não soube?

— Mais ou menos — confundiu-se Luís XIV, que não gostava de mentir. — Então, foi como ocorreu o acidente?

— Infelizmente, Sire, infelizmente.

O rei esperou um pouco e continuou:

— De qual animal?

— Javali, Sire.

— Mas que ideia, ir sozinho se pôr à tocaia de um javali! Isso é coisa de camponeses ou, no mínimo, de alguém que não tenha cães e batedores para caçar como fidalgo. Mas o marechal de Grammont os tem.

Manicamp encolheu os ombros e sentenciosamente declarou:

— Os jovens são temerários.

— Hum… prossiga — ordenou o rei.

— Seja como for — ele continuou, sem querer se arriscar muito e avançando pé ante pé, como faz quem trabalha nos alagados salinos —, seja como for, Sire, o pobre de Guiche lá se meteu, sozinho.

— Sozinho… é mesmo? Mas que caçador! Ele não sabia então que o javali ataca quando é atacado?

— Foi justamente o que aconteceu, Sire.

— E ele tinha conhecimento da presença do animal por ali?

— Tinha, Sire. Camponeses o haviam visto nos campos de batata.

— De que tipo era?

— Um javali de dois anos, Sire.

— O senhor devia ter me falado das ideias suicidas do conde. Já o vi caçar e o considerava muito capaz. Quando atira num animal encurralado pelos cães, toma todas as precauções e se serve de carabina. Dessa vez resolveu enfrentar a fera com pistolas!

Manicamp se assustou.

— E pistolas de luxo, excelentes para duelos entre homens e não contra javalis, diabos!

— Há coisas que não se explicam bem, Sire.

— Tem razão; e essa de que tratamos é uma delas. Continue.

Durante a conversa, Saint-Aignan, que talvez tivesse feito algum sinal a Manicamp para que não se complicasse demais, recebeu um duro olhar do rei.

A comunicação entre os dois fidalgos foi então cortada. No que se refere a d'Artagnan, a estátua do Silêncio, em Atenas, era mais falante e expressiva em comparação.

Com isso, Manicamp afundou cada vez mais no caminho que escolhera:

— Sire, vou dizer como provavelmente a coisa se deu. De Guiche esperava o javali…

— A cavalo ou a pé? — perguntou o rei.

— A cavalo. Atirou no animal e errou.

— Quanta incompetência!

— O animal o atacou.

— E matou o cavalo?

— Ah, Vossa Majestade soube?

— Soube que um cavalo foi encontrado morto na clareira do bosque dos Rochedos. Imagino que fosse o do conde.

— De fato era, Sire.

— Isso nos informa sobre o cavalo, ótimo. E sobre de Guiche?

— Uma vez no chão, o javali atacou e o feriu na mão e no peito.

— Um terrível acidente, mas devemos reconhecer que causado pelo próprio de Guiche. Como alguém vai à caça de semelhante animal com pistolas? Será que se esqueceu da fábula de Adônis?[155]

Manicamp coçou uma orelha e concordou:

— É verdade, foi uma grande imprudência.

— E como o senhor a explica?

— Sire, o que está escrito está escrito.

— Ah! É fatalista?

Manicamp estava tenso, pouquíssimo à vontade.

— Acho que o senhor não agiu bem — continuou o rei.

— Eu, Sire?

— Sim. É amigo do conde, sabe que é sujeito a loucuras desse tipo e nada fez para impedir?

Manicamp não sabia mais o que dizer. Pelo tom de voz, o rei não parecia acreditar na história. Por outro lado, não tinha a severidade do drama nem a hostilidade do inquisidor. Parecia mais zombar do que ameaçar.

— E o senhor confirma ser mesmo o cavalo do seu amigo que foi encontrado morto?

— Ah, com certeza!

— E isso o espantou?

— Nem tanto, Sire. Na última caçada, o cavalo do sr. de Saint-Maure, Vossa Majestade se lembra, foi morto da mesma maneira.

— Sim, mas estripado.

— Sem dúvida, Sire.

— Se o cavalo do conde tivesse a barriga aberta como o do sr. de Saint-Maure, eu não estaria tão surpreso, diabos!

Manicamp arregalou os olhos.

---

155. Na mitologia grega, a deusa Afrodite se apaixonou pelo mortal Adônis, de imensa beleza, e o deus Ares, enciumado, o fez ser morto por um javali. A rosa teria surgido do sangue de Adônis fecundado por uma lágrima da deusa.

— O que me surpreendeu foi que o do conde, em vez de ter a barriga estripada, teve a cabeça arrebentada.

Manicamp se inquietou.

— Engano meu? — insistiu o rei. — O cavalo do conde não foi ferido na têmpora? Reconheça, sr. de Manicamp, ser bastante estranho.

— Sabemos, Sire, que o cavalo é um animal muito inteligente e deve ter procurado se defender.

— Mas um cavalo se defende com as patas traseiras, não com a cabeça.

— Assustado, o cavalo pode ter caído e o javali, enfim, o javali...

— Posso entender o cavalo, mas... e o cavaleiro?

— É simples: derrubado o cavalo, o javali partiu contra de Guiche e, como já pude dizer a Vossa Majestade, dilacerou sua mão no momento em que ele ia disparar a segunda pistola. Em seguida, com o focinho, perfurou seu peito.

— É verossímil. O senhor tem muita eloquência e é ótimo contador de histórias.

— O rei está sendo generoso — disse Manicamp, com uma reverência um tanto constrangida.

— A partir de agora proibirei que meus fidalgos façam esse tipo de caçada. Caramba, é melhor permitir que duelem!

Manicamp estremeceu e fez menção de se retirar.

— O rei está satisfeito? — perguntou.

— Encantado. Mas não vá ainda, sr. de Manicamp. Acho que poderá nos ser útil.

"Droga, mais um que não está à nossa altura", pensou d'Artagnan, acrescentando um suspiro que podia significar: "E por onde andam os homens à nossa altura, por onde andam agora?".

Nesse momento, o camareiro ergueu o reposteiro e anunciou o médico do rei.

— Ah! — exclamou Luís. — O sr. Valot, que acaba de visitar de Guiche. Teremos notícias frescas.

Manicamp se sentiu ainda mais desconfortável.

— Com isso — acrescentou o rei —, ficaremos mais tranquilos.

E olhou para d'Artagnan, que não se movia.

157. O médico

O sr. Valot entrou.

A organização da cena era a mesma: o rei sentado, Saint-Aignan ainda apoiado na sua poltrona, d'Artagnan ainda encostado na parede e Manicamp de pé.

— E então, sr. Valot, fez o que pedi? — perguntou o rei.

— Perfeitamente, Sire.

— Esteve com seu colega médico em Fontainebleau?

— Sim, majestade.

— Viu o sr. de Guiche?

— Pude examiná-lo.

— O que achou? Diga com franqueza.

— Está em mau estado, Sire.

— Mas o javali ao menos não o devorou?

— Devorou quem?

— Guiche.

— Que javali?

— O javali que o feriu.

— O sr. de Guiche foi ferido por um javali?

— É o que dizem.

— Por algum caçador, então…

— Como assim, algum caçador?

— Algum marido enciumado, algum amante passado para trás que, para se vingar, atirou nele.

— O que está dizendo, sr. Valot? Os ferimentos do sr. de Guiche não foram provocados pelas presas de um javali?

— Os ferimentos do sr. de Guiche foram causados por uma bala de pistola que esmagou os dedos anular e mínimo da mão direita, indo em seguida se alojar na musculatura intercostal do peito.

— Uma bala!? Tem certeza de que o sr. de Guiche foi ferido por uma bala? — exclamou o rei, fingindo surpresa.

— Certeza tanta que aqui está ela — disse Valot, apresentando ao rei uma bala em parte achatada.

O rei olhou sem pegá-la e perguntou:

— O pobre rapaz tinha isso no peito?

— Não exatamente. A bala não chegou a penetrar. Ela se deformou na proteção do gatilho de outra arma ou no lado direito do esterno.

— Santo Deus! — exclamou o rei, com gravidade. — Não foi o que me disse ainda há pouco, sr. Manicamp.

— Sire...

— E aquilo de javali, de caça noturna de tocaia, o que era então? Diga.

— Ah, Sire...

— Creio que o senhor estava certo — disse o rei, virando-se para o seu capitão dos mosqueteiros. — Houve combate.

Mais do que qualquer outra pessoa, o rei tinha essa faculdade dada aos grandes de comprometer e dividir seus subalternos.

Manicamp lançou um olhar cheio de censura a d'Artagnan, que percebeu e não aceitou a acusação. Dando um passo à frente, ele disse:

— Sire, Vossa Majestade ordenou que eu examinasse a clareira do bosque dos Rochedos e dissesse o que achava ter acontecido. Relatei minhas observações sem denunciar qualquer pessoa. Sua Majestade foi quem, em seguida, mencionou o conde de Guiche.

— Muito bem, muito bem! Cumpriu seu dever e estou contente; creio que isso basta — disse o rei, com certa arrogância. Em seguida, voltando-se para Manicamp, continuou: — Já o senhor não cumpriu o seu, pois mentiu.

— A palavra é dura, Sire!

— Encontre outra.

— Não tentarei, Sire. Já tive a infelicidade de desagradar à Vossa Majestade, e o que de melhor encontro, neste momento, é humildemente aceitar as censuras que julgar adequadas.

— Tem razão, pois sempre me desagrada quem esconde a verdade.

— Muitas vezes a pessoa não a conhece, Sire.

— Não minta mais ou dobrarei sua pena.

Manicamp empalideceu e se inclinou.

D'Artagnan outra vez deu um passo à frente, decidido a intervir se a crescente irritação do rei atingisse certos limites.

— Como pode ver — continuou Luís XIV —, não negue; o sr. de Guiche duelou.

— Não nego, mas Vossa Majestade teria demonstrado generosidade se não forçasse um fidalgo a mentir.

— Forçado? Quem o forçou?

— Sire, o sr. de Guiche é meu amigo. Vossa Majestade proibiu duelos, sob pena de morte. Se uma mentira salva meu amigo, eu minto.

— Muito bem — murmurou d'Artagnan. — Esse garoto é dos bons, caramba!

— Em vez de mentir, o senhor devia tê-lo impedido — devolveu o rei.

— Vossa Majestade, que é o mais perfeito fidalgo da França, sabe que nós, homens das armas, nunca consideramos desonrosa a morte do sr. de Bouteville no cadafalso. Desonroso é evitar o inimigo, não o carrasco.

— Que seja! E ofereço ao senhor um meio de reparar.

— Sendo algo que convenha a um fidalgo, Sire, aproveitarei a oportunidade.

— O nome do adversário do sr. de Guiche?

— Oh! — murmurou d'Artagnan. — Voltamos a Luís XIII?[156]

— Sire! — reagiu Manicamp, num tom de censura.

— Não quer dizer, é isso?

— Não saberia dizer, Majestade.

— Muito bem! — aparteou d'Artagnan.

— Sr. Manicamp, entregue sua espada ao capitão.

Manicamp se inclinou com elegância, desafivelou a espada sorrindo e a entregou ao mosqueteiro.

Saint-Aignan, porém, colocou-se de repente entre os dois homens e interveio:

— Sire, peço permissão a Vossa Majestade.

— Pois não — respondeu o rei, talvez contente por poder diluir o impasse que se estabelecera.

Voltando-se para Manicamp, o cortesão continuou:

— O senhor é um bravo e o rei apreciará seu comportamento, mas a intenção de servir aos amigos pode às vezes prejudicá-los. O senhor conhece o nome pedido por Sua Majestade?

— Sim, conheço.

— Então diga.

— Se fosse para dizê-lo, já o teria feito.

— Nesse caso direi eu, que não me interesso, como o senhor, por esses códigos.

— Está livre para isso, no entanto…

— Não é hora para magnanimidades. Não o deixarei ser mandado à Bastilha dessa forma. Se não falar, falarei.

Manicamp era fino o bastante para saber já ter causado boa impressão. Tratava-se agora de persistir para recuperar as boas graças do rei. Respondeu:

— Então fale. Da minha parte, fiz o que minha consciência ordenava. E foi preciso que ordenasse com força — ele acrescentou, voltando-se para o rei — para se impor contra uma ordem de Sua Majestade. Mas espero ser perdoado, quando ela souber que procurei apenas preservar a honra de uma dama.

---

156. A proibição dos duelos, com seus castigos e eventuais "delações premiadas" (tema frequente em *Os três mosqueteiros*), começou sob Luís XIII e o ministro Richelieu.

— Uma dama?

— Uma dama, Sire.

— A causa do combate foi essa?

Manicamp se inclinou.

O rei se levantou, aproximou-se e disse:

— Se a pessoa for considerável, não errou em agir como agiu, pelo contrário.

— Sire, tudo o que se vincula à casa do rei ou à do seu irmão é considerável para mim.

— À casa do meu irmão? — repetiu Luís XIV, com certa hesitação. — A causa do combate foi uma dama da casa de meu irmão?

— Ou de Madame.

— Ah… de Madame?

— Exato, Sire.

— Essa pessoa, então…

— É uma das damas de honra da casa de Sua Alteza Real, a sra. duquesa de Orléans.

— Por quem o sr. de Guiche duelou, foi o que disse?

— Sim, e agora não estou mentindo.

Luís ficou visivelmente perturbado.

— Senhores — ele disse, dirigindo-se a todos no gabinete —, queiram se afastar por um instante. Preciso estar a sós com o sr. de Manicamp. Ele tem informações preciosas e não ousa apresentá-las diante de testemunhas… Pegue sua espada de volta, sr. de Manicamp.

A espada voltou ao cinturão.

— De fato, o rapaz tem presença de espírito — murmurou o mosqueteiro, tomando o braço de Saint-Aignan e se retirando com ele.

— Vai se safar dessa — cochichou de volta o cortesão a seu ouvido.

— E da melhor forma, conde.

Manicamp dirigiu aos dois um olhar de agradecimento que passou despercebido ao rei.

— Bom, e eu que tinha má impressão dessa nova geração… — comentou d'Artagnan atravessando a porta. — Não é que estava enganado? A garotada conservou boas coisas.

Valot saíra à frente do favorito e do capitão.

Restaram apenas o rei e Manicamp no gabinete.

158. D'Artagnan reconhece ter se enganado, estando certo Manicamp

O rei foi em pessoa verificar se ninguém ouvia atrás da porta e voltou depressa até Manicamp.

— Pronto! Explique-se, por favor, agora que estamos a sós.

— Serei absolutamente franco, Sire.

— Para começar, saiba que, para mim, nada é mais importante do que a defesa da honra feminina.

— Por isso procurei preservar a delicadeza de Vossa Majestade.

— Sim, agora compreendo tudo. Disse se tratar de uma jovem servindo à minha cunhada e que a pessoa em questão, o adversário de Guiche, de quem o senhor não quer dizer o nome…

— Mas que o sr. de Saint-Aignan dirá…

— Esse homem, então, ofendeu alguém da casa de Madame.

— A srta. de La Vallière, Sire.

— Ah! — fez o rei, como se já esperasse, mas sentindo, ainda assim, transpassado o coração. — A srta. de La Vallière estava sendo ultrajada?

— Não digo exatamente ultrajada, Sire.

— Mas…

— Falou-se dela em termos inconvenientes.

— Em termos inconvenientes! Da srta. de La Vallière? E o senhor não quer me dizer o nome do insolente?

— Sire, achei ter entendido que Vossa Majestade não esperaria de mim uma acusação.

— Tem razão — confirmou o rei, mais calmo. — Aliás, logo terei o nome e o punirei.

Manicamp percebeu ter conseguido desviar a questão. Já o rei se deixara levar além do que devia, então acrescentou:

— E o punirei não por se tratar da srta. de La Vallière em particular, apesar de muito estimá-la, mas por ser uma mulher o objeto da discussão. Pretendo que na minha corte as mulheres sejam respeitadas, sem que se fale delas.

Manicamp se inclinou.

— Mas, enfim — continuou o rei —, o que foi dito sobre a srta. de La Vallière?

— Vossa Majestade não imagina?

— Deveria?

— O tipo de coisa que dizem jovens entre si.

— Que ela ama alguém? — arriscou o rei.

— É possível.

— Mas não estaria no seu direito?

— É justamente o que sustentava de Guiche.

— E foi às vias de fato por isso?

— Apenas por isso, Sire.

Luís XIV ficou vermelho.

— E nada sabe mais?

— A respeito de quê, Sire?

— A respeito disso de que está falando e que muito me interessa.

— E o que mais posso saber que interesse ao rei?

— O nome, por exemplo, de quem La Vallière ama e que o adversário de Guiche lhe contestava o direito de amar.

— Sire, nada sei, nada ouvi, não estava presente. Mas de Guiche tem grande coração, e se quis se pôr no lugar do protetor de La Vallière, foi por tal protetor ser grande demais para que tomasse, ele próprio, sua defesa.

Tais palavras, mais do que transparentes, fizeram o rei ficar ainda mais vermelho, mas agora de prazer.

Ele com delicadeza bateu no ombro de Manicamp.

— O senhor não só é fino, sr. de Manicamp, mas um bravo fidalgo. Considero também o seu amigo de Guiche um paladino que muito me agrada. Transmitirá isso a ele, não é?

— Posso então considerar que Vossa Majestade me perdoa?

— Totalmente.

— Estou livre?

O rei sorriu e estendeu a mão.

Manicamp a pegou e beijou.

— Além disso — acrescentou o rei —, é ótimo contador de histórias.

— Eu?

— Foi excelente a do acidente de caça. Vi o javali saindo do bosque, a queda do cavalo e a fera atacando o cavaleiro em seguida. Uma verdadeira pintura.

— Creio que Vossa Majestade se digna a zombar de mim — disse Manicamp.

— Pelo contrário — corrigiu o rei, ficando sério. — São tão raras minhas ocasiões para rir que peço ao senhor que divulgue essa aventura.

— Da tocaia?

— Sim. Como contou aqui, sem mudar uma só palavra, compreende?

— Perfeitamente, Sire.

— Fará isso?

— Sem perder um minuto.

— Pois então chame o sr. d'Artagnan. Espero que ele não o assuste mais.

— Ah, estando certo da bondade de Vossa Majestade com relação a mim, nada mais me assusta.

— Chame-o então.

Manicamp abriu a porta e disse:

— O rei os chama, senhores.

D'Artagnan, Saint-Aignan e Valot entraram.

— Cavalheiros — começou Luís XIV. — Chamei-os para dizer que a explicação do sr. de Manicamp me satisfez plenamente.

D'Artagnan lançou um olhar a Valot e outro a Saint-Aignan, parecendo significar: "Eu não disse?".

O rei levou Manicamp até a porta e, em voz baixa, disse a ele:

— Que o sr. de Guiche se cuide e, sobretudo, fique bom logo. Vou agradecer-lhe em nome de todas as damas; mas que ele não volte a fazer o que fez.

— Mesmo que fosse o caso de morrer cem vezes, Sire, cem vezes ele voltará a fazer o que fez se for para defender a honra de Vossa Majestade.

Era demasiado direto. Mas, como dissemos, Luís XIV apreciava os elogios e, quando os recebia, não era tão exigente quanto à forma.

— Muito bem — ele se despediu de Manicamp. — Verei eu mesmo de Guiche e o farei ser mais ajuizado.

Virando-se então para os três espectadores da cena, continuou:

— Sr. d'Artagnan?

— Sire.

— Diga-me como pode ter a vista tão falha, o senhor que normalmente enxerga tão bem?

— Tenho a vista falha, Sire?

— Por certo.

— Acredito ser o caso, uma vez que Vossa Majestade afirma. Mas falha em quê, se me permite?

— Naquilo que aconteceu no bosque dos Rochedos.

— Ah!

— Sim. Viu marcas de dois cavalos, pegadas de dois homens, detalhes de um combate… e nada disso ocorreu. Foi pura ilusão.

— Ah! — disse outra vez d'Artagnan.

— O mesmo com relação às pateadas do cavalo e os indícios de luta. Guiche enfrentou um javali, nada mais. E o confronto foi demorado e terrível, ao que parece.

— Ah! — continuou d'Artagnan.

— E eu que acreditei, por um momento, em semelhante deslize. É verdade que afirmou tudo com tamanha segurança...

— De fato, Sire, devo ter problemas de vista — consentiu o mosqueteiro, com um bom humor que encantou o rei.

— Então concorda?

— Ora, como não concordaria?

— De forma que agora vê a coisa...

— Totalmente diferente daquilo que via há meia hora.

— E a que atribui tal diferença de percepção?

— É simples, Sire. Há meia hora voltei do bosque dos Rochedos, onde contava apenas com a iluminação de uma duvidosa lanterna da estrebaria...

— Enquanto agora?

— Agora tenho todos os archotes de vosso gabinete e, ainda por cima, os dois olhos do rei, que iluminam como sóis.

Luís XIV riu e Saint-Aignan soltou uma gargalhada.

— Foi a mesma coisa com o sr. Valot — explicou d'Artagnan, se adiantando ao rei —, que imaginou não só ter o sr. de Guiche se ferido à bala como também tê-la extraído do seu peito.

— Bem... confesso que... — gaguejou o médico.

— Não foi no que o senhor acreditou? — insistiu d'Artagnan.

— Quer dizer... Não só acreditei, mas posso ainda jurar.

— Pois não passou de um sonho, caro doutor.

— Sonho?

— O ferimento do sr. de Guiche: sonho! A bala: sonho! Ou seja, é melhor que não fale mais nisso.

— É um ótimo conselho, esse de d'Artagnan — assentiu o rei. — Não comente esse sonho com ninguém, sr. Valot, e, tem minha palavra de fidalgo, não se arrependerá. Boa noite, cavalheiros. Que coisa mais infeliz, isso de caçar javalis de tocaia!

O rei repetiu ainda a frase por todos os cômodos que atravessaram, pois acompanhou Valot e Saint-Aignan até fora do castelo.

— Agora que estamos só nós — ele por fim perguntou ao cortesão. — Quem era o adversário de Guiche?

Saint-Aignan olhou para ele.

— Não se preocupe. Como sabe, terei que perdoá-lo.

— Wardes — disse Saint-Aignan.

— Ótimo.

Em seguida, voltando a seus aposentos, disse Luís XIV para si mesmo:

— Perdoar não quer dizer esquecer.

159. Como é bom dispor de múltiplos recursos

Manicamp deixou o rei contente por ter se safado tão bem e, chegando ao térreo, ao passar diante de uma porta lateral, sentiu que o puxavam pela manga.

Voltou-se e viu Montalais, que o esperava e misteriosamente disse muito baixo, debruçada na sua direção:

— Por favor, venha comigo.

— Aonde, senhorita?

— Para início de conversa, um cavalheiro de verdade não faria essa pergunta e me acompanharia sem maiores explicações.

— Disponho-me então a isso, senhorita.

— Tarde demais, não passou no teste. Vamos encontrar Madame, venha comigo.

— Ahá! Vamos a Madame!

E seguiu Montalais, que ia à sua frente, rápida como Galateia.[157] Enquanto avançavam, ele se dizia: "Não creio que desta vez histórias de caça adiantem. Mas tentarei, e se for preciso... bem, se for preciso... encontro alguma coisa".

Montalais mantinha o passo forte.

"Que coisa mais cansativa isso de precisar da cabeça e das pernas ao mesmo tempo", pensou ainda Manicamp.

Mas afinal chegaram.

Madame havia terminado sua toalete de dormir e vestia um penhoar elegante. Notava-se que cumprira esse ritual antes das emoções que a agitavam agora.

Com visível impaciência, ela aguardava alguma coisa.

Estava então de pé, junto à porta, quando Montalais e Manicamp chegaram.

Ouvindo que se aproximavam, tomou a dianteira:

— Até que enfim!

— Aqui está o sr. Manicamp — respondeu Montalais.

O rapaz se inclinou.

---

157. Uma das pastoras nas *Bucólicas*, de Virgílio.

Madame fez sinal para que ela se retirasse e a acompanhou com os olhos até a porta ser fechada. Em seguida, virou-se para o rapaz e disse:

— Mas o que foi que ouvi dizer, sr. de Manicamp? Há alguém ferido no castelo?

— Isso mesmo, senhora, infelizmente... O sr. de Guiche.

— Sim, isso confirma o que ouvi, mas não tinha certeza. Foi então o sr. de Guiche que teve essa infelicidade?

— Ele mesmo, senhora.

— Todos no entanto sabem que o rei condena os duelos — lembrou Madame, preocupada.

— Com certeza, senhora, mas duelos contra animais ferozes não são levados à justiça do rei.

— Ah, espero que não vá agora me insultar, querendo que eu acredite nessa fábula absurda, espalhada não sei com qual finalidade, de que o sr. de Guiche foi ferido por um javali. Não, a verdade já circula e, neste instante, além do sofrimento causado pelas lesões, o sr. de Guiche tem em risco sua liberdade.

— De fato, infelizmente. Mas fazer o quê?

— Esteve com Sua Majestade?

— Estive.

— E o que contou?

— Que o sr. de Guiche estava de tocaia, um javali saiu do bosque dos Rochedos, ele atirou, mas o animal, furioso, o atacou, matou seu cavalo e o feriu gravemente.

— E o rei acreditou nessa balela?

— Perfeitamente.

— O senhor me surpreende com isso, me surpreende muito.

Madame começou a andar de um lado para outro na sala, lançando de vez em quando um olhar a Manicamp, impassível e sem se mover do lugar onde estava desde que chegara. Ela afinal parou e disse:

— Circula, no entanto, outra versão, mais aceita por todos.

— Outra versão, senhora? Estarei sendo indiscreto em perguntar por ela a Vossa Alteza?

— E é o senhor, amigo do sr. de Guiche, seu confidente, quem pergunta isso?

— Amigo com certeza, senhora, mas não confidente. De Guiche é um desses homens que podem até ter segredos, como certamente tem, mas não os compartilha. É muito discreto, senhora.

— Pois então terei o prazer de lhe contar esses segredos que o sr. de Guiche guarda para si — disse a princesa, com certa irritação. — O rei pode voltar a interrogá-lo, e se o senhor insistir na mesma história isso não bastará.

— Creio que Vossa Alteza se engana com relação ao rei, que pareceu perfeitamente satisfeito, posso jurar.

— Se for o caso, isso provaria apenas que Sua Majestade se satisfaz com muito pouco, permita-me dizer, sr. de Manicamp.

— Vossa Alteza não deveria manter tal opinião; é fato notório Sua Majestade só aceitar boas justificativas.

— E acredita que continuará contente com sua bem-intencionada mentira quando souber que o sr. de Guiche teve, tomando as dores do seu amigo sr. de Bragelonne, uma discussão que degenerou em duelo?

— Tomando as dores do sr. de Bragelonne? — reagiu Manicamp, com o ar mais inocente do mundo. — Mas o que me dá a honra de dizer Vossa Alteza?

— Por que a surpresa? O sr. de Guiche se ofende com facilidade, é irritadiço. Não é difícil fazê-lo perder a cabeça.

— Pelo contrário, senhora, considero-o paciente, um homem que só se ofende e se irrita por motivos justos.

— E a amizade não seria um motivo justo?

— Certamente, sobretudo para uma pessoa sensível como ele.

— E o sr. de Bragelonne é um amigo do sr. de Guiche; negaria isso?

— Um grande amigo.

— Pois então: estando ausente o sr. de Bragelonne, o sr. de Guiche se pôs no lugar dele e foi às vias de fato.

Com um sorriso, Manicamp meneou duas ou três vezes a cabeça e os ombros, como quem pensa: "Bom, se é o que acha…".

— Mas, enfim, diga alguma coisa! — impacientou-se a princesa.

— Eu?

— E quem mais? É evidente que não concorda e tem algo a dizer.

— Uma coisa apenas.

— Pois então diga!

— Não compreendo coisa alguma do que a senhora está propondo.

— Como? Não compreende ter havido discussão entre o sr. de Guiche e o sr. de Wardes? — ela exclamou, quase fora de si.

Manicamp se calou. Madame continuou:

— Discussão que teve origem em algo um tanto maledicente, mas que não deixa de ter um fundo de verdade, sobre a virtude de certa dama?

— Ah! De certa dama? Isso muda tudo — anuiu Manicamp.

— Começa a compreender, não é?

— Que Vossa Alteza me desculpe, mas não ouso…

— Não ousa? Pois espere um pouco e ousarei eu.

— Senhora, por favor! — exclamou Manicamp, como se estivesse assustado. — Cuidado com o que vai dizer.

— Ah, se eu fosse homem o senhor provavelmente já estaria pronto para me desafiar, apesar das proibições de Sua Majestade. Como o sr. de Guiche fez com o sr. de Wardes, e isso em defesa da virtude da srta. de La Vallière.

— Da srta. de La Vallière!? — exclamou Manicamp, dando um pulo como se estivesse a cem léguas de esperar ouvir esse nome.

— Por que tanta surpresa, sr. de Manicamp? Teria a impertinência de pôr em dúvida tal virtude?

— Por nada neste mundo se tratava disso.

— Como? Dois homens tentam estourar suas respectivas cabeças por uma mulher e o senhor diz que ela nada tem a ver com isso? Não o imaginava tão cortesão, sr. de Manicamp.

— Que a senhora me desculpe, mas estamos bem longe do que interessa. Tudo indica que nos expressamos em línguas diferentes.

— O que quer dizer…?

— Creio ter entendido que Vossa Alteza acha que os srs. de Guiche e de Wardes duelaram pela srta. de La Vallière.

— Exato.

— Pela srta. de La Vallière? — repetiu Manicamp.

— Bem, não que o sr. de Guiche se preocupe muito com essa pessoa, mas fez isso por procuração.

— Por procuração!?

— Vamos, não exagere tanto em se fazer de inocente. Todos aqui sabem que o sr. de Bragelonne é noivo da srta. de La Vallière e, indo a Londres em missão, encarregou o amigo de Guiche de cuidar da interessante jovem.

— Bem, não acrescento mais nada. Vossa Alteza se considera instruída.

— Mais que tudo, tenha isso em mente!

Manicamp começou a rir, o que quase levou a princesa a se exasperar, pois sabemos que seu humor não era dos mais estáveis.

— Enterremos todo esse caso, senhora, pois ele nunca se esclarecerá bem — sugeriu o discreto Manicamp.

— Ah, de jeito nenhum, e os esclarecimentos são óbvios. O rei saberá que de Guiche tomou o partido dessa aventureirazinha que se dá ares de grande dama. Saberá que o sr. de Bragelonne nomeou como guardião do jardim das Hespérides seu amigo de Guiche, que devidamente mordeu o marquês de Wardes, que se atreveu a querer colher a maçã de ouro. E o senhor, que sabe de tantas coisas, sabe também que o rei, por sua vez, igualmente cobiça o famoso tesouro e talvez não fique tão satisfeito com o sr. de Guiche por ele se instituir seu defensor. Está mais instruído agora ou ainda precisa de informações? É só dizer.

— Não, senhora, nada mais quero saber.

— Mas saiba, pois disso precisa saber, que a indignação de Sua Majestade terá consequências terríveis. Nos príncipes com personalidade como a dele, a revolta amorosa é um furacão.

— Que Vossa Alteza tem o poder de acalmar.

— Eu? — exclamou Madame com um gesto de violenta ironia. — Eu? E a título de quê?

— Por não aceitar injustiças, senhora.

— E seria injustiça impedir o rei em seus casos amorosos?

— Vossa Alteza intercederá a favor do sr. de Guiche.

— Dessa vez o senhor extrapola o bom senso — respondeu com altivez a princesa.

— Pelo contrário, estou perfeitamente dentro dos seus limites e, insisto, defenderá o sr. de Guiche junto ao rei.

— Eu?

— Sim.

— De que maneira?

— A causa do sr. de Guiche é a vossa, senhora — explicou em voz baixa Manicamp, com olhos que brilharam de ardor.

— O que quer dizer?

— Estou dizendo que me espanto não ter Vossa Alteza adivinhado que La Vallière foi o pretexto para a defesa assumida pelo sr. de Guiche em nome do sr. de Bragelonne, que está ausente.

— Pretexto?

— Sim.

— Pretexto para quê? — balbuciou a princesa, percebendo o significado dos olhares de Manicamp.

— Creio ter dito o bastante para convencer Vossa Alteza a não piorar, diante do rei, a situação do pobre de Guiche, sobre cuja cabeça pesarão todas as inimizades criadas por certo partido muito oposto ao vosso.

— Está dizendo, pelo contrário, que os que não gostam da srta. de La Vallière, e mesmo alguns que gostam, criticarão o conde?

— Ah, senhora! Vai tão longe assim vossa obstinação a ponto de não ouvir o que diz um amigo sincero? Terei que correr o risco de vos desagradar, sendo obrigado a dar nome à verdadeira causa da discussão?

— O nome… — ruborizou-se Madame.

— Terei que descrever o pobre de Guiche agastado, furioso, exasperado por todos os boatos que correm sobre essa pessoa? Terei, se Vossa Alteza insistir em não reconhecer a identidade dessa pessoa e o respeito me fizer ainda não a explicitar, terei que lembrar as cenas de Monsieur com milorde de Buckingham e as insinuações que circularam a respeito do exílio do duque? Terei que relembrar os cuidados do conde em agradar, em observar, em proteger essa pessoa pela qual ele vive, pela qual ele respira? Posso dizer o nome e, depois de relembrar tudo isso, talvez compreendais que o conde, tendo chegado aos limites da paciência e sendo provocado há algum tempo por de Wardes, à primeira menção feita contra aquela pessoa tenha explodido e procurado se vingar.

A princesa escondeu o rosto nas mãos.

— O senhor se dá conta do que está dizendo e com quem está falando?

— Madame assim compreenderá — continuou Manicamp, parecendo não ouvir as exclamações da princesa — tanto o afã do conde em buscar esse duelo quanto sua formidável habilidade em transferi-lo para um terreno que não vos comprometesse. Sobretudo nesse sentido, ele demonstrou um prodígio de destreza e sangue-frio. E se a pessoa por quem o conde duelou e derramou seu sangue deve algum reconhecimento a ele, não é exatamente pelo sangue derramado nem pela dor sofrida, mas por sua atitude com relação a uma honra que para ele é mais preciosa do que a sua própria.

— Meu Deus! — exclamou Madame, como se estivesse sozinha. — Terá sido mesmo por mim?

Manicamp pôde enfim respirar, pois finalmente tinha tempo para isso. Ele então respirou.

Madame, por sua vez, permaneceu por um instante numa dolorosa abstração. Podia-se pressentir seu estado de espírito pela movimentação precipitada do peito, pela expressão dos olhos, pela maneira como diversas vezes comprimiu o colo com a mão.

Nela, porém, o coquetismo não era uma paixão passiva, e sim, ao contrário, uma chama que buscava — e encontrava — com que se sustentar. Ela então continuou:

— Se for assim, duas pessoas devem muito ao conde, pois também o sr. de Bragelonne tem uma dívida de gratidão. Ainda maior, pois a srta. de La Vallière, para sempre e por todo lugar, será vista como tendo sido defendida pelo valoroso paladino.

Manicamp percebeu haver ainda um resto de dúvida na princesa e reagiu:

— Belo favor prestado à srta. de La Vallière e ao sr. de Bragelonne! O duelo teve uma repercussão que praticamente desonra a jovem e forçosamente a afasta do visconde. Vê-se que o tiro de pistola do sr. de Wardes conseguiu três resultados em vez de um só: liquidará a reputação de uma mulher, a felicidade de um homem e talvez, ao mesmo tempo, tenha fatalmente ferido um dos melhores fidalgos da França! Madame tem uma lógica bastante fria, que apenas condena, nunca absolve.

Essas palavras de Manicamp derrubaram a última dúvida que subsistia não no coração, mas no espírito de Henriqueta. Não era mais a princesa preocupada com sua posição nem a mulher com instáveis idas e vindas; era uma alma que acabava de sentir o frio profundo de um ferimento.

— Fatalmente ferido! — ela murmurou, com voz trêmula. — O senhor disse fatalmente ferido?

Manicamp respondeu com um suspiro.

— O conde corre perigo de vida?

— Bem, teve a mão destroçada e recebeu uma bala no peito.

— Meu Deus, meu Deus! — a princesa voltou a um estado febril. — Isso é terrível, sr. de Manicamp! A mão destroçada? Uma bala no peito? Meu Deus! E foi de Wardes, aquele covarde, miserável assassino, que fez isso! Realmente, o céu não é justo.

Manicamp parecia comovido. De fato, empregara uma enorme energia em sua argumentação.

Já Madame não calculava mais o que estava ou não dentro das conveniências. Quando a paixão nela se exprimia, nem cólera nem simpatia: nada podia pará-la.

Aproximando-se então de Manicamp, que acabava de desmoronar numa poltrona, como se a dor fosse desculpa suficiente para uma infração às regras de etiqueta, ela pediu, tomando a sua mão:

— Por favor, seja franco; ele corre perigo de vida?

— Perigo duplo. Por uma hemorragia na artéria da mão, rompida, e pelo ferimento no peito, que pode ter atingido algum órgão vital, como receia o médico.

— Ele pode então morrer?

— Certamente, e sem o consolo de achar que a senhora teve conhecimento da sua devoção.

— Conte.

— Eu?

— Sim. Não é seu amigo?

— Sinto, senhora, mas só direi a meu amigo, se é que ele ainda vai poder me ouvir, o que vi, ou seja, a desumanidade de Vossa Alteza com relação a ele.

— Não pode cometer semelhante barbaridade.

— Posso e é o que farei, pois, afinal, a natureza é poderosa na juventude. Por outro lado, os médicos são competentes e não vou querer que o pobre conde, após escapar de ferimentos do corpo, se exponha a morrer por outros, do coração.

Dizendo isso, Manicamp se levantou e, com profundo respeito, fez menção de se retirar. Madame o parou e pediu, quase suplicante:

— O senhor pode ao menos me dizer em que estado ele se encontra e qual médico o está tratando?

— O estado é grave, senhora. Já o médico é o de Sua Majestade, o sr. Valot, assistido pelo colega a cuja casa o sr. de Guiche foi transportado.

— Como? Ele não está no castelo?

— Infelizmente, senhora, seu estado era tão alarmante que ele não pôde ser trazido.

— Dê-me o endereço para que eu busque notícia — solicitou com veemência a princesa.

— Rua do Ferrare, uma casa de tijolos com janelas brancas. O nome do médico está na porta.

— Está voltando para lá, sr. de Manicamp?

— Com certeza.

— Faça-me então um favor.

— Estou às ordens de Vossa Alteza.

— Volte, como disse, à cabeceira do sr. de Guiche e afaste todos os que estiverem por lá, saia inclusive o senhor.

— Mas…

— Não percamos tempo com explicações inúteis. É só isso: não procure nada mais nem coisa alguma além do que digo. Enviarei uma das minhas acompanhantes; ou talvez duas, visto o adiantado da hora. Não quero que elas o vejam; para ser franca, não quero que sejam vistas. São cuidados compreensíveis, sobretudo para o senhor, que tudo compreende.

— Perfeitamente, Madame. Proponho-me inclusive a seguir um pouco à frente das suas enviadas. Será um meio seguro de indicar o caminho e prestar socorro, se porventura precisarem, o que é improvável.

— E dessa maneira elas poderão entrar sem dificuldade, não é?

— Com certeza, pois ao chegar afastarei qualquer eventual contratempo.

— Pois então vá, sr. de Manicamp, e espere um pouco adiante da escada.

— Agora mesmo.

— Um momento.

Manicamp parou.

— Quando as ouvir descer, sem olhar para trás siga o caminho que leva à casa em que se encontra o nosso doente.

— E se por acaso descerem duas outras pessoas e eu me enganar?

— Elas baterão discretamente as palmas, para que as reconheça.

— Entendido.

— Agora vá.

Manicamp fez uma última reverência e saiu, satisfeito. Sabia que a presença de Madame seria o melhor bálsamo para o ferimento do amigo.

Nem quinze minutos se passaram e ele ouviu o barulho de uma porta sendo aberta e, em seguida, fechada com todo o cuidado. Logo depois, passos delicados desceram a escada e três leves batidas de palmas soaram. Era o sinal combinado.

Ele partiu e, como prometido, sem se virar para trás seguiu pelas ruas de Fontainebleau até a casa do médico.

160. Malicorne, arquivista do reino da França

Duas mulheres, envoltas em suas mantas e com os rostos encobertos por uma meia-máscara de veludo preto, timidamente seguiam os passos de Manicamp.

No primeiro andar, por trás de cortinas de tecido adamascado vermelho, brilhava a suave claridade de uma lâmpada sobre uma cômoda.

Na outra extremidade desse mesmo quarto, numa cama com colunas retorcidas, fechada por cortinas iguais às da janela, descansava de Guiche, com a cabeça erguida por um duplo travesseiro, os olhos esgazeados numa espessa bruma. Os cabelos compridos, escuros e cacheados, espalhados pelo lençol, enfeitavam em sua desordem as têmporas ressequidas e pálidas do jovem.

Sentia-se que a febre tinha grande presença naquele ambiente.

De Guiche sonhava. Seu espírito seguia, pelas trevas, um desses sonhos do delírio que Deus envia, na trilha da morte, àqueles que passarão ao universo da eternidade.

Duas ou três manchas de sangue ainda liquefeito maculavam o piso.

Manicamp subiu depressa os degraus. À entrada do quarto parou, empurrou devagar a porta, passou a cabeça e, vendo estar tudo tranquilo, na ponta dos pés se aproximou de uma poltrona grande de couro, típica do período Henrique IV. Vendo que a acompanhante do doente cochilava, ele a acordou e pediu que se fosse para o quarto ao lado.

Ficou ainda algum tempo ao lado da cama, se perguntando se devia ou não acordar o amigo para dar a boa notícia.

Mas ao ouvir no portão o fru-fru sedoso dos vestidos e a respiração apressada daquelas a quem havia guiado, e pressentindo a abertura impaciente desse portão, se afastou da cama e tomou a direção do quarto em que a guarda-doentes se encontrava.

Mal teve tempo para isso e o reposteiro foi erguido, entrando as duas mulheres no quarto que ele acabava de deixar.

Com um gesto imperioso, a primeira delas indicou à acompanhante um banquinho ao lado da porta, para que ela ali esperasse.

Em seguida, dirigiu-se sem qualquer hesitação à cama, empurrou o cortinado pela vara de ferro e prendeu as dobras esvoaçantes na cabeceira.

Viu o rosto descorado do conde e a mão direita, protegida por um alvíssimo pano, sobressaindo por cima da colcha estampada que parcialmente cobria esse leito de dor.

Estremeceu ao notar uma mancha de sangue que se alastrava pelo curativo.

O peito branco do enfermo estava descoberto como se o frescor da noite pudesse ajudá-lo a respirar. Uma estreita fita comprimia o ferimento, em torno do qual se ampliava um círculo arroxeado de sangue pisado.

A jovem deixou escapar um profundo suspiro, procurou apoio numa coluna da cama e, pelas aberturas da máscara que tinha no rosto, mergulhou em direção ao aflitivo espetáculo.

Um sopro rouco e intenso atravessava como um estertor da morte os dentes cerrados do enfermo.

A mulher de máscara tomou da sua mão esquerda. Ardia como um carvão incandescente.

Mas quando nela pousou sua mão gelada, o efeito desse frio foi tamanho que de Guiche abriu os olhos e procurou voltar à vida, com alguma animação no semblante.

A primeira coisa que viu foi um fantasma de pé, junto à coluna da cama. Suas pupilas se dilataram ao percebê-lo, mas sem disparar a límpida centelha da inteligência.

A dama mascarada fez então um sinal à acompanhante que ficara junto à porta e que sem dúvida havia sido instruída, pois com voz nítida e sem hesitação ela disse:

— Sr. conde, Sua Alteza Real, Madame, quis saber como tem suportado as dores causadas pelo ferimento e exprimir, por meu intermédio, o quanto lamenta vê-lo sofrer.

A palavra "Madame" fez de Guiche reagir, mas sem conseguir localizar quem havia falado.

Naturalmente então ele se virou para o ponto de onde viera a voz.

Mas como a mão gelada não havia abandonado a sua, ele voltou a olhar para o fantasma imóvel e perguntou, com voz trêmula:

— A senhora falou comigo ou há outra pessoa neste quarto?

— Fui eu — respondeu o fantasma, de forma quase ininteligível e abaixando a cabeça.

— Obrigado — esforçou-se o doente a dizer. — Obrigado, diga a Madame que já não lamento morrer, pois ela se lembrou de mim.

Diante da palavra "morrer" pronunciada por um moribundo, as lágrimas não puderam ser contidas e escorreram sob a máscara, continuando a descer pelas faces.

Dominasse de Guiche melhor seus sentidos, as teria visto rolarem como brilhantes pérolas e caírem na sua cama.

Esquecendo-se do disfarce que usava, a visitante levou a mão aos olhos para enxugá-los e, encontrando o irritante e frio veludo, arrancou a máscara com raiva, jogando-a no chão.

De Guiche, diante da inesperada aparição que surgia na bruma, soltou um grito e estendeu os braços. Mas não conseguiu articular palavra nenhuma, exaurindo toda força que pudesse ainda circular em suas veias.

A mão direita, que seguira um impulso da vontade sem considerar suas limitações, voltou a cair na cama, fazendo o pano tão branco que a envolvia logo se avermelhar com uma crescente mancha.

Ao mesmo tempo, os olhos do enfermo se nublavam e se fechavam como se estivessem em luta contra o indomável anjo da morte.

Após alguns movimentos inconscientes, porém, a cabeça tombou imóvel no travesseiro. De pálido que até então estava, seu rosto agora se mostrava lívido.

A visitante se assustou, mas naquele momento o medo a fez se mover para a frente em vez de recuar, como seria normal.

Debruçou-se sobre o doente, devorando com sua respiração aquele rosto frio e sem cor, quase a tocá-lo. Deu um rápido beijo na mão esquerda de de Guiche, que, abalado como sob o efeito de uma descarga elétrica, novamente despertou, arregalou os olhos sem de fato ver e voltou a perder os sentidos por completo.

— Vamos embora — ela disse à acompanhante. — Não podemos demorar mais, estou cometendo uma loucura.

— Senhora! — alertou a vigilante companheira. — Vossa Alteza está esquecendo a máscara.

— Pegue-a para mim — respondeu a mulher, descendo às pressas a escada.

A porta da rua ficara entreaberta. As duas passaram ligeiras por ela, e a passadas rápidas voltaram ao castelo.

Uma delas subiu aos apartamentos de Madame e lá desapareceu. A outra se encaminhou para o alojamento das damas de honra, no entrepiso.

Lá chegando, esta última se sentou diante de uma mesa e, sem se dar nem tempo para respirar, escreveu um bilhete:

> Madame foi ver o sr. de Guiche esta noite.
> Do meu lado, tudo segue bem.
> Continue no seu e, sobretudo, queime este papel.

Ela em seguida dobrou o bilhete ao comprido e, voltando a sair com todo o cuidado, atravessou um corredor que levava ao serviço dos fidalgos de Monsieur.

Lá chegando, parou diante de uma porta, passou por baixo dela o bilhete, depois de dar duas pancadas secas, e foi embora.

De volta a seu quarto, tratou de remover todo vestígio tanto da escapulida a Fontainebleau quanto do bilhete.

Averiguando então tudo ao redor, percebeu em cima da mesa a máscara de Madame, que, por esquecimento, não fora devolvida, e disse a si mesma:

— Bom, fica para amanhã o que esqueci de fazer hoje.

Pegando a peça de veludo, logo abaixo da abertura para um dos olhos, ela sentiu no polegar uma umidade e olhou.

O dedo estava não só úmido, mas avermelhado.

A máscara caíra numa das pequenas poças de sangue que, conforme dissemos, maculavam o piso e manchara o veludo, passando também para o forro em batista branca.

— Oh! — disse Montalais (pois os leitores certamente já sabem ser ela pelos detalhes fornecidos). — Oh! Eu é que não devolverei esta máscara; com isso se torna preciosa demais.

Pondo-se de pé, a jovem foi até um móvel em madeira de bordo onde ficavam guardados seus objetos pessoais de toalete e perfumaria.

— Não, aqui não. Isso não é coisa que se deixe assim solta.

Permaneceu por um momento ainda em silêncio e, com um sorriso que era todo seu, concluiu:

— Querida máscara, banhada no sangue de um bravo cavaleiro, você vai se juntar, no meu esconderijo das maravilhas, às cartas de La Vallière e Raoul, a toda aquela enamorada coleção que completará um dia a história da França e a história do reino. Vai ficar aos cuidados do sr. Malicorne — continuou a afoita senhorita a rir, enquanto se trocava para dormir. — Aos cuidados do digno sr. Malicorne — ela repetiu, soprando a vela. — Ele, que se imagina apenas inspetor dos apartamentos de Monsieur, acaba de ser por mim nomeado arquivista e historiógrafo não só da casa dos Bourbon, mas também de outras, entre as melhores do reino. Será que ainda vai se queixar, aquele reclamão do Malicorne?

Então ela puxou o cortinado da cama e dormiu.

161. A viagem

A volta a Paris estava marcada para o dia seguinte. Às onze horas em ponto, o rei desceu os degraus com as rainhas e Madame para embarcar na carruagem atrelada a seis cavalos que pateavam de impaciência ao pé da escadaria.

Em trajes de viagem, a corte em peso esperava na Ferradura,[158] formando um brilhante espetáculo aqueles cavalos todos, selados, as carruagens preparadas, homens e mulheres acompanhados de seus agregados, criados e pajens.

O rei subiu no carro, acompanhado das duas rainhas.

Madame e Monsieur fizeram o mesmo.

Bem como as damas de honra, acomodando-se aos pares nas viaturas que lhes eram destinadas.

A carruagem do rei ia à testa do comboio, seguida pela de Madame e depois todas as demais, respeitando a etiqueta.

Estava um dia quente. Uma ligeira brisa, que pela manhã dera a impressão de que refrescaria o ar, logo se abrasou com o sol, encoberto por nuvens, e não soprou mais, deixando apenas um ardente vapor subir do chão e erguer uma fina poeira que batia no rosto dos viajantes, impacientes para chegar logo.

Madame foi a primeira a reclamar do calor.

Monsieur respondeu esparramando-se na carruagem como quem está prestes a perder os sentidos e se encharcou de sais e de águas aromatizadas, com profundos suspiros. Madame então disse a ele, num tom dos mais cordiais:

— Na verdade, achei que seria elegante da sua parte, com esse calor, deixar a carruagem toda para mim e fazer a viagem a cavalo.

— A cavalo?! — espantou-se o príncipe, com uma entonação de terror que mostrava bem o quanto a ideia lhe parecia absurda. — A cavalo? Como pode pensar numa coisa dessas? Minha pele ficaria destruída com esse vento incandescente.

Madame riu e disse:

— Leve a minha sombrinha.

---

158. Escadaria dupla, em forma aproximada de ferradura, construída entre 1632-4. É um dos cartões-postais do castelo.

— E como segurá-la cavalgando? — ele respondeu, com seriedade. — Aliás, não tenho cavalo.

— Como não tem cavalo? — continuou a princesa, que, mesmo sem esperanças de conseguir o que sugeria, se divertia com a provocação. — Não é verdade. Daqui mesmo posso ver o seu baio favorito, bem ali.

— Meu cavalo baio? — exclamou o príncipe, arriscando um movimento na direção da portinhola, o que o incomodou tanto que ele não completou a tentativa e voltou a ficar imóvel na poltrona.

— Exato, o baio, puxado pela rédea pelo sr. de Malicorne.

— Pobre animal! Vai morrer de calor!

Ditas essas palavras, ele fechou os olhos como um moribundo que expira.

Madame, por sua vez, se estendeu confortavelmente no outro extremo da caleche e também fechou os olhos, não para dormir, mas para ficar pensando.

O rei, enquanto isso, tendo cedido o fundo do carro às duas rainhas, ia sentado à frente naquela contrariedade dos amantes inquietos, sempre desejosos de ver, mesmo de longe, o objeto amado, numa ardente sede nunca saciada — e sem perceber que, com isso, tornam a sede mais ardente ainda.

Encabeçando o comboio, como dissemos, o rei não podia, dali, avistar a carruagem das damas de honra, que vinha bem mais atrás.

Não bastasse, precisava ainda responder às constantes tentativas de conversa da jovem rainha, que, feliz por ter por perto seu *caro marido* — como ela dizia, contrariando a etiqueta real — e explicitando todo o seu amor, se esforçava em reter sua atenção, temendo que o viessem chamar ou que ele por conta própria se fosse.

Ana da Áustria, preocupada sobretudo com as fisgadas surdas que de vez em quando maltratavam seu peito, ainda assim procurava ser agradável e, notando a impaciência do filho, com malícia prolongava o suplício real, retomando o assunto quando ele parecia pensar demais em seus amores secretos.

Tudo isso, ou seja, os cuidados da esposa e as astúcias da mãe, acabou se tornando insuportável a Luís, escravo do próprio coração.

Ele começou então a se queixar do calor como forma de abrir caminho para novas queixas. Foi bastante habilidoso em não deixar que Maria Teresa percebesse sua verdadeira intenção.

Tomando ao pé da letra a queixa, ela o abanou com suas plumas de avestruz.

Sem poder mais reclamar do calor, ele passou a se queixar de câimbras nas pernas e aconteceu de, justamente, a carruagem fazer uma pausa para a troca de cavalos.

— Não quer que desçamos um pouco? — perguntou então a rainha. — Minhas pernas também me incomodam. Vamos caminhar e a carruagem nos pega logo adiante.

O rei torceu o nariz. É uma dura prova a que a mulher submete o marido infiel quando, mesmo em plena crise de ciúme, se controla e não dá pretexto à reação.

Luís não pôde então recusar: aceitou a sugestão, desceu do carro, deu o braço à esposa e caminharam juntos certa distância, enquanto os animais eram trocados.

Andando, ele olhava com inveja os cortesãos que tinham a felicidade de fazer a viagem a cavalo.

Maria Teresa logo percebeu que a caminhada já não agradava tanto e propôs que voltassem à carruagem. O rei a acompanhou até o estribo, mas não subiu a bordo. Recuou três passos e procurou, na fila de carros, aquele que lhe interessava mais.

No sexto, viu a alva figura de La Vallière.

Imóvel, o rei se perdia em devaneios sem notar que tudo estava pronto para que o comboio partisse e só aguardava sua decisão. Foi quando ouviu alguém, com todo o respeito, se dirigir a ele. Era o sr. de Malicorne, em traje completo de escudeiro, a três passos de distância e segurando na mão esquerda as rédeas de dois cavalos.

— Vossa Majestade pediu um cavalo? — ele perguntou.

— Um cavalo! Teria um dos meus cavalos? — perguntou o rei, tentando reconhecer o fidalgo, cujo rosto não lhe era familiar.

— Sire, pelo menos um desses cavalos é do serviço de Vossa Majestade — respondeu Malicorne, indicando o baio de Monsieur ao qual Madame se referira.

Era um formidável animal, e magnificamente aparelhado.

— Mas não é um dos cavalos de que me sirvo.

— Pertence aos estábulos de Sua Alteza Real, mas Sua Alteza Real não monta em dias tão quentes.

O rei nada disse mas se aproximou do cavalo, que pateava querendo se pôr em marcha. Quando Malicorne se dispôs a segurar o estribo para o rei, ele já estava em sela.

Todo alegre com aquela feliz coincidência, ele foi sorridente até a carruagem das rainhas e, apesar do ar contrafeito de Maria Teresa, disse:

— Vejam, encontrei este cavalo. Já não conseguia respirar dentro do carro. Até daqui a pouco, senhoras.

Inclinando-se graciosamente sobre o pescoço recurvado do animal, sem esperar resposta ele se afastou.

Ana da Áustria se debruçou para ver aonde ele ia. Não foi tão longe; chegando à sexta viatura, fez o cavalo dobrar as patas e tirou o chapéu. Cumprimentava La Vallière, que, ao vê-lo, deu um gritinho de surpresa e ficou vermelha de prazer.

Montalais, que se encontrava no mesmo carro, respondeu ao rei com profunda saudação. Depois, como pessoa diligente que era, fingiu estar muito interessada na paisagem e se encolheu no canto esquerdo da poltrona.

A conversa entre o rei e La Vallière começou como todas as conversas entre apaixonados, com eloquentes olhares e palavras sem muito sentido. O rei explicou como sentira calor na carruagem, a tal ponto que achara melhor seguir a cavalo. Em seguida, acrescentou:

— E isso graças a um fidalgo com grande percepção, pois adivinhou o que eu queria. Preciso saber como se chama quem me serviu tão prestamente, salvando-me de tão cruel desconforto.

Montalais, que desde as primeiras palavras prestava toda a atenção, se aproximou e conseguiu atrair o olhar do rei no final da frase.

Como ele olhava na sua direção tanto quanto na de La Vallière, era possível achar que a pergunta também lhe dizia respeito, e então deu a informação:

— Sire, Vossa Majestade monta um dos cavalos de Monsieur, que era trazido pela rédea por um dos fidalgos de Sua Alteza Real.

— E como ele se chama, senhorita?

— Sr. de Malicorne, Sire.

O nome causou a estranheza de sempre.

— Malicorne? — sorriu o rei.

— Sim, Majestade. Ah, é o cavaleiro que está, justamente, passando aqui à minha esquerda.

E ela indicou nosso Malicorne, que, de fato, com ar ingênuo passava pela porta esquerda da caleche, ciente de que falavam dele mas sem se mexer na sela mais do que se mexeria um surdo-mudo.

— Foi de fato ele. Vou me lembrar da sua atitude e do seu nome — prometeu o rei, já olhando com langor a outra jovem.

Aure se dava por satisfeita: havia semeado o nome de Malicorne em terreno fértil. Restava apenas deixar que vingasse e frutificasse.

Assim, ela voltou para o seu canto e pôde fazer ao sr. de Malicorne mil sinais cúmplices, pois o sr. de Malicorne tivera a felicidade de agradar ao rei. Como se pode imaginar, ela soube se expressar e ele, com sua fina audição e visão alerta, concluiu:

— Tudo vai bem.

Isso acompanhado por uma mímica que parodiava um beijo.

— Infelizmente, senhorita — dizia o rei a La Vallière —, a liberdade do campo chega ao fim. O serviço na casa de Madame será mais rigoroso, e não nos veremos mais.

— Vossa Majestade gosta de Madame o bastante para não deixar de ir vê-la com frequência, e quando passar por seus apartamentos…

— Ah! Ver assim de passagem não significa ver. Mas talvez seja o bastante para a senhorita — replicou o rei, com voz meiga, que gradativamente descia de tom.

Louise não respondeu. Um suspiro pressionava seu coração, mas ela o abafou.

— Tem um grande autocontrole — observou o rei.

Ela sorriu, melancólica.

— Utilize essa energia no amor e agradecerei a Deus por tê-la dado à senhorita.

La Vallière se manteve em silêncio, mas seu olhar estava carregado de ternura.

Isso pareceu afetá-lo, e Luís passou a mão pela testa. Depois, pressionando o cavalo com os joelhos, o fez avançar alguns passos.

Com os olhos semicerrados e inclinada para trás, Louise acompanhava o belo cavaleiro, apreciando as plumas do chapéu que ondulavam ao vento, os braços graciosamente arqueados, a perna esguia e vigorosa firmada no flanco da montaria. Seu perfil harmonioso era emoldurado por belos cabelos cacheados que vez ou outra se afastavam, deixando que se visse uma encantadora e rósea orelha.

Ela amava, a pobre criança, e se embriagava de amor.

Passado um instante, o rei voltou a se aproximar.

— Meu Deus, não vê que o seu silêncio me transpassa o coração? Como a senhorita deve ser terrível quando se decide por uma ruptura… pois a imagino instável… Enfim, temo esse amor.

— Ah, Sire, que engano! Quando eu amar, será para sempre.

— Quando amar? — exclamou o rei. — Como? Não ama?

Ela escondeu o rosto com as mãos.

— Como vê, eu estava certo: é instável, caprichosa, quem sabe coquete… não vê? Meu Deus, meu Deus!

— Não, Sire! De jeito nenhum, não!

— Prometa, então, que será sempre a mesma comigo.

— Sempre, Sire.

— Não terá dessas crueldades que partem o coração, essas mudanças de humor que me seriam mortais?

— Não, não.

— Veja, gosto de promessas, gosto de pôr sob a garantia do juramento, isto é, sob a vigilância de Deus, tudo aquilo que concerne ao meu coração, ao meu amor. Prometa, ou melhor, jure, jure que, se nessa vida que começamos, vida cheia de sacrifícios, de mistérios, de dores, cheia de contratempos e mal-entendidos, jure que se por acaso nos enganarmos, nos mal compreendermos, nos causarmos algo de ruim, o que é um crime em amor, jure, Louise…

Ela estremeceu até o fundo da alma: era a primeira vez que ouvia o seu nome ser dito naquele real compromisso.

Luís, por sua vez, retirou a luva, estendeu a mão até o interior do carro e continuou:

— Jure que em todas as nossas brigas, nunca, uma vez distantes, deixaremos passar uma noite sem que uma visita ou pelo menos uma mensagem de um de nós leve ao outro consolo e repouso.

La Vallière pegou, com suas mãos frias, a mão escaldante do rei e a apertou com doçura até que um movimento do cavalo, assustado com a proximidade da roda que girava, interrompeu sua felicidade.

O juramento estava consumado.

— É melhor que vá, Sire, que volte ao carro das rainhas. Sinto por lá uma tempestade que ameaça meu coração.

Luís obedeceu. Cumprimentou a srta. de Montalais e partiu a galope até a carruagem à frente do comboio.

No caminho, viu Monsieur, que dormia.

Madame estava bem acordada e disse, quando ele passou:

— Que ótimo cavalo, Sire! Não é o baio de Monsieur?

Já a jovem rainha apenas perguntou:

— Sente-se melhor, meu caro esposo?

162. Triunfeminato[159]

Uma vez em Paris, o rei se reuniu com o Conselho e trabalhou pelo restante do dia. Maria Teresa ficou em seus aposentos com a rainha-mãe e se desfez em lágrimas após se despedir do marido.

— Ai, minha mãe! — ela choramingou. — O rei não me ama mais… Meu Deus, o que será de mim?

— Um marido sempre ama uma mulher como você — respondeu Ana da Áustria.

— Pode chegar a hora, minha mãe, em que ele ame outra mulher.

— O que quer dizer com "amor"?

— Pensar sempre na pessoa, procurar sempre essa pessoa.

— E você alguma vez notou o rei nesse estado, em particular?

— Não — reconheceu, hesitante, a rainha.

— Está vendo, Maria?

— No entanto, não há como não notar que ele tem me deixado de lado.

— O rei pertence a todo o seu reino, minha filha.

— E por isso não me pertence mais. Por isso serei deixada de lado e esquecida, como tantas rainhas, enquanto o amor, a glória e as homenagens irão para outras. O rei é tão bonito, minha mãe! Quantas não dirão amá-lo, e certamente o amarão?!

— É raro que, ao amar o rei, as mulheres amem o homem. Mas, se for o caso, Maria, fique contente, pois o amor dedicado da amante é um elemento que, para ele, logo se desfaz. Além disso, amando de verdade, ela perde todo o controle, pois não deseja poder nem riqueza, ansiando apenas por amor. O melhor então é que o rei não ame, mas que sua amante o ame muito!

— Ah, minha mãe, o amor profundo pode tanto!

— E você se diz abandonada…

— É verdade, creio que divago… Mas é um suplício que eu não poderia suportar.

— Qual?

— O de uma escolha acertada, e do estabelecimento de um casal em para-

159. Neologismo de Dumas a partir de "triunvirato".

lelo, de uma outra família, com outra mulher. Ah, se eu soubesse de filhos fora do casamento… eu morreria!

— Maria, Maria… — sorriu Ana da Áustria, tomando a mão da jovem. — Lembre-se sempre disso que vou dizer e que serve como eterno consolo: o rei não pode ter um delfim sem você, enquanto você pode ter sem ele.

Dito isso, com uma expressiva risada ela se preparou para receber a outra nora, pois um pajem acabara de avisar que Madame vinha ao gabinete.

Henriqueta mal tivera tempo de se trocar e estava com uma dessas expressões agitadas que indicam algum plano, cuja execução perturba e o resultado preocupa.

— Vim conferir se não estão cansadas demais da nossa pequena viagem — ela disse.

— De forma alguma — respondeu a rainha-mãe.

— Eu um pouco — acrescentou Maria Teresa.

— Para mim, o pior foi aquela contrariedade.

— Qual? — perguntou Ana da Áustria.

— Deve ter sido exaustivo para o rei cavalgar daquela maneira.

— Bom, fez bem a ele.

— Eu própria o havia aconselhado — disse Maria Teresa, empalidecendo.

Madame nada respondeu, deixando apenas se esboçar nos lábios um daqueles sorrisos que lhe eram próprios, sem afetar o restante da fisionomia. Depois, mudando subitamente de tom, continuou:

— E encontramos Paris igualzinha a como a deixamos: apenas intrigas, tramas, coquetismos.

— Intrigas? Quais intrigas? — quis saber a rainha-mãe.

— Fala-se muito do sr. Fouquet com a sra. Plessis-Bellière.

— Que vem a ser, então, a de número dez mil? — zombou a rainha-mãe. — Mas tramas também?

— Parece que temos tensões com a Holanda.

— Como assim?

— Monsieur me falou de algo envolvendo medalhas.

— Ah! — animou-se a jovem rainha. — Medalhas gravadas na Holanda… nas quais se vê uma nuvem passando diante do sol. Não se trata de trama, e sim de injúria.[160]

— Algo tão desprezível que o rei desprezará — acrescentou a rainha-mãe. — Mas falou também de coquetismos, a sra. d'Olonne?[161]

— Não, não, penso em algo que nos toca mais de perto.

---

160. Segundo o próprio Dumas, em *Louis XIV et son siècle*, capítulo XXXVIII, tal medalha teria sido cunhada na Holanda, em 1669.

161. Catherine Henriette d'Angenne de La Loupe (1634-1714), condessa d'Olonne, muito bonita e conhecida por suas aventuras amorosas.

— *Casa de usted* —[162] murmurou Ana da Áustria a Maria Teresa, sem mover os lábios.

Madame se manteve surda e continuou:

— Não souberam da terrível notícia?

— Do ferimento do sr. de Guiche?

— E acreditam, como todo mundo, num acidente de caça.

— Certamente — disseram ao mesmo tempo as duas rainhas, já interessadas.

Madame se aproximou e disse baixinho:

— Um duelo.

— Ah! — exclamou em tom severo Ana da Áustria, reprovando a palavra, proscrita na França desde o reinado anterior.

— Um deplorável duelo que quase custou a Monsieur dois dos seus melhores amigos, e ao rei dois bons fidalgos.

— E qual o motivo do duelo? — perguntou a jovem rainha, instigada por um secreto impulso.

— Coquetismos — repetiu triunfalmente Madame. — Os dois cavalheiros dissertaram sobre a virtude de certa dama. Um dizia que Palas é pouca coisa em comparação a ela, já o outro pretendia que essa mesma pessoa mais imitava Vênus, provocando Marte… e, bom, e os dois combateram como Heitor e Aquiles.[163]

— Vênus provocando Marte? — perguntou-se baixinho a jovem rainha, sem querer aprofundar a alegoria.

— E quem seria a dama? — foi mais explícita Ana da Áustria. — Mencionou certa dama de honra?

— Mencionei? — perguntou Madame.

— Sim, creio tê-la ouvido dizer isso.

— Sabemos que pessoas dessa espécie são nefastas numa casa real…

— Trata-se da srta. de La Vallière? — quis confirmar a rainha-mãe.

— Por Deus, ela mesma; aquela feiosa.

— Achei que fosse noiva de um fidalgo que não é o sr. de Guiche nem o sr. de Wardes, não é isso?

— É provável.

---

162. Em espanhol, "Na sua casa".

163. Palas Atena, na mitologia grega, deusa da sabedoria; Vênus corresponde, na mitologia romana, à grega Afrodite, deusa da sensualidade, assim como Marte corresponde ao deus da guerra, Ares. Todos participam pessoalmente de batalhas no clássico *Ilíada*, de Homero, em que se dá também, no canto XXII, o combate entre o herói troiano Heitor e o grego Aquiles. Ainda na mitologia greco-romana, Vênus, em princípio casada com Hefesto ou Vulcano, deus do fogo e da metalurgia, mantinha um caso amoroso com Marte, narrado no canto VIII da *Odisseia*.

A jovem rainha pegou um bordado e começou a desmanchá-lo, afetando uma tranquilidade que um tremor dos dedos desmentia.

— Mas não falou de Vênus e Marte? — continuou a rainha-mãe. — Há um Marte envolvido?

— Ela disso se vangloria.

— Ela se vangloria, foi o que disse?

— Como causa do combate.

— E o sr. de Guiche defendeu a causa de Marte?

— Certamente, como bom servidor.

— Como bom servidor? — descontrolou-se a jovem rainha, deixando de lado toda reserva, batida pelo ciúme. — Servidor de quem?

— De Marte — replicou Madame. — E como ele só podia ser defendido às custas daquela Vênus, o sr. de Guiche sustentou a absoluta inocência de Marte, afirmando se tratar, sem dúvida, de fanfarrice de Vênus.

— Enquanto o sr. de Wardes propagava a versão de Vênus estar dizendo a verdade — completou tranquilamente Ana da Áustria.

"Ah, esse de Wardes vai pagar caro por ter quase matado o mais nobre dos homens", pensou Madame.

E passou a dizer tudo de ruim que podia contra de Wardes, para que ele começasse já a pagar o que devia ao ferido e a ela própria, certa de estar assim armando a futura ruína do inimigo. Fez isso tão bem que, se Manicamp ali estivesse, diante de tal consequência teria até lamentado a ajuda que ofereceu ao amigo moribundo.

— Em tudo isso, vejo apenas um culpado: essa tal La Vallière — concluiu Ana da Áustria.

A jovem rainha retomou seu bordado, com absoluta frieza.

Madame ouviu.

— Não é também o que acha? — perguntou-lhe Ana da Áustria. — Não é a causa de toda essa discussão e do consequente duelo?

A resposta foi apenas um gesto que não concordava nem discordava.

— Não entendo então o que disse, relativo ao perigo do coquetismo — insistiu Ana.

— É bem verdade que se aquela jovem pessoa não fosse coquete, Marte não teria se envolvido — ela então respondeu.

A menção a Marte devolveu um fugidio rubor às faces de Maria Teresa, que nem por isso desviou a atenção da prenda doméstica.

— Não quero que homens se armem uns contra os outros na minha corte — declarou fleumaticamente Ana da Áustria. — Tais costumes até foram úteis numa época em que a nobreza, dividida, tinha como único ponto de união a galanteria. As mulheres reinavam sozinhas, tinham o privilégio de manter, por constantes desafios, o valor dos fidalgos. Hoje, porém, louvado seja Deus, temos um único senhor na França. A ele devem se dirigir toda força e todo pensamento. Não tolerarei que tirem do meu filho qualquer um dos seus servidores.

Ela se virou para a jovem rainha e perguntou:

— O que fazer com essa La Vallière?

— La Vallière? — pareceu se surpreender Maria Teresa. — Não sei quem é.

Acompanhou a resposta um desses sorrisos glaciais de que somente são capazes lábios da realeza.

A própria Madame era sem dúvida uma grande princesa — grande em espírito, em berço, em orgulho —, e ainda assim se sentiu esmagada pelo peso da resposta. Foi obrigada a esperar um pouco para se recompor e afinal disse, com uma saudação:

— É uma das minhas damas de honra.

— Nesse caso — replicou Maria Teresa, no mesmo tom —, deve minha irmã decidir o que fazer... isso não nos concerne.

— Sinto muito, mas me concerne — interveio Ana da Áustria. — E entendo muito bem por que Madame disse o que acaba de dizer — ela completou, com um olhar cúmplice para Henriqueta.

— Tudo o que a senhora exprime vem a mim como palavras da própria Sabedoria — acrescentou a inglesa.

— Podemos conceder a essa jovem uma pensão e devolvê-la à sua terra natal — sugeriu Maria Teresa, com doçura.

— Do meu tesouro pessoal, faço questão! — declarou de pronto Madame.

— Não, não — interrompeu Ana da Áustria —, por favor, sem chamar atenção. O rei não gosta de falatórios envolvendo mulheres. Tudo deve ser acertado em família.

E continuou:

— Que Madame tenha a bondade de mandar vir essa pessoa. E você, minha filha, volte por um instante a seus aposentos.

Os pedidos da velha rainha eram ordens. Maria Teresa se levantou para se retirar, e Madame para mandar que um pajem avisasse La Vallière.

163. Primeiro confronto

La Vallière entrou no gabinete da rainha-mãe sem ter a mínima ideia de se tramar contra ela um perigoso complô.

Achou que lhe pediriam algum serviço e, até então, nunca Ana da Áustria se mostrara hostil com relação a ela. Aliás, não estando diretamente ligada a sua autoridade, qualquer pedido seria oficioso, e Louise, por temperamento e pela posição da augusta princesa, se sentia na obrigação de atender da melhor forma possível.

Foi então com o plácido e doce sorriso, sua principal marca, que ela chegou ao gabinete. Manteve-se a respeitosa distância e Ana fez sinal para que se aproximasse de onde estava sentada.

Madame entrou nesse momento e, com aparência perfeitamente tranquila, pôs-se numa cadeira ao lado da sogra, pegando o bordado começado por Maria Teresa.

La Vallière estranhou tais preâmbulos à ordem que esperava receber e procurou entender — com curiosidade e até preocupação — o que se podia distinguir na expressão das duas princesas.

Ana refletia.

Madame afetava uma indiferença capaz de intimidar qualquer um.

— Aproxime-se mais — disse bruscamente a rainha-mãe, sem procurar disfarçar o sotaque espanhol, como nunca deixava de fazer a menos que estivesse com raiva. — Aproxime-se para que falemos da senhorita, já que todos fazem isso.

— Falar de mim? — assustou-se La Vallière, ficando branca.

— Vai fingir que não sabe, minha bela, do duelo entre os srs. de Guiche e de Wardes?

— Meu Deus, senhora! Ouvi comentários ontem — ela replicou, juntando as mãos.

— E não previa tais comentários?

— Como poderia, senhora?

— Dois homens nunca duelam por nada e a senhorita decerto sabia o que motivava a animosidade.

— Ignoro completamente, senhora.

— Insistir na negação é um sistema de defesa bastante banal. Com as belas qualidades que tem, a senhorita deveria evitar as banalidades. Passemos adiante.

— Meu Deus, senhora! Vossa Majestade me assusta com essas maneiras glaciais. Tive a infelicidade de cair em desgraça?

Madame riu. La Vallière olhou sem entender.

Ana voltou à carga:

— Cair em desgraça? Seria preciso que eu a levasse minimamente em consideração. Lembro-me da senhorita apenas pelo falatório geral a seu respeito e por não gostar desse tipo de coisa em minha corte.

— Agradeço a Vossa Majestade a explicação, mas não compreendo por que falariam de mim — replicou La Vallière, ainda mais assustada.

— Pois então direi. O sr. de Guiche precisou defendê-la.

— A mim?

— Exato. É um paladino, e as belas aventureiras adoram que paladinos entrem em liça por elas. Mas pessoalmente detesto isso e mais ainda as peripécias... enfim, já deve ter compreendido.

La Vallière se dobrou diante da rainha, que lhe virou as costas. Estendeu as mãos na direção de Madame, que riu sem piedade.

Um sentimento de orgulho a fez se levantar e dizer:

— Senhoras, perguntei qual crime cometi. Preciso saber, pois sou condenada sem poder me justificar.

— Que belas frases, que bons sentimentos! Uma verdadeira infanta, uma aspirante do *Grand Cyrus*... É um poço de delicadeza e de tiradas heroicas. Vê-se, minha bela, que frequentar cabeças coroadas desenvolve a sensibilidade.

La Vallière se sentiu atingida no coração. Ficou não mais pálida, mas branca como o lírio, e toda a sua força a abandonou.

— É bom saber — continuou a rainha, com desprezo — que se continuar a alimentar tais sentimentos vai fazer com que nós, mulheres, nos envergonhemos de aparecer a seu lado. Mantenha a simplicidade, senhorita. Aliás, o que foi mesmo que me disseram? A senhorita é noiva, não é?

La Vallière comprimiu o peito, dilacerado pela nova provocação.

— Responda quando lhe falam!

— Sim, senhora.

— De um fidalgo?

— Sim, senhora.

— Que se chama?

— Visconde de Bragelonne.

— É uma grande sorte para a senhorita, que, sem fortuna, sem posição... sem grandes vantagens pessoais... Deveria agradecer ao céu tal destino.

La Vallière não respondeu.

— Onde se encontra o visconde de Bragelonne? — continuou a rainha.

— Na Inglaterra — respondeu Madame. — Aonde a notícia dos sucessos da sua noiva certamente chegará…

— Meu Deus! — murmurou La Vallière, desnorteada.

— Pois bem, senhorita — decidiu Ana da Áustria. — Faremos esse rapaz voltar de lá e os mandaremos para algum lugar. Mesmo que tenha outros planos, pois as jovens às vezes têm coisas estranhas na cabeça, confie em mim, vou pô-la de volta no caminho certo. Fiz o mesmo por outras que nem estavam à sua altura.

La Vallière já não ouvia. A implacável rainha acrescentou:

— Vou enviá-la sozinha a algum lugar onde possa refletir de forma madura. A reflexão acalma os clamores do sangue, devora todas as ilusões da juventude. Compreende isso?

— Senhora, senhora!

— Nem uma palavra mais.

— Sou inocente de tudo o que Vossa Majestade possa supor. É visível meu desespero. Amo e respeito imensamente Vossa Majestade!

— Melhor seria que não me respeitasse nem fosse inocente — respondeu a rainha com fria ironia. — Acha que me limitaria a isso, se fosse culpada?

— A senhora está me matando.

— Sem fazer cena, por favor, ou me encarrego do desfecho. Volte para a sua terra e que a lição lhe tenha alguma serventia.

— Senhora — apelou La Vallière à duquesa de Orléans, tomando suas mãos —, por favor, a senhora, que é sempre tão boa, pode interceder por mim!

— Eu? — exclamou Henriqueta, com uma alegria insultante. — Eu, boa? A senhorita sabe que não!

E bruscamente se desfez das mãos súplices.

Em vez de ficar ainda mais arrasada, como as duas princesas poderiam esperar diante de tanta palidez e lágrimas, Louise retomou subitamente a calma e a dignidade, fez uma respeitosa reverência e saiu.

— E então? — perguntou Ana da Áustria a Madame. — Acha que voltará com aquilo?

— Desconfio das índoles suaves e pacientes — respondeu Madame. — Nada mais corajoso do que um temperamento paciente, nada mais seguro do que uma pessoa suave.

— Pois garanto que pensará duas vezes antes de olhar para o deus Marte.

— A menos que possa se proteger atrás do seu escudo — lembrou Madame.

A resposta à objeção, que era bastante fina, foi apenas um olhar cheio de orgulho. Sentindo-se mais ou menos certas da vitória, as duas princesas foram encontrar Maria Teresa, que as esperava maldisfarçando a impaciência.

Eram seis e meia da tarde, o rei acabava de fazer um lanche e não perdeu tempo: assim que terminou, findos também os compromissos administrativos, ele pegou Saint-Aignan pelo braço e ordenou que o levasse ao apartamento de La Vallière. O cortesão se espantou.

— O quê? — replicou o rei. — É um hábito a se criar e, para isso, é preciso começar e repetir um certo número de vezes.

— É que o apartamento das moças, aqui, é muito exposto; todo mundo vê quem entra e quem sai. Creio que um pretexto... Por exemplo...

— Diga.

— Vossa Majestade deveria esperar que Madame esteja lá.

— Chega de pretextos! Chega de espera! Não suporto mais contratempos e mistérios. Não vejo em que se desonraria o rei da França em conversar com uma jovem inteligente. *Honni soit qui mal y pense!*[164]

— Sire, Sire! Que Vossa Majestade me perdoe insistir...

— Diga.

— E a rainha?

— É verdade, é verdade! Desejo que a rainha seja sempre respeitada. Então hoje ainda vou diretamente à srta. de La Vallière, mas a partir de amanhã só irei com esses tais pretextos. Cuidaremos disso amanhã, hoje não tenho tempo.

Saint-Aignan não replicou. Desceu a escadaria à frente do rei e atravessou os pátios num constrangimento que nem a insigne honra de servir de apoio ao monarca podia desfazer. Preocupava-o sua própria imagem diante de Madame e das duas rainhas. Mas também queria se manter nas boas graças de La Vallière; e era difícil conseguir tudo isso ao mesmo tempo.

O problema é que as janelas da jovem rainha, da rainha-mãe e até as de Madame davam para o pátio que era preciso cruzar para ir aonde o rei queria. Ser visto ali como cúmplice significava romper com três grandes princesas, três mulheres de crédito inabalável, em troca de um mísero ganho que poderia vir do efêmero crédito da amante.

O pobre Saint-Aignan, tão valoroso ao proteger La Vallière nos quincunces e no parque de Fontainebleau, não se sentia mais tão intrépido à luz do dia: começava a ver mil defeitos na dama de honra e procurava como dizer isso ao rei.

Mas o suplício chegou ao fim; os pátios foram transpostos. Cortina nenhuma se moveu, janela alguma foi aberta. O rei caminhava rápido; primeiro por impaciência, e depois por causa das pernas compridas de Saint-Aignan, abrindo caminho.

Chegando à porta, o acompanhante quis se retirar. O rei o reteve.

---

164. A expressão é até hoje muito usada em francês, ironicamente. Era a divisa da Ordem inglesa da Jarreteira e significa "Envergonhe-se quem vir nisso algo maldoso". Vem do rei Henrique III da Inglaterra (1312-77), que, num baile, tendo caído a jarreteira (liga que prendia a meia) da sua amante oficial, Jeanne de Kent (1326-85), prendeu-a no próprio joelho e disse em francês a frase, prometendo tornar a jarreteira o símbolo mais cobiçado da cavalaria britânica.

Era uma delicadeza da qual ele facilmente abriria mão.

Foi preciso acompanhar o enamorado até La Vallière.

À chegada do monarca, ela acabava de enxugar os olhos, mas fez isso tão precipitadamente que não passou despercebido. Luís quis saber o porquê e insistiu, como insistem os apaixonados.

— Não é nada, Sire.

— Mas estava chorando.

— Não, Sire, não estava.

— Olhe, Saint-Aignan, não estava?

Ele precisava responder. Ficou hesitante.

— A senhorita estava com os olhos vermelhos — o próprio rei confirmou.

— Foi a poeira do caminho, Sire.

— Não, tenho certeza que não. Onde está a alegria que a torna tão bonita e atraente? Nem olha para mim.

— Sire!

— Não disse? Está me evitando.

Ela de fato procurava se desviar.

— Deus do céu! Mas o que está havendo? — ele perguntou, com o sangue já fervendo.

— Nada, Sire, mais uma vez. Posso mostrar a Vossa Majestade que estou perfeitamente bem.

— Diz estar bem e, no entanto, parece toda contraída, inclusive nos gestos. Alguém a ofendeu ou aborreceu?

— Não, Sire, ninguém.

— Precisa me dizer! — pediu o jovem rei, com os olhos faiscando.

— Ninguém me ofendeu, Sire.

— Onde está então a sonhadora alegria, a jovial melancolia que esta manhã mesmo eu via? Vamos... por favor.

— Continuo a mesma, Sire.

O rei bateu com o pé no chão.

— Semelhante mudança é inexplicável!

Ele olhou para Saint-Aignan, que também havia notado a tristeza de La Vallière — e, ao mesmo tempo, a impaciência do rei.

Por mais que Luís pedisse, por mais que se esforçasse a ir contra aquela disposição fatal, Louise estava abatida demais; nem mesmo a aparição da Morte a tiraria daquele torpor.

Vendo nesse negativismo o indício de algum mistério suspeito, o rei olhou em volta, desconfiado. E havia no quarto de La Vallière um pequeno retrato de Athos quando jovem e que lembrava muito Bragelonne.

Luís fixou nele olhares ameaçadores.

No estado em que se encontrava a jovem, e a cem léguas de se lembrar daquele quadro, ela não percebeu a preocupação do rei.

Ele, no entanto, se defrontava com algo que mais de uma vez havia atormentado seu espírito e era sempre afastado. Tratava-se do longo convívio dos dois jovens, desde crianças, e do noivado que viera na sequência.

Voltou à sua memória a vinda de Athos para pedir a mão de La Vallière, em nome de Raoul.

Imaginou que, de volta a Paris, Louise podia ter recebido notícias de Londres, notícias que contrabalançavam a influência que ele próprio havia conseguido.

Imediatamente sentiu nas têmporas a ferroada da terrível vespa do ciúme.

Voltou às perguntas, agora mais duras.

Para responder, La Vallière precisaria contar tudo, acusar a rainha, acusar Madame. Seria uma luta declarada contra duas grandes e poderosas princesas.

E ela antes de tudo achou que, se não escondesse o que sentia, o rei seria capaz de ler em seu coração e entender seu silêncio.

Se realmente a amasse, deveria tudo compreender, tudo adivinhar. O que mais seria a empatia se não a chama divina a iluminar o coração e dispensar os verdadeiros enamorados do uso da palavra?

Louise então se calou, limitando-se a suspirar, chorar e esconder o rosto entre as mãos.

Eram suspiros e lágrimas que de início comoveram, depois assustaram e agora irritavam Luís XIV. Ele não suportava uma oposição, mesmo que de suspiros e lágrimas.

Suas palavras se tornaram amargas, insistentes, agressivas. Era uma nova dor que se somava às que já pesavam sobre Louise.

Naquilo que parecia ser uma injustiça por parte do amado, ela conseguia força suficiente para resistir não só às anteriores, mas também a esta última.

O rei começou a diretamente acusá-la. La Vallière nem sequer tentou se defender; suportou as acusações sem nada responder além de um meneio da cabeça, sem outras palavras além dessas duas que escapam de corações profundamente ofendidos:

— Meu Deus! Meu Deus!

Esse grito de dor, porém, em vez de acalmar, aumentava a irritação do rei: significava apelar a um poder superior ao seu e que poderia defendê-la do seu ataque.

Saint-Aignan piorava as coisas, pois, como já dissemos, via a tempestade crescer; de fato, não conhecia a dimensão do amor de Luís XIV, temia a ira das três princesas, pressentia a ruína da pobre La Vallière e não era cavalheiresco o bastante para correr o risco de ser arrastado por essa ruína.

Ele respondia à ênfase do rei, então, apenas com meias-palavras ou gestos confusos que tinham a finalidade de piorar as coisas e aliviar sua preocupação pelo fato de ter atravessado os pátios, à luz do dia, levando o ilustre companheiro a La Vallière.

O rei, enquanto isso, se descontrolava cada vez mais.

Ele deu três passos para sair e voltou.

A jovem nem havia levantado a cabeça, mas o barulho deve tê-la feito se dar conta da movimentação. Luís parou à sua frente, de braços cruzados:

— Pela última vez, senhorita, vai falar ou não? Dirá o porquê dessa mudança, dessa versatilidade, desse capricho?

— Mas o que posso dizer, meu Deus? — murmurou La Vallière. — Sinto-me aniquilada, sem vontade, sem pensamento próprio nem palavras, é visível!

— Será tão difícil assim dizer a verdade? Com menos palavras do que acaba de pronunciar, teria dito!

— Mas… a verdade sobre o quê?

— Sobre toda a coisa.

A verdade, de fato, subiu do coração aos lábios de La Vallière. Os braços fizeram um movimento nesse sentido, mas a boca se manteve muda e os braços então voltaram a cair. A pobre criança não se achava ainda tão infeliz a ponto de arriscar semelhante revelação.

— Não sei de coisa alguma — ela balbuciou.

— Ah, não é só coquetismo — exclamou o rei —, não é só capricho: é traição!

E dessa vez, sem que nada o pudesse parar, sem que a dor no coração o fizesse voltar atrás, ele se lançou fora do quarto com um gesto desesperado.

Saint-Aignan o seguiu. Aliás, sair dali era tudo o que ele queria naquele momento.

Luís XIV só parou na escada e, segurando-se no corrimão, perguntou:

— Está vendo? Fui indignamente enganado.

— Como assim, Majestade?

— Foi pelo visconde de Bragelonne que de Guiche duelou; e esse Bragelonne…

— O que tem?

— Ela ainda o ama! Acredite, Saint-Aignan, vou morrer de vergonha se daqui a três dias ainda me restar um só átomo desse amor no coração.

E ele tomou a passos rápidos o caminho dos seus aposentos.

— Eu bem que havia prevenido Vossa Majestade — disse em voz baixa Saint-Aignan, que seguia o rei, sem deixar de discretamente vigiar todas as janelas.

Mas a volta, infelizmente, não se passou como a ida.

Uma cortina foi afastada e atrás dela estava Madame, que viu o rei sair das dependências das damas de honra.

Ela mal esperou o pátio estar livre e saiu precipitadamente, subindo de dois em dois os degraus da escada que levava ao mesmo cômodo de onde acabava de sair Luís XIV.

164. Desespero

Assim que o rei saiu, La Vallière se levantou, com os braços estendidos como se fosse atrás dele, como se quisesse fazê-lo voltar. Teve forças apenas para cair aos pés de um crucifixo, ouvindo as portas baterem e o som dos passos se afastando.

Louise ali permaneceu, com o peso da dor a esmagá-la, sem nada perceber além da dor propriamente, dor que ela só por instinto e sensação compreendia.

No meio de pensamentos tão confusos, a porta foi aberta. Ela estremeceu e olhou, achando ser o rei que voltava.

Engano seu. Era Madame.

Naquele momento, que importância podia ter Madame? Ela voltou a encostar a cabeça no genuflexório. Era Madame nervosa, irritada, ameaçadora. E daí?

— Senhorita — disse a princesa, postando-se diante dela —, acho ótimo que se ajoelhe, que reze, que faça esse seu número de devoção. Mas por mais subordinada que seja ao senhor celestial, deve obedecer à vontade dos príncipes aqui da terra.

Com dificuldade, La Vallière ergueu a cabeça em sinal de respeito.

— Ainda há pouco recebeu uma recomendação, creio.

O olhar ao mesmo tempo parado e perdido da dama de honra deixava claro que não sabia do que se tratava, ou não se lembrava.

— A rainha recomendou que tomasse todo o cuidado para evitar falatórios a seu respeito.

O olhar da jovem se tornou interrogador.

— Bem, acaba de sair daqui alguém cuja presença já vale como acusação.

La Vallière nada respondeu.

— Não posso permitir — continuou Madame — que minha casa, a da primeira princesa de sangue do reino, dê mau exemplo à corte. E é o que a senhorita está fazendo. Declaro então, sem a presença de qualquer pessoa, pois não quero humilhá-la, que está livre para ir embora agora mesmo. Volte para a senhora sua mãe, em Blois.

La Vallière não podia cair mais baixo, não podia sofrer mais do que estava sofrendo.

Seu autocontrole nem por isso sucumbiu e ela manteve as mãos juntas sobre os joelhos como a divina Madalena.[165]

— Ouviu o que eu disse?

Um simples estremecimento percorreu o corpo inteiro de La Vallière, respondendo por ela.

Sem que a vítima desse outro sinal de vida, Madame virou as costas e saiu.

Ao coração paralisado, ao sangue de certa maneira estagnado nas veias, se sucederam em La Vallière batidas mais rápidas nos pulsos, no pescoço e nas têmporas. Tais pulsações progressivamente se acentuaram, levaram a uma febre vertiginosa e causaram um delírio em que, num turbilhão, seus amigos lutavam contra seus inimigos.

Em seus ouvidos ensurdecidos, ela ouvia se entrechocarem palavras ameaçadoras e palavras amorosas. Não tinha mais consciência da própria pessoa, sentindo-se alçada fora da existência, levada pelas asas de uma forte tempestade. No fim do caminho para o qual era empurrada, se erguia a laje de uma tumba, em cujo formidável interior estava a escuridão da noite eterna.

Tais sonhos obsessivos acabaram, porém, se acalmando, cedendo vez à habitual resignação do seu temperamento.

Um raio de esperança de repente lhe penetrou o coração, como um raio de luz na cela de um infeliz prisioneiro.

Ela reviu a estrada de Fontainebleau, o rei a cavalo na janela do carro dizendo amá-la, perguntando se também o amava, pedindo que jurasse e jurando ele próprio que nunca deixariam uma discórdia persistir uma noite inteira sem que uma visita, uma carta ou um sinal qualquer garantisse a tranquilidade do sono. Ele é que havia sugerido, a havia feito jurar e também jurara. Não podia então deixar de cumprir a promessa, a menos que fosse um déspota querendo comandar o amor como comandava tudo o mais, a menos que fosse um indiferente a quem o primeiro obstáculo faz tudo abandonar.

O suave protetor, que era o rei, que com uma só palavra podia eliminar toda aflição, se unia a seus perseguidores.

Tal furor não podia então durar. Uma vez sozinho no seu quarto, devia sofrer tanto quanto ela. Mas não estava tão preso, podia agir, se mover, vir... enquanto ela, tudo o que podia fazer era esperar.

E a pobre criança esperou com toda a sua alma; era impossível que Luís não viesse.

Eram apenas dez e meia da noite.

Ele viria, escreveria ou mandaria algum recado gentil por Saint-Aignan.

---

165. Maria Madalena, que, no Novo Testamento, deixa a vida de pecadora para se tornar uma das mais dedicadas seguidoras de Jesus.

Mas se viesse, ah!, como ela tomaria a iniciativa, como deixaria de lado toda aquela delicadeza descabida! Ela diria: "Não sou eu que não o amo, são elas que não querem que eu o ame".

Com isso, pensando melhor, e à medida que pensava, Luís foi parecendo menos culpado. De fato, ele não sabia de nada daquilo. O que podia ter pensado da sua insistência em se calar? Impaciente e irritadiço, como todos sabiam que era o rei, parecia inclusive extraordinário que tivesse mantido por tanto tempo o sangue-frio. Ela própria, evidentemente, não teria agido daquela maneira, teria percebido o que estava havendo, teria adivinhado. Mas era apenas uma pobre jovem, não um grande rei.

Ah, se ele viesse... se ele viesse! Como o perdoaria por tudo o que a fazia sofrer! E como o amaria ainda mais por tê-la feito sofrer!

Com a cabeça voltada para a porta e os lábios entreabertos, Louise esperava o beijo — que Deus a perdoasse por pensamento tão profano! — que os lábios do rei suavemente prenunciavam naquela manhã ao articular a palavra "amor".

Se não viesse, ele escreveria; era a segunda opção, opção menos agradável, menos estimulante, mas que igualmente comprovaria o amor, só que um amor mais receoso. E como ela devoraria essa carta! Como a responderia de imediato! Como, assim que o portador saísse, beijaria, releria, apertaria no seio o bendito papel que trazia o repouso, o alívio, a felicidade!

Caso, enfim, o rei não viesse nem escrevesse, era impossível que pelo menos não enviasse Saint-Aignan, ou que Saint-Aignan não viesse por conta própria. A um terceiro seria inclusive mais fácil dizer tudo! A majestade real não estaria presente para intimidar suas palavras e, assim, dúvida nenhuma restaria mais no coração do rei.

Em La Vallière, tudo — coração e olhar, matéria e espírito — se voltou para a espera.

Ela calculou ter ainda uma hora de esperança; até meia-noite o rei poderia vir, escrever ou enviar alguém. Apenas à meia-noite se tornaria vã qualquer expectativa e tudo estaria perdido.

Enquanto ouviu algum barulho no palácio, a pobre criatura achou vir em sua direção esse barulho; enquanto soaram passos no pátio, achou serem de alguém trazendo uma mensagem do rei.

Soaram as onze horas. Depois onze e quinze, onze e meia.

Naquela ansiedade, os minutos passavam lentamente e, ainda assim, ainda rápidos demais.

Quinze para a meia-noite.

Meia-noite! Meia-noite! A derradeira, a suprema esperança.

Na última batida, a última luz foi apagada; com a última luz, nada mais poderia esperar.

Até o rei a havia então enganado. Foi o primeiro a desrespeitar a promessa feita naquele dia mesmo. Doze horas entre a promessa e o perjúrio! Era pouco tempo de existência para uma ilusão.

Não só o rei não a amava como também menosprezava aquela a quem todos vilipendiavam. Menosprezava a ponto de expô-la à vergonha de uma expulsão equivalente a uma sentença ignominiosa. No entanto, fora ele a causa primeira dessa ignomínia.

Um sorriso amargo, único sinal de revolta a se exprimir no rosto angelical da vítima durante toda aquela luta, um sorriso amargo aflorou em seus lábios.

De fato, o que mais restava para ela na terra depois do rei? Nada. Mas no céu ainda havia Deus.

Foi então para quem apelou:

— Meu Deus, ditai o que devo fazer. De vós espero tudo, de vós, unicamente, posso tudo esperar.

E Louise olhou para o crucifixo, do qual beijou os pés com amor.

— Este é um senhor que não esquece nem abandona quem não o abandona nem dele se esquece. Apenas por ele devemos nos sacrificar.

Se algum olhar tivesse como penetrar naquele quarto, veria que a pobre desesperada tomava uma decisão derradeira, estabelecia um plano supremo em sua mente, subia aquela grande escada de Jacó que leva as almas da terra ao céu.[166]

Como suas pernas não a sustentavam mais, ela pouco a pouco voltou ao genuflexório com a cabeça encostada na madeira da cruz, os olhos fixos, a respiração ofegante, vislumbrando nos vidros da janela as primeiras horas do dia.

Às duas da manhã estava ainda nesse êxtase, alheia a tudo. Já não tinha mais controle nenhum sobre si mesma.

Ao ver então o matiz violeta da manhã descer sobre os telhados do palácio e vagamente delinear os contornos do Cristo de marfim ao qual estava abraçada, com certa brusquidão se levantou, beijou os pés do divino mártir, deixou seu quarto e tomou a escada, protegendo a cabeça com uma manta enquanto descia.

Chegou à portaria no momento em que a ronda dos mosqueteiros abria a porta para a primeira turma de suíços.

Junto dos homens da guarda ela chegou à rua antes que o chefe da patrulha se perguntasse quem era aquela jovem que deixava tão cedo o palácio.

---

166. Em uma cena famosa de Gênesis, no Antigo Testamento (28,12), o patriarca Jacó tem um sonho em que vê um sobe e desce de anjos celestes numa escada plantada na terra e chegando ao céu.

165. A fuga

La Vallière saiu atrás da patrulha.

O grupo tomou a direita, pela rua Saint-Honoré, e ela então, sem pensar, seguiu pela esquerda.

A decisão estava tomada, com destino estabelecido. Tratava-se de chegar ao convento das carmelitas de Chaillot, cuja superiora era conhecida pela severidade, o que a tornava malvista pelas mulheres da corte.

La Vallière não conhecia Paris, nunca havia saído a pé e, mesmo sem estar tão perturbada, certamente se perderia. Isso explica que tenha subido a rua Saint-Honoré em vez de descê-la.

Tudo o que ela queria era se afastar do Palais Royal, e foi o que fez.

Ouvira dizer que Chaillot ficava à beira do Sena e se dirigiu para o rio.

Tomou a rua do Coq e, não podendo atravessar o Louvre, foi pela igreja Saint-Germain-l'Auxerrois, passando ao longo do local em que Perrault, depois disso, construiu sua colunada.[167]

Em pouco tempo chegou ao cais.

Andava com passadas rápidas e agitadas, mal se lembrando da dificuldade que a fazia às vezes claudicar um pouco por causa da torção sofrida ainda criança.[168]

Em outra hora do dia, sua atitude levantaria suspeitas mesmo em pessoas nada desconfiadas, chamaria a atenção mesmo dos menos curiosos. Àquela hora, porém, as ruas de Paris estavam desertas, ou quase, e se viam apenas artesãos laboriosos que iam em busca do pão de cada dia ou desocupados perigosos que voltavam para casa após uma noite de agitação e orgia.

Para aqueles o dia começava, para estes terminava.

La Vallière teve medo de todos aqueles rostos, pois seu desconhecimento dos tipos parisienses não permitia a distinção entre a probidade e o cinismo. Para ela, a pobreza extrema era um monstro assustador, e todos aqueles seres pareciam extremamente pobres.

---

167. Colunada da fachada do Louvre que dá para a rua Amiral de Coligny, construída a partir de 1667 pelo arquiteto Claude Perrault (1613-88).
168. Ver capítulo 15 de *Vinte anos depois*.

O traje que ela vestia desde a véspera, apesar de simples, era o mesmo escolhido para ir ver a rainha-mãe. Além disso, sob a manta repuxada para que pudesse ver por onde ia, a brancura da pele e os belos olhos falavam uma linguagem desconhecida àqueles homens do povo e, sem se dar conta, a pobre fugitiva atraía a brutalidade de uns e a compaixão de outros.

La Vallière foi nesse ritmo ofegante, precipitado, até a altura da praça de Grève.

De vez em quando parava, levava a mão ao peito, se apoiava numa casa, recobrava fôlego e partia ainda mais apressada.

Chegando à praça de Grève, ela se viu diante de três homens que saíam de um barco amarrado à beira do rio, desarrumados, trôpegos e bêbados.

Era um barco carregado de tonéis de vinho, e via-se que eles haviam tirado bom proveito da mercadoria.

Cantavam suas façanhas báquicas em três tons diferentes quando, chegando ao alto da rampa que dava para o cais, sem prévia má intenção, barraram a caminhada de La Vallière.

Ela parou.

Os três, por sua vez, estranhando ver ali uma jovem vestida daquela maneira, também pararam e, em comum acordo, se deram as mãos e fizeram uma roda em torno dela, cantando:

Você, que se aborrece tanto sozinha,
Venha, venha se divertir conosco.

Só então percebeu ser a ela que se dirigiam e que a impediam de passar. Fez algumas tentativas para escapar, todas inúteis.

As pernas bambearam, ela viu que ia cair e soltou um grito de pavor.

Nesse mesmo instante, porém, a roda brincalhona foi bruscamente rompida.

Um dos homens foi empurrado para a esquerda, outro rolou pela direita até a beira do rio e o terceiro tropeçou nas próprias pernas.

Um oficial dos mosqueteiros surgiu à frente da jovem, de cara fechada, expressão ameaçadora e mão erguida para conferir mais peso à expressão.

Vendo o uniforme, os bêbados debandaram, sobretudo depois da prova de força que acabavam de presenciar.

— Caramba, é a srta. de La Vallière! — exclamou o oficial.

Aturdida ainda com o que acabava de acontecer, sem entender por que diziam o seu nome, ela ergueu os olhos e reconheceu d'Artagnan.

— Capitão! Sou eu sim.

E, com voz suplicante e se apoiando no braço dele, pediu:

— Pode me ajudar, sr. d'Artagnan, por favor?

— Claro que sim. Mas, Deus do céu, aonde está indo a essa hora?

— A Chaillot.

— E vai a Chaillot por aqui? É no sentido contrário!

— Por favor, leve-me então até um pouco mais adiante e aponte a direção certa.

— Mas é claro, com prazer.

— E como apareceu aqui? Por qual milagre surgiu para me socorrer? Achei que estivesse sonhando, ou até enlouquecendo.

— É porque tenho uma casa na praça de Grève, senhorita, onde funciona o Imagem de Nossa Senhora. O aluguel venceu ontem e passei parte da noite por lá. Mas queria estar cedo no palácio para inspecionar meus postos.

— Obrigada.

"Contei por que estou aqui, mas e ela, por que vai a Chaillot a essa hora?", perguntou a si mesmo d'Artagnan, oferecendo o braço.

La Vallière o aceitou e imprimiu um andar apressado.

No entanto, era patente o seu extremo cansaço. Dando-se conta disso, d'Artagnan propôs que descansassem; ela não quis.

— Isso porque provavelmente ignora onde fica Chaillot… — ele disse.

— De fato não sei.

— É bem longe.

— Não faz mal.

— Temos ao menos uma légua pela frente.

— Posso andar uma légua.

O mosqueteiro não insistiu; pelo tom, sabia que não a convenceria.

Ele então mais carregou do que acompanhou La Vallière.

Por fim avistaram a pequena colina.

— A qual casa está indo, senhorita? — ele perguntou.

— Das carmelitas.

— Das carmelitas?! — ele se surpreendeu.

— Sim. E como Deus o enviou para me indicar o caminho, obrigada e adeus.

— O convento das carmelitas? Adeus? Vai se tornar religiosa? — ele se assustou.

— Sim.

— A senhorita?!!

Havia nessa reação, à qual juntamos interrogação e exclamações, buscando expressá-la da forma mais significativa possível, havia nessa reação todo um poema. Embutiam-se nela, para La Vallière, as antigas recordações de Blois e as novas recordações de Fontainebleau. Esse "A senhorita?!!" parecia dizer: a *senhorita*, que poderia ser feliz com Raoul, a *senhorita*, que poderia ser poderosa com Luís… e a *senhorita* resolve ser freira!

— Exato. Torno-me serva do Senhor. Abandono tudo deste mundo.

— Não está se enganando quanto a sua vocação, como também quanto à vontade de Deus?

— Não, pois Deus inclusive o pôs no meu caminho. Sem o senhor, eu certamente sucumbiria ao cansaço. Fica mais claro que Deus quer me fazer chegar a esse fim.

— Bem… — disse d'Artagnan, reticente. — Isso me parece um tanto subjetivo.

— Seja como for, é o que estou fazendo, é o que decidi. Mas tenho ainda um último favor a pedir, junto com meus agradecimentos.

— Pois não, senhorita.

— O rei ignora minha fuga do Palais Royal.

D'Artagnan apenas assentiu.

— Ignora o que vou fazer — ela continuou.

— O rei ignora? — alarmou-se o capitão. — Então não percebe? Nenhuma pessoa, sobretudo da corte, pode fazer alguma coisa sem dar conhecimento ao rei.

— Não pertenço mais à corte.

D'Artagnan olhou para a jovem, cada vez mais surpreso.

— Mas não se preocupe — ela continuou. — Calculei tudo e, de todo modo, não posso mais voltar atrás. O passo foi dado.

— Entendo, mas o que quer a senhorita?

— Peço que faça um juramento; pela compaixão que se deve ter diante da desgraça, pela generosidade da sua alma, por sua palavra de fidalgo.

— Um juramento?

— Sim.

— Qual?

— Peço que jure, sr. d'Artagnan, não dizer ao rei que me viu e que estou nas carmelitas.

Ele abanou a cabeça:

— Não vou jurar isso.

— Como não?

— Conheço o rei, conheço a senhorita, conheço a mim mesmo e a todo o gênero humano. Não, não vou jurar isso.

— Então — exclamou La Vallière, com uma energia surpreendente —, em vez das bênçãos que eu pediria para o senhor até o fim da minha vida, irei amaldiçoá-lo, pois me tornará a mais miserável das criaturas!

Já dissemos que d'Artagnan estava familiarizado com todo tipo de entonação visceral; não pôde resistir àquela.

Percebeu o profundo desespero sob os traços de Louise, o tremor dos membros, viu vacilar todo aquele corpo frágil e delicado, sacudido por abalos. Entendeu que qualquer resistência sua a mataria.

— Que seja. Fique tranquila, senhorita, nada direi ao rei.

— Ah, obrigada, obrigada. O senhor é o mais generoso dos homens.

No arrebatamento da alegria, ela pegou as mãos de d'Artagnan e as apertou nas suas.

Ele ficou impressionado: "Caramba! Alguém que começa por onde todas terminam, não há como não se comover".

La Vallière, que no paroxismo da dor se sentara numa pedra, nesse momento se levantou e saiu na direção do convento das carmelitas, que sobressaía à luz do dia nascente. D'Artagnan a seguiu com o olhar.

A porta do parlatório estava entreaberta. Ela a atravessou como uma sombra pálida e, agradecendo ainda a seu guia com um gesto da mão, desapareceu lá dentro.

Vendo-se só, ele pensou profundamente em tudo aquilo:

— Realmente… é o que se pode chamar de uma posição capenga. Guardar um segredo assim é como pôr no bolso um carvão em brasa esperando que não queime o pano. Não guardar, tendo jurado, seria indesculpável. Em geral as boas ideias me vêm quando corro; desta vez, ou muito me engano ou vou precisar correr um bocado para encontrar solução. Correr para onde? Bom, com certeza para o centro de Paris, é o lado certo… Vamos tratar então de correr, e quatro pernas valem mais do que duas. Infelizmente tenho aqui só as minhas duas mesmo… Um cavalo! Como ouvi em Londres, no teatro, meu reino por um cavalo![169] Pensando melhor, isso não vai ser tão difícil… Tem um posto dos mosqueteiros na barreira da Conférence.[170] Só preciso de um, mas poderia conseguir até dez.

Com essa decisão, tomada com a rapidez de sempre, ele desceu a colina, chegou ao posto, pegou o melhor cavalo e, em dez minutos, estava no palácio.

Batiam as cinco horas no relógio do Palais Royal.

D'Artagnan procurou saber do rei.

Sua Majestade se deitara no horário de sempre, depois de trabalhar com o sr. Colbert, e ainda dormia, provavelmente.

— Bom, foi mesmo o que ela disse: o rei não sabe. Se soubesse a metade do que aconteceu, o Palais Royal estaria de cabeça para baixo.

---

169. Em *Ricardo III*, ato IV, cena IV, de Shakespeare. Antes, d'Artagnan já havia mencionado a peça *Muito barulho por nada*, também assistida quando esteve em Londres.

170. Barreiras eram os postos de controle policial. A da Conférence, ou de Passy, ficava na atual avenida de New York.

166. O que fez Luís entre dez e meia e meia-noite

Ao deixar o apartamento das damas de honra, o rei encontrou Colbert a esperá-lo para tomar as providências a respeito da cerimônia do dia seguinte.

Tratava-se, como já dissemos, de uma recepção aos embaixadores holandeses e espanhóis.

Luís XIV tinha queixas graves contra a Holanda, que mantinha relações dúbias com a França. Sem se darem conta, ou sem se preocuparem com uma eventual ruptura, os Países Baixos, uma vez mais, deixavam de lado a aliança com o rei mui cristão para se envolver em vários tipos de intriga com a Espanha.

Ao assumir o poder, ou seja, à morte de Mazarino, tal situação política já se esboçava.

O problema era espinhoso para um jovem rei, mas como a nação se encarnava no detentor da coroa, tudo o que a cabeça resolvia o corpo se dispunha a executar. Um temperamento mais impetuoso e a afluência de um sangue juvenil e vivaz ao cérebro bastavam para mudar uma antiga linha política e criar outro modelo.

Na época, o papel dos diplomatas se limitava à organização de golpes, entre os Estados, que pudessem ser proveitosos a seus soberanos.

Luís não tinha uma predisposição natural que o levasse a uma política de temperança. E naquela noite, ainda agitado pela briga com La Vallière, ele deambulava pelo gabinete, doido por uma oportunidade para explodir, já que se contivera por tanto tempo.

A Colbert, bastou vê-lo para entender a situação. Assim sendo, avançou por zigue-zagues.

Ao ser perguntado sobre a atitude que devia tomar no dia seguinte, ele estranhou que Sua Majestade não estivesse mais bem informada pelo superintendente:

— O sr. Fouquet conhece bem toda a questão com a Holanda, pois recebe diretamente as correspondências.

Acostumado a esse tipo de alfinetada entre os dois colaboradores, o rei a deixou passar sem nada dizer e apenas ouviu.

Percebendo, Colbert emendou que o superintendente não era tão culpado quanto parecia à primeira vista, pois tinha naquele momento grandes preocupações. O rei ergueu a cabeça:

— Quais preocupações?

— Os homens são apenas homens, Sire, e o sr. Fouquet tem seus defeitos, junto às suas grandes qualidades.

— É verdade… defeitos, quem não tem?

— Vossa Majestade tem os dela — ousou Colbert, que sabia embutir uma boa adulação dentro de uma pequena crítica, como a flecha que, apesar do peso, atravessa o espaço graças às frágeis penas que a sustentam.

O rei sorriu e perguntou:

— E qual o defeito do sr. Fouquet?

— O de sempre, Sire; dizem que está apaixonado.

— É mesmo? Por quem?

— Não sei bem, Sire; não me meto muito nessas coisas da galanteria, como se diz.

— Deve no entanto saber, já que falou disso.

— Ouvi algo…

— O quê?

— Um nome.

— De quem?

— Não me lembro mais.

— Diga mesmo assim.

— Acho que o de uma das senhoritas de Madame.

O rei estremeceu.

— Parece saber mais do que isso, sr. Colbert.

— Não, Sire, garanto que não.

— Bom, não são tantas as senhoritas de Madame. Se eu lhe disser os nomes talvez o senhor reconheça aquele do qual não se lembra.

— Não, Sire.

— Tente.

— Seria perda de tempo, Sire. Quando se trata de comprometer uma dama, minha memória é um cofre de bronze do qual perco a chave.

Uma nuvem sombreou a mente e a expressão do rei, que, procurando demonstrar autocontrole, balançou a cabeça e sugeriu:

— Vejamos esse caso da Holanda.

— Para começar, Sire, a que horas serão recebidos os embaixadores?

— De manhã cedo.

— Onze horas?

— Muito tarde… Às nove.

— É bem cedo.

— Com amigos podemos perfeitamente fazer isso, temos toda a liberdade com estes; mas com inimigos, ainda mais. Que se danem se acharem ruim. Confesso ficar contente de liquidar essas aves de mau agouro que me cansam com seus gritos.

— Como Vossa Majestade quiser… Às nove, então… Darei ordens nesse sentido. É uma audiência solene?

— Não. Quero me explicar sem envenenar as coisas e, com muita gente, tudo piora. Mas quero também deixar claro o que acho, para não ser necessário começar de novo.

— Vossa Majestade me dirá quem deve estar presente.

— Farei uma lista… Mas falemos dos embaixadores: o que querem?

— Aliados à Espanha, não ganham coisa alguma; aliados à França, perdem muito.

— Como assim?

— Aliada à Espanha, a Holanda se sente protegida pelas posses desse país[171] e não pode invadi-lo, como bem gostaria. De Antuérpia a Rotterdam é um pulo, atravessando os rios Escalda e Mosa. Se a Holanda quiser uma fatia do bolo espanhol, Vossa Majestade, como genro do rei da Espanha, pode em dois dias chegar a Bruxelas com sua cavalaria. Trata-se então, para os holandeses, de criar um clima ruim com a França e fazê-la desconfiar da Espanha para que possam agir mais à vontade.

— Seria mais simples então — respondeu o rei — estabelecer comigo uma sólida aliança, na qual eu ganharia alguma coisa e eles muito.

— Não, pois se acabassem fazendo fronteira direta com Vossa Majestade, ganhariam um vizinho menos cômodo. Jovem, ardente e belicoso, o rei da França pode atacá-los de forma mais dura, sobretudo se estiver mais próximo.

— Compreendo, o senhor explicou muito bem. Mas qual é a conclusão, por favor?

— Nunca falta sabedoria às decisões de Vossa Majestade.

— E o que esses embaixadores dirão?

— Vão mentir, confirmando querer muito uma aliança com Vossa Majestade. Aos espanhóis eles mentirão também, dizendo que as três potências devem se unir contra a prosperidade da Inglaterra. Carlos II, hoje, é o aliado natural de Vossa Majestade. A Inglaterra tem os navios que a França não tem e pode contrabalançar o poder dos holandeses na Índia. Além do que, tendo enfim voltado à monarquia, é na Inglaterra que Vossa Majestade conta com alianças de consanguinidade.

— Sim, mas então o que sugere?

---

171. Lembramos que, de 1554 a 1714, os atuais Luxemburgo e Bélgica, em sua maior parte, pertenciam à Coroa espanhola por direitos da dinastia Habsburgo.

— Sugiro, Sire, que com total moderação Vossa Majestade responda que a Holanda não se mostra perfeitamente bem-disposta com relação à França, que os sintomas do espírito público holandês parecem alarmantes e que, por exemplo, certos medalhões foram cunhados com dizeres injuriosos.

— Contra mim? — exaltou-se o jovem rei.

— Enganei-me, Sire, injuriosos não é a palavra adequada. Quis dizer exageradamente elogiosos aos batavos.

— Sendo assim — ele respirou aliviado —, a mim pouco importa o orgulho dos batavos.

— Vossa Majestade tem mil vezes razão. Mas em política, Vossa Majestade sabe melhor do que eu, alguma injustiça pode não ser um erro quando se obtém um ganho. Mostrando-se ofendida em sua suscetibilidade, Vossa Majestade parecerá ainda mais considerável aos batavos.

— E o que são esses medalhões? Pois se eu for falar deles, preciso saber o que dizer.

— Bom, não sei muito bem… uma divisa ufanista… O sentido é esse, as palavras contam muito pouco.

— Mencionarei apenas medalhas e eles que compreendam.

— Compreenderão. Vossa Majestade poderá também mencionar de passagem alguns panfletos em circulação.

— Isso nunca! Panfletos sujam mais quem os escreve do que as vítimas. Obrigado. Estamos conversados, sr. Colbert, pode ir.

— Sire!

— Até a recepção. Esteja lá.

— Aguardo ainda a lista de Vossa Majestade.

— É verdade.

O rei parecia alheio. De forma alguma pensava na tal lista. O relógio bateu onze e meia.

No seu rosto, era visível o combate tremendo entre o orgulho e o amor.

A conversa política havia, ao menos, melhorado sua irritação. As faces pálidas e desassossegadas de La Vallière falavam à sua imaginação linguagem bem mais atraente do que a de medalhas ou panfletos holandeses.

Por dez minutos, ele se perguntou se devia ou não procurá-la. Mas como Colbert havia respeitosamente insistido na lista, se envergonhou de pensar em amor no horário de trabalho.

Então ditou:

— Rainha-mãe… rainha… Madame… sra. de Motteville… sra. de Châtillon… sra. de Navailles. Entre os homens: Monsieur… sr. Príncipe… sr. de Grammont… sr. de Manicamp… sr. de Saint-Aignan… e os oficiais de serviço.

— E os ministros?

— Claro, assim como os secretários.

— Prepararei tudo. As ordens estarão nos aposentos de cada um amanhã.

— Na verdade, hoje — replicou com tristeza Luís.

Soava meia-noite.

Hora em que morria de tristeza e sofrimento a pobre La Vallière.

O rei se retirou. Havia uma hora a rainha o esperava.

Luís se dirigiu aos apartamentos de Maria Teresa com um suspiro, satisfeito com a própria coragem. Congratulava-se por ser firme no amor como na política.

167. Os embaixadores

D'Artagnan estava a par de mais ou menos tudo isso que acabamos de contar, pois se dava com todo o pessoal da casa, servidores prestativos que tinham orgulho de serem cordialmente cumprimentados pelo capitão dos mosqueteiros, esse personagem poderoso. Tinham orgulho também por alguém tão bravo os levar em consideração.

Não sendo onipresente, ele se informava, toda manhã, de tudo o que essas pessoas haviam visto ou sabido na véspera e, juntando isso ao que soubera por si mesmo, montava um conjunto de informações que depois ia sendo desmontado, na medida do necessário.

Com isso, os dois olhos de d'Artagnan cumpriam a mesma função que os cem de Argos.[172]

Segredos políticos, segredos de alcova, frases soltas ao acaso por cortesãos saindo da antecâmara: d'Artagnan de tudo sabia e a tudo trancava no vasto e impenetrável túmulo da sua memória, junto com segredos da realeza, dos quais tão arduamente havia participado e que tão fielmente guardava.

Soube então da sessão de trabalho com Colbert, do encontro matinal marcado com os embaixadores, soube que se falaria das tais medalhas e, reconstruindo a conversa a partir das poucas palavras que tinham chegado a seus ouvidos, foi ocupar o seu lugar nos apartamentos reais, para lá estar no momento do despertar.

Luís acordou bem cedo, o que significava que havia dormido mal. Por volta das sete da manhã, entreabriu sua porta.

D'Artagnan estava a postos.

O rei estava pálido e parecia cansado. Junte-se a isso que nem havia terminado sua toalete.

— Mande chamar Saint-Aignan — ele ordenou.

O favorito provavelmente esperava ser convocado cedo, pois estava todo vestido quando foram intimá-lo e imediatamente atendeu ao chamado.

Pouco depois os dois saíram, o rei à frente.

172. Na mitologia grega, gigante com cem olhos, criado pela deusa Hera para vigiar as infidelidades do marido, Zeus.

Da janela que dava para os pátios, d'Artagnan nem precisou mudar de lugar para segui-los com os olhos. Adivinhara aonde iam: o apartamento das damas de honra.

Não era de surpreender, pois mesmo que La Vallière nada tivesse dito, ele imaginava que Sua Majestade devia ter alguma culpa naquilo tudo.

Saint-Aignan o seguia como no dia anterior, mas um pouco menos preocupado, achando que às sete horas da manhã apenas ele próprio e o rei, entre os augustos moradores do palácio, estariam de pé.

Na sua janela, d'Artagnan se mantinha calmo e descontraído. Podia-se jurar que nada via e ignorava completamente os dois homens que atravessavam os pátios, protegidos em suas capas. No entanto, mesmo parecendo não acompanhá-los, não os perdia de vista e, assobiando uma velha marcha dos mosqueteiros, da qual só se lembrava nas grandes ocasiões, calculava e previa a tempestade de gritos raivosos que explodiria no caminho de volta.

De fato, ao entrar no apartamento de La Vallière, e descobrindo o quarto vazio, a cama intacta, o rei começou a se assustar e chamou Montalais.

Ela se apresentou e sua surpresa foi tão grande quanto a dele.

A dama de honra foi capaz apenas de dizer que teve a impressão de ouvir a colega chorar durante a noite, mas sabendo que Sua Majestade tinha vindo não se atrevera a ir averiguar o que acontecia.

— Mas aonde acha que pode ter ido?

— Sire, Louise é muito sentimental e frequentemente a vi se levantar antes do amanhecer e ir ao jardim — respondeu a jovem. — É uma possibilidade.

O rei achou provável e desceu para procurar a fugitiva.

D'Artagnan o viu ressurgir no pátio, pálido e agitado, falando com o favorito.

Dirigiram-se aos jardins.

Saint-Aignan o seguia, arfante.

O mosqueteiro não se afastava da janela, sem parar de assobiar, parecendo nada notar, mas vendo tudo.

— Pois... a paixão de Sua Majestade é maior do que imaginei — murmurou quando o rei saiu do seu campo de visão. — Está indo mais longe do que foi com a srta. de Mancini, tenho a impressão.

Luís XIV ressurgiu quinze minutos depois. Tinha procurado por todo lugar. Estava sem fôlego.

Nem é preciso dizer que não a havia encontrado.

Saint-Aignan o seguia de perto, se abanando com o chapéu e, com a voz alterada, perguntando a quem quer que passasse por perto se tinha visto a jovem.

Coincidiu de Manicamp estar por ali. Chegava de Fontainebleau, sem muita pressa: o que todos fizeram em seis horas, ele fez em vinte e quatro.

— Viu a srta. de La Vallière? — perguntou Saint-Aignan.

Em devaneios e distraído como sempre, Manicamp respondeu, achando ser sobre de Guiche a pergunta:

— Obrigado; o conde está um pouco melhor.

E continuou na direção da antecâmara do rei, onde encontrou d'Artagnan e perguntou por que o rei parecia tão atribulado.

O mosqueteiro disse que ele se equivocava, pois o rei estava jubiloso.

Soaram as oito horas.

Era, em geral, quando Sua Majestade fazia seu desjejum.

O código de etiqueta estabelecera que o rei sempre teria fome às oito horas. Deu ordens então para que o servissem numa pequena mesa do seu quarto de dormir e comeu rápido.

Saint-Aignan, que ele queria manter por perto, conservava à mão o guardanapo. Estavam previstas, em seguida, algumas audiências militares.

Preso a esses compromissos, Luís mandou que o favorito continuasse as buscas por La Vallière.

Ocupado, ansioso e na expectativa do retorno de Saint-Aignan, que pusera todo o seu pessoal na inquirição e se aplicava pessoalmente, o rei ouviu soarem as nove horas.

Passou então ao gabinete.

Os representantes estrangeiros entraram à primeira batida do relógio.

Na última, as rainhas e Madame.

Os diplomatas eram cinco: três da Holanda e dois da Espanha.

O rei os mediu de cima a baixo e os cumprimentou.

Nesse momento, também Saint-Aignan entrou.

Para Luís, era uma entrada bem mais interessante que a dos embaixadores, por mais numerosos que fossem e pouco importando o país que representassem.

De forma que, antes de mais nada, ele fez um sinal interrogativo ao cortesão, que respondeu com inequívoca negação.

Era desanimador, mas como as rainhas e os embaixadores tinham os olhos fixos nele, fazendo um violento esforço o rei pediu que falassem.

Um dos representantes espanhóis fez um longo discurso, realçando as vantagens da aliança espanhola.

O rei o interrompeu:

— O que for bom para a França, cavalheiro, imagino que seja muito bom para a Espanha.

A frase, e sobretudo o tom peremptório com que foi dita, fez ficar lívido o embaixador e vermelhas as duas rainhas, que, ambas espanholas, se sentiram ofendidas em seus brios de parentesco e nacionalidade.

Um dos holandeses tomou então a palavra, queixando-se das prevenções que Luís XIV demonstrava contra o governo do seu país.

Foi também interrompido.

— Cavalheiro — disse o francês —, é estranho que se queixe, enquanto eu é que tenho do que me queixar. No entanto, não é o que faço.

— Queixar-se, Sire? E de qual ofensa? — perguntou o diplomata.

O rei sorriu com amargor e continuou:

— Por acaso estaria errado em ter prevenções contra um governo que autoriza e protege difamações públicas?

— Sire!…

— O que estou dizendo — insistiu o rei, na verdade irritado sobretudo por seus assuntos particulares — é que, para além da questão política, a Holanda é terra de asilo para quem me odeia e quer me insultar.

— Mas Sire!…

— Quer provas? Podem facilmente ser apresentadas. Onde nascem os panfletos insolentes que me representam como monarca sem glória e sem autoridade? As máquinas impressoras holandesas gemem de tanto trabalhar. Se meus secretários estivessem aqui, eu poderia citar os títulos e os responsáveis.

— Sire, um panfleto não é de autoria da nação — respondeu o embaixador. — Seria justo um grande rei, como Vossa Majestade, tornar um grande povo responsável pelo crime de alguns loucos furiosos que morrem de fome?

— O argumento pode até se sustentar, mas quando a própria administração holandesa cunha medalhas infamantes contra mim, seria também crime de alguns loucos furiosos?

— Medalhas? — gaguejou o embaixador.

— Medalhas — confirmou o rei, olhando para Colbert.

— Vossa Majestade precisaria estar bem segura… — ensaiou o holandês.

Luís XIV olhou de novo para Colbert, que parecia não entender e continuava calado, apesar da insistência do rei.

D'Artagnan então se aproximou, tirou do bolso algo como uma moeda e a entregou, dizendo:

— É a medalha a que Vossa Majestade se refere.

O rei a olhou.

Pôde então ver, com aquele olho que apenas planava sobre as coisas desde que passara a reinar, pôde ver, dizíamos, uma imagem insolente, representando a Holanda, que, como Josué,[173] interrompia o curso do sol. Embaixo, lia-se a legenda em latim: *In conspectu meo, stetit sol.*

— "Diante de mim, o sol parou"! — traduziu o rei, furioso. — Não vai negar, espero.

---

173. Josué, que sucedeu a Moisés na liderança do povo israelita entre o Egito e a Terra Prometida, conseguiu fazer o sol parar por um dia inteiro para que os israelitas pudessem massacrar um povo inimigo (Josué, Antigo Testamento, 10,12-3).

— E o sol está aqui — lembrou d'Artagnan, mostrando o símbolo estampado por todo lugar no gabinete, emblema multiplicado e resplendente, ostentando sua formidável divisa: *Nec pluribus impar*.[174]

A ira de Luís, alimentada pelas pontadas da dor particular, nem precisaria desse complemento para tudo devorar. Via-se na sua expressão o fogo de uma viva revolta, pronta para explodir.

Um olhar de Colbert desencadeou a tempestade.

O embaixador arriscou uma desculpa.

Disse que a vaidade dos povos não gerava consequências: a Holanda se orgulhava de ter, com tão escassos recursos, sustentado uma posição entre as grandes nações, mesmo contra grandes reis, e se porventura uma bruma houvesse ligeiramente embriagado seus compatriotas ele pedia que o rei desculpasse tal embriaguez.

Luís XIV pareceu procurar conselho. Olhou para Colbert, que se mantinha impassível.

Depois para d'Artagnan.

D'Artagnan balançou os ombros.

Esse movimento foi como uma comporta que se abrisse para o despejar da cólera real, por tempo demais contida.

Como ninguém sabia até onde essa cólera podia ir, todos guardaram um prudente silêncio.

O segundo embaixador aproveitou para também apresentar suas desculpas.

Enquanto ele falava e o rei, caindo aos poucos num devaneio particular, como alguém que distraidamente ouve o murmúrio de uma cachoeira, se esforçava para não perder o fio da meada, d'Artagnan se aproximou de Saint-Aignan, à sua esquerda, e disse, com voz perfeitamente calculada para que chegasse ao rei:

— Sabe da novidade, conde?

— Qual novidade? — ele perguntou.

— Sobre La Vallière.

O rei teve um tremor e involuntariamente deu um passo, aproximando-se dos dois.

— O que houve com ela? — reagiu Saint-Aignan, num tom fácil de imaginar.

— Pobre criança... abraçou a religião.

— A religião? — exclamou Saint-Aignan.

— A religião? — exclamou o rei, em plena fala do embaixador.

Em seguida, pressionado pela etiqueta, ele se controlou, mas atento à conversa paralela.

— Qual ordem? — perguntava Saint-Aignan.

174. Em latim: "A nenhum outro igual".

— As carmelitas de Chaillot.

— Mas como sabe disso?

— Pela própria.

— Esteve com ela?

— Eu que a levei às carmelitas.

O rei não perdia uma palavra da conversa. Fervia por dentro e começava a ficar vermelho.

— Mas por que ela fez isso? — continuava Saint-Aignan.

— A pobrezinha, ontem, foi expulsa da corte.

Assim que d'Artagnan deu essa explicação, o rei fez um gesto impositivo na direção do embaixador e disse:

— Basta, cavalheiro, já basta!

Depois, imediatamente se voltou para o capitão e perguntou:

— Quem disse que La Vallière se retirou num convento?

— D'Artagnan — respondeu o favorito.

— E é verdade o que está dizendo? — perguntou ao mosqueteiro.

— A mais pura verdade.

O rei fechou o punho, pálido.

— Mas o senhor disse algo mais — ele interrogou d'Artagnan.

— Disse, Sire?

— Que a srta. de La Vallière foi expulsa da corte.

— Ah, disse sim.

— Também isso é verdade?

— Vossa Majestade pode se informar.

— Com quem?

D'Artagnan fez um gesto, mostrando que não diria.

O rei deu um pulo, esquecendo-se de embaixadores, ministros, cortesãos e políticos.

Ana da Áustria se levantou. Havia ouvido tudo, e o que não ouviu pôde deduzir.

Madame, perdendo as forças de tanta raiva, mas também de medo, tentou igualmente se levantar, mas desabou de volta na poltrona, que correu para trás.

— Cavalheiros — disse o rei aos embaixadores —, a audiência está encerrada. Transmitirei minha resposta, ou melhor, minha vontade, à Espanha e à Holanda.

Com um gesto cheio de autoridade, ele os dispensou.

— Preste atenção, filho — advertiu a rainha-mãe, indignada —; preste atenção. Parece não estar no controle de si mesmo.

— Ah! — rugiu o jovem leão, com um gesto assustador. — Caso não esteja, estarei, posso garantir, e contra todos que me ultrajam. Acompanhe-me, sr. d'Artagnan. Venha comigo.

E deixou a sala, diante da estupefação e do pavor geral.

Desceu a escada e já ia atravessar o pátio quando d'Artagnan avisou:

— Sire, Vossa Majestade está tomando o caminho errado.

— Não, estou indo à estrebaria.

— Não é necessário, Sire, tenho cavalos já preparados.

O rei apenas olhou para ele, mas um olhar que prometia três vezes mais do que o mosqueteiro pudesse esperar.

168. Chaillot

Mesmo sem serem chamados, Manicamp e Malicorne tinham seguido o rei e d'Artagnan.

Eram ambos bem inteligentes, com a diferença de que Malicorne, dada a ambição, muitas vezes se apresentava cedo demais, e Manicamp, dada a preguiça, tarde demais.

Ali, no entanto, estavam na hora certa.

Com cinco cavalos preparados.

Dois para o rei e d'Artagnan, dois para Manicamp e Malicorne. Um pajem do estábulo os seguia no quinto e todos partiram a galope.

D'Artagnan é que havia escolhido os cavalos, perfeitos para apaixonados em crise: eles não corriam, voavam.

Com dez minutos de cavalgada — que mais parecia um turbilhão de poeira —, chegaram a Chaillot.

O rei literalmente pulou da sela, mas, por mais rápido que fosse, d'Artagnan já segurava para ele as rédeas.

Luís agradeceu com um gesto e deixou os animais com o pajem.

Lançou-se vestíbulo adentro e, empurrando a porta com violência, entrou no parlatório.

Manicamp, Malicorne e o pajem haviam ficado do lado de fora; apenas d'Artagnan seguiu Sua Majestade.

Assim que entrou no parlatório, a primeira coisa que viu foi Louise, não de joelhos, mas deitada aos pés de um grande crucifixo de pedra.

Mal se podia discerni-la estendida no piso úmido, na escuridão daquela sala que só recebia a luz do dia por uma estreita janela gradeada e quase toda obstruída por plantas trepadeiras.

Estava só, inanimada, fria como a laje sobre a qual jazia seu corpo.

O rei achou que estava morta. Soltou um urro pavoroso, que fez d'Artagnan se aproximar correndo.

Luís já havia passado o braço em volta do corpo e o mosqueteiro o ajudou a erguer a pobre criatura, aparentemente entregue à prostração da morte.

Estreitando-a mais, ele procurava aquecê-la com beijos nas mãos e nas têmporas geladas.

D'Artagnan se dependurou na corda que acionava o sino da torre.

As irmãs carmelitas então acorreram.

As santas criaturas gritavam escandalizadas, vendo os dois homens com a jovem nos braços.

Também a madre superiora apareceu.

Mais experiente até do que uma cortesã, apesar da austeridade, ela imediatamente viu se tratar do rei, pelo respeito que inspirava e pela segurança com que punha de cabeça para baixo a comunidade religiosa.

E, ao reconhecê-lo, preferiu se retirar, para não comprometer sua dignidade. Mas enviou pelas irmãs todo tipo de elixires de que dispunha: essências de alecrim, de erva-cidreira etc. etc., dando ordem também para que as portas fossem fechadas.

Bem a tempo, pois a aflição do rei era desesperada e nada discreta.

Ele estava já decidido a mandar buscar o seu médico quando La Vallière recobrou os sentidos.

Abrindo os olhos, a primeira coisa que viu foi o rei a seus pés. Provavelmente não o reconheceu, pois apenas deixou escapar um dolente suspiro.

Viu somente alguém que a olhava, com ansiedade.

Seus olhos errantes afinal se fixaram e, reconhecendo o rei, ela fez um esforço para se soltar dos seus braços, murmurando:

— Mas como? Não terminou ainda o sacrifício?

— Não, não! — exclamou o rei. — Aquilo não continuará, posso garantir.

Mesmo sem forças e alquebrada, ela procurou se endireitar e disse:

— É preciso, é preciso, não me impeçam.

— Como vou deixá-la se sacrificar? Eu? Nunca, nunca!

— Bom, é melhor que eu saia — murmurou d'Artagnan. — Já que vão começar a falar, quanto menos ouvidos por perto, melhor.

Ele saiu e os dois enamorados ficaram a sós.

— Sire, por favor, nenhuma palavra mais — continuou La Vallière. — Não destruí o futuro e a salvação que me restam como também os vossos próprios futuro e glória apenas por um capricho.

— Um capricho?! — revoltou-se o rei.

— Posso agora ver com clareza vosso coração.

— Vê, Louise?

— Sim, vejo!

— Explique-se.

— Um arroubo louco e descomedido pode parecer motivo suficiente, mas é passageiro, e Vossa Majestade tem deveres incompatíveis com esse amor. Esquecei-me.

— Esquecê-la?

— É preciso.

— Prefiro morrer!

— Não podeis amar a quem tão cruelmente fez desejar a morte, esta última noite.

— O que está dizendo? Por favor, explique.

— Ontem de manhã Vossa Majestade não pediu meu amor? E o que prometeu em troca? Em caso de desentendimento, qualquer que fosse, nunca deixar de propor reconciliação antes da meia-noite do mesmo dia.

— Perdoe-me, Louise, perdoe-me. O ciúme me enlouqueceu.

— Sire, o ciúme é como erva daninha e renasce como o joio quando é cortado. Ele voltará e será o meu fim. Tende piedade e deixai que eu morra.

— Mais uma palavra como essa e morrerei eu a seus pés.

— Não, Sire, tenho agora mais consciência do que sou e não vale a pena vos pordes em risco por uma pobre coitada que todos desprezam.

— Quem são essas pessoas? Por favor, diga.

— Não me queixo de ninguém, Sire. Sou a única culpada. Vir aqui falar comigo já significou um risco imenso.

— Está me levando ao desespero, Louise, tome cuidado!

— Imploro, Sire, deixai-me com Deus.

— Mesmo de Deus posso arrancá-la!

— Arrancai-me antes dos inimigos ferozes que agem contra a minha vida e a minha honra — exclamou a pobre criança. — Se sois forte o bastante para poder amar, tereis que defender esta que dizeis amar e é insultada, vilipendiada e expulsa.

A inofensiva jovem, forçada pela dor a acusar, aos soluços contorcia as mãos.

— Expulsa? É a segunda vez que ouço essa palavra.

— Ignominiosamente, Sire. Não tenho proteção além de Deus, consolo além da oração, asilo além do claustro.

— Terá meu palácio e minha corte. Não se preocupe, Louise; aqueles, ou melhor, aquelas que ontem a expulsaram tremerão amanhã ao vê-la. Amanhã? Foi o que eu disse? Esta manhã mesmo já rosnei, ameacei. Posso lançar o raio que até agora evitei lançar. Louise, Louise! A afronta que sofreu será reparada da forma mais terrível. Lágrimas de sangue compensarão suas lágrimas. Basta que aponte seus inimigos.

— Nunca farei isso, nunca!

— Como então posso ir contra eles?

— Sire, Vossa Majestade recuaria ao saber contra quem teria que ir.

— Então não me conhece, Louise. Em vez de recuar, posso incendiar o reino e amaldiçoar minha família. Iria contra meu próprio braço, se meu braço fosse covarde a ponto de não destruir quem se mostrar inimigo da mais doce das criaturas.

E desferiu um violento soco na divisória de carvalho, que respondeu com um lúgubre murmúrio.

La Vallière se assustou. A cólera daquele todo-poderoso jovem tinha algo de imponente e sinistro; como a tempestade, podia ser mortal.

— Sire, pela última vez, deixai-me, imploro. A tranquilidade deste santo retiro já me fortaleceu, sinto-me mais calma nas mãos de Deus. É uma proteção diante da qual se desfazem todas as pequenas maldades humanas. Insisto, Sire, deixai-me com Deus.

— Seja franca e reconheça então que nunca me amou, que minha humildade e demonstração de arrependimento alegram o seu orgulho e que minha dor não a aflige. Diga que o rei da França deixou de ser alguém cujo carinho podia torná-la feliz e não passa de um déspota que partiu até a última fibra de sensibilidade do seu coração. Não diga que busca Deus quando apenas foge do rei. Deus não é cúmplice de decisões inflexíveis. Ele admite a penitência e o remorso, perdoa e quer que as pessoas se amem.

Louise se afligia ouvindo tais palavras, que pareciam ardentemente percorrer as profundezas das suas veias, e disse:

— Não me fiz entender.

— Em quê?

— Fui expulsa, humilhada, desprezada...

— Será a mais respeitada, adorada e invejada pessoa da corte.

— Que Vossa Majestade prove ainda me amar.

— Como?

— Deixando-me.

— Provarei, porém já não será deixando-a.

— Como posso aceitar? Deixar que se declare guerra na família real, fazer o rei se afastar da mãe, da esposa e da irmã?

— Ah, finalmente disse! Foram elas então que causaram o mal? Por Deus onipotente, eu as punirei!

— Mas é por isso que o amanhã me apavora, por isso abandonei tudo, e por isso não quero ser vingada. Basta de lágrimas, de dores e de queixas. Não, jamais causarei queixas, dores e lágrimas a pessoa alguma. Já chorei, solucei e sofri demais!

— E minhas próprias lágrimas, dores e queixas, não contam?

— Por favor, Sire, em nome de Deus! Preciso de toda a coragem para o sacrifício que faço.

— Louise, Louise, imploro! Disponha, ordene, vingue-se ou perdoe, mas não me abandone!

— Sinto, Sire, mas é preciso nos separarmos.

— Então não me ama?

— Deus sabe o quanto!

— Mentira, mentira!

— Ah, se assim fosse, Sire, eu deixaria tudo continuar, permitiria a vingança e aceitaria, em troca do insulto, o doce triunfo da satisfação! Mas sequer almejo a carinhosa compensação desse amor, que é mais importante para mim do que a vida, pois preferi a morte, achando não ser mais amada.

— Sim, agora sei, sei que amo a mais santa, a mais venerável das mulheres. Ninguém é tão digno, não só do meu amor e do meu respeito, mas do amor e do respeito de todos. Por isso mulher alguma será tão amada, Louise! Nenhuma terá tanto poder sobre mim. Sim, posso jurar; neste momento, se o mundo se interpusesse entre nós, eu o espatifaria como se fosse de vidro. Se quiser que eu me acalme, que perdoe, farei isso. Quer reinar com doçura e clemência? Serei clemente e doce. Decida o meu comportamento e seguirei o que decidir.

— Meu Deus! Mas o que sou, na minha insignificância, para decidir o que quer que seja para o grande rei que sois?

— É minha vida, minha alma! Não é a alma que rege o corpo?

— Oh! Será mesmo verdade que meu querido Sire me ama?

— De joelhos, de mãos juntas e com todo o fervor que Deus me deu. Sorrindo eu daria a vida, se me pedisse!

— Então é verdade, me ama?

— Sim, sim…

— Não tenho mais o que desejar no mundo… Dai-me a mão, Sire, e digamos adeus! Já obtive toda a felicidade que podia esperar na vida.

— Não, não diga que começa outra vida! Sua felicidade não está no ontem, está no hoje, no amanhã, na eternidade! É seu o futuro! É seu tudo o que tenho! Basta dessas ideias de separação, dessas sombrias desesperanças: o amor é a nossa divindade, é a necessidade das nossas almas. Você viverá para mim, como eu para você.

Prosternando-se, ele beijou os joelhos da amada em inexprimíveis enleios de alegria e gratidão.

— Ai, Sire! Sire! Tudo isso é sonho.

— Por quê?

— Não posso voltar à corte e, exilada, como nos vermos? Mais razoável é aceitar o claustro e nele enterrar os últimos ímpetos do coração e essa última confissão, mas tendo o conforto do amor.

— Exilada? E quem, além de mim, pode exilar?

— Ah, Sire! Há algo acima dos reis: o mundo e a opinião pública. Não podeis amar a quem vossa mãe acusou e vossa irmã maculou com uma grave penalidade. Tal pessoa é indigna.

— Indigna? Quem a mim pertence?

— Exato, é indigna de vos pertencer.

— Tem toda a razão, Louise, e toda a civilidade. A solução é simples: não será exilada.

— Se tivésseis ouvido Madame…

— Falarei com minha mãe.

— Se a tivésseis visto…

— Também? Pobre Louise! Todos estavam contra?

— Sim, a pobre Louise já vergava sob o vendaval quando recebeu o golpe final.

— Precisa me desculpar.

— Nenhuma das duas cederá, tenho certeza. E o mal não tem remédio, pois não aceitarei violência nem solução autoritária.

— Pois então, Louise, para mostrar meu amor, falarei com Madame.

— Sire!

— Farei com que revogue a sentença; será forçada.

— Forçada? Não, não quero!

— É verdade: eu a dobrarei.

Louise balançou a cabeça.

— Suplicarei, se necessário. Acreditará assim em meu amor?

Louise ergueu a cabeça.

— Não por mim, nunca vos humilheis. Prefiro morrer.

Luís pensou. Sua expressão ficou sombria e ele afinal disse:

— Vou amá-la tanto quanto me amou. Sofrerei tanto quanto sofreu. Será minha expiação por tudo que passou. Vamos, deixemos de lado tão mesquinhas considerações. Sejamos grandes como nossa dor e fortes como nosso amor!

Ele a abraçou, dizendo ainda:

— Meu único bem, minha vida! Vamos, venha comigo.

La Vallière fez uma última tentativa, nela concentrando não mais a vontade, que já fora vencida, mas todas as suas forças.

— Não, eu morreria de vergonha! — ela replicou, sem muita convicção.

— Voltará como rainha. Ninguém sabe da sua fuga… apenas d'Artagnan…

— Ele então me traiu? Ele também?

— Como assim?

— Tinha jurado…

— Jurei nada dizer ao rei — adiantou-se d'Artagnan, passando a cabeça pela porta entreaberta — e mantive a palavra. Contei a Saint-Aignan; nada posso fazer se o rei ouviu, não foi isso, Sire?

— É verdade. Deve perdoá-lo — concordou o rei.

La Vallière sorriu e estendeu ao mosqueteiro sua frágil e branca mão.

— Sr. d'Artagnan — pediu o rei, muito contente —, mande buscar um carro para a senhorita.

— O carro já a espera lá fora, Sire.

— Realmente, é o exemplo do bom servidor! — exclamou o rei.

— Levou tempo para perceber — disse baixinho d'Artagnan, porém cheio de orgulho com o elogio.

La Vallière capitulava. Depois de mais algumas hesitações, titubeante, deu o braço a seu rei apaixonado.

Já deixando o parlatório, no momento em que atravessavam a porta, ela o soltou e correu ao crucifixo de pedra. Beijou-o e murmurou:

— Meu Deus, me chamastes e me haveis devolvido ao mundo. Mas vossa graça é infinita. Quando eu voltar, esquecei que agora estou me afastando, pois quando eu voltar não vos deixarei mais.

O rei deixou escapar uma lágrima.

D'Artagnan enxugou os olhos, que se umedeciam.

Luís ajudou a jovem a subir no carro, dizendo a d'Artagnan que a acompanhasse.

Ele próprio montou a cavalo e voou ao Palais Royal, onde, assim que chegou, mandou avisar Madame que solicitava uma rápida audiência.

169. Com Madame

Pela maneira como o rei havia deixado os embaixadores, mesmo os menos clarividentes podiam prever uma guerra.

Sobretudo os holandeses, pouco familiarizados com os acontecimentos internos, haviam interpretado da pior maneira aquela frase: "Caso não esteja no controle, posso garantir que estarei, sobre todos que me ultrajam".

Felizmente para os destinos da França e da Holanda, Colbert fora atrás deles, procurando explicá-la, mas as rainhas e Madame, conhecendo perfeitamente tudo o que se passava no palácio, ao ouvirem a mesma frase ameaçadora se retiraram, bastante temerosas.

Madame, principalmente, pressentia contra si o peso maior da cólera real. Como era corajosa e cheia de brio, em vez de se manter por perto da rainha-mãe em busca de apoio, retirou-se para seus apartamentos. Na verdade, tudo aquilo a preocupava, mas não tinha a menor intenção de evitar o combate.

Ana da Áustria, por sua vez, enviava esporádicos mensageiros para saber se o rei havia voltado.

O silêncio que se fazia no castelo sobre aquele caso, além do desaparecimento de Louise, induzia a maus presságios todos aqueles que conheciam o temperamento orgulhoso e irritadiço do rei.

Madame, no entanto, se mantinha firme contra todo esse rumor. Fechou-se em seus aposentos, chamou Montalais e, sem demonstrar qualquer emoção, pediu que contasse o que se dizia no palácio. No momento em que Montalais concluía, com sua conhecida eloquência e muita precaução oratória, recomendando a Madame uma tolerância reciprocamente proveitosa, Malicorne apareceu, solicitando, em nome do rei, audiência à princesa.

O digno amigo de Montalais mostrava no rosto sinais da mais viva comoção. Que não nos enganemos: o encontro requerido seria um dos pontos mais interessantes desta história dos sentimentos dos reis e dos homens.

Madame se sentiu perturbada com a iniciativa do cunhado. Não o esperava tão rápido e, sobretudo, não esperava algo tão direto.

Mulheres que se mostram muito capazes de travar indiretamente uma guerra são sempre menos hábeis e menos fortes quando se trata de aceitar a batalha de frente.

Henriqueta, como já dissemos, não era dessas que recuam; tinha o defeito inverso, ou a qualidade…

Exagerava na intrepidez, e a solicitação do rei, trazida por Malicorne, causou o efeito que causa o clarim ao soar o início das hostilidades. E ela orgulhosamente as aceitou.

Cinco minutos depois, o rei subia a escada.

Estava vermelho do galope a cavalo. As roupas empoeiradas e em desordem contrastavam com as frescas e bem ajustadas de Madame, que por sua vez empalideceu sob o ruge das faces.

Sem qualquer preâmbulo, Luís se sentou. Montalais rapidamente desapareceu.

Madame se sentou diante dele.

— Minha irmã está sabendo que a srta. de La Vallière fugiu do palácio esta manhã e foi esconder sua dor, seu desespero, num claustro?

A voz do rei parecia estranhamente comovida.

— Apenas agora, por Vossa Majestade.

— Achei que teria sabido mais cedo, durante a recepção aos embaixadores.

— Por vossa atitude, Sire, imaginei algum acontecimento extraordinário, mas sem saber qual.

O rei era franco e foi direto ao assunto:

— Minha irmã, por que mandou embora a srta. de La Vallière?

— Por não estar satisfeita com seu serviço — ela respondeu, ríspida.

Luís ficou mais vermelho ainda e nos seus olhos brilhou uma chama, que foi difícil para Madame sustentar.

Mas ele se conteve e continuou:

— Seria preciso um motivo bastante forte, minha irmã, para que uma boa pessoa como a senhora expulsasse e desonrasse não só a srta. de La Vallière, mas toda a sua família. Perfeitamente sabe que a cidade acompanha de perto o comportamento da corte. Mandar embora uma dama de honra significa atribuir-lhe um crime ou, no mínimo, um erro muito grave. Que crime ou erro foi esse?

— Uma vez que Vossa Majestade se coloca como seu protetor — replicou friamente Madame —, darei explicações que poderia, por direito, não dar a pessoa alguma.

— Nem ao rei? — indignou-se Luís.

— Vossa Majestade me chamou sua irmã e estou em meus aposentos.

— Pouco importa! — disse o jovem monarca, censurando-se pela irritação demonstrada. — Mesmo assim, ninguém neste reino tem o direito de não dar explicações ao rei.

— Nesse caso — devolveu Madame, também com contida raiva —, me inclino diante de Vossa Majestade e me mantenho calada.

— Por favor, sem dubiedades.

— A proteção de Vossa Majestade à srta. de La Vallière impõe respeito.

— Sem dubiedades, insisto. Sabe muito bem que, enquanto chefe da nobreza, devo contas a todos quanto à honradez das famílias na França. Expulsando a srta. de La Vallière ou qualquer outra...

Movimento de ombros de Madame.

— Ou qualquer outra, repito, está desonrando essa pessoa. Então peço explicações, para confirmar ou repudiar a sentença.

— Repudiar minha sentença? — reagiu Madame, com altivez. — Como? Afasto da minha casa uma serviçal e sou questionada?

O rei se calou.

— Nem podemos falar de abuso de poder, Sire, mas de inconveniência de Vossa Majestade.

— Senhora!

— Sim, como mulher eu me revoltaria contra um abuso que extrapola toda hierarquia. Deixaria de ser uma princesa do vosso próprio sangue, filha de rei, me sentindo a última das criaturas, mais humilde que a serviçal que mandei embora.

O rei não aguentou:

— Não é um coração que bate em seu peito. Se agir comigo assim, a resposta será igual.

Numa batalha, uma bala perdida pode às vezes ser mortal. A ameaça, feita sem maiores intenções, causou efeito e momentaneamente abalou Madame: num dia ou noutro, haveria represálias.

— Mas o que, afinal, quer Vossa Majestade?

— Pergunto o que a srta. de La Vallière fez contra a senhora.

— É a mais ardilosa articuladora de intrigas que conheço. Provocou um duelo entre dois amigos, fez com que se fale dela em termos tão vergonhosos que a corte inteira se assusta só de ouvir-lhe o nome.

— Ela? — espantou-se o rei. — Ela?

— Sob aquela aparência doce e hipócrita se escondem malícia e crueldade.

— Ela?

— Conheço-a melhor do que Vossa Majestade e a mim ela não engana: é capaz de levar à guerra os mais próximos parentes, os mais íntimos amigos. Por exemplo, já semeia a discórdia entre nós.

— Protesto...

— Basta ver: vivíamos em bom entendimento e ela, com suas atitudes e queixas capciosas, indispôs Vossa Majestade contra mim.

— Juro que nunca palavra amarga alguma saiu dos seus lábios; juro que, mesmo diante das minhas irritações, ela jamais me deixou ameaçar alguém; juro que a senhora não tem amiga mais dedicada e respeitosa.

— Amiga? — sorriu Madame, com supremo desprezo.

— Muito cuidado, senhora. Sei que entendeu e, a partir deste momento, tudo está em pé de igualdade. A srta. de La Vallière será o que eu quiser e amanhã, se me aprouver, se sentará num trono.

— Mas nele não nasceu. Vossa Majestade pode impor coisas futuras, mas nada pode com relação ao passado.

— Estou mantendo complacência e civilidade; não me faça lembrar que posso ditar ordens.

— É a segunda vez que repetis e já tive a honra de dizer que me inclino.

— Pode então concordar com a volta da srta. de La Vallière à sua casa?

— Para quê, Sire, se ela pode ter um trono? Sou muito pouco para proteger semelhante potência.

— Chega de tiradas maldosas e soberbas. Conceda seu indulto.

— Nunca!

— Serei levado à guerra em minha própria família?

— Também tenho uma família, na qual posso me refugiar.

— É uma ameaça? Esquece-se do que representa? Acha mesmo que se levar a tal ponto a ofensa seus parentes a apoiarão?

— Espero, Sire, não ser forçada a nada indigno da minha posição.

— Imaginei que se lembrasse da nossa amizade, que me tratasse como irmão.

— Evitar que Vossa Majestade cometa uma injustiça não significa ignorar nossa fraternidade.

— Uma injustiça?

— Ah, Sire, se eu contasse a todo mundo como La Vallière se comportou, se as rainhas soubessem…

— Vamos, Henriqueta, deixe seu coração se expressar, lembre-se de que me amou, lembre-se de que o coração dos seres humanos deve ser tão misericordioso quanto o do supremo soberano. Não se mostre inflexível, perdoe La Vallière.

— Não posso, ela me ofendeu.

— Mas e eu, e eu?

— Eu tudo faria no mundo por Vossa Majestade, exceto isso.

— Vamos, está me levando ao desespero… a esse último recurso dos fracos. Vai me forçar à cólera, ao escândalo?

— Quero vos forçar apenas à sensatez, Sire.

— À sensatez? Perdi toda a sensatez.

— Sire, por favor!

— Piedade, minha irmã! É a primeira vez que suplico. Minha irmã é minha última esperança.

— Sire, estais chorando?

— De raiva, sim, de humilhação. Ser obrigado a me rebaixar a súplicas, eu! O rei! Pelo resto da vida, detestarei este momento. Em um segundo minha irmã me fez passar por males pelos quais não previ passar nem nos mais duros instantes desta vida.

Pondo-se de pé, Luís XIV deu livre curso às lágrimas que, efetivamente, eram de raiva e vergonha.

Madame ficou não sensibilizada, pois nem as melhores mulheres têm piedade quando ameaçadas em seu orgulho, mas receou que aquelas lágrimas trouxessem consigo tudo o que havia de humano no coração do rei, então disse:

— Ordenai, Sire. Uma vez que preferis minha humilhação à vossa, mesmo sendo a minha pública, enquanto a vossa tem apenas a mim como testemunha, ordenai e obedecerei ao rei.

— Não, Henriqueta! — exclamou Luís, arrebatado pela gratidão. — Estará cedendo a seu irmão!

— Não tenho mais irmão, visto que estou sendo obrigada à obediência.

— Quer todo o meu reino como prova de reconhecimento?

— Como Vossa Majestade ama quando ama!

Ele não respondeu. Havia tomado a mão de Madame e a cobria de beijos.

— Então receberá de volta essa pobre moça, perdoará, reconhecerá sua doçura e retidão?

— Eu a aceitarei de volta em minha casa.

— É preciso que devolva a ela sua amizade, querida irmã.

— Nunca houve.

— Mas por mim, Henriqueta, vai tratá-la bem, não vai?

— Farei isso. Vou tratá-la como pessoa ligada ao rei!

Ele se levantou. A última frase, tão funestamente pronunciada, tirava todo o mérito do sacrifício, fazendo o rei achar que nada mais devia a Madame.

Magoado, mortalmente atingido, ele respondeu:

— Obrigado, senhora, nunca esquecerei esse favor.

E com afetada cerimônia, se despediu.

Passando diante de um espelho, viu seus olhos vermelhos e se irritou.

Tarde demais: Malicorne e d'Artagnan, que estavam à porta, também haviam visto.

"O rei chorou", pensou Malicorne.

D'Artagnan se aproximou respeitosamente do rei e disse baixinho:

— Vossa Majestade deve pegar a escada secundária para ir a seus aposentos.

— Por quê?

— Porque a poeira do caminho deixou traços em vosso rosto. É melhor fazer isso, Sire.

E vendo o rei aceitar como um menino a sugestão, ele pensou: "Caramba! Pobres dos que fizerem chorar aquela que faz o rei chorar".

170. O lenço da srta. de La Vallière

Madame não chegava a ser má; era apenas impulsiva.

O rei não chegava a ser imprudente; apenas estava apaixonado.

Assim que fizeram aquela espécie de pacto que resultaria na volta de La Vallière, ambos procuraram melhorar sua própria situação na negociata.

O rei quis poder ver La Vallière a qualquer hora do dia.

Madame, percebendo o desconforto do rei desde aquela cena das súplicas, não queria entregar La Vallière sem combate.

Procurava então contrapor dificuldades.

De fato, para ter a presença de quem o interessava, ele era obrigado a ser agradável à cunhada. Disso vinha toda a política de Madame.

Tendo escolhido alguém para secundá-la — e esse alguém era Montalais —, toda vez que o rei vinha a seus apartamentos não tinha sossego e nunca o deixavam só. Com graça e espírito, Madame se esmerava nessas visitas, sempre sobressaindo.

Quando não era ela a fazer o cerco, era Montalais, que o rei logo passou a achar insuportável.

Era o que a própria Montalais esperava.

Ela encarregou então Malicorne de, assim que pudesse, comentar com o rei a situação infeliz de certa jovem da corte. Perguntado quem seria essa pessoa, ele informou se tratar da srta. de Montalais.

O rei declarou então ser ótimo que ela se sentisse assim, já que causava a infelicidade dos outros.

Malicorne explicou: a srta. de Montalais obedecia ordens.

Luís abriu os olhos. Notou que Madame, assim que ele aparecia, fazia o mesmo. Permanecia por ali até que ele fosse embora e o acompanhava à saída para que não pudesse falar na antecâmara com nenhuma das senhoritas.

Num fim de tarde, foi ainda mais longe.

Sentado entre as senhoras, Luís escondia na mão, sob o punho da camisa, um bilhete que queria fazer chegar a La Vallière.

Madame viu o bilhete, percebeu sua intenção, mas era difícil impedir que o rei se movesse livremente.

Era preciso, porém, evitar que se aproximasse de La Vallière, a cumprimentasse e deixasse o bilhete cair no seu colo, atrás do leque ou no lenço.

Ele também observava, atento, e pressentiu uma armadilha.

Levantou-se e, sem maiores afetações, empurrou a poltrona em que estava para perto da sra. de Châtillon, conversando afavelmente, e propôs uma partida de pequenos desafios em versos.

Da sra. de Châtillon ele foi a Montalais e depois à srta. de Tonnay-Charente.

Na sequência dessa manobra, ele acabou sentado diante de La Vallière, ocultando-a de Madame com o próprio corpo.

A princesa fingia estar ocupada, refazendo um motivo floral numa talagarça em que bordava.

O rei mostrou a La Vallière a ponta do bilhete e ela estendeu o lenço, como quem diz: "Ponha-o aqui".

Tendo antes deixado o seu próprio lenço em cima da poltrona, ele habilmente o deixou cair no chão e La Vallière aproveitou para pôr o dela no lugar do que havia caído.

O rei escondeu nele o bilhete.

Restava a Louise estender a mão e pegar seu lenço de volta, com o precioso conteúdo.

Só que Madame havia visto tudo e disse a Châtillon:

— Veja, amiga; por favor, pegue o lenço de Sua Majestade, que caiu.

O pedido foi imediatamente atendido e, com o movimento do rei e a confusão de La Vallière, ficou evidente o segundo lenço na poltrona.

— Ah, não notei — disse a sra. de Châtillon. — Vossa Majestade tem dois lenços.

O rei foi obrigado a pôr no bolso os dois lenços. Ganhou com isso uma lembrancinha de namorado, mas a namorada perdeu a quadrinha que custara dez horas ao rei e que talvez, quem sabe, valesse por todo um poema.

Donde a irritação de um e o desespero da outra.

Seria impossível descrevê-los.

Mas algo incrível aconteceu.

No momento em que o rei se retirava, Malicorne, prevenido não se sabe como, estava na antecâmara.

As antecâmaras do Palais Royal são em geral escuras, e as da ala de Madame, no final do dia, eram francamente mal iluminadas.

O rei gostava daquela penumbra. No amor, provavelmente pelo fato de o corpo e a alma chamejarem o tempo todo, não se apreciam luminosidades que não sejam as do corpo e da alma.

A antecâmara, então, estava bastante escura. Um único pajem carregava um archote à frente de Sua Majestade, que caminhava a passos lentos, tentando controlar a irritação.

Malicorne passou bem perto, quase esbarrando, e se desculpou com perfeita humildade. Foi rispidamente tratado e se retirou depressa, sem mais nada dizer.

Luís foi se deitar, depois de uma ligeira discussão com a rainha e, no dia seguinte, entrando em seu gabinete, quis ter nas mãos o lenço de La Vallière.

Chamou o camarista e pediu:

— Traga a roupa que usei ontem, mas tome cuidado para não mexer em nada que possa haver dentro.

Feito isso, ele pessoalmente procurou nos bolsos.

Encontrou apenas um lenço, o seu. O de La Vallière havia desaparecido.

Enquanto se perdia em conjecturas, recebeu uma mensagem, justo de Louise, que dizia:

> Quanta amabilidade, querido Sire, me enviar versos tão bonitos! Como tem o amor engenhoso e perseverante! Como não vos amar?

"O que isso quer dizer? Deve haver algum engano", pensou o rei, para em seguida continuar, dirigindo-se ao camarista:

— Procure bem um lenço que devia estar no meu bolso. Se não encontrar, se o tiver pegado...

Mas pensou melhor. Tornar um caso de Estado a perda de um lenço era abrir toda uma série de falatórios. Ele então explicou:

— Havia nesse lenço uma anotação importante que escondi nas dobras.

— Mas Sire, Vossa Majestade tinha apenas um lenço, este aqui.

— É verdade — replicou o rei, a contragosto. — Ó pobreza, como te invejo! Feliz o homem que tira do seu bolso, ele próprio, lenços e bilhetes.

Releu a carta de La Vallière, perguntando-se como era possível que a quadra tivesse chegado ao destinatário. Mas havia um postscriptum:

> Envio pelo mesmo mensageiro esta resposta tão pouco digna da vossa.

— Até que enfim saberei alguma coisa! — ele se alegrou, para em seguida perguntar: — Quem está aí, quem trouxe este bilhete?

— O sr. Malicorne — respondeu timidamente o camarista.

— Faça-o entrar.

Malicorne entrou.

— Está vindo do apartamento da srta. de La Vallière? — perguntou o rei, com um suspiro.

— Estou, Sire.

— E levou a ela algo da minha parte?

— Eu, Sire?

— Sim, o senhor.

— Não, Sire.

— Foi o que a srta. de La Vallière formalmente disse.

— Ela se enganou, Sire.

O rei franziu a testa.

— Que jogo é esse? Por que a srta. de La Vallière o diz meu mensageiro? O que levou a ela? Explique-se rápido.

— Sire, levei à srta. de La Vallière um lenço, nada mais.

— Um lenço? Qual lenço?

— Sire, no momento em que tive a infelicidade, ontem, de esbarrar contra a pessoa de Vossa Majestade, infelicidade que irei deplorar pelo resto da minha vida, visto o descontentamento que provoquei, fiquei, Sire, paralisado de desespero. Vossa Majestade já estava longe demais para ouvir minhas desculpas, mas foi quando percebi no chão alguma coisa branca.

— Ah! — começou a entender o rei.

— Abaixei-me e era um lenço. Por um momento achei que, esbarrando em Vossa Majestade, eu pudesse ter provocado a queda daquele lenço, mas olhando melhor, com todo o respeito, notei um relevo no tecido. Eram as iniciais bordadas da srta. de La Vallière. Imaginei que ela o tivesse deixado cair. Corri então para devolvê-lo e foi o que fiz; imploro que Vossa Majestade acredite.

Malicorne se mostrava tão ingenuamente compungido e humilde que o rei ficou deveras contente. Agradeceu por aquele acaso como se fosse um grande serviço prestado e acrescentou:

— É o segundo encontro feliz que tenho com o senhor. Peço que conte com a minha amizade.

Fato é que Malicorne havia pura e simplesmente roubado o lenço do bolso do rei com tanta fineza quanto poderia ter feito qualquer punguista da boa cidade de Paris.

Madame nunca soube dessa história, mas Montalais a deu a entender a La Vallière, que mais tarde contou ao rei. Sua Majestade achou muita graça e declarou Malicorne um grande político.

E tinha razão: todos sabemos que Luís XIV avaliava muito corretamente os homens.

171. Quando se fala de jardineiros, de escadas e de damas de honra

Infelizmente milagres podem nem sempre durar, enquanto o mau humor de Madame, sim.

Oito dias se passaram e o rei não podia minimamente dirigir sua atenção a La Vallière sem que um olhar desconfiado se interpusesse.

Quando propunha um passeio, não querendo que se repetisse a cena da chuva ou a do carvalho real, Madame se dizia indisposta. Com isso não saía e, não saindo, suas damas de honra também não.

Visitas noturnas, nem pensar.

Isso porque, desde os primeiros dias, o rei sofrera uma fragorosa derrota.

Como em Fontainebleau, ele havia chamado Saint-Aignan e pensado em ir visitar La Vallière. Mas lá encontrou apenas a srta. de Tonnay-Charente, que armou um escândalo, fazendo uma legião de camaristas, seguranças e pajens vir correndo. Saint-Aignan lá permaneceu para salvar a honra do rei, que havia escapado, e precisou aceitar uma severa repreensão da parte da rainha-mãe e de Madame.

Além disso, no dia seguinte, o pobre cortesão recebeu duas intimações da família Mortemart[175] para duelos.

Foi preciso que o rei interviesse.

A confusão viera do fato de Madame ter subitamente ordenado a mudança de alojamentos das senhoritas de honra, transferindo La Vallière e Montalais para seu gabinete pessoal.

Nada mais era possível, nem mesmo cartas, pois escrever sob as vistas de tão feroz Argos, com a instável afabilidade de Madame, era se expor aos maiores perigos.

Pode-se imaginar em que estado de contínua irritação e crescente cólera todas essas picadas punham o leão.

Ele sentia o sangue ferver, procurando meios e, não querendo se abrir com Malicorne nem com d'Artagnan, os meios não apareciam.

---

175. Da família do duque de Mortemart, Gabriel de Rochechouart (1600-75), príncipe de Tonnay-Charente e pai da dama de honra.

De um jeito ou de outro, o primeiro bem que tentou, heroicamente, levar o rei a uma confidência.

Fosse porém por vergonha ou por desconfiança, Sua Majestade às vezes até dava a impressão de morder a isca, mas logo afastava o anzol.

Por exemplo, certa noite em que o rei atravessava o jardim e olhava triste as janelas de Madame, Malicorne, que vinha atrás dele com Manicamp, tropeçou numa escada deixada sob uma bordadura de buxo e disse ao companheiro, que não havia tropeçado nem notado escada alguma:

— Não viu que acabo de tropeçar numa escada e quase caí?

— Não — respondeu o sempre distraído Manicamp. — Mas não caiu, não é?

— Mesmo assim! Não deixa de ser perigoso largar por aqui uma escada.

— Tem razão. Alguém pode se machucar, sobretudo alguém distraído.

— Não é isso. O perigo a que me refiro é essa escada ter sido deixada sob as janelas das damas de honra.

Um imperceptível arrepio percorreu Luís, um pouco à frente.

— O que quer dizer? — perguntou Manicamp.

— Fale mais alto — cochichou Malicorne, puxando o braço dele.

— O que quer dizer? — repetiu um pouco mais alto Manicamp.

O rei ficou atento.

— Veja só — continuou Malicorne —, é uma escada com mais de seis metros, que é a altura do parapeito das janelas.

Em vez de responder, Manicamp sonhava.

— Pergunte de quais janelas — insistiu baixinho Malicorne.

— Mas de quais janelas está falando? — perguntou em voz alta Manicamp.

— As janelas de Madame.

— Sim?

— Bom, não vou achar que alguém fosse se atrever a penetrar nos aposentos de Madame, mas no seu gabinete, separado por uma simples divisória, se recolhem as srtas. de La Vallière e de Montalais, que são bem agradáveis.

— Uma simples divisória? — perguntou Manicamp.

— Veja, uma forte luz brilha nos apartamentos de Madame; está vendo aquelas duas janelas?

— Estou.

— E a janela ao lado, com iluminação mais fraca?

— Perfeitamente.

— É a das damas de honra. Veja, com o calor que está fazendo, a srta. de La Vallière acaba justamente de abri-la. Ah! Um apaixonado mais ousado, sabendo dessa escada de seis metros, teria como chegar até ela, e quantas coisas não poderia dizer!

— Mas ela não está só, você disse. Não tem a srta. de Montalais?

— Não representa perigo, são amigas de infância, extremamente ligadas. É um verdadeiro poço onde podem ser jogados segredos que queremos proteger.

O rei nada perdia da conversa.

Malicorne notou inclusive que ele havia encurtado os passos para que a conversa pudesse terminar.

Ao chegarem à entrada, ele dispensou todo mundo, menos Malicorne.

Isso não surpreendeu, pois todos sabiam que estava apaixonado e possivelmente escreveria versos ao luar.

Embora não houvesse lua naquela noite, podia querer mesmo assim compor versos.

Todos se foram.

Luís então se virou para Malicorne, que respeitosamente aguardava.

— O que falou ainda há pouco sobre escadas, sr. Malicorne?

— Eu, Sire? Falei de escadas? — ele se surpreendeu, alçando os olhos ao céu, como se quisesse capturar palavras esvoaçantes.

— Sim, de uma escada de seis metros.

— Ah, sim! Falava com o sr. de Manicamp e não teria falado tanto se imaginasse que Vossa Majestade pudesse ouvir.

— E por que não teria falado tanto?

— Não gostaria de prejudicar o jardineiro que a esqueceu ali… coitado!

— Não se preocupe… Mas diga, que escada é essa?

— Vossa Majestade quer vê-la?

— Gostaria.

— É muito fácil, Sire. Ela continua no mesmo lugar.

— Nos buxos?

— Isso.

— Leve-me até lá.

Malicorne levou o rei até a escada.

— É esta, Sire.

— Puxe-a um pouco para fora.

Malicorne pôs a escada na alameda.

O rei caminhou ao longo dela.

— Hum… Acha que tem mais de seis metros?

— Com certeza, Sire.

— Seis metros é muito. Não creio que seja tão comprida.

— É difícil de se ter ideia, Sire. Se estivesse de pé contra uma árvore ou uma parede, por exemplo, seria mais fácil, pois a comparação ajuda muito.

— Mesmo assim, sr. Malicorne, custo a crer que tenha mais de seis metros.

— Mesmo sabendo o quanto Vossa Majestade calcula bem, eu seria capaz de apostar.

O rei balançou a cabeça.

— Há um meio infalível de verificação — disse Malicorne.

— Qual?

— Todos sabem, Sire, que o andar térreo do palácio tem uma altura de mais de seis metros.

— É verdade.

— Pois se apoiarmos a escada na fachada, poderemos julgar.

— É verdade.

Malicorne ergueu a escada como se fosse uma pluma e a apoiou contra a parede.

Para a experiência ele escolhera, ou melhor, o acaso havia escolhido a janela do gabinete em que estava La Vallière.

A escada chegava até a saliência da cornija, ou seja, quase ao parapeito, de forma que alguém no seu penúltimo degrau, alguém de altura mediana, como por exemplo o rei, poderia perfeitamente se comunicar com aqueles, isto é, aquelas que estivessem no cômodo.

Assim que foi posicionada, desistindo de toda a encenação que vinha mantendo, Luís começou logo a subir os degraus, com Malicorne firmando a base. Já estava na metade do trajeto quando uma patrulha de suíços surgiu no jardim e veio na direção deles.

O rei mal teve tempo para descer precipitadamente, mas conseguiu ainda se esconder numa moita.

Malicorne entendeu ser necessário um sacrifício: se também se escondesse, os guardas procurariam até encontrar um deles, ou quem sabe os dois.

Era melhor ser pego só.

Escondeu-se então muito mal e foi logo descoberto. Uma vez preso, foi levado ao posto; uma vez no posto, precisou se identificar; uma vez identificado, foi reconhecido.

Enquanto isso, de moita em moita o rei alcançou a porta secundária dos seus apartamentos, bastante humilhado e, sobretudo, desapontado.

Ainda mais porque o barulho da prisão levou à janela La Vallière e Montalais, com Madame também se mostrando à sua, entre duas velas, e perguntando o que estava acontecendo.

Malicorne, enquanto isso, pedia que d'Artagnan fosse chamado, no que foi atendido.

Em vão, porém, procurou fazê-lo entender seus motivos e em vão d'Artagnan os entendeu. Ainda em vão esses dois espíritos tão finos e criativos empenharam-se em encerrar a aventura, mas não houve outra saída para Malicorne senão a de fingir ter tentado invadir os aposentos da srta. de Montalais, como Saint-Aignan passara por ter forçado a porta da srta. de Tonnay-Charente.

Por duplo motivo, Madame se mostrou inflexível. De um lado, se o transgressor tivesse de fato tentado entrar sorrateiramente em seus domínios pela janela, com uma escada, para ver Montalais, era algo a se punir e devia ser punido.

De outro, se não agisse em seu próprio nome, sendo flagrado ali como intermediário entre La Vallière e alguém que ela preferia não citar, o crime era ainda maior, pois a paixão, que a tudo pode desculpar, nem sequer estaria presente.

Foi então a altos brados que Madame fez Malicorne ser expulso da casa de Monsieur, sem ver — pobre cega! — que ele e Montalais a tinham entre as garras por causa da visita a de Guiche e por outras coisas mais, igualmente delicadas.

Furiosa, Montalais queria se vingar de imediato, mas Malicorne mostrou que o apoio do rei valia por todas as desgraças do mundo, sendo bonito padecer pelo soberano.

E estava certo. Além disso conseguiu também, mesmo em se tratando de uma mulher — e que valia por dez! —, fazê-la aceitar sua opinião.

É também verdade, devemos reconhecer, que o rei apresentou imediatos consolos.

Começou dando um crédito de cinquenta mil libras a Malicorne, para compensar o cargo perdido.

Em seguida, empregou-o em sua própria casa, feliz por assim se vingar de Madame por tudo que La Vallière e ele vinham passando.

Só que sem ter mais Malicorne para roubar lenços e medir escadas, o pobre enamorado se viu bastante desprovido.

Perdia toda a esperança de se aproximar da dama de honra enquanto ela estivesse no Palais Royal.

Nem todos os encargos e todas as fortunas do mundo podiam remediar esse fato.

Felizmente Malicorne estava ali.

E se empenhou tanto que conseguiu encontrar Montalais. É bem verdade que ela, por sua vez, se empenhava em encontrá-lo.

— O que faz à noite nos apartamentos de Madame? — ele perguntou.

— À noite? Ora, durmo — ela respondeu.

— Como!? Só isso?

— Claro.

— Faz muito mal. Alguém que sofre como você não deve dormir.

— E por que sofreria tanto?

— Não se desespera com a minha ausência?

— Não, já que recebeu cinquenta mil libras e um posto na casa do rei.

— Pouco importa; está aflita por não me ver como me via antes. Desesperada, sobretudo por eu ter perdido a confiança de Madame… Não é verdade?

— Ah, sim, é claro.

— Pois tanta aflição a impede de dormir. Por isso você chora, suspira e se assoa ruidosamente… dez vezes por minuto.

— Meu querido, Madame não suporta o menor barulho por perto.

— E eu não sei? Por isso é que, vendo tão profundo sofrimento, ela vai tirá-la do gabinete.

— Entendo.

— Ufa!

— E depois?

— E depois, La Vallière, vendo-se longe de você, vai se lamentar tanto à noite que a irritará duas vezes mais.

— Será então mandada para outro quarto.

— Exato; mas qual?

— Qual? Parece ser um problema para o sr. Invenções.

— De forma alguma. Para onde quer que seja mandada, será melhor do que estar colada em Madame.

— Isso é verdade.

— Pois então comece suas lamúrias hoje mesmo.

— Farei isso.

— E conte a coisa a La Vallière.

— Sem problema. Ela já chora um bocado, só que baixinho.

— Terá que chorar mais alto.

Eles então se separaram.

172. Quando se fala de marcenaria e são dados alguns detalhes sobre a utilização de escadas

O conselho dado a Montalais foi repassado a La Vallière, que admitiu nele certa clarividência. Mesmo assim, resistiu um pouco, antes por timidez do que por frieza, mas acabou aceitando.

Essa ideia das duas damas de honra chorando e enchendo de lamentações o quarto de dormir de Madame foi a obra-prima de Malicorne.

Como nada é mais verdadeiro que o inconcebível, e nada tão natural quanto o romanesco, essa espécie de conto das *Mil e uma noites* funcionou perfeitamente bem no tocante a Madame.

Ela primeiro afastou Montalais.

Três dias depois, ou melhor, três noites depois, afastou La Vallière, que se mudou para os pequenos apartamentos situados numa mansarda acima dos apartamentos dos fidalgos.

Um andar, isto é, um assoalho separava as jovens dos cavalheiros.

Uma escada privada, sob a vigilância da sra. de Navailles, fazia a comunicação.

Para maior segurança, a sra. de Navailles, que ouvira falar das tentativas anteriores de Sua Majestade, mandara gradear as janelas dos quartos e as aberturas das chaminés.

A integridade da srta. de La Vallière estava assim assegurada, e seu quarto mais parecia uma gaiola do que outra coisa.

Quando estava nele — e frequentemente estava, pois Madame quase não a chamava mais desde que a pusera sob a guarda da sra. de Navailles —, sua única distração era olhar pelas grades da janela. Certa manhã em que, justamente, fazia isso, viu Malicorne numa janela à frente da sua.

Ele tinha na mão um prumo de carpinteiro, olhava atentamente os edifícios e juntava medidas algébricas num papel. Parecia um desses engenheiros que, num canto de trincheira, controlam os ângulos de um bastião ou medem a altura das muralhas de uma fortaleza.

Vendo-o, ela o cumprimentou.

Ele, por sua vez, respondeu com pomposa saudação e saiu da janela.

Era surpreendente aquela espécie de frieza em alguém com humor sempre tão constante como Malicorne, mas Louise se lembrou de que o pobre rapaz havia perdido o emprego por causa dela e não devia então vê-la da forma mais simpática, pois muito provavelmente ela jamais poderia recompensá-lo pelo prejuízo.

Assim como sabia perdoar as ofensas, ela, por isso mesmo, se condoía com as infelicidades alheias.

Gostaria de perguntar a Montalais se havia ficado alguma mágoa, mas a amiga não estava por perto.

Então de repente viu um objeto ser lançado da janela em que antes estava Malicorne. Esse objeto atravessou o espaço, passou entre as grades do seu quarto e caiu no chão. Curiosa, ela o pegou. Era uma dessas carretilhas em que são enrolados fios de seda.

Só que, em vez do fio, havia um papel.

Ela o desenrolou e leu:

Senhorita,

Preciso saber duas coisas:

A primeira é se o piso do seu apartamento é de madeira ou de tijolos.

A segunda é a que distância da janela fica a sua cama.

Peço que perdoe a impertinência, mas, por favor, responda pelo mesmo meio usado para a chegada deste bilhete, isto é, essa bobina.

Mas em vez de jogá-la no meu quarto, como fiz no sentido inverso, pois teria mais dificuldade, por favor, simplesmente deixe-a cair da janela.

Do seu humilde e muito respeitoso servidor,

MALICORNE

Escreva a resposta, por favor, neste mesmo bilhete.

— Ah, pobre Malicorne. Enlouqueceu, é evidente.

E olhou com afetuosa compaixão a janela em frente, podendo entrever a sombra do rapaz na penumbra.

Ele percebeu o equívoco e balançou a cabeça, como quem diz:

“Não se preocupe, não estou louco.”

Ela sorriu, pondo isso em dúvida.

“Não, não. Estou bem”, ele gesticulou, apontando para a cabeça.

Em seguida, agitando a mão como alguém que escreve rápido:

“Vamos, escreva”, ele fez a mímica, parecendo implorar.

Louco ou não, La Vallière não viu por que não fazer o que lhe era pedido. Pegou um lápis e escreveu: “Madeira”.

Depois contou os passos da janela à cama e escreveu: “Dez passos”.

Feito isso, olhou para a janela de Malicorne, que a cumprimentou e fez sinal dizendo que descia.

Ela entendeu que deveria pegar a bobina.

Aproximou-se da janela e, conforme as instruções recebidas, a deixou cair.

A carretilha ainda rolava nas lajes quando Malicorne chegou, a pegou e a descascou como um macaco descasca um coco, correndo em seguida na direção do alojamento de Saint-Aignan.

O favorito tinha escolhido, quer dizer, solicitado o lugar mais perto possível do rei, um pouco como essas plantas que buscam os raios do sol para crescerem mais frutuosamente.

Seu apartamento consistia em dois cômodos, no mesmo corpo da ala ocupada por Luís XIV.

Saint-Aignan se sentia orgulhoso dessa proximidade que lhe dava fácil acesso a Sua Majestade, como também a alguns encontros inesperados.

Estava ocupado, nesse momento em que falamos dele, com a magnífica forração dos seus dois cômodos, pois contava ter a honra de algumas visitas do rei, já que Sua Majestade, desde a paixão por La Vallière, o havia escolhido como confidente, mantendo-o à sua disposição noite e dia.

Malicorne foi recebido pelo conde sem qualquer dificuldade, pois era bem-visto pelo rei, e um crédito assim é sempre um atrativo para os interesseiros.

Saint-Aignan logo perguntou se o visitante trazia alguma boa novidade.

— Uma grande — foi a resposta.

— Ah! — alegrou-se o outro, curioso como são os favoritos. — Qual?

— A srta. de La Vallière se mudou.

— Como assim? — Saint-Aignan arregalou os olhos.

— Isso mesmo.

— Deixou o apartamento de Madame?

— Exato. Madame não apreciou tanto a proximidade e a transferiu para um quarto que fica bem em cima do seu futuro apartamento.

— O quê? Aqui em cima? — ele se surpreendeu, apontando para o teto.

— Não. *Lá em cima* — corrigiu Malicorne, indicando a ala situada à frente deles.

— Se for assim, por que diz que o quarto fica em cima do meu apartamento?

— Por achar que seu apartamento deve, muito naturalmente, ser sob o quarto de La Vallière.

Ouvindo isso, Saint-Aignan olhou para Malicorne do mesmo jeito que La Vallière quinze minutos antes o havia olhado, isto é: achou que estava louco.

— Gostaria de responder ao que o sr. conde está pensando — disse então Malicorne.

— Como? Ao que estou pensando?

— Exato, creio que não compreendeu bem o que eu quis dizer.

— De fato, confesso.

— Então vamos lá: o senhor não ignora que no andar abaixo das senhoritas de Madame estão alojados os fidalgos do rei e de Monsieur.

— Sim, é onde estão Manicamp, de Wardes e outros mais.

— Isso mesmo. Pois bem, veja só que boa coincidência: os dois quartos destinados ao sr. de Guiche se situam exatamente sob os dois quartos ocupados pelas srtas. de Montalais e de La Vallière.

— Entendo; e o que tem isso?

— É que, estando de Guiche ferido, em Fontainebleau, seus dois quartos estão livres.

— Juro que continuo sem entender.

— Bem, se eu tivesse a felicidade de me chamar Saint-Aignan eu entenderia rápido.

— E o que faria?

— Trocaria imediatamente os dois cômodos que ocupo aqui pelos que o sr. de Guiche não está ocupando.

— Era só o que faltava; abandonar o primeiro posto de honra, a proximidade do rei, privilégio concedido apenas a príncipes de sangue, duques e pares?… Meu caro sr. de Malicorne, permita-me dizer que, de fato, enlouqueceu.

— Está cometendo dois erros: meu nome é Malicorne, sem o "de", e não estou louco — corrigiu sério o rapaz.

Ele tirou um papel do bolso e continuou:

— Ouça o que vou dizer e depois mostro isso.

— Estou ouvindo.

— Como sabe, Madame vigia La Vallière como Argos vigiava a ninfa Io.[176]

— Sei.

— Sabe também que o rei quis falar com a prisioneira e nem o senhor nem eu conseguimos ajudá-lo nisso.

— E você pagou caro, meu pobre Malicorne.

— E como ficará quem conseguir, com um bom plano, aproximar o casal?

— Ah! O reconhecimento do rei não se limitaria a pouco.

— Sr. de Saint-Aignan…

— O que mais?

— Não gostaria de ter um pouco desse reconhecimento real?

— É evidente que sim. Um favor do rei, por eu cumprir meu dever, é das coisas mais preciosas.

— Então veja este papel, sr. conde.

— O que é? Uma planta baixa?

— Dos dois cômodos do sr. de Guiche, com fortes chances de se tornarem seus.

176. A ninfa era cobiçada por Zeus.

— Não, isso de jeito nenhum.

— Por que não?

— Fidalgos demais invejam meu atual apartamento e não vou deixá-lo à deriva. Seria uma alegria para os srs. de Roquelaure, de La Ferté[177] e Dangeau.

— Só me resta então ir embora. Oferecerei a um desses cavalheiros o que acabo de oferecer ao sr. conde, com as vantagens imagináveis.

— E por que não guarda isso para si mesmo? — perguntou, desconfiado, Saint-Aignan.

— Porque o rei não poderá me dar a honra de vir abertamente me visitar enquanto pode muito bem ir aos aposentos de um desses senhores.

— O quê? O rei iria lá?

— Ainda pergunta? Aposto dez contra um. O rei deixaria de ir a um apartamento que o aproximasse da srta. de La Vallière?

— Bela aproximação… com todo um andar entre eles!

Malicorne voltou a desenrolar o papelzinho da bobina.

— Sr. conde, por favor, note que o piso da srta. de La Vallière é um simples assoalho de madeira.

— E o que tem isso?

— Um carpinteiro trabalhando no apartamento do conde, e sem saber por que está fazendo a obra, vai abrir o seu teto e, consequentemente, o assoalho da srta. de La Vallière.

— Meu Deus! — exclamou Saint-Aignan, admiradíssimo.

— O que quer dizer? — perguntou Malicorne.

— Quero dizer que é uma ideia bem audaciosa.

— Parecerá bem trivial ao rei, tenho certeza.

— Os apaixonados não pensam nos perigos.

— Quais perigos, sr. conde?

— Perfurar o andar chamará muita atenção, o palácio inteiro vai tremer.

— Tenho certeza, sr. conde, de que o carpinteiro por mim indicado não fará o menor barulho. Vai serrar um quadrado grande o suficiente, com um serrote protegido por estopa, e nem o vizinho do quarto ao lado se dará conta do trabalho feito.

— Meu caro Malicorne, o senhor me espanta.

— Continuo: desse quarto cujo teto será perfurado — ele tranquilamente prosseguiu —, está me acompanhando, não é?

— Estou sim.

— Partirá uma escada que vai permitir à srta. de La Vallière descer, ou ao rei subir.

— E essa escada não será vista?

177. Henri II, duque de La Ferté (1599-1681), marechal.

— Não, pois no seu andar estará escondida por uma divisória disfarçada atrás de uma tapeçaria igual à que cobre o restante do apartamento, e no da srta. de La Vallière desaparecerá sob um alçapão do próprio assoalho, debaixo da cama.

— Puxa! — exclamou Saint-Aignan, com olhos que começavam a faiscar.

— Mas agora, sr. conde, não tenho como não acrescentar que o rei irá com frequência ao quarto em que tal escada será instalada. Creio que sobretudo o sr. Dangeau se impressionará com esse plano quando eu o expuser.

— Mas meu querido Malicorne! Esquece que foi a mim que falou em primeiro lugar e que, assim sendo, tenho direito de prioridade?

— O senhor então quer manter a preferência?

— Se quero? Quero sim!

— Fato é, sr. de Saint-Aignan, que estou oferecendo a possibilidade de uma condecoração à primeira oportunidade, e talvez até um bom ducado.

— Para mim significa, sobretudo — respondeu o cortesão, vermelho de felicidade —, a oportunidade de mostrar ao rei que ele não se equivoca quando, às vezes, me diz seu amigo. E deverei ao senhor essa oportunidade.

— Não se esquecerá disso? — perguntou Malicorne, sorrindo.

— Será sempre uma alegria para mim.

— Pois pessoalmente não posso ser amigo do rei, mas apenas seu servidor.

— Claro; e se acha que dessa escada sairá um cordão azul[178] para mim, para o senhor virá um diploma nobiliárquico.

Malicorne se inclinou.

— Só temos agora que pensar na mudança — continuou Saint-Aignan.

— O rei não deve se opor, mas é preciso que lhe peça permissão.

— Agora mesmo, irei correndo.

— Enquanto isso, vou atrás do carpinteiro.

— Quando ele começará?

— Esta noite.

— Não se esqueça das precauções.

— Irá com os olhos vendados.

— Deixo com o senhor um dos meus carros.

— Sem brasão que o identifique.

— E um lacaio sem libré, é claro.

— Ótimo, sr. conde.

— E La Vallière?

— O que tem?

— O que vai dizer vendo toda essa operação?

— Posso garantir que também está interessada.

---

178. Cordão da Ordem do Santo Espírito, criada em 31 de dezembro de 1578, a mais prestigiosa ordem de cavalaria da Coroa francesa. Foi oficialmente extinta em 1830.

— Acredito que sim.

— Estou certo, inclusive, de que se o rei não se atrever a subir, ela terá a curiosidade de descer.

— Esperemos.

— Isso, esperemos — repetiu Malicorne.

— Vou então ao rei.

— Ótimo.

— A que horas espero o marceneiro esta noite?

— Às oito.

— E acredita que ele precise de quantas horas para abrir o quadrado?

— Acho que cerca de duas. E depois, de mais algum tempo para terminar a conexão. Uma noite e boa parte do dia seguinte: calculo dois dias, com a escada.

— Dois dias… é muito.

— Quem se aventura a abrir uma porta para o paraíso quer que essa porta seja no mínimo decente.

— Tem razão. Até mais, meu caro Malicorne. Mudo-me então amanhã, no final do dia.

173. O passeio à luz dos archotes

Saint-Aignan, felicíssimo com o que acabava de ouvir e com o que previa, correu até os dois cômodos reservados a de Guiche.

Ele, que quinze minutos antes não cederia seus dois cômodos nem por um milhão, se disporia a pagar esse mesmo milhão, se lhe pedissem, pelos dois bem-aventurados quartos que agora tanto ambicionava.

Mas não houve exigência nenhuma. De Guiche nem sabia onde seria alojado e, aliás, ainda estava mal demais para pensar nisso.

Saint-Aignan ficou então com os dois quartos. O sr. Dangeau, por sua vez, herdou os dois de Saint-Aignan, pagando por baixo da mesa seis mil libras e achando ter feito ótimo negócio.

Já os dois quartos de Dangeau ficaram para de Guiche.

Mas não sabemos dizer com certeza se, com isso tudo, de Guiche tenha afinal ocupado esses dois quartos.

Voltando a Dangeau, ele estava tão entusiasmado que nem se perguntou se Saint-Aignan não teria algum interesse extraordinário na mudança.

Em todo caso, uma hora após isso tudo, Saint-Aignan tomava posse dos seus dois quartos. Dez minutos depois, Malicorne entrava lá, escoltado por forradores de parede.

Nesse meio-tempo, o rei mandara chamar Saint-Aignan, e o mensageiro, indo rapidamente avisar Saint-Aignan, encontrou Dangeau. Dangeau reencaminhou o mensageiro ao apartamento do conde de Guiche, onde Saint-Aignan foi afinal encontrado.

Isso gerou algum atraso e o rei já dera dois ou três sinais de impaciência quando Saint-Aignan entrou, esbaforido.

— Também me abandonas? — exclamou Luís XIV com o mesmo tom que César deve ter usado, oitocentos anos antes, para dizer *Tu quoque*.[179]

— Nunca abandonaria o rei, Sire; pelo contrário, estava ocupado com minha mudança de apartamento.

— Que mudança? Achei que já houvesse terminado há três dias.

— Havia, Sire. Mas não estava bem ali e estou passando para a ala à frente.

---

179. Em latim, "Até tu?", que Júlio César teria dito ao ver o filho adotivo, Brutus, entre seus assassinos, em 44 a.C.

— Eu não disse que também me abandonas? Isso já passa dos limites! Tinha uma única mulher com a qual meu coração se preocupava e toda a minha família se juntou para arrancá-la de mim. Tinha um amigo a quem confiava minhas dores, e ele me ajudava a suportá-las: esse amigo se cansa das minhas queixas e se vai, sem nem mesmo me consultar.

Saint-Aignan se pôs a rir.

O rei percebeu algum mistério se escondendo por trás dessa falta de respeito.

— O que houve? — ele perguntou, cheio de esperança.

— O que houve, Sire, é que esse amigo caluniado tenta devolver a seu rei a felicidade perdida.

— Vai me possibilitar um encontro com La Vallière?

— Sire, ainda não posso garantir, mas…

— Mas?…

— Mas assim espero.

— E como? Como? Diga, Saint-Aignan. Quero saber desse projeto e ajudar da maneira que puder.

— Sire, nem eu sei muito bem como faremos isso, mas tudo indica que já amanhã…

— Amanhã, foi o que disse?

— Foi, Sire.

— Que felicidade! E por que está se mudando?

— Para melhor vos servir.

— E como, assim, me servirá melhor?

— Vossa Majestade conhece a situação dos quartos reservados para o conde de Guiche?

— Sim.

— Então sabe para onde estou me mudando.

— Isso não me esclarece muito.

— Como? Lembrai-vos que logo acima desse apartamento há dois quartos.

— Que quartos?

— Um é o da srta. de Montalais, e o outro…

— O outro é o de La Vallière, Saint-Aignan?

— Como não, Sire?

— Ah, é verdade, é verdade! Que feliz ideia, Saint-Aignan! Uma ideia de amigo, uma ideia de poeta! Aproximar-me dela enquanto o universo me separa. Você é mais valioso para mim do que Pílades para Orestes, do que Pátroclo para Aquiles.[180]

---

180. Exemplos de grandes amizades na antiga tradição grega. Pílades se tornou grande amigo de Orestes e os dois mataram Clitemnestra e Egisto, vingando o assassinato de Agamêmnon, chefe supremo das forças gregas em Troia. Pátroclo era o amigo querido de Aquiles, ambos gregos e mortos também no cerco de Troia.

— Não sei se Vossa Majestade — disse Saint-Aignan, com um sorriso —, conhecendo meu projeto em toda a sua extensão, manterá qualificações tão pomposas. Já me habituei a outras, bem mais triviais, das quais alguns puritanos da corte não deixarão de se valer quando souberem o que planejo fazer por Vossa Majestade.

— Estou morrendo de impaciência, Saint-Aignan, me exaurindo... Não conseguirei esperar até amanhã. Amanhã... parece uma eternidade.

— Mesmo assim, Vossa Majestade precisa sair daqui a pouco e distrair essa ansiedade com um bom passeio.

— Se você for comigo. Falaremos desse projeto e falaremos dela.

— Não, Sire, eu fico.

— E com quem sairei?

— Com as senhoras.

— De jeito nenhum, Saint-Aignan.

— É preciso, Sire.

— Nada disso, mil vezes não! Não vou me expor ao terrível suplício de estar a dois passos dela, vê-la, até tocar de leve no seu vestido ao passar, e nada poder dizer. Não, não quero esse suplício que você imagina me deixar feliz e que não passa de tortura, me queimando os olhos, devorando minhas mãos, dilacerando meu coração. Vê-la na presença de tantas pessoas, sem poder dizer que a amo, mas demonstrando meu amor, que não consigo disfarçar... Não, jurei a mim mesmo que não farei mais isso, e mantenho o juramento.

— No entanto, Sire...

— Não vou ouvir, Saint-Aignan.

— No entanto, continuo, é urgente, Sire, urgentíssimo que Madame e suas damas de honra se ausentem por duas horas do palácio.

— Não estou entendendo, Saint-Aignan.

— É difícil dizer a meu rei o que fazer, mas na atual circunstância, direi: preciso que se organize uma caçada ou um passeio.

— Mas esse passeio, essa caçada, seria um capricho, algo estranho! Estaria mostrando, deixando claro à corte inteira ter um coração que não controlo mais. Já dizem que sonho em conquistar o mundo, vão dizer que, antes, deveria pensar em conquistar a mim mesmo!

— Apenas alguns impertinentes e facciosos diriam coisa assim, Sire. Que existam ou não, se Vossa Majestade preferir ouvi-los, nada posso acrescentar, e o dia de amanhã fica adiado para datas indeterminadas.

— Sairei ainda hoje, Saint-Aignan... Irei dormir em Saint-Germain,[181] à luz de archotes. Faço por lá a refeição da manhã e estarei de volta pelas três da tarde. Satisfeito?

---

181. O castelo de Saint-Germain-en-Laye, residência secundária dos reis franceses, a dezenove quilômetros de Paris. Caiu em decadência a partir da construção, por Luís XIV, do castelo de Versalhes.

— Perfeitamente.

— Então parto esta noite, por volta das oito.

— Vossa Majestade adivinhou o melhor horário.

— E não vai me contar nada?

— Infelizmente não posso. A realização é da maior importância em nosso mundo, Sire, mas o acaso tem sempre um grande papel, de forma que procuro deixar ao imprevisto a menor parte, sabendo que ele vai sempre se arranjar para conseguir parte maior.

— Então deixo tudo por sua conta.

— Maravilha.

Sentindo-se mais reconfortado, o rei de imediato procurou Madame para anunciar o passeio.

Ela na mesma hora suspeitou haver, naquela recreação intempestiva, alguma intenção do rei para poder eventualmente, na estrada, falar com La Vallière graças à pouca luz ou de outra forma. Mas nada disse e aceitou o convite com um sorriso nos lábios.

Em voz alta, deu as ordens para que suas damas de honra se preparassem, pensando que tinha até a noite para organizar tudo de forma a contrariar os amores de Sua Majestade.

Em seguida, voltando a estar só, imaginou o pobre apaixonado certo de que La Vallière seria incluída no programa. Quem sabe já se sentisse satisfeito com essa mísera felicidade dos enamorados perseguidos, que realizam com o olhar as alegrias da posse proibida. Então, depois de reunir suas damas de honra, resolveu:

— Duas de vocês me bastarão; levarei somente as srtas. de Tonnay-Charente e de Montalais.

La Vallière havia previsto isso, então não se surpreendeu. A hostilidade de Madame a tornara mais forte e ela não deixou que se visse, no rosto, o que o coração sentia.

Pelo contrário. Sorrindo com a inefável doçura que lhe conferia uma característica angelical, ela perguntou:

— Então estou livre esta noite, senhora?

— Sim, perfeitamente.

— Aproveitarei para avançar na tapeçaria que Sua Alteza teve a bondade de elogiar e que já me atrevi a oferecer.

Com uma respeitosa reverência, ela se retirou.

As srtas. de Montalais e de Tonnay-Charente fizeram o mesmo.

A notícia do passeio saiu junto com elas e se espalhou por todo o palácio. Dez minutos depois, Malicorne sabia da decisão de Madame e arranjou um jeito de passar um bilhete, sob a porta de Montalais, dizendo:

É preciso que L.V. passe a noite com Madame.

Seguindo o que haviam combinado, a primeira coisa que Montalais fez foi queimar o bilhete. Depois, pensou.

Sendo uma jovem de muitos recursos, em pouco tempo já tinha um plano.

Na hora em que devia ir ao apartamento de Madame, quer dizer, por volta das cinco, ela atravessou o pátio correndo e, a dez passos de um grupo de oficiais, deu um grito, caiu graciosamente sobre um joelho, se levantou e continuou, capengando, na direção em que ia.

Os fidalgos correram para ajudá-la. Todos acharam ter havido uma torção.

Fiel a seu dever, mesmo assim ela continuou o caminho.

— Por que está mancando? — perguntou Madame ao vê-la. — Achei até que fosse La Vallière.

Montalais contou ter corrido para não se atrasar, tendo assim torcido o pé.

A princesa se condoeu, quis mandar chamar o médico, mas a jovem afirmou não ser necessário. Em seguida, acrescentou:

— Preocupa-me apenas não poder cumprir minhas obrigações. Pensei em pedir a La Vallière que me substituísse…

Madame a olhou interrogativamente.

— Mas não pedi — continuou a senhorita.

— E por que não?

— A pobrezinha parecia tão feliz com a noite livre que não tive coragem.

— Como? Está feliz? — perguntou Madame, repentinamente interessada.

— Muitíssimo. Ela, que se mostra sempre tão macambúzia, até cantarolava. E Vossa Alteza sabe como ela é pouco social, meio bicho do mato.

"Hum… tanta alegria não me parece normal", pensou Henriqueta.

— Já preparou tudo para fazer a refeição no quarto, a sós com um dos seus queridos livros. Além disso, Vossa Alteza tem outras seis damas de honra que adorarão acompanhá-la, de forma que nem falei com ela.

Madame ficou calada.

— Não fiz bem? — insistiu Montalais, com o coração ligeiramente apertado, vendo não funcionar seu estratagema de guerra, pois contava tanto com ele que não preparara nenhum outro plano. — Madame não concorda?

A princesa começava a achar que, na calada da noite, o rei poderia muito bem deixar Saint-Germain, a apenas quatro léguas e meia de Paris…

— E vendo o seu estado, ela nem se ofereceu para acompanhá-la?

— Ah, Louise não soube do acidente. De qualquer forma, eu nada pediria que pudesse atrapalhar seus projetos. Acho que ela quer, sozinha, ter a satisfação do falecido rei, que dizia ao sr. de Cinq-Mars: "Que tal nos entediarmos, sr. de Cinq-Mars? Vamos nos entediar muito bem".[182]

---

182. Henri Coiffier de Ruzé, marquês de Cinq-Mars (1620-42), favorito de Luís XIII, participou de conspirações contra o cardeal de Richelieu e acabou sendo condenado por traição e decapitado.

Madame estava convencida de haver algum mistério amoroso por trás daquele desejo de solidão. E o mistério seria a vinda noturna de Luís. Não tinha dúvida, La Vallière estava informada: daí tanta alegria em ficar no Palais Royal.

Tratava-se de um plano previamente combinado.

"Não vão me enganar", ela pensou.

E decidiu:

— Srta. de Montalais, queira prevenir sua amiga, a srta. de La Vallière, que sinto muito perturbar seus planos de solidão, mas em vez de se entediar sozinha no seu quarto, como esperava, se entediará conosco em Saint-Germain.

— Pobre Louise! — lamentou Montalais num tom dolente, mas com o coração transbordando de alegria. — Não haveria como Vossa Alteza...

— Basta! É o que resolvi! Prefiro a companhia da srta. La Baume Le Blanc a qualquer outra. Vá, mande-a se apresentar e cuide da sua perna.

Montalais não esperou mais. Voltou a seu quarto, escreveu para Malicorne e deixou o bilhete debaixo do tapetinho de entrada. "Irá", dizia a resposta. Uma espartana[183] não seria mais concisa.

Madame, enquanto isso, pensava: "Vou vigiá-la no caminho e fazê-la dormir perto de mim. Vai ser difícil Sua Majestade conseguir uma mínima troca de palavras com La Vallière".

Mas Louise recebeu a ordem de partir com a mesma suave doçura demonstrada ao saber que ficaria.

Em seu íntimo, no entanto, se alegrou, vendo naquela mudança de decisão da princesa um consolo que lhe enviava a Providência.

Menos perspicaz que Madame, ela tudo punha por conta do acaso.

Enquanto todos — com exceção dos caídos em desgraça, dos doentes e de quem houvesse torcido o pé — se dirigiam a Saint-Germain, Malicorne levava seu carpinteiro, num carro do sr. de Saint-Aignan, ao apartamento abaixo do quarto de La Vallière.

O operário imediatamente se pôs ao trabalho, motivado pelo esplêndido pagamento prometido.

Como tinham sido requisitadas as melhores ferramentas dos depósitos da casa real, entre as quais uma serra com dentes imbatíveis, capaz de cortar com facilidade vigas de carvalho duras como ferro, a obra avançou depressa e um quadrado do teto, escolhido entre duas traves, logo caiu nos braços de Saint-Aignan, de Malicorne, do carpinteiro e de um criado de confiança, personagem trazido ao mundo para tudo ver, tudo ouvir e nada repetir.

Seguindo um novo projeto indicado por Malicorne, a abertura fora feita num canto. Pelo seguinte motivo: como não havia banheiro no quarto de La Vallière, ela tinha pedido, e recebido naquela mesma manhã, um grande biombo que servia como divisória.

---

183. Da cidade grega de Esparta, conhecida, na época clássica, pela austeridade e pelo rigor.

O biombo bastava plenamente para ocultar a abertura, que aliás ficaria disfarçada ainda por artifícios da marcenaria.

Aberto o buraco, o operário passou entre as traves e se viu no quarto de La Vallière. Ele ali serrou o piso e com as próprias tábuas preparou um alçapão que se adaptava tão bem à abertura que mesmo o olho mais experiente nada percebia além dos interstícios normais da junção do assoalho.

Malicorne havia previsto tudo. Uma empunhadura e duas dobradiças, já compradas, foram aplicadas nesse tampo.

Uma dessas pequenas escadas em caracol, como as que começavam a ser instaladas em sótãos, também fora comprada, já pronta e por duas mil libras, pelo industrioso Malicorne.

Fora prevista para uma altura maior, mas o carpinteiro suprimiu alguns degraus e a deixou na medida exata.

Essa escada, destinada a receber tão ilustre carga, foi fixada à parede com apenas dois grampos de ferro.

Já a base foi cravada diretamente no piso do quarto de baixo e aparafusada: o rei e todo o seu Conselho poderiam subir e descer por ali sem o menor perigo.

Marteladas só eram dadas em cima de uma camada de estopa; serras eram abafadas por lã e dentes bem azeitados.

A parte mais barulhenta do trabalho, aliás, foi executada à noite e pela manhã cedo, ou seja, com La Vallière e Madame ausentes.

Por volta das duas horas, quando a corte voltou ao Palais Royal e La Vallière a seu quarto, tudo estava no lugar e nem um grão de serragem nem a menor lasca de madeira denunciavam a violação de domicílio.

Saint-Aignan é que, procurando ajudar nos trabalhos, havia ferido os dedos e rasgado a camisa, gastando um bocado de suor a serviço de Sua Majestade.

Tinha a palma das mãos cheia de bolhas. Isso por ter segurado a escada de pedreiro para Malicorne.

Como se não bastasse, havia carregado os cinco pedaços da escada em caracol, cada um com dois degraus.

Em suma, se o rei tivesse visto seu ardoroso empenho, ficaria eternamente grato.

Como previsto por Malicorne, o homem dos cálculos exatos, o operário deu por concluída a obra em vinte e quatro horas.

Recebeu vinte e quatro luíses e se foi muito feliz, pois era o que costumava ganhar em seis meses.

Absolutamente ninguém desconfiava do que havia acontecido sob o aposento da srta. de La Vallière.

Mas, na noite do segundo dia, no momento em que a dama de honra acabava de deixar o círculo de Madame e voltava a seu quarto, pouco depois de entrar ela ouviu um ligeiro estalido no fundo.

Surpresa, olhou para o local de onde vinha o barulho. Ele se repetiu.

— Quem está aí? — ela perguntou, com um tom em que o medo transparecia.

— Eu — respondeu a voz conhecida do rei.

— Majestade?… Majestade? — exclamou a jovem, que por um momento achou estar sonhando acordada. — Mas onde, meu Deus? Sire?

— Aqui — respondeu o rei, afastando uma das folhas do biombo e surgindo como uma sombra no fundo do quarto.

La Vallière deu um grito e caiu, trêmula, numa poltrona.

174. A aparição

La Vallière logo se recuperou da surpresa. Por sempre ter se mostrado muito respeitoso, com sua presença o rei inspirava confiança maior do que o medo que sua aparição provocara.

E vendo que o mais difícil de explicar era a maneira como havia chegado ali, ele falou logo da escada escondida atrás do biombo, querendo sobretudo afastar qualquer elemento sobrenatural.

— Ah, Sire! — ela disse, sacudindo sua loura cabeleira, com um sorriso encantador. — Presente ou ausente, Vossa Majestade nunca deixa de estar no meu pensamento.

— O que isso quer dizer, Louise?

— O que todos sabem, Sire: não há um momento em que a pobre moça cujo segredo foi descoberto em Fontainebleau e que haveis arrebatado ao pé da cruz não pense em vossa pessoa.

— Isso me enche de alegria e felicidade, Louise.

Com tristeza ela sorriu e continuou:

— Mas tão engenhosa invenção talvez não tenha muita utilidade, Sire.

— Por que diz isso?

— Porque este quarto que ocupo pode perfeitamente ser inspecionado. Madame pode entrar a qualquer momento e várias vezes minhas companheiras vêm, durante o dia. Trancar a porta por dentro seria como escrever nela "Não entrem, o rei está aqui". Neste instante mesmo, nada impede que a porta seja aberta e surpreendam Vossa Majestade.

— Aí é que achariam mesmo ver um fantasma — brincou Luís —, pois é difícil imaginar como cheguei aqui. Somente fantasmas atravessam paredes e tetos.

— Ah, Sire, que proeza! Que escândalo seria! Nunca uma história assim circulou sobre as damas de honra; pobres criaturas que, no entanto, não são poupadas pela maldade da corte.

— E que conclusão tira de tudo isso, querida Louise? Quero muito saber.

— Que se deve, infelizmente… é uma decisão bem dura…

Luís sorriu e pediu:

— Mesmo assim.

— Escadas, maquinações e surpresas devem ser abandonadas. O dano por ser pego aqui seria ainda maior do que a felicidade de nos vermos, Sire.

— Mas pense bem, querida Louise — sugeriu o rei, com todo o carinho. — Em vez de eliminar essa escada pela qual subi, há um meio mais simples e no qual não pensou.

— Um meio? Mais um?

— Sim, mais um. Ah, certamente não me ama como a amo, Louise, pois vejo que me esforço mais.

Ela o olhou. Luís estendeu a mão, que foi ternamente tomada.

— Disse que, vindo aqui, onde muitos podem entrar facilmente, corro o risco de ser surpreendido.

— Neste momento mesmo, Sire, e tremo o tempo todo por isso.

— Compreendo, mas você não correria o mesmo risco descendo essa mesma escada pela qual subi.

— Sire, Sire! É uma ideia absurda! — assustou-se a jovem.

— Não está entendendo, Louise, pois já a recusa antes de ouvir. Para começar, sabe de quem são esses quartos de onde subi?

— Sei; do sr. conde de Guiche.

— Não. São de Saint-Aignan.

— De Saint-Aignan?

A alegria que aquela surpresa demonstrou fez brilhar, como um relâmpago, um doce presságio no coração do rei.

— Sim, de Saint-Aignan, nosso amigo.

— Mas, Sire, não posso ir ao apartamento de nenhum dos dois — disse o anjo, voltando a ser mulher.

— Por que não, Louise?

— É impossível!

— Creio, Louise, que sob a salvaguarda do rei tudo é possível.

— Sob a salvaguarda do rei? — ela repetiu, com olhar transbordante de amor.

— Bom, acredita na minha palavra, não?

— Acredito quando longe, Sire, mas quando fala comigo de corpo presente não acredito em mais nada.

— Mas de que precisa para se tranquilizar, meu Deus?

— É pouco respeitoso dizer isso, bem sei, mas quando nos vemos, para mim deixais de ser o rei.

— Ainda bem! Assim espero! Diga, a presença de uma terceira pessoa a tranquilizaria?

— A presença do sr. de Saint-Aignan? Sim.

— Partem-me o coração tais desconfianças, Louise.

Ela não respondeu, apenas projetou nele aquele claro olhar que penetrava no fundo dos corações e disse baixinho:

— Ai de mim! Não é externa a minha desconfiança, a minha intranquilidade.

— Nesse caso, aceito — suspirou o rei. — O sr. de Saint-Aignan, que tem a felicidade de tranquilizá-la, estará sempre presente em nossos encontros, prometo.

— Verdade, Sire?

— Palavra de honra! E a senhorita, por sua vez…

— Ah, não acabei.

— Mais o quê, Louise?

— Um pouco de paciência, Sire. Não chegamos ao fim.

— Então vamos lá, aniquile de vez o meu coração.

— Tais encontros, Sire, devem ter uma motivação aceitável diante do sr. de Saint-Aignan.

— Motivação aceitável?! — repetiu o rei, com delicada censura.

— Certamente, Sire. Basta pensar um pouco.

— Não continuemos. Você tem todas as sutilezas imagináveis e meu único desejo é me igualar nesse quesito. Assim será, Louise. Nossos encontros terão um objeto explícito. Já inclusive encontrei um.

— Estou ouvindo, Sire — sorriu La Vallière.

— Sim, a partir de amanhã, se concordar…

— Amanhã?

— Acha muito tarde? — exclamou o rei, pegando nas suas a mão escaldante da jovem.

Nesse momento, ouviram-se passos no corredor.

— Sire, alguém está vindo — assustou-se La Vallière. — Não ouve? Por favor, Sire, é preciso que vá!

O rei literalmente pulou da cadeira para trás do biombo.

Bem a tempo. Assim que se escondeu, a maçaneta girou e Montalais apareceu.

Nem é preciso dizer que entrou como sempre, sem fazer a menor cerimônia.

Na verdade, sabia que, batendo discretamente à porta, em vez de empurrá-la, estaria demonstrando à amiga ter alguma suspeita.

Ela então entrou e, como logo notou duas cadeiras bem próximas uma da outra, levou tanto tempo para fechar a porta — que estranhamente emperrou e de jeito nenhum a obedecia — que o rei teve tempo de sobra para erguer o alçapão e voltar aos aposentos de Saint-Aignan.

Um estalido imperceptível para qualquer ouvido, mas não para o de Montalais, serviu de aviso e ela conseguiu, enfim, destravar a porta renitente. Aproximou-se da amiga e disse:

— Vamos conversar um pouco, Louise. Uma conversa séria.

Ainda sob o efeito da emoção, Louise ouviu com secreto pavor esse "conversa séria" que Montalais havia expressamente acentuado.

— Meu Deus, Aure, o que houve?

— O que houve é que Madame desconfia de tudo isso.

— Tudo isso o quê?

— Será que precisamos perder tempo com explicações, não compreende o que quero dizer? Você deve ter notado as flutuações de Madame nos últimos dias. Trouxe-a de novo para perto, dispensou e depois chamou de volta.

— Foi de fato estranho, mas estou acostumada.

— Não notou também que Madame, depois de excluí-la do passeio de ontem, voltou atrás e deu ordem inversa?

— Notei, é claro.

— É que ela certamente juntou informações suficientes, sabendo o que procurava. Viu também não haver mais, na França, o que possa se opor a essa torrente que varre todos os obstáculos. Entende o que quero dizer com "torrente"?

La Vallière escondeu o rosto atrás das mãos.

— Quero dizer — continuou Montalais, implacável — a torrente que derrubou a porta das carmelitas de Chaillot e todos os preconceitos da corte, em Fontainebleau e em Paris.

— Ai de mim! — murmurou La Vallière, ainda com as faces encobertas, pelas quais rolavam lágrimas.

— Vamos, não se aflija tanto. Há mais por vir.

— Meu Deus! — exclamou Louise, ansiosa. — O que mais?

— O fato é o seguinte: sem poder mais contar com ajuda na França, pois já lançou mão das duas rainhas, de Monsieur e da corte, Madame se lembrou de certa pessoa que tem pretensos direitos sobre você.

La Vallière ficou branca como uma estátua de cera.

— Certa pessoa que não se encontra agora em Paris.

— Meu Deus!

— Certa pessoa que está justamente na Inglaterra, se não me engano.

— Sim, sim — murmurou La Vallière, desfeita.

— E não é na corte do rei Carlos II que essa pessoa se encontra?

— É.

— Pois essa noite partiu uma carta para Saint James, do gabinete de Madame, tendo o mensageiro recebido ordem de ir sem pausas até Hampton Court.[184] Pelo que soube, é uma residência real a doze milhas de Londres.

— E o que mais?

— Bem, como Madame escreve de quinze em quinze dias a Londres e o seu correio regular foi despachado há três dias, acredito que só alguma circunstância grave a fez pegar a pena novamente. Ela em geral tem muita preguiça, como sabemos.

— É verdade.

— Creio ter sido você o motivo dessa carta.

— Eu? — repetiu a pobre moça, com a docilidade de um autômato.

— E como a vi aberta em cima da escrivaninha, antes de ser lacrada, creio ter percebido…

---

184. No condado de Middlesex, às margens do Tâmisa.

— ...?

— Posso ter me enganado.

— O quê? Diga.

— O nome Bragelonne.

La Vallière se levantou, tomada pela mais dolorosa agitação.

— Montalais — ela disse, com a voz abafada pelo pranto —, já estão longe os risonhos sonhos da juventude e da inocência. Não tenho o que esconder de você ou de pessoa alguma. Minha vida está exposta como um livro que todos podem ler, o rei ou qualquer um. Minha amiga, o que fazer? O que será de mim?

Montalais se aproximou e respondeu:

— Consulte a si mesma, só isso.

— Fiz isso, e não amo o sr. de Bragelonne. Entenda, amo-o como a mais carinhosa irmã pode amar um bom irmão, mas não é o que ele espera de mim, não foi o que prometi.

— Você ama o rei, é ótima desculpa.

— Sim, amo o rei — murmurou surdamente Louise —, e paguei caro o direito de dizer isso. Mas por favor, Aure, o que pode por mim ou contra mim na situação em que me encontro?

— Mais claramente, o que quer dizer?

— O que mais posso dizer?

— Nada mais particular?

— Nada — respondeu Louise, com certo espanto.

— Está mesmo pedindo só um conselho?

— Só.

— A respeito do sr. Raoul?

— Sim.

— É um assunto delicado.

— Não, não vejo o que há de delicado nisso. Devo me casar com ele para manter uma promessa? Devo continuar a ouvir o rei?

— Põe-me numa situação delicada, você se dá conta? — sorriu Montalais. — Pergunta se deve se casar com Raoul, de quem sou amiga e a quem estaria mortalmente ferindo ao me opor. Em seguida, fala em não mais ouvir o rei, de quem sou súdita e poderia ofender com meus conselhos. Ah, Louise, não está considerando o custo de uma posição tão difícil.

— Não me entendeu bem, Aure — respondeu La Vallière, aborrecida com o tom zombeteiro da amiga. — Se falo do casamento com o sr. de Bragelonne, é por poder assumi-lo sem causar desagrado a ele. Por outro lado, preciso ver o rei como usurpador de uma posse, bastante medíocre, reconheço, mas da qual o amor empresta um aparente valor? O que pergunto, resumindo, é se pode me apontar como, dignamente, me afastar de um ou de outro. Ou seja, de qual dos dois me afastar menos indignamente.

— Minha querida, não sou um dos sete sábios da Grécia[185] e não tenho comportamento estável, mas em compensação disponho de alguma experiência e posso dizer que nunca mulher nenhuma pede um conselho como esse que está pedindo sem se sentir muito pressionada. E, bem... você fez uma promessa solene, foi digna. Se então se sente pressionada, tendo assumido tal compromisso, não será um conselho vindo de fora, e para um coração repleto de amor tudo vem de fora... enfim, resumindo, não será um conselho meu que vai tirá-la dessa pressão. Assim sendo, fico calada, até porque, no seu lugar, eu me sentiria ainda mais pressionada depois do conselho. Tudo o que posso fazer é repetir o que já perguntei: quer que a ajude?

— Sim, quero.

— Isso basta... Diga então como quer que a ajude, diga a favor de quem e contra quem. Assim não pisamos em falso.

— Diga primeiro você — pediu Louise, apertando a mão de Montalais —, por quem e contra quem se declara?

— Por você, se for de fato minha amiga...

— Não é confidente de Madame?

— Por isso mesmo sou mais útil. Se eu nada soubesse da parte de lá, não poderia ajudá-la e você nada ganharia comigo. As amizades se alimentam desse tipo de reciprocidade.

— Isso quer dizer que continuará amiga de Madame?

— É claro. Vai se queixar?

— Não — respondeu La Vallière, pensativa, pois aquela cínica franqueza parecia ofendê-la como mulher e confundir como amiga.

— Ainda bem, pois caso contrário estaria sendo tola.

— Vai então me apoiar?

— Firmemente, sobretudo se fizer o mesmo por mim.

— Não me conhece? — espantou-se La Vallière.

— Desde que viemos para a corte, minha querida, mudamos muito.

— Como assim?

— É simples: por acaso quando estava em Blois era a segunda rainha da França?

La Vallière baixou a cabeça e começou a chorar.

Montalais a olhava de maneira não muito clara e murmurou:

— Pobre amiga!

Em seguida, se corrigiu:

— Pobre rei!

Beijou Louise na testa e voltou para o seu quarto, onde Malicorne a esperava.

---

185. Era o título dado, na Grécia clássica, a sete estadistas e filósofos do passado. A lista variou ao longo do tempo, mas a mais antiga citava Tales de Mileto, Sólon de Atenas, Quílon de Esparta, Pítaco de Mitilene, Bias de Priene, Cleóbulo de Lindos e Periandro de Corinto.

175. O retrato

Nessa doença chamada amor, as crises se sucedem a intervalos cada vez mais próximos assim que o mal tem início.

Em seguida elas se espaçam, à medida que a cura vai ganhando terreno.

Dito isso como axioma geral, e como abertura de capítulo em particular, continuemos nossa narrativa.

Marcado para o dia seguinte o primeiro encontro no apartamento de Saint-Aignan, ao abrir o biombo La Vallière encontrou no chão um bilhete escrito pelo rei.

A mensagem fora atravessada do andar de baixo para o de cima por uma fenda do piso. Mão indiscreta alguma nem olhar curioso poderia passar por onde havia passado aquele simples papel.

Tratava-se de mais uma ideia de Malicorne. Sabendo o quanto Saint-Aignan se tornaria útil ao rei pelo uso do apartamento, ele não quis tornar o conde tão indispensável e guardara para si a função de mensageiro.

Louise com avidez leu o bilhete, que marcava as duas da tarde como hora para o encontro e indicava como erguer a placa de assoalho.

"Apronte-se com todo o apuro", acrescentava um postscriptum.

Isso a surpreendeu um pouco, mas igualmente a tranquilizou.

As horas se arrastaram, mas acabaram passando.

Tão pontual quanto a sacerdotisa Hero,[186] ela ergueu o alçapão à última batida do relógio e encontrou no alto da escada, a oferecer-lhe a mão, o rei, que respeitosamente a esperava.

Tal delicadeza a sensibilizou.

Descendo os degraus, os dois enamorados encontraram o conde, que, com um sorriso e uma reverência de muito bom gosto, agradeceu a visitante pela honra que lhe era dada.

---

186. Na mitologia grega, sacerdotisa do templo de Afrodite na cidade de Sesto apaixonada por Leandro, que vivia na cidade de Abidos, do outro lado do atual estreito de Dardanelos. Toda noite, o rapaz atravessava a nado a distância entre as duas cidades, guiado pela tocha mantida acesa por Hero. Certa noite, uma tempestade apagou a tocha e o jovem morreu afogado.

Em seguida, dirigiu-se ao rei:

— Sire, nosso homem chegou.

Estranhando, La Vallière olhou para Luís, que explicou:

— Se tanto insisti que me desse a honra de descer aqui, foi por interesse. Solicitei a vinda de um pintor, excelente retratista, e gostaria que aceitasse posar para um quadro. Aliás, se assim exigir, a obra ficará com a senhorita.

La Vallière sentiu que ruborizava.

— Como vê, seremos quatro. Na verdade, se não estivermos a sós, podemos ser quantos a senhorita quiser.

Com ternura, ela apertou a ponta dos dedos de Luís.

— Passemos ao aposento ao lado, se Vossa Majestade assim desejar — sugeriu Saint-Aignan, que abriu a porta e deu passagem a seus hóspedes.

O rei seguiu atrás de La Vallière, devorando com os olhos o seu pescoço alvo como o nácar, pelo qual desciam os anéis cerrados e grossos da sua argêntea cabeleira.

Ela trajava um vestido de seda grossa, em tom cinzento com reflexos rosados. Detalhes em azeviche realçavam a brancura da sua pele, e em suas diáfanas mãos estava um buquê de amores-perfeitos e rosas de Bengala numa folhagem finamente recortada de clematites, sobre as quais se erguia, como um vaso distribuidor de perfume, uma tulipa de Haarlem cinza e violeta, uma pura e maravilhosa espécie que custara cinco anos de experiências ao jardineiro e cinco mil libras ao rei.

Com uma reverência, Luís oferecera esse buquê a La Vallière.

No quarto, cuja porta Saint-Aignan havia aberto, estava um homem, ainda jovem, vestindo um traje de veludo leve, com belos olhos negros e longos cabelos castanhos.

Era o pintor.

A tela estava preparada, como também a paleta.

Ele se inclinou diante de La Vallière com a grave curiosidade característica do artista que observa seu modelo. Saudou o rei discretamente, como se não o conhecesse e como cumprimentaria qualquer fidalgo.

Em seguida, conduziu a jovem até uma poltrona previamente preparada e pediu que se sentasse.

Ela o atendeu com graça e tranquilidade, com as mãos ocupadas, as pernas estendidas em almofadas. Para que o seu olhar nada tivesse de vago ou afetado, o pintor sugeriu que escolhesse algo a fazer.

Com um sorriso, Luís XIV se pôs em almofadas no chão, ficando bem próximo.

Juntos, os dois formavam um par encantador — ela ligeiramente inclinada no encosto da poltrona, ele a devorá-la com o olhar — que o artista contemplou por vários minutos com satisfação. Saint-Aignan, mais afastado, os admirava com inveja.

O pintor logo preparou um esboço e depois, a partir das primeiras pinceladas, sobre um fundo cinza começou a surgir a plácida e poética imagem de olhos meigos e faces róseas, emoldurada por cabelos de pura prata.

Os dois enamorados pouco falavam e muito se olhavam, mas às vezes de forma tão lânguida que o pintor era obrigado a interromper o trabalho para não representar uma Ericina[187] em vez de La Vallière.

Nesses momentos, Saint-Aignan intervinha, recitando versos ou com alguma historieta como aquelas que Patru contava, ou Tallemant des Réaux com tanto talento escrevia.[188]

Quando La Vallière se cansava, todos descansavam.

Vinham então uma bandeja em porcelana da China carregada de frutas, um vinho de Jerez que destilava seus topázios na prataria lavrada. Ambos se tornavam acessórios para o quadro, como efêmeras figuras que o pintor reproduzia.

Luís se embriagava de amor, La Vallière de felicidade, Saint-Aignan de ambição.

Já o pintor compunha lembranças para a velhice.

Duas horas assim se passaram; quando soaram as quatro, La Vallière se levantou e fez sinal ao rei.

Ele se pôs de pé, foi ao quadro e cumprimentou elogiosamente o artista.

Saint-Aignan insistiu na semelhança já conseguida.

Ruborizando, La Vallière também agradeceu e voltou ao quarto ao lado, para onde Luís também se dirigiu, chamando Saint-Aignan.

— Até amanhã, não é? — disse o rei a Louise.

— Mas, Sire, é muito possível que venham ao meu quarto e não me encontrem.

— E o que tem isso?

— O que vai ser de mim?

— Está sendo demasiado temerosa, Louise.

— Madame pode me chamar.

— Virá o dia em que você mesma me pedirá para tudo enfrentar, não querendo que eu me afaste.

— Se esse dia vier, Sire, estarei sendo insensata e não devo ser ouvida.

— Até amanhã, Louise.

Ela soltou um suspiro e, sem poder recusar o pedido real, repetiu:

— Até amanhã, se assim foi determinado.

Com leveza ela subiu então os degraus, desaparecendo aos olhos do enamorado rei.

---

187. Na mitologia grega, um dos nomes de Afrodite, deusa do amor.

188. Dumas aproveita para uma pequena homenagem a dois autores que lhe serviram de fonte para a época, Olivier Patru (1604-81) e Tallemant des Réaux.

— E então, Sire? — perguntou Saint-Aignan assim que o alçapão se fechou.

— O que posso dizer, Saint-Aignan, é que ainda ontem eu me considerava o mais feliz dos homens.

— E por acaso hoje Vossa Majestade se considera o mais infeliz? — sorriu o conde.

— Não, mas esse amor provoca uma sede inextinguível. Em vão bebo, em vão devoro o que sua engenhosidade permite e, quanto mais bebo, mais sede tenho.

— É uma situação que Vossa Majestade mesma criou, Sire.

— Tem razão.

— Num caso assim, a maneira de nos sentirmos felizes é nos imaginando satisfeitos e esperando.

— Esperando! Então aceita esse verbo, "esperar"?

— É preciso calma, Sire, tudo se arranjará. Já procurei, procurarei mais.

O rei balançou a cabeça, parecendo não acreditar.

— Como, Sire? Não está mais contente?

— Estou, meu caro Saint-Aignan, mas encontre, pelo amor de Deus, encontre alguma coisa.

— Vou procurar, Sire, é tudo o que posso prometer.

Não podendo estar com o modelo, Luís quis ver novamente o retrato. Indicou ao pintor algumas mudanças a serem feitas e depois se foi.

Saint-Aignan dispensou o artista.

Cavaletes, tintas e pintor nem bem tinham desaparecido e Malicorne passou a cabeça pela abertura da porta.

O conde o recebeu de braços abertos, mas com certa tristeza. A nuvem que passara diante do sol, que era o rei, ensombrava por sua vez o fiel satélite.

Malicorne logo percebeu o pesar no rosto do cortesão.

— Ah, sr. conde, não parece muito feliz!

— E tenho por quê, meu caro amigo. O rei não saiu satisfeito.

— Com a escada?

— Não, pelo contrário, a escada o agradou muito.

— A decoração dos aposentos não estava a seu gosto?

— Ah, nisso ele nem reparou. Não, sua contrariedade...

— Direi eu mesmo, se permitir: foi serem tantas pessoas num encontro amoroso. Como não notou logo isso, sr. conde?

— E como veria, se apenas segui estritamente as instruções?

— Sua Majestade decerto pediu que ficasse por perto?

— Sim, é claro.

— E quis também o pintor, com quem cruzei lá embaixo?

— Exigiu, exigiu!

— Nesse caso, é compreensível que Sua Majestade estivesse descontente.

— Descontente por suas ordens terem sido seguidas à risca? Não entendo.

Malicorne coçou uma orelha e perguntou:

— A que horas o rei disse que viria?

— Às duas.

— E estava aqui a esperá-lo?

— Desde uma e meia.

— Ora, ora…

— Era só o que faltava não ser pontual com o rei.

Com todo o respeito que tinha pelo conde, Malicorne não pôde deixar de erguer os ombros, demonstrando dúvida.

— E o pintor, o rei também havia pedido que viesse às duas?

— Não, mas mandei que estivesse aqui ao meio-dia. É melhor um pintor esperar duas horas do que o rei um minuto.

Malicorne riu discretamente.

— Vamos, meu amigo — disse Saint-Aignan —, ria menos e fale mais.

— É o que quer?

— O que peço.

— Pois bem, se a intenção do sr. conde for que o rei esteja menos descontente da próxima vez que vier…

— Amanhã.

— Pois bem, se quiser que amanhã o rei fique menos descontente…

— *Ventre-saint-gris!*, como dizia o antepassado de Sua Majestade, e como quero!

— Pois bem, amanhã, quando o rei estiver para chegar, tenha algo imprescindível a fazer fora daqui.

— Oh!

— Por vinte minutos.

— Deixar o rei sozinho por vinte minutos? — assustou-se Saint-Aignan.

— Bom, esqueça então tudo o que eu disse — retorquiu Malicorne, já se dirigindo à saída.

— Não, não; pelo contrário, diga, começo a entender. E o pintor, e o pintor?

— Ah, o pintor deve chegar com meia hora de atraso.

— Meia hora, acha mesmo?

— Acho.

— Meu caro amigo, farei o que diz.

— E creio que estará agindo certo. Permite que eu venha amanhã para saber?

— Certamente.

— Sou seu humilde e respeitoso servidor, sr. de Saint-Aignan — prosternou-se Malicorne, saindo aos recuos.

"Esse rapaz tem mesmo bem mais tino do que eu", pensou o conde, sem dúvida nenhuma quanto a isso.

176. Hampton Court

A revelação de Montalais a La Vallière, como vimos no final do penúltimo capítulo, muito naturalmente nos leva ao principal herói desta história, nosso pobre cavaleiro errante à mercê dos caprichos de um rei.

Vamos pedir que o leitor nos acompanhe e cruzaremos com ele esse canal que separa Calais de Dover, mais tempestuoso que o Euripo;[189] atravessaremos os verdes e férteis campos, com seus mil riachos, em volta de Charing, Maidstone e diversas outras cidades, cada uma mais pitoresca que a outra, para chegarmos, enfim, a Londres.

De lá, como cães farejadores seguindo uma pista, depois de constatarmos que Raoul esteve primeiro em White Hall, e em seguida em Saint James, sendo recebido por Monck e apresentado à melhor sociedade da corte de Carlos II, o acompanharemos a uma das residências de verão do rei, perto da cidade de Kingston: Hampton Court, banhada pelo Tâmisa.

Naquela região, o rio não se apresenta ainda como a imponente via pela qual meio milhão de viajantes passa diariamente, agitando suas escuras águas como as do Cócito[190] e podendo dizer: "Também eu sou mar".

Não, o Tâmisa ali é apenas um calmo e esverdeado rio com beiradas de musgo e amplos espelhos d'água refletindo salgueiros e faias, além de algumas barcas de madeira ressequida descansando entre os caniços, em alguma perdida angra de amieiros e miosótis.

Paisagens calmas e ricas se estendem ao redor de uma casa de tijolos, com chaminés das quais sai uma fumaça azulada impondo-se contra uma forte cercadura de azevinhos flavos e verdes. Uma criança vestindo um capote vermelho aparece e desaparece entre as altas relvas como uma papoula que se curva ao sopro do vento.

Gordos carneiros brancos ruminam, fechando os olhos à sombra de pequenas faias atarracadas e, num ou noutro lugar, um martim-pescador de

---

189. Estreito que divide em dois o golfo de Eubeia, na Grécia, sujeito a correntezas que trocam de direção várias vezes por dia.

190. Na mitologia grega, um dos rios do Inferno, o rio do lamento. Os outros são o Aqueronte, da dor, o Flagetonte, do fogo, o Lete, do esquecimento, e o Estige, da invulnerabilidade.

flancos esmeralda e ouro percorre como uma bola mágica a superfície da água, quase esbarrando na linha do seu colega, o humano pescador que vigia, sentado na sua chata, os peixes que ali pululam, a tenca e o sável.

Nesse paraíso feito de sombra e suave claridade, ergue-se o palácio de Hampton Court, mandado construir por Wolsey,[191] residência que o arrogante cardeal tornou cobiçável até para um monarca e, enquanto mero súdito, foi obrigado a tudo ceder a seu rei, Henrique VIII, que demonstrara desejo e cupidez ao visitar o castelo recém-construído.

Hampton Court, com paredes de tijolos, amplas janelas e belas grades de ferro; Hampton Court com seus mil gonzos, seus ornamentos estranhos, seus discretos passeios e fontes internas, semelhantes às de Alhambra.[192] Hampton Court é o berço das rosas, do jasmim e das clematites, faz a alegria dos olhos e do nariz, é a mais encantadora moldura para esse quadro de amor criado por Carlos II[193] entre as lascivas obras de Ticiano, de Pordenone e de Van Dyck, ele que tinha em sua galeria o retrato de seu pai, o rei-mártir, e buracos de balas no revestimento de madeira, balas disparadas pelos soldados puritanos de Cromwell em 24 de agosto de 1648, quando Carlos I foi levado preso a Hampton Court.

Era lá que mantinha sua corte aquele rei sempre sedento de prazer, rei poeta pela ambição, o infeliz de outrora que se propunha um dia de volúpia para cada minuto passado na aflição e na miséria.

Não era o suave gramado de Hampton Court tão macio que se tinha a impressão de andar no veludo; não eram os canteiros floridos em torno de cada árvore, criando um leito para as roseiras de seis metros que se espalhavam pelo céu como feixes de pirotecnia; não eram as grandes tílias com ramagem que descia até o chão como se fossem salgueiros, protegendo amores ou devaneios em suas sombras, ou melhor, em suas cabeleiras... não era nada disso que Carlos tanto apreciava em seu belo palácio de Hampton Court.

Talvez fosse aquela bela água avermelhada, semelhante à do mar Cáspio, área líquida imensa, encrespada por um vento fresco como se fossem ondulações da cabeleira de Cleópatra, águas margeadas de agrião, de nenúfares brancos com bulbos vigorosos que se entreabriam e deixavam ver, como um ovo, o gérmen dourado, rutilante no fundo do invólucro leitoso; águas misteriosas e murmurantes, nas quais navegavam cisnes negros e patinhos ávidos, frágil

---

191. Thomas Wolsey (1471-1530), cardeal em 1515, homem de confiança de Henrique VIII (1491-1547) até cair em desgraça em 1529 por não se empenhar na anulação do casamento do rei. Sem conseguir a anulação, Henrique VIII rompeu com Roma e fundou a Igreja anglicana, da qual se declarou chefe supremo.

192. Fortaleza em Granada, um dos mais importantes monumentos da arquitetura islâmica na Espanha, dos séculos XIII-XIV.

193. Carlos II encomendou uma grande reforma do parque, dando-lhe o traçado que ainda hoje apresenta.

ninhada de penugem sedosa a perseguir moscas-varejeiras nos gladíolos e rãs em seus refúgios de musgo.

Ou talvez os imensos azevinhos de folhagem bicolor, as risonhas pontes lançadas sobre os canais, as corças bramindo nas aleias infindáveis e as alvéloas esvoaçando nas bordas de buxos e trevos.

Pois tudo isso havia em Hampton Court, além de latadas de rosas brancas trepando ao longo de altas caniçadas e deixando cair no chão sua neve odorante, como havia também, no parque, velhos sicômoros de troncos verdejantes e pés banhados num poético e luxuriante bolor.

Não. O que Carlos II mais apreciava em Hampton Court eram as inspiradoras sombras que deslizavam à tarde pelos terraços e cujas belezas ele, como Luís XIV, fez serem reproduzidas em seu grande gabinete por um dos pintores mais inteligentes da sua época, que sabia fixar na tela um raio de luz que escapara de belos olhares carregados de amor.

No dia em que chegamos a Hampton Court, o céu estava suave e claro como o da França, o ar tinha uma tepidez úmida, os gerânios, as enormes ervilhas-de-cheiro, as saxífragas e os heliotrópios, jogados aos milhões pelo chão, exalavam seus inebriantes aromas.

Estamos à uma da tarde. O rei, tendo voltado da caçada, fez sua refeição, visitou a duquesa de Castlemaine, sua amante titular, e, cumprida essa prova de fidelidade, podia à vontade cometer infidelidades pelo resto do dia.

A corte inteira se divertia e voluvelmente amava. Era o tempo em que as mulheres seriamente perguntavam aos cavalheiros o que achavam que as vestia melhor, as meias de seda rosa ou verde.

Pois era o tempo em que Carlos II havia declarado não haver solução para a mulher que não calçasse meias de seda verde, uma vez que eram as preferidas de miss Lucy Stewart.[194]

Enquanto o rei procurava demonstrar suas preferências, vemos, na alameda de faias à frente do terraço, uma jovem, trajando cores severas, caminhando ao lado de outra, num vestido lilás e azul-escuro.

As duas atravessaram o gramado, passaram pelo belo chafariz com sereias de bronze e continuaram conversando no terraço, do qual saíam diversas cabines de formas variadas, indo da mureta de tijolos ao parque. Como a maior parte dessas cabines estava ocupada, as jovens damas passaram à frente delas, uma ruborizando, a outra devaneando.

Chegando ao final do terraço, encontraram um lugar confortável e se sentaram, uma ao lado da outra, diante do Tâmisa.

---

194. Historicamente, Frances Stuart (1647-1702), futura duquesa de Richmond. Recusou ser amante de Carlos II, que, apesar disso, cunhou a medalha comemorativa de uma vitória sobre a Holanda com a sua imagem, que se manteve ao longo dos séculos como Britannia, símbolo feminino do país.

— O que estamos fazendo, Stewart? — perguntou a mais moça.

— Minha querida Graffton, apenas viemos aonde você nos trouxe.

— Eu?

— Você, é claro! Para esse canto extremo do palácio, de onde se vê aquele banco em que o jovem francês espera e suspira.

Miss Mary Graffton parou, confusa, e disse:

— Não, não vou lá.

— Por que não?

— É melhor voltar, Stewart.

— Pelo contrário. Vamos e descobriremos coisas interessantes.

— Que coisas?

— Por que o visconde de Bragelonne é incluído em todos os seus passeios, como você nos dele.

— Está querendo dizer que me interesso por ele ou ele por mim?

— O que haveria de errado? É um simpaticíssimo rapaz. Ninguém está me ouvindo, espero — disse miss Lucy Stewart, olhando para trás, com um sorriso que deixava claro não ser grande a sua preocupação.

— Não se preocupe! O rei está na cabine oval, com o sr. de Buckingham.

— E por falar no sr. de Buckingham, Mary…

— O que tem?

— Ele se declarou seu par desde que voltou da França. Como se sente com relação a isso?

Mary Graffton apenas moveu os ombros, mostrando dar pouca importância.

— Está bem, já que é assim, perguntarei ao belo Bragelonne — riu Stewart. —Vamos até ele.

— Para quê?

— Tenho motivo.

— Espere um pouco. Você pode antes me contar uma coisa, já que conhece segredos do rei.

— Acha mesmo?

— Como não? Quem mais saberia? É simples: por que o sr. de Bragelonne está na Inglaterra, o que faz aqui?

— O que faz todo fidalgo enviado por seu rei a outro rei.

— Hum… mas agora falando sério. A política pode não ser o nosso forte, mas vê-se que ele não está em nenhuma missão importante.

— Ouça — disse Stewart, com falsa gravidade —, por você trairei um segredo de Estado. Quer que eu recite a carta do rei Luís XIV a Sua Majestade, o rei Carlos II, a respeito do sr. de Bragelonne?

— Por favor.

— Então aí vai: "Meu irmão, receba esse fidalgo da minha corte, filho de alguém que lhe é caro. Trate-o bem, por favor, e faça com que ele goste da Inglaterra".

— Verdade?

— Com essas exatas palavras… ou parecidas. Não garanto a forma, mas o conteúdo sim.

— E o que entendeu disso? Ou melhor, o rei?

— Que Sua Majestade francesa tinha suas razões para afastar o sr. de Bragelonne e casá-lo… em qualquer lugar fora da França.

— De forma que, por causa dessa carta…

— O rei Carlos II recebeu Bragelonne como você bem sabe, esplendidamente e como amigo. Hospedou-o no mais belo quarto de White Hall e, sendo você a pessoa mais preciosa da corte, e já que negou a ele próprio o coração… vamos, não precisa ficar vermelha… procurou fazê-la se interessar pelo francês. Um belíssimo presente, e é por isso que você, herdeira de uma renda de trezentas mil libras, futura duquesa, bela e excelente pessoa, está em todos os passeios de que participa o sr. de Bragelonne. Ou seja, temos um complô, uma espécie de conspiração. Estou mostrando o pavio, decida você se quer acendê-lo ou não.

Miss Mary sorriu à sua maneira, encantadora, e, apertando o braço da amiga, disse:

— Agradeça então ao rei.

— Farei isso, mas cuidado, o sr. de Buckingham está enciumado.

Naquele exato momento, o sr. de Buckingham saía de um dos pavilhões do terraço e, com um sorriso, se aproximou das duas jovens:

— Está enganada, miss Lucy, não estou. E a prova disso é que ali temos o visconde de Bragelonne, de quem insinua que estou enciumado, em seus devaneios solitários. Pobre rapaz! Deixo a ele, miss Mary, a sua graciosa companhia por alguns minutos, durante os quais gostaria de falar com miss Lucy Stewart.

Inclinando-se então na direção de Lucy, ele continuou:

— Posso ter a honra de acompanhá-la e irmos cumprimentar o rei, que nos espera?

Dizendo isso, e ainda rindo, Buckingham pegou a mão de miss Lucy Stewart e os dois saíram.

Sozinha, com a cabeça caída num ombro, no gracioso langor particular às jovens inglesas, Mary Grafton permaneceu certo tempo parada, com os olhos presos em Raoul, mas parecendo indecisa quanto ao que fazer. Em seguida, depois de alternadamente suas faces empalidecerem e ruborizarem, expressão do combate que se passava em seu coração, ela pareceu tomar uma decisão e se encaminhou a passos firmes até o banco em que Raoul estava sentado, perdido em pensamentos, como foi dito.

O barulho dos passos, por mais que o gramado o amortecesse, o despertou. Ele girou a cabeça, percebeu miss Mary e tomou a direção de quem o seu feliz destino enviava.

— Disseram-me que viesse vê-lo — ela falou. — Incomodo?

— A quem devo agradecer tal favor, senhorita? — perguntou Raoul.

— Ao sr. de Buckingham — respondeu Mary, tentando parecer alegre.

— Ao sr. de Buckingham, que busca sempre e tão claramente a sua companhia? Devo mesmo acreditar?

— De fato, como vê, tudo conspira para que passemos a melhor, ou ao menos a maior, parte do dia juntos. Ontem foi o rei que explicitamente me pôs a seu lado na mesa; e hoje o sr. de Buckingham me pede que venha até este banco lhe fazer companhia.

— E se afastou, cedendo a mim esse privilégio? — perguntou Raoul, pouco à vontade.

— Ele ainda está ali, com miss Stewart, na aleia. As pessoas são igualmente corteses na França, sr. visconde?

— Na verdade, senhorita, não sei dizer ao certo o que se faz na França; mal sou francês. Vivi em vários lugares e quase sempre como soldado. Passei também muito tempo no interior. Sou pouco mais que um selvagem.

— Não aprecia estar na Inglaterra, não é?

— Não sei — ele respondeu, de forma distraída e com um suspiro.

— Não sabe?

— Perdão — balançou a cabeça Raoul, como querendo voltar à conversa. — Perdão, não ouvi direito.

— Ah! — foi a vez de miss Mary suspirar. — Que erro cometeu o duque, pedindo que eu viesse!

— Erro? — alarmou-se Raoul. — Tem razão: minha companhia é enfadonha e só consigo entediá-la. Foi de fato um erro.

— Mas foi justamente por eu não me entediar com o senhor — devolveu a jovem, com sua voz séria e vibrante — que foi um erro pedir que eu viesse.

Raoul então é que ruborizou, mas prosseguiu:

— E por que ele pediu, por que aceitou? Ele a ama, a senhorita o ama…

— Não é verdade — ela reagiu, séria. — O sr. de Buckingham não me ama, pois ama a sra. duquesa de Orléans. Aliás, também não o amo.

Surpreso, o rapaz olhou para ela, que continuou:

— Não é amigo do sr. de Buckingham, visconde?

— O duque tem a bondade de nos dizer amigos, desde que nos vimos na França.

— São apenas conhecidos, então?

— Também não, pois ele é amigo próximo de alguém que é como um irmão para mim.

— O conde de Guiche.

— Ele mesmo.

— Que ama a duquesa de Orléans.

— Meu Deus! O que está dizendo?

— E que é correspondido — afirmou tranquila a jovem.

Raoul baixou a cabeça; miss Mary Graffton prosseguiu, com um suspiro:

— São felizes!... É melhor que me deixe só, visconde, pois o sr. de Buckingham lhe confiou uma missão ingrata, tornando-nos companheiros em passeios. Seu coração não está aqui e é com dificuldade que me concede sua amabilidade. Confesse, pode confessar, visconde... seria um erro não confessar.

— Então confesso, senhorita.

Ela o olhou bem.

Raoul era tão simples e bonito, seu olhar tão límpido, tão repleto de doce franqueza e decisão, que não poderia vir à cabeça de mulher nenhuma, por mais distinta que fosse, que ele estivesse sendo descortês ou cínico.

Apenas deixava claro amar outra pessoa, com toda a sinceridade do seu coração.

— Entendo. Tem um amor na França — ela disse.

Raoul se inclinou.

— O duque sabe disso?

— Ninguém sabe.

— E por que está me contando?

— Senhorita...

— Por favor, diga.

— Não posso.

— Cabe a mim então explicar. Nada diz por estar convencido, agora, de que não amo o duque e de que talvez possa vir a amar o senhor, que tem muita generosidade e delicadeza. Em vez de aceitar essa mão que se aproxima da sua, nem que fosse para fazer o tempo passar, em vez de responder a meu sorriso, mesmo sendo eu jovem e bela, prefere dizer: "Tenho um amor na França!". Pois fico muito agradecida, visconde, o senhor é um nobre fidalgo, a quem amo ainda mais... como amiga. Mas não tratemos mais de mim, tratemos do senhor. Esqueça o que miss Graffton falou dela própria; diga por que se sente triste e por que, de uns dias para cá, parece ainda mais triste.

Raoul se sentiu profundamente tocado com o tom meigo e sentido da jovem. Como não conseguiu responder, foi ela que de novo tomou a iniciativa:

— Veja como é lamentável: minha mãe era francesa; posso então dizer que também sou, de sangue e de alma, mas por cima disso pairam sempre a neblina e a tristeza da Inglaterra. Às vezes tenho sonhos dourados, com magníficas felicidades, mas bruscamente desce a bruma, toma conta do meu sonho e o aniquila. Uma vez mais, é o que está acontecendo. Perdão, chega de falar disso, dê-me a mão e conte suas tristezas a esta amiga.

— A senhorita é francesa, como disse, de sangue e de alma!

— Sou. E, repito, não só minha mãe era francesa, mas meu pai, que era amigo do rei Carlos I durante todo o seu processo e enquanto viveu o

Protetor,[195] exilou-se na França. Fui criada em Paris. Quando da restauração do rei Carlos II, meu pai voltou à Inglaterra, mas morreu pouco depois, infelizmente! O rei Carlos então me tornou duquesa e completou meu patrimônio.

— Tem ainda algum parente na França? — perguntou Raoul, com interesse.

— Uma irmã, sete ou oito anos mais velha, que se casou por lá e já enviuvou, a sra. de Bellière.

Raoul não conteve um gesto de surpresa.

— Conhece?

— Apenas de nome.

— Também está amando, e em suas últimas cartas se mostra feliz, o que quer dizer que também é amada. Temos almas parecidas, mas não a mesma felicidade. Mas falemos do senhor. A quem ama na França?

— A uma jovem doce e alva como o lírio.

— Se ela o ama, por que se sente triste?

— Disseram-me que não me ama mais.

— Espero que não tenha acreditado.

— Quem me escreveu não assinou.

— Uma carta anônima! Uma perfídia que não pode ser levada a sério.

— Veja — disse Raoul, mostrando o bilhete já lido cem vezes.

Mary Graffton pegou-o e leu:

> Visconde, tem toda a razão em se divertir onde se encontra, com as belas da corte do rei Carlos II, pois na do rei Luís XIV está sitiado o castelo dos seus amores. Fique para sempre em Londres, pobre visconde, ou volte com urgência a Paris.

— Nenhuma assinatura? — perguntou miss Mary.

— Nenhuma.

— Então não acredite.

— É o que faria, mas tem essa segunda carta.

— De quem?

— Do sr. de Guiche.

— Já é outra coisa! E o que diz?

— Leia.

> Meu amigo, fui ferido e estou ainda acamado. Volte, Raoul; volte!
>
> DE GUICHE

— E o que vai fazer? — perguntou a jovem, com o coração apertado.

— Quando recebi esta carta, quis na mesma hora pedir minha dispensa ao rei.

---

195. Ou seja, Oliver Cromwell.

— E isso foi…
— Anteontem.
— É endereçada de Fontainebleau.
— Também estranhei. A corte está em Paris. Enfim, teria partido, mas quando pedi minha dispensa ao rei, ele estranhou e quis saber: "Mas, sr. embaixador, como assim? Por acaso seu rei o chamou?". Fiquei vermelho, absolutamente constrangido. De fato, fui enviado por Luís XIV, devo aguardar ordem dele para ir.
Mary ficou pensativa e depois perguntou:
— Então fica?
— Sou forçado.
— E a pessoa a quem ama?
— O que tem?
— Não lhe escreve?
— Não.
— Nenhuma vez? Ela não o ama?
— Pelo menos não me escreveu, desde que vim.
— E antes escrevia?
— Às vezes… Bem, pode ser que tenha havido algum impedimento.
— O duque está vindo, mudemos de assunto.
Buckingham de fato reaparecia na aleia, sozinho e sorridente. Aproximou-se devagar e estendeu a mão aos dois que conversavam.
— Entenderam-se bem? — ele perguntou.
— Sobre o quê? — respondeu Mary Graffton.
— Sobre o que pode torná-la feliz, querida Mary, e Raoul menos infeliz.
— Não estou entendendo, milorde — disse o francês.
— É o que sinto, miss Mary. Posso ser mais claro diante do meu amigo? — provocou o duque, com um sorriso.
— Se o que pretende é dizer que eu me dispunha a amar o sr. de Bragelonne, não se dê ao trabalho, pois eu já disse — respondeu com bravura a jovem.
Buckingham pensou um pouco e, sem se sentir desconcertado, como se poderia imaginar, continuou:
— Por sabê-la um espírito delicado e uma alma amiga, quis deixar em suas mãos o coração abalado do sr. de Bragelonne, achando que seus cuidados médicos o poderiam curar.
— Antes de me falar do coração do sr. de Bragelonne, milorde me falava do seu próprio. Devo curar os dois?
— É verdade, miss Mary, mas a meu favor posso dizer que desisti de inutilmente cortejá-la, reconhecendo que o meu ferimento é incurável.
Mary se recolheu por um momento e afinal disse:
— Milorde, o sr. de Bragelonne tem a felicidade de amar e ser amado. Não precisa dos meus cuidados médicos.

— O visconde está prestes a ser acometido por um agravamento da enfermidade e, mais do que nunca, necessita de que cuidem do seu coração.

— Poderia me explicar isso, milorde? — perguntou vivamente Raoul.

— Pouco a pouco explicarei, mas se preferir posso desde já deixar essa explicação a miss Mary.

— Está tornando isso uma tortura, milorde. Certamente sabe de algo que me concerne.

— Sei que miss Mary Graffton é o mais encantador remédio que um coração doente pode conhecer.

— Insisto, milorde, o visconde tem um amor longe daqui — lembrou a jovem.

— E está errado.

— Tem então certeza, duque? Tem certeza de que estou errado?

— Tenho.

— Mas a quem ele ama, afinal? — inquietou-se Mary.

— Uma pessoa indigna dele — afirmou tranquilamente Buckingham, com a fleuma que só um inglês tem, na cabeça e no coração.

Miss Mary Graffton deu um grito que, tanto quanto a brusquidão das palavras de Buckingham, descorou as faces de Bragelonne, provocando um arrepio de terror.

Ele afinal disse:

— Duque, acaba de afirmar algo que me força a buscar a explicação em Paris, sem esperar um segundo.

— Continuará aqui — afirmou Buckingham.

— Eu?

— Sim.

— O quê?

— Não tem o direito de partir e não se deixa o serviço de um rei pelo de uma dama, por mais digna de ser amada, como o é Mary Graffton.

— Então dê explicações.

— Darei. Promete ficar?

— Sim, se me falar com franqueza.

Estavam nisso, e provavelmente Buckingham diria não tudo, mas ao menos tudo o que sabia, quando um criado da casa real surgiu na entrada do terraço e se dirigiu à cabine em que estavam o rei e miss Lucy Stewart.

Atrás dele vinha um homem empoeirado que parecia ter descido do cavalo poucos minutos antes.

— Um correio da França! De Madame! — exclamou Raoul, reconhecendo a libré do mensageiro.

Os dois recém-chegados esperaram que o rei fosse avisado, enquanto o duque e miss Graffton trocavam um olhar cúmplice.

177. O correio de Madame

Carlos II estava querendo provar — ou ao menos tentando — a miss Stewart que apenas ela lhe interessava. Prometia um amor igual àquele do seu antepassado Henrique IV por Gabriela.

Não era porém um dia dos mais favoráveis para isso, infelizmente; era um dia em que a própria miss Stewart se dispunha a provocá-lo.

Ao ouvir então a promessa, em vez de levá-la a sério, como deveria, ela respondeu com uma gargalhada:

— Ah, Sire. Se eu tivesse a ingenuidade de pedir uma prova desse amor, seria fácil comprovar a mentira.

— Veja, você conhece os estudos de Rafael que tenho e sabe como gosto deles. Todos os cobiçam. Van Dyck os comprou para o meu pai.[196] Quer que eu os envie hoje mesmo para você?

— Não, Sire; nem tenho espaço em casa para hóspedes dessa importância.

— Dou-lhe então Hampton Court.

— Para quê tanta generosidade, Sire? Amor mais duradouro já bastaria.

— Sempre a amarei, isso não basta?

— Estais rindo, Sire.

— Quer que eu chore?

— Não, só gostaria de vê-lo um pouco mais melancólico.

— Deus me livre! Já o fui por tempo demais, minha bela: catorze anos de exílio, pobreza e miséria. É uma dívida paga; além disso, a melancolia enfeia as pessoas.

— Não é verdade. Basta ver o jovem francês.

— Ah, o visconde de Bragelonne? Você também? Que Deus me dane! Estão todas caídas por ele, que, aliás, tem motivos para a melancolia.

— É mesmo? Quais?

— Hum… precisaria revelar segredos de Estado.

---

196. São os desenhos originais do pintor italiano (1483-1520), de 1515-6, para tapeçarias da capela Sistina, em Roma. Encontram-se atualmente no Victoria & Albert Museum, em Londres. O holandês Antoon Van Dyck (1599-1641) se tornou o principal pintor da corte de Carlos I.

— Será obrigado, pois disse que faria qualquer coisa.

— Bem, ele se entedia em nosso país! Satisfeita?

— Verdade?

— Verdade. O que prova que é um tolo.

— Um tolo?

— Com certeza. Veja, facilitei ao máximo as coisas para aproximá-lo de miss Graffton e ele se entedia!

— Bom, ao que parece, se não estivesse tão próximo de miss Lucy Stewart, o rei consideraria um consolo estar próximo de miss Mary Graffton…

— Não foi o que eu disse. Para começar, sabe que ela não me ama, e só um novo amor pode consolar um amor perdido. Mas não é de mim que se trata, e sim desse rapaz. Não poderíamos dizer que ele deixou em sua terra nenhuma Helena, uma Helena antes de Páris, é claro.[197]

— E o nosso fidalgo deixou alguém?

— Na verdade, alguém o deixou.

— Pobre moço! Quer dizer, fez por merecer.

— Como assim?

— Com certeza, pois quem mandou que se afastasse?

— Acha que veio por vontade própria?

— Foi forçado?

— Por ordem superior, querida Stewart; ele deixou Paris por ordem superior.

— De quem?

— Tente adivinhar.

— Do rei?

— Acertou.

— Ah, está me abrindo os olhos.

— Não comente isso, pelo menos.

— Bem sabe que, no referente à discrição, sou como um homem. Então o rei o enviou?

— Isso.

— Para, na sua ausência, tomar a prometida?

— Sim, e veja só, o pobre coitado, em vez de agradecer, se lamenta!

— Agradecer por lhe roubarem a amada? Não é nada elegante o que está dizendo, Sire; para as mulheres em geral e para as amadas em particular.

— Mas tente entender, miséria! Se aquela que o rei está roubando fosse uma miss Graffton ou uma miss Stewart, eu poderia concordar, mas é magra e manca… Aos diabos a fidelidade, como dizem na França. Virar as costas a uma jovem que é rica por outra que é pobre, a uma que o ama por outra que o trai… onde já se viu?

---

197. Helena, esposa do rei de Esparta, Menelau, que fugiu com o príncipe troiano Páris, dando pretexto à guerra de Troia.

— Acha que Mary realmente procura agradar o visconde, Sire?

— Acho.

— Então o visconde se habituará à Inglaterra. Mary tem boa cabeça, e quando ela quer, consegue.

— Não aposte tanto na aclimatação do visconde, minha cara miss Stewart, anteontem mesmo ele pediu autorização para partir.

— E haveis recusado?

— Como não? O rei, meu irmão, quer muito que ele fique longe de Paris e investi nisso o orgulho nacional, dando como isca a nosso *youngman* o mais nobre e agradável atrativo que temos na Inglaterra…

— Muito galante, Sire — observou miss Stewart, com sublime ironia.

— É claro que nem pensei em miss Stewart — emendou o rei —, um chamariz real do qual procuro afastar qualquer aventureiro. Não à toa estou tratando tão bem o visconde: continuará aqui, se casará aqui, ou que Deus me dane!…

— E uma vez casado, espero que fique grato à Vossa Majestade e não ressentido, pois todos procuram agradá-lo, até o sr. de Buckingham, o que é bastante incrível.

— E também miss Stewart, que o elegeu encantador cavalheiro.

— Bom, depois de tantos elogios a miss Graffton, posso perfeitamente elogiar um pouco o visconde. Aliás, Sire, há algum tempo demonstrais surpreendente bondade. Vejo que vos preocupeis com os ausentes, perdoais as ofensas, estais próximo da perfeição. De onde vem isso?…

Carlos II riu.

— É porque a amo — ele explicou.

— Hum… deve haver outra razão.

— Ora, presto um favor a meu irmão Luís XIV.

— Preciso de algo mais.

— Pois bem, o verdadeiro motivo é que Buckingham me recomendou o francês, dizendo: "Sire, desisto de miss Graffton a favor do visconde de Bragelonne; fazei como eu".

— Ah, um verdadeiro fidalgo!

— Bom, ataque agora Buckingham. Tudo indica que hoje quer minha danação.

Foi nesse momento que discretamente bateram à porta.

— Mas quem se atreve a nos importunar? — impacientou-se Carlos.

— Na verdade, Sire, temos alguém *que se atreve* à mais suprema fatuidade, e para vos punir…

Foi ela mesma abrir a porta.

— Ah, um mensageiro da França — disse miss Stewart.

— Um mensageiro da França? — exclamou Carlos. — Da minha irmã, talvez?

— Exato, Sire — disse o camareiro. — Em missão extraordinária.

— Entre, entre — chamou Carlos.

O correio entrou.

— Tem uma carta da sra. duquesa de Orléans? — ele perguntou.

— Sim, Majestade. E tão urgente que levei apenas vinte e seis horas para trazê-la, apesar de ter perdido quarenta e cinco minutos em Calais.

— Recompensaremos tamanho zelo — disse o rei.

Ele abriu a carta.

Em seguida, rindo muito, exclamou:

— Juro, não entendo mais nada.

E leu mais uma vez.

Miss Stewart guardava aparente reserva, disfarçando uma ardente curiosidade.

— Francis — disse o rei ao camareiro —, providencie para que esse bravo rapaz possa se refrescar, descansar e que ele amanhã, ao acordar, encontre junto à cama uma bolsinha com cinquenta luíses.

— Sire!

— Vá, meu amigo! Minha irmã teve toda a razão para pedir urgência, era de fato necessária.

E voltou a rir ainda mais forte.

O mensageiro, o criado e até mesmo miss Stewart não sabiam o que fazer.

— Ah! — continuou o rei, se jogando numa poltrona. — Quando penso que liquidou... quantos cavalos?

— Dois.

— Dois cavalos para trazer essa notícia! Ótimo. Pode ir, meu amigo, pode ir.

O correio e o criado saíram.

Carlos II foi à janela, abriu-a e, debruçando-se, gritou:

— Duque! Meu caro duque de Buckingham, venha aqui.

O duque se apressou. Porém, chegando à porta e vendo miss Stewart, hesitou.

— Entre, duque, e feche a porta.

Ele obedeceu e, percebendo o rei tão bem-humorado, se aproximou, sorrindo.

— E então, meu querido duque, em que pé estão as coisas com o francês?

— Ele está me levando ao mais profundo desespero, Sire.

— E por quê?

— A adorável miss Graffton quer se casar com ele e ele não quer.

— Mas esse francês é um beócio! —[198] exclamou miss Stewart. — Que diga sim ou não, mas que acabe logo com isso.

198. Da Beócia, na Grécia antiga, cujos habitantes eram considerados — pelos atenienses — incultos e grosseiros.

— O problema — disse com toda a gravidade Buckingham —, como a senhora deve saber, é que o sr. de Bragelonne ama alguém em outro lugar.

— Então nada mais simples: que ele diga não — interveio o rei, dando apoio a miss Stewart.

— Mas é que mostrei a ele ser um erro não dizer sim.

— Contou que a tal La Vallière o engana?

— Sim, fui obrigado a fazer isso.

— E como ele reagiu?

— Deu um pulo como se fosse atravessar o canal agora mesmo.

— Já é alguma coisa. Acho bom — disse miss Stewart.

— Mas eu o dissuadi. Deixei-o com miss Mary e espero que tenha desistido de partir.

— Ele pretendia mesmo fazer isso? — alarmou-se o rei.

— Por um momento achei que força humana nenhuma poderia impedi-lo. Mas os olhos de miss Mary estão acima disso: ele ficará.

— Engano seu, Buckingham — cortou o rei, com uma risada. — O infeliz é predestinado.

— Predestinado a quê?

— A ser enganado, o que não é tão fora do comum. Mas para ele, pelo visto, é.

— Com a distância e a ajuda de miss Graffton, escapará dessa sina.

— Não, não escapará! Não terá distância nem ajuda de miss Graffton. Dentro de uma hora, Bragelonne deve estar a caminho de Paris.

Buckingham estremeceu; miss Stewart arregalou os olhos.

— Mas Sire, Vossa Majestade sabe não ser possível — disse o duque.

— Pois agora, meu caro Buckingham, o contrário é que não é possível.

— Lembrai-vos, Sire, o visconde é um leão.

— Acredito, Villiers.

— Sua fúria será terrível.

— Não nego, caro amigo.

— Vendo de perto o desastre, coitado de quem tiver causado esse desastre.

— Entendo, mas o que fazer?

— Mesmo diante do rei — exclamou Buckingham —, não sei como reagirá!

— Não se preocupe, o rei tem seus mosqueteiros — disse calmamente Carlos. — Sei disso por ter passado por uma antecâmara em Blois. Há um certo sr. d'Artagnan e, garanto, está protegido. Eu enfrentaria vinte fúrias como a do seu Bragelonne se tivesse comigo quatro defensores como o sr. d'Artagnan.

— Mesmo assim, que Vossa Majestade, sempre tão sensata, pense melhor — pediu Buckingham.

— Então veja — disse Carlos, mostrando a carta ao duque. — Leia e diga você mesmo: o que faria no meu lugar?

Buckingham lentamente pegou a carta de Madame e leu estas palavras, tremendo de emoção:

> Por você, por mim, pela honra e salvação de todos, envie imediatamente à França o sr. de Bragelonne.
>
> Da sua irmã, sempre a seu lado,
>
> HENRIQUETA

— O que diz, Villiers?

— Por Deus, Sire, o que dizer? — respondeu o duque, estupefato.

— E viria de você o conselho de não ouvir minha irmã, vendo-a se exprimir com tamanha insistência?

— Não, Sire, de forma alguma, mas…

— Ah, você não leu o postscriptum. Está em separado, nem eu notei de imediato. Leia.

O duque levantou uma dobra do papel onde, de fato, estava escrito:

> Mil lembranças àqueles que me amam.

O rosto pálido do duque foi ao chão, o papel tremia em seus dedos como se fosse de chumbo.

O rei esperou um pouco e, vendo que o amigo continuava mudo, prosseguiu:

— Que ele siga o seu destino e nós o nosso. Todos sofrem sua paixão no mundo. Tive a minha e a da minha estirpe: uma dupla cruz a carregar. Agora quero que se danem as preocupações. Chame então para mim esse fidalgo, Villiers.

O duque abriu a porta gradeada da cabine, mostrou Raoul e Mary, que andavam um ao lado do outro, e disse:

— Que crueldade com a pobre miss Graffton, Sire.

— Deixe disso e chame — ordenou Carlos II, franzindo as sobrancelhas pretas. — Agora nos deixamos levar por sentimentalismos? Veja miss Stewart enxugando os olhos… maldito francês!

O duque foi até Raoul e, pegando a mão de miss Graffton, o levou à cabine.

— Sr. de Bragelonne — começou o rei —, não pediu anteontem permissão para retornar a Paris?

— Pedi, Sire — respondeu Raoul, surpreso com esse início de conversa.

— E eu neguei, não foi, meu caro visconde?

— Exato, Sire.

— Ficou chateado?

— Não, Sire, a recusa decerto tinha excelentes motivos. Vossa Majestade é sábia e boa demais para que não faça tudo da melhor forma.

— Creio ter alegado, como motivo, o rei da França não o haver chamado.

— Foi de fato o motivo, Sire.

— Pois pensei melhor, sr. de Bragelonne. O rei, é verdade, não estabeleceu seu regresso, mas pediu que eu tornasse agradável ao senhor a estadia na Inglaterra. Bem, como quer ir embora, entendo que a estadia não está sendo agradável.

— Não disse isso, Sire.

— Não, mas o pedido no mínimo significa que lhe seria mais agradável estar em outro lugar.

Raoul se virou na direção da porta, onde miss Graffton se apoiava, pálida e desfeita.

Seu outro apoio era o braço de Buckingham.

— Como não respondeu — continuou Carlos —, sigo o provérbio francês: "Quem cala consente". Pois veja, sr. de Bragelonne, posso já satisfazê-lo e permito sua volta à França quando quiser.

— Sire!... — exclamou Raoul.

— Meu Deus! — murmurou Mary, apertando o braço de Buckingham.

— Pode estar ainda hoje em Dover. A maré sobe às duas da manhã — insistiu o rei.

Siderado, Raoul balbuciou algumas palavras, entre o agradecimento e o pedido de desculpas.

— Sendo assim me despeço, sr. de Bragelonne, com todos os meus votos de prosperidade — concluiu o rei, levantando-se e acrescentando: — Peço que guarde como lembrança este diamante, com o qual eu imaginava enfeitar um cesto de núpcias.

Miss Graffton parecia perto de desfalecer.

Raoul pegou o diamante. Seus joelhos tremiam.

Expressou alguns cumprimentos ao rei, outros a miss Stewart e foi até Buckingham para se despedir.

O rei aproveitou e sumiu de vista.

O duque procurava reanimar miss Graffton.

— Por favor, diga a Bragelonne que fique, senhorita — ele pedia em voz baixa.

— Só posso dizer que parta — ela respondeu, recuperando as forças. — Não sou alguém com mais orgulho do que coração. Se o amam na França, que ele volte para lá e se lembre de mim com carinho, pois o aconselho a ir em busca da felicidade. Se não for o caso, estarei aqui e o amarei ainda, pois o infortúnio não o terá diminuído. No brasão da minha família há este dístico que gravei na alma: *Habenti parum, egenti cuncta*, "Aos ricos pouco, aos pobres tudo".

— Duvido, meu amigo — disse Buckingham —, que encontre lá algo que se assemelhe ao que tem aqui.

— Creio, ou ao menos assim espero, que o que amo seja digno disso. Se for porém como o senhor duque tentou me fazer entender, arrancarei do coração esse amor, mesmo que seja preciso junto arrancar fora o coração.

Mary Graffton o olhou com indefinível expressão de piedade.

Raoul sorriu com tristeza e continuou:

— Era para a senhorita este diamante que o rei me deu, peço que o aceite da minha parte. Se eu me casar na França, envie-o para mim; caso contrário, guarde-o.

E, com um cumprimento, se retirou.

"O que ele está querendo dizer?", perguntava-se Buckingham enquanto Raoul respeitosamente apertava a mão gelada de miss Mary.

Ela entendeu o olhar do duque.

— Se fosse um anel de noivado — ela explicou —, eu não teria aceitado.

— No entanto, ofereceu a ele a possibilidade de voltar.

— Ah, duque — ela exclamou, entre soluços —, alguém como eu nunca serviria de consolo para alguém como ele.

— Não acredita então que volte.

— Não voltará — afirmou miss Graffton, com a voz abafada.

— Pois creio que lá ele encontrará apenas a felicidade destruída, a noiva perdida... e até a honra abalada... O que restará que valha o seu amor? Por favor, diga, Mary, você que se conhece tão bem.

Miss Graffton pousou a alva mão no braço de Buckingham e, enquanto Raoul desaparecia pela aleia de tílias em vertiginosa rapidez, ela recitou fracamente estes versos de *Romeu e Julieta*:

É preciso partir e viver,
Ou ficar e morrer.[199]

Ao terminar, já não se via mais Raoul. Mais pálida e silenciosa do que uma sombra, ela voltou a seus aposentos.

Buckingham aproveitou o correio que trouxera a carta de Madame para escrever a ela e ao conde de Guiche.

Como disse o rei, às duas da manhã a maré estava alta e Raoul tomou um navio para a França.

---

199. Em Shakespeare, *Romeu e Julieta*, ato III, cena V.

CRONOLOGIA

Vida e obra de Alexandre Dumas

1802 | 24 jul: Nascimento em Villers-Cotterêts, a cerca de duzentos quilômetros de Paris, de Alexandre Dumas, filho do general de divisão Alexandre Dumas-Davy de la Pailleterie e de Marie-Louise Elisabeth Labouret. "Minhas raízes estão em Villers--Cotterêts, cidadezinha do departamento de Aisne, situada na estrada entre Paris e Laon [...] a dez quilômetros de La Ferté-Milon, onde nasceu Racine, e a trinta quilômetros de Château-Thierry, onde nasceu La Fontaine."

1806: Morte do general Dumas. Marie Labouret passa por dificuldades financeiras e permanece junto a seus pais em Villers-Cotterêts.

1815: Durante os Cem Dias de Napoleão, Alexandre Dumas entrevê o imperador no albergue de sua cidade natal.

1816: A sra. Dumas obtém a concessão de uma tabacaria. Dumas conclui sua formação numa escola católica particular e trabalha como contínuo num cartório da cidade.

1818: Torna-se amante de Adèle Tellier. Paixão pelo teatro. Conhece Leuven, futuro autor dramático e diretor do Opéra-Comique. Escrevem juntos dois *vaudevilles* e um drama.

1823: Vai para Paris e, por intermédio de ex-colegas do general Dumas, é nomeado secretário do duque de Orléans. Sua amante na época é a vizinha Marie-Catherine--Laure Labay, que não demora a engravidar.

1823 | 27 jul: Nascimento de seu filho Alexandre Dumas, reconhecido por ele em 17 de março de 1831. Lê Walter Scott, Byron, Fenimore Cooper. Sua mãe instala-se em Paris, onde passam a morar juntos.

1825: Escreve, em colaboração com Leuven e Pierre-Joseph Rousseau, um *vaudeville*, que assina como "Davy", encenado sem maiores repercussões no Ambigu.

1826: Publica *Novelas contemporâneas*, que consiste em três narrativas e alguns poemas.

1827: Assiste entusiasmado à turnê parisiense de uma companhia inglesa que representa Shakespeare (muito pouco conhecido na França até essa época). Torna-se amante de Mélanie Waldor, jovem que sonha ser escritora.

1828: Escreve *Christine em Fontainebleau*, tragédia recusada pela Comédie-Française, e o drama histórico *Henrique III e sua corte*, aceito. Conhece o célebre escritor Charles Nodier, em cuja casa é apresentado aos escritores Victor Hugo, Lamartine, Vigny, Musset e ao pintor Louis Boulanger.

1829: Triunfo de *Henrique III e sua corte*. Dumas aloja sua mãe doente na rua Madame, instala Catherine Labay e seu filho em Passy e aluga para seu uso um apartamento na rua de l'Université. É nomeado bibliotecário-adjunto do duque de Orléans.

1830: Estreia de *Christine* no Odéon. A atriz Belle Krelsamer torna-se sua amante. Participa da Revolução de Julho, da qual faz um amplo relato em suas *Memórias* e correspondência (a Mélanie Waldor, com a habitual imodéstia: "Tive a felicidade de desempenhar um papel digno de ser notado por La Fayette e pelo duque de Orléans [...] tendo me apoderado de um paiol de pólvora. Provavelmente o duque será o rei").

1831: Pede demissão do cargo de bibliotecário. | **5 mar:** Belle Krelsamer dá à luz uma filha, Marie-Alexandrine, que Dumas reconhece em 7 de março. Consegue na Justiça a guarda do filho, que, depois de uma briga com Belle Krelsamer, passará por diversos internatos. | **3 maio:** Estreia de *Antony* no teatro da Porte Saint-Martin, sucesso extraordinário. | **20 out:** Estreia, no Odéon, de *Carlos VII*, sucesso popular. | **10 dez:** Estreia, na Porte Saint-Martin, de *Richard Darlington*.

1832: Grande sucesso de *Teresa*. A atriz Ida Ferrier torna-se sua amante. | **29 maio:** Triunfo de *A torre de Nesle*, escrita por Frédéric Gaillardet e retrabalhada por Dumas. | **5-6 jun:** Depois de se envolver nos levantes republicanos, viaja para a Suíça.

1834: Publica os tomos I e II de suas *Impressões de viagem à Suíça*. Viaja com os pintores Godefroy Jadin e Amaury Duval para o sul da França.

1835: Viaja à Itália com Ida Ferrier e o pintor Jadin. Publica novelas e poemas.

1836: Publica compilações das *Crônicas* de Froissart e uma tradução em versos do *Inferno*, de Dante. Estreia na Porte Saint-Martin de *Don Juan de Marana* e, no Variétés, de *Kean*, grande sucesso.

1837: É nomeado cavaleiro da Legião de Honra. Estreia, no Opéra-Comique, de *Piquillo*, ópera-cômica escrita em colaboração com Gérard de Nerval. Estreia, na Comédie-Française, de *Calígula*, um fracasso.

1838: Publica dois romances: *O capitão Paul* e *O mestre de armas.* | **10 ago:** Morte da mãe. Viagem com Nerval à Alemanha. Escrevem *Léo Burckart*, que Nerval retrabalhou mais tarde e foi encenada em abril de 1839. | **Dez:** Por intermédio do próprio Nerval, conhece aquele que será o seu maior colaborador literário, Auguste Maquet, então com 25 anos.

1839: Publica *Novas impressões de viagem: Quinze dias no Sinai* (nunca estivera lá, escrevendo a obra de acordo com as recordações e desenhos de Adrien Dauzats). Publica *Acteu*, romance histórico sobre o reinado de Nero. Estreia na Comédie-Française de *Mademoiselle de Belle-Isle*, encenada mais de quatrocentas vezes entre 1880 e 1884. Instala-se na rua de Rivoli.

1840: Publica cinco romances. Casa-se com Ida Ferrier em fevereiro, partindo para Florença, onde o casal ficará até setembro.

1841: Publica *Novas impressões de viagem: O Speronare.* | **Jun:** Em companhia do príncipe Napoleão (filho de Jerônimo Bonaparte), visita a ilha de Elba, a Córsega, e, durante uma expedição de barco, vislumbra a ilha de Monte Cristo, um rochedo perdido no mar. Breve passagem pela França, onde comparece ao enterro do duque de Orléans.

1843: Publica quatro romances e *Impressões de viagem: O Corricolo.* Passa a morar num palacete da rua de Richelieu. Aluga, em Saint-Germain, a *villa* Médicis, onde residirá até 1846.

1844: Escreve *Os três mosqueteiros* e o início de *O conde de Monte Cristo*, que será publicado em 1844-5. Separa-se amigavelmente de Ida Ferrier. Compra em Marly um terreno onde irá construir o castelo de Monte Cristo.

1845: Publica *A rainha Margot* e *Vinte anos depois.* Estreia no Ambigu o drama *A juventude dos três mosqueteiros*, baseado no romance.

1846: Publica quatro romances: *O cavaleiro da Casa Vermelha*, *A dama de Monsoreau*, *As duas Dianas*, *O bastardo de Mauléon.* Início da publicação de *José Bálsamo* (primeiro romance da série *Memórias de um médico*). Funda o Théâtre Historique, que ergue num terreno por ele adquirido no bulevar do Temple. Parte para a Argélia em missão de relações públicas para o governo francês, em companhia do filho, de Maquet e de Boulanger, viagem que foi alvo de intensas críticas por parte da oposição.

1847: Retorna a Paris. Inauguração do Théâtre Historique. Tem um caso com a atriz Béatrix Parson. Estreia de *A rainha Margot.* Conhece Dickens. Instala-se no castelo de Monte Cristo. Publica a continuação de *José Bálsamo* e o final de *As duas Dianas.*

1848: Publica o final de *José Bálsamo* e *Os quarenta e cinco*; início da publicação de *O visconde de Bragelonne* e de *Impressões de viagem: De Paris ao Tânger*. Tem um caso com a atriz Celeste Scrivaneck. Participa de diversas manifestações republicanas. Estreia, no Théâtre Historique, de *Monte Cristo*. Venda do castelo de Monte Cristo. Publicação do primeiro número de *Mois*, revista dedicada à história e à política inteiramente redigida por Dumas. Fracasso de sua candidatura nas eleições para a Assembleia Constituinte. Graves dificuldades financeiras, com o Théâtre Historique cheio de dívidas. Estreia de *Catilina*.

1849: Continuação do *Visconde de Bragelonne*, relatos de viagem, *O colar da rainha*. No teatro, montagens de *A juventude dos mosqueteiros*, *O cavaleiro de Harmental*, *A guerra das mulheres*, *O testamento de César*, *O conde Hermann*, entre outras.

1850: Publica *A tulipa negra*, *A boca do inferno* e os finais do *Visconde de Bragelonne* e do *Colar da rainha*. No teatro: *Urbain Grandier*, *O vinte e quatro de fevereiro*, *Paulina*. | **Out:** Falência do Théâtre Historique. Caso com a sra. Anna Bauër, com quem tem um filho não reconhecido.

1851: Montagens de *O conde de Morcerf* e *Villefort*, derivadas de *O conde de Monte Cristo*. | **Dez:** Parte para Bruxelas, em consequência do golpe de Estado de Luís Napoleão. Embora as razões sejam políticas, Dumas também pretende escapar de seus credores (153 listados). Início da publicação de suas *Memórias* (até outubro de 1853) pelo jornal *La Presse*.

1852: Publica *Olympe de Clèves* e *Os dramas do mar*. Estreia de *Benvenuto Cellini*. É assediado pelos credores e vai com Victor Hugo para a Antuérpia.

1853: Publicação de *Ângelo Pitou*, *A condessa de Charny* e *Isaac Laquedem*. Instala-se definitivamente em Paris. Cria *Le Mousquetaire*, jornal diário que será publicado até 1857.

1854: Publica *Os moicanos de Paris*. Estreia de *Rômulo*, *A juventude de Luís XIV* e *A consciência*.

1855: Termina a publicação de *Os moicanos de Paris*.

1856: Estreia de *Oréstia*, *A torre Saint-Jacques* e *O ferrolho da rainha*. Vai a Varennes para se informar sobre a fuga de Luís XVI.

1857: Auguste Maquet move processo contra Dumas por acertos atrasados de direitos autorais e para "recuperar sua propriedade" sobre livros escritos em colaboração. Dumas faz uma curta viagem à Inglaterra com seu filho para assistir às corridas em Epsom. Criação do *Monte Cristo*, "semanário dedicado a romances, história, viagem e poesia" (último número em 1862), redigido por ele.

1858: Publica *O capitão Richard.* Processo Dumas-Maquet: o tribunal concede a Maquet 25% dos direitos autorais, mas não reconhece seu direito de propriedade sobre as obras escritas em colaboração com Dumas. | **Jun:** Partida para a Rússia, convidado por amigos.

1859 | Mar: Retorna à França. Publica suas *Impressões de viagem* no *Monte Cristo* e no *Constitutionnel.* Ida Ferrier morre em Gênova. Curta visita a Victor Hugo, então exilado na ilha de Guernsey. Caso com a jovem atriz Emélie Cordier.

1860: Publica *A casa de gelo*, *A estrada de Varennes* e *Conversas.* Estreia de diversas peças. Faz uma viagem à Itália acompanhado por Emélie Cordier, com quem tem uma filha, não reconhecida por ele. | **Set:** Embarca na pequena escuna que mandara construir em Marselha e participa da expedição à Sicília ao lado de Garibaldi, que o nomeia curador dos museus de Nápoles.

1861: Estreia de *O prisioneiro da Bastilha.*

1862: Fracasso de uma segunda peça sobre *Monte Cristo.*

1864: Retorna a Paris, acompanhado de sua amante, a cantora italiana Fanny Gordosa. Estreia de *Os moicanos de Paris.* Viagem ao sul da França.

1865: Publicação da edição definitiva das *Impressões da viagem à Rússia.* Encena *Os forasteiros em Lyon* quando assume a direção do Grande Teatro Parisiense.

1866: Aluga no bulevar Malesherbes o apartamento que será sua última residência em Paris. | **Jun:** Temporada em Nápoles e Florença. | **Jul:** Viaja à Alemanha e à Áustria para preparar um romance. Relança *O Mosqueteiro*, que será publicado até abril de 1867.

1867: Publica *Os brancos e os azuis*, *O terror prussiano* e *Os homens de ferro.* Caso com a atriz norte-americana Adah Menken.

1868: Publica *História de meus animais* e *Recordações dramáticas.* | **Fev:** Primeiro número de *D'Artagnan*, "jornal de Alexandre Dumas". Estreia de *Madame de Chamblay.* Morte de Catherine Labay, mãe de Dumas filho.

1869: Trabalha no *Grande dicionário de culinária.*

1870 | Set: Já com a saúde debilitada, sofre um derrame cerebral que o deixa semiparalítico. Instala-se então na casa de campo do filho, em Puys, região balneária de Dieppe. | **5 dez:** Morre em Neuville-les-Pollet, lugarejo próximo, onde é provisoriamente sepultado.

1872: Sepultamento oficial em Villers-Cotterêts.

1872-73: Publicação póstuma dos dois volumes de *As aventuras de Robin Hood*.

1883: Inauguração na praça Malesherbes, em Paris, da estátua de Alexandre Dumas, tendo a seus pés d'Artagnan e uma constelação de leitores, de autoria de Gustave Doré.

2002 | 30 nov: No ano do bicentenário de seu nascimento, seus restos mortais são trasladados para o Panthéon, em Paris.

ESTA OBRA FOI COMPOSTA POR MARI TABOADA EM MINION PRO E IMPRESSA EM OFSETE PELA GRÁFICA SANTA MARTA SOBRE PAPEL PÓLEN NATURAL DA SUZANO S.A. PARA A EDITORA SCHWARCZ EM ABRIL DE 2025